간신의 자세

§ 간신의 자세 §

2017년 1월 19일 초판 1쇄 인쇄
2017년 1월 23일 초판 1쇄 발행

지은이 § 해수을
발행인 § 곽동현
기획&편집디자인 § 신연제, 이윤아
발행처 § (주)조은세상

등록 § 2002-23호(1998년 01월 20일)
주소 § 경기도 연천군 미산면 청정로 1355
Tel § (02)587-2977
e-mail romance@comics21c.co.kr
블로그 http://goodworld24.blog.me

값 12,000원

ISBN 979-11-5832-666-1

GOOD

WORLD

ROMANCE

NOVEL

간신의 자세

해수을 장편소설

(주)조은세상

목 차

여는 장.
GOOD WORLD ROMANCE NOVEL

　　동방의 왕, 이지李阢.
　　그는 무척 심각한 표정이었다. 흘끗 그를 본 우소가 시선을 바닥으로 떨어뜨렸다. 짐짓 근엄하게 턱을 쓸어 만지는 그의 모습이 그림자로 비쳤다.
　　옅은 한숨처럼 지가 입을 열었다.
　　"우소야."
　　"예, 전하."
　　고저 없는 음성은 속을 보여주지 않는다.
　　"계집이 좋으면 어찌하느냐?"
　　동방의 왕이 얻지 못할 것, 과연 무엇인가?
　　"품으시면 되옵니다."
　　"하면 사람이 좋으면 어찌하느냐?"
　　신이 나서 묻는 용음에 우소는 저도 모르게 움찔거렸다.
　　"곁에 두시면 되옵니다."
　　왜인지 느낌이 좋지 않다. 식은땀이 등골을 타고 흐른다.

"하면 우소야."

"예, 전하."

이어질 말이 심상치 않을 것 같다. 우소는 미적미적 대답했다. 그러거나 말거나 왕께선 들뜬 음성으로 묻는다.

"사내가 좋으면 어찌해야 할까?"

아미를 살짝 찌푸린 우소가 숨을 삼켰다. 잠시 흐트러졌던 평정심이 되돌아온다.

또 그 물음이시다. 벌써 며칠째 반복되고 있는 같은 하문. 몇 번이고 물으신다면, 몇 번이고 같은 답을 해드리면 될 터.

우소가 막 입을 열려는 순간 지가 바투 다가왔다. 제 눈앞에 얼굴을 쑥 들이미는 그 때문에 우소의 얼굴에서 핏기가 가셨다.

"사내가 계집처럼 보여, 자꾸 계집처럼 좋으면 어찌할까?"

지척의 거리에 숨이 막힌다. 더운 숨결이 뺨을 덮친다. 체격 차에 압도되어 우소는 주춤거렸다.

쿵쿵.

맥박이 맹렬하게 뛰었다. 아니 된다. 이리 가까워선 들키고 만다.

황급히 뒷걸음질 친 우소가 깊게 엎드렸다.

"천세 천세 천천세! 하늘 아래 모든 것은 전하의 것. 전하의 뜻이 곧 법도이오니 전하의 뜻대로 하시옵소서!"

"과인의 뜻대로라? 사내가 사내를 품는 것일진대?"

"전하의 뜻이 곧 정도이옵니다!"

정우소. 그는 왕의 어린 상원내시.

그는 '그날' 이후 지에게 틀렸다고 말하지 않는다.

언제나 왕께서 옳다 하는 정우소는 하나도 기쁘지 않다.

1장. 버시 계집

1

동방의 도성, 한경.

한경의 외곽 서쪽에 행화리라는 마을이 있다. 오래전 형성된 피난민 마을로, 봄이면 집집이 살구꽃이 하얗게 꽃비 되어 흩날렸다.

정운소는 오라비와 함께 행화리 작은 초가에서 살았다. 두 사람이 몸 누이면 딱 맞는 아담한 집은 오누이가 어렵게 일군 전부였다.

부모는 일찍이 여의었다. 아비는 얼굴조차 알지 못했고, 그나마 기억에 남아 있는 어미의 흔적을 느낄 수 있는 것은 낡은 가얏고 하나가 고작이었다.

어미는 가얏고를 무척 잘 탔다. 그런 까닭에 사라진 고향에는 어미에 대한 소문이 참으로 무성했다. 한때 잘 나가는 기녀였다는 소문도 있었고, 명문가 규수인데 노비와 눈이 맞아 도망해왔다는 이야기도 있었다. 어느 정도는 진실이었고, 어느 정도는 거짓이었다. 그러나 진실과 거짓을 운소가 구분하기도 전에 어미는 역병으로 죽었다. 허무한 죽음이었다. 어린 오누이는 어미가 살아생전 아끼던 가얏고를 이고 지고 이곳으로 왔다.

운소는 어미의 가얏고를 손으로 한 번 쓸어 만지고는 자리에 앉아 빨래를 개키기 시작했다.

그녀는 이제 열일곱 살이 되었으나 또래보다 성장이 늦어 아직 여인 태가 나지 않았다. 쌍둥이 오라비인 우소와 나란히 놓고 보면 잘 모르는 사람은 여전히 헷갈려 할 정도였다. 운소는 오라비가 지나치게 곱게 생긴 탓이라며 하소연하곤 했지만 그게 진짜 문제가 아니라는 것쯤은 알고 있었다.

"어휴."

옆 마을 꽃네는 벌써 가슴이 참외처럼 커졌던데. 한숨을 푹 내신 운소는 오라비 옷을 집었다. 잘 다림질해 둘 생각이었다.

그녀의 오라비는 소환(어린 내시)으로 내시부에서 교육을 받고 있었다. 교육이 끝나면 종9품의 정식 상원내시가 된다.

역병이 돌아 폐쇄된 고을에서 그들 오오이를 구해준 이가 임금이었고, 우소는 늘 임금을 가장 곁에서 모시기를 원하였다. 그 꿈에 한 발짝씩 다가가는 오라비를 운소는 응원했다.

툭.

"음?"

내시복에서 무언가가 떨어졌다. 반듯한 아미를 살짝 찡그린 운소가 손을 뻗었다.

곱게 접힌 종이는 서신이었다.

누이 보아라.

이 오라비는 애타게 찾던 이를 발견한 것 같아 멀리 떠난다.

반드시 다시 만나러 오마.

운소의 미간이 예민하게 구겨졌다.

애타게 찾던 이가 누구인지는 짐작이 간다. 정말 그분이라면 아무 문제없다. 하지만 만약에 잘못 본 것이라면? 그분이 아니라면?

편지에서도 그분인 것 같다고 했지 확실히 그분이라고 단정 짓지 못하고 있다.

'오라버니의 자리를 지켜야 해.'

까만 두 눈이 결연하게 빛났다.

동방의 정궁, 이화궁.

여기 한 청년이 있다. 달 아래 할아버지가 남녀를 짝지어준다는 이 야기를 굳게 믿는, 그리고 그 할아버지가 점지해준 여인이 어서 제 눈 앞에 나타나기를 고대하는.

그는 바로 동방의 주인, 이지. 스물셋의 젊은 왕.

꿈 많고 환상 많은 젊은 왕은 춘추 스물넷이 되기 전 국혼을 치르 면 절명한다는 무녀의 신탁을 무기 삼아 오랜 벗이자 혈맹인 태천太 天과의 국혼을 끈질기게 미루고 있다. 왜냐하면 태천의 자예 공주는 분명 예쁘지만 그녀를 처음 보았을 때 찌릿한 뭔가가 오지 않았으니 까!

대충 둘러대고 시기를 미루다 보면 제 누이가 과년하도록 처녀이길 바랄 리 없는 태천황제가 알아서 포기해줄 줄 알았다. 애석하게도 태 천황제와 공주는 아직 포기하지 않았다.

그들의 기대를 외면한 채, 동방의 젊은 왕은 월하노인이 맺어준 운 명을 애타게 찾아 헤맸다.

"만중아."

"예, 전하."

"만중아······."

"예에······."

신음처럼 늘어지는 용음에 만중도 따라 말끝을 길게 늘였다.

왕은 가만히 제 가슴에 손을 올렸다. 두근두근. 쿵쿵. 심장이 거칠게 뛴다.

여태 이토록 긴장한 적은 없었다. 위기에 빠진 태천을 돕기 위해 출전하였던 때도 이리 떨지는 않았다. 오랑캐와의 전쟁에 종지부를 찍던 그날도 이리 설레지는 않았다. 이 가을과 겨울이 지나 봄이 오면 마침내 국혼의 해가 밝아버릴 것인데, 드디어……

"전하?"

불러놓고 말이 없는 왕을 상선내관 만중이 슬쩍 쳐다보았다. 상기된 얼굴로 왕은 어딘가를 응시하고 있었다.

"만중……."

"예에, 전하. 소신 예 있사옵니다."

만중이 왕을 따라 시선을 옮겼다. 대번에 만중의 이마에 골이 파였다. 오랫동안 비어 있던 중궁전이 마침내 주인 맞을 날이 다가오고 있는데, 심연에서부터 스멀스멀 피어나는 이 불안감은 대체 무엇인가?

왕을 힐끗 한 번 보고는, 만중은 다시 주군의 시선을 따라 고개를 돌렸다. 예민하게 주름이 잡히며 그는 갑자기 어지러웠다.

'아닐 것이다!'

아니어야 한다.

'오해일 것이다!'

오해이어야만 한다.

"어디 나인이더냐?"

만중의 얼굴이 파랗게 질렸다.

"예?"

"저 아이 말이다. 어디 소속이냔 말이다."

후들거리는 다리에 애써 힘을 주고서, 늙은 내시는 울상을 지었다.

왕의 시선이 향하는 곳, 그곳엔 수련 가득한 연못이 있었다. 서방의 이름 모를 나라에서 가져왔다 하는 식물들이 가득했다. 물 위에 둥둥 떠 있는 풀들은 제각각의 색으로 녹빛이었다.

그리고 그 너머, 그러니까 연못 건너에, 있었다.

열중하여 반짝이는 눈빛. 희고 말간 얼굴. 작고 가냘픈 체구. 하늘하늘 날리는 녹색의 옷자락. 소매를 걷어붙인 손에는 뜰채가 들려 있고, 시선이 향하는 곳에 개구리밥이 가득하다. 그는 뜰채 가득 담겨져 올라온 개구리밥을 땅에 툭툭 털어내고, 또다시 떠내기를 반복했다. 제 일에 열중한 그는 인기척도 느끼지 못하고 바지런히 움직였다. 그곳에 있는 자는 분명 내시였다.

"만중아?"

어서 답하라는 듯 재촉하는 용음에 만중은 숨이 턱 막혔다.

'소신의 눈에는 아니 보이는 나인이 전하의 눈에는 보이옵니까?'

하소연 섞인 물음이 만중의 혀끝을 맴돌았다.

"어찌 대답이 없어?"

무어라고 대답해야 할까? 머릿속이 하얘지며 심장이 벌렁거린다. 하늘이 노랗다.

"만중아."

"내시이옵니다!"

주군의 채근에 결국 거두절미한 대답이 튀어나갔다. 움찔 놀란 왕이 미간을 찌푸리며 고개를 기울였다.

"무, 어?"

"전하, 소신의 눈에 한 아이밖에 아니 보이는데, 혹 전하의 눈에는 두 사람이 보이옵니까?"

만중이 항변하듯 물었다. 왕이 저도 모르게 고개를 살짝 내저었다.

기회는 이때다 싶었는지 만중이 머릿속에 엉켜 있는 말들을 빠르게 쏟아냈다.

"전하의 눈에도 한 사람만 보인단 말씀이시지요? 그렇다면 소신의 눈에 보이는 저 아이가, 전하께서 칭하시는 '나인'이 맞는 것이겠지요? 전하, 저 아이는 나인이 아니옵니다. 저 아이는 분명 정초에 발령받은 상원내시 정우소이옵니다!"

골똘해진 왕의 눈동자가 데굴데굴 굴러다닌다. 만중의 말을 이해하려는 듯 미간을 잔뜩 찌푸렸다가, 고개를 옆으로 기울였다가, 다시 또 반대쪽으로 기울였다가…….

"정……우소? 아아, 그것이 저 나인……의 이름인 모양이지? 하하……."

왕의 웃음이 어색하게 잦아들었다.

"나인이 아니라 내시이옵니다."

만중이 정정해주었다.

"거짓말 마라!"

왕은 부정했다.

"전하!"

"과인의 눈이 얼마나 좋은데! 전장에서도 나보다 멀리 보는 녀석은 없었다!"

"그게 무슨 상관입니까! 당장 그 썩은 눈……."

"뉘 오셨습니까?"

만중의 말을 자르며 낭랑한 목소리가 들려왔다.

그 순간, 만중은 아주 기괴한 경험을 했다. 순식간에 무언가가 그의 입을 틀어막았고, 이내 그를 나무 뒤로 휙 끌고 갔다.

'헉!'

"쉿."

찰나 뒤, 만중은 저에게 그 짓을 한 자가 제 주군이란 것을 알았다. 누가 무장 아니랄까 봐 손아귀 힘은 참으로 억세셨다. 늙은 신하는 조금 바동거려 보다가 곧 체념했다.

"뉘 계신 것 같은데……. 잘못 들었나?"

정우소의 혼잣말이 들리더니 이내 발소리가 멀어져갔다. 인기척이 완전히 사라지자 만중의 입을 틀어막고 있던 주군의 손도 사라졌다. 컥컥 숨을 내뱉은 만중이 천천히 호흡을 가다듬고는 제 주군을 쳐다보았다. 그는 장승처럼 땅에 붙박여 있다.

"내, 시?"

충격 받은 용안이 안쓰럽다.

"상원……내시?"

만중은 그에게 어떤 위로도 건넬 수 없었다.

"그럴 리 없다."

왕은 부정에 부정을 거듭했다. 그럴 리가 없다. 그럴 리가 없어. 줄곧 웅얼거리더니 어느 순간 입을 꾹 닫았다. 한참을 그렇게 우두커니 서 있던 왕이 별안간 박장대소했다.

"하하하!"

만중은 그 웃음이 불안했다.

"만중아! 하하! 정녕 웃기지 않느냐? 어이가 없지 않으냐? 아바마마께서 일찍이 내시라 하여 거세하지 않도록 국법을 바꾸셨다. 과인은 그전, 그러니까 너와 같이 거세를 한 자들도 계집으로 헛갈린 적이 없어! 한데 내시라 해도 너와는 달리 양물이 멀쩡히 달려 있을 사내놈을, 과인이 계집으로 착각했다? 양물이 없는 놈들조차 계집으로 잘못 본 적이 없는 과인이?"

발작적으로 웃던 용안이 순식간에 일그러졌다. 설렘으로 반짝이던 눈빛이 푹 꺼져 어둠만 남았다. 바닥에 털썩 주저앉은 왕이 두 손으로 용안을 감쌌다.

"말도 아니 되잖아."

"전하……."

"내 미치지 않고서야."

그는 동방의 왕, 이지.

오랑캐와의 전쟁에서 숱한 전설을 만들어낸 전장의 신, 전장의 사자. 눈이 좋기로는 독수리도 부럽지 않다던 그. 하지만 그 눈엔 사소한 문제가 있는 것 같다. 내시를 나인으로 보는 문제가…….

동방왕실의 적장자로 왕위에 오른 지는 동방의 자랑이었다. 태어나자마자 원자가 되었고, 고작 일곱 살의 나이에 세자가 되었으며, 곧 지존이 되었다. 전장에서 세운 숱한 공은 몇 년이 지나도록 회자되었고, 동방의 백성은 그를 우러르며 경외하였다.

그러나 그렇게 잘난 그도 피해갈 수 없는 것이 있었으니, 그것은 바로 공부였다. 이 죽일 놈의 경연은 왕이 되고도 끝나지 않는다. 경연쟁이 놈들은 하루 할당량을 정해놓고서 지가 그것에 통달하지 않으면 먹이지도 재우지도 않으려고 했다. 이 지독한 놈들은 주군의 상심 따위 신경도 아니 쓴다는 뜻이다.

"듣고 싶지 않다! 듣고 싶지 않아!"

군자는 결코 게을러선 안 된다고 잔소리를 늘어놓는 교리 놈 이마에 벼루를 날리고 싶은 것을 꾹 참아낸 지는 제 인내에 찬사를 보냈다.

어쩌면 이렇게 인내심도 강할까? 하여간 모자란 것이 없다. 나인과 내시를 구분 못하는 것만 빼고.

"이러다 정녕 죽을 것 같다. 육신에 힘이 하나도 없고 눈앞이 컴컴하다. 어의나 불러다오. 어의가 필요하다."

"전하, 아니 되옵……."

"아이고, 아이고, 임금 죽네! 아이고!"

지는 귀를 틀어막고는 곡을 했다. 홍문관에 가서 경연에 참여하시라 어르고 달래던 교리는 당황했다. 그가 어쩔 수 없이 물러나자 지는 곡을 뚝 멈추었다. 눈앞에 예쁘장한 말간 얼굴이 어른거렸다.

첫눈에 반했다. 월하노인이 보낸 제 운명인 줄 알았다.

인연을 만난다는 것이 쉬우리라 생각한 적은 없다. 그는 왕실의 귀한 손이었으므로, 어쩌면 원치 않아도 자예 공주와 정략혼하게 될지도 모른다는 생각도 했었다. 은애하게 된 이가 후궁은 싫다고 하면 어떻게 해야 할지도 결정하지 못했다. 아직 모든 것이 코앞의 현실은 아니었기에 지는 침착한 마음으로 한눈에 반하는 인연을 기다렸다. 산재해 있는 문제들은 정인을 만난 후 해결하면 될 것이라고 믿었다.

하지만 이것은, 그러니까, 내시에게 심장이 쿵쾅거려버린 이 상황은…….

"과인은 미치지 않았다."

전혀 고려해본 적이 없는데.

"아닐 것이다."

한순간 심장이 덜컹 내려앉았던 것. 이것이 연모의 시작일까 기대했던 것. 그 모든 게 거짓되었다.

사내라니? 사내라니! 태어나서 처음으로 마음이 동한 상대가 계집이 아닌 사내라니……. 이 기막힌 상황을 지는 인정할 수 없었다.

눈썰미 하면 그였다. 이지 하면 눈썰미고. 갓 태어난 아이도 얼굴만 보고 척하면 척 사내인지 계집인지 알아맞힐 수 있었다. 심지어 그는 병아리 암수 구별도 할 줄 알았다! 그가 암탉이라 한 것들은 자라서 정말 암탉이 됐고, 수탉이라 한 것들은 진짜 수탉이 됐다. 모두 그의 눈썰미에 놀라 가무러졌다.

그런데 틀렸다고? 그런 그가, 하필 이번에 잘못 봤다고? 왜인지 억울하고 화가 나서 마음 깊은 곳에서 무언가가 울컥, 치밀었다.

"그럴 수는 없다."

이것은 월하노인, 아니, 천신의 농간이다. 인연을 맺어주는 선량한 월하노인이 농간을 부렸을 리 없으니까.

사악한 천신 놈! 모웃된 놈! 느아쁜 놈!

그놈이 저를 시험하는 게 확실하다. 맹세코 단 한 번도 천신 탓을 해본 적 없는 지는 태어나서 처음으로 하늘님께 욕설을 쏟아냈다.

"못된 놈! 못된 신!"

한참을 혼자 씩씩거리던 지가 벌떡 일어났다. 궁인들이 놀래 커진 눈으로 그의 눈치를 보고 있었다. 괜스레 민망해져서 헛기침을 해댔다.

"흠흠. 어의! 어의는 어찌 아직도 아니 와?"

궁인들 얼굴 위로 그 아이의 얼굴이 생생히 겹쳐진다.

까만 눈, 동그란 콧방울, 속눈썹 아래 드리워진 그림자, 그리고 동백꽃처럼 붉던 자그마한 입술.

지는 두 눈을 질끈 감았다. 눈에 이제 막 들어온 그 예쁜 아이를 당장 지워야 한다.

해는 떴다 진다. 매일 그러하다. 시간은 잘도 간다. 보통 때의 망각은 무척 부지런해서 시간과 함께 꼭 찾아온다. 그런데 그 부지런한 망각 놈이, 어째서 하필 지금은 아니 오는가?

'미칠 노릇이군.'

대관절 왜, 기억이란 놈이 흐릿해지기는커녕 점점 더 또렷해지는가?

나흘이나 지났는데 여전히 심란하고 복잡했다. 억울한 마음이 가라

간신의 자

앉지 않는다. 하루에도 몇 번씩 울컥하는 것을 꾹꾹 참으며 지는 손에 들고 있던 상소문을 내려놓았다. 예민해진 미간을 엄지와 검지로 주무르며 피로를 풀었다.

자꾸 눈앞에 어른거리는 계집의 탈을 쓴 내시 때문에 미칠 것 같았다. 정말 발칙한 놈이다. 감히 허락도 없이 임금의 눈앞에서 알짱대다니. 진짜, 지인짜 괘씸하지 않은가?

"만중아……."

지가 신음처럼 만중을 불렀다.

"예, 전하."

"과인은 계집이 좋다."

"예?"

"계집이 좋단 말이다."

"아……. 예, 전하. 사내가 계집을 좋아함은……."

만중이 무어라고 종알거렸지만 지는 전혀 듣지 않았다. 내려놓았던 상소문을 다시 펼친 그가 두 눈에 힘을 팍 줬다. 글자는 눈에 보이나 뜻은 전혀 이해되지 않는다.

"과인은 계집이 좋아."

결국 읽히지도 않는 상소문을 거의 패대기친 지가 벌떡 일어났다.

"전하?"

"연무장에 갈 것이다. 따르라."

이럴 때는 신나게 칼을 휘두르는 게 최고다. 몸이 고될수록 머릿속은 깨끗해지게 마련이니까.

연무장은 넓고 한적했다.

"주비찬 없느냐?"

내금위장 비찬을 찾으며 지가 주변을 두리번거렸다. 이 시각이면 비찬은 항상 연무장에서 훈련을 했다. 그런데 웬일인지 보이지 않았다.

뒤에 서 있던 만중이 고하였다.

"국경을 살피고 오라고 내금위장께 명한 것을 잊으셨사옵니까?"

"아아?"

그제야 생각났다는 듯 지가 탄성을 흘렸다.

"과인이 그랬지."

힘없이 중얼거리고는 혼자 쓸쓸히 훈련용 허수아비를 타격하기 시작했다.

개똥도 약에 쓸려면 없다더니 딱 그 짝이다. 비찬이 없으면 연무장에 온 보람이 없다. 다른 내금위들은 그와 진심으로 검을 맞대주지 않는다. 눈치 보며 설렁설렁 휘두르다가 악 비명을 지르며 패배 선언하기 일쑤다. 일부러 져주지 않아도 그들 따위 한 손으로도 이길 수 있는데 말이다.

"아아악!"

허수아비만 때리려니 재미가 없다. 짜증 섞인 비명을 길게 내지른 지가 목검을 휙 던져버렸다.

"과인은 계집이 좋은데! 계집이 정말 좋은데!"

지는 절규하였다.

수라상이 앞에 있어도 생각은 정리되지 않았다.

밥 한 숟갈 들지 않는 저를 상궁들이 걱정하는 것을 알았지만 지는 그 걱정을 덜어줄 수 없었다. 제 감정 하나 추스르는 것조차 벅찼다.

"과인은 계집이 좋아."

처음이라 이럴 것이다. 계집인 줄 알았으니까. 진짜 꼭 계집처럼 생겼으니까. 영락없이 계집으로 보였으니까!

한순간 마음이 동하여 흘러가 버렸고, 시선을 빼앗겨 버렸다. 처음이라서 모든 것이 너무 빨랐다. 시간이 지나면 괜찮아질 것이다. 빼앗긴 시선도 돌아오고, 머릿속은 맑아지고……. 그렇게 다 괜찮아질 것이다.

"과인은 계집이……."

하지만, 정말 그럴까?

용안이 순식간에 어두워졌다.

"내어가라."

"전하, 조금이라도 드셔야 하옵니다."

"내어가라 하였다."

지는 아예 등 돌려 앉았다.

"아니 되옵니다. 요 며칠 통 드시지를 않지 않으시옵니까?"

"입맛이 없다 하지 않으냐? 내어가라, 좀 내어가!"

짜증이 났다. 아니 되옵니다, 전하! 드셔야 하옵니다, 전하! 그놈의 전하, 전하, 전하! 정말이지 듣고 싶지 않다.

「뉘 오셨습니까?」

그 아이의 목소리만 듣고 싶다.

정우소, 너를 어찌할까…….

고민은 깊어간다.

야심한 밤. 만중은 느닷없이 침전으로 불려갔다.

"전하, 만중이옵니다. 부르셨사옵니까?"

"안으로 들라."

시름 깊은 용음에 조심스럽게 안으로 든 만중이 얼른 깊게 엎드렸다.

"가까이 오너라."

만중이 무릎걸음으로 지에게 다가왔다.

"더 가까이."

계속 더, 더, 더를 요구하던 지는 만중의 귀가 손에 잡히자 그제야 더 다가오라는 요구를 멈추었다. 만중의 귓불을 쭉 잡아당긴 지가 아주 은밀하게 속삭였다.

"예엣?"

만중의 입에서 쇳소리가 터져 나왔다.

"전하, 그 무슨 해괴망측한 명이시옵니까?"

"어허! 해괴망측하다니? 심사숙고 끝에 내린 명이거늘!"

"하오나 전하!"

"그럼 어찌하란 말이냐? 생각하지 말자 다짐하면 할수록 기억은 또렷해져. 모든 것이 결국 그 아이로 귀결되어. 이젠 과인조차 이 내 자신의 취향이 의심스럽단 말이다. 과인은 확인해야겠다. 과인의 취향이 정녕 괴기스러워진 것인지!"

아연실색한 만중이 입을 꾹 다물었다.

"사흘의 말미를 주겠다."

"알겠사옵니다."

만중이 마지못해 답하였다. 지가 만족스레 웃었다.

자신이 남색가일 리 없지만, 절대 그럴 리 없지만, 그렇지만 확인해봐서 나쁠 것은 없으리라. 남색가가 아니란 것을 확신할 수만 있다면, 그 정우소란 아이가 생각나지 않을 때까지 기다려야 하는 이 가혹함도 견딜 수 있으리라.

사흘 안에 한경에서 가장 아름다운 사내 다섯을 뽑아오라!

이 해괴한 왕명에 만중은 기겁했다. 그러나 따를 수밖에 없는 것이 그의 운명이었다.

만중은 신중하게 예쁜 사내 다섯을 추렸다. 바로 여기에 주목할 부분이 있다. '잘생긴' 사내가 아니라 '예쁜' 사내를 뽑았다는 점이다.

"잘 듣게. 지금부터 일어날 일은 죽을 때까지 함구하여야 하네. 만약 이곳에서 있었던 일이 밖으로 새어나가기라도 하면……."

만중이 험악한 표정을 지으며 잠시 뜸을 들였다. 언뜻 보기에는 생김새도, 체형도 계집 같은 사내 다섯이 긴장해서 마른침을 삼켰다. 저가 찾은 자들이 사내인지 계집인지 순간 헷갈려 만중은 헛기침을 했다.

"흠흠. 어찌 될 것인지는 자네들이 더 잘 알 것이라 믿네. 내 말 명심하게."

"예, 어르신."

다섯 사내가 동시에 답했다. 그들은 아직 왕이 자신들을 찾는 이유를 몰랐다. 하지만 잠시 후 그 이유를 알게 된다 해도 결코 떠벌려선 안 될 것이다. 상선이 그토록 많은 보화를 그냥 약속한 것일 리 없다.

"자네부터 날 따라오게."

만중이 한 사내만 안으로 들여보냈다. 남은 네 사람은 침착하게 기다렸다. 한참 뒤, 처음으로 들어간 사내가 나왔다. 그는 허둥거리고 있었다. 남아있는 사내들을 쳐다보지도 않고 황급히 자리를 빠져나갔다.

잠시 후, 두 번째 사내가 들어갔다. 두 번째 사내 또한 첫 번째 사내처럼 혼이 빠져나간 얼굴로 나왔다. 세 번째, 네 번째도 마찬가지였다. 마침내 마지막 사내 차례가 되었다.

그는 종이라는 이름의 갓바치 아들이었는데, 종이는 평소 제 이름에 불만이 많았다. 천출인 것도 서러운데 이름마저 종이라니. 아무리 천한 이름을 가져야 오래 산다지만, 천출로 오래 살아서 대체 무어할까?

하루하루 체념 속에서 살아가고 있는데, 어느 날 귀한 객이 왔다. 무려 상선내관이라는 그 늙은 사내는 막대한 보화를 약조하며 종이를 궁으로 불러들였다. 잠시 동안 왕께서 시키는 일을 하라는 것이 조건이었고, 비밀 엄수가 필수였다. 약조 받은 보화의 액수가 엄청나서, 그 정도라면 양반문서를 사고도 남겠다며 종이는 기뻐했다.

대체 무슨 일을 시키려는 것일까?

두근두근.

종이는 날뛰는 가슴을 진정시키며 안으로 들었다. 수렴 너머에 누군가 앉아 있었다.

'나라님!'

"예는 되었다."

종이가 바닥에 엎드리려고 하는 순간 차가운 음성이 들려왔다. 전장의 사자라는 경외 어린 별명이 퍼뜩 뇌리를 스쳤다.

"하오나……."

"예는 되었고, 벗기나 하여라."

지친 듯, 혹은 다 귀찮다는 듯, 저 너머의 왕이 손사래 쳤다.

종이는 제 귀를 의심했다. 미간을 잔뜩 모으고는 최대한 공손하게 물었다.

"예에? 쇤네가 귀가 어두워……."

그의 나이 이제 열여덟이다. 귀가 어둡기는 무슨. 하지만 그 순간 종이는 차라리 제 귀가 어두운 것이라 믿고 싶었다.

"실오라기 하나 남기지 말고 벗으라 하였다."

나라님께서는 친절하게도 그의 귀가 몹시 멀쩡하다는 것을 재차 알려주었다. 종이의 턱이 뚝 떨어졌다.

"어, 어찌 그런 명을 하시옵니까?"

안에서 무슨 일이 있든 발설하지 말라던 것은 이런 뜻이었나? 종이는 임금에 대해 떠도는 소문들을 재빠르게 머릿속에 떠올려 보았다. 그를 칭송하는 소문만 가득했지, 그의 취향이 별나다는 이야기는 하나도 없었다.

"벗으라면 벗을 것이지, 어찌 하나같이 그리 잔말이 많은 것이냐?"

왕이 신경질을 냈다.

"과인이 너희에게 과인의 의도를 하나하나 설명해야만 하는 것이냐? 귀찮다. 피곤하단 말이다. 네가 빨리 벗어야 과인이 결론을 낼 수가 있어!"

"하, 하오나……."

"다 같은 사내인데 대체 무엇이 부끄럽다고 꿍얼거려? 정 싫다면 다 없던 일로 할 것이다?"

"예? 아, 아니옵니다! 지금 당장 벗습니다요, 벗어요!"

명을 따르지 않으면 주겠다고 했던 보화고 뭐고 없다는 왕의 협박에 종이는 허둥지둥 옷을 벗었다. 그래도 차마 민망한 마음에 잠방이 (짧은 홑바지)는 벗지 못했다.

"잠방이는 어찌 아니 벗느냐?"

"전하……."

"어허? 진짜 없던 일로 해도 되느냐?"

종이가 울상을 짓자 왕이 당장 으름장을 놓았다. 하얗게 질린 종이는 결국 몸에 걸친 천 조각을 모두 벗어던졌다.

"거긴 왜 가리느냐? 가리면 네게 탈복을 명한 의미가 없지 않으냐?"

양물을 가리고 있던 손을 쭈뼛쭈뼛 치우는 종이의 얼굴이 새빨갛게 달아올랐다.

"되었습니까?"

"되긴 무어가 돼? 과인은 아직 부족하다."

"부족하다 하심은……."

"엉덩이 좀 흔들어 봐라."

"예?"

"어서?"

용음에 짜증이 묻어나왔다. 종이는 생각을 포기했다. 그가 엉덩이를 흔들어 보았다.

"빙글 돌아도 보고."

"……."

"거, 주물러도 보아라."

"전하!"

요구는 점점 더 망측해졌다. 종이 얼굴에서 혼이 빠져나갔다.

"역시 아니구나."

왕이 작게 웅얼거리더니 손을 휘휘 내저었다.

"되었다. 옷 챙겨서 물러나라."

불가항력으로 우뚝 서 버린 분신을 달래기 위해 종이가 혼신의 힘을 쏟고 있는 그때, 마침내 왕이 체념하듯 명했다. 그 용음이 어쩐지 너무도 침울하고 처절해서 종이는 잠시 멀뚱히 서 있었다.

"별로 볼 것도 없는 몸인데 왜 아직도 발가벗은 채 서 있느냐? 벗으랄 땐 싫다더니, 입으라니 또 싫은 게야? 아니면 이왕 이리된 것, 과인을 유혹이라도 해보려고?"

"유혹이라니요! 다, 당치도 않습니다! 그런 것이 아닙니다!"

종이가 얼른 옷을 챙겨 입었다. 벗길 땐 언제고 이젠 또 늦게 입는다고 난리다. 도대체 이 무슨 악질적인 희롱인 겐지.

"다 입었으면 당장 나가라. 밖에 상선 있느냐!"

왕이 부르기 무섭게 상선 만중이 안으로 들어왔다.

"저 아이를 데려가 약조한 것을 내어주어라."

"예, 전하."

종이는 왕과 상선을 번갈아 쳐다보았다.

진짜 해괴하다. 해괴하다, 해괴하다 했지만 이처럼 해괴한 일은 또 처음이다. 이게 도대체 무슨 난리인지 설명해주길 바라는 종이의 눈 빛에 만중이 엄한 표정을 지었다.

잔말 말고 따라오너라, 하는 것 같다. 종이는 앞장서 나가는 상선의 굽은 등을 바라보았다. 상선은 이 해괴망측한 상황에도 침착해 보였다.

그를 따라 발걸음을 옮기던 종이가 지밀을 나서기 직전 두 눈을 반 짝였다.

"아하!"

이 일이 처음이 아닌 게로구나! 나라님께는 사내를 희롱하는 아주 변태적인 취미를 갖고 계신데, 그것이 너무도 망측한 일이라 여태 소 문이 나지 않았던 모양이로구나. 그러니 상선께서 저리 익숙하시고, 전하께서도 저리 당당하신 것이로구나. 남색가란 소문은 듣지 못했지 만, 역시 전하께서는…….

"허! 아니다, 아니야! 과인은 네가 생각하는 그런 것이 아니다! 이 번이 처음이다!"

그 짧막한 탄성이 안에 앉은 왕의 귀에도 들렸다. 기겁을 한 지가 벌떡 일어나 소리쳤다.

"천신께 맹세코 처음이란 말이다! 과인은 그저, 그저…… 확인할 게 좀 있어서……. 꼭 확인해야 할 게 있어서……. 그러니 절대로, 절 대로 이상한 생각을……."

용음은 웅얼웅얼 작아졌다. 제 변명이 구차하게 느껴진 까닭이다.

멈춰선 종이가 고개를 조아렸다.

"쇤네 다 이해합니다, 전하."

"이해하긴 대체 무얼 이해해?"

"만지신 것도 아닌데, 이 정도면 양호합지요."

다 이해한다는 종이의 눈빛은 지극히 무성의했다. 무어라 변명하든 변태이자 남색가로 낙인찍힌 것은 변하지 않을 것이다.

종이가 나가는 것과 동시에 지가 털썩 주저앉았다.

"여봐라……. 과인은 진짜, 지인짜, 아무리 고운 사내가 벗어도 동하지 않는단 말이다……. 네가 생각하는 그런 것, 결코 아니란 말이다……."

들어줄 이 없는 변명이 힘없이 흩어졌다.

지는 몇 가지 시험 끝에 다행히도 자신이 남색가가 아니라는 결론을 얻었다. 중간에 오해를 사기도 했지만…… 어쨌든 여색가인 게 중요했다. 하지만 그런 확신도 그의 우울을 모두 털어 주지는 못했다. 여드레가 지나도록 지는 매일 정우소 꿈을 꾸었다. 날이 갈수록 꿈속 정우소의 얼굴은 선명해졌고, 더 계집 같아졌다. 잊으려고 할수록 생생해지는 것이 꼭 그를 약 올리는 듯했다.

"염병."

지는 작게 욕설을 중얼거리고는 두 눈을 꾹 감았다.

그는 분명 여색가이다. 뼛속까지 계집이 좋다. 아무리 예쁜 사내를 벗겨 눈앞에 가져다 놓아도 전혀 동하지 않았다. 그런데 딱 한 사람만 예외다. 이상하게 정우소, 그 아이만 다르다. 미칠 노릇이었다.

"만중아, 밖에 있느냐?"

"예, 전하."

"안으로 들라."

"예."

만중이 들어왔다. 부쩍 수척해진 지가 퀭한 눈으로 만중을 보았다.

"만중아."

"예, 전하."

"사람이란 말이다. 본디 청개구리 같아서 해라 해라 하면 하기 싫고, 하지 마라 마라 하면 하고 싶은 법 아니더냐?"

"예? 아무래도 그렇지요……?"

"역시! 이 또한 그런 것이 분명하다."

만중을 앞에 놓고 영문 모를 소리만 하던 지가 손뼉을 짝 마주쳤다. 용안에 모처럼 웃음이 활짝 피었다. 그 환한 웃음에 만중은 왠지 불안하면서도 덩달아 웃음이 났다.

"무조건 전하 말씀이 옳사옵니다."

"그래, 과인 말이 항상 옳다."

지는 내처 고뇌했고, 줄곧 울적했고, 결국 결심했다. 잊자 잊자 하니까 더 안 잊히는 것이다! 그렇다면 반대로, 차라리 보는 것이다! 눈앞에 두고 매일매일 보자! 그러다 보면 필시 이 어처구니없는 마음이 수그러들 것이다.

"따라오지 말거라!"

벌떡 일어난 지가 어디론가 달려가며 외쳤다.

"저, 전하!"

바람처럼 달려 나가는 주군을 쫓아갈 체력이 안 되는 만중이 비명처럼 그를 불렀다.

나이 든 내시는 오늘따라 내금위장 비찬이 무척 그리웠다. 하필 이런 위급 시에 국경을 살피러 간 그의 빈자리가 너무 애석했다.

상왕 전하도 몹시 보고 싶었다.

누구라도 왕을 말려줄 이가 절실하였다.

이화궁엔 비원秘園이라는 후원이 있다. 화목의 어우러짐이 아름답고 우아해 대국인 태천에까지 소문이 자자했다. 상원내시들은 대부분 비원을 가꾸며 하루를 보냈다.

'저기 있구나!'

내내 지를 괴롭게 했던 그 내시, 정우소가 그곳에 있었다. 바싹 말라비틀어진 용심도 모른 채 속 편하게 방긋방긋 웃으며 일하고 있는 정우소가 있었다. 거목 뒤로 몸을 숨긴 지는 그가 괜히 얄미워서 화가 났다.

'괘씸한 놈!'

저는 이리 수척해졌는데, 정우소란 놈은 오히려 볼에 살이 포동포동 올라 더 귀여워진 것 같다. 마른 입술을 축인 지가 가슴에 손을 얹었다.

쿵 쿵 쿵 쿵. 심장이 무서울 정도로 세차게 방망이질하고 있었다. 손목에서, 귀밑에서 맥박이 튀어나올 듯 강하게 느껴졌다.

힐끔. 눈만 내밀어 우소를 살핀 지가 다시 재빠르게 나무에 몸을 바짝 붙였다.

'저게 사내라니.'

정우소가 꽃 같았다.

'정녕?'

또다시 힐끔. 지는 우소의 의복을 살폈다. 믿고 싶지 않지만, 부정할 수 있다면 부정하고 싶지만, 그렇지만 그가 입고 있는 녹색 의복은 아무리 보고 또 봐도 종9품 상원내시가 입는 관복이 맞았다.

정우소, 그는 사내가 분명하다.

"하아."

허탈한 한숨이 터져 나왔다. 마음 깊은 곳에서 부글거리던 무언가가 폭 꺼져버린 것 같다. 이대로 바닥에 주저앉고 싶다는 유혹이 든 순간, 꿈에서 그리던 목소리가 들려왔다.

"거기 뉘 계십니까?"

지가 정신을 붙잡았다. 곤룡포가 시선 아래에서 펄럭였다.

들키면 아니 된다. 거의 본능적인 판단이었다. 지는 뒤도 돌아보지 않고 부리나케 뛰었다.

"헉헉."

한참 뒤에야 달리기를 멈춘 지가 가빠진 숨을 다듬었다. 호흡이 정리되자 허리를 반듯하게 세우고서 가슴에 손을 얹었다. 호흡과 달리 심장은 정리되지 않았다.

"대체 왜."

너는 사내인데.

"도대체 어찌."

과인은 남색가도 아닌데.

"미치지 않고서야."

만약 미친 거라면 왕위는 어찌하지? 미친놈이 왕위에 앉아 있을 수는 없는 노릇 아닌가? 당장 왕손 중 적당한 자를 찾아봐야 하나? 아바마마께는 무어라 말씀드리지? 소자가 아무래도 미친 것 같사오니 저 똘똘한 왕손을 세제로 삼아 양위할까 하옵니다. 이리 말하면 될까?

"아니, 아니야. 과인은 미치지 않았다. 과인은 남색가도 아니고. 그럼 이것은……. 그래, 이것은……."

적당한 핑계를 찾아 머리를 굴리던 지가 별안간 두 눈을 반짝였다.

"벗이 되고 싶은 게로구나!"

그래, 바로 그거다!

"하하. 과인도 참. 어찌 그 쉬운 답을 몰라서 이리 쩔쩔맸어?"

그렇다. 뭐, 꼭 여인을 보고 두근거리란 법이 있는가? 사내를 보고도 선망의 마음에 두근거릴 수 있는 것 아닌가? 차류를 처음 만났을 때도 그 위풍당당함에 심장이 떨리지 않았던가! 그러니까 이 경우도, 필시 그때와 같을 것이다. 꽃을 다듬는 내시의 그 진중하고도 신중한 태도에 본의 아니게 반하고 만 것이다. 계집을 보고 반하는 그런 마음이 아니라 닮고 싶은 벗에게 반하는 그런 마음으로!

현실 부정에 이어 현실 왜곡이 시작됐다. 그것은 곧 완전한 진실로 간주됐다.

한 나라를 책임져야 하는 왕이다. 사내를 연모하는 것은 어불성설. 그러나 사내를 동경하는 것은 가당하다. 정인으로 곁에 두고 싶은 것이 아니라면, 그저 친우로 아껴주고 싶은 것이라면, 그렇다면 얼마든지 용납할 수 있다.

용안에 만족스러운 웃음이 걸렸다. 지가 고개를 위아래로 크게 끄덕거렸다.

우소는 며칠째 감시당하는 기분에 시달리고 있었다. 부지런히 전정을 하다가 눈길이 느껴져서 뒤돌아보면 아무도 없고. 부지런히 연못을 정돈하다가 싸한 기분이 들어 뒤돌아보면 또 아무도 없고.

"뉘 계십니까?"

분명 있는 것 같은데, 대답도 없고.

"뉘 계신 것 같았는데……."

귀신이 곡할 노릇이다. 느낌이 아주 괴상하단 말이다.

'혹시…….'

설마 하는 생각에 가슴이 선득해졌다.

'아니, 아니야.'

우소는 애써 침착함을 유지했다. 실수한 적 없다. 누군가의 의심을

산 적도 없다.

그는 정우소. 종9품 상원내시, 왕의 충실한 신하. 궁 안의 모두가 그리 알고 있다.

그때, 우지끈! 나뭇가지 부러지는 소리가 들렸다.

그놈이다! 요 며칠 나를 지켜보던 눈. 잡아야 한다. 왜 나를 쫓아다니는지, 무엇을 알아챈 것은 아닌지 확인해야 한다.

우소는 범인을 놓칠세라 필사적으로 뛰었다. 곧 덤불 뒤에서 엉덩방아를 찧은 채 당황한 표정으로 저를 올려다보는 사내를 발견했다.

"역시 뉘 계시었소."

"아, 안녕하느냐?"

그가 자세만큼이나 어색한 인사말을 건네 왔다.

그의 얼굴이 곧 하얗게 질렸다. 메밀꽃처럼.

지에게는 있어 벗이라고 부를 수 있는 자는 거의 없다. 전장에서 동고동락한 타국의 황제와 지금은 국경을 살피러 간 내금위장 정도가 전부다. 평범하게 벗을 사귀는 방법은 배우지 못했다. 하여 하염없이 고민했다.

어찌해야 벗이 될 수 있을까?

원자 시절과 세자 시절이 눈앞을 스쳐갔다. 부왕父王의 뒤를 쫓아 방문했던 고관대작의 저택들. 그곳에 있던 또래 아이들. 그들은 지와 잘 어울려 놀다가도 그의 신분을 알게 되면 완전히 돌변하곤 했다. 목석처럼 굳어서는 말까지 떠듬떠듬 더듬다가, 결국 독서해야 한다는 핑계를 대며 도망갔다.

원자의 위位, 세자의 위位. 그것이 얼마나 부담스러웠을까. 당시엔 그저 서운하기만 했던 지도 이제는 이해하고 있다.

'미복을 하면 좀 나을 것인가?'

곤룡포는 곤란하다. 왕과 벗이 되어줄 내시는 이 세상에 없다.

적어도 미복을 하면, 도망가지는 않겠지.

하지만 용기가 나지 않는다. 만나서 무슨 말을 하면 좋을지조차 모르겠다.

입술을 잘근잘근 씹던 지가 문득 헛웃음 지었다. 출전하던 그때에도 겁먹고 망설인 적 없다. 그런데 내시 하나 때문에 온갖 고민을 떠안고 있다니. 어처구니가 없다.

지는 옆으로 풀썩 쓰러져 버렸다. 아무것도 모르겠다. 누워 잠이나 자자.

면경이 보였다. 그 속에 제 모습이 비친다. 초점 잃어 퀭한 눈동자, 잠을 설쳐 푸석거리는 살결, 축 늘어진 어깨……. 대륙을 누비던 그 위풍당당한 세자는 어디 가고, 이토록 볼썽사나운 사내만 남았는가? 전장의 영웅이 이리 겁쟁이였단 말인가?

자괴를 거듭하던 지가 별안간 벌떡 일어났다.

'모르겠다, 모르겠어. 과인도 이젠 모르겠다.'

고민한다고 바뀌는 것은 없다. 고민하다가 말라죽느니 뭐든 저지르기라도 해야겠다. 그래야 죽어서 덜 억울할 것이다.

곤룡포를 집어던지고 미복차림으로 바꿔 입은 지가 바람처럼 튀어나갔다.

상원내시 정우소. 종9품, 말단 중에 말단.

그는 금일도 비원에 있었다. 이전 날과 마찬가지였고, 한결같이 진중한 눈빛으로 화목을 다듬고 있었다. 사내 주제에 계집보다 곱상한 얼굴을 가진 그를 보며 지는 인상을 썼다. 속이 울렁거렸고, 머리가 어지러웠다.

곤룡포는 진즉 내던졌으니 능구렁이처럼 다가가 말을 걸면 될 일인데 왠지 자꾸만 자신이 없어져 관목 뒤에 몸을 숨겼다. 봄엔 분홍 꽃 만개하였던 철쭉이 이제는 가을을 준비하고 있었다.

'저게 사내…….'

철쭉 위로 두 눈만 빼꼼 내밀고 지는 우소를 훔쳐보았다. 아미를 좁힌 채 수없이 '정우소는 내시'라고 되뇌었다. 그렇게 세뇌시켜두지 않으면 어느 순간 정우소는 계집이라고 생각하게 될 것 같았다.

그때, 돌연 우소가 고개를 들었다.

'어이쿠!'

지가 저도 모르게 숨어버렸다.

'수, 숨은 것 아니다! 이건 그러니까……. 첫 인사말을 아직 못 골라서…….'

자고로 사람과 사람의 만남에서 가장 중요한 것이 첫인상이고, 첫인상을 결정하는 것 중 하나가 첫 인사말일 것이다. 그 중요한 첫 인사말을 고르지 못했으니, 아직 얼굴을 내밀 수 없다. 지는 혼자 변명했다.

제 몸을 숨겨주는 철쭉이 하도 든든하여 슬며시 만족스럽기까지 했다.

"뉘 계십니까?"

우소가 재차 소리 높여 물었다.

사내의 것으로 치부하기에는 조금 높고 계집의 것이라 보기에는 살짝 낮은, 퍽 듣기 좋은 목소리였다. 처음 듣는 목소리도 아니건만 새삼 달아오르는 뺨을 지가 꾹 눌렀다. 햇볕에 덴 듯 뜨끈뜨끈했다.

"뉘 계신 것 같았는데……."

우소의 목소리는 곧 아렴풋해지더니 이내 바람 소리만 그득해졌다.

더 듣고 싶은데, 그의 혼잣말은 왜 이리도 짧은지. 괜스레 아쉬워 입맛을 다신 지가 재차 철쭉 위로 눈을 삐죽 내밀고는 우소를 훔쳐보았다. 어쩐지 애틋하고 아련한 기분이 되어 이내 우울해졌다. 그는 사내이고 정우소도 사내이니 두 사람의 관계는 잘해야 좋은 지우가 될 터였다. 궐 밖의 기생을 후궁으로 삼을 수 있고, 궐 안의 무수리를 품을 수는 있어도 내시를 지밀로 불러들이는 일은 결단코 있을 수 없다. 그 명명백백한 사실에도 심장은 천방지축 날뛴다.

'과인은 계집이 좋다.'

어찌해야 할까. 당장 가서 말을 걸겠다던 당찬 각오는 흔들린 지 이미 오래다.

지는 주춤거리며 뒷걸음질 쳤다. 그러다 순간 말이 꼬여 엉덩방아를 찧었다.

우지끈! 엉덩이에 깔린 나뭇가지가 부러지며 요란한 소리를 냈다. 지는 그대로 얼어붙었다. 심장이 쿵 내려앉으며 등 뒤로 한기가 지나갔다. 들켰다는 생각과 동시에 오소소 소름이 돋았다. 굳은 몸을 애써 돌려 달아나려는 순간, 그를 그토록 애타게 하던 목소리가 지척에서 들려왔다.

"역시 뉘 계시었소."

계집이 좋든 어쨌든, 이 순간은 다 소용없었다.

"아, 안녕하느냐?"

지는 천하에서 제일 멍청해 보이는 첫인상을 남겼다.

망했다. 본능적으로 깨우쳤다.

천신님. 신령님. 부처님. 월하노인님. 부를 수 있는 분들은 모두 부르며 지는 우소를 바라보았다. 적의 가득한 그 까만 눈을 마주한 순간, 몸이 제멋대로 움직였다. 우소를 밀치고 그대로 달아나 버렸다.

"악!"

잊어라, 제발. 이 얼굴을 기억하지 말거라. 다 잊고, 내일 다시 하는 것이다. 다시 첫인사를 건네는 것이다. 그러니 제발 잊어다오…….

마른하늘에 날벼락이었다. 불한당 같은 놈에게 밀려 넘어진 우소는 땅을 잘못 짚어 손목을 삐었다.

"윽."

하지만 아픈 손목보다 비원이 더 문제였다. 불한당 놈이 달아날 때 밟히고, 우소가 넘어질 때 꺾인 철쭉이 여기저기 널브러져 있었다. 인상을 팍 쓴 우소가 범인이 사라진 자리를 노려보았다.

"소인이 얼굴 딱 기억했습니다. 꼭 잡을 겁니다."

이곳은 왕의 후원이다. 왕께서 가장 사랑하는 후원이다.

그 후원을 엉망진창으로 만든 자, 반드시 잡아서 금부에 넘기고 말리라!

우소는 굳게 결심했다.

우소는 범인을 기다렸다. 다친 손 때문에 무거운 걸 들 수 없어서 후원 일에서는 배제되었다. 임시로 맡게 된 매 한 마리를 데리고서 후원에 나온 우소는 예리하게 주변을 살폈다. 나무 뒤로 청색 도포 자락이 보였다.

"정확히 스무 가지입니다."

우소가 나직하게 쏘았다. 도포 자락이 움찔 펄럭인다.

"나리 때문에 부러진 철쭉가지가 스무 가지란 말입니다. 이만하면 나오십시오. 게 계시는 거 다 알고 있습니다. 전하의 것을 상하게 하셨으니, 벌을 피해갈 수 없으실 겁니다."

사내가 쭈뼛쭈뼛 모습을 드러냈다. 우소는 그를 똑바로 보았다.

그는 체격이 컸다. 어깨가 넓고 몸이 다부져 보였다. 선이 굵은 얼굴은 뭇 여인을 홀릴 듯 아름다웠다. 우소는 짜증스레 미간을 좁혔다.

'홀리다니, 무슨 생각을 하는 것이야?'

"아……. 그랬느냐? 다행히도 나는 괜찮다."

"나리께서 괜찮으신 것은 문제가 아닙니다. 문제는 저기 저! 철쭉이지요."

우소가 부러진 철쭉을 가리켰다.

사내는 조금 억울해 보이는 표정을 했다. 반듯한 미간이 좁아졌다.

"사람이 먼저 아니더냐?"

"이곳에선 사람이 나중입니다."

"허어? 먼저 어디 다치셨느냐 묻는 게 예의지!"

"하이고야."

적반하장도 유분수지. 어처구니가 없어서 우소는 저도 모르게 탄식을 내뱉었다.

"어느 귀하신 나리께서 밀쳐서 다친 것은 소인인데, 걱정도 소인이 해드려야 하는 것입니까?"

"다, 다쳐?"

멀찍이 있던 사내가 순식간에 간격을 좁혀왔다. 그 격렬한 반응에 당황한 것은 우소였다.

"어딜 다쳤느냐? 그리고 보니 금일은 왜 후원을 손질하지 않느냐? 가만 보자. 손목이……."

사내는 말을 쏟아내며 우소의 손목을 낚아챘다.

"무, 무슨 짓입니까!"

당황한 우소가 사내를 뿌리치려 했지만 잘 되지 않았다. 억지로 빼내려 하자 통증이 찌릿하게 일었다.

"윽!"

"괜찮으냐? 어의는? 어의는 만나보았고?"

"어의는 무슨 어의입니까? 저 같은 말단내시가."

"말단이고 아니고가 무슨 상관이냐? 사람이 다쳤는데!"

사내는 목청이 컸다. 귀가 아플 정도로 버럭버럭 소리를 질러댔다. 뭐, 이런 무례한 사람이 다 있나? 인상을 팩 쓴 우소가 아픈 것을 꾹 참고 손목을 비틀어 기어이 빼냈다.

"나리는 어디 나리이십니까? 교양 없이 소리도 빽빽 지르시고. 소인이 애지중지 아낀 꽃밭도 엉망으로 만드시고. 사실은 나리가 아니라 나리를 모시는 몸종인 것은 아니시지요?"

머릿속에 떠오른 의심을 가감 없이 쏟아내던 우소는 말한 뒤에야 아차 싶었는지 표정을 굳혔다.

"무어…… 비슷하지?"

사내는 애매하게 동조하며 어색하게 웃었다.

"한데 너 참 못됐다."

"예?"

"내 다친 것도 무시하고, 네 다친 것도 무시하고. 사람이 그리 무신경하면 못쓴다."

어이가 없어서 우소는 조금 웃었다.

"무시라니요. 소인이 보기에 나리께서 무척 건강한 듯하여 걱정하지 않은 것뿐입니다. 부러진 뼈도 하룻밤이면 붙고, 쇠도 우걱우걱 씹어 드실 나이가 아니십니까?"

"그 정도는 아니다!"

"여하튼 팔도 멀쩡하시고, 다리도 멀쩡하시고, 제일 중요한 그 입도 멀쩡하시군요. 얼굴이 조금 긁히신 듯한데, 그것은 나리께서 자초한 상처가 아닌지요? 반면 여기 이 철쭉들은 성실하게 자라고 있다가 아닌 밤중에 홍두깨를 얻어맞았으니 이 얼마나 억울합니까? 이치들을 먼저 돌보는 것이 소인의 소임입니다."

한 마디도 지지 않는 우소를 보는 사내의 얼굴에 기묘한 웃음이 어렸다. 그 웃음이 하도 수상하여 우소의 눈이 게슴츠레해졌다.

"나리?"

"상상이상이로구나."

"예?"

그때, 우소가 돌보고 있던 매가 가볍게 날아올랐다. 날갯짓 소리에 우소와 사내가 고개를 드는 순간, 하늘에서 물컹한 무언가가 툭 떨어졌다. 그것은 그대로 사내의 얼굴로 투척됐다.

"으악!"

사내가 코를 틀어막으며 울부짖었다.

새똥은 냄새가 지독하다. 응방에서 길들이는 매라고 똥에서 과일향이 나겠는가?

"거참, 누가 들으면 살인이라도 난 줄 알겠습니다. 사내대장부께서 엄살은⋯⋯."

우소가 구시렁거리며 그의 얼굴을 닦아주었다. 비명을 지르며 호들갑을 떨던 지는 새똥 냄새가 지독하다는 생각을 취소했다. 요놈의 똥에선 과일향이 난다. 그것도 살구향.

"다 되었느냐?"

"말하지 마십시오! 입 안으로 들어가겠습니다."

부드러운 비단이 지의 입술을 꾹꾹 닦았다. 지는 주먹을 꼭 쥐었다. 심장이 방정맞게 날뛴다. 쿵쿵쿵쿵.

"되었습니다."

얼굴 구석구석을 닦아주던 손길이 사라졌다. 지가 눈을 떴다. 코앞에 있는 정우소의 얼굴에 순간 숨이 멎었다.

'무슨 사내가 이리 고와?'

말간 얼굴을 홀린 듯 보았다. 이러다 정말 심장이 터질 것 같아서 황급히 시선을 내렸다. 동백꽃처럼 붉은 입술에 시선이 재차 고정되었다. 작고 도톰한 입술은 무척 말랑말랑해 보였다. 얼굴을 확 붉히며 지가 고개를 확 돌렸다.

'과인은 남색가가 아니다. 절대 아니다. 과인은 미치지 않았다. 결코 미치지 않았다……'

심장은 이미 감당할 수 없을 정도로 빠르게 뛰고 있었다. 가슴, 손목, 귀밑 할 것 없이 동맥이 지나가는 곳곳마다 맥박이 팔딱거렸다.

'이런…… 차라리 광인이 되는 게 쉽겠구나.'

지는 황급히 우소에게서 후다닥 멀어졌다. 정우소는 내시고, 여기서 저가 미쳐서 내시를 덮치기라도 한다면 동방 역사 길이길이 실록에 남을 것이다. 상왕이 되어 물러난 아바마마께 죽도록 엉덩이를 걷어차일지도 모른다.

'그건 아니 되어.'

아직 사리분별이 남아 있음에 안도하며 지는 우소를 바라보았다. 예민하게 미간을 찡그린 우소가 그를 보고 있었다.

"내 오늘은 바빠 이만 가겠다. 내가 망친 네 철쭉을 도울 방법을 궁리해보마. 그리고……."

일단 오늘은 여기서 후퇴다. 지의 시선이 잠시 우소의 손에 들린 비단조각에 머물렀다. 애써 우소에게서 멀어진 보람도 없이 도로 성큼성큼 다가선 지가 비단조각을 빼앗듯이 낚아챘다.

"이것 또한 내가 망쳤으니 깨끗하게 해서 돌려주마."

"그것은!"

당황한 목소리가 들렸지만 지는 그대로 등 돌려 도망쳤다. 우소가 따라오지 않는 것을 몇 번이고 확인한 뒤에야 멈춰선 지는 새똥 냄새가 나는 천을 들어보았다. 그의 미간이 미묘하게 구겨졌다.

"이것은 여인의 댕기가 아닌가?"

그냥 비단조각인 줄 알았는데 아니었다. 그것은 선홍의 댕기였다. 꽃이 수놓아진.

"새똥이 막⋯⋯."

집에 돌아와 가만히 앉아 있으니 또 생각이 난다.

쿡쿡 웃던 우소가 얼른 마른세수를 하며 표정을 갈무리했다. 그 수모를 당했으니 의금부에 넘기는 일은 보류해도 될지도.

여하간 이상한 선비였다. 우습기도 하고 멍청해 보이기도 하는데, 기이하게도 그게 싫지 않았다. 생각해 보면 왕의 후원에 드나들 정도라면 왕과 친분이 두텁고 신분도 높을 터인데, 그럼에도 그는 단 한 번도 우소에게 예를 요구하지 않았다. 뒤늦게 깨닫건대 그 선비에게 저가 꽤나 불손하게 굴었던 것이다. 그것을 책잡지 않음에 고마워해야 하는 것일까, 가져간 내 댕기를 어서 돌려 달라 성화를 부려야 하는 것일까. 모르겠다.

우소는 가만히 서서 잠시 눈을 감았다.

피곤하다. 언제까지 이리 살아도 될까? 시작은 오라비를 위하는 마음이었지만, 지내다 보니 상원내시 일이 꽤 잘 맞았다. 후원을 가꾸는 것도 즐거웠고, 임시지만 매를 돌보는 것도 재미있었다. 녹이 꼬박꼬박 나오니 끼를 걱정도 없다. 하지만 조정을 우롱하는 짓이다. 만에 하나 걸리기라도 한다면⋯⋯.

"오라버니, 내가 너무 욕심쟁이인 걸까?"

혼잣말을 중얼거린 우소가 한숨과 함께 눈을 떴다.

옷을 갈아입고 쉴 요량으로 옷고름을 풀었다. 저고리가 벗겨지고 드러난 가슴이 천으로 꽁꽁 동여매여 있었다. 천이 숨기고 있는 것은 봉긋해진 가슴이었다.

그는, 아니, 그녀는 정우소가 아닌 정운소.

어느 날 갑자기 모호한 서신 한 통만 남겨두고 사라져버린 오라비를 위해서 그 자리를 보전하고 있다.

3

지난 며칠 는적거리며 늘어져 있던 지는 언제 그랬냐는 듯이 생기발랄했다.

처음이 어렵지 그다음은 쉬운 법이다. 가볍게 후원으로 발걸음 하던 지가 무뜩 멈추었다.

'이것은 분명 댕기로다.'

간밤 수선을 떨며 빨고 말리고 다림질까지 한 비단은 다시 봐도 댕기였다. 사내의 것이라고 보기엔 지나치게 분홍분홍하고 화사하다. 양물 멀쩡한 사내가 제정신이라면 이런 댕기를 자신이 하려고 가지고 있을 리 없다. 그렇다면 필연적으로 이것은 정인의 것이리라.

'감히 정인이 있어?'

괜히 괘씸하고 얄밉다. 정인과 은밀한 사랑을 속닥이는 정우소의 모습을 상상하는 것만으로 속에서 천불이 난다.

'꼭 돌려줄 필요 있나? 흥.'

머뭇거리던 지가 댕기를 품속 깊이 갈무리했다. 정인의 것이라면 돌려주고 싶지 않다.

손목이 다 낫지 않은 운소는 오늘도 응방의 매 한 마리를 돌보고 있었다. 아직 맹금류라 부르기엔 민망한 어린 수지니(길들인 매)는 운소의 옆을 부지런히 돌아다녔다. 가끔 부리도 딱딱거리고 활기찬 날갯짓도 했다.

"흠흠."

헛기침 소리에 운소가 고개를 들었다. 예의 그 무뢰한 선비가 멀찍이 서 있었다.

"나는 이곳에서 쉬어가도 좋다고 윤허 받은 전하의 귀객이노라."

운소가 묻지도 않은 것을 답하며 선비가 한 발씩 다가왔다. 그 순간 수지니가 가볍게 비상했다. 선비는 대번에 인상을 찡그리며 머뭇거렸다. 오물투척을 당할세라 겁먹은 게 분명했다.

"누가 무어라 하였습니까?"

"네 꼭 나를 불청객 보듯 해서 하는 말이다."

"소인이요? 설마요."

"설마라니, 진짜 딱 그랬다."

선비의 항변에 운소는 피식 새어나오려는 웃음을 참았다.

이 선비는 이상하다. 고관대작이 흔히 풍기는 위압감이 없다. 그는 꼭 오라비 같다. 묘하게 친근하다. 엉덩이에 살랑거리는 강아지 꼬리가 보일 듯하는 것은 아마도 착각이다.

"그 매 좀 저리 치워버리면 아니 되느냐?"

"아니 됩니다."

"어허, 매정하다. 나는 전하의 귀객으로 마땅히 이 후원을 즐길 권리가 있다."

"이 수지니를 돌보는 것이 소인의 일입니다. 소인의 일은 이곳에서 행해야 하고요."

선비는 미간을 살짝 추어 올리더니 이내 뾰루퉁한 표정을 했다.

"네 참……."

맹랑하구나. 선비는 말끝을 흐리며 부드럽게 웃었다.

그는 이지, 동방의 지존. 태어난 순간부터 지고의 자리에 있었다. 누구도 그를 편히 대하지 못했다. 상선 만중도, 내금위장 비찬도 그를 무척 아껴주었지만 어찌할 수 없는 벽이 있었다. 아무리 친근하게 굴어도 한편으로는 어려워했고, 실없이 달라붙어도 그들은 난처해했다. 지엄을 온몸에 두르고서 엄한 표정을 할 때 그들은 더할 수 없이 기뻐하였고, 왕의 책무를 다할 때면 흐뭇하게 따랐다.

그들은 벗이었으나 동시에 신하였고, 그들의 애정은 우애友愛보다는 충애忠愛에 가까웠다. 마음 한구석이 스산해도 신하에게는 드러낼 수 없었고, 슬픔이 목구멍까지 차올라도 언제나 왕이어야 했다.

오직 이 아이, 정우소의 앞에서만 지는 자유로웠다.

"저놈이 또 내게 그것을 투척한다면, 네가 경을 치게 될 것이야."

"소인을 겁박하시는 겁니까?"

"설마."

"겁박하셨잖습니까?"

"내가 설마 겁박할 사람이 없어 미천한 말단내시를 협박하겠느냐? 내 겁박은 그런 저급한 이들을 위해 있는 것이 아니다."

지가 짐짓 으름장을 놓았다. 운소의 표정이 순식간에 굳었다. 지는 뒤늦게 아차 했지만 이미 늦었다. 싸늘하게 식은 얼굴로 운소가 이죽 거렸다.

"송구하옵니다. 소인처럼 저급한 것이 감히 선비님의 풍류를 방해하고 있다니. 이놈이 나리께 또 몹쓸 짓을 하기 전에 소인이 물러나겠습니다."

그 나직하고 고저 없는 음성에 지의 가슴이 선득해졌다.

미움, 받아버렸다.

어떡하지? 멀어지는 운소를 보며 발을 동동 구르다가 서둘러 뒤쫓

45

았다.

"한데 네 속목은 언제쯤 낫는다고 하더냐? 내 잘못이니 역시 어의를……."

"미천한 것이 손목 좀 다치면 어떻고, 아예 없으면 또 어떻습니까?"

운소는 쌀쌀맞게 대꾸하고는 종종걸음을 옮겼다. 지는 그녀를 바투쫓아갔다. 수지니가 날아오를 때마다 움찔했지만 다행히 새똥이 또얼굴로 날아드는 일은 없었다.

"그런데 말이다. 네 이름은 무엇이냐? 이리 만난 것도 인연인데, 내아직 네 이름조차 듣지 못하였구나."

지는 어떻게든 대화를 이어가려고 애썼다. 이미 정우소라는 이름석 자를 알고 있었지만, 앞으로 우소와 친분을 쌓으려면 직접 통성명을 해야 했다. 뒷조사를 통해 이름을 알아냈다는 것을 알면 의심만 부추길 테니까.

"미천한 것의 이름을 알아 무어 하시겠습니까? 정 내관이라고 부르시면 됩니다."

운소가 퉁명스레 대꾸했다. 지의 미간이 꿈틀댔다. 시간을 되돌릴수만 있다면 주둥아리 함부로 놀린 저를 콱 때려줄 텐데.

"어허, 그러지 말고……. 나는 이지다."

"그냥 정 내관이라고 부르십시오."

"내 이름을 말하였으니 너도 이름을 말해야지. 그것이 통성명이라는 것이고, 동방의 예의 아니더냐?"

"……."

그녀의 입은 야속하게도 닫혀 있다.

지끈. 가슴이 뻐근해진다.

너무한다. 나쁘다. 밉다. 말실수 한 번 했다고 쪼잔하게.

"정 내관."

울컥, 화가 난다.

이 자리에 서기까지 수없이 번뇌했다. 이름도 못 듣고 물러나는 것은 억울해서라도 못한다.

"설마 상원내시 주제에 전하의 귀객을 무시하려는 것이냐?"

결국 위협적으로 으르대고는 또 금방 후회했다.

우뚝 멈춰서 뒤돌아보는 운소의 표정이 심상치 않다. 쌀쌀맞게 굳어 있다.

운소는 지를 가만히 바라보더니 고개를 푹 조아렸다.

"나리께 이름을 댈 만한 신분이 되지 못합니다."

요놈의 입! 이 방정맞은 입!

지는 최대한 가련해 보이는 표정을 지었다. 제 실언을 자책하며 용서를 갈구했다.

천천히 고개를 든 운소가 다시 뒤돌아섰다.

정운소는 바보가 아니다.

그녀는 지의 눈빛을 마주하고는 터져 나올 뻔한 웃음을 겨우 삼켰다. 무표정을 어렵게 유지하고는 다시 뒤돌아섰다.

이지라는 선비가 격식에 얽매이는 양반이라면 애초에 이리 방자하게 굴지도 않았다. 그는 그녀의 맹랑함을 기꺼워하는 게 눈에 보였다. 하여 조금 더 편하게 행동한 것일지도 모르겠다.

하급, 저급, 말단. 그 표현들이 틀린 것도 아니다. 딱히 기분이 상하지도 않았다. 하지만 시키는 대로 고분고분 듣기에는 어쩐지 약이 올랐다.

싫다고도 하고, 못 들은 척도 하고, 어리광도 부리고 싶었다. 궁 안의 그 누구에게도 느끼지 못한 감정이었다. 왜 이리 아이처럼 굴고 싶은 것일까?

운소는 곧 답을 내렸다.

오라비 같아서.

저 안절부절못하는 모습이나 쩔쩔매는 것이, 꼭 오라비 같다. 누이의 심술을 어찌 풀어줄까 고민하는 다정한 오라비.

'오라버니……'

그녀에게도 있다. 소중한 오라버니. 목숨을 내어주어도 아깝지 않은 하나뿐인 가족. 제 꿈을 좇아간 것을 알지만, 그래도 그리웠다.

"이름을 주고받음에 신분의 고하가 무슨 필요더냐?"

고집스레 이름을 밝히지 않는 운소에게 지가 매달리듯 물었다. 날카로운 눈매가 축 처지자 꽤나 애처로웠다.

"혹여 내가 나중에 너를 찾아 해코지라도 할까 그러느냐?"

그럴 사람이라면 애초에 이리 따라오지도 않았겠지. 후원에서 매 한 마리를 돌보고 있는 내시의 이름이라면 금방 알아낼 수 있을 테니까.

"사람과 사람이 만나면 통성명을 하는 게 도리 아니더냐?"

"……"

"네 말대로 내가 윗사람이고 네가 아랫것이라면, 아랫것이 윗사람을 민망하게 만드는 데도 정도가 있는 법이다. 나를 어디까지 민망하게 만들 셈이냐?"

어르고 달래도 통하지 않자 이번엔 협박이었다. 그 협박이 하나도 무섭지 않았지만 운소는 이만 져주기로 했다. 못마땅한 말투로 입을 열었다.

"정우소라 합니다."

그것은 오라비의 이름. 본디 그녀의 것이 아니었으나, 지금은 그녀의 것이었다.

"정우소? 무슨 자를 쓰느냐?"

"비 우雨에 못 소沼를 씁니다."

비 우, 못 소……. 지는 그 이름의 뜻을 음미해 보았다.

"그냥 우소라 불러도 되겠느냐?"

"싫습니다!"

그가 활짝 웃으며 묻자 운소가 저도 모르게 소리쳤다. 제 이름이 아닌 것으로 부르는 자들은 이미 충분했다.

"시, 싫다니……. 내가 네 이름을 부른다는 게, 그리 고려할 가치도 없는……. 그러니까, 그리 진저리칠 만큼 싫은, 그런 일이더냐?"

지가 충격에 빠져 웅얼거렸다.

"소인의 신분이 하 미천하여 나리께 이름으로 불릴 처지가 못 됩니다. 다행히도 소인에게는 상원내시라는 직책이 있으니 그저 정 상원이라 부르시면 됩니다."

"그것, 다 핑계 아니냐? 조금 전 분명 싫다고 하였다. '아니 된다'가 아니라 '싫다'였다. 내가 들었다. 네가 싫다고 말하는 것을 틀림없이 들었다."

그가 꼬치꼬치 따졌다. 운소는 난처해졌다.

"소인이 불초하여 말실수를 하였습니다."

"이해가 되지 않는다. 나는 비원에 혼자 들어가도 좋다는 윤허를 받았다. 전하의 신뢰가 꽤나 두텁지 않겠느냐? 그런 내게 잘 보인다면 혹, 전하께 청을 드려 네게 한자리 얻어줄지도 모르지 않으냐? 한데 왜 싫다는 것이야?"

운소의 표정이 순식간에 굳었다. 허언으로 들어 넘길 수 없는 말이었다.

"지금 나리께서 하신 말씀은 소인에게 매관매직을 하라 하심과 다르지 않습니다. 정당하게 노력하여 얻은 자리가 아니라면 그것이 무슨 의미가 될 수 있겠습니까? 죽어 가모家母의 낯을 똑바로 뵐 수 없는 짓은 하지 않을 것입니다."

운소를 바라보는 지의 두 눈에 이채가 깃들었다. 입가에 슬며시 웃음이 걸린다. 고집 세고 야박한데다가 융통성까지 없는 이 내시가 그는 점점 더 마음에 들었다.

"무어, 그럼 네 마음대로 하여라. 나도 내 마음대로 할 터니."

어차피 살면서 누가 뭐라 하든지 결국엔 제 뜻대로 해온 지였다. 정상원이라 부르고 싶으면 정 상원이라 부르는 것이고, 정우소라 부르고 싶으면 정우소라 부르는 것이다. 상대의 호불호는 상관없다.

"정우소."

운소의 표정이 구겨졌다.

"우소야."

지는 노래하듯 그녀를 부르며 눈웃음 지었다.

고지식하고 융통성 없고, 파르르 반응하는 것이 퍽 귀여운 그의 상원내시. 투덕거릴 수 있는 이 순간이 정말로 기쁘다.

운소의 발길은 연화정에서 멈추었다. 지는 끈질기게 그녀를 졸졸 따라다녔다.

"우소야, 우소야. 예 보아라. 이 산벚나무가 철모르고……."

봄도 아닌데 핀 산벚을 보고 신기해하는 지에게로 누군가 급히 걸어왔다.

"전……!"

"상선 어르신?"

인기척에 고개를 돌린 운소가 먼저 만중을 발견했다. 지를 부르려던 만중이 반사적으로 입을 다물었다. 눈치를 살피니 뒤늦게 만중의 등장을 안 지가 팔을 바둥거리며 안 된다는 표시를 하고 있었다.

'흠.'

만중의 눈이 게슴츠레해졌다.

요 며칠 왕은 아침마다 바삐 굴었다. 드디어 우리 전하께서 마음을 고쳐먹으시고 조회에 등청하시기로 하셨구나, 기뻐한 것도 잠시. 왕은 조회에도, 경연에도 가지 않았다. 하루도 아니고, 이틀도 아니고, 벌써 며칠째!

얼추 열흘은 족히 책무를 내팽개친 주군께서 여기서 대체 무얼 하시는가? 지금이 한가하게 노닥거릴 때인가?

만중이 눈을 홉뜨자 지가 수다스럽게 지껄이기 시작했다.

"아이고, 상선 어르신! 이게 대체 얼마 만입니까? 그려, 전하께서는 어디 계십니까? 또 어디 잠행이라도 나가셨습니까? 전하께서는 어째 그 나이 먹고도 여적 상선 어르신의 속을 그리도 썩이시는지……. 쯧."

지가 만중의 손을 덥석 잡고 탄식했다. 만중의 입이 서서히 벌어졌다. 춘추 스물셋이나 되시고서 여적 상선의 속을 썩이는 주상전하, 바로 지금 여기 있다.

어서 동조해. 당장 동조해.

형형히 빛나는 지의 눈빛이 강요했다.

"그러게나…… 말입니다."

만중이 떨떠름한 표정으로 대답했다. 지가 만족스럽게 웃었다.

대체 무슨 꿍꿍이신가.

만중이 슬쩍 지의 어깨 너머로 시선을 던졌다. 말갛게 생긴 어린 내시가 있었다. 연초 발령받은 상원내시 정우소, 얼마 전 주상께서 계집으로 착각했던 바로 그 아이다.

'허어…….'

더 이상의 설명도 뭣도 필요 없이 전후 사정이 만중의 눈앞에 훤히 펼쳐졌다. 어린 내시를 나인으로 착각한 다음 날부터 끝없이 저는 계집이 좋다며 자기 세뇌를 시도하던 왕께서 끝내, 어린 내시를 만나고 싶은 욕망에 패배해 버린 것이었다.

"상원 정우소, 상선 어르신을 뵈옵니다. 그간 강녕하셨습니까?"

운소가 지에게 대하던 것과는 딴판인 공손한 태도로 만중에게 예를 차렸다.

"내 비록 늙었다만 아직 십 년은 강녕할 것 같구나. 너는 예서 무얼 하느냐?"

괜히 운소가 밉게 보여 만중이 이죽거렸다.

"어린 매를 길들이고 있었습니다."

"네 소임은 본디 그것이 아닐 터?"

"며칠 전 손목을 다쳐 당분간 후원 일에서 빠지게 되었습니다."

그 와중에 지는 연신 만중에게 어서 가보라는 눈짓을 해댔다. 만중은 못 본 척했다.

"다쳤느냐? 그렇다면 병가를……."

"병가는 무슨! 보니 그 정도는 아니더이다."

지가 화들짝 놀라 끼어들었다. 누구 마음대로 병가를 주어 내보내려는 것인지. 지가 만중을 노려보았다. 만중도 지지 않고 눈을 부라렸다.

"그 정도는 아니라니 다행입니다. 상원은 가서 일하게. 이분은 이제부터 내가 모실 터이니."

"아니, 상선 어르신께서 왜 나를 모십니까?"

지가 펄쩍 뛰었다.

"참말이옵니까? 하오면 소인은 이만 물러가겠습니다."

운소는 반색을 하며 얼른 물러났다.

지는 우두커니 서서 운소가 가버리는 것을 지켜볼 수밖에 없었다. 그녀가 보이지 않게 되자 지가 당장 험악한 표정을 지으며 만중을 닦달했다.

"왜 우소를 보내느냐?"

"저 아이도 일을 해야지요. 녹은 공으로 받사옵니까?"

만중이 태연히 대꾸했다. 그러나 속은 근심으로 가득했다. 근래에 계집이 좋다는 말을 밥 먹듯 중얼거리던 주군께서 문제의 그 내시와 시시덕거리고 있는 모습이 그를 심려케 했다.

"전하께선 대체 예서 무엇 하시는 것이옵니까? 경연이 있다는 걸 잊으셨사옵니까? 지난번 경연에도 아니 가시고, 지지난 번 경연에도 아니 가시고! 임금이 되시어 배움을 이리 소홀히 여기실 수는 없사옵니다. 설마 저 내시와 노닥거리고 싶어 그러신 것은 아니시지요? 소신이 감히 아뢰옵건대……."

"그놈의 경연, 경연, 경연! 공부 못해 죽은 귀신이라도 붙은 게냐? 아니 들린다. 아니 들려!"

지긋지긋하다는 표정을 하며 지가 귀를 틀어막았다.

"전하!"

"아니 들린대도!"

지가 소리 질렀다.

"저 아이는 내시이옵니다!"

만중도 물러나지 않고 언성을 높였다.

백 번 생각하면 백 번 다 요 근래 왕이 수상하게 구는 이유는 전부 저 상원내시였다. 나인으로 착각한 것도 모자라서, 여태 속으로는 저 아이가 내시라고 인정 못하고 있는 게 분명하다.

"계집이 아니란 말입니다! 전하께서 아무리 원하셔도 아니 되옵니다!"

귀를 막아도 만중의 목소리는 들렸다. 계집이 아니란 사실이, 저 아이는 아니 된다는 충언이 지의 이성을 뒤흔들었다.

"시끄럽다!"

알고 있다. 정우소는 내시다. 내시복을 걸치고, 내시부에 이름을 올린 명백한 사내다. 하지만 내처 고민해도 정우소의 얼굴은 지워지지 않고, 확고하다 믿었던 성적 취향에마저 의구심이 든다.

노력해도 아니 되는데, 어찌 하라고?

"벗이 되면 좋을 것 같았단 말이다! 벗을 만드는 것 또한 좋은 공부 아니더냐?"

지가 바락 소리쳤다.

늙은 내시의 표정이 일그러졌다. 그의 두 눈에 답답함과 안타까움이 교차했다. 피 끓는 젊은 왕을 모시게 된 죄로 그는 오늘도 주름이 한 줄 늘어나고, 흰머리가 한 터럭 돋아나고, 수명도 이레쯤 줄어들었다.

"전하, 저 아이는⋯⋯."

"그만! 그만! 과인도 알아. 다 알고 있단 말이다. 그러니 그만하여라. 네 정녕 자꾸 그러면⋯⋯. 확 공표해버릴 것이다. 과인의 입으로 다 내뱉어버릴 것이다. 과인이! 과인의 취향이! 아무래도 남색⋯⋯."

"저, 전하!"

지는 될 대로 되라는 듯 지껄였다. 기함을 한 만중이 얼른 그의 입을 막았다. 누가 듣지는 않았겠지? 주변을 휘휘 둘러본 후에야 만중은 안도의 한숨을 내쉬며 지의 입을 막았던 손을 치웠다.

지가 형형한 눈빛으로 만중을 노려보았다.

"과인은 저 아이와 벗이 되고 말 것이다. 어명이니 감히 거스르지 말라."

만중의 표정이 단박에 구겨졌다.

설마 했는데.

혹시 했는데.

그의 주군이 아무래도 미친 것 같다.

비원을 드나드는 것이 지의 일과가 되었다.

그곳에 가면 운소가 있었다. 물론 가끔은 운소가 없기도 했다. 그때는 그렇게 실망스러울 수가 없었다.

보름쯤 비원에 출근을 하자 운소가 있는 시간대가 대충 파악되었다.

"또 오셨습니까?"

비취색 도포를 휘날리며 등장하는 그를 은근 못마땅하게 바라보는 운소가 좋았다.

"금일은 예서 무얼 하느냐?"

"매를 길들이는 중입니다."

손목이 낫는 동안 그녀는 매 한 마리를 돌보게 됐다. 왕의 매다. 그 새 한 마리를 돌보느라 저가 정작 왕에게는 관심 한 줌 주지 않고 있다는 것을 알까? 지가 비식 웃었다.

'과인이 저 매였으면 좋겠구나.'

사랑스럽게 매를 보는 운소의 눈빛에 지가 삿된 소망을 품었다. 한때 제게 끔찍한 오물을 투척한 놈이나, 그래도 덕분에 운소의 손길을 맛보았다. 그 부드러움, 섬세함, 달콤함……. 그리워라.

그에게 무뚝뚝한 상원내시는 꽃이며 새며 하는 것들에겐 더없이 상냥하였다. 인간에게는 불친절하고, 미물에게는 친절한 내시 하나가 자꾸만 지의 마음속으로 파고들었다. 계절은 스산해지는데, 그의 마음만은 살구꽃 내음 가득한 봄날이었다.

"그 매가 그리 좋으냐?"

"예."

"나보다 좋으냐?"

"예?"

다소 황당한 물음이라 운소가 고개를 들며 아미를 찡그렸다.

"나보다 그 매가 더 좋으냐고 물었다."

지가 또박또박 다시 물었다.

"어찌 당연한 것을 물으십니까?"

대답할 가치도 없다는 듯 시큰둥하게 대꾸한 운소가 다시 매에게로 시선을 옮겼다.

지는 그 모습을 뚱하게 노려보았다.

"벗보다 새가 좋다고?"

"누가 누구의 벗입니까?"

"여기 너와 나 말고 또 누가 있느냐? 당연히 우리를 말하는 것이지."

발끈해서 대꾸하는 지를 운소가 빤히 올려다보았다. 예민하게 미간을 찡그린 그녀가 딱 잘라 말했다.

"소인은 나리 같은 벗을 둔 적이 없습니다. 나리 같은 귀인과 벗이 될 수 있는 처지가 아니잖습니까?"

일전에 미천하다 어쩌다 한 말을 여적 마음에 두고 있는 게 분명하다. 뒤끝 하나는 더럽게 기네. 지가 입술을 비죽였다.

"우리가 만난 지 어느덧 보름이 지났다. 우리가 만난 횟수는 벌써 다섯 번이 넘었다. 진즉 통성명까지 하였는데 우리가 어찌 벗이 아니란 말이냐? 우리가 벗이 아니면 대체 무어냐? 혹 적이냐? 원수더냐? 아니면 피붙이? 적도, 원수도, 피붙이도 아니지 않으냐? 벗 말고 무엇이라 부르겠느냐?"

우리의 관계는 벗이 아닌 다른 무엇으로도 설명할 수 없다고 거듭 강조하는 그 모습이 사뭇 단호하였다. 운소는 심드렁한 태도로 그에게서 눈길을 거두었다.

"우소야!"

지는 애가 탔다.

"하면 그 매는? 그 매는 네 벗이더냐?"

"그러합니다."

야박하리만큼 빠른 즉답이었다.

'응방을 없애버릴까?'

순간적인 충동을 털어낸 지가 마음을 다잡았다. 오늘은 무슨 짓을 저질러서라도 저 붉고 조그만한 입으로 우리는 벗이라고 인정하게 만들리라!

"만일 내가 그 매와 벗이 되면?"

"예?"

"벗의 벗 또한 내 벗이니, 내가 그 매와 벗이 되면 너도 내 벗이라 할 수 있겠느냐? 그때엔 너도 더 이상 우리가 벗이 아니라고 우길 수 없겠지."

"이 녀석은 부리가 있으나 말하지 못하니, 설령 나리를 벗이라 생각한들 미천하고 아둔한 소인이 그 사실을 어찌 아오리까?"

또, 또 미천 어쩌고 저쩌고. 저 망할 놈의 뒤끝!

"자고로 좋은 벗이란 말하지 않아도 통하는 법. 네가 정녕 그 매와 벗이라면, 그 녀석이 나를 벗으로 받아들이는 순간 너 또한 그것을 느낄 수 있지 않겠느냐?"

"……."

운소가 입을 다물자 지는 기세등등해져서는 며칠 동안 심사숙고한 필살기를 도포 안쪽에서 꺼냈다.

"나의 새로운 벗을 위하여 준비한 것이 있느니."

그것은 기다란 대금이었다. 얼추 길이를 가늠해 보던 운소의 두 눈이 커졌다. 그것이 무엇인지보다는 어떻게 소매 안쪽에 넣어두었는지가 더 궁금했다.

"예부터 아름다운 곡조를 듣고 피어난 꽃은 더욱 향기롭고, 아름다운 곡조를 들으며 자라난 짐승은 보다 온순하다 하였다. 말은 통하지 않아도 이 곡조에 담긴 내 진심은 필시 통할 것이다."

운소의 의문은 알지 못한 채 지는 대금에 입술을 대었다. 그의 대금 실력은 동방에서도 손꼽힐 정도였다. 지는 제 연주를 들으면 쌀쌀맞은 상원내시라도 저에게 딱 넘어오고 말 것이라고 장담했다.

대금 안으로 천천히 숨이 들어가자 대금은 마치 살아있는 것처럼 서러운 가락을 흘렸다.

내내 시큰둥하던 운소도 조금 놀란 듯 지를 똑바로 바라보았다. 인정하고 싶지는 않았지만 선비의 실력은 뛰어났다. 그러고 보니 왕께서도 대금 연주에 일가견이 있다는 소문을 들은 것도 같다.

'악공이신가?'

운소는 거의 처음으로 선비의 정체를 궁금해 했다. 풍류를 사랑하는 왕이라면 훌륭한 재능을 갖춘 악공을 곁에 두고 귀히 여길 만했다.

운소는 가만히 귀 기울였다. 마음이 울렁거렸다. 가락에는 사람을 홀릴 것 같은 무언가가 있다.

'이상하신 분…….'

이지라고 했다. 격 없이 다가와 그녀를 벗이라 부르며 뒤흔드는 사내. 철없이 응석 부리고, 건방지게 대들어도 노기 하나 없이 받아주는 이.

'벗이라…….'

악공이라면, 어쩌면 그녀가 범접하지 못할 만큼 귀한 사람이 아닐지도 모른다. 그의 말처럼 좋은 벗이 될 수 있을지도……. 운소가 화들짝 놀라며 속으로 고개를 내저었다. 순간 피어난 바람에 가슴이 저릿했다.

'부질없는 일이다.'

그녀는 정우소가 아니라 정운소였다. 계집인 게 밝혀지면 궐에서 내쫓기는 것은 물론이고 큰 벌을 받게 될 것이다. 그전에 오라비가 돌아올 수도 있지만 여차하면 달아나야 한다.

오라비를 위한다는 욕심으로 저지른 짓. 제 처지가 새삼 체감되어 마음을 짓누른다.

벗이 되고 싶은 이를 만나도 벗이 될 수 없고, 손 내밀고 싶은 이가 있어도 손 내밀 수 없는 제 죄의 무게. 가슴을 울리는 곡소리를 외면하며, 운소는 주춤주춤 뒤로 물러섰다. 아니 된다. 더 이상은 아니 된다. 뒷걸음질치던 그녀는 어느새 전력으로 달리고 있었다.

"정우소!"

당황한 목소리가 발목을 붙잡는다. 그 소리를 외면하며 운소는 달렸다. 매가 그녀를 따라 날았다.

벗이 되어다오. 그 진정이 와 닿은 순간 두려워져 멈출 수가 없었다. 휘말리고 흔들리는 제 모습이 무서웠다.

"정우소! 우소야!"

"아!"

강한 힘이 운소의 팔을 낚아챘다. 멈춰 세워진 운소는 입술을 굳게 깨물었다. 연화정이 코앞에 있었다. 물비늘이 햇살에 반짝였다. 매가 하늘을 빙글빙글 날았다.

"왜 그러느냐? 내가 무슨 잘못이라도 했느냐?"

"그것은 소인이 물을 말이옵니다. 어찌 이러십니까? 놓아주십시오! 아프단 말입니다!"

"내가 겁먹게 했느냐? 말해다오. 당장 고치마. 내가 잘못했다. 도망가지 말아다오."

지는 운소를 더욱 꽉 붙잡았다.

"도망가다니요? 당치도 않습니다. 할 일이 생각나 급히 가는 것뿐입니다. 놓아주십시오. 소인의 팔을 부러뜨리실 작정이 아니시라면, 이것 좀 놓으시고, 제발 놓으시고 이야기하십시오."

운소가 놓아달라고 애원할수록 지는 더 강하게 잡아당겼다. 여린 손목이 그의 손아귀에 갇혀 빠지질 않았다.

훅 불어오는 강한 사내의 체향. 진정 어린 다정한 눈빛. 맞닿은 살을 통해 전해지는 사람의 온기…….

대관절 이 선비는 누구건대 나를 이토록 괴롭게 하나? 어째서 궐 안에서 바라지 말아야 할 것을 바라게 하고, 맺지 말아야 관계를 원하게 하나?

운소의 입술이 달싹이다 다물어진다.

"내가 너무 제멋대로라 너를 화나게 했느냐?"

아니다. 그런 것이 아니다.

고개를 내젓는 대신 운소는 두 눈을 질끈 감았다. 쿵쿵. 심장이 거칠었다. 이대로라면 맥박소리가 그에게 전해지고 말 것이다.

"이것 좀 놓으시라고 도대체 몇 번을 말씀드려야 합니까?"

운소가 있는 힘껏 지의 발등을 꽉 밟았다.

"악!"

지는 비명을 지르면서도 운소를 놓지 않았다. 그가 너무 가까웠다. 압도적인 체격 차이에서 오는 압박감이 운소를 숨 막히게 했다.

"제발……. 제발 놓아주십시오. 아픕니다……."

힘으로는 이길 수 없다. 운소가 거의 애원했다. 그제야 번뜩 정신을 차린 지가 황급히 운소의 손목을 놓아주었다. 소매 아래 드러난 가느다란 팔목이 부어 있었다.

"우소야. 이, 이걸 어찌……."

안절부절못하는 지의 안색이 새하얘졌다. 운소는 고소를 머금었다.

"이제 그만하십시오. 나리께선 소인을 놀리는 게 즐거우실지 모르나 소인은 전혀 그렇지가 않습니다. 나리께 장단 맞춰 드리는 것만으로도 충분히 힘이 듭니다."

"우소야……."

"벗이니 뭐니, 될 성싶은 말이옵니까? 나리는 전하의 귀객이십니다. 소인은 말단 상원내시입니다. 출신조차 양반이 아닙니다. 이토록 차이가 명백한데, 어찌 아니 될 일을 그리 우기십니까?"

"아니 될 일?"

하늘이 곧 무너진다는 신탁을 들은 듯한 표정으로, 지가 중얼거렸다. 그 넋 나간 얼굴에 운소의 마음이 저릿했다.

사람을 상처 주는 건 익숙하지 않다. 막무가내로 다가오는 사람은 그가 처음이다. 그를 밀어내고, 그에게 상처 줄수록 운소 또한 괴로웠다.

벗이 되어 달라는 청이 간절하니, 그 마음에 화답할 수 없는 제 처지가 새삼 서글프다.

"소인을 그만 괴롭히소서."

운소는 깊게 고개 숙이고는 뒤돌아섰다.

끝이다. 이제는 찾아오지 않기를. 우연이라도 마주치지 않기를. 그 상냥함에, 다정함에 흔들리고 휘말리는 날들은 부디 다신 없기를. 소망하고 또 소망했다.

하지만 지는 이대로 그녀를 보낼 수 없었다. 붉어진 그녀의 손목이 떠올라 직접 붙잡지는 못하고 매와 연결되어 있는 줄을 대신 붙잡았다. 팔에 매듭지어진 줄이 팽팽히 당겨지자 운소가 멈춰 섰다.

"우소야, 내 너를 괴롭게 하였다면……."

어린 매는 빙빙 하늘을 맴돌고 있었다.

그 순간에도. 그때에도 여전히.

그리고 툭.

무언가가 지의 갓 위로 떨어졌다. 지독한 냄새가 훅 풍겨왔다. 지의 안색이 창백해졌다. 몇 날 며칠, 저 못된 놈이 또 새똥을 투척하지 않을까 주의했는데! 지금껏 얌전하더니, 왜 하필 지금! 왜 하필 아주 중요한 이야기를 하고 있는 지금!

어처구니가 없고 화가 났다. 고개를 홱 드는데 하늘을 빙글빙글 돌고 있는 놈이 또 무언가 싸는 것이 보였다.

"으악!"

악 비명 지른 지가 두 눈을 꾹 감고 옆으로 피했다.

"나리!"

"악!"

발이 미끄러졌다. 어제 비가 왔던가? 흙이 젖어 있던가? 답을 찾을 정신은 없었다.

풍덩!

요란한 소리가 났다.

"나리?"

지가 운소를 붙잡은 곳은 연화정 연못가였고, 지가 서 있던 곳의 한 걸음 옆에 연못이 있었다. 새똥을 피하겠다는 일념으로 똘똘 뭉친 지는 잘못된 방향으로 발을 옮겼고, 그대로 미끄러지듯 연못에 빠져 버렸다.

"우소야! 어푸, 어푸, 우소야!"

지는 필사적으로 버둥거렸다.

"과인은 헤엄을 모, 못 쳐! 우소, 우소야! 어푸!"

그는 헤엄을 못 친다. 팔을 연신 허우적거리며 가라앉지 않으려고 발버둥쳤다. 코며 입으로 연못물이 들어왔다.

"과인이 죽으면, 어푸! 네 심히, 곤란, 어푸!"

동방의 왕, 이지. 뒤뜰 연못에 빠져 죽었다고 실록에 기록되는 것도 싫지만, 혹 저를 구하지 못했다고 후에 운소에게 화가 미칠까 더 걱정스러웠다.

"과인 죽네! 어푸! 과인 살려! 어푸!"

이내 꾸르륵 소리까지 내며 지는 물속에 잠겨 들었다.

당황한 얼굴로 그를 보고 있던 운소가 미간을 찡그렸다.

"우소야, 어푸! 과인, 어푸!"

그녀가 연못 속으로 따라 뛰어들었다. 그리곤 큰소리로 그를 불렀다.

"나리!"

지는 허우적거리며 바둥댔다. 새똥 맞은 갓은 이미 풀려서 저만치 떠내려가 있었다. 머뭇거리던 운소가 손을 내뻗었다. 상투가 손아귀에 꽉 붙잡혔다.

"우소야! 과, 과인 좀 살려……."

"똑바로 서십시오!"

쉴 새 없이 물을 마시는 지의 상투를 운소가 쭉 잡아당겼다.

"아얏! 사, 상투! 상투 당기지 말거라!"

지가 소리쳤다. 상투가 쭉 잡아당겨진 지금, 눈이 위로 찢어지며 우스꽝스런 얼굴을 하고 있을 게 분명했다. 운소에게 죽어도 그런 못생긴 얼굴을 보이고 싶지 않았다. 아직 국혼도 치르지 않았는데, 그래도 궁녀들이 있다고 상투를 틀어 올린 게 화근이었나?

"그리 깊지 않습니다. 무얼 그리 허우적거리십니까?"

운소가 한숨 쉬며 타박했다. 살짝 정신이 든 지가 멀뚱히 운소를 바라보았다. 조심스럽게 동작을 멈춘 지가 얌전히 발끝에 힘을 주었다. 물컹하긴 하지만 바닥이라 부를 수 있는 것이 분명 닿았다.

"닿네?"

"예, 닿습니다."

"닿는구나."

"예."

"닿았어……."

무엇이 그리 감격스러운지 몇 번이나 같은 말을 반복하던 지가 운소를 와락 껴안았다.

"정녕 죽는 줄 알았다! 내 죽으면 네 어찌 될는지 걱정이 되어 과인은 정말이지……."

"헉! 노, 놓으십시오!"

"그럼 그렇지. 과인이 너를 두고 죽을 리가 없지. 천신님이 그리 야박할 리가 없지."

지가 넋 나간 채로 웃었다. 얕은 연못에 빠져 궐이 떠나가라 비명을 질렀던 사실이 부끄럽다는 생각은 하지도 못했다. 품에 안긴 운소의 체구가 지나치게 가냘프다는 생각 또한 하지 못했다. 그저 운소가 저 때문에 화를 입지 않아도 된다는 사실에 안도, 또 안도하였다.

그 순간 그들은 아주 중요한 무언가를 간과하고 있다는 것을 전혀 인식하지 못했다.

지의 괴이한 말투가 내포하는 의미에 먼저 의문을 품은 쪽은 운소였다.

"이것 좀 놓으시고……."

반강제로 그의 품에 안겨 바르작대던 운소가 돌연 움직임을 멈추었다. 그녀의 움직임이 갑자기 사라지자 의아해진 지가 운소를 놓아주었다.

"우소야?"

운소의 안색이 더없이 창백했다.

"네 어디 아픈 것이냐? 과인이 어의라도 불러……."

염려를 늘어놓던 지가 말끝을 흐렸다. 그도 방금 막 무언가를 깨달은 참이었다.

한 걸음쯤 거리를 둔 두 사람이 서로를 빤히 쳐다보았다. 검지를 세워 지를 가리킨 채 운소가 입술을 달싹였다.

지가 어느 순간부터 계속해서 자신을 과인이라 칭하고 있었다. 그리고 동방에서 스스로를 과인이라 칭할 수 있는 자는 딱 한 명뿐이었다.

동방의 왕. 모든 것의 주인.

'그럴 리가…….'

여태 인식하지 못하고 있던 수상한 점들이 불시에 떠올랐다. 이 자는 이화궁을 제멋대로 드나들면서도 의대를 제대로 갖추지 않는다.

그런데도 아무도 이 자를 저지하지 않는다.

한참 저를 귀찮게 굴다가도 상선께 붙잡혀 가곤 했다. 그를 끌고 가던 상선은 한 시진 정도면 충분하지 않느냐고 타박하곤 했다.

그를 데리러 온 사람이 왜 하필 상선이었지?

'설마…….'

운소가 떨리는 눈으로 지를 올려다보았다. 왕을 직접 뵌 적은 한 번도 없지만, 오고 가며 들은 소문이 하나 있다. 상하가 분명하기에 여태 자세히 본 적 없는 선비의 얼굴을 운소가 면밀히 살폈다. 뭇 여성들의 마음을 동하게 할 미남자가 분명했다. 그러나 운소에게는 그의 잘생긴 얼굴에 감탄한 틈이 없었다. 운소의 눈길은 그의 오른쪽 눈썹 부근에 고정되었다.

궁녀들이 숙덕대며 그랬다. 우리 전하의 완벽한 용안에 유일한 흠이 있다면 그것은 전쟁 때 얻은 오른쪽 눈썹 옆의 작은 흉이라고. 그러나 그 흉마저 우아하게 만드는 것이 우리 전하의 빛나는 용안이라고.

그 흉이, 있었다.

"전하?"

일순간의 정적을 깨고 운소가 중얼거렸다. 자신이 저지른 온갖 만행이 떠올랐다. 저도 모르게 운소가 뒷걸음질 치기 시작했다. 이대로 줄행랑이라도 칠 기세였다. 도망가 봤자 궐 안이겠지만, 그래도 달아나고 싶었다.

안색이 하얘졌다 파래졌다 하는 운소를 걱정스럽게 보고 있던 지도 다 들켰다는 것을 알았다.

"우소야, 그것이……. 과인이 설명하마."

지 또한 사색이 되었다. 그가 다시 한 번 자신을 과인이라 일컫는 순간 운소의 눈에 경악이 피었다.

"과인이 속이려고 속인 것이 아니라……."

운소는 말을 잃고 입술만 달싹거렸다.

"우소야. 그리 놀라지 말고……."

지가 운소를 향해 손을 뻗었다. 그 순간, 운소의 몸이 물속으로 쑥 빨려 들어갔다.

"소신의 불충을 벌하여 주시옵……. 흡! 커억, 컥."

물속에 있다는 것조차 잊어버렸는지 급히 예를 갖추던 운소가 연못 물을 마시고 컥컥거렸다. 균형을 잃고 버둥거리는 그녀가 혹 이 낮은 곳에서 익사라도 할까 봐 지는 잽싸게 운소를 끌어안았다.

"우소야! 괜찮으냐? 네 괜찮은 것이냐? 위로, 일단 위로 올라가자꾸나."

반항하듯 버둥거리는 운소부터 낑낑거리며 땅 위로 밀어올린 지가 힘겹게 뭍으로 올라왔다. 인어도 아니건만 홀딱 젖은 왕과 내시가 땅에 엎어진 채 헐떡거렸다.

그것도 잠깐이었다. 정신을 수습한 운소가 얼른 바닥에 얼굴을 묻었다.

"소신의 불충을 벌하여 주시옵소서!"

저를 대하는 태도가 딴판으로 변한 운소를 지가 멍하니 바라보았다. 지는 이렇게 공손한 운소를 알고 있다. 만중을 대할 때 딱 이러했다.

끝이다. 벗이고 뭐고 다 끝났다. 왕이라는 것이 다 들통나 버렸다. 멍청하게 입단속을 하지 못해서 과인이 왕이노라 떠벌려 버렸다.

"우소야……."

"그간 저지른 소신의 무례를 벌하신다면, 소신, 달게 받겠나이다."

지는 침울해졌다. 그의 침통함과 별개로 운소는 겁에 질려 있고, 당황하고 있었다. 단지 물에 젖은 까닭으로 보기에는 안쓰러울 정도로 떨리는 그 작은 어깨를 보며 지는 생각하였다.

'금일이 지나면 너는 다시는 전처럼 과인을 대해주지 않겠지. 싫다는 말로 밀어내지도 않을 것이고, 뚱한 얼굴로 외면하지도 않겠지. 통통 튀어 어디로 갈지 알 수 없던 너를 과인은 영영 잃겠구나.'

앞으로 운소와의 관계는 결코 오늘 아침과 같을 수 없다. 왕께 저지른 제 무례한 언행을 되새기며, 그 불충에 엄벌이 떨어질까 겁먹은 운소가 바람처럼 사라지지나 않으면 다행이다.

'과인은 네가 마음에 들었을 뿐인데.'

잠시라도 좋았다. 저를 편히 대해주던 운소가 지에겐 이미 너무도 소중했다. 벗이고 뭐고 아무것도 될 수 없을 것 같은 이 느낌이 싫다. 운소가 영영 달아나버릴 것만 같은 이 불길함이 영 마음에 들지 않는다.

"흠, 흠."

지가 일단 목을 가다듬었다.

"네 죄를 네가 알렷다?"

짐짓 근엄한 목소리로 운소를 꾸짖었다.

"신을 죽여주시옵소서!"

"정녕 그것을 바라느냐?"

"전하의 뜻대로 하시옵소서!"

죽으라면 진짜 죽을 기세였다. 저에게 겁을 집어먹은 운소가 서운하고 야속해서 지는 서글펐다.

이해는 한다. 그는 왕이니까.

왕이란 그러하다. 아무리 벗으로 서고 싶어도 벗으로 설 수가 없다. 손을 내밀어 잡고자 하여도 신하 된 자는 그에게서 한 걸음 떨어져 고개를 조아린다.

스스럼없던 사이에 벽이 쌓였다. '싫습니다!'를 입에 달고 있던 상원내시는 이제 없다. 정녕 기껍지 않다. 지는 자신을 함부로 대해주던 운소가 그리웠다.

지가 짧은 한숨을 내쉬었다.

"네 불충은 네가 알 것이다. 오늘부로 당장 장번(궁중에서 장기간 유숙하며 근무하는 일)으로 바꾸어 항시 대기하라. 과인이 부르면 열일 제쳐놓고 달려오라."

"……예?"

"상선에게는 과인이 명해두겠다."

"전하, 하오나……."

"매일 궐에서 먹고 자고 싸고! 과인이 부를 땐 언제든지 너를 대령하란 명이다. 그것이 불충한 너에게 내리는 과인의 벌이고, 네 충심을 증명할 유일한 길이다."

오늘 출궁시키면 다시는 보지 못할 것 같은 불안감이 들었다. 그래서 아예 내보내지 않기로 지는 결정했다.

"……예, 전하."

그날 이후, 운소는 단 한 번도 지에게 부정적 답을 고한 적 없다.

그날 이후, 지는 매일같이 운소를 불러 물었다.

「우소야. 사내가 계집처럼 보여, 자꾸 계집처럼 좋으면 어찌할까?」

2장. 왕과 내시

GOOD WORLD ROMANCE NOVEL

1

정운소의 궐 생활은 하루하루 살얼음판이다. 무엇 하나 마음 편히 할 수 있는 것이 없다. 잠을 청할 때에도 신경을 곤두세워야 했다. 벽에 바짝 달라붙어 눈을 감는 그녀에게 사내끼리 무슨 내외냐며 대전 유 내관은 황당해했다. 같은 사내라고 생각하는 것은 그의 사정이고, 운소의 사정은 전혀 달랐다.

장번내시라니!

당장에 방이 배정되었고 운소는 오도 가도 못하는 신세가 되었다. 갈아입을 옷이 없다고 애원한 후에야 짧은 외출이 허락되었다. 딱 달라붙은 금군 하나는 덤이었다. 금군을 떨어뜨리고 달아나는 것은 불가능했다.

"하아……."

절로 한숨이 나왔다. 혹여 돌아올지도 모르는 오라비에게 서신을 남겼다. 몇 가지 의복을 챙겨 환궁하였다.

그날 이후 운소는 내내 이화궁에 갇혀 있었다. 언제까지 이 위태로운 줄타기를 해야 하는 것일까. 두려움이 인다.

70 간신의 세

'오라버니……'

내시에게도 가정이 있고, 그 때문에 장번이란 것이 영원히 계속되진 않는다. 동국대전(동방의 국법을 기록한 법전.)에서 정하길 장번은 한 번에 최대 두 달까지로 제한되어 있다. 일생을 임금께 충성하는 것을 보람으로 아는 자들은 자진하여 그 기간을 연장하기도 했다. 하지만 운소는 이 지옥이 어서 끝나기만을 간절히 바라고 있었다.

"거 참, 내가 잡아먹는 것도 아니고."

금일도 한껏 내외를 하는 운소를 보고 유 내관이 고개를 절레절레 내저었다.

"소인이 예민하여 곁에 뉘가 계시면 쉬이 잠들지 못해 그러합니다. 양해해 주십시오."

운소가 어색하게 웃었다.

"양해하고 말고 할 게 무에 있나? 게가 편하다면 어쩔 수 없지. 다만 그쪽은 외풍이 드니 고뿔이라도 걸릴까 염려되어 한 말이네."

"소인은 괜찮습니다. 심려 끼쳐 드려 송구합니다."

유 내관은 어깨를 으쓱이며 등불을 껐다. 사위가 어두워졌다. 유 내관이 부스럭거리며 누웠고, 잠시 후 작게 코고는 소리가 들렸다.

비로소 운소는 베개 위에 머리를 기댈 수 있었다. 그제야 오늘도 무사히 보냈다는 안도감이 들었다. 가만히 누운 채로 어둠에 잠긴 천장을 응시했다. 용안이 툭 튀어나왔다가 훅 사라지길 반복했다.

동방의 왕, 이지.

그에 대한 소문은 무성했다. 그 소문들을 들으며 운소도 왕에 대해 상상하곤 했다.

어릴 적 단 한 번 만났던 동방의 왕. 그가 역병이 돌아 불태워지던 마을에서 그들 오누이를 구해주었다. 저를 안아주던 그 넓은 품이 아직도 생생하다. 왕은 운소의 상상 속에서 더욱 듬직해지고, 다정해지고,

소중해졌다. 생명의 은인인 그를 경외하고 충애하게 된 것은 너무도 당연한 일이었다. 우소 또한 마찬가지였다.

운소는 오라비의 서신을 떠올렸다.

이 오라비는 애타게 찾던 이를 발견한 것 같아 멀리 떠난다.

애타게 찾던 그분은 아마도 그들 오누이를 구해주신 은인. 왕후가 승하하자 하나뿐인 적장자에게 왕위를 넘기고 홀연히 사라져버린 상왕.

'오라버니, 그분이 상왕 전하가 맞습니까? 그렇다면 기별이라도 주시지요.'

그녀의 오라비가 내시가 된 것은 평민으로서 임금을 보필할 수 있는 거의 유일한 길이었기 때문이다. 그런데 꿈에 그리던 상왕을 만났다면 내시가 다 무슨 소용일까? 한달음에 뒤쫓아 가는 것이 당연하다.

하지만 혹시나 오라비가 잘못 본 것일까 운소는 걱정스러웠다. 하여 자진하여 궐로 들어왔다. 혹여 그자가 상왕이 아니라면 오라비가 돌아올 수 있도록 이 자리를 지키고 있기로 했다. 상왕을 곁에서 모시는 것이 우소의 꿈이었듯, 그분께 감사의 마음을 전하는 것은 운소의 꿈이기도 했기에 이 자리를 지키는 것은 무척 중요했다.

안타깝게도 상왕의 하나뿐인 적장자께선 예측 불허. 종잡을 수 없어서 운소는 하루하루 힘겨웠다. 제 죄가 발각될까 두려웠고, 그로 인해 은인을 실망시킬까 무서웠다. 만약 오라비가 돌아올 것이라면 최선을 다해 그가 돌아올 때까지 버틸 것이나, 그것이 불가하다면 들키기 전에 이 자리를 포기해야 했다.

「매일 궐에서 먹고 자고 싸고! 과인이 부를 땐 언제든지 너를 대령하란 명이다. 그것이 불충한 너에게 내리는 과인의 벌이고, 네 충심을 증명할 유일한 길이다.」

그런데 이게 다 무슨 난리인가? 죽은 듯이 자리만 보전하려고 했는데 다 글러먹었다. 눈앞이 컴컴했다. 운소의 두 눈이 질끈 감겼다.

이른 새벽.
운소는 잠에서 깼다. 내반원에서 생활하게 된 후 늘 그랬다. 유 내관은 팔자 좋게 코를 골며 자고 있었다.
"드르릉드르릉."
유 내관이 깨기 전 의관을 정제해야 한다. 운소는 몸을 일으켰다. 새벽빛에 의지해 의복을 찾았다. 차분하게 옷을 갈아입으며 운소는 생각을 정리했다.
'이대로라면 아니 돼. 설령 오라버니가 돌아와도 들키고 말 것이야.'
운소와 우소는 닮았다. 어려서는 옷차림만 바꿔 입어도 사람들을 쉽게 속일 수 있었다. 하지만 남녀의 차가 분명 존재한다. 자세히 보면 태가 나게 마련이다. 매일 보면 구분하지 못할 리가 없다.
'전하와 마주치는 순간을 최대한 줄여야 해.'
되도록 왕께 얼굴을 보이지 않았다. 항상 고개를 숙이고, 시선을 회피했다. 하지만 매일 보는 사람이 바꿔치기 되다면 왕이 모를 수 있을까?
'두 눈 딱 감고 산에서 굴러버려? 다리 하나, 팔 하나쯤 부러지면 병가를 낼 수 있지 않을까?'
운소는 입술을 꾹 깨물었다.

'궐 안에서는 안 돼. 어의께 들키고 말 것이야.'

그렇다면 기회는 두 달 뒤, 장번이 끝난 후이다. 크게 굴러서 한 반 년쯤 쉬는 것이다. 그 기간 동안 왕을 피하면 된다. 아직 성장기니까, 반년쯤이면 얼굴이 어떻게 변해도 이상할 게 없다.

방법은 그것뿐이다. 그 병가가 끝날 때까지 우소에게서 아무런 기별이 없다면 그땐 어쩔 수 없다. 지금이야 중성적인 외모 덕분에 적당히 얼버무릴 수 있지만 반년이 지나면 그조차 어려울 수 있다. 동기내시들 중 몇몇의 턱에는 이미 거뭇하게 수염이 자라고 있었다. 그녀와는 딴판이고, 그게 당연하다. 양물을 잘라낸 것도 아닌데 수염도 나지 않고 변성기조차 오지 않는다면 누구든 그녀를 수상히 여길 것이다.

의심을 살 수는 없다. 그 전에 사직해야 한다. 행화리로 돌아가 다시 정운소가 되는 것이다.

그때까지만, 버티자. 복종하며, 설설 기며, 왕의 심기를 거스르지 말자.

그것이 지금의 최선이다.

우리 운소가 변했다.

"우소야."

"예, 전하."

"저 구절초가 마음에 아니 든다."

"예, 전하."

다소곳해진 것은 둘째 치고, 치우라 한 것도 아니고 단지 마음에 들지 않는다 말했을 뿐인데 그 애지중지하던 꽃을 가차 없이 뽑아버린다.

"우소야."

"예, 전하."

"다시 생각해보니 그 구절초가 마음에 드는 것도 같다."

울컥하는 마음에 변덕을 부려보니 맨손으로 땅을 파서 뽑았던 구절초를 다시 심어준다.

"우소야."

지가 침울하게 운소를 불렀다.

"예, 전하."

'싫습니다.' 라고 당돌히 말하는 정운소는 이제 없다. '예, 예.' 대답하는 정운소만 남았다.

지는 시무룩해졌다. 운소의 짜증을 보고 싶은데, 운소는 더 이상 그에게 짜증을 부리지 않는다. 부러 성질을 돋우려고 오만 진상 짓을 저질러도 짜증내는 기색조차 없다. 표정 없는 얼굴로 고개를 조아리고, 빛을 잃은 입술로 '예' 라고 대답한다.

"우소야."

"예, 전하."

"배가 고파 움직이기도 힘이 든다."

이런 건 싫다. 이런 것을 바란 게 아니다.

"하오면 잠시 연화정에 앉아 계시옵소서. 소신이 주전부리를 가져오겠나이다."

고저 없는 음성은 예의 바르게 짝이 없다. 재미없다.

"끙."

"전하, 어디 미령하시옵니까?"

"미령한 곳 없다. 예서 기다리마. 열까지 세겠다. 열 셀 때까지 돌아오지 않으면, 비원을 다 엎어버릴 것이야."

지가 험악하게 지껄였다. 이 정도 하면 운소가 무슨 반응이라도 보일 줄 알았다. 마음에 들지 않는다는 한 마디에 모든 화초를 뽑아버릴 기세였지만, 운소는 실로 화목을 좋아했다. 무심한 얼굴로 구절초를 뽑을 때에도 그 속눈썹은 파르르 흔들리고 있었으니까. 비원을 엎어 버리겠다고 하는 것은 운소를 협박할 수 있는 최고의 방법이었다.

"예, 전하."

그러나 돌아온 답은 뚝뚝하고, 건조할 따름이다.

"다녀오겠사옵니다."

떠나가는 운소를 멍하니 바라보던 지가 표정을 홱 구겼다. 뭐, 저런 목각인형 같은 반응이 다 있지? 세상을 다 잃은 얼굴로 지는 연화정에 벌렁 드러누웠다. 어찌해야 운소를 그 맹랑한 모습으로 되돌려 놓을 수 있을까? 머리를 데굴데굴 굴려본다. 눈동자도 함께 굴렸다. 천장이 돌고, 운소의 얼굴도 돌았다.

"쳇."

심통이 났다. 그가 왕이라는 것을 알기 전에 보여주던 다채로운 표정을 더 이상 볼 수 없다. 돌아오는 것은 늘 한결같은 대답.

예, 전하. 예, 전하. 알겠나이다, 전하. 분부 받들겠나이다, 전하. 전하께서 옳습니다. 전하께서 최곱니다.

그 망할 놈의 전하, 전하, 전하!

"그놈의 전하! 확 그 주둥이를 꿰매버리고 싶구나."

험한 말을 쏟아내다 지가 움찔 놀랐다. 동백꽃처럼 붉고 예쁜 입술을 꿰매는 것은 상상만으로도 실로 소름끼쳤다.

"으으."

으슬으슬 몸이 떨렸다. 그러고 보니 꽤나 쌀쌀했다. 가을이 성큼 지나가고 있었다. 곧 찬바람 휘몰아치는 겨울이 올 것이다. 그 계절이 지나면……

"자예……"

지가 벌떡 일어났다. 잊고 있던 사실이 무뜩 떠올랐다.

태천의 황제, 태천차류의 누이 자예 공주.

그녀와의 혼례를 결정지어야 한다. 어물쩍 넘겨온 지금까지와는 다르다. 후년엔 신탁이라는 핑계거리조차 없다.

"중전이라……."

모두가 그렇게 살았다. 정략적으로 중전을 맞이했고, 운이 좋아 서로 귀애할 수 있으면 행복하게 살았고, 운이 나빠 서로 귀애할 수 없다면 후궁을 수도 없이 옆에 끼고 풍파를 일으켜댔다. 자예를 귀애할수 있을까?

"알 수 없구나……."

은애하는 이를 만나, 서로 아끼며 살고 싶었다. 그뿐이었다. 그에게 정인이 있다면, 제 하나뿐인 누이가 뒷방에 처박힐 것을 알면서도 국혼을 추진할 차류가 아니었다. 누이를 끔찍하게 아끼는 태천차류가 아니던가. 그렇다고 있지도 않은 정인을 있다고 할 수도 없고, 정인도 없는 주제에 자예와 혼인하지 않겠다고 거절할 수도 없고……. 곤란한 상황이다.

모두들 그가 자예와 혼인할 것이라 생각하고 있다. 자예는 아름답기로 대륙에 소문 자자하고, 그가 여인을 멀리하는 까닭은 자예를 마음에 두어 그런 것이라고 지레짐작까지 했다. 그저 마음 동하는 계집이 없었을 뿐이라고 지는 굳이 항변하지 않았다. 생각하는 대로 떠들게 두는 편이 편했다. 하지만 지금은 상황이 조금 달라졌다. 무심코 중전의 가례복에 운소의 얼굴을 붙여보다 화들짝 놀랐다.

"이 무슨 해괴한 생각을!"

지가 머리를 쥐어뜯었다. 마음을 가라앉혀주는 주문을 쉴 새 없이 뇌까렸다.

정우소는 내시다. 내시는 사내다. 그런 고로 정우소는 사내다. 정우소는 사내다. 사내다. 사내다…….

"과인은 계집이 좋다."

사내 말고 계집. 양물 말고 가슴. 근육 말고 살결. 그런 것들이 좋단 말이다.

"과인은 진짜 계집이 좋아……."

그런데 왜 자꾸 내시가 계집으로 보이는가? 취향이 미쳤는가, 정신이 돈 것인가? 아직 살날이 창창한데, 노망이라도 났는가?

"진짜다, 진짜야. 과인은 허언을 못해."

아직 좋아할 만한 계집을 만나지 못한 것뿐이라고 믿고 싶었다. 재수가 오지게 없게도 우연히 한눈에 반한 계집이 사실은 계집이 아니었던 것뿐이다. 계집이 아닌 걸 알면 마음이 접혀야 하는데, 우습게도 자꾸 그 사내놈이 계집으로 보여서 잠시 혼란스러운 것이다. 시간이 지나면 사라질 혼란이다.

지는 두 눈을 질끈 감았다.

사라져라. 사라져라. 망할 혼란이여, 사라져라.

간절히 바랐다.

주전부리를 잔뜩 챙겨 든 운소가 연화정으로 되돌아왔다. 날도 쌀쌀한데 그녀의 왕은 연화정에 드러누워 눈을 감고 있었다.

'저리 찬 곳에 누워계시다 용체라도 상하면 어쩌시려고…….'

여태 들어온 모습과는 괴리가 있으나, 그래도 어쨌든 그는 동방의 왕이었다. 아프면 안 되는 귀한 분이셨다.

"전하, 예서 침수 드시면 아니 되옵니다."

운소가 조심스럽게 그에게 다가갔다. 깨울 요량으로 손을 뻗는데, 지가 입맛을 다시며 잠꼬대를 흘렸다.

"과인은 계집이 좋으니……."

꿈에서도 이 소린가? 누가 뭐라 했나?

"전하, 일어나셔야……."

"과인은 진짜……. 진짜 계집이……."

운소가 픽 웃으며 그의 팔을 살짝 흔들었다. 화들짝 놀라며 잠에서 깬 지가 벌떡 일어났다. 그리고는 절박하게 소리쳤다.

"과인은 계집이 좋다!"

"예, 전하. 알고 있사옵니다."

운소가 대꾸했다. 허공을 헤매던 지의 시선이 운소에게 박혔다.

생과방까지 헐레벌떡 다녀온 운소의 뺨엔 살짝 홍조가 올라 있었다. 그 모습이 비몽사몽인 지의 눈에는 꼭 계집처럼 보였다. 지가 인상을 썼다. 빈속이 울렁거렸다. 저놈은 필시 내시인데.

"과인은 진짜 계집이 좋다."

운소가 살짝 고개를 기울였다. 벌써 네 번째 같은 말이었다. 잠꼬대로 두 번, 깨어나서 두 번. 같은 말을 몇 번이고 반복하는 이유를 골똘히 고민하던 운소가 잠시 후 두 눈을 반짝였다.

"소신이 얼른 가서 궁녀들을 불러오겠사옵니다."

그래, 궁녀들이 필요한 것이었다. 풍치 좋은 연화정에서 술 한 잔 즐기고 싶은데, 그 술잔에 술을 채우는 이가 내시인 것보다야 궁녀였으면 하고 넌지시 말씀하고 계신 것일 터이다. 궁녀를 데려오란 명은 왜인지 차마 하지 못하고 에둘러 표현하는 왕의 심중을 너무 늦게 읽은 것이 면구스러워 운소가 죄지은 표정을 지었다.

"무어?"

지가 당황해서 되묻는 사이 운소는 챙겨온 요깃거리를 연화정에 내려두고 다시 부리나케 다녀올 준비를 하고 있었다.

"소신이 다시 얼른 다녀오겠사옵니다."

"되었다!"

지가 황급히 운소의 손목을 낚아챘다.

"예? 방금 전하께서 계집이 좋으시다고……."

"그냥 한 말이다! 아무 뜻도 없다! 궁녀를 데려오라는 게 아니었다. 그래, 이것들이 네가 챙겨온 것이냐? 생과방 나인들이 잘 챙겨주더냐?"

운소를 끌어당기다시피 하여 연화정에 앉힌 지가 수다스럽게 떠들며 보를 폈다. 약과를 비롯한 주전부리가 가득했다.

"이 술잔은 처음 보는 것인데."

지가 술잔 하나를 집어 들었다. 매화가 그려진 백자였다.

"이번에 들여온 잔이라 하옵니다. 생과방 나인이 챙겨주었습니다."

"그래? 그런데 술병은 어디 있느냐?"

"아! 여기 있사옵니다."

깨지지 않도록 따로 안고 있던 술병을 운소가 얼른 내밀었다.

"오호라! 착실하구나. 한잔 따라 보아라."

지가 웃었다. 술이 있고, 운소가 있다. 절로 기분이 좋아졌다.

'기녀라도 좋으니 네 계집이면 좋으련만.'

부질없는 소망을 하며 지는 잔을 내밀었다.

"예, 전하."

다소곳하게 술을 따르는 운소를 지가 빤히 응시했다. 내리뜬 눈꺼풀에 촘촘히 돋은 속눈썹이 꼭 계집의 것 같다. 부드러운 콧날도, 붉고 자그마한 입술도 사내의 것이라 믿기 어렵다.

새삼 억울했다. 삼신할미는 왜 사내와 계집을 이따위로 점지한 것이지? 이는 명백히 그 할망구의 실수다.

"아! 전하, 잠시만요."

지가 쓴 마음을 달래며 술을 입 안에 털어 넣으려는 순간, 운소가 별안간 손을 뻗었다.

"기미를 보지 않은 술이옵니다."

어리둥절해하는 지에게 운소가 설명했다.

"하여? 그게 어쨌다는 것이냐?"

지가 눈을 끔뻑였다. 운소는 조심스럽게 술잔을 뺏어 들었다.

"전하께서 드시기 전 누군가 반드시 기미를 해야 한다고 배웠사옵니다."

운소는 천천히 매실주를 마셨다. 그녀는 가짜내시. 그러나 진짜가 아니라는 사실은 중요하지 않다. 어쨌든 지금 그녀는 왕의 신하였다. 술은 할 줄 모르지만 신하된 도리를 다 하고 싶었다. 더욱이 왕은 은인의 적장자였다. 지켜드려야 한다.

"으으."

달콤한 향과는 달리 혀끝을 마비시키는 쓴맛에 운소는 인상을 찡그렸다. 이놈의 술맛은 도대체 익숙해지지가 않는다. 낯이 순식간에 달아오르고, 단박에 취기가 올랐다.

"괜찮은 것 같사옵니다. 딸꾹."

동공이 슬쩍 풀리고, 뺨엔 복숭앗빛이 감도는 운소를 지가 물끄러미 바라보았다. 그 모습이 영락없이 계집처럼 보였다. 지는 고개를 흔들었다.

"주군께 충의를 바칠 줄 아니, 네 정녕 사내대장부로구나."

"당연합지요. 딸꾹."

정우소는 사내다. 스스로 읊조리며 지는 다시 술잔을 들었다.

"이제 되었으면 따라 보아라."

"예에, 전하."

지가 비식 웃었다. 하지도 못하는 술을 저를 위한답시고 마신 것이 기특했다. 무심해 보이긴 해도 역시 자신의 신하였다. 죽으라고 하면 죽는시늉까지 할 것이다. 평생 혼인하지 말고 제 곁에서 살라고 하면 그 명 또한 받들 것이다.

지는 공연히 마음이 든든해졌다. 자신이 가질 수는 없겠지만 남도 못 가지게 할 수 있다.

"어허! 잔이 넘치지 않으냐? 이 아까운 술을!"

문득 느껴지는 찬 기운에 지가 화들짝 놀랐다. 손가락을 타고 매실주가 흘러내리고 있었다.

"송구하옵니다. 딸꾹."

연신 딸꾹질을 하며 운소가 고개를 조아렸다. 딸꾹질이 멈추지 않는 모양이었다. 이런 것조차 귀여워 보이다니. 미쳐도 단단히 미쳤구나. 지가 인상을 썼다.

"과인은 계집이 좋다."

"알고 있사옵니다, 전하. 딸꾹. 금일 벌써 다섯 번이나 들었나이다."

운소의 눈이 반쯤 감겼다. 말갛던 얼굴이 점점 더 빨갛게 익었다. 고작 매실주 한잔에 이토록 빨개지다니. 어이없기도 하고 예쁘기도 해서 지의 입가에 배시시 웃음이 번졌다. 한과 하나를 집어먹으며 그녀를 말끄러미 응시했다.

"우소야."

"예, 전하."

끔뻑끔뻑. 운소의 눈꺼풀이 무겁게 위아래로 움직였다. 작은 몸이 기우뚱거리는가 싶더니 이내 옆으로 고꾸라졌다.

"우소야!"

운소가 양손으로 곱게 잡고 있던 술병을 지가 잽싸게 낚아챘다. 술병이 깨져 다치기라도 하면 큰일이니까.

술병을 얌전히 세워둔 후, 지가 얼른 운소에게 돌아왔다.

"우소야?"

색색. 숨소리가 들렸다. 그의 무례한 신하는 왕을 앞에 두고 감히 술에 취해 정신을 잃은 듯했다.

"술 한 잔도 못하는 게 어찌 사내라 할 수 있느냐? 과인이 날을 잡고 네게 음주가무를 한 번 가르쳐줘야겠구나."

지의 눈매가 휘었다. 그 눈빛이 다정으로 물들었다.

참 곱다. 그래서 계집 같다는 생각이 머릿속을 떠나지 않는다. 내시라는 것을 알면서도 사실은 계집이기를 계속 바라고 있다. 벗이라도 되자고 마음을 다잡으면서도 계집이었으면 좋겠다고 소망하고 만다.

지는 찬찬히 운소를 살폈다. 애틋한 눈길이 운소의 눈썹에 닿았다.

"사내 주제에 눈썹이 이리도 예쁜 것이냐?"

그의 눈길이 코로 옮겨갔다.

"코는 또 어찌 이리 앙증맞아?"

반듯하게 솟은 코는 한 번쯤 만져보고 싶게 생겼다. 솜털 보송보송한 뺨에 잠시간 머물던 시선이 이내 아래로 스윽 내려갔다. 붉은 동백 같은 입술에 지의 눈길이 멈추었다.

심장이 방망이질 쳤다. 정녕 돌아버리기 직전인 것은 아닐까?

아니, 아니다. 이미 미쳤다. 이것은 정신이 나간 것이 맞다. 사내라고 생각하면서도 이토록 자꾸만 만져보고 싶은 것을 보면 미쳐도 단단히 미친 것이고, 정신이 나가도 제대로 나간 것이다.

동방의 하늘 아래 그가 못할 것이 없다 하지마는, 그래도 왕이 되어 사내를 마음에 품을 수는 없다. 그것만은 아니 된다. 절대로 아니 된다.

"과인은 계집이 좋다."

마음이 하루에도 수백 번씩 하늘로 치솟았다 땅 아래로 푹 꺼지기를 반복한다.

"한데 우소 너도 좋구나."

마음이 요사스러운 것이 심상치가 않다. 이러다 영영 계집을 좋아할 수 없게 될까 두려웠다. 만중은 여인의 맛을 보면 다 잊힐 것이라 그를 위로하였고, 지도 만중의 말을 믿고 싶었지만 슬슬 그 믿음이 흔들리고 있었다.

"너는 왜 계집이 아닌 것이냐?"

별로 한 것도 없는데 아주 지친 기분이 들었다. 두 눈을 꾸욱 감고는 무거운 한숨을 길게 내쉬었다. 이대로 아무것도 하지 않고 시간을 흘려보내고 싶었다. 하지만 그럴 수는 없다. 단호히 두 눈을 뜬 지가 큰 소리로 운소를 깨웠다.

"정우소! 네 이놈!"

견물생심이라 보면 욕심나는 법이니, 마음이 더 이상해지기 전에 운소를 깨워야 한다. 잠든 내시를 추행하기라도 하면, 그랬다가 소문이라도 나면, 정말 개망신이니까!

"예엣? 예, 전하!"

잠이 덜 깬 표정으로 운소가 벌떡 일어났다. 어리둥절해하던 그녀는 지를 보고는 두 눈을 한껏 크게 떴다.

"감히 과인을 앞에 두고 술에 취해?"

"아니 취했사옵니다!"

"거짓말 마라! 흥 다 깨졌다. 이만 돌아가자."

"예?"

"왜 그리 말귀를 못 알아들어? 흥 다 깨졌다 하지 않으냐?"

상황파악 중인 운소를 버려두고 지가 앞장섰다. 겨우 정신을 차린 운소가 재빠르게 짐을 챙겨 따라왔다. 지의 가슴께에나 머리가 올 만큼 작은 운소가 키도 크고 다리도 긴 지를 따라가는 건 쉽지 않았다. 종종 뛰다시피 걷던 그녀는 곧 가쁜 숨을 색색 몰아쉬기 시작했다.

왕은 참으로 성큼성큼 잘도 걸었다. 평소 이토록 빨리 걷는 법이 없는 그였다. 그는 늘 느긋하였다. 지금은 무언가 다르다. 성이 난 듯 걸음이 거칠고 빠르다. 혹 미숙한 저로 인해 역린하셨을까? 그를 화나게 하고 싶지 않다. 운소는 겁에 질렸다.

"어디까지 따라올 것이야?"

우뚝 멈춰선 지가 팩 쏘았다. 그를 뒤쫓는 것에만 급급하던 운소가 놀라 주변을 살폈다. 침전이 코앞이었다. 말단내시가 윤허도 없이 발들일 곳은 명백히 아니었다.

"송구하옵니다."

"내일 다시 부를 터이니 그만 가 보아라."

"……예, 전하."

잠시의 적막 후, 운소가 고개를 조아렸다. 힘없이 대답하고 종종 멀어지는 그녀의 뒷모습을 지가 가만히 노려보았다. 저가 침전으로 돌아오는 내내 심통을 부린 까닭에 그녀가 어쩔 줄 몰라 하고 있다는 것을 안다. 그런 그녀를 달래주지 못한 것은 그 자신의 속이 복잡한 까닭이다.

"후……."

한숨이 절로 새어 나온다. 지가 열없이 웃었다. 절대로 아니 된다고 신신당부하던 늙은 내관의 얼굴이 뇌리를 스친다.

"만중아……."

눈앞이 컴컴하다. 마음이 막막하다.

"아무래도 과인의 취향이 이리 고정될 모양이야."

사내가 좋은 것은 분명 아니다. 맹세할 수 있다. 계집보다 예쁜 사내들도 그의 마음을 동하게 하지는 못했다.

그렇다고 해서 여인이 못 견디게 좋은가? 그것 또한 아니었다. 풍만한 젖가슴, 잘록한 허리, 둥근 엉덩이를 가진 여인에게 그의 분신이 반응하기는 하였다. 그러나 그것뿐이었다. 운소를 볼 때처럼 떨리거나,

당혹스럽거나, 설레거나, 기쁘지 아니했다.

　두 상황을 종합하여 지는 제 취향이 사내보다는 계집이라고 결론 내렸다. 사내를 벗겨보았을 땐 마음은커녕 몸도 동하지 않았고, 계집을 벗겨보았을 땐 마음은 몰라도 몸은 좀 동하는 듯했으니까. 백 번 재고해 보아도 그는 계집이 좋은 것이 맞았다.

　그러나 애석하게도 계집과 운소를 놓고 비교해본다면 그는 계집이 아니라 운소가 좋았다.

　"우소 하나로 고정될 모양이야."

　사내보단 계집이 좋다. 계집보단 정운소가 좋다.

　머리는 아니라고 하는데, 가슴은 좋다고 말한다.

　"과인이 정녕 미친 모양이야."

　이를 어찌해야 하나?

　망연자실 뒤돌아선 지가 비틀거렸다. 가까스로 넘어지지는 않았다. 문득 올려다 본 하늘이 샛노랬다.

2

　이상했다. 하루가 멀다고 운소를 찾아대던 왕께서 벌써 이레째 잠잠했다.

　'흥미가 떨어지셨을까?'

　운소가 두 눈을 반짝였다. 제발, 제에발! 흥미가 떨어진 것이라면 정말 좋겠다. 미천한 상원내시 따위를 괴롭히는 건 별로 재미없을 테니까. 전하께선 바쁘고, 바쁘고, 또 바쁘니까, 그 과중한 업무에 치여 부디 하찮은 상원내시에 대해서는 몽땅 잊어버리셨으면!

　그런데 기이하다. 바람은 정말 간절한데, 왜인지 꺼림칙했다.

'아냐, 아니야……. 이리 쉽게 잊힐 리가…….'

왕께서 저를 찾지 않는 이 상황이 괴이하고 불안했다.

'혹 어디가 편찮으신 것은…….'

그 건강한 전하께서 아프기도 하실까?

운소는 지를 생각했다. 압도될 만큼 큰 키와 넓은 어깨. 살짝 찢어져 무서워 보이지만 자세히 들여다보면 웃음기 많은 다감한 눈. 살짝 말려 올라가 짓궂어 보이는 입매, 닿을 듯 스쳐가는 섬세한 숨결…….

"아프시면 아니 되는데……."

작게 중얼거리던 운소의 얼굴에서 불현듯 표정이 사라졌다. 우스웠다. 신하의 탈을 쓰고 있을 뿐인데, 진짜 신하라도 된 듯 그에게 온 신경이 쏠린다.

"이리 쉽게 잊으실 거면 뒤흔들지나 마시지."

그녀의 두 눈이 감겼다. 그에게 잊힌 이 상황은 응당 기꺼워야 할진대 왜 이리도 마음이 스산한가?

정녕 모를 일이다.

지는 고뇌하고 있었다.

연화정에서 보았던 취한 운소가 자꾸만 생각난다. 보송보송한 뺨, 도톰한 입술, 굳게 감긴 눈꺼풀……. 오직 운소만 보이는 거울 속에 빠진 듯, 눈을 떠도 감아도 그녀 생각만 난다.

'위험하다.'

몹시 위험하다, 그의 순결한 취향이.

벗이 되겠다는 결심에 취해 너무 앞뒤 안 가리고 덤볐다. 자주 볼수록 심장이 잠잠해졌기에 더 자주 보면 아예 잠잠해질 줄로만 알았다. 의외의 순간에 그렇게 엄청난 공격을 당할 줄은 미처 몰랐다. 치명상을 입었다. 그의 취향이 통째로 뒤흔들리고 있다.

'참자. 참는 것이다.'

툭하면 남색가라고 공표해버리겠다고 만중을 협박하곤 했지만 그 것은 불가한 일이었다. 막무가내로 굴기는 했지만 안 된다는 자각마 저 잊은 것은 아니다. 하여 지는 틈이 날 때마다 스스로 다독이며 세 뇌했다.

'정우소는 사내다. 과인은 계집이 좋다. 정우소는 사내고, 과인은 계집이 좋다…….'

하지만 소용없었다. 아무리 노력해도 운소가 그의 눈에는 계집처럼 보였다. 안 보면 좀 나아질까 싶어 며칠째 그녀를 찾지 않고 있는데, 하도 오래 못 봤더니 이젠 밥맛조차 없다.

"하아……."

결국 지는 긴 한숨을 지으며 수저를 내려놓았다. 수라상은 상궁이 내어온 그대로였다.

"전하, 어찌 아니 드시옵니까?"

"입맛이 없다."

"한술이라도 뜨셔야 하옵니다."

만중은 안절부절못하며 동동거렸다.

"싫다고 하지 않으냐? 이젠 과인의 말이 아주 우스운 모양이로구 나? 귓등으로도 듣질 않고."

"전하, 소신은 그런 것이 아니오라……."

"시끄럽다! 더는 듣고 싶지 않다. 먹고 싶은 생각도 없다. 냄새도 맡기 싫으니 당장 내어가라."

"전하!"

"과인을 급체시켜 암살할 계획이 아니라면 당장 내어가라 하였다!"

지가 결국 짜증을 부렸다.

이부자리를 펴 모로 눕는 그를 만중이 우울하게 응시했다.

간신의 세

용안이 해쓱하셨다. 눈 밑은 퀭하고, 윤기 흐르던 입술은 퍼석거리고 있었다. 만중은 주군이 너무도 걱정스러웠고, 마음이 바짝바짝 탔다.

"……만중아."

"예, 전하."

"과인이 감환이 심하여 금일은 경연에 가지 못하겠다. 교리에게 그리 전하고 침전에 아무도 들이지 마라."

한숨을 삼킨 만중이 잠시 뒤 답하였다.

"예, 전하."

풀썩 쓰러지고 싶은 것은 왕만이 아니었다. 만중도 그리하고 싶었다.

지는 몇 시진을 가만히 모로 누워 있었다. 잠도 들지 못한 채 인상만 팍팍 써댔다. 눈을 감아도, 떠도 운소가 보였다. 귀를 막아도, 열어도 그 종달새 같은 목소리가 들렸다. 머릿속을 온통 점령당했으니, 이미 이성이 전멸당한 것과 같다.

'정우소, 네놈은 어찌 나인도 아니고, 무수리도 아니고, 기녀도 아니고, 하필 내시라서 과인을 이토록 괴롭게 하느냐?'

괘씸한 놈!

달 아래 노인네나 삼신할망구, 둘 중 하나는 필시 노망이 났을 게다. 그래서 이런 일이 벌어진 것이다. 그것이 아니면 모두 다 천신 탓이거나! 본래 탓할 자가 없으면 천신님을 탓하라 했다.

'세상에 계집이 반인데, 왜 하필 너는 그 반이 아니라서!'

너무 오래 보지 못했다. 운소를 만나고 싶다. 결국 참지 못하고 벌떡 일어난 지가 소리쳤다.

"만중아! 만중아! 상선 게 없느냐!"

"예, 전하! 소신 예 있사옵니다!"

만중이 다급히 들어왔다. 지가 그의 옷자락을 붙잡고 애원하듯 명했다.

"만중아, 우소 좀 불러오너라. 당장 그 아이 좀 불러와."

"예?"

"정우소 좀 불러다오. 그 아이를 만나고 싶다."

"전하, 하오나……."

지는 된다는 본능과 아니 된다는 이성 사이에서 치열하게 싸웠다. 안타깝게도 이성은 끝내 패배하여 본능 앞에 무릎 꿇었다.

"이 밤에 보아 좋을 것이 없는 아이이옵니다."

"좋고 나쁘고는 과인이 판단해!"

"전하……."

"아니 된다고 하지 마라! 당장 우소를 데려오지 않으면 내 당장 대전 지붕에 올라갈 것이야. 그리고 외칠 것이다. 과인이 남색……."

"당장 불러오겠사옵니다!"

만중이 사색이 되어 소리쳤다. 지는 그제야 저가 붙잡고 있던 만중의 옷자락을 놓아주었다.

"그래, 어서 불러오너라."

지가 힘없이 대답하며 눈을 감았다. 망연자실 눈 감은 그를 달래듯 만중이 작게 속살거렸다.

"전하, 모든 것은 그저 바람이옵니다. 붙잡고자 하여도 결국엔 지나쳐갈 것이옵니다."

지의 표정이 힘없이 허물어졌다. 이리 애타고, 답답한 마음이 정녕 그저 바람일 것인가?

물음은 속에서 흩어졌다. 답은 들려오지 않는다.

오밤중에 운소는 침전으로 불려가 왕 앞에 내던져졌다. 그녀는 어

간신의 세

리둥절한 채 읍하였다.

"전하, 부르셨사옵니까?"

"……."

왕은 아무 말도 없다. 불러 앉혀놓고 침묵한다. 연유를 모르는 운소의 작은 심장이 빠르게 쿵쿵댔다.

'옥체는 강녕하신가…….'

그녀가 그를 힐끔거렸다. 들어올 때 얼핏 본 용안이 수척하였다. 며칠은 앓은 듯 해쓱했다. 역시 아프셨던 것일까? 걱정에 마음이 편치 않다.

"과인은 계집이 좋다."

한참 뒤, 침묵을 깨며 그가 말했다.

또, 또, 그 말씀. 운소는 순간적으로 살짝 미간을 찌푸렸다.

"너도 계집이 좋으냐?"

"예? 소신은…….”

"계집이 좋겠지."

단언하는 용음이 묘하게 서늘해서 운소가 저도 모르게 고개를 들었다. 비딱하게 앉아 턱을 괴고 있던 지가 인상을 썼다.

"되었다. 가서 어린 궁녀 하나만 데려오너라."

"예?"

운소가 두 눈을 끔뻑거렸다. 한밤중에 불려온 것도 당황스러운데, 그녀를 두 배로 당황스럽게 하는 명이었다.

"어찌 그리 멍청한 표정을 짓고 있느냐? 당장 절색의 궁녀를 대령치 않고!"

지가 짜증을 부렸다. 번뜩 정신을 차린 운소가 깊게 엎드려 답하였다.

"예, 전하. 분부대로 대령토록 하겠사옵니다."

운소의 무심한 눈동자에 불퉁한 기색이 얼핏 스쳤다. 안절부절 못하며 그를 심려하였던 제 모습이 가여워 헛웃음이 났다. 이리 멀쩡하신데. 미천한 상원내시의 심려 따윈 그에게 필요치 않을 것인데.

운소는 천천히 몸을 일으켰다. 한 발 한 발, 조심스럽게 뒤로 걸었다. 고개 한 번 들지 않았다. 왕을 보지 않았다. 보고 싶지도 않았다. 문을 나선 후, 뒤도 돌아보지 않고 침전을 빠져나갔다.

지는 멀뚱히 앉아 운소가 있던 자리를 노려보았다.

"내 정녕 미쳤는가?"

도대체 무슨 반응을 보고 싶어서 절색의 궁녀를 데려오란 명을 내린 것일까? 저것이 혹 질투라도 내비칠까 봐?

아서라.

"하하. 하하……."

제 정인이 다른 계집과 함께 있는 것을 시샘하는 여인도 아니고, 제 여인이 다른 사내의 품에 안겨 있는 것을 보고 광분하는 사내도 아니다. 왕과 내시. 주군과 신하. 그 관계의 어느 틈에 질투가 낄 것이며, 투기가 고개 내밀겠는가? 정분난 남녀사이도 아닌데. 주종으로 묶인 찰나의 연일뿐인데!

"전하, 괜찮으시옵니까? 소신 안으로 들어도 되오리까?"

나직하고 음산하게 퍼지는 웃음소리에 만중이 걱정스럽게 물어왔다.

지는 대답하지 않고 금침에 누워버렸다.

"전하, 소신 안으로 들겠나이다."

만중은 허락을 기다리지 않고 안으로 들어왔다.

"괜찮으시옵니까?"

만중이 몇 번이나 괜찮으냐고 물었으나 지는 묵묵부답으로 일관했다. 결국 포기한 만중이 입을 다물었다. 늙은 신하의 얼굴에 근심이 그득하다.

한참 뒤 지가 지나가듯 툭 물었다.

"진짜 갔느냐?"

"예?"

"정우소 말이다. 정녕 예쁘고 참한 궁녀를 찾으러 갔어?"

"아……. 예, 전하. 전하의 명을 수행하러 갔사옵니다."

"수행? 허!"

진짜 갔나 보다. 홱 돌아누운 지가 오만상을 찌푸렸다. 절색의 궁녀 하나 뽑아오라는 말에 정말로 가 버린 모양이다. 야밤에 왜 그러시느냐고 묻지도 않고, 잠이나 자라고 달래는 시늉도 않고. 묻지도 따지지도 않고 명을 수행하러 가 버렸다.

야박한 놈. 미운 놈. 정녕 밉살맞은 놈!

"자야겠다."

"예?"

"과인은 잔다. 정우소가 오거든 그리 일러라."

"전하……."

"과인은 이미 자느니라."

만중이 무어라 말할 것 같았지만 지는 귀를 막고, 이불을 뒤집어썼다. 잠시 뒤 만중이 나가는 기척이 느껴졌다.

지는 인상을 쓴 채로 운소가 제 정인과 있는 모습을 상상했다. 물론 정인은 계집이다. 짜증이 난다. 둘이 연모하든 말든 상관없다. 방해꾼이 되어 확 떼어놓고 싶다. 어깃장은 좋은 것이다.

그런데 해괴한 일이다. 문제는 여인만이 아니었다. 아무 사내나 그 옆에 붙여 상상해 보자 속이 뒤틀린다.

계집이든 사내든 운소 옆에 있는 모습은 당최 마음에 들지 않는다. 그냥 아무도 그 곁에 없었으면 좋겠다.

"과인은 미쳤어."

과인은 남색가도, 여색가도 아니야. 사내도, 계집도 좋지가 않아.

그냥······.

"우소 너만 좋구나."

그날 밤, 왕이 여인을 찾는다는 말에 신중하게 간택된 절색의 궁녀는 침전에 오자마자 되돌아가야만 했다.

타닥타닥.

말이 느리게 움직였다. 윤기 흐르는 갈기를 지닌 준마였다. 준마에 올라탄 이는 내금위장 비찬으로, 왕의 특명을 받잡고 국경을 순찰하고 돌아오는 길이었다.

오랑캐와의 전쟁은 두 해 전에 끝났으나 국경은 여전히 노략질에 시달리고 있었다. 올해는 풍년이 들었으니 구휼청을 늘리자는 의견에 실태를 조사하러 간 것이었다.

몇 달 만에 돌아온 한경은 여전히 분주했다. 곧 있을 왕의 탄생일을 맞이하여 더 소란한 것도 같았다.

'늦지 않아 다행이군.'

그의 주군은 의외로 쪼잔해서 탄생일 연회에 불참하거나 선물을 주지 않거나 하면 다음 탄생일이 오기 전까지 그 일로 들들 볶아댈 것이 분명했다.

순찰 결과를 보고하기 위해 비찬은 이화궁으로 향했다. 익숙한 얼굴이 보였다. 상선 만중이었다.

"상선 어르신, 그간 강녕하셨습니까?"

"내금위장!"

간신의 세

만중이 반색을 하며 비찬에게 달려왔다. 비찬은 저도 모르게 주춤거리며 뒤로 물러섰다.

비찬은 만중과 나쁜 사이는 아니었지만 이리 버선을 벗어 던질 기세로 맞아주는 사이 또한 아니었다. 만중이 두 손을 번쩍 들고 환영하는 경우는 딱 하나뿐이다.

"무슨 일이 있으셨군요."

비찬은 왕이 또 심상치 않은 일을 하고 있음을 직감했다.

"내금위장께서 전하 곁에 꼭 좀 붙어 있어 주시오."

그의 예감은 틀리지 않았다. 만중이 간청하였다.

전국에서 진상품이 올라왔다. 왕의 탄생일이 코앞인 까닭이다.

금은보화와 산해진미를 앞에 두고 지는 딴생각 중이었다. 제 취향이 지독히 이상한데, 그깟 연회가 다 무슨 소용인가?

"전하, 진상품을 정녕 아니 둘러보시겠습니까?"

엊그제 돌아온 비찬이 물었다. 지는 그를 힐끔 쳐다보았다. 국경에 다녀오라 했더니 어디서 훈련을 하고 온 모양이다. 어깨가 더욱 각지고, 가슴이 한층 더 탄탄해졌다.

덩치는 황소만한 놈이 종일 곁에 붙어 있으니 지는 죽을 맛이었다. 만중에게 무슨 이상한 소리를 들었는지 비찬은 그에게서 떨어지려고 하지 않았다. 물론 그전에도 제 곁에서 좀체 떨어지지 않으려는 비찬이었지만, 지금처럼 뒷간 갈 때마저 따라오지는 않았다.

"되었다. 그깟 진상품이 무어라고."

지가 뚱하게 대답했다.

"그깟 진상품이 아닙니다."

비찬이 엄하게 말했다.

하여간 고리타분 놈. 왕이라고 해서 봐주는 법이 없다.

"안다. 소중한 진상품이지. 과인의 백성이 보낸, 아주 소중한 것들."

그럼 뭐하나? 정우소가 계집이 아닌데.

"전하께서 좋아하시는 곶감도 있습니다."

"곶감? 과인이 범도 아니고 무슨 곶감을 좋아한다고 그러느냐?"

과인이 좋아하는 것은 곶감이 아니라 정우소야.

"과인이 나이 먹는 게 무어 그리 축하할 일이라고 이리들 진상을 해대는 것인지. 과인이 어서 늙어 죽었으면 하는 것이겠지?"

"전하! 그 무슨 해괴한 말씀이십니까?"

비찬이 저도 모르게 언성을 높였다.

"과인이 실언을 하였다."

"실수로라도 그리 말씀하셔서는 아니 됩니다. 진상품을 고르느라 일 년 내 고민했을 이들의 마음을 생각하셔야지요."

"그래, 네 말이 맞다."

지가 순순히 인정했다.

"과인이 이래선 아니 되지. 보러 가자. 어느 고을에서 무엇을 보냈는지 참으로 궁금하구나."

애써 마음을 다잡은 지가 몸을 일으켰다.

힘을 내자. 정우소 따위 그만 생각하고, 왕의 책임에 충실하자. 하지만 그 각오는 진상품 창고에 들어서자마자 산산이 깨어졌다.

지는 창고로 향했다. 수행원들이 뒤따랐다. 만중과 비찬도 함께였다.

창고는 방방곡곡에서 올라온 진상품으로 가득했다. 하나하나 둘러보던 지의 시선이 유독 색이 고운 비단에 꽂혔다.

"당의를 지으면 좋겠구나."

"예, 전하. 후일 맞으실 중전마마께 당의를 지어 드리면 아주 기뻐하실 것이옵니다."

잠자코 있던 만중이 맞장구쳤다. 지는 씁쓸하게 웃었다. 이 비단으로 지은 당의를 입고 있는 운소를 떠올린 저가 어이없었다.

지는 이번엔 무명을 만지작거렸다.

"무명이 마음에 드십니까?"

비찬이 물었다.

지가 비찬과 만중을 번갈아 힐끔거렸다. 저 찰거머리 같은 것들. 하나가 떨어지면 다른 하나가 붙고, 다른 하나가 떨어지면 또 다른 하나가 붙고. 번갈아가며 찰싹 들러붙어 저를 감시한다.

"무명이 꼭 필요한 계절 아니더냐?"

"예, 전하. 국경의 병졸들이 걱정되어 그러십니까? 그들에게 충분한 무명을 배급하도록 소신이 이미 조치해 두었습니다. 심려치 마옵소서."

꿈보다 해몽이라고, 안색이 어두운 지를 보고 비찬이 위로했다. 지는 미간을 살짝 모았다가 풀었다.

지의 마음에 걸리는 것은, 물론 국경의 병졸들도 마음에 걸리지만, 그래도 그들보다는 역시 운소 쪽이었다. 부쩍 추워진 날씨에도 관복이 얇았던 것이 마음에 남아 걱정스러웠다.

지의 시선은 진상품마다 머물렀고, 그때마다 운소를 떠올렸다. 미래의 중전께 진상된 패물도 있었다. 비녀, 떨잠, 노리개 등 종류도 다양했다. 지는 그것들을 하고 있는 운소를 상상했다. 저 스스로도 한심할 정도로 내내 운소를 생각했다.

단 하나라도 운소에게 줄 수 있다면…….

문득 지의 두 눈이 커졌다. 운소에게 줄 방법 하나가 머릿속에 떠올랐다.

"만중아, 비찬아."

"예, 전하."

두 사람이 동시에 대답했다.

"과인은 전년에도 많은 진상품을 받았다. 백성들의 충애가 지극하여 과인은 정녕 행복하구나. 그러나 이 좋은 것들을 활용치 못하고 창고에 쌓아두기만 하면 무슨 소용이겠느냐? 과인 혼자 누리는 것은 옳지 않을 성싶다."

두 해 전, 지는 보위에 올랐다. 그 이듬해, 보위에 오르고 처음 맞는 탄생일을 기리기 위해 각지에서 진상품을 바쳤다. 도저히 혼자서는 쓸 수 없는 정도였다. 아직도 대부분 창고에 얌전히 보관되어 있다.

"아바마마께서 당부하시길 보위에 올라서도 늘 검소하라고 하시었다."

운소에게 전부 주고 싶어도 그럴 수는 없다. 하지만 하나둘은 줄 수 있을지도 모른다.

"지난해에 받은 것들도 아직 남아 있다. 올해 과인에게 이토록 많은 진상품은 필요치 않다."

"하오나 다시 돌려보낼 수는 없습니다."

만중이 걱정스러운 표정을 했다.

"다시 돌려보내자는 것이 아니야."

"예? 하오면……."

"과인의 충신들에게 하사하는 것은 어떤가?"

운소에게만 주면 눈에 띈다. 하지만 모두에게 베풀면 사정은 달라진다. 누구도 말단 상원내시가 무엇을 받았는지 신경 쓰지 않을 것이다.

"과연! 명답이시옵니다."

만중이 감격에 젖어 박수쳤다. 지는 그 모르게 쓴웃음 지었다. 왜인지 제 신세가 처량했다.

"또 불려 가느냐?"

부스럭대는 운소를 보고 유 내관이 물었다.

"예, 나리. 송구합니다."

야밤에 자꾸만 왕에게 불려가는 운소 때문에 유 내관도 덩달아 잠을 설치고 있었다. 그에게 미안해서 운소가 멋쩍게 웃었다.

"네 어지간히 전하께 밉보였나 보구나. 밤마다 불러 잠도 못 자게 하시는 걸 보면."

"……."

"역린하실라. 어서 가보아라."

"예, 나리."

내반원을 빠져나온 운소는 곧장 침전으로 향했다.

전날엔 귀고리, 그 전날엔 혁대, 그 전전날에 갓끈. 오늘은 또 무얼 보여주실까?

마침내 침전에 도착한 운소가 긴장한 표정으로 안으로 들었다. 그녀를 기다리고 있던 지가 활짝 웃으며 무언가를 보여주었다.

"우소야, 이것 어떠냐?"

운소의 표정이 굳었다. 이제는 하다 하다 비녀까지 보여주신다.

"어찌 대답이 없어? 마음에 아니 들어?"

"……무척 훌륭한 비녀이옵니다."

잠깐 머뭇대던 운소가 겨우 대답했다. 온갖 화려한 진상품을 저에게 보여주며 어떠냐고 묻는 왕의 의중이 가늠되지 않는다. 용심은 그녀가 파악하기엔 너무 복잡하고 어렵다.

"과연!"

흡족해하는 지의 눈매가 휘었다.

"그럼 가보아라."

"예, 전하."

운소는 미간을 좁히며 물러났다.

이제 막 잠들었을 유 내관을 또 깨우기 싫어서 그녀는 내반원을 서성였고, 잠시 복도에서 쪼그려 앉았다. 한동안 앉은 채로 미동도 앉던 운소가 꾸벅꾸벅 졸기 시작했다.

옷을 따뜻하게 입었지만 복도는 추웠다. 바깥만큼은 아니었지만 방만큼도 아니었다. 추위에 몸을 웅크리고 있던 운소의 입에서 재채기가 터져 나왔다.

"에취!"

번쩍 정신을 차린 우소가 목을 매만졌다. 어느새 잠들었었나? 목이 부었는지 따끔거렸다.

"왜 예서 그러고 있는 게야?"

마침 등청을 하러 나오던 유 내관이 깜짝 놀라 물었다.

"아무것도 아닙니다, 나리."

운소가 작게 콜록거렸다.

"아무것도 아니긴. 고뿔에 걸린 것 아니냐? 설마 예서 잠든 것이냐?"

"아닙니다. 정말 괜찮습니다."

"괜찮기는! 면경이나 보고 말하여라. 안색이 말이 아니다. 내 잘 말해둘 터이니 오늘은 방에서 쉬어라. 그리 콜록대다 전하의 탄생일까지 낫지 않으면 큰일 아니냐? 발령받고 처음 치르는 연회인데, 그 좋은 구경거리를 놓쳐서는 아니 되지!"

유 내관이 운소의 등을 떠밀었다.

방에 누운 운소는 몇 번 더 콜록거리다가 잠들었다.

며칠 후, 연회가 열렸다. 고대했던 연회인데 지는 크게 낙담했다. 운소가 불참한 까닭이다. 밤마다 그가 불러댄 탓에 고뿔에 걸렸다 하였다. 왜 방에 들어가지 못했냐는 물음에 같은 방을 쓰는 유 내관에게 방해가 될까 그랬다는 답이 돌아왔다.

세상에, 만상에!

지는 경악했다. 지금껏 운소의 잠든 모습을 유 내관이 보아왔다니! 왜 독방이 아닐 거라는 생각을 못했을까?

지는 과거의 멍청한 자신을 타박하며 유 내관과 운소의 방을 당장 분리시켰다. 당황해하는 유 내관에게 너마저 고뿔이 옮으면 큰일이라 내린 조치라며 대충 둘러대었다.

'고얀 놈.'

따지고 보면 제 탓이지만 지는 운소를 탓했다. 신하들에게 각종 상을 내린 후 곧장 자리에서 일어났다. 무희의 춤에 취하고 악공의 가락에 취한 이들은 그가 일어선 것도 몰랐다. 그들은 삼삼오오 모여 앉아 술을 마셨다.

걸걸한 웃음소리를 뒤로 하고 몰래 연회장을 빠져나가려는데 눈치 빠른 비찬이 쫓아왔다.

"전하, 어디 가십니까?"

"취기가 올라 잠깐 걸을 셈이다. 내금위장은 연회를 즐기지 않고 뭐하느냐? 먼 길 다녀온 하나뿐인 아드님께서 코빼기도 안 보인다고 좌찬성이 아주 뿔이 났더라. 가서 달래드리지 않으면 반백년은 족히 괴로울 것 같다만."

비찬이 움찔했다. 뒤끝 길기로는 둘째가라면 서러워할 아비였다.

"더 늦었다간 영영 부친의 존안을 뵐 수 없을지도 모르지."

"그럴 가능성이 없지는 않지만……."

"과인이 걱정돼 그런 것이라면 얼른 가서 얼굴만 비추고 오면 되지 않겠느냐? 예서 딱 기다리고 있으마."

"예서 꼭 기다리고 계셔야 합니다. 절대 멀리 가지 마십시오."

"아무렴!"

망설이던 비찬이 신신당부하고는 연회장으로 돌아갔다. 우두커니 서서 비찬이 갔나 살피던 지가 의미심장한 미소를 지었다.

연회장에서 멀리 가지 말라는 비찬의 말은 애초에 귓등으로도 듣지 않았다. 지는 뒤도 안 돌아보고 어디론가 향하기 시작했다. 그가 멈춘 곳은 내반원 앞이었다.

"과인이 왔도다! 안으로 들겠노라!"

연회고 뭐고 운소를 만나고 싶었다.

운소는 반쯤 잠든 상태였다. 밖에서 저를 부르는 목소리에 정신이 들었다.

"정우소!"

'전하?'

반사적으로 일어난 운소가 어지럼증에 비틀거렸다. 정신을 가다듬고는 겨우 균형을 잡았다.

"우소야!"

밖에서 부르는 이는 분명 왕이었다. 아파서 끙끙 앓는 모습을 보이면 안 된다. 어의를 붙여주겠다는 걸 겨우 마다하였다. 멀쩡한 모습을 보이지 못하면, 이번에야말로 그는 그녀에게 어의를 붙이고 말 것이다. 그렇게 되면 그녀가 저지른 짓이 들통나는 것은 시간문제다.

겨우 문을 열자 밖에 서 있는 지가 보였다.

"전하, 이 누추한 곳까지 어찌……."

곤혹스러워하는 운소를 지가 가만히 응시했다. 단정히 틀어 올린

상투 아래 드러난 양 귀가 뽀얗고 복스러웠다. 동그란 이마 아래 자리
잡은 두 눈은 검고 깊었다. 치마를 둘러놓으면 누구라도 계집으로 볼
터였다. 누구보다 뛰어난 그의 눈썰미마저 속인 아이였다.

"과인은 가고 싶은 곳은 어디든 갈 수 있다. 그곳이 내반원이든 궐
밖이든 말이다. 무어 잘못되었느냐?"

"그런 것이 아니오라……."

"고뿔은 좀 가라앉았느냐?"

"예, 전하. 이제 멀쩡하옵니다."

사실 여전히 안 괜찮았지만 운소는 거짓말을 했다.

"그래? 그렇다면 다행이구나."

지는 고개를 끄덕이며 방 안으로 성큼 들어섰고, 놀라서 두 눈을 크
게 뜨는 운소를 지나쳐 아무 데나 털썩 앉았다.

"저, 전하?"

"한데 그리 멀쩡하다면서 과인의 연회에 감히 불참하였다?"

지가 뚱하게 투덜거렸다. 어쩔 줄 몰라 하던 운소는 지에게서 최대
한 멀리 떨어진 곳에 앉아 고개를 조아렸다.

"소신은 그저 귀한 분들께 고뿔을 옮길까 저어되어……."

"고뿔 걸린 다른 이들은 잘만 왔더라."

지가 툭 쏘았다.

운소가 미간을 살짝 찡그렸다.

"송구하옵니다."

순간 눈앞이 컴컴해지고 몸이 휘청거렸다. 다행히 쓰러지진 않았지
만, 오한이 든 듯 온 몸이 으슬으슬했다. 숨소리도 거칠어졌다. 정신
이 가물거렸다.

"우소야? 네 정녕 괜찮은 것이 맞느냐?"

"예, 전하."

운소가 힘겹게 대답했다. 그녀는 당장이라도 기절할 것 같았다. 애써 참았지만 시야가 점점 더 흐릿해졌다.

"이리 가까이 와보거라."

"괜찮사옵니다."

"가까이 오라 하였다."

더는 고집을 부릴 수 없어 운소가 지에게 다가갔다.

"고개를 들라."

"전하……."

"고개를 들어 과인을 보라."

"어찌 그리 송구스러운……."

"과인을 보라 하였다."

왕은 강경했다. 운소는 별 수 없이 고개를 들었다. 그녀의 안색이 아주 창백했다. 조금은 괜찮은 척 버틸 수 있을 줄 알았는데 아니었다. 이미 한계였다.

"네 아니 괜찮구나."

지가 운소의 이마에 손을 갖다 댔다. 운소의 눈빛이 초점을 잃고 흔들렸다.

"열이 이리 높고 식은땀이 줄줄 흐르는데, 괜찮기는 무어가 괜찮아?"

"아닙니다, 전하. 소신 정말 괜찮……."

고개를 내젓던 운소의 목소리에 거친 숨소리가 섞였다. 휘청거리던 작은 몸이 한순간 허물어졌다. 지의 동공이 휘둥그레졌다.

"우소야?"

운소는 답이 없다.

우소야, 우소야, 우소야.

운소는 누군가 저를 애타게 부르는 소리에 가까스로 눈을 떴다. 무언가를 말하려는 듯 그녀의 입술이 달싹거렸다.

'저는 우소가 아니라⋯⋯.'

목소리가 나오지 않았다. 그 사실이 짜증나 운소가 예민하게 미간을 찡그렸다.

그러다 번뜩 정신을 차렸다. 운소가 벌떡 몸을 일으켰다.

"콜록!"

기침이 나오는 입을 틀어막은 운소가 그대로 뒤로 물러났다. 저를 내려다보고 있는 눈이 한 쌍 보였고, 급히 안으로 들어오는 이도 보였다. 어의다. 얼마나 기절해 있었던 것이지? 운소는 사색이 되었다.

"소신 괜찮습니다!"

"괜찮기는? 네 혼절하였다!"

"요 며칠 통 잠을 못 자 깜빡 잠든 것뿐이옵니다!"

생존본능에 불이 켜졌다. 아픈 것도 잊고 운소는 반박했다. 여전히 머리는 핑핑 돌았고, 보이는 것은 온통 노랬다. 하지만 여기서 어의에게 진맥을 당해서는 안 된다. 내시가 아니란 것을 들킬 수는 없다.

"정우소!"

"전하, 소신에게 사소한 병이 하나 있사옵니다. 소신은 어려서부터 의원께 병을 보이면 더 심하게 앓고는 했사옵니다. 하루면 나을 것이 이레가 가도 낫지 않았고, 다 나아가던 것이 되레 심해지기도 했지요. 동네의원께서 말씀하시길 소신이 꾀병이 심해 그렇다 하옵니다."

이게 말이 되는 소릴까? 모르겠다. 운소는 닥치는 대로 지껄였다.

"관심 받는 것이 좋고, 일하지 않고 쉬는 것이 좋아서, 의원께 진맥을 받기만 하면 으레 그리된다 하옵니다. 소신이 꾀병으로 몇 날 며칠 앓아눕기를 바라시는 게 아니라면 어의를 물려주시옵소서. 소신은 정말 멀쩡하옵니다."

운소는 진심을 다해 간청했다.

제발, 제발, 제발!

"네 정 그렇다면 어의는 돌려보내겠다."

지가 미심쩍어하며 말했다.

"하나 네 또 혼절할지 모르니 밖에 의녀를 세워두마. 의녀가 부를 때 답이 없으면, 어의를 다시 데리고 올 테니 그리 알거라."

운소가 안도하며 깊게 엎드렸다.

"예, 전하. 성은이 망극하옵니다."

"망극하면 얼른 낫기나 하여라."

퉁명하게 중얼거린 지가 일어났다. 그녀를 쉬게 하려면 자신이 없어야 했다. 왕을 앞에 두고 쉴 수 있는 신하는 없을 테니까. 대신 아플 수 있으면 좋겠다고 생각하며 지는 밖으로 나갔다.

비로소 혼자 남은 운소의 표정이 무너졌다.

긴장이 풀리자 일순간 온갖 감정이 휘몰아쳤다. 몽롱한 그 순간 이마에 닿았던 손길이 생각난다. 그 손길은 오라비의 것처럼 다정하였다.

운소가 힘없이 웃었다. 왜 그는 자신에게 관심을 보일까? 어찌 그토록 한결같이 상냥할까? 까닭 모를 울음이 터질 것만 같다.

운소의 방을 나선 지는 곧바로 돌아가지 않았다. 연회장에서 그가 사라진 것을 눈치챈 만중이 헐레벌떡 뛰어왔다.

"전하! 대체 무슨 생각이시옵니까!"

이미 왕께서 상원내시 정우소를 각별히 총애한다는 소문이 파다했다. 그 소문이 더 악질로 변모하는 것은 한순간이다. 만중은 걱정이 태산이었다.

"만중아."

지가 만중을 돌아보았다.

"과인이 미쳤을까?"

"예?"

"차라리 확 벗겨보면 어떨까? 그 펀펀한 가슴을 이 두 눈으로 보면, 과인의 가슴에 피어난 이 불꽃이 확 꺼지지 않을까?"

"저, 전하!"

"한데 만중아. 혹 벗겨본 후에도 이 불꽃이 꺼지지 않으면 어찌해야 하느냐? 그때, 과인은 어찌해야 하느냐?"

만중이 입을 떡 벌렸다가 다물었다. 왕은 깊이 절망하고 있었다. 제 뜻대로 되지 않는 마음에 슬퍼하고 있었다.

보지 않으면 이 마음이 잠잠해질까. 보지 않은 적도 있다.

자주 보면 금방 질릴까. 매일 불러다 앉힌 적도 있다. 하지만 무슨 짓을 하든 마음이 매양 운소를 좇으니 지는 내처 괴로워했다.

"전하, 정우소가 사내란 것을 기억하소서. 전하께서 동방의 주인임을 기억하소서. 그 사실을 마음에 새기고 기다리소서. 그 마음이 불꽃이라면 이내 꺼질 것이고, 그 마음이 바람이라면 다시금 잠잠해질 것이옵니다. 이 모든 것이 지나갈 때, 그것이 아쉬워 붙들지만 마옵소서."

장안에 남색가가 넘쳐나도, 남기를 끼고 노는 재력가가 무수해도, 그래도 왕은 그럴 수 없었다. 태천의 자예 공주와 혼담이 오가고 있는 왕이라면 더더욱 그럴 수 없다.

"붙들지만 마라?"

"예, 전하."

어차피 운소의 장번은 곧 끝난다. 동국대전에서 규정한 휴가다.

107

운소가 자진해서 지원하지 않는 한, 휴가는 족히 보름은 이어진다. 눈에서 멀어지면 마음에서도 멀어지는 법. 풍파가 이는 왕의 마음도 가라앉을 것이다. 만중은 다만 그것을 믿었다. 그는 주군을 어르고 달래며 운소의 장번 마지막 날만 기다리고 있다.

3

치마를 입고 있는 운소의 뒷모습을 쫓다가 벼랑에서 굴러 떨어지는 꿈을 꿨다.

"으악!"

벌떡 일어난 지가 황급히 주변을 두리번거렸다.

"전하! 무슨 일이시옵니까?"

그의 비명을 들은 만중이 밖에서 다급히 물어왔다. 지는 못 들은 척하며 제 빈손을 노려보았다. 이마가 꿈틀거렸다.

거의 잡을 뻔했는데 잡지 못했다. 평생 이렇게 뒤만 쫓다가 늙어 죽을 것 같은 불안감이 엄습한다.

"우소야……."

한탄하던 지가 눈썹을 모았다. 아래가 묵직한 기분이 들었다.

설마. 그럴 리가.

이불을 슬쩍 들춰보더니 표정을 일그러뜨렸다.

"미쳤구나."

미친 게다. 미친 게 틀림없다. 욕구불만이 나날이 고조되고 있었다. 치마 입은 운소의 꿈을 꿔서 더 그런 것 같다.

그는 한참을 망연자실한 눈으로 제 분신을 노려보았다.

"전하, 들어가도 괜찮겠나이까?"

만중이 재차 물었다. 퍼뜩 정신을 차린 지가 고래고래 소리쳤다.

"아니 된다! 아니 돼! 아무 일도 없으니 아무도 들어오지 말라! 과인의 명을 어기고 들어오는 놈은 머리털을 다 뽑아버릴 것이다!"

안 괜찮다. 괜찮지 않다. 그러나 괜찮아야 한다.

지는 긴장을 늦추지 않으며 이불 속으로 들어갔다. 두툼한 이불을 방패 삼아 온몸을 칭칭 감았다. 이대로 누에고치가 되어버리면 차라리 좋을 텐데.

'내 몸이 어찌 내 뜻대로 아니 되는 것이야? 마음도 내 뜻대로 아니 되더니, 이젠 몸까지 제멋대로 날뛰어? 세상천지에 이런 것이 어디 있어? 과인이 동방의 주인이거늘, 어찌 다 이래?

부왕께서 양위하며 이르시길 '동방의 모든 것이 너의 것이노라!' 하시었는데, 순 새빨간 거짓말이었다. 뜻대로 할 수 없는 것이 분명 있었다. 그의 것이 될 수 없는 것이 너무도 분명하게 존재한다.

그는 억울했고, 우울했으며, 울적하였다.

지는 며칠을 끙끙댔다. 이러다가는 취향이 조만간 돌이킬 수 없는 강을 건너고 말 것이다. 이젠 도리가 없다. 충격요법을 쓸 때가 왔다.

'우소를 벗기자. 벗겨버리자. 그 판판한 가슴을 보는 게다. 우소가 사내라는 것을 인지하기만 하면 이 육신도, 심신도 진정되리라.'

주먹을 불끈 쥐었다. 머리로는 운소를 사내라 생각하면서도 마음으로 믿지 못하여 이 병이 난 것이 분명하다. 부정할 수 없는 증거를 두 눈으로 똑똑히 보면, 모든 것이 제자리를 찾을 것이다.

"만중아!"

"예, 전하."

"정우소를 불러오너라!"

만중은 운소를 부르러 가는 대신 안으로 들어왔다. 지의 의아해하는 시선에 만중은 노구를 깊게 숙이며 고하였다.

"전하, 아뢰옵기 송구하오나 상원내시 정우소는 금일부터 출번이옵니다."

"출번?"

"예, 전하."

"출번이 무언데?"

지가 넋 나간 목소리로 반문했다. 출번의 뜻을 몰라 되물은 것은 아니었다. 미간을 한껏 모으던 그의 표정이 한순간 일그러졌다.

"하여 정우소가 없다? 어찌 그럴 수가 있느냐?"

"장번의 최장기간은 동국대전에 규정되어 있는 바이옵니다. 정우소는 어제부로 그 기간을 다 채웠사옵니다. 금일부터 보름간 출번이옵니다."

만중이 차근차근 고하였다.

"과인은 그런 윤허를 한 적이 없다."

"국법으로 정해진 것이옵니다."

"과인은 허락한 적이 없어."

"태조대왕 시절부터 내려온 법이옵니다. 노여워 마시옵소서."

"싫다. 당장 불러오너라. 정우소를 입궐시키란 말이다."

"아니 되옵니다."

"아니 된다는 말은 듣고 싶지 않다. 어명이다!"

지가 고집을 부렸다. 이제 막 결단을 내린 참이었다. 제 취향이 돌아올 수 없는 강을 건너기 전 이 모든 것을 끝낼 방법을 시행하기로 결심했단 말이다. 그런데 꼬박 보름이나 만날 수 없다니!

"다른 이들의 눈을 생각하시옵소서. 전하께서 국법을 어기시고 출번 나간 상원을 끝내 다시 불러들인다면 많은 이들이 수상히 여길 것이옵니다. 부디 현명하게 행동하시옵소서.”

“수상히 여기든 말든 무슨 상관이더냐?”

“전하의 춘추가 스물셋이시옵니다.”

다소 뜬금없는 말에 지가 인상을 찡그렸다.

“그래, 과인이 스물셋이다.”

“국무가 청한 금혼기가 곧 끝나옵니다. 두 해 전 멈춘 이야기에 대한 답을 태천에선 아직 기다리고 있사옵니다. 그들이 전하의 이 해괴한 행동을 알게 된다면 상원내시 정우소가 어찌되겠나이까? 또, 상왕전하께서는 무어라 하시겠나이까?”

만중은 흔들림 없이 침착한 태도로 고하였다. 지는 순간 말문이 막혔다.

“종9품의 힘없는 상원내시를 벼랑 끝으로 내몰고자 하심이 아니라면 자중하셔야 하옵니다.”

“…….”

“마음 가는 대로 행동하시어 얻으실 것은 아무것도 없사옵니다. 잃을 것만 천지에 가득하옵니다.”

지의 두 눈이 꾹 감겼다. 만중의 말이 옳다. 억지 부릴 일이 아니다. 마음 가는 대로 행동하다가는 다 잃고 말 것이다.

‘우소야.’

내뱉지 못한 부름이 혀 끝에 맴돌았다.

운소의 출궁 이후 이틀은 고요했다. 딱 이틀만 용심이 온순했다. 일전엔 분명 사흘은 참았는데 이번엔 이틀이었다. 보지 않고 견딜 수 있는 날이 늘어나길 바랐는데, 그 바람과는 반대로 보지 않고 견딜 수 있는 날이 줄어들고 있었다.

지의 인내심은 일찍이 바닥을 드러냈다.

"주상전하 납시오!"

내반원이 소란스러워졌다. 때 아닌 왕의 행차에 직무를 보던 내시들은 잔뜩 긴장해서 상선 만중을 찾아 주변을 두리번거렸다.

"상선 어르신은 어디 계시오?"

누군가 은밀히 물었다.

"처소에서 잠이 드셨습니다."

"뭣 하시오? 어서 깨워오지 않고!"

그들은 왕께서 만중을 만나러 왔다고 생각했다. 그게 아니라면 왕께서 느닷없이 내반원에 쳐들어올 이유가 없었기 때문이다.

상책내관(응방 등을 관리하는 내시)이 만중을 깨우러 가려는 순간 왕이 들이닥쳤다.

"어딜 그리 급히 가느냐?"

"예? 예, 전하. 송구하옵니다. 상선께서 처소에서 잠시 잠이 드셨나이다. 소신이 얼른 가서 깨워오겠사옵니다."

상책이 면구스러워하며 아뢰었다. 왕은 살짝 고개를 갸웃했다.

"상선을 어이 불러오려고?"

"예? 그것은······."

이번엔 상책도 고개를 갸웃했다.

"상선을 만나러 오신 것이 아니시옵니까?"

"어제도 보고 오늘도 본 상선을 과인이 무얼 하러 또 본단 말이야?"

왕이 뚱하게 반문했다. 상책은 두 눈을 끔뻑거렸다.

"하오면······."

"그냥 자게 놔두어라. 그나저나 상책, 과인의 매는 잘 크고 있느냐?"

"아, 물론이옵니다. 무럭무럭 자라고 있으니, 다음번 사냥에 데려가도 되실 듯하옵니다.”

“그래? 그렇다니 참으로 기쁘구나. 한데 이제 똥은 잘 가리느냐? 과인이 새똥에 안 좋은 추억이…….”

“예?”

“아, 아니다. 매가 무슨 똥을 가리겠느냐? 하하. 가리면 새가 아니지. 한데 인명부는 어디에 있느냐?”

왕이 어색하게 웃으며, 어정쩡하게 화제를 돌렸다. 제 매끄럽지 못한 화술에 왕이 속으로 저주를 퍼부어댔다는 것을 상책은 모른다.

“예?”

“내시부 인명부가 여기 있잖으냐?”

“있기 하온데…….”

상책이 의문스러운 눈빛을 하며 말끝을 흐리자 왕은 누가 묻지도 않는 변명을 횡설수설 쏟아냈다.

“너희가 과인을 모시는 내관이 아니더냐? 과인을 위해 온갖 허드렛일을 해주고 있거늘, 과인이 그간 그대들의 노고를 제대로 치하해주지 못한 것 같구나. 하여 미안한 마음이 실로 크노라. 당장 해줄 수 있는 것은 없으나 일단은 그대들의 이름이라도 한 번씩 눈에 넣어 두고 싶구나. 한 번 익혀두면 후에 궐 어디에서 마주치든 더 수월히 기억할 수 있지 않겠느냐?”

상책은 무언가 미심쩍었다. 내시부 내시들은 이백여 명이 넘는다. 인원만큼 하는 일도 다양하다. 그들은 그저 그림자처럼 이화궁에 존재하며 왕을 모실 뿐이다. 그림자인 내시들을 왕께서 일일이 기억할 필요는 없다.

“응? 아니 그래?”

하지만 왕은 틀림없다는 듯 상책의 동조를 요구했다. 상책은 저도 모르게 고개를 끄덕이고선 떨떠름해했다.

"역시 그렇구나!"

"그러하옵니다, 전하. 전하의 은혜가 하해와 같으니 오직 충심으로 답할 뿐이옵니다."

"상책의 충심은 과인이 이미 잘 알고 있노라. 그러니 어서 인명부가 있는 곳으로 안내해다오."

상책은 왕을 서고로 안내했다. 굳이 내시들의 이름을 외울 필요는 없지만 꼭 외우고 싶다고 하시는데 말릴 이유 또한 없었다. 서책 사이에서 인명부를 찾아 바치자 왕은 활짝 웃으며 기뻐하였다. 수척하던 용안에 화색이 돌았다.

"이것이 인명부란 말이냐?"

"예, 전하."

"고맙다. 상책은 이만 가서 보던 일을 마저 보아라. 과인의 일은 과인이 알아서 하겠다."

상책이 물러나자 서고에 홀로 남은 왕의 입가에 슬며시 웃음이 피어올랐다.

동방의 왕, 이지. 그는 포기를 모르는 불굴의 사내.

운소가 출궁했다는 것을 알고 며칠을 고민한 끝에 답을 찾았다. 운소를 불러들일 수 없다면 저가 나가면 된다는 단순명료한 답이었다. 그 명쾌한 답에 아주 사소한 문제가 있었는데, 그것은 운소의 가호 위치를 모른다는 것이었다.

모른다고 포기할 지가 아니었다. 머리를 굴리다 보니 내시부 인명부에 생각이 닿았다. 인명부엔 모든 내시들의 인적사항이 적혀 있다. 가족 관계와 가호 위치도 당연히 포함되어 있다.

곧장 내시부로 와서 인명부를 찾아냈다.

'여기 있다!'

인명부를 살피던 지의 두 눈이 반짝였다. 수백의 이름 사이에 정우소의 것이 있었다.

정우소鄭雨沼

비 우에 못 소. 틀림없이 정우소다.
그 아래 적힌 인적사항을 무심코 보던 지의 표정이 굳었다.

父 — 死
母 — 死

짤막한 그 내용을 지는 한동안 물끄러미 응시했다. 졸한 연도를 보니 한참 오래전이었다. 어린 자식을 두고 눈 감은 부모와 부모를 잃고 세상에 남겨진 어린 자식. 어느 쪽을 생각하든 실로 비통하였다.

지는 잠시 얼굴 모를 그들을 애도했다. 다음 글자를 다시 읽어나갔다. 다행히도 정우소는 혼자가 아니었다. 누이가 하나 있었다. 가족이 있다는 사실에 지는 안도했다.

'우소를 닮은 누이라면 참으로 예쁘겠어.'

배시시 웃으며 다음을 읽어 내려갔다. 가호 위치가 나왔다.

'행화杏花라……'

고을 이름을 속으로 읊조렸다. 살구꽃 마을이다. 왠지 살구냄새가 날 것 같다.

지는 인명부를 제자리에 꽂아두고 내반원을 빠져나왔다. 쓸쓸하고 부드러운 웃음이 흐리게 용안에 떠올랐다.

115

사내대장부라면 직진이다. 앞으로 돌진!

지는 미복을 챙겨 입었다. 상선과 내금위장이 그를 지켜보고 있었다.

"갑자기 웬 잠행이시옵니까?"

"과인의 백성이 어찌 살고 있는지 살필 것이다."

만중의 물음에 지는 태연하게 거짓부렁을 지껄였다.

벗 이상으로 여겨서는 안 되지만 이대로는 상사병이 나 죽고 말 것이다. 후사도 없이 왕이 죽으면 이 나라가 어찌 되겠는가? 그야말로 큰일 아닌가?

그런 큰일이 일어나면 안 되기에 지는 나름의 절충안을 고안했다.

행화리에 가서 슬쩍 보고 오는 것이다. 아주 살짝 보기만 하는 것이다.

"상선은 걱정 말라. 내금위장이 과인과 함께 가지 않느냐? 동방 최고의 무사를 믿지 못하면 과인의 안위를 뉘게 맡길 것이냐?"

"전하, 하오나⋯⋯."

"하오나는 무슨! 과인이 잠행을 나간 지 너무 오래되었어. 한파가 코앞인데 과인은 궐 안에서 안주하고 있었다. 과인의 백성이 춥진 않은지, 굶주리진 않는지 살펴야겠다. 그간 너무 무심했어."

확실히 요 근래 정무고 경연이고 할 것 없이 거의 내팽개치고 지냈다. 틈만 나면 비원에 들락거린 까닭이다. 일전에는 심심찮게 나갔던 잠행 또한 아예 잊어 버렸다.

"다녀오마."

"소신도 따를 수 있도록 윤허해 주시옵소서!"

지는 제 바지자락을 붙잡고 늘어지려는 만중의 손을 미꾸라지처럼 피했다.

만중과 함께 가다니? 아니 될 소리! 저 능구렁이 같은 상선은 그를 행화리 근처에도 못 가게 할 것이다.

"상선은 너무 느려 방해가 된다."

"소신이 느려도 전하를 보필할 정도는 되옵니다!"

"상선은 수염이 없어 내시인 게 확 티 나지 않느냐? 왕실 사람이 예 있다고 동네방네 떠들며 다니란 말이냐?"

곧 죽어도 따라오겠다는 만중을 지는 매정하게 버렸다. 반박할 말을 못 찾은 만중이 입만 벙긋댔다.

"무탈하게 다녀올 것이니 상선은 아무 걱정 말고 궐에 착 붙어 있으라."

"전하……."

만중은 간절한 눈으로 비찬을 쳐다보았다. 제발 날 좀 데려가 달라는 애원의 눈빛이었다.

지와 만중을 번갈아 바라보던 비찬이 미간을 살짝 모았다. 지가 잠행을 나간 것이 한두 번도 아닌데 무얼 그리 걱정하는지 모르겠다는 태도였다.

둘 사이의 눈빛 대화가 더 진행되지 못하도록 지가 비찬의 팔뚝을 잡아챘다.

"가자, 비찬아!"

그리고는 거의 삼십육계 줄행랑을 쳤다. 창창한 젊은이들을 따라잡을 수 없는 만중이 털썩 주저앉았다.

"전하! 아이고, 전하!"

저 망할 주군을 어찌해야 한단 말인가?

상왕을 몹시 뵙고픈 날들이다.

비찬은 어찌 떼어놓을까.

만중이 떨쳐낸 지는 다음 대상으로 과녁을 옮겼다.

'비찬은 제법 순진한 구석이 있으니, 여인을 이용하면 필시 답이 있을 것이다.'

의뭉스러운 계획을 세우며 지가 음흉하게 웃었다.

"전하, 기분이 좋아 보이십니다."

"오랜만에 나온 잠행 아니냐?"

지는 적당히 대꾸하며 주변을 둘러보았다. 갓 술시가 되었을 뿐인데 주변이 이미 어둑했다. 해가 짧아진 까닭이다. 인경(통행금지를 알리는 종소리)이 치기 전 집으로 돌아가려는 이들의 발걸음이 몹시 바빴다.

"비찬아, 백성의 이야기를 들으려면 역시 기루겠지? 아니, 아니야. 주막이 더 나을까? 나그네의 이야기를 들을 수 있으니 말이다. 아니면, 흐음……. 여염집에 과객이라고 하룻밤만 재워달라고 청을 넣어볼까?"

짐짓 진지한 척하며 지는 비찬의 눈치를 살폈다. 고지식한 상선내 관만큼이나 융통성 없는 내금위장이다.

궁으로 돌아가면 만중은 필시 비찬을 붙들고서 어디 어디를 다녀왔는지 꼬치꼬치 캐물을 것이다. 정우소네 집에 쳐들어갔다가 온 것을 알면 가엾은 만중은 거품을 물고 쓰러지고 말 터. 쇠약해진 충신에게 어찌 그리 잔인한 짓을 하랴?

지는 누가 뭐래도 신하를 아끼는 동방의 주인이었다. 늙고 약해진 신하를 충격으로 앓아눕게 할 수는 없다. 암, 그렇고말고.

"신의 생각으로는 역시 주막이……."

"기루! 그래, 기루로 가야겠다. 민심을 살피는 데는 기루가 제일이지. 비찬아, 동방 최고의 기루가 어느 쪽이더냐?"

지가 비찬의 말을 뚝 끊어냈다. 비찬이 의아한 표정을 했다. 그들은 지금까지 수십 번의 잠행을 했지만, 그 중 단 한 번도 기루를 찾은 적이 없었다.

"어느 쪽이냐고 묻지 않으냐?"

"이쪽이옵니다."

지가 재촉하자 비찬이 마지못해 대답했다. 지가 입귀를 길게 늘여 웃었다.

"오호? 네 어찌 바로 아는 것이냐? 비찬이, 네놈 혹시……. 으흐 흐!"

"아, 아닙니다! 그런 거 결코 아닙니다!"

딱 알아봤다는 듯 짓궂게 웃는 지의 모습에 비찬이 기겁을 해서 두 손을 내저었다.

"아니긴 뭐가 아니냐? 우리 사이에 부끄러운 일이 무어 있다고. 사 내가 계집 좋아하는 것은 본성이니라. 부인을 들일 때도 되었거늘 어 찌 혼인을 하지 않나 하였다. 과인처럼 무녀에게 신탁이라도 들은 줄 알았지. 그게 아니었구나? 아름다운 기녀에게 마음을 홀랑 빼앗긴 것 이지? 그렇지?"

지가 비찬의 옆구리를 쿡 찔렀다. 비찬의 안색이 새파래졌다.

"아닙니다! 정녕 그런 것이 아니란 말입니다!"

"아니기는? 부끄러워할 것 없대도?"

음흉하게 웃던 지의 용안이 문득 어두워졌다. 기녀는 어쨌든 계집 이지 않은가.

'기녀를 좋아하는 것은 흠도 아니지. 과인은 취향조차 의심스러 워.'

비찬을 보는 지의 눈동자에 새삼 부러움이 차올랐다. 그의 심정을 알 리 없는 비찬은 심히 억울하여 열심히 항변하였다.

"한경에 사는 자라면 동방에서 가장 유명한 기루가 어디인지 정도 는 당연히 아는 것입니다. 그것을 모르는 자는 전하뿐이지요. 소신이 기루를 알고 있는 것은 다만 그런 연유로……."

"그래, 그래. 알겠다. 그냥 그렇다 치자꾸나."

비찬의 절절한 항변은 지에게 닿지 않았다. 지는 비찬의 말들을 귓등으로 흘려 넘겼다. 아무렴 상관없다는 듯한 말투가 비찬의 억장을 뒤집어 놓았다.

"전하! 사람이 말을 하면 듣는 시늉이라도……."

"그래서 이쪽이냐? 아니, 저쪽인가?"

주군께서 제 결백을 들어줄 생각이 없다는 것을 비찬은 깨달았다. 억울해서 눈에 힘이 들어갔지만, 지는 그를 쳐다보지도 않았다. 결국 한숨을 내쉰 비찬은 다 포기하고 기루로 그를 안내했다.

두 사람은 마침내 붉은 등 앞에 섰다. 멈춰선 지가 떨리는 손을 옷에 문질렀다.

"저곳이냐?"

목소리에 초조함이 묻어났다.

"저곳이 그러니까, 말로만 듣던 기루란 말이지?"

어둠을 밝히는 홍등은 동방 최고의 기루, 홍와루의 상징이었다.

"예, 전하."

"이름이 무어라고?"

"홍와루라 합니다."

내내 빨리 가자고 재촉하던 지가 돌연 뒷걸음질 치더니 비찬의 옷자락을 꽉 그러쥐었다.

"전하?"

"비찬아……."

"예?"

"과인은 처음이야."

비찬이 미간을 찡그렸다. 무슨 뜻인지 알 수 없었다.

"기루는 처음이란 말이다."

답답하다는 듯 지가 덧붙였다. 그는 일찍이 겁 없이 세상을 누볐으나, 기루는 두려웠다. 미지의 세계에 발 딛기 직전의 어린 사슴이 된 기분이었다. 비찬이 구원의 동아줄이 되어 주리라 믿고 싶었다.

"너는 처음이 아니지? 이곳 위치도 척척 알고 있었으니……."

"처음입니다."

안타깝게도 그 동아줄은 썩은 동아줄이었다.

"무어?"

지의 표정이 곧장 구겨졌다. 생명줄인 듯 꽉 잡고 있던 비찬의 옷자락을 홱 놓았다.

"허참, 대체 그 나이 먹도록 기루에도 아니 가보고 무얼 했느냐? 과인은 전쟁이라도 하였지."

지가 꾸지람했다. 비찬은 황당해서 대꾸했다.

"그 전장에 소신도 있었습니다. 잊으셨습니까?"

"아……. 그랬지?"

그제야 생각난 듯 지가 머쓱하게 웃었다.

"하면 과인도 처음이고, 너도 처음이고……. 우리 둘 다 처음이구나."

"그렇지요."

"우리가 처음이라고 기녀들이 무시하면 어찌하느냐? 민생에 대해 떠보는 질문에 엉뚱한 답만 주면 어찌해?"

심각하게 걱정하던 지는 곧 용감한 왕으로 되돌아갔다.

"아니, 아니지. 일단 금전은 두둑이 챙겨왔으니 이만하면 부족한 전두는 아닐 것이다. 가진 자가 최고인 법이니 어찌 기녀들이 과인을 무시할까? 하하. 어서 들어가자. 늦으면 방이 없을지도 모르니."

지는 비찬을 먼저 기루 안으로 밀어 넣었다.

"어, 저, 전하. 밀지 마시고……."

홍와루는 화려했다. 대궐만은 못하지만 흔히 볼 수 없는 으리으리한 기와집이었다.

붉은 기와 위로 가득 차오른 만월滿月이 떠올라 있었다.

"게 아무도 없느냐!"

비찬을 떠밀며 지가 소리쳤고, 더는 돌이킬 수 없게 되었다.

3장. 용심
GOOD WORLD ROMANCE NOVEL

1

그들의 입장은 위풍당당했다. 게 아무도 없느냐고 소리친 것도 아
주 좋았다. 하지만 딱 거기까지였다.

비찬의 뒤에 딱 달라붙은 지는 뒷간 급한 어린아이 같은 표정이었
고, 비찬도 그와 그다지 다르지 않았다. 그들은 이쪽으로는 완벽하게
문외한이었다.

못 올 곳에 온 것처럼 안절부절못하는 두 사내를 때마침 지나가던
기녀 하나가 구제해 주었다.

"나리, 어이 그러고들 계시어요? 이쪽으로 오시어요."

나긋한 말투가 간드러졌다. 백옥처럼 고운 얼굴이었는데, 뺨만 발
그레하니 붉었다. 그녀의 눈빛이 묘한 떨림과 설렘으로 가득 차 있었
다.

"소녀는 홍월이라 하옵니다."

홍월이 눈을 접으며 웃었다. 사내라면 응당 녹아내릴 눈웃음이었
다. 안타깝게도 그 눈웃음을 볼 정신이 지와 비찬에겐 없었다.

"오, 오라고? 비찬아, 네, 네가 앞장서라."

지가 비찬의 옆구리를 쿡 찔렀다. 주군께서 가시는 곳이라면 지옥 끝까지 따라갈 기세였던 비찬이었으나, 생전 처음 와보는 이 기루는 지옥보다 무서웠다.

"왜, 왜 제가 먼저……."

"나리?"

쭈뼛거리는 두 사내를 홍월이 부드럽게 응시했다. 예까지 와서 숙맥 취급을 받을 수 없다는 눈빛을 해 보이며 지가 비찬을 연신 쿡쿡 찔러댔다. 결국 비찬이 억지웃음을 지으며 앞장 섰다.

"기루가 처음이신지요?"

"아, 아니다!"

홍월이 나긋이 묻자 지가 저도 모르게 소리쳤다.

"아니셔요?"

"밥 먹듯이 드나들었느니라!"

"그리 아니라 하지 마시어요. 기루를 밥 먹듯 드나드시는 나리보다 처음 오시는 나리가 더욱 좋은걸요."

홍월은 입을 가리고서 웃었다. 그 행동 하나하나가 나긋했고, 우아했다. 궁의 여인들보다도 기품 넘쳤고, 동시에 요염했다. 뭇 사내라면 그녀의 웃음 한 번, 눈짓 한 번에 녹아내릴 것이었다.

"낮에 아파(방물장수)가 다녀갔는데, 느닷없이 오늘 소녀더러 운수가 대통할 것이라 하였답니다. 그땐 무슨 뜻인지 미처 몰랐는데 이제야 알겠네요. 내금위장 나리께서 와주셨잖아요. 과연 운수대통이어요."

마지못해 느릿느릿 홍월을 뒤따라가던 비찬이 깜짝 놀라 물었다.

"나를 아시오?"

"어찌 모르겠어요? 나리의 명성은 이미 한경 안팎으로 자자한걸요."

홍월이 돌아보며 웃었다. 비찬은 멍하니 그 웃음에 홀려들었다. 나른한 봄 햇살 같은 웃음이었다.

"과장된 명성이오."

비찬이 겨우 대답했다.

"들어오는 혼처란 혼처는 모두 마다하신다고 좌찬성 대감께서 심려가 크셔요. 혹 정인이라도 숨겨두신 건 아니신지요?"

"아니오! 그저 전하의 곁이 아직 비어계신지라……."

"아아, 그런 연유셨군요. 하온데 나리, 일전에 소녀와 만난 적이 있사온데, 기억 나시는지요?"

비찬이 미간을 모았다. 저런 미인을 길거리에서 보았다면 잊었을 리 없는데 도통 기억이 나지 않았다.

"글쎄, 잘……. 미안하오."

"아니어요. 기억 아니 나시는 게 당연하지요. 소녀야 내금위장 나리를 알고 보았으니 아는 것이지, 소녀같이 미천한 것들을 나리께서 일일이 기억하실 수는 없으시지요."

백옥 같은 얼굴에 잠깐 그늘이 내려앉았다. 홍월은 의식적으로 입술 끝을 말아 올려 미소 지었다. 그녀의 두 눈에 떠올랐던 침울함은 금세 사라졌다. 그 찰나의 변화는 누구도 알아채지 못할 터였다.

"나리, 하온데 뒤에 꼭 붙어 숨어 계신 분은 어느 귀한 댁 자제분이시어요? 풍문으로 전해 듣지 못한 미남자께서 아직도 있으리라곤 차마 생각하지 못했답니다. 소녀에게도 소개를 해주시어요."

이야기의 화살이 예고 없이 저에게 날아오자 지는 화들짝 놀라 소리쳤다.

"나, 나는 알 것 없다!"

목소리가 꽤 컸던지라 홍월이 움찔 멈추었다.

"소녀가 혹 나리의 심기를 거슬렀을까요?"

"아니다. 이제 막 만났는데 어찌 네가 내 심기를 거스르겠느냐? 나는 그저 어쩌다 흘러든 과객이니 신경 쓸 것 없다는 뜻이었다."

"아하, 그러시군요. 하오나 흘러든 과객 또한 소녀의 귀한 객이시니, 소녀 혼자 그 흘러든 과객의 비밀을 상상해 보지요."

"어허! 상상이라니! 상상이 지나치면 망상이 되는 법이다."

"머리로만 하는 상상이니 설령 망상이 되어도 오롯이 소녀만의 것 아니겠어요? 머릿속에선 나라님도 된다던데, 그리 심려치 마시어요."

홍월은 생글생글 잘도 웃었다.

"이 방으로 들어가시어요. 주안상을 내어올게요."

"오냐."

지는 얼른 기방으로 들어갔다. 비찬이 들어오자 잽싸게 문을 닫았다. 홍월이 보이지 않자 그제야 숨을 편하게 쉴 수 있었다.

"후우후우. 세상에, 비찬아. 우리가 기녀랑 말을 나누었다."

지가 감격에 차서 말했다. 속이 울렁거렸지만, 감격이 더 컸다. 이렇게 또 새로운 세상을 알았다. 삶이 한층 더 풍요로워졌다.

"한데 비찬아."

지가 돌연 표정을 바꾸며 무게를 잡았다.

"예."

"네 정녕 처음이 맞느냐?"

"예?"

"저 홍월이란 기녀가 너를 딱 알아보지 않았느냐? 대놓고 말하기는 좀 그렇다만, 사실 네가 그리 특출하게 잘난 얼굴은 아니지. 툭 터놓고, 좀 평범하게 생긴 편이지. 의관을 벗겨놓으면 누가 너를 내금위장이라 생각하겠느냐?"

지가 마구 떠들어댔다.

"평범할수록 한 번 봐서는 뇌리에 남기 어려운 법인데, 그 기녀가 너를 딱 알아보았다는 것은……."

"아닙니다! 절대 아닙니다!"

"아니기는?"

"전하!"

"어허, 전하라니! 내가 왕이라고 동네방네 소문낼 참이냐?"

강력히 부정하는 비찬의 입을 틀어막고서 지는 음흉하게 웃었다. 비찬이 집과 궐밖에 모른다는 것은 누구보다 지가 잘 알고 있었다. 하지만 놀리는 맛이 있었다. 아니라고 항변하며 붉으락푸르락하는 게 정녕 재미있었다.

"모함하지 마십시오!"

"모함이라니? 기루에 드나드는 게 무어 나쁜 짓이라고 모함까지 할까?"

비찬이 억울해하는 것을 보며 지는 그를 떼어날 방법을 천천히 구상했다. 머릿속으로 그 과정을 반복해서 시행했다. 완벽하다. 혁혁한 전공을 세운 장수지만, 무인답게 단순한 비찬을 떼어놓는 것은 식은 죽 먹기일 것이다.

술잔을 고르는 홍월의 손이 가늘게 떨렸다.

'나리……'

내금위장 주비찬.

그는 기억하지 못하는 만남을, 홍월은 기억하고 있다.

그에게는 기억 못하는 게 당연한 만남일 것이다. 그는 구원자였고, 그녀는 그가 구원한 수많은 사람들 중 하나에 불과했을 테니까.

그러나 그녀에겐 더없이 소중한 기억이었기에 늘 마음에 품고 있었다.

주저앉고 싶은 순간마다 그를 생각하며 힘을 냈다. 영원히 다시 만나지 못해도 괜찮았을 텐데, 거짓말처럼 그를 만났다.

눈가가 시큰거렸다.

'안 돼, 안 돼. 왜 이러니?'

홍월이 뺨을 톡톡 두드렸다. 기분이 조금 진정된다.

'그분은 누구시지?'

비찬과 함께 왔던 사내. 모르는 얼굴이었다. 과묵하고 사교성이 나쁜데다 완고한 성정 탓에 또래 양반들은 은근히 비찬을 피했다. 당연히 교류하는 벗도 손에 꼽을 정도였다. 그런데 비찬의 뒤에 딱 달라붙어 있던 사내는 그에게 무척이나 허물없이 굴었다.

당연한 듯한 하대와 명령.

'아니야. 생각하지 말자. 알 것 없어.'

그 정체를 알 것 같았지만 홍월은 마음에 묻었다. 비찬의 동행이 누구인지는 애초에 별로 중요하지 않았다. 혼자서는 백만 년이 지나도 기루에 드나들 리 없는 비찬을 이곳으로 데려와 준 것에 감사할 뿐이다.

홍월에게 중요한 것은 비찬이 홍와루에 왔고, 지금이 그와 제대로 이야기할 수 있는 첫 기회라는 사실이었다. 어쩌면 마지막일지도 모르는 소중한 기회다.

"애은아, 가자."

상다리가 휘어지도록 차려진 주안상을 번쩍 들며 홍월이 앞장섰다. 홍월과 함께 방에 들어가려고 기다리던 애은이 따라왔다. 굳게 닫힌 기방 앞에서 홍월이 멈춰 섰다. 애은이 문을 열어주었다.

이곳에 비찬이 있다. 홍월은 크게 심호흡하며 안으로 들어갔다.

"벌써 왔느냐?"

긴장한 기색이 역력한 두 사내가 그녀를 기다리고 있었다. 홍월의 눈매가 부드럽게 휘었다.

긴 시간이 흐르고 흘러 이리 다시 만난 것이 부디 인연이기를.

비찬이 지를 힐끔거렸다. 기녀를 반기는 용안이 붉었다. 망측한 생각마저 들었다. 민심은 핑계고, 기실 전하께서 남녀상열지사를 몸소 배우시고자 예 오신 것은 아닐까?

"게 앉거라."

주안상을 들고 온 기녀에게 손짓하는 지의 용안에는 화사한 미소가 가득했다. 혹여 무거울까 벌떡 일어나서 상을 받아주기까지 하는 모양새가 딱 계집에게 홀랑 넘어간 한량 같았다.

"나리, 소녀 애은이라 하옵니다. 홍월 언니만 반기시면 참말 섭섭하여요."

홍월과 함께 들어온 기녀가 눈웃음을 치며 지의 옆에 달라붙었다. 애은이라 밝힌 기녀는 눈물을 찍어내는 시늉까지 하며 지의 팔에 가슴을 밀착시켰다. 상을 내려놓고 자리에 앉은 지가 못마땅한 표정으로 애은에게 붙잡힌 팔을 빼냈다.

"애은이? 부르기 힘든 이름이구나."

"부르기 힘들다니요? 호호, 그리 말씀하신 분은 나리가 처음이어요. 정 힘드시면 편히 은이라 불러주셔요."

상대의 뚱한 반응에도 애은은 꿋꿋하게 애교를 부렸다.

"은이? 금은동 할 때 은이더냐? 나는 금이 좋다."

"나리두 참. 농담도 잘하셔요. 은애하다 할 때 은이옵니다."

"어쨌든 부르기 힘든 것은 마찬가지다."

애은은 지의 술잔을 채워준 후 다시 그의 팔에 가슴을 붙였다. 용안이 대번에 구겨졌다. 알랑방귀는 그가 아니라 비찬에게 가서 뀌어야 하는 것이었다.

"은아, 한 번 불러주시어요."

"허어, 어디서 오리가 꽥꽥거리는구나."

"나리, 어렵지 않사와요."

지와 애은이 투덕댔다.

"은아, 한 번 해보시래두요."

지는 몇 번이나 은근히 애은을 쳐냈지만 그녀는 끈질기게 달라붙었다. 그녀가 나긋하게 굴수록 지는 질색을 했다.

"어허, 한두 번의 앙탈이 귀엽지, 그 이상은 짜증스럽다."

"하오면 나리는 소녀를 어찌 부르고 싶으셔요?"

"아니 부르는 건 어떠하냐?"

"나리, 정녕 매정하셔요."

애은이 짐짓 토라진 척했다. 이쯤하면 어지간히 무뚝뚝한 양반도 그녀에게 져주곤 했다. 하지만 지는 어지간한 양반이 아니었다. 그는 애은을 쳐다보지도 않고 딴생각에 골몰했다. 사실 홍월이 오기 전부터 그의 마음은 진즉 콩밭에 가 있었다.

'우소야.'

당장 행화리로 쳐들어가 '정우소!' 하고 목청 높여 부르고 싶은데……

"나리!"

"에구! 무, 무어야? 어찌 부르느냐?"

날카로운 목소리에 깜짝 놀란 지가 허둥거리다가 애은을 쏘아보았다.

"이게 무언지 아셔요?"

은수저를 가리키며 물었다.

"은수저 아니냐?"

지가 짜증 섞어 대꾸했다.

"예, 나리. 바로 그 은이어요. 이제 은수저에서 수저를 떼고 은만 말씀해 보셔요. 참 쉽죠?"

애은이 귀엽게 웃었다. 어처구니가 없어서 지는 입을 꾹 닫았다. 그는 이곳을 빠져나갈 궁리를 하는 것만으로 충분히 바빴다. 이 애은이란 기녀가 저 말고 비찬에게 달라붙으면 참으로 좋으련만……

한숨 짓는 지를 물끄러미 바라보던 애은이 입술을 비죽였다. 꼿꼿하게 은수저를 가리키고 있던 손가락이 슬그머니 내려갔다.

여태 어리고 예쁜 그녀를 이리도 무시한 자는 없었다. 은근히 자존심이 상한 애은은 지에게 앙갚음하고 싶었다.

"아이, 나리두 참. 고집이 아주 쇠심줄이셔요."

애은이 애교인 척 지의 팔을 툭툭 두드렸다. 작정하고 뼈 부분을 때린 것이라 맞는 입장에서는 꽤 아플 것이었다.

반응은 바로 나왔다.

"어허? 네 손이 꽤 맵구나?"

지가 몸을 사리며 뒤로 물러났다.

"칭찬이시어요?"

"설마 칭찬이랴?"

"소녀 귀에는 칭찬으로 들리어요."

생글생글 눈웃음 짓는 애은을 노려보던 지가 느닷없이 얼굴을 붉혔다. 앙갚음한 것이 만족스러워 웃는 그녀의 얼굴에 운소의 것이 순간 덧씌워진 까닭이다.

지는 운소를 생각했다. 운소가 이처럼 앙탈 부리며 때린다면 톡톡이 아니라 퍽퍽이라도 행복하리라. 그러나 얄궂은 운소는 귀하신 옥체에 손끝 하나 대지 않으니, 지는 그게 또 서운해서 우울해졌다.

"나리? 안색이 갑자기 안 좋아지셨어요."

"술을 앞에 두고 마시지 못해 그렇다."

눈치 빠른 애은이 걱정하자 지가 얼른 화제를 돌렸다.

"그럼 소녀와 한 잔 하시겠어요? 소녀와 함께하면 술맛이 꿀맛일 것이어요."

"어련하겠느냐?"

지가 졌다는 듯 잔을 들었다. 그것이 시작이었다. 네 사람은 쉴 새 없이 잔을 주고받았다.

"내 소중한 벗에게도 한 잔 줘볼까?"

지는 혀 꼬인 말투로 활기차게 말하고는 스리슬쩍 비찬의 술잔을 뺏어 들었다. 그가 속으로 음흉한 미소를 지었다. 소매 아래 숨겨온 가루약을 술에 섞어 탄 것을 비찬은 절대 모를 것이다.

"자, 쭉 들이켜라."

마지못해 받아 마시는 비찬을 지가 흐뭇하게 바라보았다. 약효는 얼마 지나지 않아 나타났다. 갑자기 무거워진 눈꺼풀에 비찬이 연신 인상을 쓰기 시작했다. 지가 두 눈을 반짝였다.

지금이다. 기회가 왔다. 슬그머니 자리에서 일어났다.

"나리, 어디 가셔요?"

밖으로 나가려는 그를 본 애은이 두 눈을 동그랗게 떴다.

"뒷간 좀 갈 것이야. 따라올 테냐?"

"어머, 소녀가 따라가면 좋겠어요? 뒷간이 무서우신 게지요?"

"무슨 소리냐? 무섭기는! 하나도 무섭지 않으니 절대 따라오지 말 거라. 내 후딱 다녀올 것이니."

지가 기함을 했다. 비찬은 고개를 꾸벅거렸다. 따라 일어나지는 않 는 것을 보니 약발이 제대로 들었다.

어의만세! 약방만세!

애은이 따라올세라 지가 얼른 밖으로 튀어나갔다.

'뒷간은 무슨.'

지는 코웃음 치며 발걸음을 서둘렀다. 뒷간에 간다는 핑계로 방을 나온 그는 그대로 줄행랑을 놓을 계획이었다. 졸음이 오는 약재를 먹인 비찬은 쫓아오지 못할 것이다.

드디어 만중도, 비찬도 떼어냈다. 방해꾼은 이제 없다. 행화리로 가기만 하면 된다.

그깟 마을이 커봤자 얼마나 클 것이며, 길이 복잡해봤자 얼마나 복잡하겠는가? 분명 금방 우소네를 찾을 수 있을 것이다.

부리나케 걷던 지가 무뜩 멈추어 섰다. 뒤로 두어 걸음 물러서더니 허리를 숙였다. 두 눈이 휘둥그레졌다.

"허?"

이 춥디추운 겨울에 생전 처음 보는 푸른 꽃 하나가 피어 있었다. 이화궁 후원에도 없는 꽃이었다.

"우소가 좋아하겠구나."

혼잣말을 중얼거리던 지의 눈에 마침 지나가던 기녀 하나가 포착됐다.

"거기, 이리 와보거라!"

"예? 소녀 말이어요?"

기녀는 어리둥절해하며 다가왔다.

"이것을 내게 다오."

지가 다짜고짜 요구했다. 기녀는 당황했다.

"예?"

"이 꽃을 원하노라."

챙겨온 금전을 전부 꺼내 반강제적으로 기녀의 손에 쥐어 준 지는 누가 말릴 틈도 없이 꽃을 파냈다.

"설마 이 금전이 전부 꽃값입니까?"

"왜 아직도 아니 가고 있느냐? 값이 모자라느냐? 지금 가진 것은 그것이 전부다. 모자란 것은 내금위장 앞으로 달아두어라. 후에 치르마."

"모자란 것이 아니라 너무 많습니다."

"모자란 것이 아니라고? 그럼 된 것 아니냐? 나는 이만 가보마. 잘 지내거라!"

"나리!"

무어라고 외치는 기녀를 버려두고 지는 서둘러 홍와루를 빠져나갔다.

한참을 부지런히 걷던 지가 불현듯 멈추어 섰다.

"가만……."

비찬이 전두를 따로 챙겼던가?

"흠……."

기녀들에게 주려고 챙겨온 금전은 전부 꽃값으로 건네 버렸다. 더욱이 이제 와서 홍와루로 되돌아갈 수도 없다. 비찬의 주머니 사정이 걱정되어도 별수 없는 일이다.

지는 곧 비찬에 대해서는 말끔히 잊기로 했다. 그는 동방의 내금위장인데다 있는 집 자제이니, 어떻게든 될 것이다. 지금 중요한 것은 행화리로 가는 것이다.

"우소야, 과인이 간다."

댕, 댕, 댕…….

멀리서 울려오는 인경이 뜻하는 바를 생각하지 못한 채 지는 내달렸다.

'이쪽인가?'

아니다. 지는 고개를 저었다.

'하면 이쪽?'

이번에는 울상을 지었다.

'혹 저쪽인가?'

내처 부정하고 싶었지만 벼락 맞은 고목 앞에 세 번째로 선 순간, 지는 별수 없이 인정했다.

"과인이 미아가 되다니."

이쪽인가 싶어서 가보면 저쪽 같고, 저쪽인가 싶어서 가보면 또 이쪽 같다.

"어허! 어찌 이리 집들이 대중없어?"

행화리가 어느 방향인지 비찬에게 넌지시 물어봤어야 했다며 지는 뒤늦게 후회했다. 야심차게 준비한 정우소네 습격 계획은 성공 여부가 불투명해졌다. 울적하고 침통하도다.

거리는 왜 이리도 한적한지 길을 물을 행인조차 보이지 않았다. 들들 볶을 상선도, 내금위장도 옆에 없어서 지는 발만 동동 굴렸다. 그때, 멀리서 인기척이 들려왔다. 뚜벅뚜벅 걸어오는 여러 개의 발소리였다.

'사람? 길을 물어볼 수 있겠구나!'

지의 두 눈이 반짝였다. 마침맞게 나타난 행인이 반가웠다.

"여보게들!"

번쩍 손을 들고 지가 사람들을 불렀다. 어둠속을 뚫고 그들이 모습을 드러냈다. 그 순간, 무언가 잘못되었다는 것을 지는 본능적으로 깨달았다. 주춤주춤 뒷걸음질 치는 지를 횃불을 앞세운 그들이 딱 발견했다. 그 횃불이 꼭 도깨비불처럼 보였다.

"저기다! 저기 있다!"

스물여덟 번의 종소리. 텅 빈 거리. 그것들이 뜻하는 법 하나. 야간통행금지법.

'순라군!'

궐에서 나올 때 유생용 위장호패를 깜빡하고 챙기지 못했다. 애초에 기루에 오래 머물 생각이 아니었기에 별로 신경 쓰지 않았다. 여차하면 통행증이 없다는 이유로 밤새 운소네 집에 눌러앉아있을 생각이었다. 그 안일함이 화를 불렀다.

"잡아라!"

붙잡히면 안 된다. 잡히면 죽는다.

지는 뒤돌아섰다. 전속력으로 뛰기 시작했다.

"으악!"

"게 서거라! 멈추어라!"

"쫓아오지 말거라!"

젖 먹던 힘을 다해 달아나며 골목으로 들어서는 순간이었다. 무언가와 세게 부딪혔다.

"악!"

외마디 비명과 함께 지가 바닥을 나뒹굴었다.

"이놈! 어딜 도망가?"

반대편에서 오던 또 다른 순라군이었다. 양쪽에서 나타난 그들은 합심해서 지를 포박했다.

"이거 놓아라! 내가 누구인지 알고 이러느냐!"

"당신이 누구인지 알 게 무어요? 통행증 있소? 없으니 도망쳤겠지! 없으면 다 범법자요!"

"범법자라니! 내가 누구인 줄 알고 감히 범법자라는 것이냐?"

지는 버둥대며 평소 게을리 했던 형법을 떠올려보았다.

곤장이 몇 대더라?

'여, 열 대?'

맙소사.

"이거 놓아라! 나는! 나는!"

이 나라 왕이란 말이다!

"나는, 그다음이 뭐요? 나라님이라도 되시오? 설령 나라님이라도 통행증 없으면 다 필요 없소!"

나라님이라도 소용없다니? 그렇다면…….

"나는 내금위장의 벗이다! 내금위장이 지금 홍와루에 있다! 그에게 물어보라! 당장 물어보란 말이다!"

지는 비찬을 팔아 보았다. 나라님은 안 무서워도, 같은 무인인 내금위장은 무서울 테니까!

"웃기지 마시오!"

순라군은 코웃음도 치지 않았다.

"네놈들! 내가 누구인 줄 알고! 내가 누군지 알면……. 알기만 하면! 네놈들, 진짜 다 죽은 목숨이란 말이다!"

질질 끌려가며 지는 소리쳤다.

"통금시간에 신분 불분명한 이를 놓치는 게 바로 죽을죄요! 얌전히 좀 계시오!"

지는 결국 옥사에 집어던져졌다.

세상에. 이것은 꿈이다.

"너 이놈들! 이놈들아! 내가 누구인 줄 알고! 내가! 내가! 내가……."

진짜 너희의 왕이란 말이다. 왕도 뭣도 통행증이 없으면 소용없다지만, 진짜 왕이라면 생각이 좀 달라질 것이면서…….

순라군은 무반응으로 일관했지만, 지는 창살에 매달려 애처롭게 소리 질렀다.

"이보시오. 억울한 건 알겠는데, 댁은 잠도 없소?"

결국 같이 갇혀 있던 자들에게마저 타박을 당했다. 한 사람이 화를 내자 너나 할 것 없이 한마디씩 얹었다.

"어차피 장형은 피할 수 없으니 잠이라도 푹 자두고 맞으쇼."

"옳소. 잠이라도 자야 두드려 맞고 걸어가지. 시끄러워서 당최 눈을 붙일 수가 없구먼."

그들의 기세에 밀린 지가 슬그머니 구석으로 가서 쪼그려 앉았다.

'천신 놈은 못돼 처먹었어.'

운소가 보고 싶었을 뿐인데 이게 웬 날벼락인가? 억울하고 분통한 것은 둘째 치고, 지는 운소가 보고 싶었다.

"우소야."

그 이름을 부르며 눈 감는 것이 어느덧 일과가 되었다.

밤은 그렇게 깊어간다.

깊은 밤.

비찬은 겨우 정신을 차렸다.

"나리? 정신이 드셔요?"

나긋한 목소리가 들려왔다. 가까스로 눈을 뜨니 홍월이 보였다. 함께 들어왔던 애은이라는 기녀는 보이지 않았다. 보이지 않는 것은 애은뿐만이 아니었다.

벌떡 일어난 비찬이 휙 표정을 찌푸렸다. 속이 울렁거렸다. 빌어먹을 왕이 보이지 않는다.

"나리, 갑자기 움직이지 마셔요. 안색이 안 좋으셔요."

걱정스레 내뻗는 홍월의 손을 비찬이 탁 소리가 나도록 쳐냈다. 화들짝 놀란 여인의 까만 두 눈이 휘둥그레졌다.

"이만 실례하겠소."

당황한 그녀를 못 본 척하며 비찬이 일어났다.

"나리!"

나가려는 그를 홍월이 붙잡았다.

"무슨 짓이오?"

"소녀가 돕게 하세요."

홍월이 간청했다.

"무슨 소리요?"

그녀는 이렇게 비찬을 보낼 수 없었다. 이리 보내면 다시는 만나지 못할지도 모른다.

"소녀가 도울 수 있어요."

"도움은 필요치 않소."

"이 나라에서 가장 귀하신 분이잖아요."

내처 '설마' 하는 의혹으로만 남겨두었던 말을 홍월이 내뱉었다. 비찬이 움찔했다.

"나리의 동행분께서 사라지신 걸 알았지만 기녀 따위가 관여할 일이 아니라 생각하여 아무것도 하지 못했습니다. 소녀가 잘못 판단했군요."

비찬의 표정이 구겨졌다. 홍월은 침착하게 말을 이었다.

"귀객을 제대로 살피지 못했으니 소녀에게도 책임이 있지요. 부디 소녀가 나리를 도울 수 있게 해주세요. 홍와루는 넓고, 홍와루 밖은 더욱 넓으니 나리 혼자 찾기는 어려울 거예요."

비찬이 굳은 표정으로 홍월을 응시했다.

이 여자는 사라진 선비가 왕이란 걸 알고 있다.

"언제부터 알았소?"

"예?"

"그분이란 걸 언제부터 알았느냐 말이오."

"짐작이라면, 기루를 거들떠 보지도 않는 내금위장 나리께서 오신 순간부터 했습니다. 나리를 기루로 데려오려면 나리의 주군쯤은 되실 것이라고."

비찬은 잠시 생각에 잠겼다. 기녀를 바라보았다. 여인의 눈빛은 맑고 곧았다. 고운 얼굴에는 굽히지 않는 기개가 있었다. 그가 거절한다고 해도 이 여인은 사라진 왕을 찾으러 갈 것이다. 그렇다면 함께 찾는 쪽이 낫다. 여인을 감시할 수도 있을 테니까.

"그럼 부탁하겠소."

"부탁이라니 당치 않습니다."

홍월이 반듯하게 고개 숙였다.

흔적을 잡은 것은 잠시 뒤였다.

"나리!"

치맛자락을 살짝 들어 올린 채로 홍월이 뛰어왔다.

"어찌 되었소?"

"비취색 도포를 입은 선비님이 계시는 방은 전부 둘러보았습니다. 그 방들엔 아니 계셨습니다."

"그런……."

"대신 비취색 도포를 입은 선비 한 분이 서문으로 빠져나가는 것을 보았다는 아이가 있습니다. 흔치않은 미남자라 정확히 기억하고 있다고 합니다. 게다가 보았다는 시각이 그분께서 사라진 때와 일치합니다."

비찬이 입술을 꾹 깨물었다. 현기증이 났다. 느닷없이 잠행을 가겠다고 우길 때 꿍꿍이가 있다는 것을 눈치 챘어야 했다. 만중을 어떻게든 떼어놓고 오려던 때라도 알아봤어야 했다. 그것도 아니면 기녀 둘을 그에게 맡기고서 뒷간에 다녀오겠다고 하던 때…….

가만. 그때 왜 말리지 못했지?

뒷간에 간다는 지의 모습을 끝으로 기억이 끊겼다. 그리고 자다가 일어났다. 비찬의 표정이 험악하게 일그러졌다.

"설마 약까지?"

"예?"

"아……. 아무것도 아니오. 어디서부터 찾아야 할지 판단이 서질 아니하여……."

궁을 나오기 전부터 달아날 준비를 해둔 것이 분명하다. 이쯤 되니 화가 나기보다는 차라리 궁금하다. 도대체 어디를 가려고 이 번거로운 짓을 벌였단 말인가?

"어디 짐작되는 곳이 없으신지요?"

"알면 진작 가보았을 것이오."

모르니까 여기서 이러고 있는 것이다. 금군을 풀어야 할까? 아니, 아직은 이르다. 왕이 사라졌다는 것이 알려지면 일시에 혼란이 일 것이다. 단순 가출에 그 난리를 칠 수는 없다. 왕실의 위엄이 땅에 처박힐 것이다. 하지만 넋 놓고 기다리고 있을 수도 없다. 만약 금군을 움직이는 것을 지체했다가 돌이킬 수 없는 일이라도 생긴다면?

"짐작되는 곳이 없으시다면 짐작할 만한 분이라도 없으십니까?"

짐작할 만한 사람?

번뜩 정신을 차린 비찬이 이화궁 쪽을 쳐다보았다.

있다! 가장 가까이에서 왕을 모시며 일거수일투족을 알고 있는 이.

"있소!"

신료나 지우를 찾아갈 생각이었다면 굳이 혼자 갔을 리 없다. 혼자 간 것은, 그곳이 본디 가서는 안 되는 곳이기 때문이리라. 아무도 모르게, 아주 비밀스럽게 가야만 했기 때문이리라.

지는 비찬을 떨쳐내기 전 만중을 먼저 떨쳐냈다.

왜 그랬을까?

"궁에 가봐야겠소."

빛이 보였다.

2

"뭐라고 하셨습니까!"

노심초사 주군의 환궁만 기다리고 있던 만중은 비찬의 이야기를 듣더니 펄쩍 뛰었다. 그렇잖아도 걱정이 태산 같아서 뜬 눈으로 밤을 지새우고 있던 그였다. 그런데 기우가 아니었다니.

"전하께서 사라지도록 내금위장께선 대체 무얼 하고 계셨단 말입니까!"

억장이 무너졌다. 겨우 이성을 붙잡았다. 비찬에게 화를 내 해결될 문제가 아니었다. 원체 고집이 센 왕이니 줄행랑을 놓기로 마음먹었다면 비찬을 기절시켜서라도 그 계획을 성공시켰을 터였다.

"어디로 가셨는지 짐작되는 곳이 없습니까?"

만중이 흥분을 가라앉히자 비찬이 물었다.

"한 군데 있긴 합니다."

만중이 침통하게 대답했다.

"어디입니까?"

비찬이 반색을 했다.

"상선 어르신?"

만중은 망부석처럼 서 있었다. 나이가 있고 체면이 있으니 차마 눈물 흘릴 수는 없으나, 마음속에선 눈물이 홍수를 이루었다. 왕이 날로 미쳐가는 것 같아서 만중은 무척 참담하였다.

"일단 같이 가봅시다."

만중이 비틀거리며 앞장섰다.

이를 어찌해야 좋을까? 정녕 어찌해야 할까?

이제 곧 새해다. 국무의 신탁이 끝나는 시기다. 왕은 중전을 맞이할 것이다. 현숙한 중궁을 들이면 왕의 이 기막힌 바람이 잦아들까?

하지만 만약에, 가정도 하고 싶지 않지만 정말 만약에, 중궁을 맞이하고도 이 바람이 잦아들지 않으면?

만중은 눈앞이 컴컴해졌다. 정신이 아뜩하였다.

침울한 얼굴로 궁을 빠져나온 만중은 조금 떨어진 골목에서 서성거리고 있는 그림자 하나를 발견했다. 그 그림자는 만중을 보더니 기다렸다는 듯이 다가왔다. 분내가 물씬 풍겨왔다.

"나리!"

"이 여인은 누굽니까?"

만중이 질책하듯 비찬을 쏘아보았다. 지켜야 하는 주군은 도외시하고 여인의 치마폭에 빠져 있었느냐는 힐난이 분명했다. 비찬은 죄인처럼 고개 숙였다.

"소녀는 홍와루의 홍월이라 하옵니다. 내금위장 나리의 잘못이 아닙니다. 전부 소녀가 부족하여 일어난 일이옵니다."

홍월은 잠시 눈치를 살피더니 이내 비찬의 잘못이 아니라고 항변했다. 이 심각한 상황에 기녀에게까지 신경을 써야하다니, 만중은 덜컥 화가 났다.

"묻지 않은 말은 하지 말게!"

"소녀는 그저……."

홍월이 어깨를 움츠렸다. 죄 없는 여인이 꾸지람 당하게 둘 수 없어 비찬이 홍월을 등 뒤로 숨겼다.

"이 여인의 잘못이 아닙니다. 다 제 불찰입니다."

기생계집을 편드는 비찬을 만중이 쏘아보았다. 홍월은 비찬의 등 뒤에 얌전히 숨어 있는 대신 앞으로 나와 고개를 숙였다.

"아니옵니다. 전부 소녀의 잘못입니다. 내금위장께는 잘못이 없습니다. 하오니 누군가 벌을 받아야 한다면, 그 벌 소녀가 받게 해주옵소서."

어이가 없어서 만중은 순간 말문이 막혔다. 서로 내 탓이오 하는 꼴이라니. 누가 보면 정분난 남녀가 서로를 감싸주는 줄 알겠다.

"그분께서 무탈하기만 하다면 자네가 두려워할 일이 무어 있겠는가? 무사하기만 하시다면 홀로 사라진 이 일조차 없던 일이 될진대! 하나 만약 작은 일이라도 생긴다면 어찌 기녀 하나의 목숨으로 해결되길 바라겠는가?"

만중이 짜증스레 쏘아붙였다. 저치들의 연애놀음에 장단 맞춰 줄 시간이 없었다.

'전하께선 어찌 노신을 이리도 걱정스럽게 만드시는지……'

왕이 갔을 만한 곳. 짐작되는 단 한 곳. 제발 그곳에 계셨으면 싶다가도, 제발 그곳엔 아니 계셨으면 싶은 복잡한 이 심정.

갈팡질팡하는 마음에 만중이 고개를 획획 내저었다. 일단 찾아야 한다. 그게 최우선이다.

한경 서쪽 외곽의 행화리는 작고 아담한 마을이다. 봄이면 아름드리 살구꽃이 흐드러졌다. 그 변두리 작은 초가가 운소의 집이었다.

오랜만에 돌아온 집은 적적했다. 땔감이 넉넉하지 않아 이불을 돌돌 말고 잠을 청했다. 밤이 깊어서야 잠들 수 있었다. 잠귀가 밝아 본디 깊은 잠을 자는 편이 아니었으나, 근래에는 늘 긴장 상태였기 때문에 더더욱 노루잠을 잤다.

"아무도 없느냐!"

갑작스레 들려오는 부름에 운소는 잠에서 깼다.

달각, 달각, 달각!

누군가 문고리를 거칠게 흔들며 그녀를 깨우고 있었다.

"정우소 없느냐!"

그 목소리가 익숙했다. 미간을 살짝 찡그린 운소가 천천히 일어나 앉았다. 두 눈을 느리게 깜빡이며 기억을 더듬다가 멍하니 떠올렸다.

"상선 어르신?"

번쩍 정신이 들었다. 저것은 필시 상선 만중의 목소리였다.

이 늦은 시각, 상선께서 어인 일이신가?

"나갑니다! 곧 나가요!"

등불을 켜고 주섬주섬 옷차림새를 매만진 운소가 얼른 문을 열었다. 마당을 살피던 운소의 동공이 커졌다. 손님은 만중뿐이 아니었다. 두 사람 더 있었다. 일렁이는 불빛이 그들의 얼굴을 차례로 비추었다.

상선 만중. 내금위장 주비찬. 그리고 이름 모를 한 여인.

여인에게선 분내가 풍겼다. 화려한 차림새를 보아하니 기녀 같았다.

도대체 어울리지 않는 조합이다. 오밤중에 그녀를 찾아올 만큼 친한 사람은 셋 중 하나도 없었다. 둘은 운소가 무시무시하게 어려워하는 사람들이고, 나머지 하나는 아예 생면부지의 여인이다.

"아니 계시냐?"

"예?"

"아니 계시느냔 말이다!"

만중이 버럭 윽박질렀다. 내금위장과 기녀는 만중이 이 누추한 곳에 온 까닭을 궁금해 하는 얼굴로 서 있다. 운소도 곧 그들과 닮은 표정이 되었다.

"송구합니다, 상선 어르신. 어르신께서 지금 여쭈시는 게 무슨 내용인지 모르겠습니다."

정말로 모르는 것 같은 운소의 반응에 만중의 얼굴에서 핏기가 싹 가셨다.

"사라지셨다."

"예? 대관절 누가……."

알아듣게 설명해달라는 듯 미간을 모으던 운소의 말끝이 흐려졌다. 심장이 차갑게 식는다.

이 야밤에 상선과 내금위장을 동시에 움직이게 할 자, 누구인가?

그들의 얼굴에서 핏기를 싹 앗아갈 단 한 사람…….

"전하께서요?"

운소의 입이 쩍 벌어졌다.

"전하께서 어찌 이곳에 계시겠습니까? 전하께선……. 침전! 그래요, 침전에 계셔야지요. 이미 침소에 드셔도 서너 번은 드셨을 시각인데……."

운소의 목소리가 가늘게 떨리기 시작했다. 만중의 표정은 점점 더 침울해졌다.

"네가 나가고 적적해하셨다. 종일 지루해하셨지. 언젠가 어떤 식으로든 사달이 날 줄은 알았지만……."

늙은 신하의 주름이 오늘따라 유독 깊었다. 시도 때도 없이 저를 불러오라고 노래 불렀을 왕의 모습이 운소의 눈에 선했다. 출번이라는 말은 귓등으로도 듣지 않으셨을 터.

"아이고……."

기어이 사고를 치셨구나.

운소가 두 손으로 머리를 쥐어짰다.

"괴롭힐 이가 없으니 심심하셨답니까?"

왕의 관심이 운소에게는 괴롭힘이었다. 내시라는 신분이 본디 그녀의 것이 아니었으니 왕의 눈길을 받아 좋을 게 하등 없었다. 그런데 이제는 하다 하다 탈출까지 강행하시다니!

이건 큰일이다. 진짜 큰일이다. 이래가지고는 진짜 정우소가 돌아와도 원래대로 바꿔치기할 수가 없다. 장님이 아니고서야 사람이 바뀌었다는 걸 모를 리 없다.

더 이상은 오라비의 자리를 보전하고 있을 방도가 없다. 이대로라면 발칙한 죄가 발각되어 오라비에게 해만 끼칠 것이다.

이 일을 어찌 해결해야 하나? 들키기 전에 도망갈 수 있을까?

'이걸 어찌……'

눈앞이 컴컴했다. 맨발로 마당에 내려서 망연자실 가만히 서 있었다. 찬바람이 운소의 뺨을 때렸다. 퍼뜩 정신이 들었다.

뒷일은 나중에 생각해야 한다. 지금은 그보다 더 중한 일이 있다. 괴이한 왕이라도 이 나라의 왕이었다. 그 존귀한 분을 찾아야 한다. 달아나는 것은 그 뒷일이다.

"다른 짐작 가는 곳은 또 없습니까?"

"없네."

"그럴 리가요. 다시 한 번 생각해보소서."

"이곳이어야 했네! 전하께선 이곳에 계셔야 했단 말이네. 이곳 말고 없으니까! 여기가 아니면 가실 곳이 없으니까! 한데 도대체 어디로 사라지셨단 말이냐?"

둥, 둥, 둥…….

멀리서 파루(통행가능을 알리는 서른세 번의 쇠북소리)가 울렸다.

그 소리를 대충 흘려들으며 운소는 손바닥을 옷에 문질렀다. 식은 땀이 났다.

행방이 묘연해진 지 벌써 수 시진이 지났다. 세상물정은커녕 길도 잘 모르는 분께서 변고라도 당하면…….

'가만…….'

둥, 둥, 둥…….

멀리서 북소리가 계속된다.

하나의 가능성이 번개처럼 운소의 뇌리를 스쳤다.

통행증도 없이 오밤중에 나돌아 다니는 멍청이가 있을까 싶지만, 왕은 궐 안의 사람이다. 궐 안의 규칙은 세상의 규칙과 다르다.

"전하께서 기루에서 나가신 것이 언제입니까?"

"인경이 치기 직전이에요. 그분을 마지막으로 본 아이가 인경이 치는 소리를 들었대요."

기녀가 말했다. 운소의 표정이 일그러졌다.

맙소사. 아무래도 통행증도 없이 나다니는 멍청이가 동방의 주인이신가 보다.

"갑시다."

운소가 앞장섰다.

"전하께서 어디 계시는지 알겠느냐?"

만중이 조급하게 물었다.

"인경이 치기 직전에 기루에서 나갔다고 하지 않습니까? 전하께서 어디로 향하셨던 목적지에 도달하기 전에 통금시간이 되었을 겁니다. 순라군의 순라가 시작되었겠지요. 통행증이 없다면 꼼짝없이 잡혀 들어갔을 터인데, 전하께서 통행증을 잘 챙기셨을까요?"

"허, 그럼 설마!"

"잠행을 나와 내가 왕이노라 외치지도 못하셨을 것이고, 설령 그리 외쳤다 한들 누구도 믿어주지 않았을 겁니다. 장형이 곧 시작됩니다. 만약에, 정말로 만약에 전하께서 순라청에 계시다면 전하 또한 형벌을 피하지 못하시겠지요. 서두르지 않으면 늦습니다.”

운소의 설명이 끝나기 무섭게 만중과 비찬은 내달리기 시작했다.

장형장에 도착한 그들의 표정이 하얗게 질렸다.

“으악! 악! 내가 누구인 줄 알고! 너 이놈들! 내 누구인 줄 알고! 이 놈!”

과하게 익숙한 저 목소리는 분명 왕의 것이었다.

“아니, 아니, 아니 된다!”

“멈추어라! 당장 멈추어라!”

두 신하가 소리 질렀다.

형장에 느닷없이 두 사람이 뛰어들었다. 순라군이 의아한 표정으로 그들을 쳐다보았다.

“뉘시오?”

비찬이 호패를 내보였다.

“내, 내금위장 나리!”

순라군이 황급히 고개를 숙이자 형틀에 엎드려 있던 죄인이 느닷없이 환호했다.

“비찬아!”

“당장 풀어드려라.”

“예? 하오나 국법이…….”

“어서!”

순라군은 떨떠름한 표정으로 죄인을 풀어주었다.

“아무것도 묻지 말고 물러나라. 금일 형장은 내가 맡을 것이다.”

“예? 아……. 예, 나리.”

순라군은 당황한 듯했지만, 비찬의 엄한 표정에 곧 가타부타 말없이 물러났다. 순라군이 완전히 간 것을 확인한 후에야 비찬이 참아

두었던 역정을 쏟아냈다.

"전하, 이 대체 무슨 꼴이십니까? 혼자 도망가시더니 정녕 꼴좋으십니다!"

"비찬아, 네 왜 이리 늦었느냐? 왜 이리 무능해? 과인이 혹 사라져도 척하면 척 찾아내야 하는 것이 네 임무 아니더냐? 벌써 두 대나 맞았단 말이다!"

지는 아픈 볼기를 쓰다듬으며 투정을 부렸다.

"임무요? 임무를 할 수 있게 협조를 해주셔야지요! 간밤에 대체 소신에게 뭘 먹이신 겁니까? 아무것도 안 먹였다고는 못 하시겠지요?"

"음……. 무어, 늦게 온 것은 없던 일로 해주마. 그래도 네가 와서 두 대로 끝난 것이니……. 한데 가만 익숙한 저 얼굴은……. 마, 만중아?"

두 대나 맞았다고 화를 내다가, 그래도 두 대로 끝났다며 감격해하다가, 지는 발견했다. 실로 무시무시한 표정을 짓고 있는 상선내관을.

"이리 오시지요."

"만중아, 그것이 말이다. 과인이 다 설명을……. 우소야?"

그 다음에는 운소를 보았다. 비찬과 만중의 화를 어찌 풀어줘야 할까 고민하던 것은 전부 잊혔다.

그 순간, 지의 눈에는 운소만 보였다.

아주 신기한 경험이었다. 단 한 사람만 빼고 주변 모든 것이 인지에서 사라졌다. 풍경도, 소음도 모두 저 너머로 흐려졌다.

"우소야!"

용안에 웃음이 만개하였다.

아픈 것도 잊고, 체통마저 잊은 지가 후다닥 달려가 운소를 껴안았다.

"우소야! 진짜 너이더냐? 꿈은 아니겠지? 이것이 꿈이라면 내 결코 깨지 않으마."

"노, 놓아주십시오!"

갑작스러운 포옹에 운소가 소스라치게 놀라 소리쳤다.

"맞다, 우소야."

중요한 게 생각났다는 듯 운소를 툭 놓아준 지가 품속에서 무언가를 꺼냈다. 푸른빛이 감도는 꽃이었다. 뿌리를 덮고 있는 흙까지 통째로 갈무리되어 있었다. 홍와루를 도망나오던 와중에도 특별히 시간을 들여 챙겨나온 그 꽃이었다.

"받아라."

"예?"

"그냥 뽑으면 네가 화낼 터이니, 특별히 서책에서 읽은 대로 캐냈다."

운소는 물끄러미 꽃을 보았다. 당혹감이 물러난 얼굴은 무표정했다.

"아니 기쁘냐?"

분명 좋아할 거라 생각했다. 꽃을 애지중지 아끼는 상원내시이니, 필시 기뻐할 줄 알았다. 웃어줄 거라 생각하여 옷이 더러워지는 것도 개의치 않고 캐낸 것이었다. 그런데 운소가 웃지 않는다. 풀 죽은 지가 어깨를 늘어뜨렸다.

"무엇이 부족한 것이냐? 과인이 최선을 다하긴 하였는데……."

"이런 것을 주시면 소신이 기뻐할 거라 생각하셨습니까?"

운소가 마침내 입을 열었다. 높낮이 없는 음성은 무척 서늘하였다. 지의 가슴이 철렁 내려앉았다.

"우소야, 내가 잘못하였어."

무엇이 잘못된 것인지는 잘 모르겠지만 지는 일단 사과했다.

"화내지 마라."

그래도 화는 풀어주었으면.

"……."

"우소야."

지가 애처롭게 운소를 바라보았다. 운소는 가만히 입술을 깨물고는 한숨을 삼켰다.

"소신은 이만 돌아가도 될는지요? 잠을 설쳤더니 피곤하옵니다."

"우소야."

"내금위장 나리, 상선 어르신, 소인 먼저 물러나겠습니다."

지가 부르는 것을 무시하고 운소는 뒤돌아섰다.

총총 멀어져가는 그녀의 뒷모습을 지가 넋 나간 얼굴로 쳐다보았다.

"과인이 잘못했을까?"

지가 중얼거렸다.

"과인이 그리 큰 잘못을 하였느냐? 저리 뒤도 안 돌아보고 가 버릴 만큼? 꼴도 보기 싫다는 듯 냉큼 가 버릴 만큼?"

마음 깊은 곳에서 무언가가 왈칵 치밀어 오른다. 눈시울이 시큰거려 지는 두 눈을 꾹 감았다 떴다.

밉다. 정운소가 밉다. 곤장 맞은 볼기가 괜찮으냐고 물어봐주면 어디가 덧나나? 간밤 옥사에서 힘들진 않았느냐고 물어주면 혓바늘이라도 나나?

"다신 아니 찾아가! 찾아오라고 애원해도 아니 가! 그때 가서 후회해도 소용없다, 정우소!"

지가 버럭 소리치고는 씩씩거렸다. 가는 길에 들렸을 만도 한데 돌아올 기미는 전혀 보이지 않았다. 한참을 우두커니 서 있던 지가 휙 뒤돌아섰다.

"돌아간다."

운소가 사라진 방향을 등에 진 채 지가 걷기 시작했다.

"이화궁은 그쪽이 아닙니다."

비찬이 지적했다.

"알고 있다! 네가 제대로 지켜보고 있는지 시험한 것뿐이다!"

"그쪽도 아닙니다만."

"알고 있대도?"

"그쪽도……."

"……."

지가 결국 멈추어 섰다.

"정녕 되는 일이 없구나."

아무것도 그의 뜻대로 되지 않는다. 심지어 환궁하는 길조차도.

지가 혼자 성을 내다 지쳐 돌아가기까지 운소는 골목에 숨어 가만히 서 있었다. 마음이 이상했다. 가슴이 저릿하고, 명치가 답답했다.

"미쳤구나."

제 손에 들린 푸른 꽃이 눈에 박혔다. 그녀에게 주기 위해 왕께서 친히 캐낸 꽃. 그 순수한 호의에 운소는 숨이 막혔다.

"정신이 나갔어."

더 미친 것은 이 기분. 쿵쾅쿵쾅 뛰는 이 심장.

"남색, 남색 하시더니 정녕 남색가라도 되셨는가?"

너를 만난 이 순간이 꿈이라면 차라리 깨고 싶지 않다던 상냥한 목소리.

운소가 열없이 웃으며 주저앉았다. 꽃이 툭 떨어졌다.

이토록 맹목적인 애정은 받아본 적 없었다. 무섭다. 두렵다.

닿을 수 없을 것이 분명한데, 그는 마치 닿을 수 있는 양 행동한다.

점점 더 종잡을 수 없고, 더욱더 모르게 된다.

그저 지나갈 바람일 것인데, 기실 스쳐서도 안 되는 바람일 것인데, 대체 왜 자꾸 그에게 말려들고 마는 것일까? 마음이 왜 이토록 아프고, 기분이 이상스럽게 날뛰는 것일까?

'소인은 왜 이리 미련하고 어리석을까요? 마음이 곤두박질치옵니다. 어차피 정해진 끝일진대. 모든 것이 거짓인 이 천한 것이 감히 탐해서는 안 되는 것인데…….'

애초에 오라비의 자리를 보전해주기 위해 저지른 일이었다. 왕의 눈에 띄어버린 이상, 이 짓을 계속할 수는 없다. 아프다고 핑계를 대어 몇 달 쉬다가 오라비가 돌아오면, 오라비를 궁으로 들여보낸다는 방법도 이제는 고려할 수 없다. 왕은 장님이 아니니까. 왕실을 능멸하고 조정을 우롱하였다며 능지처참 당해도 변명의 여지가 없는 이 죄를 여기서 멈춰야 한다.

손바닥에 얼굴을 파묻고서, 운소는 몸을 떨었다.

감히 바라지 말자. 그 애틋한 눈빛도, 원망을 내비치는 표정도.

모두 잊어 버리자. 햇살보다 환한 미소도, 순수한 애정도.

모두 없던 일로 만들자. 닿아선 안 되는 그 따뜻함을 마음 깊이 파묻자. 이 마음을 더 단단하게 다잡자.

그러나 모두 다 헛된 다짐일 뿐이다.

생각난다.

가슴 설레게 하던 그 웃음. 서툴지만 분명한 다정. 거절의 말 한 마디에 세상을 다 잃은 듯 서글퍼하던 눈동자. 그 모든 것들이 너무도 생생해서 운소의 마음은 요동쳤다.

아니 될 일, 아니 될 마음, 아니 될 연. 이 끝에서 결국 아파지는 것은 저일 텐데.

'이 마음이 신하의 것인지, 계집의 것인지 모르겠습니다.'

운소가 힘겹게 몸을 일으켰다. 붉어진 눈시울을 하고서, 바닥에 떨어진 꽃을 지긋이 짓밟았다.

이것은 계집의 마음이어서는 아니 된다.

그날 밤, 운소는 꿈을 꾸었다. 잊고자 잠을 청했는데 꿈에도 지가 나왔다.

우소야, 우소야, 이리 오너라, 내 우소야.

그는 쉼 없이 그녀를 불렀다.

'소신의 이름은 정우소가 아니옵니다.' 하고 운소는 정정해줄 뻔하였다. 꿈속에서도 화들짝 놀라 입을 꾹 다물었다. 그러면서도 우습게도 '운소야' 하고 불러주는 그를 바랐다.

"계시오!"

운소는 불현듯 현실로 돌아왔다. 어렴풋이 눈을 뜨고 몸을 일으켰다. 온몸이 으슬으슬했다. 거의 다 떨어졌던 고뿔이 다시 들러붙은 모양이었다.

"아무도 없소? 서찰을 가지고 왔소!"

서찰?

"잠깐 기다리십시오! 금방 나갑니다!"

허둥지둥 옷매무새를 정돈하고는 밖으로 뛰쳐나갔다. 행색이 남루한 보부상이 마당에 서 있었다.

보부상이 눈을 게슴츠레 떴다.

"계집? 사내?"

"그게 중요합니까?"

"중요하오. 이 서찰은 정운소에게 온 거요. 듣자하니 이 집엔 오누이가 산다지. 오라비 쪽이 정우소이고, 누이 쪽이 정운소라 들었소. 그러니 이 서신은 계집에게 온 것이오. 한데 댁이 사내라면 정운소가 아니라 정우소일 터니……."

"누이는 지금 집에 없습니다. 제게 주시면 됩니다."

보부상의 말을 잘라내며 운소가 서찰을 내놓으라고 재촉했다.

"이거요."

교묘하게 교활한 비웃음이 보부상의 입가에 걸렸다. 운소가 서찰을 받으려고 하자 그가 뒤로 손을 홱 뺐다. 누런 이를 드러내며 웃는 것이 무언가 더 바라는 듯했다. 운소는 주머니를 탈탈 털어 보부상에게 건넸다.

"가진 것은 그게 전부입니다."

"뭐, 이 정도로 봐주겠소. 누이가 오면 전해주시오. 서찰을 받았다고 여기 확인란에 지장도 좀 찍고."

운소는 보부상이 시키는 대로 했다. 보부상이 만족해하며 떠나자 얼른 방으로 들어가 서찰을 펼쳤다.

몇 달 만에 보는 오라비의 필체였다. 틀림없이, 오라비의 필체였다.

내 누이 정운소 보아라.

그녀는 정우소의 탈을 쓴 정운소.
오라비를 위하여 내시복을 입었다.

앞서 찾은 이가 그분이 맞음을 확인하였다.

편지는 더 이상 내시 행세를 할 필요가 없다고 말한다. 어차피 더 할 수도 없겠지만.

그분을 따라 유람 중이다.

조만간 한경에 간다고 하시니 그때 만나러 가마.

어리석은 누이의 마음으로 오라비를 위해 행한 일을 미련 없이 끝내야 한다.

「우소야.」

그런데 왜, 그 다정한 부름이 귓가에 맴도는가?

운소는 양 귀를 틀어막았다.

"저는 정우소가 아닙니다."

제발 아무 소리도 들리지 말아다오.

3

오래된 이야기다.

수년 전 변방의 한 고을에 역병이 돌았다. 주검이 널브러져 있던 마을은 불타 사라졌다. 고아가 된 오누이는 불길이 저를 덮칠까 덜덜 떨고만 있었다. 그 어린 오누이를 구해준 이가 있었다. 세상 누구보다 존귀한 분께서 오누이를 구원했다. 그때부터 은인은 오누이의 전부였고, 오누이의 목표였다. 그 은인은 동방의 왕이었다.

정우소는 어려서부터 영특했고, 한 번 배운 것은 좀체 잊지 않았다. 그는 은인을 곁에서 모시기 위해 내시가 되었다. 매일 열심히 배웠고, 왕을 모시게 될 날만 기다렸다.

그러나 안타깝게도 오누이의 은인은 왕좌에 오래 앉아 있지 않았다.

왕후가 죽고 얼마 지나지 않아 그는 스스로 상왕이 되어 물러났다. 옥새는 세자가 물려받았다.

은인의 핏줄을 보좌하는 것도 충분히 의미 있을 수 있었겠지만, 그래도 그 핏줄이 은인인 것은 아니었다. 우소는 크게 낙담했고, 갈팡질팡하며 하루하루를 보냈다. 그러던 어느 날 진짜 은인을 찾은 것 같다며 사라져 버렸다.

운소는 혹시나 오라비가 사람을 잘못 본 게 아닐지 걱정스러웠다. 평생 은인께 도움이 되기 위해 노력해온 오라비를 알기에, 그 사람이 만약에 은인이 아니라면 한경으로 돌아올 수 있게 자리를 지켜주고 싶었다.

그 애틋한 누이의 마음은 이제 불필요하고 위험한 것이 되었다. 우소가 진짜 은인을 만났으니 당장이라도 내시직을 버리고 뛰쳐나와야 한다.

어차피 더는 버틸 수도 없다. 왕은 너무도 명명백백 운소의 얼굴을 기억해 버렸다.

어떻게 그만두는 게 좋을까? 사직을 청하면 될까? 왕께서 허락하실까? 그냥 사라져 버리는 건 어떨까? 흔적도 없이 달아나 버리면 되지 않을까?

운소는 고민했다.

우소야. 다정 가득한 목소리가 귓가에 아른댄다. 그 목소리의 주인께 상처 드려야 한다. 가슴이 저릿하다. 마음이 아픈 것일까.

"정우소 있느냐?"

새벽 댓바람부터 찬기를 쐰 까닭에 기어이 고뿔이 도졌다.

"정우소 게 없느냐?"

운소가 흐릿한 정신을 붙들었다. 힘겹게 몸을 일으켜 밖으로 나가 보았다.

"상선 어르신?"

이번엔 또 무슨 일일까? 왕께 변고라도 있는 건 아닐지 더럭 겁이 난다.

"안색이 나쁘구나."

"송구합니다. 고뿔이 도져서……."

"잠깐 괜찮으냐?"

무엇이 괜찮으냐는 것인지. 운소는 굳어버린 머리를 돌렸다.

"이쯤 되면 너도 알 것이다. 전하께 불어든 바람이 심상찮다는 걸."

"아……."

다행히 전하께 변고가 있지는 않은 것 같다. 운소는 순간 든 안도감에 헛웃음이 났다.

"금세 스러질 바람입니다."

운소가 체념하듯 중얼거렸다.

"그래, 그럴 것이다. 그럴 줄 알았다. 하나 금세 스러지지 않으면 어찌하느냐? 간밤 있었던 일이 또 반복된다면 어찌 될 것 같으냐?"

운소는 상선이 뜻하는 바를 알았다. 혼미한 정신으로 그려본 앞날의 모습 중 대부분을 지웠다. 보기가 하나 남았다.

"소신이 사라지면 되오리까?"

거칠어진 숨소리가 힘겹게 흩어졌다.

"흔적도 없이 사라지면 되오리까?"

"……."

"그리하면 이 바람이 잦아들겠습니까?"

운소의 몸이 가늘게 떨렸다. 마당에 우두커니 서 있는 만중을 바라보았다. 사직을 청하면 왕께서 순순히 윤허해 줄 것이라 믿을 만큼 운소는 어리석지는 않다. 그렇다면 남은 방법은 소리 소문 없이 도망가는 것뿐이었다. 상선이 도와준다면 마다할 이유가 없다.

"그리하겠습니다."

운소는 할 수 있는 한 또렷한 음성으로 한 마디 한 마디를 쥐어짜 냈다.

"소인이 사라질 수 있도록 어르신께서 도와주시옵소서."

꾹, 무언가 심장을 누른다.

운소는 눈을 감았다. 마음이 감긴다.

"괘씸한 것."

침울한 목소리가 흘러나왔다. 지는 한숨을 길게 내쉬며 인상을 썼다. 마침내 운소를 만났지만 괜찮으시냐는 걱정 한 번 받지 못했다. 오히려 쌀쌀맞게 굴고는 쌩하니 가 버리기까지 했다. 다시 만난다면 '이 야박한 놈!' 하고 잔뜩 소리 질러 줄 텐데.

"하아……."

하지만 만중이 붙여둔 감시가 삼엄하다. 마음 대로 움직일 수가 없다. 비찬 또한 잔뜩 경계를 하고 있다. 떼어놓기 어려울 것이다. 운소를 다시 만나러 가는 길이 요원하다.

"전하."

밖에서 만중의 목소리가 들렸다. 자리를 비웠나 싶더니 금세 돌아와 버렸다. 이왕 어디를 갈 거라면 따뜻한 남쪽으로 가서 달포쯤 푹 요양이나 하고 오지.

뚱한 표정을 한 채 지는 등 돌리고 누웠다.

"소신 들어가옵니다."

들어오지 말라고 하고 싶은 마음이 굴뚝같았다. 어차피 저녁 수라 먹었느냐고 닦달이나 할 것이다. 하지만 들어오지 말라고 해도 부득불 들어올 것이기에 지는 그냥 못 들은 척 눈을 감았다. 곧 문 열리는 소리가 들리더니 발소리가 가까이로 다가왔다.

"과인은 자느니."

"저녁수라는 드셨는지요?"

만중이 개의치 않고 물었다.

"수라간 상궁에게 듣자하니……."

"과인은 이미 잔다고 하였다!"

괜히 울컥한 지가 소리쳤다.

궁궐의 모두가 그를 걱정한다. 모든 궁인이 그만 걱정한다. 그런데 정작 걱정해주길 바라는 이는 해주지를 않는다. 그 못된 것만, 그 흔한 걱정 한 마디 건네주지 않는다.

"……."

만중은 말이 없었다. 나가는 소리도 들리지 않았다. 고집스럽게 등 돌리고 있던 지가 슬그머니 고개를 돌렸다. 늙은 신하의 얼굴이 그늘져 있었다.

"그 아이가 그리 보고 싶으시옵니까?"

"그럴 리가 있느냐? 그 야박한 놈이 무어 예쁘다고?"

"하오면 어찌 그리 심통이 나셨사옵니까?"

"심통이라니? 과인도 체면이 있지, 심통 부릴 나이는 진작 지났다. 졸린 것뿐이니 오해 말라."

"아니 될 것을 알고 계시지요?"

"글쎄, 아니래도?"

지가 벌떡 몸을 일으켰다. 억울한 감정을 실어 소리치는 그를 보며 만중이 힘없이 웃었다.

"아닌 게 아니신 것을 아옵니다."

용안이 대번에 일그러졌다.

"하여? 하여 어찌하라고? 과인이 인내하고 있잖아! 참고, 참고, 또 참고! 이보다 더 어찌하란 것이야?"

"전하……."

"네가! 그래, 만중이 네가 과인에게 거짓을 고하였어. 하루 이틀 참으면 괜찮아질 것이라고 과인을 속였다. 한데 아니 괜찮아지잖아. 하루하루 더 지랄 맞아지잖아."

결국 인내심이 바닥을 드러냈다. 상스러운 말까지 섞어 성질을 부리는 그에게 만중이 한숨처럼 물었다.

"정 그러시오면 한 번 가보시겠사옵니까?"

"무어?"

지는 순간 제 귀를 의심했다.

"전하께서 옳으시옵니다. 소신이 틀렸사옵니다. 무릇 사람은 청개구리 같아서 누군가 말리면 더 하고 싶어하는 법이지요. 차라리 질릴 때까지 전하의 뜻대로 하시옵소서. 시간이 지나면 이 삿된 바람이 사그라질 것이옵니다."

지는 두 눈을 크게 뜨더니, 와락 만중을 껴안았다.

"만중아!"

다신 찾지 않을 거라고 호언장담하던 기억은 새까맣게 잊혔다.

달이 뜨기 무섭게 지는 궁을 빠져나갔다. 바깥 지리를 잘 아는 만중과 함께하니 든든했다. 통행증도 잘 챙겼으니 전처럼 순라군에 붙잡히는 어처구니없는 일은 없을 것이다.

"서둘러라, 만중아. 밤은 짧지 않으냐?"

행복해하는 주군을 보며 만중은 약간의 죄책감을 느꼈다.

초가는 이미 비어 있을 것이다. 운소가 어딘가에 신세를 지며 숨어 있는 동안 만중이 먼 고을에 새 거처를 마련해주기로 했다.

'정우소는 없습니다, 전하. 전하의 그릇된 관심이 그 아이를 쫓아버렸습니다. 실망하시겠지요. 화도 나시겠지요. 며칠 앓아누울지도

모르지요. 하지만 그 아이를 보내주소서. 마음이 괴로워도 잊어보소서.'

만중은 지가 아주 어릴 때부터 지켜보았다. 그는 저로 인해 다른 이가 괴로운 것을 참지 못했다. 제 욕심보다 남의 마음을 끝내 더 배려하였다. 천성이 그러했다. 제 괴이한 바람이 어린 상원내시를 곤란하게 하였다는 것을 깨닫는다면, 왕은 이 변덕을 끝낼 것이다.

'달은 차면 기울게 마련이라, 가득 찬 전하의 마음도 언젠가는 기울겠지요. 하오나 그 언젠가를 기다릴 여유가 없으니, 이 불충한 신하를 용서하소서.'

곧 봄이다. 수년간 답보상태에 머물렀던 태천과의 국혼이 본격적으로 논의될 것이다. 신탁을 핑계로 혼인을 거부할 수 없게 된다.

"만중아, 너는 어찌 그리 길을 잘 아느냐?"

"반백년을 살아온 곳이니 어찌 모르겠사옵니까?"

"이리 미로 같거늘!"

척척 길을 찾아가는 만중을 지가 연신 추켜세웠다. 골목을 요리조리 꺾을 때마다 두 눈을 반짝였다. 주군의 짧은 행복이 산산조각 날 것을 알아서 만중의 마음은 점점 더 불편해졌다. 납덩이가 가슴을 짓누른다. 하지만 해야만 한다.

한참을 걷던 만중이 멈추었다. 커다란 살구나무 두 그루가 서 있었다. 앙상한 나뭇가지에 달이 걸렸다.

"이곳이 행화리이옵니다."

"이곳이 행화리……."

지는 천천히 마을을 눈에 담았다. 작은 초가가 옹기종기 모여 있었다.

"이런 곳에도 사람이 산단 말이냐? 사람이 누울 수는 있는 게냐?"

전장의 허름한 막사에서 두 해를 보낸 왕이 할 말은 아닌 듯했다.

"물론이옵니다, 전하."

"여기가 정녕 우리 우소가 사는 마을이라고?"

"예, 전하."

"하면 우리 우소의 집은 어디인고?"

"저 집이옵니다."

만중이 마을에서 조금 떨어져 있는 작은 집을 가리켰다.

"소박하구나. 마음에 든다. 과인은 상원과 나눌 이야기가 있으니 상선은 잠시 떨어져 있으라."

만중은 착잡한 마음으로 지의 뒷모습을 바라보았다. 이제 곧 용안에 어린 기쁨은 사라지고 실망이 차오를 것이다. 그래도 이것이 옳다. 이리 해야만 왕도 살고, 그도 살고, 모두가 산다.

"우소야!"

지가 활짝 웃으며 운소를 불렀다. 대답이 들리기도 전에 문고리를 잡아당겼다. 마음이 조급했다.

"흠?"

지의 미간이 좁아졌다. 이상하게 방이 텅 비어 있었다. 사람만 없는 것이 아니었다. 세간도 일절 없었다. 꼭 아무도 살지 않는 빈집 같았다. 불길한 감각이 싸하게 등골을 타고 흐른다.

"우소야? 어디 간 것이냐? 어찌 아니 보여?"

용음이 흔들렸다. 떨림은 불현듯 온몸으로 퍼졌다.

지가 굳은 표정으로 뒤돌아섰다.

"만중아."

멀찍이 서 있던 만중이 가까이 다가왔다.

"우소가 아니 보인다."

"예?"

"이곳이 정녕 우소의 집이 맞느냐? 건넛집인데 착각한 것이 아니냐?"

"이곳이 틀림없사옵니다."

"그럴 리가 없다. 그럴 리가 없어."

넋 나간 얼굴로 지가 고개를 내저었다.

"한경부(한경의 치안을 담당하는 관청)로 가야겠다."

"전하, 이 밤중에 한경부로 가는 것은 아니 되옵니다. 사람들이 의구심을……."

"현직내시가 사라졌다. 무슨 변을 당했을지 어찌 아느냐? 당장 관군을 풀어 찾아야 한다. 무사한 것을 이 눈으로 보기 전까지 멈추지 않을 것이다. 의구심이 무어? 가질 테면 가지라지!"

만중의 안색이 검게 변했다.

"아니 되옵니다, 전하!"

"자꾸 아니 된다고 할 것이냐? 한경의 백성을 지키는 것이 한경부 일이다! 그냥 백성도 아니고 과인의 신하가 소리 소문 없이 사라졌는데 가만히 있으란 말이냐? 과인은 그리 매정한 군주가 아니야. 과인의 신하는 과인이 지켜."

"전하의 신하는 정우소 하나가 아니옵니다. 지금까지 사정이 있어 소리 소문 없이 사라진 이들을 모두 전하께서 직접 나서 수색을 명하셨사옵니까? 대역 죄인이라면 모를까 그저 사라졌다는 이유만으로 그런 적은 실록에도 없사옵니다. 범죄에 연루되었다면 한경부에서 알아서 수색할 것이옵니다. 본가에 변고가 생겨 갑자기 고향으로 떠나야 했던 이들도 종종 있는데, 누군가 사라질 때마다 전하께서 직접 한경부를 움직인다면 한경의 치안은 진즉 마비되었을 것이옵니다! 예외를 두지 마시옵소서!"

오밤중에 한경부로 쳐들어가서 당상관도 아닌 고작 종9품 상원내시를 찾아달라고 난리 치는 왕이라니. 동방 방방곡곡 과인이 미쳤노라 소문낼 것이 아니라면, 절대 아니 될 일이다.

"시끄럽다! 우소를 찾아야 한다. 그 아이가 갑자기 사라질 이유가 없지 않으냐? 누군가 데려간 것이 틀림없다. 흉악한 화적이라도 쳐들어왔던 것이라면 정녕 큰일이다! 어찌 과인을 방해하느냐?"

"전하, 방을 똑바로 보시옵소서! 화적에게 납치당했다면, 어찌 방 안이 이리 깨끗하겠사옵니까? 이를 보면 정우소가 직접 세간을 정리하고 떠난 것이 분명하옵니다! 필히 전하의 관심이 부담스러워……."

"그만! 더는 듣지 않겠다."

지는 버럭 소리치고는 그대로 한경부를 향해 뛰어갔다. 만중의 얼굴에서 핏기가 가셨다.

왕은 배려 깊고, 다정했다. 저로 인해 남이 곤란해진다면 차라리 자신이 괴로운 쪽을 택했다. 그런 그가 앞뒤 가리지 않는다. 자신의 행동이 타인을 불편하게 하고, 괴롭게 만든다는 것을 알면서도 멈추지를 않는다. 마음을 억누르고, 인내하지 않는다. 그러지 못한다.

"전하!"

애타게 전하를 외치며 달리던 만중이 털썩 넘어졌다. 노구를 이끌고 혈기왕성한 왕을 쫓아가는 불가능한 일이었다. 만중은 결정을 해야만 했다. 이러다가는 온 세상천지에 왕께서 상원내시를 각별히 아낀다는 소문이 퍼지고 말 것이다. 그것만은 막아야 한다.

"소신이 알고 있사옵니다!"

만중이 절박하게 소리쳤다. 지가 우뚝 멈추었다.

"무어?"

돌아보는 그 눈빛이 간절하다.

"짐작되는 곳이 있사옵니다."

만중은 한숨을 삼켰다. 제 발등을 찍은 격이다. 보이지 않는 곳으로 치우면 해결되는 단순한 일이 아니었다. 판단착오다. 앞으로도 그냥 사라지는 방법은 쓸 수 없을 것이다. 현직내시가 실종되었다며 군을 움직이려고 들 테니까. 그런 일이 몇 번 반복되면 곧 보잘 것 없는 종9품 상원내시에게 왕께서 쩔쩔매더라 하는 소문이 짜하게 퍼질 것이다.

그렇게 둘 수는 없다. 다른 방법을 써야 한다.

아무리 천둥벌거숭이처럼 굴어도 지는 왕이었다. 명분이 없는 일에 억지 부리지는 못한다. 현직내시가 아니게 된다면, 군을 움직일 명분 또한 잃게 된다. 신하를 찾는다는 핑계를 댈 수 없게 되는 것이다.

그렇다면 사임이 먼저다. 하지만 왕께서 사직서를 수리해 줄까?

'그럴 리가 없지.'

만중의 입가에 헛웃음이 서렸다.

'그렇다고 방법이 없지도 않다.'

즉각 사임보다야 시간이 오래 걸리겠지만 방법은 있다. 내반원에서 달마다 보는 시험에서 연달아 세 번 불통不通을 받으면 내시는 지위고하를 막론하고 그 직을 박탈당한다. 능력이 없어 면직된 자를 왕이라 하여 다시 부를 수는 없다.

"어디에 있을 것 같으냐?"

"근처 의원에 있을 것이옵니다. 새벽부터 전하를 찾아 헤맨 까닭에 고뿔이 도진 듯했사옵니다."

"그게 참이냐?"

"예, 전하."

만중이 깊게 읍하였다.

"아픈 상원이 쉴 수 있도록 해가 뜨면 가보시지요. 그곳에 없다면, 전군을 동원해 찾겠다 하시어도 말리지 않을 것이옵니다."

운소를 탈 없이 치우는 것은 나중의 일이다. 지금은 다만 늦은 밤 의원에 쳐들어가서 괜한 의혹을 사는 일만은 피하고 싶었다.

"……그리하마."

고민 끝에 지가 동의하였다.

허순은 행화리의 의원이다. 아픈 이를 그냥 보아 지나치지 못하니 의원이 천직이다. 어려서 잔병치레가 잦았던 운소도 그에게 많은 도움을 받았다.

"운소야, 일어났느냐?"

"예, 의원님."

작은 대답이 들렸다. 허순은 조심스럽게 방 안으로 들어갔다. 창백한 안색의 운소가 앉아 있었다.

"괜찮은 것이야? 죽 좀 들려무나."

지난 밤, 갑자기 찾아온 운소는 열이 심했다. 잠시만 머물게 해달라고 중얼거리다가 정신을 잃었다.

어린 오누이를 오랫동안 보살펴 온 허순은 잔뜩 지친 운소의 모습에 마음이 아팠다. 부모 없이 어렵게 살아온 아이였지만 심지가 곧고 마음이 단단했다. 자존심과 자긍심이 있었다. 지켜주는 울타리가 없어 혹 험한 일을 당하지는 않을까 항시 염려스러웠다. 허순에게 운소는 그리 늘 애틋하였다.

"열이 아직 있구나."

이마를 짚어본 허순이 걱정스레 말했다.

"괜찮습니다. 늘 이리 폐만 끼쳐서 어찌해야 할지……."

"폐라니? 그리 생각하지 말라고 누누이 말하지 않았느냐?"

운소가 힘없이 웃었다.

"의원님, 저는 곧 멀리 가야 합니다."

"가다니? 어딜?"

"어디로 가는지는 묻지 말아 주세요. 어디로 갈지 저도 잘 모르니까요."

"그런 말이 어디 있느냐?"

"자리를 잡으면 서신을 넣겠습니다. 너무 심려 마세요."

"운소야!"

떠난다는 말이 진짜인지 긴가민가하던 허순이 소리쳤다. 운소의 말투가 심상치 않았다.

"제가 집에 없는 걸 알면 오라버니가 이리로 올 거예요. 그럼 의원님께서 전해 주세요. 제가 자리를 잡은 후에 오면 그곳을 알려주고, 그 전에 오면 연락이 올 때까지 기다려달라고 해주세요."

"정말 갈 셈이냐?"

"예."

"어찌 이리 갑자기?"

"사정이 있습니다."

"고리대금이라도 쓴 게냐? 돈이라면 내가 어떻게든……."

"그런 것이 아닙니다."

운소가 단호하게 고개를 저었다. 고리대금 같은 거면 차라리 좋겠다. 그건 문제가 확실히 보이기라도 하니까. 하지만 이건 그리 간단한 문제가 아니었다. 마음의 문제였다. 눈에 보이지 않아서 더욱 복잡한, 결코 풀어낼 수 없는 난제였다.

운소가 씁쓸히 웃었다. 부를 땐 언제든지 달려가기로 약조하였는데, 그 약조를 이만 깨뜨려야 하나 보다.

감정이 쉽게 드러나는 분이신데, 금방 아픈 얼굴을 하시겠지. 화내고 원망하고 슬퍼하시겠지. 그래도 인연이 여기까지인 것을. 애초에 시작되지 말았어야 하는 인연인 것을.

끊어내야 할 연을 끊어내는 것뿐인데도 운소는 마음이 아팠다. 자꾸만 지가 눈에 밟혔다. 상처받은 표정이, 처량 맞은 눈울음이, 너무도 선명히 상상되었다.

문득 밖이 소란스러워지는 게 느껴졌다. 운소가 고개를 돌렸다.

"의원님, 객이 온 것 같습니다."

허순도 들은 듯했다.

"잠시 갔다 오마."

"안 오셔도 되어요."

"에끼, 그런 밉살맞은 말은 말아라."

짐짓 꾸중하는 시늉을 하고서 허순이 밖으로 나갔다.

혼자 남은 운소는 앞으로의 일들을 천천히 생각해 보았다. 일단 머물 곳은 만중이 준비해주기로 하였다.

그곳에 가서 자리를 잡자. 논도 사고 밭도 사자. 삯바느질도 하고, 필사도 할까? 그래, 필사도 하자. 글자를 이제 제법 잘 쓰게 되었으니까. 어쩌면 혼사가 들어올지도 모른다. 평범한 아녀자가 되어서, 지금의 이 꿈같은 나날은 잊고 살아가는 것이다.

"나쁠 것 없어. 절대로 나쁘지 않아."

작게 되뇌던 운소가 입을 닫았다. 문이 열렸다. 굳은 표정의 허순이 서 있었다.

"의원님?"

"웬 분이 찾아왔다. 우소를 만나야겠다고. 필시 어젯밤 왔을 것이라고. 한데 어젯밤 온 것은……."

횡설수설하는 허순의 눈빛에 의아함이 서렸다. 소란스러운 인기척이 그의 뒤에서 썰물처럼 밀려오고 있었다.

익숙한 목소리. 그리운 목소리…….

설마. 오싹한 전율이 운소의 등골을 타고 흘렀다. 놀란 시선이 허순의 너머로 향했다. 그리고 시간이 멈추었다.

"우소야!"

후다닥 뛰어 들어온 지가 와락 그녀를 껴안았다.

쿵쿵.

심장이 거칠게 날뛰었다.

왜 전하께서 이곳에 계시지? 어떻게 알고 오셨지?

운소는 혼란스러워하며 버둥거렸다. 한참 뒤에야 그의 품에서 벗어날 수 있었다. 허순은 아연실색한 표정으로 그들을 보고 있었다. 운소의 낯빛이 파리하게 질렸다.

허순에게 들켰다. 오라비 행세를 하고 있었다는 것을! 고리대금 따위의 문제가 아니라는 것을!

"어인…… 일이시옵니까?"

운소는 굳어버린 혀를 겨우 움직여 목소리를 쥐어짰다. 혹시 허순이 해선 안 될 말을 할까 온신경이 곤두섰다.

"어인 일이라니? 그건 과인이 묻고 싶구나. 갑자기 그리 사라져 버리면 어찌하느냐? 장번 생활을 하느라 집을 비운 건 그렇다 치자. 그래도 세간 하나둘은 남겨둬야지! 네가 없어진 줄 알고 과인이 얼마나 놀랐는지 아느냐?"

흔적도 없이 사라졌어야 하는 게 맞다. 지금 그에게 들켜서는 안 되는 일이었다.

지는 운소를 물끄러미 바라보다가 곧 여기저기 더듬기 시작했다. 뺨을 쭉 당겨보기도 하고, 이마를 만져 체온을 확인하는가 하면, 귀를 바짝 갖다 대고 그녀의 숨소리를 듣기도 했다.

"무, 무어 하시옵니까?"

운소의 얼굴이 빨갛게 변했다.

"가만있어라. 가만히 좀 있어, 우소야."

지는 두 눈을 꾹 감았다 뜬 후 운소를 응시했다. 눈을 비빈 후에도 그녀를 응시했다. 어떻게 해도 그녀가 사라지지 않는다는 것을 확인한 후에야 그의 입에서 안도의 한숨이 터져 나왔다.

"과인은 정녕 네가 사라져버린 줄로만 알았다."

"……."

"정말 그런 줄로 알았어."

담담한 어조가 처연했다. 차마 그를 마주 볼 수 없어 운소는 고개 숙였다.

"소신이 사라지긴 왜 사라지옵니까?"

중얼중얼 대답하는 목소리가 떨렸다.

계획이 어긋났다. 만중의 반응을 살필 수 없어도 뭔가 크게 잘못되었다는 것쯤은 알 수 있었다. 아무도 모르게 사라지기로 한 그들의 계획이 완전히 망한 게 분명하다.

"여기에도 네가 없으면 용모파기라도 붙이려고 하였다. 초상만으로는 찾기 어려울까 문구도 생각해 두었느니. 들어볼 테냐?"

지는 대답은 듣지도 않고 좋알거렸다.

"사람을 찾소. 배꽃처럼 하얗고 대나무처럼 뻣뻣하오. 사내, 계집 가리지 않고 홀려대니 과연 요물이라, 나라에서 특별히 관리할 필요가 있는 놈이오. 아주 위험하니 제발 찾아주시오. 조정에서 포상할 것이오. 어떠하냐?"

"……."

운소의 표정이 일그러졌다. 목구멍이 꽉 막힌 듯 답답해진다.

지가 엄지로 운소의 턱을 들어올렸다. 운소의 고개가 절로 들어졌다. 까만 동공에 지가 비쳤다. 운소는 힘없이 웃었다.

"소신이 언제 사내계집 가리지 않고 홀렸사옵니까? 음해입니다."

"알게 무어냐? 그 정도 거짓은 더해야 다들 경각심을 갖고 신고를 하지."

"모함입니다."

운소는 두 눈에 힘을 주었다. 눈가가 짓무를 것만 같다.

"과인은 밤새 네 걱정을 하였어. 말단 상원내시를 동방의 지존께서 밤새 염려해주었단 말이다. 주객이 전도되어도 정도가 있지. 이 옳은 일이더냐?"

운소는 슬쩍 지를 비껴 보았다. 뒤에 서 있는 만중이 보였다. 오만 상을 찌푸리고 있었다.

'어찌하오리까?'

운소는 눈빛으로 물었다. 어쩔 수 없다는 듯 만중이 고개를 두어 번 내저었다.

지금은 때가 아니니 전하께 맞추어 드려라.

운소는 눈을 내리깔았다. 그래, 조금만 더, 아주 잠시만 더 그의 신하로 있자.

"소신은 내시가 된 이후로 쭉 전하의 안위만 염려하였나이다. 매일, 하루도 쉬지 않고 전하의 옥체 강녕을 바라고 또 바랐나이다. 장번이 끝나 출궁해 있으면서도 전하를 생각하지 않은 날이 없사옵니다. 항시 전하의 하해와 같은 은혜를 생각하였고, 어찌하면 보답할 수 있을지 고민하였나이다. 이래도 주객이 전도되었사옵니까?"

"정녕 과인의 안위만 걱정하였어?"

"소신이 어느 안전이라고 감히 거짓을 고하오리까?"

용안에 빙그레 웃음이 피었다.

"그러니까, 종일 과인만 생각하였다는 것이지?"

들뜬 그 용음에 운소는 왈칵 터지는 무언가를 가까스로 되삼켰다. 가슴이 저릿하다. 즐겁고 기꺼운 기색을 가감 없이 드러내는 왕 앞에선 그 어떤 계산도 무용하다.

"예, 전하. 종일 전하 생각만 하였사옵니다."

"이번은 과인이 특별히 용서해주마. 앞으로는 어딜 갈 때 간다고 서찰이라도 남겨두어라. 과인은 숨바꼭질을 아주 싫어하니 명심하고."

"명심하겠사옵니다."

"이번처럼 혼자 사라지면 절대 아니 된다?"

"예, 전하. 심려치 마시옵소서."

"그 말에 한 치의 거짓도 없으렷다?"

언젠가 떠나야 할 것이다. 계집인 그녀가 영영 내시행세를 할 수는 없다.

"소신은 전하의 내시이옵니다. 전하께서 오라면 오고, 가라면 가고, 살라면 살고, 죽으라면 죽을 것이옵니다. 전하의 내시가 하는 말을 믿으시옵소서."

거짓을 진실처럼 고하였다. 간신배가 되어, 주군을 기만하고 능멸하였다.

운소는 가만히 입술을 깨물었다. 힘없는 웃음이 번진다.

왕의 심중에 움튼 것이 무엇이든, 그것이 옳든 그르든 지금은 생각하지 않겠다.

그의 순수한 애정, 거짓 없는 호의, 그것들을 감히 받을 자격 없다 하여도 지금은 고민하지 않겠다.

저가 왕을 속인 죄인이라 하여도, 지금은 두려워하지 않겠다.

"소신은 항상 전하의 곁에 있을 것이옵니다. 소신의 충절을 의심치 마시옵소서."

운소는 깊게 읍하였다. 저가 사라질까 전전긍긍하는 왕께 거짓으로 점철된 모습을 진실인 양 내보였다.

왕이시여. 부디 이 불충한 신하를 용서하소서. 다만 찰나라도 만족하소서.

1

허순은 아궁이에 부채질하는 사내를 멍하니 쳐다보았다.

어릴 때부터 보아온 운소와 우소를 저가 구분하지 못했을 리는 없다. 양인으로 대대손손 의원 일을 해왔는데 사내와 계집을 구분치 못할 리도 없다. 방 안의 아이는 분명 정우소가 아니라 정운소인데, 어찌 된 영문인지 눈앞의 사내는 그녀를 정우소라고 굳게 믿고 있었다.

문제는 이 사내가 운소의 성별을 헷갈려 하는 것만이 아니었다. 더 큰 문제가 있었다. 바로 이 사내가 '과인'이라는 것이었다.

힐끔. 허순은 뒤에 서 있는 늙은 사내를 힐끗거렸다. 십 수 년 전 상왕께서 내시의 거세를 국법으로 금하였으나, 그 이전의 내시들은 모두 고환을 잘랐다. 그 탓에 연차가 오래된 내시는 모두 고자였다. 당연히 수염이 나지 않고, 음색도 보통보다 높았다. 온몸으로 자신이 내시임을 드러내고 있는 저 노인이 모시고 있는 자, 왕일 수밖에 없지 않은가?

"땔감 좀 더 다오."

왕은 운소가 있는 방이 차다며 성화를 부렸다. 그리곤 저가 전장에서 부싯돌 좀 부딪쳐 보았다며 아궁이로 안내해 달라고 요구했다. 왕은 불씨가 남아 있는 아궁이를 보고 불 지피는 실력을 보여줄 기회를 잃었다며 아쉬워했다. 종알거리는 내내 손은 땔감을 있는 대로 쑤셔 넣고 있었다. 왕께서 운소를 쪄 죽이시려는 것일까?

"그리 많이 넣어서는 아니 되옵니다. 방이 지나치게 뜨거워질 것이옵니다."

늙은 내시가 말했다.

"많이 넣을수록 좋은 게 아니더냐?"

"절대 아니옵니다."

왕은 구시렁거리며 아궁이에 넣었던 땔감 중 절반을 빼냈다. 다행히 운소를 죽일 작정은 아닌 듯했다. 허순은 안도감을 느꼈다.

"더 빼셔야 합니다."

"아직도?"

"이제 되었습니다."

왕이 흐뭇하게 웃으며 일어났다. 뻐근한 육신을 쭉 기지개 켜고는 운소가 있는 방 쪽으로 몸을 돌렸다.

"우소에게 가보마. 만중이 너는 예서 기다리거라."

늙은 내시와 함께 남겨진 허순이 뒤늦게 한숨을 터트렸다.

그제야 이곳이 민가라는 것을 떠올린 만중이 화들짝 놀랐다. 의원과 내시의 시선이 허공에서 교차했다.

"오늘 있었던 일은 무덤까지 가져가야 할 것이네."

그 서슬 퍼런 눈빛에 허순이 움찔했다. 곧 의아한 눈으로 허순이 만중을 쳐다보았다.

왕께선 정운소를 정우소로 알고 있다. 정우소는 내시이며, 사내이다. 그런데도 왕께서 저리 쩔쩔매는 까닭은 대체 무엇인가?

설마 남…….

"아닐세!"

허순의 생각이 끝나기도 전에 만중이 버럭 소리쳤다.

방 안으로 들어간 지는 문을 닫고서 온기를 느꼈다. 따뜻한 것이 딱 좋았다.

"우소야?"

잠든 운소가 깨지 않도록 발꿈치를 들고서 살금살금 걸었다.

"여기가 더 따뜻하구나."

고뿔에 걸렸는데 추워선 아니 될 일이다. 자신 때문에 고뿔이 도졌다는 사실에 지는 무한히 자책했다. 한심하게 순라군 따위에게 붙잡혀서는.

"여기로 옮겨주마."

지는 운소를 이불로 돌돌 말았다. 그리고 안아 들었다.

"가볍구나."

천천히 아랫목에 운소를 내려놓는 지의 표정이 묘하게 찌푸려졌다.

"네 정녕…… 계집처럼 가벼워."

땀 젖은 운소의 이마를 어루만지는 손길이 애틋하였다.

운소를 보호해야 한다.

허순은 굳은 얼굴로 굳게 닫힌 문을 노려보았다. 왕께서 방에서 나올 기미가 보이지 않았다.

'대체 무슨 짓을 하고 다닌 게냐?'

이런 식이라면 정우소가 아니라 정운소라는 사실이 발각되는 건 시간문제다. 들켰다가는 다 죽는다. 이대로 지켜보고만 있을 수는 없다.

허순은 무례를 무릅쓰고 안으로 들어갔다.

"우소는 고뿔이 심해 푹 쉬어야 합니다. 곁에 누가 있으면 불편할 것이니 이만 돌아가시지요."

"우소가 깰 때까지 여기 있을 것이다."

공손히 권했지만, 왕이 고집을 부렸다.

"아니 됩니다. 우소는 쉬어야 합니다."

허순도 물러날 수는 없었다. 운소는 잠버릇이 심한 편은 아니지만, 혹시 모를 일이다. 잠기운에 약기운이 더해져, 꿈결에 우소를 찾기라도 하면? '오라버니'라며 애타게 그를 부르기라도 하면?

등골이 절로 선득해진다.

"여기 있겠다고 하지 않느냐? 누구에게 감히 명을 하려는 것이야? 게다가 제아무리 의원이라고는 하나 산적같이 생긴 자네의 무얼 믿고 우리 우소를 맡겨? 싫다. 못해. 그리는 아니해."

하마터면 지금 운소에게 가장 위험한 자는 바로 댁이라고 반박할 뻔했다. 허순은 남아 있는 이성을 긁어모아 가까스로 입에 자물쇠를 채웠다.

낯빛이 순식간에 흑색으로 변한 허순을 보고 지가 헛기침을 했다. 아무래도 제 말이 심했나 싶었다.

"흠흠. 여하튼 진맥료는 얼마더냐?"

미안한 마음에 괜히 화제를 돌렸다. 허순이 화들짝 놀라며 손사래를 쳤다.

"진맥료라니요. 당치 않습니다."

"당치 않다니?"

그 말이 괜히 지의 신경을 긁었다.

"우소는 제 살붙이와도 같은 아이입니다. 아주 어릴 때부터 제가 돌보아왔지요. 어느 의원이 제 살붙이에게 돈을 받겠습니까?"

"우소가 왜 네 살붙이더냐?"

용음이 순간 가라앉으며 살벌해졌다. 허순은 말실수한 것이 있나 되짚어 보았다. 딱히 없었다. 그들 사이가 가족과 다름없다는 말이 지의 신경을 긁었다는 사실은 꿈에도 짐작하지 못했다.

지의 입가가 심술궂게 실룩거렸다.

"네가 우소의 가족도 아닌데, 진맥료를 받지 않겠다? 나라에서 해야 하는 구휼을 감히 의원 나부랭이가 하겠다는 것이냐? 잘만 하면 역심도 품겠구나."

순 억지였다. 비약이 심해도 너무 심했다.

"예? 그런 것이 아니오라!"

"아니라면 받거라."

기겁을 한 허순의 손에 지가 엽전꾸러미를 쥐어 주었다.

그제야 지의 입가에 흡족한 웃음이 걸렸다. 운소의 책임자는 그 누구도 아닌 바로 자신이란 사실을 확실히 보여준 듯하여 뿌듯했다.

"이만 나가보아라. 간병은 내가 할 것이다."

잔뜩 승리감에 취해 허순을 쫓아내려던 지가 순간 미간을 찌푸렸다.

"아니, 아니다. 게 있거라."

잠든 운소를 보건대, 불현듯 누군가 저를 감시하게 해야겠다는 생각이 들었다. 지는 자신의 자제력을 믿지만, 그래도 사람 일은 모르는 거니까.

"두 눈 똑바로 뜨고, 잘 살피어라."

허순에게 엄명을 내린 후 지는 구석에 가서 앉았다. 최대한 운소에게서 떨어진 곳이었다. 비로소 안심이 된다.

어리둥절해하던 허순은 일단 티 안 나게 지를 관찰했다. 운소를 바라보는 그의 표정이 너무도 다정다감하였다.

저 넘치는 애정이라니.

두려운 마음이 쉴 새 없이 몰아친다.

지는 지대로, 허순은 허순대로 긴장해서 시간을 보냈다.

"우소는…….."

침묵을 깨며 지가 불쑥 입을 열었다. 허순이 귀를 쫑긋 세웠다.

"어떤 아이였느냐?"

"예?"

"어릴 때부터 보아왔다고 하지 않았느냐?"

지가 물었다. 처음에는 허순이 자신보다 운소를 오래 알아왔다는
사실이 싫기만 했는데, 앉아 있다 보니 자신은 모르는 운소에 대해 듣
고 싶어졌다.

허순은 기대에 찬 왕의 시선에 숙고하여 말을 골랐다.

"영특한 아이입니다."

"영특하다?"

"하나를 가르치면 둘을 알지요. 그리고……."

"그리고?"

"고집이 셉니다. 행화리 아이들은 황소고집 대신 우소고집이라고
놀리곤 했지요."

"그 정도로 세더냐?"

지가 가볍게 웃었다.

허순은 마음을 가다듬었다. 정신을 바짝 차렸다. 지금이 기회였다.
왕께서 허튼 생각을 품지 못하게 해야 한다. 정우소가 사실은 정운소
라는 사실을 들키지 않기 위해서 왕의 돌발 행동을 막아야 한다. 왕께
서 운소를 정녕 아낀다면, 운소가 싫어하는 일은 하지 않을 것이다.

"엄청나지요. 제 마음에 내키지 않는 일을 강요당하니 차라리 죽
어 버릴 성정입니다."

"무, 무어? 주, 죽어?"

지가 입을 떡 벌렸다.

"예에. 대쪽 같다 하지요? 딱 그렇습니다. 설령 나라님이 명해도 원치 않는 일이라면 결코 하지 않을 것입니다."

허순은 같은 내용을 몇 번이고 강조했다. 그 말이 품은 경고는 분명했다.

이 아이를 잃고 싶지 않다면 억지로 취할 생각 마십시오. 만약 억지로 취하려 든다면 영영 잃게 될 것입니다.

"무슨 이야기를…… 그렇게들 나누시옵니까?"

불현듯 지친 음성이 들려왔다.

지와 허순이 동시에 고개를 돌렸다. 부스스 자리에서 일어난 운소가 그들을 보고 있었다. 고운 아미를 찡그린 채로.

"싫다! 우소야! 과인에게 어찌 이래!"

밖에서 절규가 들려왔다. 운소는 지끈거리는 미간을 꾹꾹 눌렀다. 의원님과 단 둘이 할 이야기가 있다며 겨우 내보낸 참이었다. 만중이 억지로 끌고 간 덕분에 허순과 둘만 남을 수 있었다.

"운소야."

허순에게 해야 할 말들이 있었다. 간밤에 정신을 잃듯 잠들어버려 미처 하지 못한 이야기들이.

"우소입니다."

"내 짐작이 맞는 게냐?"

"예."

"대체 어쩌자고!"

밖에 들릴세라 음성을 잔뜩 낮춘 허순이 소리쳤다.

"전부 지나갈 것입니다."

"그런 가벼운 문제가 아니지 않으냐? 자칫 들켰다간 너나 나나 다 죽은 목숨이다."

"의원님께 해가 가는 일은 없게 할 겁니다. 염려 마세요."

"운소! 아니, 우소야!"

밖에서는 여전히 운소를 향한 원성이 들려왔다. 설령 의원이라 해도 운소가 다른 사내와 둘이 있는 게 죽도록 싫은 모양이었다.

한참 소란을 피운 뒤에야 지는 제풀에 지쳤는지 잠잠해졌다.

"차라리 내가 오해한 것이라 말해다오."

허순이 가슴을 쳤다.

"……."

"그것이 안 된다면 내가 노망이 난 것이라 해다오."

"송구합니다, 의원님."

목소리를 바짝 죽인 허순의 표정이 무너졌다. 짙은 탄식을 토해낸 그가 얼굴을 감싸 쥐었다.

"그래, 우소야. 저질러진 일은 그렇다고 치자꾸나. 이제 어찌할 것이냐?"

"전날만 하여도 이대로 사라지려고 하였습니다. 하지만 전하께서 그냥 보내주실 것 같지가 않습니다. 사직을 청한들 받아들여지지 않을 겁니다."

"하면?"

"동방의 내시는 매달 평가를 받지 않습니까? 연달아 불통을 받으면 전하께서도 어찌하실 수 없이 파직입니다."

"그것도 아니 통한다면? 다시 부르라 명하신다면?"

"무능하여 내쫓긴 내시를 어찌 다시 불러들이겠습니까? 그런 예는 없습니다. 전무한 일을 행하실 만큼 사리분별이 없지는 않으십니다."

운소가 침착하게 말했다. 사직은 포기했지만, 파직은 포기하지 않앞다. 일단은 현 상태를 유지하라고 만중이 명한 것도 결국 그녀와 같은 방법을 생각한 까닭이리라.

"정녕 그게 최선이더냐?"

"예, 의원님."

허순의 이마에 주름이 깊게 팼다. 그가 긴 한숨을 내쉬었다.

"간밤 내가 전하께 위협을 좀 가하였다. 네가 싫어하는 일을 겪느니 차라리 죽어버릴 성정이라 해두었느니. 당분간은 괜찮을 것이다."

뜻밖의 말에 운소의 두 눈이 커졌다.

"아무쪼록 조심, 또 조심하여라."

"고맙습니다. 이 은혜는 잊지 않겠습니다."

운소가 진심을 담아 말했다. 이것저것 따지지 않고 상황을 파악하고 도와준 허순에게 깊은 고마움을 느꼈다.

"은혜는 잊어도 좋으니 무사하기만 하여라."

다정 어린 걱정에 운소의 표정이 부드러워졌다.

"예, 의원님."

잠잠해졌던 밖이 다시 소란스러워지기 시작했다. 도대체 무슨 이야기를 나누기에 이토록 끝나지 않는 것이냐는 불만이 쉴 새 없이 들려왔다.

허순의 얼굴에 곤혹감이 떠올랐다.

"원래 저러시냐?"

"예?"

"원래 저리도……. 아니, 아니다. 내 목이 떨어지기 전에 나가봐야겠구나."

허순이 고개를 내저으며 일어났다. 문을 열기 무섭게 지가 안으로 쳐들어왔다.

"운소야!"

운소를 애지중지 여기는 그 모습에 허순은 눈앞이 아뜩해졌다.

왕의 위엄을 칭송하는 노래가 방방곡곡 여전히 울려 퍼지는데, 허순 앞의 왕은 평범한 사내일 뿐이었다.

2

"소인이 큰 누를 끼쳤습니다. 이제 괜찮으니 다들 돌아가 보시지요."

운소의 말을 들으며 만중은 허순의 눈치를 살폈다. 허순의 표정이 심상치 않았다. 만중은 속으로 피눈물을 흘렸다.

아무리 세상에 비밀이 없다지만, 이리 쉬운 비밀이 또 있을까? 내금위장 비찬, 홍와루 기생 홍월에, 이젠 행화리 의원 허순까지! 모두 왕이 운소에게 쏟아내는 과도한 관심을 알아 버렸다.

아무것도 모르는 척하는 운소의 백치웃음이 언제까지 왕을 막을 수 있을 것인가?

"싫다."

지가 불쑥 내뱉었다. 만중이 번쩍 고개를 들었다.

"오늘 쉴 것이다. 글자란 글자는 단 한 글자도 아니 볼 것이야."

"전하, 어찌 그리 해괴한 말씀을 하시옵니까?"

만중이 기함을 했다. 쉬겠다니? 왕에게 쉬는 날이 어디 있는가? 만중은 이제 지의 신분을 숨기는 것도 포기했다. 허순이 바보 멍청이가 아닌 이상 지가 왕이라는 것쯤은 진작 눈치 챘을 것이다.

지는 뻔뻔하게 턱을 들고 만중을 내려다보았다.

"상왕께서 이르시길, '세상만물이 모두 네 것이니 전부 너의 뜻대로 하거라!' 라고 하시었다. 그러니 과인이 과인의 뜻대로 하겠다는데,

대체 무엇이 문제이더냐?"

"상왕 전하의 말씀이 정무를 내팽개쳐도 된다는 의미는 아니었지요!"

"알게 무어야? 과인이 쉬고 싶다는데? 미복까지 차려입고 기왕 나왔으니, 민심이나 살피고 가면 될 일 아니냐?"

"전하!"

만중은 십 년은 더 늙은 얼굴이 되었다. 갈수록 더 늙어가기만 한다.

지는 만중을 깔끔히 무시하고는 방긋 웃으며 운소에게로 고개를 돌렸다.

"과인의 말이 틀렸느냐, 우소야?"

"전하의 말씀이 옳사옵니다."

지의 빤한 시선에 운소가 마지못해 답하였다.

"보아라, 만중아. 우소도 과인이 옳다 하지 않으냐?"

지가 의기양양하게 뻐겼다. 그를 가만히 바라보고 있던 운소는 픽 웃음이 나오는 것을 겨우 참았다. 이러니저러니 핑계를 대도 본심은 자신이 환궁하면 운소가 허순과 단 둘이 있게 될까봐 저러는 것이 분명했다. 잠깐 방에서 둘이 이야기하는 것만으로도 토라지던 지였다. 차라리 운소를 피곤하게 만들지언정 절대로 허순과 둘만 남겨 두지는 않을 것이다.

"무얼 할까? 무얼 하면 좋을까, 우소야?"

지는 이제 아예 만중에게서 등을 돌렸다. 만중이 무어라고 더 고했지만 전혀 들리지 않는 척했다.

"무릇 잠행이란 백성의 삶을 살피는 것. 무엇을 해야 과인의 백성을 잘 살필 수 있을까?"

그가 손바닥을 딱 마주쳤다.

"아하! 좋은 생각이 났도다. 과인은 역시 현군이로다. 뜨뜻한 아랫목에 앉아 우소 네가 들려주는 옛날이야기를 들으면 아주 그만일 것 같구나."

만중은 얼이 빠졌다. 혼자 북 치고 장구 치고 가지가지 한다. 도대체 저 어디가 좋은 생각인지. 좁은 방에 두 사람이 함께 있는 것은 절대적으로 위험하다.

"전하, 생각해 보니 금일은 장시가 열리는 날이옵니다. 없는 것 빼고 다 있는 장시를 살펴보시는 것이 어떠하옵니까?"

만중이 다급히 끼어들었다.

"장시?"

지가 흥미를 보였다.

"예, 전하! 장시 말이옵니다, 장시. 온갖 사람이 모이는 장시만큼 백성의 이야기를 듣기에 좋은 곳은 없사옵니다."

"오호라, 없는 것 빼곤 다 있단 말이냐? 참으로?"

"소신이 어찌 전하께 거짓을 아뢰오리까?"

지의 관심이 꺼질세라 만중이 빠르게 말을 이었다.

"물건뿐만이 아니옵니다. 근처에 큰 주막도 있사옵니다. 국밥과 술이 그렇게 맛 좋다고 하옵니다. 전하의 백성이 먹고 마시는 것들이니 한 번 즐겨보심이 어떠하실는지요?"

"술맛이 그리 좋단 말이냐?"

지가 두 눈을 반짝였다.

"참으로 가보고 싶구나! 어서 과인을 안내해다오! 한데 우소는 아직 몸이 성치 않은데 돌아다녀도 될는지……."

뒤늦게 걱정스러운지 지가 운소를 바라보았다.

"소신은 괜찮사옵니다."

운소가 대답했다. 더 쉬고 싶은 마음이야 가득했지만, 그녀가 가지 않으면 지도 이곳에 남을 것이다. 그리 되면 허순은 종일 아무 일도 못할 것이다. 더 이상 폐를 끼칠 수는 없다.

"정녕 괜찮으냐?"

"예, 전하. 소신도 장시는 오랜만이라 기대가 되옵니다. 전하를 보필할 생각을 하니 설레기까지 하옵니다."

운소가 아부했다.

문득 의문했다. 이는 정녕 단지 허순에게 더는 폐 끼치고 싶지 않기 때문일까? 혹, 왕과 조금이나마 즐거운 시간을 갖고 싶어서는 아닐까.

"과연!"

지가 흡족하게 웃었다. 눈매가 초승달을 그렸다.

"가자꾸나."

지가 앞장섰다. 걱정스럽게 바라보는 허순을 뒤로 하고 만중과 운소가 뒤따랐다.

만중은 탄식하며 지의 뒷모습을 응시했다. 나직한 웃음과 함께 실려 오는 용음이 너무 다정다감하여 서글펐다. 안 될 연이고, 못 될 연인데, 당장 끊어내지 못하는 그가 애달팠다.

그러나 당장은 도리가 없다.

장시 옆 주막으로 세 사람이 들어섰다. 나그네들이 국밥으로 허기를 채우고 있었다.

지는 곰국시를 먹기로 했다. 주막이 신기한 듯 주변을 두리번거리던 지가 활짝 웃었다. 주모가 국시를 내어왔다.

"과연! 국물이 새하얀 것이 훌륭한 곰국시구나."

지가 싱글벙글 웃었다.

운소는 그를 새삼스레 응시했다. 만중은 연신 눈치를 줬다. 당분간은 왕께 맞춰드리란 듯이. 당분간이니, 조금만 더 그 호사를 누리란 듯이.

영원히 볼 수 있을 것 같은 이 웃음을 조만간 볼 수 없게 될 것이다. 이 당연한 척하는 일상이 전혀 당연하지 않았다는 걸 사무치게 느끼게 될 것이다.

"뜨거우니 조심히 먹어라."

한결같은 이 다정함도, 당연한 듯 누려온 그의 관심도 모두 잃을 것이다. 그때를 상상하자 순간 가슴이 저릿했다.

"예에."

운소는 대답을 웅얼거렸다. 혀끝이 쓰다.

왕은 해석 불가능한 문자 같다. 세상천지에 이런 왕은 없을 것이다. 권모술수 따위는 백 번을 죽었다 깨어나도 깨치지 않을 것 같은 왕을 어찌 대해야 하는 것일까?

올곧고 밝기만 한 그를 떠나야 한다. 그를 버리고, 그를 실망시키며, 제 살 길을 도모해야 한다.

거짓으로 그를 능멸하고, 진실인 양 그를 기만하며, 그렇게 그 애정을 짓밟아야 한다.

왈칵. 눈가가 짓물렀다. 표정이 일그러졌다.

"우소야? 왜 그러느냐? 또 아픈 것이냐?"

"너무…… 뜨거워서 그렇습니다."

"그것 보아! 내 뭐라 하였느냐? 뜨거우니 조심하라고 하지 않았느냐? 하여간, 만중이나 너나 말은 죽어도 아니 듣지. 이리 건방지니 내 어찌 한시라도 눈을 뗄까?"

잔소리를 하면서도 국시를 후후 불어 식혀주는 그를 운소는 멍하니 바라보았다. 속절없이 그 다정으로 끌려들어간다.

"너, 우소 아니냐?"

그때였다. 갑자기 끼어든 낯선 목소리에 운소가 고개를 돌렸다. 웬 사내가 그녀를 보고 있었다. 운소는 곧 그가 누구인지 떠올려냈다.

"태호…… 형님?"

옆 마을 박진사의 아들로 태천의 말에 능통해 일찍이 역관이 된 박태호였다. 우소와는 청포에서 먹을 감다 만난 사이로 죽이 잘 맞아 호형호제하였다. 운소도 몇 차례 만난 적이 있다. 두 해 전 태천에 사신으로 갔다는 소식을 끝으로 한동안 연락이 없었다. 다시 돌아온 모양이었다.

"잠깐 앉아도 되겠습니까? 오랜만에 만난 벗이라 잠시라도 담소를 나누고 싶습니다."

태호가 만중과 지에게 양해를 구했다. 지는 운소와 친해 보이는 그가 마음에 들지 않았지만 마지못해 고개를 끄덕였다.

"내 잠깐 벗과 이야기를 나누고 가겠네. 자네들 먼저 자리에 가 있게."

자신의 일행에게도 양해를 구한 태호가 운소의 옆에 풀썩 앉았다. 귀국한 지 얼마 되지 않은 것인지 피곤한 기색이 역력했다.

"아우는 못 보던 사이 더 예뻐졌구나. 잘못 보면 누이랑 헷갈리겠어. 하하."

태호가 유쾌하게 웃었다. 운소는 당황하며 그의 시선을 살짝 피했다. 그가 두 해나 동방을 떠나있던 게 천만다행이었다. 동방에 계속 있었다면 분명 그녀가 우소가 아니란 걸 알아챘을 것이다.

"형님도 참. 운소가 들으면 화냅니다. 한데 형님께서는 언제 돌아오신 겁니까? 태천으로 가셨다는 이야기는 들었는데, 요 몇 달 궐에만 있어 귀국하셨다는 소식을 듣지 못했습니다."

"바로 어제 돌아왔다. 하루 푹 자고 오랜만에 벗들 안부나 물으러

다니고 있지. 그러잖아도 아우에게도 곧 가볼 참이었네."

"예서 만나 다행입니다. 형님 수고를 덜었으니까요."

"수고라니! 아우에게 가는 길은 수고도 아니네. 누이도 잘 있지?"

운소는 잠시 입을 다물었다. 정우소의 누이 정운소에 대한 것이 화두에 오르면 안 된다. 왕은 눈치가 없지만 만중은 다르다. 누이라는 계집이 오라비가 아픈데 코빼기도 내비치지 않은 점과 집에 계집의 흔적이 없었다는 점을 떠올리고 수상하게 여길지도 모른다.

운소는 만중의 의심을 불식시킬 거짓말을 떠올렸다.

"누이는 혼인하여 출가했습니다."

"무어? 언제?"

태호가 화들짝 놀랐다.

"형님이 떠나있던 시간이 두 해나 됩니다. 매파가 와도 열두 번은 왔을 시간이지요."

"벌써 그리되었나?"

태호가 당황한 듯 중얼거렸다.

두 사람의 대화가 길어질수록 지의 표정은 안 좋아졌다. 저만 모르는 이야기를 한다는 생각에 슬슬 심통이 나려고 했다.

"흠흠."

지가 헛기침을 했다.

"누이가 먼저 가다니, 순서도 없는 게야? 아우는 어떤가? 어디 혼처 정해둔 곳은 있는가? 올해가 한 달도 남지 않았으니, 아우도 슬슬 생각해 보는 곳이 있을 것 아닌가?"

운소는 점점 굳어지는 지의 표정을 의식하며 슬슬 태호와의 대화를 끝내야겠다고 생각했다. 더는 할 이야기도 없었다.

"태호 형님, 저기 국시가 나온 것 같습니다. 날도 추운데 어서 가서 드시지요."

"국시가 벌써? 이런. 몇 년 만에 본 것인데 이리 헤어지면 아쉬워서⋯⋯."

"이 아우가 시간 내서 형님댁으로 찾아가겠습니다."

"그래 주겠느냐? 정 바쁘면 내가 아우 집으로 가도 괜찮고."

"아닙니다. 어찌 형님께서 발걸음 하게 하겠습니까? 아우가 가는 것이 맞지요."

"알겠다. 그리하자꾸나."

태호가 살갑게 웃었다.

"그럼 먼저 일어나보겠습니다."

그가 일어나자 운소는 속으로 안도의 한숨을 내쉬었다. 더 말을 나누었다가는 자신도 모르게 실수를 했을지도 모르고, 무엇보다 지의 눈빛이 심상치 않았다.

"누구냐?"

아니나 다를까. 태호가 돌아가기 무섭게 지가 물었다.

"예?"

"저 허여멀건 기생오라비처럼 생긴 놈이 누구냔 말이다."

지의 두 눈이 경계심으로 번뜩였다. 태호를 서둘러 보내길 잘했다고 생각하며 운소는 속으로 가슴을 쓸어내렸다.

"어릴 적 친하게 지냈던 형님이십니다."

운소가 무난한 답을 내어 놓았다.

"무어? 형님? 친하게 지냈던?"

"예."

"이름을 막 부르며, 아우, 아우 할 정도로 친했단 말이냐?"

용음에서 불쾌감이 뚝뚝 떨어졌다. 꿈틀거리는 그의 미간이 불편한 용심을 여과 없이 드러내고 있었다.

"함께 청포에서 멱을 감던 사이입니다."

"멱을 감아?"

지가 기함을 하며 소리쳤다. 얼굴이 붉으락푸르락했다. 자기는 해보지 못한 경험을 태호인지 뭔지 하는 놈이 했다는 게 분한 듯했다. 당장이라도 과인과 함께 멱을 감으러 가자 소리칠 것 기세였다. 심상치 않은 분위기를 느낀 만중이 얼른 끼어들었다.

"나리, 목소리가 너무 크시옵니다."

"목소리가 커서, 무어?"

"이목을 끌어 좋을 것이 없사옵니다."

만중이 지적했다. 못마땅한 표정으로 고개를 팩 돌린 지가 콧잔등을 찌푸렸다. 태호 형님, 하고 웬 놈을 다정히 부르던 운소의 모습이 그의 속을 뒤집어놓았다.

아무리 친한 형님이었다 해도 그렇다. 서로 이름을 막 그렇게 허물없이 부르다니!

지는 자신이 '이지'라는 이름을 몇 번이나 알려주었는데도, 그가 왕이라는 걸 모르던 때조차도 단 한 번도 이름으로 불러주지 않던 운소를 떠올리며 새삼 우울해졌다.

"우소야."

"예, 나리."

"너 말이다."

"예?"

"내 이름을 아느냐?"

지는 어느새 시무룩해져 있었다. 곰국시라고 좋아하며 웃던 얼굴이 무겁게 가라앉자 운소의 마음도 편치는 못했다.

"왜 그런 것을 물으시옵니까?"

"저놈은 몇 년 만에 보는 것이라면서 태호 형님, 태호 형님, 하고 잘도 부르지 않았느냐? 한데 어찌 나는 아니 돼?"

"그야 저 형님은 태호 형님이고, 나리는……."

"내 이름은 이지다. 내게도 멀쩡한 이름이 있느니라."

지가 신경질적으로 투덜거렸다.

"나리."

"내게도 멀쩡한 이름이 있는데, 어찌 아무도 내 이름을 아니 불러줄까?"

"나리, 그것은……."

"당연하다 말하려는 것이냐?"

지가 불퉁하게 쏘아붙였다.

운소가 입을 다물었다.

이지李趾. 바람이 자고 파도는 그칠 그 고귀한 존함. 어느 누가 감히 입에 담겠는가?

"한 번만 불러주면 아니 되느냐?"

지의 간청에 운소는 곤혹스러워졌다.

"어찌 그런 명을 내리시옵니까?"

"명이 아니라 청이지 않으냐?"

"나리……."

"청이란 말이다."

"아니 되옵니다."

운소가 고개를 저었다. 일말의 기대감까지 푸시시 무너져 내린 용안이 일그러졌다.

생각해보면 당연한 대답이었다. 운소는 단 한 번도 그의 이름을 불러준 적이 없었으니까. 왕이라는 걸 모르던 때에도 늘 선비님이나 나리라고 불렀으니까.

그것이 지는 서운했다. 다른 놈은 형님, 하고 살갑게 불러주면서 저는 고작 해야 선비님, 전하, 나리라는 사실이.

"왜 아니 되는데?"

고집을 부리면서도 지도 그 이유는 알았다. 감히 왕의 존함을 입에 올릴 자는 없으리라.

"치사하다."

운소의 침묵에 지가 결국 뾰로통하게 고개를 돌렸다.

그의 내시는 매양 전하께서 옳습니다 하면서도, 기실 단 한 번도 그의 뜻대로 움직여주지 않는다. 고약한 놈이다.

하지만 지는 불굴의 왕이다. 쉽게 포기하지 않는다.

잠시 골똘히 생각에 잠겼던 지의 두 눈이 의뭉스럽게 빛났다.

"우소야."

"예, 나리."

"네 혼인을 하였다고?"

"예?"

운소가 미간을 찡그렸다. 저가 혼인을 하지 않은 것을 뻔히 아는 왕이셨다.

"네 혼인을 하였다. 그렇지?"

"소인은 미혼입니다."

운소가 미심쩍어하며 대답했다. 용안이 일그러졌다. 그렇지 않다는 대답을 바랐는데, 미혼이라고 대답하다니.

물론 한 번 실패했다고 포기할 생각은 없다. 지는 침착하고 끈질기게 다른 질문을 생각했다. 원하는 답이 나올 때까지 묻고 또 물을 것이다.

"아아, 혼인을 하지 않았다?"

"예, 나리."

"혼인은 하지 않았지만……."

정인은 있었지.

지의 표정이 순식간에 굳었다.

댕기. 그래, 연분홍 댕기를 가지고 있었다. 정인과 정표로 주고받았을 것을 돌려주는 게 너무 싫어서 버린 기억이 난다.

"정인은 있었지."

운소의 대답을 유도하려는 것도 잊고 지가 망연자실 중얼거렸다.

"예?"

"정인 말이다, 정인."

"정인이요?"

운소가 고개를 갸웃거렸다. 그 모습이 천연덕스러워 지가 불퉁하게 쏘았다.

"정인도 있는데, 나와 이리 시간을 보내는 게 재미없겠지."

"무슨 말씀이신지 전혀 모르겠사옵니다."

운소는 정말 모르겠다는 표정을 했다. 노리던 목표를 의도치 않게 달성했다는 것도 깨닫지 못한 지가 예민하게 미간을 구겼다. 무언가 잘못되었다.

"정인이 없어?"

"정인이라니, 당치 않습니다."

"하지만 분명 댕기가……."

"댕기요?"

"그때, 후원에서 매가……."

"아!"

막 떠올랐다는 듯 운소가 탄성을 냈다.

"누이 것입니다."

운소가 말했다. 거짓말은 아니다. 댕기는 운소 것이었고, 정운소는 정우소의 누이니까.

"누이 것?"

댕기가 누이 것이라는 말에 지는 잠시 할 말을 잃었다. 마른침을 삼킨 그가 눈동자를 또록또록 굴렸다.

"누이 것이었어?"

이내 용안에 함박웃음이 번졌다.

"하하, 그랬군. 그랬어."

댕기를 버린 것을 지는 반성했다. 누이 것인 줄 알았다면 진작 돌려줬을 텐데.

"그럼 나와 있는 것이 '지' 루하지 않겠구나."

"예, 나리."

"정녕 아니 '지' 겨워?"

마음이 새털처럼 가벼워진 지는 다시 작전을 시작했다.

"예, 나리."

"'지' 인짜냐?"

질문자의 의중을 파악하지 못해 어리둥절해 있는 운소에게 대답을 재촉했다. 미묘하게 말을 늘린 지가 잔뜩 기대에 차서 운소를 바라보았다.

"진짜이옵니다."

운소가 마른 입술을 축인 후 답하였다. 끙 앓는 소리를 내며 지는 실망감을 내비쳤다.

"'지' 인짜로?"

"예."

쉬울 것 같은데 의외로 어렵다. 계획대로 잘 되지를 않는다. '예, 아니오'로 답이 나오니 더욱 그렇다. 좀 티가 나지만 방법을 바꾸는 게 낫겠다. 지는 전략을 변경했다.

"우소야."

"예, 나리."

"'지' 네를 본 적 있느냐?"

뜬금없는 질문이었다. 운소가 두 눈을 끔뻑였다.

"그 흔한 것을 어찌 본 적이 없겠나이까?"

말을 슬쩍슬쩍 흐리며 운소는 지의 눈치를 살폈다.

그는 또 한 번 실망했다. 무언가 원하는 바가 있어 저러는 게 분명하긴 한데.

가만, 이 질문공세가 왜 시작되었더라?

"싫어하느냐?"

"지네를 말이옵니까?"

무심코 되묻던 운소는 순간 숨이 멎을 뻔했다. 그녀가 반문하기 무섭게 왕이 햇살처럼 웃은 것이다. 세상이 온통 환해지는 웃음에 심장이 곤두박질쳤다.

"그래, 지네! 지네 말이다. 지이네!"

운소는 날뛰는 심장을 진정시키려 애쓰며 방금까지 일어난 일을 되새겼다.

박태호를 태호 형님이라고 친근하게 부른다고 심통을 내더니, 제 이름은 알고 있느냐고 투정을 부렸고, 그다음엔 질문 공세가 이어졌다. 그리고 '지네'를 입에 담는 순간, 기쁘게 웃었다.

'지네? 지?'

그래, 그것이었다.

그는 동방의 왕, 이 '지'.

운소가 허탈한 듯 웃었다. 그의 이름을 노리고 불러준 것도 아니건만, 그녀의 입에서 '지'라는 소리가 나왔다는 것만으로 그는 날아갈 듯이 행복해했다.

운소는 포기했다. 이길 수가 없다. 그녀가 졌다.

'정녕 말릴 수가 없으십니다.'

한결같은 그를 어찌 이길까?

"우소야, 우소야."

"예, 나리."

"저기, 저 행인 보이느냐?"

지가 지나가는 한 남자를 가리켰다.

"예, 나리."

"저 행인이 그냥 지나갈 것 같으냐, 굳이, 아주 굳이 이 주막으로 들어올 것 같으냐?"

신이 나서 제 이름이 더 나오게 할 물음을 궁리해대는 게 눈에 보였다. 운소가 속으로 웃었다.

"그냥 '지' 나갈 것 같사옵니다."

운소가 '지' 음절에 힘을 실었다. 용안이 더 빛날 수 없을 만큼 밝아졌다.

"역시 지나갈 것 같으냐?"

"예, 나리."

짧은 대답에 다시금 시무룩해진 왕을 위해 운소가 덧붙였다.

"역시 '지' 나갈 것 같사옵니다."

그의 눈매에 초승달이 떠올랐다.

운소는 살짝 고개를 숙였다. 그녀의 표정마저 자꾸 그를 따라 풀어지려고 했다.

그녀는 떠나야 하는 사람이었다. 그는 왕이었다. 가까워져서도 안 되고, 마음을 주어서도 안 된다. 그래야 헤어짐이 쉬울 것이다. 알고 있는데. 너무 잘 알고 있는데.

'전하, 전하께 소신은 무엇이옵니까?'

그런데도 잠시나마 그의 웃음을 시야에 담고 싶었다. 눈 속에 영원히 박제시켜 기억하고 싶었다.

'소신이 사낸 아닌 계집인 걸 아셔도 그리 웃어주실 겁니까?'

물론 비밀이 발각되는 날이 와서는 아니 된다. 계집이라는 걸 들켰다가는 목숨이 열 개라도 모자랄 터였다. 전부 다 알고 있다. 하지만 왕의 웃음은 아름답다. 말간 웃음이 티 없이 밝다.

"지인짜, 지인짜 그리 생각하느냐?"

거짓된 신하라 해도 주군의 얼굴에 웃음꽃이 피는 것을 싫어할 수는 없다. 곧 떠나야 할 입장이라 해도 왕의 웃음에 기쁘지 않을 도리 또한 없다.

모든 것은 춘몽春夢. 곧 깨어질 꿈.

부디 잠시나마 왕께서 행복하시기를.

"지인짜, 지인짜 그리 생각하옵니다."

아니 될 것을 알면서도 흘러넘치는 마음을 주체하지 못하고, 하여 억지인 것을 알면서도 멈추지 못하는 왕을 위하여, 곧 잊힐 찰나 동안 운소는 그의 이름을 마음껏 불렀다.

그녀의 입에서 '지'라는 소리가 나올 때마다 왕은 기뻐 웃었다.

'이상합니다, 전하. 마음이…… 이상합니다.'

그저 실없는 선비일 뿐이라 생각했던 사내는 어느덧 그녀 마음의 왕이 되었다. 밀어내고 달아나도, 기어이 쫓아와 한 번만 봐 달라 몸짓하는 그에게 붙잡히고 말았다. 속이 훤히 들여다보여 쉬이 따돌릴 수 있을 줄 알았는데, 겪어 보니 너무도 감당하기 벅찬 상대였다.

무릇 마음이란 기괴한 것.

정신을 바짝 차리고 경계하여도 흠뻑 젖어들고 마는 것.

불현듯 운소의 몸이 떨렸다. 얼마나 더 깊게 그에게 빠져들지 순간 두려워졌다.

정인이 없다!

댕기가 정인 것이 아니라 누이 것이렷다!

지는 두 손을 번쩍 들고 환호하고 싶은 것을 꾹 참으며 히죽거렸다. 장시를 구경하는 것도 배는 신이 났다. 두툼한 무명옷을 입고 나온 보부상이 펼쳐놓은 패물이 그의 시선을 사로잡았다. 떨잠이며 비녀 같은 여인네의 장신구가 가득했다.

"이것은 얼마냐?"

"열 냥입니다."

"이것은?"

"열다섯 냥입니다."

"그럼 이것은?"

"여덟 냥입니다."

살 생각이 있는지 없는지 지는 쉴 새 없이 가격을 물어댔다. 처음에는 친절하던 보부상도 이내 퉁명스러워졌다.

"흐음."

골똘히 생각에 잠긴 지에게 만중이 슬쩍 다가왔다.

"나리, 뉘에게 드리려고 그러십니까?"

왕께는 비가 없다. 태천의 자예 공주에게 이런 하급 패물을 보낼 리도 없다. 아무리 머리를 굴려도 마땅히 선물할 이가 없는 물건들이었다.

"꼭 줄 이가 있어야 구경할 수 있는 것이냐?"

"그런 것은 아니오나……."

"그럼 되었다."

퉁하게 따져 물은 지는 만중이 얼결에 고개를 젓자 그의 말을 딱 잘라냈다. 그리곤 다시 진지하게 패물을 살펴보는 것이다.

나비모양 떨잠과 비녀가 마음에 쏙 들었다.

지의 눈동자가 옆으로 슬쩍 굴러갔다. 운소가 언뜻 보였다. 잘 보지는 못했지만 심드렁한 표정이었다. 재미가 없는 것일까? 입술을 비죽인 지가 보부상에게 재차 물었다.

"이것과 저것이 얼마라고 하였느냐?"

"이것은 스무 냥이고, 저것은 열다섯 냥입니다."

"이것들로 하마."

보부상의 표정이 대번에 밝아졌다.

"예에, 나리! 안목이 참말 탁월하십니다! 이 나비떨잠은 요즘 한경에서 제일 인기 있는 상품이지요. 이 나비비녀도 얼마나 찾는 이가 많은지 모릅니다. 딱 하나씩만 남아 있던 참이었습죠."

아부를 떨며 비녀와 떨잠을 챙겨주었다.

"나리, 쓸 곳도 없는 것들 아닙니까?"

만중이 만류했다.

"쓸 곳이 없다니? 사두면 다 쓸 곳이 생기는 게다."

"나리!"

"어허!"

지가 두 눈에 힘을 줬다. 물러나지 않겠다는 의지가 명백했다. 체념한 만중이 값을 치르자 지는 씩 웃으며 비녀와 떨잠을 품에 갈무리했다.

보부상의 입은 귀까지 걸렸다.

"살펴 가십시오, 나리!"

지는 득의양양하게 다른 곳으로 향했다.

장시는 크고, 볼 것은 많고, 살 것이 넘쳐났다.

행복한 하루다.

행복한 하루다, 라고 생각한 지 얼마 지나지 않아 지는 불행해지기 시작했다.

지가 아는 정운소는 사내였으므로 머리에 떨잠을 할 일도 없었고, 비녀를 꽂을 일도 없었다. 주고 싶은 마음에 사기는 하였으나 결코 줄 수 없을 것이므로 비녀, 떨잠도 결국 그의 품에서 썩어갈 것이었다.

살 때의 마음은 든든하였으나, 한 걸음 두 걸음을 옮길 때마다 점점 씁쓸해졌다.

'우소는 왜 계집이 아닐까?'

애꿎은 삼신할미만 탓해본다.

지는 운소에게 예쁜 것을 주고 싶었다. 품안의 것들은 예쁘지만 줄 수 없다.

'어찌해야……'

곰곰 생각에 잠겼던 지가 별안간 소리쳤다.

"꽃신!"

"예?"

"그래, 꽃신이 좋겠다!"

지가 손뼉을 딱 치며 기뻐했다.

"과인은 역시 현군이로다."

신이란 자고로 남녀 모두 신는 것! 내시에게 주어도 이상하지 않은 것!

"정우소."

"예, 전하."

"너는 꽃을 좋아하지?"

"예?"

"좋아하지 않으냐?"

"좋아하긴 하오나……."

머뭇머뭇 답하며 운소가 만중을 쳐다보았다. 만중은 고개를 살짝 내저었다. 왕께서 왜 갑자기 그런 것을 묻는지 알 수 없었다.

"과인도 꽃을 좋아해."

두 내시를 고민에 빠뜨린 왕은 꽃보다 활짝 웃었다. 그 속내를 헤아릴 길 없는 운소와 만중이 동시에 미간을 찡그렸다.

지는 그들의 고뇌를 알지 못한 채 싱글벙글했다. 운소의 발에 곱디고운 꽃신을 신겨줄 생각을 하니 입술이 절로 말려 올라갔다.

"저쪽으로 다시 가보자."

지가 지나온 길을 되짚어갔다. 오는 길에 꽃신 상인을 본 것 같다.

그때였다. 누군가 급히 다가와 지의 옷자락을 잡았다. 지가 반사적으로 그 손을 쳐내며 뒤돌아섰다.

"비찬?"

지가 인상을 썼다. 무기가 없다는 것을 보여주듯 손을 들고 있는 자는 내금위장 주비찬이었다.

"뒷모습이 익숙하여 혹시 하고 따라와 본 것인데, 어찌 여기 계십니까?"

"너야말로 왜 여기 있느냐?"

"소신은 볼일이 있어 나왔습니다. 전하께선……."

뒷말을 흐리며 비찬이 만중과 운소를 살폈다. 둘 다 심경이 복잡해 보였다.

비찬은 한숨을 삼켰다. 순라군에게 붙잡혀 그 봉변을 당하고도 아직 정신을 못 차린 게 분명하다.

"호위도 없이 다니시면 위험합니다."

비찬이 지적했다.

"호위가 왜 없느냐? 둘이나 있거늘."

지가 눈썹을 치올렸다.

그 둘 다 제 몸 하나 지키기 버거워 보인다는 점을 비찬은 굳이 지적하지 않았다. 지금부터라도 자신이 호위하면 될 일이었다.

"어딜 그리 급히 가시는 길이셨습니까?"

"아! 하마터면 잊을 뻔하였다! 꽃신을 사러 가는 길이었다."

"꽃신이요?"

"그렇다. 꽃신! 분명 저쪽 어디에서 파는 것을 보았는데⋯⋯."

"안내해 드리오리까?"

느닷없이 꽃신이라⋯⋯.

"위치를 아느냐?"

지가 반색을 했다.

"알고 말 것도 없습니다. 바로 저기 있지 않습니까?"

비찬이 지의 뒤편을 손가락으로 가리켰다. 뒤돌아선 지가 환호했다.

"여기 있었구나!"

후다닥 그 앞으로 걸어간 지는 허리를 굽히고서 꽃신 구경에 열을 올렸다.

"전하께서 예쁜 것을 좋아하시나 봅니다."

그 모습을 보며 운소가 혼잣말처럼 중얼거렸다.

"단지 그런 것이라면 오죽 좋으련만."

만중 또한 혼잣말처럼 대답했다. 한숨 섞인 두 내시의 대화는 듣지 못한 채, 지는 도자전(비녀, 떨잠 등 패물을 팔던 점포)에서 그랬던 것처럼 쉬지 않고 가격을 물어댔다. 한참 뒤 매화가 수놓아진 비단꽃신 하나를 집어든 지가 운소에게 손짓했다.

"우소야."

"예, 나리."

"이리 와보아라."

"예?"

"어서 와 보아."

혹여 지가 엉뚱한 짓을 벌일까 멀찍이 떨어져 있던 운소가 머뭇머뭇 그에게 다가갔다.

"자, 보자."

"나, 나리!"

역시 또 엉뚱한 짓!

지가 갑자기 몸을 낮췄다. 기겁을 한 운소가 얼른 같이 무릎을 꿇었다. 그녀의 발목을 향해 손을 뻗던 지가 아미를 찡그리며 운소를 바라보았다.

"당장 일어나라."

"예?"

"어서 일어나래도."

대체 왜 이러시나?

운소는 울상을 지었다. 앉지도, 서지도 못한 자세로 어정쩡하게 몸을 세웠다.

그녀의 발목을 향해 지가 재차 손을 뻗었다.

"나리!"

놀란 운소의 목소리가 갈라졌다.

"무얼 그리 놀라?"

지가 의아한 표정을 했다.

발목이 드러나게 옷을 드는데 어느 계집이 아니 놀랄까? 운소는 얼른 옷자락을 아래로 끌어당겼다.

"뭘 그리 부끄러워하느냐?"

"나리야말로 무슨 생각이시옵니까?"

운소가 떨리는 목소리로 물었다. 지는 흥미롭다는 듯이 그녀를 응시했다. 평소라면 그가 무슨 짓을 하든 토 한 번 달지 않을 운소였다. 평소와 달리 왜 그러느냐, 무슨 짓이냐 캐묻는 것이 맹랑하니 귀여웠다.

"신을 신겨주려고."

지가 웃으며 대답했다.

"예?"

"꽃신이 예쁘다. 네 발에 꼭 맞을 것 같구나. 한 번 신겨보자."

"아니 됩니다! 그 무슨 해괴한!"

"그 신이나 한 번 벗어봐."

"시, 싫습니다!"

고개를 홱홱 내저으며 운소가 소리쳤다.

지는 순간 제 귀를 의심했다. 놀라 눈을 들자 새빨개진 얼굴을 한 채, 어쩔 줄 몰라 하는 운소가 보였다.

"무어?"

"싫습니다, 나리."

지가 뺨을 문지르며 마른세수를 했다. 뺨에서 열이 났다.

"싫다?"

용음엔 어쩐지 감격이 묻어났다.

"나리……."

그가 왕이라는 걸 안 이후로 단 한 번도 싫다는 말을 입에 올린 적 없던 운소였다. 그런 운소가 싫다고 하였다. 지는 그것이 기뻤다. 가슴이 벅찼다.

입술을 길게 늘인 그의 눈가가 가늘어졌다.

"다시 한 번 말해보아라."

그제야 저가 싫다고 소리친 것을 깨달은 운소의 낯빛이 창백해졌다.

"그것이, 싫은 것이 아니오라……. 소인은 그냥…… 소인의 신이 좋습니다."

"네 신을 빼앗겠다는 것이 아니지 않으냐? 하나 더 주겠다는 것이 지."

"하오나 사내가 어찌 남우세스럽게 꽃신을 신으오리까?"

"사내가 꽃신을 신어선 안 된다는 국법은 없다."

"그런 문제가 아니오라……."

"그런 문제가 아니라면, 내 언제까지 이 차디찬 바닥에 무릎을 꿇고 있어야 할까?"

승강이의 끝은 대부분 지의 승리였다.

운소가 결국 신을 벗었다. 지는 크게 기뻐하며 그녀의 발에 꽃신을 신겨주었다.

"꼭 맞는구나. 아주 꼬옥 맞아."

"아닙니다, 나리. 전혀 맞지 않습니다. 너무 작은 듯합니다."

"거 이상하구나. 꼭 맞는 것 같은데……."

꽃신 앞부분을 꾹 눌러보며 지가 고개를 갸웃거렸다.

"이상할 게 무어 있겠습니까? 계집의 신이지 않습니까? 계집의 발은 본디 사내의 발보다 작은데, 계집을 위하여 만들어진 이 꽃신이 어찌 사내인 소인의 발에 맞겠습니까?"

"그렇지 않다. 이 꽃신은 남녀노소 누구나 신을 수 있다고 하였다. 아니 그랬느냐?"

지가 꽃신장수를 쳐다보며 물었다. 얼떨결에 둘 사이에 낀 꽃신장수가 얼른 고개를 끄덕였다. 눈치 하나는 빠른 자였다.

"예에, 쇤네가 그랬습죠. 어찌 비단신이 여인의 전유물이겠습니까요? 비단신은 양반나리라면 누구나 좋아합지요. 꽃신만 신는 대감마님도 있습니다요."

상인까지 가세하자 지의 고집을 꺾을 길은 더욱 요원해졌다. 운소가 도움을 청하듯 만중을 바라보았다. 만중의 주름진 얼굴에는 근심이 가득했고, 허공에서 마주친 그의 눈빛에서 운소는 그 역시 자신을 도울 수 없다는 것을 알았다. 비찬이라고 다르진 않았다.

사실 꽃신이 마음에 들지 않는 건 아니었다. 운소는 계집이었고, 매화가 수놓아진 비단꽃신은 그녀가 언감생심 꿈도 꾸지 못하는 상품이었다. 어릴 적 양반집 아씨들이 꽃신을 신고 살랑살랑 걸어가는 것을 보면 그렇게 부러울 수가 없었다.

그래도 이건 아니었다. 지금 그녀는 내시였다. 내시는 꽃신을 신지 않는다.

"나리, 진짜, 지인짜 발에 맞지 않습니다."

운소가 거의 울먹였다.

"정녕 아니 맞느냐?"

운소가 얼른 고개를 끄덕였다.

"예, 나리!"

"그래?"

지가 시무룩하게 중얼거렸다. 드디어 포기하려나? 운소가 안도하려는 찰나, 지가 상인을 향해 물었다.

"남녀노소 모두 신을 수 있다 하였으니, 당연히 이보다 큰 것도 있을 터?"

"예에, 나리! 당연히 있습죠."

"들었느냐, 우소야? 정 작으면 조금 더 큰 것으로 다시 신겨주마."

운소의 귀에는 '다시 신겨주마.' 하는 말만 들렸다. 다급한 외침이 터져나왔다.

"아, 아닙니다, 나리! 이 신이 꼭 맞습니다! 아주 꼬옥 맞습니다! 소인은 이 꽃신이 아주 마음에 듭니다!"

"그래? 아주 마음에 든단 말이냐?"

지가 히죽 웃었다.

"예, 나리! 나리의 안목은 역시 최고입니다. 발에도 꼭 맞고, 마음에도 꼭 맞습니다. 아주 꼭 맞고말고요."

"하하! 마음에도 꼭 맞다니 이 마음도 흡족하구나."

지가 무릎에 묻은 흙을 툭툭 털어냈다. 다시 꽃신 구경에 정신이 팔린 그의 모습에 만중은 아예 체념을 하고 딴청을 부렸고, 비찬은 행여 저에게 불똥이 튈세라 잔뜩 긴장했으며, 운소는 울상을 지었다.

"우소야."

한참 뒤, 지가 운소를 불렀다.

"예, 나리."

"와서 하나 골라보아."

"예?"

"어서."

지가 손짓했다. 운소는 정신을 바짝 차리고 그에게 다가갔다.

"소인은 이것이 마음에 듭니다."

그녀가 고른 것은 장식이 거의 없는 비단신이었다.

"이 밋밋하게 생긴 것?"

"예, 나리."

"너무 단순하지 않으냐?"

"신은 자고로 튼튼하고 발을 편안하게 해주는 것이 제일이옵니다."

운소가 야무지게 대답했다.

비단신을 꼭 사야만 한다면 화려한 것보다는 단순한 것이 좋다. 화려한 꽃신이 싫은 것은 아니다. 그러나 계집 몸으로 사내 흉내를 내느라 가뜩이나 하루하루가 불안한 신세. 계집처럼 보이는 것은 지양해야 한다. 누군가 의심을 품으면 큰일이니까.

"그래?"

"예, 나리."

"이것보다 큰 것도 있느냐?"

"예, 나리. 물론이지요. 찾아드리오리까?"

지가 고개를 끄덕이자 상인은 비단신이 쌓여 있는 더미를 헤집었다. 곧 상인의 손에 운소가 고른 것과 똑같은 모양의 신이 들려 나왔다. 지는 크게 기뻐하며 비단신을 얼른 신어보았다.

"과연 꼭 맞는구나."

"쇤네가 그냥 하는 말이 아니라 그 비단신은 참말로 나리를 위한 것 같습니다요."

상인이 아부를 늘어놓았다. 지는 흐뭇하게 웃었다. 잘 어울리느냐고 물어 보려고 고개를 돌렸다. 멀찍이 떨어져 일행이 아닌 척하고 있던 만중이 움찔했다. 용안이 험악하게 찡그려졌다.

저놈이 어딜 내빼려고.

"만중아, 이리 오너라."

"저어, 그것이⋯⋯."

"어서."

"나리⋯⋯."

"냉큼 오지 못할까?"

늙은 내시가 죽상을 하고서 다가왔다. 지는 천진하게 웃으며 운소의 발에 신겨주었던 것과 같은 꽃신을 만중에게도 건넸다. 꽃신은 크기가 다양해서 만중의 발에 맞는 것도 있었다.

"이것은⋯⋯."

"친히 신겨주랴?"

만중이 펄쩍 뛰었다.

"아닙니다! 소인이 신지요. 열 번이고 백 번이고 직접 신지요!"

다행히도 지는 늙은 내시의 발에 꽃신을 직접 신겨주겠다고 고집 부리지는 않았다. 지가 느긋이 팔짱을 끼고 기다리는 동안 만중은 꽃신으로 갈아 신었다. 그 문양도 화려한 비단꽃신을 아연실색해서 바라보던 만중이 주먹을 꼭 움켜쥐었다.

"나리, 내금위장께도 골라드려야지요?"

혼자 죽을 수는 없는 법이다.

슬금슬금 뒷걸음질치고 있던 비찬이 움찔했다.

"아하! 과연!"

우연히 마주쳐 길안내를 한 죄로 비찬도 꽃신행렬에 합류하게 되었다.

"내가 고른 신을 그대들이 신고, 그대들이 고른 신을 내가 신으니 이 얼마나 아름다운가?"

아니다. 틀렸다. 전혀 아름답지 않다. 지가 신은 것은 평범한 비단신이고, 나머지 셋이 신은 것은 비단 '꽃' 신이다. 여인들이 좋아하는 꽃신……

"예, 나리. 참으로 아름답습니다."

"정녕 그러합니다."

어디선가 어금니 갈리는 소리가 난 것 같았지만 지는 무시했다.

"그러니 내 이 비단신을 벗을 때까지 그대들도 그 꽃신을 벗지 말아야 할 것이네. 이것은 우리 우애의 증표이니."

지는 눈꼬리를 내리며 웃었다. 지가 값을 치르고 돌아서려는 순간, 만중이 운소에게 눈치를 줬다.

'우리만 이럴 수는 없다.'

만중이 표정으로 말했다. 비찬도 심각한 표정으로 동의했다.

멀거니 두 사람을 번갈아 바라보던 운소는 만중이 비단꽃신 쪽을 눈짓하자 그제야 그 뜻을 눈치 챘다. 아, 하고 작게 탄성을 흘린 운소가 대표로 나서 지를 불렀다.

"나리!"

그렇다. 이럴 수는 없다. 그들은 남부끄러운 비단꽃신인데, 이 일의 원흉만 멀쩡한 비단신이라니. 함께 이 신을 벗어 던질 수 없다면 차라리…….

"소인이 다시 보니 이 신이 나리께 더 잘 어울릴 것 같습니다. 그 비단신은 너무 초라하여 나리의 격에 맞지 않습니다. 이 꽃신이 나리를 더욱 빛나게 해줄 것입니다."

모두 함께 비단꽃신을 신으리.

늙은 내시에 내금위장까지 꽃신을 신고 있으니, 행인들은 전부 한 번씩 그들을 보고 쑥덕거릴 것이다. 내일이면 장안에 소문이 파다하게 퍼질 것인데, 그 망신살 뻗친 소문에서 지만 자유롭게 둘 수는 없다.

운소는 저가 신은 꽃신과 같은 것을 골라 들었다.

만중과 비찬이 두 눈을 반짝이며 기뻐했다.

"오."

그러나 세 사람의 결의와는 다르게 지는 당황하기는커녕 불길할 정도로 행복해하는 표정이었다.

"정녕? 정녕 그리해도 된단 말이냐?"

꽃신을 들고 있는 운소의 두 손을 꼬옥 붙잡으며 지가 활짝 웃었다. 예상하지 못한 반응이었다. 운소가 당황한 사이 지는 서둘러 꽃신을 신었다. 애초에 그에게 대장부의 부끄러움을 바란 그들의 잘못이었다.

"평생 벗지 않을 것이다. 우소와 같은 신이라니, 이는 꼭 부……."

기쁨에 겨워 혼잣말을 중얼거리던 지가 돌연 입을 다물었다.

지는 하마터면 내뱉을 뻔한 말을 가까스로 주워 삼켰다. 흥분을 가라앉히듯 잠시 시선을 내렸다.

운소의 가느다란 발목에 문득 시선이 머물렀다.

"아주 마음에 든다."

지가 조금 서글프게 웃었다. 아무리 계집 같아도 계집일 수 없다고, 끝없이 되뇌었다.

지는 지치지도 않고 장시를 돌아다녔다. 파장할 즈음에는 종일 지에게 끌려 다닌 세 사람 모두 녹초가 되어 있었다.

"전하, 슬슬 환궁하셔야 하옵니다."

주변에 행인이 없는 것을 확인하고 만중이 조심스레 아뢰었다.

"과인은 이제 시작이다."

"전하, 정 상원이 많이 지친 것 같사옵니다."

만중이 운소를 팔아 넘겼다. 운소가 두 눈을 동그랗게 떴다.

"우소가?"

"바로 오늘 아침까지만 해도 끙끙 앓던 아이가 아니옵니까? 전하의 명이라 이리저리 따라다니고 있긴 하오나 필시 힘에 부칠 것이옵니다. 저 안색을 보시옵소서. 새파랗게 질려 있지 않사옵니까?"

그제야 지는 운소를 살폈다. 함께할 수 있다는 생각에 들떠 그녀를 면밀히 살피지 않은 제 무심함에 화가 났다.

"네 안색이 정말 좋지 않구나."

"소인은 괜찮사옵니다."

지가 손을 뻗는 것을 보고 운소가 티 나지 않게 슬쩍 뒤로 물러섰다. 걱정 가득한 왕의 눈빛에 속이 이상하게 울렁거렸다.

그는 예측 불허. 방심한 순간, 그의 다정은 훅 불어 들어온다.

그녀가 물러난 만큼 앞으로 다가간 지는 기어이 운소의 이마에 어수를 얹었다.

"다시 열이 나는구나. 과인 때문에 네가 또 아파."

운소는 말없이 입술을 깨물었다. 염려가 그득 스민 그 목소리가 심장을 파고들었다.

그리 걱정 받을 입장이 아닌데. 왕을 능멸하고, 조정을 우롱하고 있는 죄인인데. 능지처참해도 부족할 것인데. 그런데 아무것도 모르는 그는 그녀 걱정만 한다. 죄책감이 묵직하게 가슴을 눌러왔다.

"소신의 육신은 오직 전하를 위하여 있사옵니다. 전하를 위하여 아픈 것이라면 그 또한 영광이오니 부디 저어치 마시옵소서."

"돌아가자."

지가 그녀의 손을 잡아끌었다.

손이 잡혔다. 운소는 어수를 뿌리치지도 못한 채 끌려갔다.

왕의 손은 크고 따뜻했다. 눈빛은 진실하고 올곧았다. 그래서 이따금 거북하고 두려웠다.

그가 차라리 악인이기를 원했다. 그를 상처내고, 괴롭게 하고, 아프게 하는 것에 거리낌이 없도록 그가 나쁜 놈이었으면 하고 바랐다.

하지만 그는 한없이 다정하다. 정신을 바짝 차리지 않으면 말려들고 만다. 그의 마음을 바라고, 그의 곁을 원하며, 그의 옆에 머물고 싶어지고 만다.

'소인이 전하를 속인 것을 알게 된 후에도 그리 보아주시렵니까?'

오라비를 위한다는 명목으로 저가 저지른 기만이 새삼 무서웠다. 사실을 알게 된 왕이 저를 끔찍히 여길 것을 생각하면 심장이 거칠게 뛰었다.

"우소야."

"예, 전하."

"언제 다시 입궐하느냐?"

운소는 잠시 숨을 골랐다. 아직 입궐까지는 시일이 조금 남았다. 비밀을 품고 있는 한 이화궁은 결코 안전한 곳이 아니다. 왕의 곁은 그 어떤 곳보다 위험하다.

하지만 잠깐일 뿐이다. 아주 찰나의 꿈같은 것.

무슨 수를 써서든 그녀는 떠날 것이다. 만중이 그녀를 떠나게 도와줄 것이다. 왕의 곁에 있을 수 있는 시간은 한순간이다. 한 치 어긋남 없이, 조금의 비껴감도 없이, 오로지 올곧게 그녀만을 보는 이 시선에 황망해하는 것도 순간일 것이다.

그러니까, 잠깐일 테니까, 그때까지는…… 괜찮지 않을까?

"전하와 함께 돌아가면 어떠하리까? 내반원이 따뜻하고 아늑하니 방에서 며칠 푹 쉬며 복귀를 준비하는 것이 좋을 듯하옵니다."

"참이냐?"

지가 당장 반색했다.

"소신은 언제나 전하께 진실만 고하옵니다."

"오호! 그럼 그렇게 하자꾸나. 듣던 중 반가운 소리로다."

운소는 물끄러미 그를 응시했다. 그는 기쁨을 숨기지 않는다. 작은 일에도 하나하나 기뻐하며 아이처럼 웃는다.

흔들려선 아니 되는데.

가슴이 뻐근하여 숨쉬기가 힘들다.

"하오면 잠깐 집에 들러 문단속 좀 하여도 되겠사옵니까?"

"그래야지! 문단속은 중요하지."

운소는 서둘러 집으로 향했다. 일행을 밖에 세워두고 방을 정돈했다. 이불을 정리하고 옷을 개켜 넣었다. 왕이 기다리고 있다. 그 사실을 생각하니 망극하여 손끝이 자꾸 떨렸다. 겨우 장롱 문을 닫는데, 옆에 세워진 가얏고가 보였다. 어미의 유품이었다.

어미는 눈 감는 그 순간까지 어린 오누이를 걱정했다. 무사히 살아만 달라는 그 간절한 유언이 귓가를 맴돈다.

그저 살아가는 것이 어미의 부탁이었는데.

운소가 고소를 머금었다.

그녀는 죄를 지었다. 큰 잘못을 저질렀다. 오라비를 위한다는 자만으로 모두를 속이고, 우롱하였다. 그 결과 스스로 위험에 빠졌고, 까딱 실수하면 오라비마저 휘말리게 될지도 모른다. 어리고 어리석었다.

모든 것은 사필귀정. 이 꼬인 실타래를 풀 방법은 흔적도 없이 사라지는 방법뿐이다. 그래야만 그녀가 살고, 우소가 산다.

'어찌하오리까?'

운소는 두 눈을 질끈 감았다. 원치 않는 방향으로 자꾸만 마음이 흐른다. 부정하고, 반항해도 흘러가고 만다.

우소야.

다정한 목소리가 귓가를 떠나지 않는다.

'참으로 뻔뻔하지 않습니까?'

운소는 가슴을 부여잡고 거친 숨을 내뱉었다. 눈가가 시큰했다.

겨우 표정을 가다듬었다. 동요하는 마음을 진정시키고 밖으로 나갔다. 지가 마루에 걸터앉아 그녀를 기다리고 있었다.

"정리할 것도 없는 것 같더니 왜 이리 늦었느냐?"

그가 투덜거렸다.

"송구하옵니다. 가얏고를 보니 옛 생각이 나서……."

"옛 생각?"

지가 미간을 찌푸렸다. 옛 생각 운운하기엔 운소의 나이가 그리 많지 않다는 생각에 지가 피식 웃었다.

"소신에게도 옛날이란 것이 있사옵니다."

운소가 새침하게 덧붙였다.

"없다고는 아니했다. 가얏고를 좋아하느냐?"

"예, 좋아합니다."

"특별한 추억이라도 있는 게냐?"

"아주 소중한 추억이 있지요."

느릿하게 대답하는 운소의 눈빛이 꿈길을 헤매듯 아득했다. 그리움 그득한 그 표정에 지는 순간 말문이 막혔다.

아주 소중한 추억? 누구와의?

얼굴도, 이름도, 심지어 남자인지 여자인지도 알 수 없는 그 누군가가 밑도 끝도 없이 미워졌다.

가얏고를 볼 때 다른 이가 아닌 저를 떠올려주었으면.

지는 소망했다.

4

왕의 고뇌는 깊어졌다.

"하아."

연화정에 걸터앉아 땅을 꺼뜨릴 듯 무거운 한숨을 내쉬었다.

"하아……."

연신 한숨만 쏟아내는 왕의 눈치를 비찬이 슬쩍 살폈다. 무엇이 문제인지는 알 수 없으나, 그의 진한 고민은 알 듯도 하였다.

"하아아……."

"전하, 무슨 근심이라도 있으십니까?"

결국 참지 못한 비찬이 물었다. 지는 침울한 시선을 비찬에게 던졌다.

"과인은 가얏고를 다룰 줄 몰라."

비찬이 미간을 좁혔다. 평생 가얏고를 다루지 못해도 문제없던 분께서 갑자기 왜 저러실까.

"하오나 전하께선 대금을 잘 다루시지요. 전하께선 이미 대금으로 동방 최고이신데, 가얏고를 다루지 못하는 것이 무에 흠이 됩니까?"

"과인의 대금이 최고라 한들 과인이 가얏고를 다루지 못한다는 사실은 변하지 않는다."

발에 얌전히 신겨진 꽃신을 바라보는 용안에 수심이 가득하다.

꽃신이 참 예쁘기도 하다.

'우소도 같은 것을 신고 있을 터.'

지는 제 것과 같은 꽃신을 신고 있을 운소를 상상하며 마음을 풀어 보려고 했지만 별 소용없었다. 울적함이 사라지지 않는다.

"가얏고를 배울 것을……."

능숙하게 가얏고를 뜯던 부왕이 생각난다. 괜히 아바마마와 다른 악기를 배울 것이라고 고집을 부렸다.

"대금이 아니라 가얏고를 배웠어야 하거늘."

갑자기 가얏고 타령을 하는 왕을 비찬이 난감해하며 바라보았다.

비찬이 문득 생각난 듯 물었다.

"신이 도와드리오리까?"

이유는 몰라도 가얏고를 연주하지 못하는 게 문제라면 배우면 될 일이다.

"무어? 네가 가얏고를 탈 줄 아느냐?"

"소신이 아니라 동방 최고의 연주자를 알고 있지요."

"오호! 그렇단 말이지!"

용안에 화색이 돌았다. 참으로 알기 쉬운 왕이다. 비찬이 속으로 피식 웃었다.

"불러오너라! 당장 불러오너라!"

"명 받들겠습니다."

"한데 비찬아."

기쁨이 감돌던 용안에 순간 근심이 어렸다.

"예, 전하?"

"이레면 되겠느냐?"

"예?"

"아니, 아니다. 일단 불러오너라."

두 주먹을 불끈 쥐며 지가 의지를 다졌다. 그의 두 눈이 반짝였다.

"그럼 대전으로 가서 기다리고 계시지요. 날이 찹니다."

동방 최고의 가얏고 명인이라는 여인을 떠올리는 비찬의 얼굴에 희미한 미소가 피었다.

홍와루의 명기 홍월洪月.

그녀의 고향은 흑주黑州라 불리는 동방의 변두리였다. 땅이 척박하여 흔히 배를 곯았고, 시도 때도 없이 오랑캐의 노략질에 시달렸다.

수년 전 대륙의 패권을 놓고서 큰 전쟁이 있었다. 오랫동안 대륙을 지배했던 태천과 오랑캐의 싸움이었다. 동방은 오랜 시간 사대해온 태천에 힘을 보탰다.

그러나 급성장한 오랑캐는 쉽게 패배하지 않았다. 그들의 기마병은 무척 날렵하고 잔인했다. 동에 번쩍 서에 번쩍하며 연합군을 농락했다.

동방의 국경은 그로 말미암아 큰 피해를 입었다. 흑주 역시 마찬가지였다. 왕의 군대가 도착하기 전까지 흑주는 오랑캐의 말발굽에 짓밟혀야만 했다. 홍월은 그때 소중한 모든 것을 잃었다. 부모도, 벗도, 고향도 전부.

'나리는 기억도 못 하시지요.'

죽음 말고 기다릴 게 없던 어린 계집을 구한 이가 있었다. 동방의 젊은 장군이었다. 그는 홍월을 살려주었을 뿐만 아니라 살아갈 수 있도록 도와주었다. 그의 도움에 기대 홍월은 겨우 이곳 한경으로 왔다.

그의 이름은 주비찬이라고 했다.

'기억하지 못하셔도 괜찮습니다.'

그는 사람을 살리는 장수였고, 위험한 이들을 셀 수 없이 구해주었을 것이다. 그 많은 이들 중 하나인 홍월을 기억하지 못하는 것은 당연했고, 더욱이 성장기 계집은 하루가 다르게 변한다. 어린 소녀가 여인이 되기까지의 변천은 과연 불가사의라, 설령 그 옛날의 홍월을 알고 있는 사람이라고 해도 지금의 그녀를 알아보기는 힘들었을 것이다.

'이리 다시 뵐 수 있는 것만으로 족합니다.'

홍월이 흐리게 웃었다.

어린 계집이 살아남기에 녹록치 않은 세상이었다. 가진 것이라곤 고운 웃음과 보잘것없는 재주뿐이었다. 예인藝人으로 살고자 기녀가 되었다. 오랜 옛날의 인연은 다 잊은 줄 알았다. 사는 세상이 달랐기에 다시 만날 수 없으리라 체념했다.

이따금 들려오는 비찬의 소식에 '이번 출전에서도 무사히 돌아오셨구나.' 하고 안도했을 뿐이다. 기억해주길 바란 적 없고, 인연이 되길 원한 적도 없었다. 그는 청렴하고 충의 깊은 동방의 장군이었고, 그녀는 지천에 널린 들꽃이었다.

그런데 거짓말처럼 다시 만났다. 홍와루 앞에 서 있던 비찬을 마주한 순간 모든 것이 달라졌다. 멀리서 보는 것만으로 충분하다고 자위했던 것은 거짓이었다. 욕심은 들불처럼 순식간에 커졌다.

얼굴을 마주보고 싶다. 다정한 목소리를 나누고 싶다. 함께 있고 싶다……

버린 줄 알았던 마음이 깨어나 그를 원했다. 그의 서신을 기다리는 것이 살아가는 낙이 되었다.

"아씨!"

비찬을 생각하며 넋 놓고 있던 홍월이 깜짝 놀랐다. 계집종 하나가 후다닥 달려오고 있었다.

"어인 일이냐?"

계집종이 만면 가득 웃었다.

"내금위장 나리께서 오셨어요, 아씨!"

계집종의 말이 채 끝나기도 전에 홍월은 버선발로 달려 나가고 있었다.

"아씨도 참……. 저리 좋으실까?"

계집종이 혼잣말로 중얼거렸다.

홍월은 비찬과 서신을 주고받으며 관계를 쌓았다. 실낱같은 인연이라도 이어가고자 용기를 내 서신을 보냈다. 멍청하게 아무것도 하지 못하고 또다시 인연이 끊어져 버리는 건 싫었다.

저가 비록 천한 기녀나 백성 된 도리로 전하의 옥체가 염려스럽다는 첫 서신에 비찬은 짤막한 시문으로 답해주었다. 전하를 모시는 게 참으로 힘들다는 그의 장난스러운 답신에 홍월은 모란꽃 한 송이를 그려 보냈다. 모란꽃보다 꽃대가 더욱 섬세하게 표현된 아름다운 그림이었다. 꽃들의 왕이라는 모란은 그 꽃을 지탱하기 위하여 꽃받침 또한 튼튼하였고, 홍월의 그림에는 지존을 모시는 일이니 힘을 내서 더욱 단단한 꽃받침이 되어달라는 격려가 담겨 있었다.

그녀의 그림 솜씨에 흥미가 동한 비찬이 새로운 시문을 보내면 홍월은 또 다른 서화로 응했다.

게다가 그녀는 그림뿐만 아니라 악기에도 능했다. 우연히 그녀의 가얏고가 동방에서 가장 훌륭하다는 소문을 들은 비찬이 망설이다가 찾아와 연주를 청했다. 홍월은 기꺼이 그 청을 들어주었다.

비찬은 그녀의 재능을 안타까워했다. 사내였다면 화공이 될 수도 있었고, 악공이 될 수도 있었다. 그러나 그녀는 가진 것 없는 계집이었기에 기녀가 되었다.

"나리!"

맑은 음성에 비찬이 고개를 들었다. 가빠진 숨을 고르며 제 앞에 멈춰선 여인을 바라보았다. 활짝 웃는 여인의 눈가가 반짝였다.

"잘 지냈소?"

환대가 어색해서 비찬은 시선을 살짝 돌렸다.

"이 이른 시각에 어인 일이십니까?"

어인 일?

비찬의 눈 밑이 잠시 그늘졌다. 자신이 정말로 단지 왕의 근심을 덜어주기 위하여 최고의 가얏고 연주자를 알고 있다고 한 것인지, 왕을 핑계로 홍월을 한 번 더 보고자 했던 것인지 순간 알 수 없었다.

"나리?"

재차 들려오는 목소리에 비찬이 급히 잡념을 밀어냈다.

"동방에서 그대만큼 가얏고를 잘 타는 이가 없지 않소?"

"예? 과찬이십니다."

"과찬이 아니오. 내 직접 들었으니."

홍월이 뺨을 붉혔다.

"그와 관련하여 청이 있소."

"청이요?"

홍월이 고개를 갸웃거렸다.

"들어줄 것이오?"

홍월이 웃었다.

"나리의 청이라면 무엇이든 도와드릴 것이어요."

"무엇이든 말이오?"

"예, 나리."

원하던 답이었다. 그런데 왜인지 못마땅하여, 비찬은 미간을 찡그렸다.

"무엇이든 하겠다는 말은 그리 쉽게 하는 게 아니오."

그녀가 자신을 조금 더 소중히 여겼으면.

"예?"

"혹여 내가 불한당 같은 작자면 어찌하겠소? 하여 그대에게 부당한 것을 청하면 어찌하겠소? 어찌 그리 성급히 약조하시오? 약조란 함부로 하는 것이 아니오."

홍월의 까만 두 눈에 의아함이 떠오른다. 이내 그녀의 입가에 흐린 미소가 어렸다.

그 순간, 비찬은 숨이 턱 막혔다. 얼굴로 피가 몰렸다.

"듣고 보니 정녕 그렇습니다. 하면 먼저 나리의 청이 무엇인지 들어보지요."

표정을 숨기고자 고개를 돌렸던 비찬이 헛기침을 하며 서둘러 본론을 꺼냈다.

"전하께 스승이 필요하오."

"예?"

"가얏고를 배우고 싶다고 앓아누우셨소."

홍월이 말간 눈으로 비찬을 올려다보았다. 그 눈빛에 심장이 방망이질 쳤다. 이 낯선 설렘이 비찬은 거북했다.

그는 홍월의 재주를 높이 샀다. 벗이 되어도 좋을 듯했다. 그런데 이런 두근거림이라니. 마치 흠모하는 여인 앞에 선 기분 같지 않은가?

'허.'

비찬은 속으로 탄식했다.

가얏고를 배우고 싶다 노래하는 왕 앞에서 홍월을 떠올린 것은, 그저 그녀가 명인이기 때문이었다. 그녀를 만나러 발길 한 것은 그저 주군께 충의를 보이기 위해서였다. 결단코 그녀가 보고 싶어서가 아니었다. 절대로 아니었다. 그랬을진대……

비찬의 눈동자가 혼란스럽게 떨렸다.

"나리?"

가볍게 머리를 흔들어 비찬은 혼란을 밀어냈다.

"전하께서 최고의 가얏고 명인에게 배우고 싶다고 하셨소. 한경 백성 모두가 동방 최고의 가얏고 명인은 그대라 하기에 내 그대에게 청을 하러 온 것이오."

"한경은 넓고, 재주 있는 자 또한 많습니다. 소녀의 재주는 진짜 명인에 비하면 보잘 것 없을진대 어찌 천한 기녀의 몸으로 전하의 스승이 되오리까?"

"그대 뜻이 정 그렇다면야……"

비찬은 뒷말을 흐리며 입을 다물었다. 그의 얼굴이 그늘졌다.

차라리 잘된 일이다. 자주 보아 좋을 일 없는 관계다. 혼란스럽기만 할 것이다.

'잘된 일일진대……'

그런데 마음이 이상했다. 갈팡질팡 갈피를 잡지 못한다. 그녀를 찾아온 것은 다만 왕을 기쁘게 해드리기 위해서였는데……

"나리?"

걱정 가득한 옥음에 비찬이 정신을 차렸다. 그는 어색하게 웃으며 홍월에게 물었다.

"그렇다면 혹 소개해줄 이는 없으시오?"

"소녀는 행수께 배운 것이라……"

"소녀가 하면 어떻습니까?"

둘의 대화에 누군가가 불쑥 끼어들었다. 팔랑팔랑 날듯이 걸어오는 여인의 얼굴이 익숙했다. 일전에 지와 함께 처음 홍와루를 찾았을 때 홍월과 함께 들어왔던 기녀였다.

"애은아, 그 무슨……."

당황한 홍월에게 팔짱을 끼며 애은이 방긋 웃었다.

"안녕하시어요, 나리? 소녀를 기억하시는지요?"

비찬이 고개를 주억거렸다.

"소녀도 가얏고를 잘 탄답니다. 홍월 언니만 찾지 마시고 소녀도 가끔 찾아주시어요."

생글생글 웃는 애은과 다르게 홍월은 당황해서 어쩔 줄 몰라 했다.

"얘가 지금 무슨 소릴……."

"언니는 되고 소녀는 아니 되어요? 그런 것은 아니지요? 소녀도 가얏고라면 내로라하는데……."

"내가 할게!"

홍월이 애은의 말허리를 잘라냈다. 목소리가 다급했다.

"소녀가 하여도 되겠습니까? 할 수만 있다면 소녀의 인생에 다시없을 영광이 될 것입니다."

"괜찮겠소?"

갑자기 생각이 바뀐 홍월에게 비찬이 조심스럽게 물었다.

"예, 나리. 하고 싶습니다. 소녀가 하게 해주세요. 조금 전엔 소녀가 원체 걱정이 많아 잠시 망설인 것뿐이니 잊어주옵소서."

"그렇다면 부탁을 좀 하겠소."

비찬이 떨떠름하게 고개를 끄덕였다.

"예, 그럼 언제 입궁하면 됩니까?"

쇠뿔도 당김에 빼라고 했다. 홍월이 내친김에 물었다.

"이른 감이 있지만 내일 어떠오? 아침에 사람을 보내겠소?"

"그리하지요. 기다리고 있겠습니다."

"고맙소. 그럼."

홍월이 다소곳이 고개를 숙였다. 비찬이 천천히 돌아섰다.

남겨진 홍월이 한숨을 쉬며 애은을 흘겨보았다.

"애은이, 너."

딴청을 부리던 애은이 고개를 들어 홍월을 팩 쏘아보았다.

"언니가 하도 답답하게 굴어 그랬어! 오매불망 내금위장 나리만 기다리면서 팔푼이처럼 구는 게 하도 답답해서! 언니, 생각을 해보아. 저분이 무어 하는 분이셔? 전하를 지키는 분 아니야? 전하를 자주 뵙는다는 것은 곧 내금위장 나리를 자주 뵙는다는 말 아니겠어? 그야말로 넝쿨째 굴러들어온 호박이야! 한데 그 호박을 언니가 발로 뻥뻥 차고 있잖아! 그런데도 이 애은이가 모른 척해야 한단 말이야?"

홍월이 한소리 하기 전에 애은이 선수를 쳤다. 홍월은 말문이 막혔다. 그녀의 얼굴이 새빨개졌다.

"동방 최고 기녀라는 말이 아까울 뻔했어."

애은이 한숨을 푹 내쉬었다.

하늘이 맑았다.

오늘로 엿새째. 밤새 눈이 내린 세상은 고요했고, 운소의 하루는 평온했다. 출번을 반납하고 입궁했지만 지는 그녀를 찾지 않았다. 그 한가함이 어색했다.

무어라도 할 생각으로 밖으로 나서던 운소가 가만히 제 신을 바라보았다. 지가 사준 꽃신이 눈에 콕 박혔다.

처음 며칠은 혹 지에게 불려갈까 신었을 뿐이다. 기껏 사준 꽃신을 신지 않으면 또 무슨 심술을 부릴지 알 수 없으니까.

"예쁘긴 하다."

그렇게 한 번 두 번 신고 나니 벗을 수가 없었다. 그와 함께 있는 듯했다.

운소는 힘없이 웃었다.

우소야. 다정한 용음이 귓가를 맴돈다.

'소인은 정우소가 아니라 정운소입니다.'

내뱉을 수 없는 진실을 속으로 고하며, 운소는 눈 위를 걸었다.

해가 뜨기 전이었다. 동녘이 어슴푸레했다.

눈 쌓인 길을 보며, 운소는 빗자루를 찾았다. 부지런도 병이다. 할 일이 없으면 쉬면 될 것인데 운소는 기어이 일을 만들었다.

빗자루를 들고 운소는 어디론가 향했다. 그녀가 멈춘 곳은 대전에서 내전으로 향하는 길이었다.

칠칠치 못한 지의 성정에 서두르다가 넘어지기 딱 좋게 눈이 쌓여 있었다. 그의 목소리가 귓가에 아른대고, 꽃처럼 피어나는 웃음이 눈앞에 선연하다. 그가 보고 싶었다.

'아니 될 바람이다.'

운소는 고개를 내젓고는 길을 쓸었다. 왕의 발길이 닿을 수 있는 곳이라면 어디라도 쓸었다. 궁은 하염없이 넓어서 비질은 해도 해도 끝이 없었다.

날이 어느덧 밝아 두꺼운 구름 위로 해의 윤곽이 비치었다. 운소는 멈추지 않고 비질을 계속 했다.

이번에는 비원으로 향하는 길이었다. 아픈 허리를 잠시 펴 톡톡 두드리던 그녀의 귀에 짝을 지어 가던 궁녀들의 소곤거림이 들려왔다.

"그게 참말이야?"

"그럼 내가 너한테 거짓말이라도 하겠니?"

"하긴 우리 전하도 사내이신데……."

어린 궁녀가 이해한다는 듯이 고개를 끄덕였다.

"한데, 괜찮은 거야?"

"무어가?"

"그 신통하다는 무녀께서 스물넷이 되기 전에 국혼을 치르면 안 된다고 했잖아."

"그거야 말 그대로 국혼이지! 야합도 안 된다는 건 아니잖아?"

"어머, 그런 거야?"

두 궁녀는 얼굴을 붉히며 까르르 웃었다.

그들의 말을 반은 이해하고 반은 이해 못 한 운소가 미간을 살짝 찡그렸다.

"그 기녀가 그렇게 곱다고는 하더라."

"그러게. 이러다가 안주인이라고 덜컥 들어앉는 건 아니겠지?"

"얘가 정말! 그러다 말이 씨가 돼. 아무리 그래도 그렇지, 아직 공주마마도 아니 오셨는데 전하께서 기녀를 궐에 들이겠어?"

"하지만 벌써 이레나 그 기녀와 침전에 틀어박혀 나오시질 않잖아."

궁녀들의 목소리는 점점 멀어졌다.

우두커니 서 있던 운소의 눈빛에 어두운 기색이 어렸다.

'기녀?'

궁녀들의 말이 이해가 될 듯 말 듯하였다.

'이레나 침전에서 아니 나오셔?'

이레나 왕을 보지 못했다. 기녀에게 홀랑 넘어가 그간 두문불출한 것이라면 아귀가 딱 맞아떨어진다. 그녀를 잊은 것이다.

"차라리 잘됐어."

바닥으로 향한 시선이 거칠게 흔들렸다. 운소의 눈에 꽃신이 비쳤다. 왈칵 눈시울이 뜨거워진다.

"정말 잘 됐어."

궁녀들의 말이 참이라면, 정녕 왕께서 아름다운 기녀에게 넘어간 것이라면, 그렇다면 그녀를 향한 부적절한 관심이 사그라질 것이다. 왕의 관심이 멀어진 틈을 타 운소는 도망가면 된다. 그렇게만 되면 모든 것이 무사히 끝난다. 지금 운소가 가장 바라는 일이다. 잘된 일이다.

그런데 이상하다. 마음이 정녕 이상하다.

꽃신을 노려보는 운소의 눈가가 엷게 젖어들었다.

'고작 이레 전인데……'

그가 그녀에게 억지로 꽃신을 선물한 것이 고작 이레 전이었다. 오래전이라고는 결코 표현 못 할 시간이다.

그러나 사람의 마음은 하루에도 열두 번씩 변하니, 이레면 충분히 돌아설 만하다. 애초에 그녀가 얻어서는 안 될 관심이었고, 마음이었다.

'다행일진대……'

왕께서 남색가가 아니니 정말로 다행인 일이다.

운소가 가만히 손을 들어 가슴을 그러쥐었다. 울음을 참듯 찡그려진 두 눈이 하늘로 향했다. 차가운 겨울바람이 눈가를 스치고 지나갔다. 시큰거렸다. 서운해서, 서러워서가 아니라 그저 찬바람 때문에 시큰거리는 것이기를…….

모든 것은 일장춘몽. 곧 깨어질 꿈.

이 세상에 아름다운 여인 많으니 격에 맞지 않는 이 오래도록 귀애할 리 없고, 사내의 마음은 바람이라 잡아둘 수 없으니 왕께서 기녀와 함께 있음에 실망할 것도 노할 것도 없으리라. 걱정스레 내밀던 손길도, 곱게 짓던 눈웃음도 애당초 제 것이 아니었으니 슬플 것도, 서러울 것도 없으리라.

허물어질 듯 웃으며 운소는 돌아섰다. 마음이 자꾸만 무너져 내린다.

어느새 그 다정에 중독되었을까.

어느 틈에 그 다정이 항상 내 것인 양 믿어버렸을까.

이 어리석은 것아······.

연화정.

운소는 얼어붙은 연못을 하염없이 바라보았다. 표정에 넋이 없었다. 연화정 기둥에 기대앉은 그녀가 잠시 눈을 감았다. 머릿속이 복잡했다. 정리가 필요하다.

세 번의 시험이 지나면 그녀는 파직된다. 스스로 사임하지 않음은 왕께서 윤허하지 않을 까닭이고, 도망가지 않음은 붙잡힐 것을 아는 까닭이다. 무능하여 쫓겨난 자는 왕이라도 다시 부를 수 없으니, 그녀는 제 무능함을 한껏 내보이고 쫓겨나야만 했다. 그 뒤에는 어찌해야 할까?

'태천으로 가버릴까?'

태천은 대국이라 타국의 백성도 품어준다 들었다. 그곳에서 필부匹夫를 만나 필부匹婦로 살아가는 것은 어떨까?

운소는 괜스레 먼 미래의 일을 고민했다. 그렇게라도 하지 않으면 왕께 흐르는 생각을 막을 수가 없었다.

아름다운 기녀. 다정히 웃고 있을 그. 그 모습이 절로 떠올라 마음이 천 갈래 만 갈래 찢기어진다. 괴로운 일이다. 애초에 제 것이 아니었는데, 왜 제 것을 빼앗긴 양 서러운 것일까?

운소의 입가에 자조 섞인 웃음이 흘렀다.

무릇 마음이란 이다지도 비참한 것.

제 것인데 어느덧 제 것이 아니게 되어버리는 사특한 것······.

이레였다. 운소를 알게 된 이래 이토록 오래 보지 못한 적은 거의 없었다. 보지 않고 참으려고 해도 기껏해야 사나흘 버티는 게 고작이었다.

실로 오랜만에 보는 운소의 뒷모습에 지는 감격스러웠다. 함박웃음이 용안에 걸렸다. 연화정 기둥에 기대어 앉아 있는 운소에게 당장 달려가고 싶었다.

"하아……."

땅을 꺼뜨릴 듯 길게 이어지는 한숨에 지가 머뭇거렸다. 무슨 시름이라도 있는 것일까? 용안에 웃음이 걷히고 그늘이 드리워졌다.

"우소야?"

생각에 빠진 운소는 인기척을 듣지 못했다. 그녀의 등 뒤로 바짝 다가선 지가 다시 불렀다.

"우소야, 무슨 걱정이라도 있는 게냐?"

그제야 운소의 어깨가 움찔 들썩였다. 휙 고개를 돌리는 그녀의 까만 두 눈에 지가 담겼다.

지는 혼자가 아니었다. 여인 하나가 그의 뒤에 서 있었다. 운소는 그녀가 궁녀들의 입방아에 오르내리던 기녀라는 것을 알아챘다. 전에 만난 적이 있는 기녀였고, 기명은 홍월이란 것도 떠올랐다.

"전하?"

잠시 얼빠져 있던 운소는 이내 벌떡 일어나더니 연화정에서 내려와 민첩하게 읍하였다.

"송구하옵니다, 전하. 소신의 무례를 용서해 주시옵소서."

"바닥이 차다. 어서 일어나라."

지가 인상을 쓰며 운소를 일으켜 세웠다. 손에 잡힌 옷자락이 차가웠다. 손끝에 스며드는 한기에 더럭 화가 났다.

"날도 추운데, 여기서 무얼 하고 있었던 것이냐?"

"전하의 귀인께서 기다리십니다. 소신이 이만 물러나도록 윤허해 주시옵소서."

운소는 말을 돌렸다. 지가 미간을 찡그렸다.

"불허한다."

운소의 표정이 굳었다. 불허라니. 기녀와 숙덕숙덕 잘 지내는 모습을 자신에게 보여주고 싶은 것일까? 운소의 눈빛이 짜증스럽게 흔들렸다.

"어디에도 가지 말고 게 앉거라. 과인이 너를 위해 준비한 것이 있다."

운소의 불편한 마음은 아랑곳하지 않고 지가 손짓했다. 거리를 두고 따라온 궁녀가 후다닥 걸어와 가얏고를 건네주고 물러났다. 지가 가얏고를 잡았다. 운소의 미간이 좁아졌다.

"네 가얏고를 좋아한다 하였지."

지는 진지한 얼굴로 천천히 가얏고에 손을 올렸다. 바람이 차가웠지만 개의치 않았다. 연주라면 안에서 들려줘도 충분할 것이라는 홍월의 만류에도, 꼭 처음 만난 이곳이어야 한다며 지는 고집을 부렸다.

"과인은 천재가 아닐까 싶다."

어수가 조심스럽게 연주를 시작했다. 통통 울리는 가락은 분명 어설프지만, 그 어느 가락보다 깊었다. 고개를 조아린 채 왕과 기녀와 함께 하는 불편한 자리에서 빠져나갈 궁리만 하던 운소가 고개를 들었다. 그녀의 두 눈에 당혹감이 떠올랐다.

생살을 얼어붙게 하는 추위 속에서도 지는 흔들림 없이 가얏고를 탔다. 짧은 곡조가 끝나자 그가 환하게 웃었다. 그 웃음에 운소는 멍해졌다.

"어떠냐?"

"예?"

"과인은 가얏고도 훌륭하지 않으냐?"

상황을 이해 못한 운소가 멀뚱거리자 홍월이 얼른 지의 편을 들어 설명했다.

"전하께서 이레 동안 쉬지도 않고 가얏고 연습을 하셨습니다. 겨우 이레 만에 이만한 연주를 해내신 전하이시니, 꾸준히 연습만 한다면 누구보다 훌륭한 명인이 되실 것입니다. 혹 누가 알겠습니까? 전하께서 우륵보다 굉장한 명인이 되실지."

지는 여전히 칭찬을 기다리는 얼굴로 운소를 바라보고 있었다. 그의 시선을 피해 고개를 떨군 운소가 허탈하게 웃었다. 이레 동안 그녀는 찾지도 않고 기생 하나를 옆에 끼고 있었던 이유가 이것이었던 모양이다.

"훌륭하시옵니다."

운소의 목소리가 속절없이 떨렸다.

"그러하지?"

지는 활짝 웃었다.

"소신, 이보다 훌륭한 연주는 들어본 적이 없사옵니다."

왜인지 눈물이 쏟아질 것만 같았다. 운소는 울음을 참았다.

"가얏고가 듣고 싶거든 앞으론 언제든지 과인을 찾아오너라. 가얏고를 볼 때면 다른 이가 아닌 과인을 떠올려라. 과인은 가얏고보다 대금이 더 좋긴 하다만, 네가 가얏고가 좋다면 어수가 뜯겨지도록 연습을 할 터이니……."

기꺼워하는 지의 말에 운소가 퍼뜩 정신을 차렸다.

별안간 벌떡 일어난 그녀가 황급히 지에게 다가가 어수를 잡아 당겼다. 다짜고짜 제 손을 잡는 운소의 행동에 놀란 지의 용안이 발개졌다.

"우, 우소야?"

"전하! 어수가 어찌 이러십니까?"

"그게……."

"이레 동안 가얏고만 뜯으셨습니까?"

"거야 당연히……."

운소가 험악하게 표정을 일그러뜨렸다.

"어찌 그리 무모하시옵니까?"

"그야 어서 네게 들려주고 싶어서……."

"옥체를 왜 이리 소홀히 여기시옵니까?"

"그것이……."

붉게 뜯겨진 어수를 보던 운소가 울상을 지었다. 제멋대로인데다 물불 가리지도 않는 지 때문에 마음이 무너졌다.

"당분간 가얏고는 되었습니다. 어수가 나을 때까지 가얏고는 쳐다보지도 마시옵소서."

"하나 그럼 과인을 찾지 않을 것이잖느냐? 과인을 떠올리지도 않을 것이고?"

"전하께서 부르시면 소신은 언제나 가옵니다. 또한 매양 전하 생각뿐이옵니다."

"출번 나가서도 과인이 부르면 올 것이냐?"

"전하께서 부르시면 삼강도 땅 끝이라도 가옵니다. 죽음의 땅 흑주라도 갈 것이고, 설령 태천이라도 갈 것이며, 오랑캐의 땅이라도 갈 것이옵니다."

심각한 표정으로 제 어수를 살피는 운소를 바라보는 지의 얼굴에 자꾸만 실실 웃음이 걸렸다. 맞잡은 두 손은 겨울바람에 얼어붙어 차가웠지만, 지가 느끼기엔 화롯불보다도 훈훈하였다.

"한데, 우소야."

"예, 전하."

"지금 내 걱정을 하는 것이냐?"

지가 짓궂게 물었다.

"신하가 주군을 걱정하는 것은 당연한 일이옵니다. 소신이 언제 하루라도 전하를 걱정하지 않은 날이 있었겠사옵니까?"

"늘 내 걱정만 하여라."

지가 웃었다. 그는 기뻤다. 운소가 제 곁에 있는 것이 기뻤고, 운소가 제 걱정을 해주는 것이 기뻤고, 운소가 제 손을 잡아준 것도 기뻤다. 오직 운소이기에 기뻤다.

"늘 내 곁에만 있어라."

모든 것은 곧 깨어질 꿈.

곧 있을 이별을 기약하며 운소는 고개를 조아렸다.

"예, 전하."

"한데, 우소야."

지가 기쁜 듯 또다시 운소를 불렀다. 그 표정이 묘하게 들떠 있어 운소가 저도 모르게 움찔했다.

"예?"

"네 꽃신을 신었구나?"

"그야 전하께서……."

"마음에 드느냐? 과인은 마음에 든다."

지가 제 꽃신을 자랑하듯 내밀었다. 같은 무늬의 꽃신을 보며 지가 말갛게 웃었다.

"우소야."

"예, 전하."

"두 신이 같으니 어여쁘다."

"……."

"기억하느냐?"

"무엇을 말씀이시옵니까?"

"과인이 그날, 저기 빠진 날 말이다."

운소는 기억을 더듬었다. 벗의 벗 또한 벗이라며, 벗이 되어달라며 억지를 부리던 날들이었다. 아름다운 대금연주에 흠뻑 빠져들었고, 그날 그가 왕이라는 것을 알았다. 물에 빠져 허우적거리던 모습이 떠올라 저도 모르게 피식 웃음이 났다.

"좋아했을까?"

"예?"

"그때, 꽃들이 좋아했을까?"

지가 조심스럽게 물었다.

"어찌 싫어했겠사옵니까?"

"정녕?"

"예, 전하."

"금일 과인의 가얏고 연주는 좋아했을까?"

"당연한 것을 물으시옵니다."

지의 눈매가 반달처럼 휘었다.

"하면 과인과 벗이 되어 주었을까?"

"동방의 모든 꽃과 나비는 이미 전하의 벗이옵니다. 모든 만물이 전하를 경애하옵니다."

"너는?"

지의 모든 생각은 결국 운소로 귀결된다.

"예?"

"꽃과 나비가 과인의 벗이라면, 꽃과 나비의 벗인 너도 과인의 벗이 맞느냐?"

끝내 벗이 맞다는 말을 한 번도 듣지 못한 지는 그것이 마음에 응어리처럼 남아 있었던 모양이다. 슬금슬금 눈치를 보며 건네온 물음에 운소의 동공이 흔들렸다. 한순간 그를 원망했던 것이 떠올라 낯뜨거웠다. 그의 애정은 그녀가 생각한 것보다 훨씬 굳건했다.

"맞지?"

"……."

"아니라는 말은 안 하는 걸로 봐서, 맞나 보구나."

맞다는 답이 운소의 입을 통해서는 죽어도 나올 리 없다는 것을 알고 있는 지가 막무가내로 우기기 시작했다.

"그러니 때론 말해도 괜찮다. 싫으면 싫습니다, 좋으면 좋습니다. 가끔은 싫다고 소리도 치고, 화도 내고 그래도 괜찮다."

"그랬다간 불경죄로 잡혀가옵니다."

운소가 힘없이 웃었다.

"과인의 앞에서만 그러면 되지 않으냐? 과인은 네게 죄를 묻지 않을 터이니."

그 마음이 절절히 와 닿았다. 운소는 차마 아무 말도 하지 못하고 입술만 잘근거렸다.

"알고 있다. 네가 그러하자고 말하지 않을 거라는 것 정도는 과인도 알고 있느니. 늘 과인이 맞다고만 하는 네가, 그 입에 발린 말조차 못하는 것을 보면 지금 당혹스러워 하고 있다는 것도 알고 있느니. 그러니 직접 대답할 것은 없다. 내일. 우소야, 내일. 내일도 꽃신을 신으려무나. 과인과 벗이 되어줄 것이라면, 그 꽃신을 신어주려무나. 네가 그 신을 신지 않으면 과인도 너를 더 이상 난처하게 하지 않으마."

그 말을 끝으로 지가 연화정에서 일어났다.

눈 위를 두어 발자국 사박사박 걸어간 지가 환하게 웃으며 뒤돌아섰다.

"언제까지 예 있을 것이냐? 둘 다 춥지도 않은 것이냐?"

태양보다 밝은 왕의 웃음은 운소를 온통 뒤흔든다. 귀찮고 제멋대로인 왕이었지만, 그러나 그 용안에 웃음이 걷히기를 바라지 않는다.

다음 날, 운소는 한참이나 꽃신을 바라보고 서 있었다. 신지 말아야 한다고 생각했다. 더 이상 휘말려서는 안 되니까. 하지만…….

'전하.'

두 눈을 질끈 감았다.

맞는 길. 틀린 길. 그따위 것들을 가늠해 보았다.

옳은 길. 아닌 길. 그따위 것들도 한 번 생각해 보았다.

답이라고 여겼던 것들은 종종 틀렸고, 답이 아니라 믿었던 것들이 정답이곤 했다. 답인 것도 답이 아닌 것도 그토록 갈팡질팡. 마음의 옳고 그름 역시 가늠할 수 없다.

'소신은 왜 이리도 어리석을까요?'

방심할 때면 단단히 여민 가슴 사이로 울컥 치오르는 감정의 정체를 운소는 인정했다. 그 마음을 가슴 깊이 묻어야 함을 납득했다. 하지만 당장은 그냥 두기로 했다. 어차피 지나갈 것이다.

'잠시만 더 어리석게 굴어도 되겠습니까?'

이지. 경애하는 동방의 왕.

아주 가끔은 당신이 욕심난다.

운소는 꽃신을 신었다.

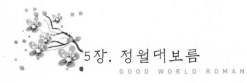

5장. 정월대보름
GOOD WORLD ROMANCE NOVEL

1

새해가 되었다.

기다렸다는 듯이 태천에서 사신을 보내왔다. 유예기간은 끝났다. 그동안 묵혀둔 혼사 이야기가 다시 진행될 것이다. 동방왕과 태천공주의 국혼은 확정된 것은 아니었으나, 양국의 백성 모두 국혼을 기정사실로 여겼다. 특히 태천 쪽에서는 자예 공주가 과년하였으니 서둘러 이야기를 매듭짓고 예식을 거행하기를 원하고 있었다.

'언제고 이런 날이 올 거라 각오는 하였지만⋯⋯.'

차일피일 국혼을 미루는 사이 자예에게 정인이 생겼기를 바랐다. 자예에게 정인이 있다면 누이를 끔찍하게 아끼는 차류가 지와의 국혼을 강행할 리 없을 테니까.

지는 차류의 친서를 찬찬히 뜯어 읽었다. 애석하게도 그동안 자예에게 정인이 생기는 행운은 없었던 모양이다.

「자예는 오라버니랑 혼인할 거예요.」

오래전, 친교를 위해 태천에 방문했을 때 자예를 처음 만났다. 어린 자예는 천진난만한 웃음을 지으며 그와 혼인하겠다고 말하곤 했다. 말이 씨가 된다더니…….

지는 용안을 찌푸렸다. 머리가 복잡했다.

태천은 대국이다. 아무리 쇠했다고 해도 아직은 꺾을 수 없다. 더구나 태천이 무너지면 방어선도 무너지는 셈이다. 태천의 너머, 오랑캐가 있다. 그들이 태천을 짓밟고 동방으로 넘어올 것이다. 아니 될 일이다. 태천과의 동맹은 여전히 필요하다. 여러모로 국익을 따졌을 때, 자예와 혼인하는 것이 옳다. 왕으로서 응당 그래야만 한다.

지는 차류의 친서를 접어 품에 넣으며 일어났다.

"태천에서 온 귀한 이들을 위해 연회를 베풀 것이다."

답서를 건네는 것은 연회 다음으로 미루어졌다.

연회는 성대했고, 밤늦도록 계속되었다. 사절단은 물론이고 대소신료를 비롯하여 수많은 이들이 연회를 즐겼다. 먹고 마시며 교양을 떨었다.

지는 속을 알 수 없는 얼굴로 연회의 시작과 끝을 지켰다.

마침내 연회가 끝났다. 사람들이 빠져나가 텅 빈 연회장을 물끄러미 바라보던 지가 한숨을 내쉬었다.

"차류는 성격이 더러워."

"예?"

지의 혼잣말에 만중이 쳐다보았다. 내내 지의 표정을 살피고 있던 만중의 안색이 어두워졌다.

"전하, 혹여……."

"듣기 싫다."

지는 짜증을 내며 고개를 돌려버렸다.

태천과 오랑캐의 전쟁에 참여한 것은 옳은 선택이었다. 대국과의 의리를 지킨다는 명분을 내세웠지만, 사실은 태천이 무너지면 다음 희생양은 동방일 게 뻔했던 까닭이다. 물론 그 점을 고려하여도 그토록 빨리 전쟁 참여를 결정한 것은 대단한 일이었고, 무려 한 나라의 세자가 친히 군사를 이끌고 참전한 것 또한 놀라운 일이었다.

"자예 공주는 성품이 곧고 온화하니 훌륭한 국모가 될 것이옵니다."

만중이 기어이 고했다.

"태천과의 우호를 이어가야 하옵니다. 혈연보다 진한 인연은 없사옵니다."

지가 만중을 쏘아 보았다. 직언하는 신하는 언제 어디에서나 귀히 여겨야 한다. 하지만 오늘은 아니다.

"듣기 싫다 하였다."

"더욱이 태천의 선대황제께서 영토 중 일부를 공주께 상속해두지 않았사옵니까? 공주와 혼인을 하면 그 영토에 영향력을 행사할 수 있사옵니다. 득실을 따질 것도 없는 문제이온데, 어찌 고민하시옵니까?"

지는 짜증스럽게 고개를 돌렸다. 분명 칭제조차 하지 못한 동방으로선 나쁘지 않은 혼사였다. 하지만…….

「세자는 국혼을 쉽게 생각하지 말라. 평생의 반려를 찾는 일이다. 심사숙고해야 하느니.」

부왕의 말씀이 떠오른다.

평생의 반려…….

지가 힘없이 웃었다.

"이제 와 모르는 일인 척하면 필시 나를 죽이려 들 테지."

국혼을 치르겠다고 한 적은 없지만 치르지 않겠다고 한 적도 없다. 암묵적인 동의로 보였을 것이다.

"그 아이 때문이옵니까?"

만중이 거두절미하고 물었다. 흠칫한 지가 입을 다물었다.

"전하, 현명히 판단하시옵소서. 어찌 한순간 바람에 휘말려 암군이 되려 하시옵니까? 사내이고 내시인 아이이옵니다. 벗 이상은 되실 수 없사옵니다."

노신의 읍소에 지는 울컥했다.

"알고 있다! 이미 다 알고 있는 것들이니 그만 하란 말이다!"

왈칵 신경질이 났다.

평소라면 이쯤에서 물러날 만중도 물러서지 않았다.

"예! 전하께서 이미 알고 있는 것들이옵니다! 하오니 당장 회담을 잡으시고, 혼약을 맺으시고, 국혼을 치르시옵소서!"

"그만하라고 하지 않느냐!"

"전하!"

지가 귀를 틀어막았다.

정우소는 사내다. 그 점은 의심해볼 여지가 없다. 계집은 내시가 될 수 없으니까. 지의 눈에 아무리 계집처럼 보인다 한들 계집일 수가 없다. 설령 마음이 동한다 한들 불가한 일이었다. 애초에 자예와 동일 선상에 놓고 고민할 상대도 아니다.

그 사실은 잘 알고 있다. 이성적으로 충분히 이해하고 있다. 그런데도 마음은 쉽지가 않다. 왕이기에 자예와 혼인하는 것이 백 번 천 번 옳아도, 그것이 국익에 천 배 만 배 도움이 되어도…… 쉽지가 않다.

사내로서 은애해주지 못할 여인을 중전의 자리에 앉히는 게 옳은지도 모르겠다. 더더구나 그 여인은 아끼는 벗의 하나뿐인 누이였다.

지가 힘없이 귀를 막고 있던 손을 내렸다.

"만중아."

애처로운 눈빛이 만중을 향한다.

"예, 전하."

"요즘 자꾸 머리가 빠지는 것 같아."

시름 잠긴 용안엔 볕이 들지 않는다.

"따르지 말라."

벌떡 일어선 지가 어디론가 급히 향했다.

새해가 되면서 이화궁 내시들도 바빠졌다. 상원내시들은 봄맞이에 여념이 없었다.

"우소야."

불쑥불쑥 나타나는 지 때문에 운소는 다른 내시들보다 서너 배는 바빴다.

"전하?"

화목을 다듬는 장비를 내려놓고서 운소가 다소곳이 허리를 숙였다. 깍듯이 예를 차리는 운소의 모습에 지는 서운한 표정을 지었다.

"태천에서 사신이 왔다."

"들어서 알고 있사옵니다."

벗이란 이름으로 곁에 머물러도 왕과 내시 사이에 있는 벽은 사라지지 않는다. 마음껏 손을 뻗어 잡을 수도 없고, 지친 어깨를 감싸줄 수도 없다. 가까워도 멀었고, 다가가도 가까워지지 않는다.

"그들이 왜 왔는지도 아느냐?"

"소신은 상원내시이옵니다. 원림을 아름답게 가꾸는 것만이 성은에 보답하는 길. 복잡하고 어려운 외교는 알지 못하옵니다."

내리깐 운소의 눈빛이 살짝 떨렸다.

"그들은 과인과 국혼을 논하기 위하여 왔다."

운소는 남모르게 주먹을 움켜쥐었다.

"감축, 드리옵니다."

가까스로 쥐어짠 목소리가 갈라졌다.

"이것이 감축할 일이더냐?"

용안이 서글프게 일그러졌다. 운소에게서 저가 원하는 답을 듣지 못할 것은 지도 알고 있었다. 왕의 혼사는 경축해 마땅한 일. 후사를 생각하면 당장 내일이라도 중전을 맞이하는 게 옳다.

"왕실에 후사가 없음은 만백성의 시름이라, 소신 또한 백성 된 충의로 하루속히 중궁전에 주인이 오시기를 간절히 바라고 있사옵니다."

"참으로?"

지의 표정이 굳었다. 하루속히 중전을 들이는 게 모두의 소망이라고 해도, 그 소망이 제 것은 아니었다. 운소의 소망도 아니기를 바랐다. 차분한 어조로 중전을 맞으라고 아뢰는 운소가 야속했다.

왕으로서 뱉어서는 안 될 말이 순간 튀어나갔다.

"하지 마랴?"

운소가 저도 모르게 고개를 들었다.

"예?"

"하고 싶지 않다."

이것은 필시 투정이었다.

"……."

운소의 입술이 다물렸다. 그 붉은 입술에 지의 시선이 바이없이 머물렀다. 계집의 것처럼 작고 도톰했다.

"우소야."

"그것이 전하의 뜻이라면 그리하시옵소서."

속내가 읽히지 않는 얼굴을 하고서, 감정이 담기지 않은 목소리로 운소가 말했다. 지가 힘없이 웃었다. 그가 알고 싶은 것은 운소의 생각이었다. 그가 듣고 싶은 것은, 운소의 대답이었다.

"너는 어찌 생각하느냐?"

지는 억지를 부리고 있었다. 눈앞의 이는 사내일 터였다. 그 사내를 자꾸만 계집으로 보는 것은 순전히 그 자신의 문제였다. 내시가 중전을 들이지 말라고 청할 리가 없는데, 그럼에도 그래주길 바라는 패륜적인 마음이었다.

그녀가 계집이었다면 누가 무어라 반대하든 이 곁에 묶어두었을 터인데.

"과인이 듣고 싶은 것은 네 생각이다."

운소의 검은 눈동자가 지를 응시했다. 쏘아져 날아오는 그 시선에 지는 순간 당황했다.

"소신의 생각이 중요하오리까?"

운소가 무심히 물었다.

"중하다."

"전하의 뜻대로 하시옵소서. 전하께서 정도正道이옵니다. 소신은 언제나 충정으로 전하를 받들 것이옵니다."

더 이상 말하지 않겠다는 듯 붉은 입술이 다물어졌다. 운소는 끝내 제 생각은 말하지 않았다. 굳게 닫힌 그 입술을 노려보던 지가 시선을 돌렸다. 머리가 아팠다. 더 이상은 아무 생각도 하고 싶지 않았다.

그녀는 그에게 원한다면 국혼을 치르라고 말한다. 그가 원한 답은 그녀의 마음이었는데. 그녀의 생각이었는데……. 그녀는 자신의 생각이란 없다고 말한다. 하여 이 국혼 또한 아무 의미 없다고 고한다.

당연한 일이었다. 그런데 왜 이리도 야속하고, 서운하고, 서러운 것일까?

"가보마."

지가 뒤돌아섰다.

"살펴 가시옵소서."

천천히 멀어지는 지를 운소는 미동도 없이 보고 있었다.

마침내 그가 보이지 않게 되자 운소는 털썩 바닥에 주저앉아 버렸다.

두 손이 천천히 얼굴을 가렸다. 어깨가 가늘게 들썩거렸다.

만중은 걱정이 태산 같았다.

주상께서 식음을 거부하고 있었다. 침전에 틀어박혀 통 나오질 않는 터라 태천에 보내야 할 답신은 아직도 미완이었다. 경연도 이틀째 건너뛰었고, 아프다는 핑계로 조회에도 등청하지 않았다.

'독약인 걸 알면서도 써야 한다니……'

만중이 끌끌 혀를 찼다. 일에 열중하느라 인기척도 알아채지 못한 내시를 바라보았다.

"이보게, 상원."

"상선 어르신? 예까지 어인 일이시옵니까?"

운소가 깜짝 놀라며 예를 갖추었다. 그 말간 얼굴을 만중은 가만히 들여다보았다.

계집처럼 곱다. 계집이라 해도 믿겠다. 왕께서 잠시 혼란스러운 것도 이해는 간다. 순해 보이는 눈망울도, 불현듯 피어나는 엷은 웃음도 전부 사내의 마음을 홀릴 만하였다.

하지만 아닌 것은 아닌 것이다. 계집처럼 곱다 하여 내시가 계집이 될 수는 없다. 계집이라 믿을 정도라 해도 진짜 계집인 것은 아니다.

한시라도 빨리 잘라내야 이 꼬인 실타래가 풀릴 것인데, 당장 잘라낼 수도 없다. 답답할 노릇이다.

"이 길로 당장 침전에 좀 가보아라."

"예?"

"전하께서 또 수라를 아니 드시는구나."

극약일진대 써야만 한다. 자충수인데 두어야만 한다. 그것이 만중을 괴롭게 했다.

"전하께서 너를 특별히 귀여워하지 않느냐? 네가 청한다면 드실 것이다."

그녀를 완벽하게 쫓아내는 것이 목표임에도 불구하고 지금은 제 손으로 왕께 보내야 했다.

"하아……."

만중이 긴 한숨을 내쉬었다.

신하 노릇도 못해먹겠다.

야장의도 갈아입지 않은 채 지는 모로 누워 있었다.

"전하, 소신 상원 정우소이옵니다."

지가 두 눈을 번쩍 떴다. 귀가 쫑긋 섰다.

"……."

하지만 입은 꾹 다물려 열리지 않았다.

지금은 만나기 싫었다.

"소신, 그냥 돌아가오리까?"

운소가 재차 물었다. 지는 잠시 고민에 빠졌다. 성질 같아서는 그냥 가라고 하고 싶었다. 하지만 그래봤자 손해 보는 쪽은 그 자신이었다.

"들어오라."

결국 지가 못마땅한 말투로 윤허했다.

드르륵 문이 열리고 가벼운 발소리가 들렸다. 지는 여전히 모로 누운 채 그녀를 거들떠도 보지 않았다.

"소신이 곁에 자리하여도 되겠사옵니까?"

"……"

"곁에 자리하겠사옵니다."

운소는 지의 등을 응시하며 천천히 꿇어앉았다. 미동 없는 넓은 등은 벽과 같았다. 말을 걸어도 답하지 않는 벽. 그러나 기실 따지고 보면 벽보다도 못하였다. 벽은 손 뻗어 만질 수라도 있으니까.

"무어하고 계셨사옵니까?"

조곤조곤 말을 걸며 운소는 열없이 웃었다.

이번엔 무어 때문에 심통이 나셨을까?

대충 짐작은 간다. 국혼 문제 때문일 터였다. 하기 싫은 티를 그렇게 냈는데, 하지 않아도 된다는 말을 해드리지 않았다. 한 발짝 물러선 관조자가 되어 당신 뜻대로 하라던 반응이 못내 섭섭한 것일 터였다.

그러나 그는 왕이었고, 그녀는 내시였다. 아무리 그녀가 왕의 총애를 받고 있다 한들 그녀는 사내여야 했고, 신하여야 했다. 나라의 중대사에 감히 말을 얹을 수는 없다. 더욱이 그녀는 몇 달만 지나면 아무도 모르는 곳으로 영영 사라져야 하는 운명이다. 늘 그가 원하는 답을 내어주고 싶지만, 그게 뜻대로 되지 않는다.

차마 국혼을 거절하라 고할 수 없는 이 문드러진 속을 그는 영원히 알지 못하리.

"전하께서 수라를 아니 드시어 다들 심려가 크옵니다."

잔뜩 토라져서 심술부리는 그가 안쓰럽다가, 그 마음에 철없이 기뻐하다가, 어찌할 수 없는 상황에 가슴이 답답해진다.

운소는 입술을 깨물었다.

지금 이 순간, 그 누구보다 그의 곁에 있고 싶은 이, 바로 그녀인데.

바로 이 순간, 그 누구보다 그의 국혼을 말리고 싶은 이, 바로 그녀인데. 말 없는 그의 등에 가만히 이마를 기대고서 이 모든 죄를 고백하고 싶다.

왈칵 치미는 충동을 털어내듯 운소는 고개를 내저었다. 금침 주변에 어지럽게 흩어져 있는 서책이 보였다. 여러 권의 책들이 대충 펼쳐져 엎어진 채 뒤섞여 있었다. 수라도 거르고 경연도 빠지는 와중에 책을 가까이하다니 과연 왕이었다.

허튼 욕심을 억누를 겸 운소는 무심코 서책 하나를 집어 들었다.

"독서 중이셨사옵니까?"

벌떡 일어난 지가 별안간 소리쳤다.

"아니 된다!"

아무런 생각 없이 책을 뒤집던 운소의 미간이 좁아졌다.

"이리 다오!"

지가 비명을 지르며 뺏어들었다. 그를 쳐다보는 운소의 고개가 살짝 비뚜름해졌다. 이윽고 그녀의 얼굴이 화악 달아올랐다.

비나이다, 비나이다, 천지신명께 비나이다. 아주 잠깐, 정우소의 눈을 멀게 하소서. 영원히는 말고 아주 잠깐이면 되나이다.

말도 안 되는 소망을 속으로 읊조리며 지는 운소를 쳐다보았다. 혈색이 싹 빠져나간 용안이 파리했다.

재빠르게 운소의 손에서 그림책을 뺏어 들었지만 이미 늦었다. 운소는 빨갛게 익은 채로 굳어버렸다. 봤다, 봤어. 확실히 봤어.

"우, 우소야?"

"……."

"보, 보았느냐?"

지가 말을 더듬었다. 입술이 절로 바짝 타들어갔다. 침묵하는 운소가 그를 초조하게 했다. 어떻게든 해명해야 했다.

"우소야. 아니다. 네가 생각하는 그런 것이 아니야. 과인은……. 그래, 공부를 하고 있었던 것이다. 방사房事가 어찌 여인만의 일이겠느냐? 이것도 엄연히 제왕학의 일종이니……."

"사람이, 어찌."

운소가 넋 나간 표정으로 중얼거렸다.

"사람이 그럴 수는 없습니다. 암요. 사람이 그럴 리가……."

남녀가 짐승처럼 뒤엉켜 있는 춘화가 그녀의 사고를 망가뜨렸다. 수라 좀 드시라며 왕을 설득하러 왔다는 것은 아예 잊어버렸고, 자예 공주와의 국혼 문제로 갈가리 찢겨진 제 마음조차 생각나지 않았다.

"아니다!"

지는 소리쳤지만 운소는 그의 목소리를 듣지 않았다. 초점 없는 눈동자는 춘화집을 뒤적이던 그를 짐승인 양 취급하고 있었다.

지는 억울했다. 그는 건강한 스물네 살의 사내였다. 무릇 사내란 미지를 향해 뻗어나가는 호기심을 간직한 종족이었다. 자의 반 타의 반으로 수절하듯 살아온 그에게 춘화는 심연보다 깊고 대양보다 망망한 미지로의 통로였다. 절대 이상한 것이 아니었다.

"짐승만 하는 짓이 아니란 말이다! 과인은 그저 울적해서, 아니, 그것이 아니라……. 그저 미지를 탐구하는 마음으로……. 어찌하여 그것이 다만 짐승의 일이라 단정 짓느냐?"

제왕학이 어쩌고 탐구심이 어쩌고 횡설수설하는 지를 보며 운소가 헛웃음 지었다.

"전하께서 그리 말씀하시오니, 소신은 한 터럭 의심도 없이 믿겠사옵니다."

절대 안 믿는 표정이다.

"아니 믿고 있잖으냐!"

"소신은 전하의 말씀이라면 무엇이든 믿사옵니다."

믿사옵니다, 믿사옵니다 반복하는 목소리엔 진심이 없다. 반사적으로 내뱉는 문구가 분명하다.

"전하의 말씀이라면 팥이 콩이라 하여도 믿고, 콩으로 메주를 쑨대도 믿고……."

용안이 점점 더 사색이 되어 갔다. 운소의 정신이 반쯤 나가버린 게 틀림없다. 원래 메주는 콩으로 쑨다.

"팥으로 메주를 쑨대도 믿는 게 아니고?"

"여하튼 소신은 전하의 말씀은 무조건 믿사옵니다."

허공을 헤매는 눈동자는 응당 선비라면 절대 그런 짓을 할 리 없다고 맹신하는 자의 것이었다. 또한 이런 남사스러운 춘화를 보는 이는 짐승과 다를 바 없다고 여기는 자의 것이기도 했다.

지는 해명하고 싶었다. 자신의 무고함을 증명해야만 했다.

대체 어쩌자고 춘화집을 안 치웠을까? 보이지 않는 곳에 숨겨놓고 들라 했어야 하는 것인데!

뒤늦은 후회였다.

"우소야. 정녕 과인은 왕손 생산을 위한 공부를 하고 있었던 것뿐이다. 믿어다오. 그러잖아도 태천에서 온 사신 때문에 속이 복잡한 과인이 아니더냐? 네가 야속한 것은 둘째 치고 이러다 정녕 대머리가 되지는 않을까 두려울 정도로 고민이 많았단 말이다. 그 고민을 미래에 대한 철저한 준비로 좀 가라앉히고자……."

운소는 한 터럭의 믿음조차 없는 표정으로 고개를 주억거려 주었다. 지는 순간 울컥했다. 운소가 그의 말을 귓등으로도 듣지 않고 있었다.

"아니, 우소 너는! 너는 사내라면서 춘화집도 아니 보더냐?"

춘화 좀 본 게 무슨 죄라고! 사내라면 양반이고 상놈이고 할 것 없이 죄다 춘화집을 보지 않던가!

"차류는 국혼을 치르자고 난리고, 너는 과인이 중궁을 맞이하든 말든 시큰둥하고, 대소신료 누구 하나 과인 편이 없다. 상선도, 내금위장도 과인 편이 아니야. 이러다 정녕 미칠 것 같아서, 그래, 머리나 식힐 겸 춘화 좀 보았다. 역시 과인은 계집이 좋다. 여하튼 과인이 무슨 남색이라도 저지른 양 네 눈빛은 어찌 그리……."

"그러니까 전하께서는."

두서없이 늘어놓는 지의 말을 운소가 무심코 잘라냈다. 현실감 없이 넋 나간 표정을 짓고 있던 운소가 이내 작게 탄식하며 두 손을 마주 잡았다.

"남녀가 저리 발가벗고 뒤엉키는 일이 별일 아니라고 생각하시는군요. 저런 말도 안 되는 일이 실재하니까?"

"그렇다! 저것은 흔히 실재하는 것으로……."

"어휴, 전하도 참."

운소가 작게 웃으며 손사래를 쳤다.

"아무리 소신이 놀리는 재미가 있다 하여도 그렇지요. 남녀가 유별한데 어찌 저리 발가벗고 서로 뒤엉키겠사옵니까? 소신이 바보도 아니고 덥석 믿을 줄 아셨사옵니까? 무어, 물론 전하께서 정말 저런 일이 있다고 하시면 소신은 어떻게든 믿겠사오나, 믿으려면 믿음이 충만하여야 할 터인데 얼마만큼 충만하여야 할지 감도 안 잡히는지라……."

"네 정녕 모르느냐?"

지가 초조하게 물었다. 이러다가 영원히 짐승으로 낙인찍힐 것이 분명했다.

운소가 미간을 모으며 미묘한 표정을 지었다.

"정녕, 정녕, 정녕?"

그녀의 나이 어느덧 열여덟. 사대부가의 자식이라면 벌써 혼례를 치르고도 남았을 나이였다. 그러나 안타깝게도 어려서 부모를 모두 여읜 그녀에게 운우지정에 대해 알려줄 이가 전무하였다. 하나뿐인 오라비와 남녀상열지사에 대하여 논의할 수는 없는 일이었다.

　　"허."

　　지는 짧게 탄식하며, 여전히 순진무구한 눈으로 저를 보는 운소의 앞에서, 그녀가 실로 밤일에 무지함을 이해하였다. 저를 짐승 보듯 하는 그 눈빛에 지의 어깨가 하염없이 움츠러들었다.

　　지는 이젠 저가 왜 토라져 있었는지, 무엇 때문에 수라까지 거부하며 투쟁 중이었는지 전부 잊었다.

　　"과인이 이상한 것이 아니야. 모르는 네가 이상한 것이지!"

　　"예에, 전하. 전하께선 동방의 주인이시옵니다. 어찌 전하께서 이상하겠사옵니까? 소신이 이상한 것이옵니다."

　　운소가 고개를 조아렸다. 불신 가득한 표정이다. 언행 불일치다.

　　"우소야, 과인은 정말……."

　　"하온데, 전하. 감히 주제넘게 아뢰옵니다. 저런 그림은 부디 멀리 하시옵소서. 거짓으로 가득 찬 저것들이 전하의 현안을 흐릴까 저어되옵니다."

　　"우소야……."

　　어찌 해명해야 할까? 신체 건강하여 응당 원하게 되는 것이라고 설명하면 납득시킬 수 있을까?

　　"과인이 이상한 것이 정말 아니래도?"

　　"예, 전하. 믿사옵니다."

　　"전혀 아니 믿는 눈빛이잖으냐?"

　　"아니옵니다. 믿사옵니다."

　　"네가 과인에게 거짓을 고하는구나!"

"참이옵니다."

둘은 아옹다옹했다. 왕께 수라를 권하기 위해 들었던 어린 내시는 갑작스러운 정보에 큰 충격을 받았고, 그런 그녀에게 먹히지 않는 해명을 시도하는 지도 억울했다.

"네 정 믿지 못하겠다면 과인이 보여주마."

"예?"

운소가 두 눈을 동그랗게 떴다.

"저 그림이 거짓이 아니라는 것을 보여주겠다. 저것은 부부지간에 늘 일어나는 일이야. 과인이 결코 이상한 것이 아니란 말이다. 저것은 정녕 미래에 왕손을 잉태하기 위한 일종의 공부…… 하아, 이리 변명해 무어 하느냐? 백문이 불여일견이라, 직접 보면 알게 될 터."

운소가 빤히 지를 응시했다. 별 감흥 없는 눈동자였다. 지는 울고 싶었다. 다른 사람 모두가 저를 불신하여도 운소에게만큼은 신뢰받고 싶은 것이 그의 마음이었다.

"과인의 결백을 보여줄 곳을 알고 있다. 하면 너도 알게 되겠지. 상선은 대체 무얼 한 것이야? 소환 시절 다 배우지 않더냐?"

항변을 하다가, 혼잣말을 하다가 지는 자리에도 없는 상선을 향해 더럭 화를 냈다.

"여하튼 다가오는 정월대보름이다. 그날, 과인과 함께 가는 것이다."

운소는 얌전히 읍하였다.

"전하의 뜻대로 하시옵소서."

그녀의 두 눈엔 여전히 초점이 없으니, 지금의 충격이 지가 왕임을 알았을 때보다 작지 않을 것이었다.

동방의 정월대보름.

지는 비찬과 운소를 대동하고 잠행에 나섰다.

오늘 밤은 통금이 없다. 매일 야간통행자를 잡느라 지친 순라군도 대보름날만은 편히 노닥거렸다. 두둥실 떠오른 달이 유독 훤했다.

"야! 너 거기 안 서!"

"헤헤, 잡을 수 있으면 잡아봐라!"

"내가 못 잡을 줄 알고?"

"까르르."

모처럼 밤나들이를 나온 아이들은 정신없이 뛰어다녔다. 등불이 거리마다 걸렸고, 상인과 흥정하는 사람들로 가득했다.

"다들 즐거워 보이는구나."

"전하의 은덕이옵니다."

운소가 반사적으로 대꾸했다. 지는 인상을 찌푸리며 운소를 힐끗거렸다.

그녀는 무표정했다. 아무 생각도 없어 보였다.

"과인이 참 잘나긴 했지."

"물론이옵니다. 전하께서는 천하의 성군이시옵니다."

칭찬을 줄줄 늘어놓는데도 진심이 느껴지지 않았다.

텅 빈 육신. 허수아비가 대답하는 것 같다.

운소의 눈앞에 대고 지가 손을 휘휘 흔들었다. 까만 눈동자에 빛이 돌아오며 지를 향했다.

"네 어디 아픈 것이냐?"

"예?"

"정신이 예 없지 않으냐?"

"누가 들으면 소신이 정신이라도 나간 줄 알겠사옵니다. 소신, 아주 제정신이옵니다."

"그래, 그러하겠지."

지가 게슴츠레한 눈으로 운소를 흘겨보았다.

"하여간 금일 꼭 보여주마. 과인이 이상한 게 아니라는 것을."

"그럼요. 전하께서는 전혀 이상하지 않사옵니다. 소신도 그리 생각하옵니다. 동방의 주인께서 이상할 리가요. 전하께서 말씀하시는 것이 모두 바르고, 전하께서 행하시는 것 또한 모두 옳은 세상이옵니다."

입에 참기름이라도 발랐나? 나오는 말은 술술 미끄러진다.

그러나 표정은 정반대였다.

소신은 정말로 전하의 말씀을 못 믿겠사옵니다. 딱 이런 표정이다. 말로는 이상하게 보는 것이 절대 아니라고 하니 어떻게 따질 수도 없다.

지는 울상이 되었다. 멀쩡한 사내를 파렴치한으로 몰아가는 내시 앞에서 소리 없는 변명을 벙긋거렸다. 억울한 마음은 태산처럼 높으나 이를 알아줘야 할 이는 너무도 무심하였다.

"본디 이런 것은 지켜보지 않는 것이 도리이나 어쩔 수 없구나."

혼잣말을 중얼거린 지가 손을 들어 손짓했다. 멀찍이 서 있던 비찬이 다가왔다.

"주비찬."

"예, 전하."

"물레방아를 보러 가자."

"예? 물레방아는 어찌?"

이번 잠행의 목적을 모르는 비찬이 어리둥절해했다.

"가자면 가자꾸나."

"하오나 전하, 금일은······."

"감히 과인의 명에 토를 다는 것이냐?"

지가 짐짓 역정을 냈다. 비찬이 하는 수 없이 고개를 조아렸다.

"따라오시지요."

비찬이 앞장서고 지와 운소가 뒤따랐다.

'보면 믿을 터.'

지가 두 눈을 빛냈다.

그렇다. 보면 믿을 것이다. 남녀상열지사. 무릇 가장 중요한 인간사.

그러나 궐 안에서는 보여줄 수 없는 것이었다. 왕과 왕의 여인뿐인 궐에서 일어나는 교합이란 그 주인공이 왕이 아니라면 참형감이다. 그렇다고 자신이 다른 여인과 맨살을 섞는 것을 보여줄 수는 없는 노릇이니 지는 남몰래 묘책을 냈다. 그를 위해 오늘 운소를 끌고서 궐 밖으로 나온 것이다.

총총 따라오는 운소를 지가 슬쩍 쏘아보았다.

저 맹한 것이 뭐 그리 예쁘다고 이 고생을 해야 하는지. 새삼 모든 것이 원망스러워 운소의 이마를 딱 때리고 싶었다.

혼인을 할 거면 하고 말 거면 마라는 그녀의 시큰둥한 반응 때문에 차류에게 보내는 답신은 이틀이나 늦어버렸다. 그 사이 머리털을 얼마나 쥐어뜯었는지 요즘엔 정말로 머리숱이 점점 더 줄어드는 것 같다. 그런데 왜 이리도 믿지가 않을까?

지가 체념하듯 웃었다. 웃음이 소리 없이 흩어졌다.

앞장서 걷는 비찬은 꽤 심각한 표정이었다.

'금일은 분명······.'

보름을 전후로 해서 양민들 사이에 널리 불리는 속요가 하나 있다.

노랫말이 비찬의 귓가를 맴돌았다.

물레물레 물레방아
쿵덕쿵덕 찰진 소리
빻는 것이 곡식일까
천년만년 약조일까
정월가고 아침 오면
가시버시 영원할세

등 뒤로 식은땀이 흘렀다.
"왜 발길을 늦추는 것이야?"
지가 재촉했다.
"하오나 전하……."
왜 갑자기 물레방아를 보러 가야 한다고 우기는지 모르겠다. 오늘 갔다가는 자칫 남부끄러운 꼴을 목격하게 될지도 모른다.
"하오나, 하오나, 하오나! 하오나 좀 그만 하여라. 과인이 물레방아를 보고 싶다고 하지 않으냐?"
결국 지가 슬그머니 역정을 냈다.
하여간 성질은.
작게 한숨지은 비찬은 다시 발걸음을 재촉했다.

세 사람이 물레방앗간 안으로 들어섰다. 밖에서 기다리라는 지의 명에 비찬은 그럴 수 없다며 항명했다. 그에게는 왕을 지켜야 하는 사명이 있었다. 지는 하는 수 없이 비찬도 데리고서 안으로 들어갔다. 세 사람은 구석에 함께 쪼그려 숨었다.
겨울밤은 길었다. 다행히도 물레방앗간 내부는 별로 춥지 않았다.

쿵, 덕, 쿵, 덕. 물레방아가 느릿하게 돌아간다.

한참이나 세 사람은 미동도 없이 앉아있었다. 드나드는 사람은 코빼기도 보이지 않았다.

'날이 추워 아무도 오지 않는 것은 아닐까?'

지는 슬슬 걱정되기 시작했다. 민가의 정월대보름에 대해 아는 것은 풍문으로 들은 것이 전부였다. 소문이란 부풀려지고 왜곡되기 십상이니, 어쩌면 양민들은 정월보름밤의 물레방앗간에는 얼씬도 하지 않을지도 모른다.

"전하, 계속 이리 있어야 하옵니까?"

그의 앞에 앉은 운소가 불편한 듯 꼼지락대며 물었다.

"그렇다. 예서 기다려야만 한다."

"무엇을요?"

"그냥 기다리면 되느니……. 쉿!"

그때였다. 지의 귀가 쫑긋 섰다. 운소의 입을 막고는 제 쪽으로 끌어당겼다.

무언가 왔다. 드디어!

물레방앗간 문이 열리고 어렴풋한 윤곽이 안으로 걸어 들어왔다. 창틀 사이로 새어 들어오는 달빛에 의지하여 본 그것은 분명 사람이었다.

"도련님."

"낭자."

그들은 다정한 음성으로 서로를 불렀다. 이내 뒤엉켰다. 정돈된 의복을 헝클어뜨리며 안으로 파고든 손길은 서로의 속살을 탐하였다. 입술을 삼키는 소리가 질척하게 들려왔다.

지의 품에 안기듯 기대어 있던 운소의 몸이 뻣뻣해졌다.

"낭자, 낭자, 이리 오시오."

"도련님. 하앗, 하."

"이리, 이리. 조금 더."

"아아, 도련님!"

남녀는 질퍽하게 살을 맞댔다. 헐떡대는 숨소리가 지척에서 달려들었다.

서책에서 보고도 믿지 못한 장면이 운소의 코앞에서 펼쳐졌다.

연인은 짐승처럼 뒹굴며 서로를 탐했다. 일곱 살이 되면 남매간에도 내외하는 것이라는 유학의 가르침은 온데간데없었다.

'이젠 믿을 터.'

지는 의기양양해서 운소를 내려다보았다. 살구향이 났다. 뒤늦게 저가 그녀와 얼마나 가까운지 체감되었다. 얼굴로 피가 쏠리며 확 달아올랐다. 놀라 터져 나올 뻔한 신음을 가까스로 참아냈다.

쿵쾅쿵쾅.

'숨쉬기가…… 거북하구나.'

지는 두 눈을 질끈 감았다 떴다. 운소의 엷은 체향이 콧속으로 스몄다. 심장이 곤두박질치듯이 뛰었다.

"도련님, 흐읏! 조금 더, 거기, 아앗. 앗흥!"

"하악, 하악! 낭자! 낭자! 낭자아!"

지는 생각을 딴 데 돌리려고 애썼다. 배 아래쪽이 수상했다.

'아니 돼!'

운소가 가까워도 너무 가까웠다.

그녀의 여린 체향. 달콤하고도, 그를 미치게 하는 것.

이러다 정말 큰일이 날 것이다. 망신을 당하고 말 것이다.

'정신 바짝 차려야 한다.'

지는 마음을 다잡고는 품에 안겨 있는 운소를 살폈다. 뒤늦게 그녀의 작은 몸이 떨리고 있는 게 느껴졌다.

"하웃, 하. 하악, 도련님!"

"낭자! 오, 낭자!"

"아앗, 도련님!"

지의 머릿속이 차갑게 가라앉았다.

'우소야…….'

지는 그녀가 남녀 간의 일에 실로 무지했음을 상기했다. 그녀에게 이 상황이 얼마나 충격적일지 가늠할 수 없었다. 제 무결함을 증명하는 것에 눈이 멀어 운소를 살피지 못했다. 지는 자책했다. 가만히 운소의 눈을 가려주었다. 운소의 떨림이 천천히 잦아들었다.

두 남녀는 어느 순간 절정에 다다랐다. 그들은 헉헉거리는 신음 너머로 연모의 말을 속삭였다.

"이제 우리가 진정 부부의 연을 맺었으니 어느 누가 우리를 갈라놓을 수 있겠소?"

"소첩은 천년만년 도련님만의 여인이옵니다."

"낭자, 은애하오."

"소첩도 도련님을 은애하옵니다."

정사를 끝낸 남녀의 목소리는 다정으로 가득 찼고, 행복으로 충만했다.

비로소 운소의 떨림이 완전히 멈추었다.

묵향이 났다.

크고 다정한 손이 두 눈을 가려주었다. 놀라고 당황하여 감지도 못했던 눈을 운소는 비로소 감았다.

시각이 제거되자 다른 감각이 곤두섰다.

크고 단단한 품. 그녀를 진정시켜주는 따뜻한 손. 그저 눈을 가려주고 있을 뿐인데 마음을 어루만져주는 것만 같은 다정함.

충격은 서서히 가라앉았다. 떨리던 마음도 진정되어 갔다. 두 남녀의 애정 어린 속삭임에 비로소 정신이 들었다.

저것은, 짐승의 짓이 아니다. 저것은 연모로 가득한 갈구, 그 무엇보다 순수하고 애틋한 것이다. 떨림이 멈추었다.

잠시 뒤, 남녀가 나가는 인기척이 들렸다. 운소의 두 눈을 굳게 가려주고 있던 손이 천천히 떨어졌다.

운소는 무언가에 홀리듯 고개를 돌렸다.

어둠속에 그가 있었다. 고스란히 전해지는 그의 체온, 들릴락 말락 스치는 그의 숨결. 아무 생각도 할 수 없다. 심장이 맹렬하게 뛰었다.

"전하……"

그는 언제나 이상하다. 운소가 예측할 수 없는 방향으로 튀어간다. 이토록 예측 불허의 존재는 여태 겪어 본 적 없다. 그래서일까. 그녀의 마음 또한 예측할 수 없는 방향으로 흐른다.

"어떠냐?"

"예?"

"과인의 말이 맞지?"

그가 물었다. 벙벙해 있는 운소를 보며 그가 살짝 웃었다.

"과인은 거짓말을 하지 않노라. 이제 알겠느냐?"

운소가 저도 모르게 고개를 끄덕였다. 여전히 그에게 안기듯 기대어 있던 터라 그 품에서 벗어나기 위해 살짝 몸을 틀던 운소가 문득 굳었다. 등 뒤로 스치는 감각이 이상했다. 무언가 딱딱하고 단단한 것이 닿았다.

'막대기가 왜 여기에……'

치우는 게 좋겠다. 왕의 발에 걸리면 큰일이니까.

운소는 손을 뻗었다. 단단한 것을 붙잡았다.

그 순간, 지가 소스라치게 놀라며 몸을 뒤로 뺐다.

"흐익!"

"전하?"

"무, 무슨, 대체 무슨!"

두 눈을 끔뻑거리던 운소의 얼굴이 새빨갛게 익었다. 뒤늦게 막대기의 정체를 유추해낸 것이다. 그녀의 입이 떡 벌어졌다.

"저, 전하, 그건……. 그건 대체……. 어, 엄청 큰……."

사람의 몸에 붙어 있다고 믿기엔 너무도 이질적인 것. 딱딱하고 단단한 그것. 남사스러운 책에 그려져 있던…….

"우소야!"

운소가 털썩 쓰러져 버렸다.

3

'어찌……. 어찌 그런…….'

혼절한 채 운소는 끙끙 앓았다.

다 큰 사내의 양물이 얼마나 큰지 운소는 알지 못했다. 어린아이의 것을 떠올리며 작고 귀여우려니 생각했었다.

그런데 그 크기와 단단함이라니.

사내란 전부 그런 것을 가지고 있는 것인가? 그런 엄청난 것을? 다들 그 큰 것을 여인의 몸속으로…….

"헉!"

외마디 비명을 토하며 운소가 깨어났다. 등 뒤로 식은땀이 흘렀다.

"우소야!"

그녀를 부르는 음성이 멀고도 설었다.

운소는 홀린 듯 고개를 돌렸다. 벽에 걸린 횃불이 일렁거렸다. 쿵,

덕, 쿵, 덕, 규칙적으로 돌아가는 물레방아 소리에 이곳이 그 물레방앗간이라는 것을 겨우 이해했다.

뒤늦게 구석에 쭈그려 앉은 한 사내가 보였다. 가련하고 초라하게 앉아 있는 그가 이 나라의 왕이었다. 왜인지 헛웃음이 나와 운소는 픽 웃어 버렸다.

"우소야, 정신이 들었느냐? 괜찮은 게야? 비찬아, 열은? 열은 없느냐?"

운소는 그제야 제 곁에 비찬이 있다는 것을 알았다. 그가 걱정스러운 얼굴로 그녀를 보고 있었다.

"소신은 괜찮습니다."

운소가 또박또박 말했다.

사실은 괜찮지 않았다. 실수로 잡아버린 남근의 크기가 손바닥에 각인되어 있었다. 그 큰 것이 여인의 몸속으로 들어가는 상상만 해도 온몸의 털이 쭈뼛 선다.

아프지 않을까. 여인의 몸은 작고 가냘픈데. 그 큰 것이 무지막지하게 밀고 들어오면, 정말 끔찍하지 않을까. 연모고 뭐고, 고통스럽지 않을까.

"우소야……."

괜찮다는 말과 달리 어두운 그녀의 표정에 지가 슬금슬금 다가왔다.

"네 정녕 괜찮은……."

가까이 온 그가 손을 뻗는 순간, 운소가 저도 모르게 화들짝 놀라며 몸을 뒤로 빼 버렸다. 그 완연한 거부에 지가 굳었다. 상처받은 얼굴로 그가 울컥 소리쳤다.

"과인이 혹여 널 덮치기라도 할까?"

그것은 실은 지가 가장 염려하는 부분이었다. 그는 운소를 사내라고 믿고 있지만, 마음은 여전히 그녀가 계집이길 원했다.

사내라고 믿는 것과 사내라는 것을 두 눈으로 기어이 확인하고 마는 것은 충격의 크기가 다르다. 눈으로 사내라는 것을 명명백백 확인한다면, 지는 '정우소는 내시다'라는 말을 들었던 때보다 더 큰 충격을 받고 말 것이다. 따라서 지는 자신의 정신을 위해서라도 절대로 운소를 벗겨보지 않을 터였다.

"무슨 뜻이시옵니까?"

"그래! 과인의 분신이 좀 섰다! 그게 무어 어쨌다고? 실로 자연스러운 반응이지 않으냐? 남녀상열지사를 보았는데 어찌 잠잠하겠어? 아무 느낌이 없는 네 쪽이 더 이상하다! 남성의 기본조차 잊어버린 게야? 응?"

진짜 덮칠 수만 있다면! 진짜로 덮칠 생각이 눈곱만큼이라도 있었다면! 그랬다면 차라리 기겁을 하며 놀라는 운소의 반응에 덜 억울할 것이다.

아까 그 일은 단순한 사고였다. 분신이 의지와 달리 멋대로 서버린 것뿐이다. 절대로, 절대로 운소를 상대로 음탕한 마음을 먹어서가 아니었다.

"하웃, 낭자! 도련님! 이러는데 멀쩡한 사내가 어찌 아무렇지 않겠느냐?"

"저, 전하!"

지가 외설스러운 신음을 흉내 내자 운소가 하얗게 질려서 소리쳤다. 지는 개의치 않고 억울함을 토로했다.

"시끄럽다! 이게 다 따지고 보면 네 탓 아니더냐? 네가 몰라도 너무 몰라서 과인이 무고를 증명하려다가 이리된 것이지 않으냐? 과인의 잘못이 아닌데! 다 네 탓인데! 그런데 어찌 과인을 그리 짐승 보듯 보아?"

"소신이 언제 전하를 짐승 보듯 하였다고 그러시옵니까?"

"방금! 방금 그랬잖으냐? 과인이 이렇게 손을 뻗으니까!"

지가 손을 뻗었다. 운소가 바로 움츠러들었다.

"보아라! 또!"

"아니옵니다. 이건 그저 놀라서……."

"정녕? 정녕 단지 놀라서 그런 것이야?"

운소의 얼굴이 당혹감으로 물들었다. 왕을 달래야 했다. 그를 피한 것은 본능이었다. 그가 그녀를 사내로 알고 있다고 해도 그녀는 사내가 아니었고, 실수로 잡았던 그의 분신은 너무도 커서 조금 무서웠으니까.

하지만 결코 그를 짐승 보듯 한 것은 아니었다.

'피해서 화가 나신 것이라면 다가가면 풀리실 터…….'

운소는 마음을 다잡았다. 일단 지의 마음을 풀어주는 것이 급선무였다.

그녀는 그에게 바짝 몸을 가져갔다. 그의 얼굴이 순식간에 가까워졌다. 붉은 입술이 닿을 듯이 위태로웠다.

"정녕 놀라서 그런 것이옵니다. 이젠 아무렇지도 않사옵니다."

운소가 작게 속삭였다. 그녀의 숨결이 그의 입술을 스치며 흩어졌다. 지의 눈빛이 거세게 흔들렸다.

"언제나 그랬듯 전하께서 옳으셨사옵니다. 소신이 무지했지요. 이제 알았으니, 일단 이곳을 나가심이 어떠실는지요?"

조금 침묵한 후 지가 고개를 끄덕였다.

"그래. 일단 이곳을 나가자꾸나."

목소리는 많이 차분해져 있었다.

운소가 휘청거리며 일어났고, 지가 따라 몸을 일으켰다. 묵묵히 두 사람을 지켜보고 있던 비찬은 고개를 흔들었다. 정말 이상한 왕과 내시다.

운소가 문을 향해 걸었고, 비찬은 횃불을 들고서 그녀를 뒤따랐다. 그러는 동안 지는 한자리에 못 박혀 서 있었다.

지가 오지 않자 두 사람이 멈추어 뒤돌아보았다.

"전하?"

운소가 불렀지만 지는 오히려 등 돌리고 섰다.

"이것은 또 어찌 이래? 정녕 어찌!"

지가 절망에 찬 목소리로 중얼거렸다. 그리고는 갑자기 벽에 머리를 쿵 찧었다.

"전하!"

놀란 비찬과 운소가 동시에 그를 불렀다.

쿵, 쿵, 쿵!

지는 연달아 이마를 박았다. 비찬이 횃불을 운소에게 넘겨주고는 사색이 되어 달려가 그를 붙들었다.

"전하! 대체 무슨 짓을!"

"비찬아……."

울적한 눈으로 지가 비찬을 쳐다보았다.

"피가 나시지 않습니까!"

피라는 말에 운소도 급히 달려왔다. 그녀의 안색도 창백해졌다.

"어의, 어의께 보이셔야 합니다! 당장 환궁을……."

운소가 횡설수설했다.

"이마에 파리가 앉아서……."

괴이한 변명을 중얼거리며 지는 왼팔은 비찬에게, 오른팔은 운소에게 내어주었다. 두 사람에게 부축 받으며 걸어가는 지의 가슴 깊은 곳에서 안도의 한숨이 흘러나왔다.

그의 시선이 배 아래로 슬쩍 향했다가 정면으로 돌아왔다.

입술이 스칠 듯 가까워졌던 그 순간, 기다렸다는 듯이 불룩해진 그

것을 운소가 보지 못한 것은 천만다행이었다.

　잠행을 나갔던 왕이 이마에 상처를 입어 돌아왔으니, 궐은 때 아닌 난리가 났다.

　허둥지둥 달려온 어의가 지를 진료했다. 큰 상처는 아니라서 약초를 덧대는 것으로 치료는 끝났다.

　"덧나지 않도록 조심하셔야 하옵니다."

　"이 겨울에 덧날 리가 있느냐?"

　"예, 있습니다. 전하라면 분명 덧날 리가 있사옵니다."

　어의가 맹렬하게 쏘아보자 지는 꼬리를 내렸다.

　"알겠느니. 주의하마. 이만 모두 물러나라. 피곤하구나."

　지가 손을 휙휙 저었다. 어의는 조심 좀 하라고 신신당부를 거듭한 후에야 물러났다. 겨우 혼자 남은 지는 침상에 누워 두 눈을 말똥거렸다. 뽀얗고 말간 얼굴이 저절로 떠오른다.

　"우소야."

　자예가 아니더라도 언젠가 중전을 맞아야 한다.

　'국혼이라······.'

　계속해서 후사를 팽개쳐 둘 수는 없다. 신탁이 아니었다면 진즉 중전을 들였을 것이다. 예전이라면 누구라도 상관없었을 것이다. 자예든, 대신들의 딸 중 하나든, 후사를 볼 수 있는 계집이기만 하다면 누구라도 좋았을 때도 분명 있었다.

　'아바마마, 마음이 뜻대로 되지 않으면 어찌합니까? 소자의 것이 분명한데, 소자의 뜻대로 할 수 없으면 어찌합니까?'

　상왕은 성군이었다. 변방의 소국에 불과했던 동방이 이만큼 성장한 데는 상왕의 업적이 컸다. 백성은 그를 우러르며 존경했고, 신하들은 충심으로 섬기었다. 어느 누구 그를 사랑하지 않은 이가 없었다.

'소자는 다만, 아바마마께서 항상 소자의 편임을 믿사옵니다.'

결단은 섰다. 사실은 아주 오래전에 이미 내려진 결정이었다.

그의 입가에 쓴웃음이 걸렸다.

이른 아침, 지는 일어나자마자 곧장 정복을 갖추어 입고 침전을 나섰다.

"전하, 어딜 가시옵니까?"

"알 것 없다. 따르지 말라."

"전하!"

따르지 말라 하여도 따라올 것을 알고 있었다. 지는 내관이 따라오는 것을 힐끔 보고는 가던 길을 마저 가기 시작했다.

매일 날이 밝으면 운소는 침전에서 후원으로 이어지는 길을 쓸었다. 꼭 그녀가 해야 하는 일은 아니었지만 거르는 일이 없었다. 지도 이제는 그것을 알고 있었다. 비가 오나 눈이 오나 그가 걷는 길을 깨끗이 정돈해주는 그 마음이 기꺼웠다.

쓱쓱. 싹싹.

비질소리가 들렸다.

불현듯 웃음이 나왔다. 결심은 이미 태천에 답신을 보내던 그때 확고해진 것을. 지는 잠시 멈추었다.

"여기서 기다려라. 명이다."

내관을 떨쳐놓고 지는 앞으로 걸어갔다. 빗자루를 들고 있는 작은 체구가 점점 가까이 다가왔다.

"정우소."

운소가 멈추었다.

"전하? 이 시각에 예까지 어찌……."

"간밤엔 네가 너무 당황한 듯하여 마저 이야기를 하지 못하였다.

못다 한 이야기를 지금 해도 되겠느냐?"

지가 한 발짝 더 운소에게 가까이 갔다.

빗자루를 쥔 운소의 손에 힘이 들어갔다.

"과인이 이상한 게 아니란 걸 이젠 너도 이해하겠지."

"예, 전하."

운소가 우물거리다가 작게 대답했다. 간밤의 일이 떠올라버린 그녀의 뺨이 붉어졌다.

"과인이 이겼고, 네가 졌다."

운소가 고개를 들었다. 그녀가 아미를 찡그리며 고개를 갸웃거렸다. 언제 내기라도 하였나?

"그러니 과인의 청 하나만 들어다오."

"소신은 전하의 신하이옵니다. 전하의 명이라면 무엇이든 목숨 바쳐 받들 것이옵니다."

"명이 아니라 청이라 하였어."

지는 운소를 가만히 응시했다.

말간 얼굴. 우물처럼 깊은 눈동자. 하염없이 순해서 사람을 방심하게 하는 눈빛.

잠시 침묵하던 운소의 입에서 이내 대답이 흘러나왔다.

"전하의 청이라면 무엇이든 들어드릴 것이옵니다."

"참이냐?"

지가 나직하게 웃었다.

"언제나 과인의 신하로 남아다오."

웃음이 바람에 부서졌다. 눈웃음도 스러졌다.

애틋한 눈빛이 운소를 담는다.

"무슨 일이 있든 오직 신하로, 벗으로 있어다오."

운소의 시선이 천천히 아래로 내려갔다. 마른 입술을 살짝 깨물었다. 이내 바닥에 엎드려 읍하였다. 바닥에서 찬 기운이 몰려들었다.

"소신은 전하의 신하가 되기 위해 내시가 되었나이다. 하오니 언제나 전하의 신하, 전하의 벗으로 남을 것이옵니다."

겨우 쥐어짜낸 목소리가 가늘게 떨렸다.

그녀가 울음을 참고 있음을 왕은 알지 못한다. 영원히 당신의 신하이며, 당신의 벗이고 싶다 고하면서도 떠날 날을 헤아리는 그 마음을 왕은 듣지 못한다. 몇 번의 불통을 받으면 파직될지 꼽아 보는 처량함 또한, 보지 못한다.

'전하, 모르겠습니다. 언제 이리도 커져 버리셨습니까? 고집불통에 제멋대로이신데, 왜 이리도 눈을 뗄 수가 없는 것이옵니까? 왜 자꾸 가지 말라 하셔서, 정녕 가고 싶지 않게 만드시옵니까?'

햇살 같은 웃음, 기껍게 속삭대는 목소리. 그의 모든 것들이 가슴을 간질인다. 다정하고 상냥해서 그 품에 머물고만 싶다.

'전하, 전하께서 제 첫 벗이옵니다.'

운소는 서글프게 웃었다.

모든 것이 덧없구나…….

태천의 황궁.

동방으로 보냈던 사절단이 돌아왔다.

"황상폐하 납시오!"

새해에 딱 도착하도록 보냈는데 정월이 다 지나서야 귀국했다. 오가는 시간을 줄이려고 부러 규모로 작게 하여 보냈는데도 예상했던 것보다 오래 걸렸다.

무언가 싸한 느낌이 들었지만, 차류는 일단 용좌에 앉았다.

"만세 만세 만만세! 황상폐하 만만세!"

"답신은?"

거두절미한 물음에 사절단 수장이 앞으로 와 꿇어앉았다. 들어 올린 두 손에 곱게 접힌 서신이 얹어져 있었다.

"가져오라."

내관이 사신에게서 서신을 가져와 바쳤다.

"그래, 그놈이 무어라 썼는지 볼까."

오랜만에 온 벗의 소식이다.

'하여간 정 없는 놈.'

차류가 속으로 혀를 찼다.

지는 결코 먼저 서신을 보내오는 법이 없다. 그가 먼저 보내야 겨우 답신하는 정도다. 이에 태천의 대신들은 동방왕의 콧대가 지나치게 높다고 은근히 못마땅하게 여겼다.

차류가 서신을 펼쳤다. 지의 친필이 분명했다.

"벌써 노안이 왔나?"

미간을 잔뜩 찌푸리고는 차류가 중얼거렸다.

"돋보기를 가져오너라."

"예? 아, 예에, 폐하."

내관이 서둘러 돋보기를 가져왔다. 서역으로 갔던 상인들이 특별히 공수해 바친 공물이었다.

사실 서찰에 쓰인 글씨는 무척 큼직했다. 돋보기가 필요할 정도로 작은 글자는 하나도 없었다. 그럼에도 차류는 한 글자 한 글자 일일이 돋보기로 들여다보며 정독했다. 이지라면 깨알 같은 글씨로 진짜 대답을 숨겨놨을지도 모른다. 워낙에 종잡을 수 없는 놈이니까.

"흐음."

처음부터 끝까지 다시 본 차류가 탄식했다.

노안은 아니었다. 두 눈을 비비고 다시 떠도 마찬가지였다.

"이놈이 미쳤나?"

벌떡 일어난 차류가 서신을 북북 찢어버렸다.

"폐, 폐하!"

차류의 표정이 무섭게 굳었다.

그래, 단 한 번도 국혼을 정식으로 약조한 적은 없었다. 그러나 모두가 자예와 지의 국혼을 기정사실로 받아들이고 있었다. 그간 좋은 혼처를 모두 마다하고 자예를 곁에 끼고 있던 것도 전부 그 때문이다.

그런데 싫다고?

이 미친놈이 감히 내 누이를 거절해?

"누이에게 가야겠다."

들떠 있는 누이 생각에 절로 짜증이 치밀었다.

휙 등을 돌려 공주궁으로 가려던 차류가 우뚝 멈추었다. 그의 고개가 좌우로 흔들렸다.

"아니, 아니다. 사냥을 하러 가야겠어."

"폐하!"

황제가 느닷없이 사냥타령을 하는 까닭을 아는 신료들이 비명처럼 소리쳤다. 황제는 장기간 출타할 때면 늘 사냥 핑계를 대곤 했다.

"오랜만에 미친놈 칼부림 좀 해볼까?"

눈동자가 사납게 번뜩였다.

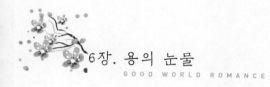

6장. 용의 눈물
GOOD WORLD ROMANCE NOVEL

1

종9품 내시들의 시험 결과가 나왔다. 만중은 흐뭇하게 웃었다.

"불통이로군."

운소는 훌륭하게도 불통이었다.

"허튼 생각을 하지 않아 다행이로다."

계집이든 사내든 왕의 총애를 받으면 오만해지고 자만에 빠지기 쉽다. 그 총애를 이용하면 평생 꿈꿀 수 없는 부귀영화를 너무나 쉽게 얻을 수 있으니까. 그런데도 이 선량한 상원내시는 전혀 그런 욕심을 부리지 않는다.

"그래도 혹 모를 일이니 한 번 더 당부해두어야겠지."

만중은 자리에서 일어나 비원으로 향했다.

눈이 내리고 있었고, 성실한 상원내시는 언제 발걸음 할지 모르는 왕을 위하여 부지런히 비질을 하고 있을 터였다.

역시나 예상했던 대로 길은 깨끗이 쓸어져 있었다. 저도 모르게 흐뭇하게 웃던 만중이 화들짝 놀라 표정을 갈무리했다.

그때였다.

둥, 둥, 두웅…….

낮게 진동하는 북소리가 멀리서부터 들려왔다.

그 자리에 멈춰선 만중이 고개를 돌렸다. 늙은 신하의 얼굴이 잔뜩 찌푸려져 있었다.

"신문고……?"

누군가 목숨 걸고 왕을 부르고 있다.

만중이 운소의 시험결과를 보며 기꺼워하고 있을 시각, 운소는 바쁘게 일하고 있었다.

그녀는 쉬지 않고 몸을 놀렸다. 몸이 고된 쪽이 차라리 나았다. 조금이라도 쉴 틈이 생기면 부질없는 바람이 자꾸만 머릿속에 들어찼다. 그쪽이 더 괴로웠다.

떠나고 싶지 않다. 곁에 있고 싶다.

차라리 모든 것을 밝히고 벌을 받고 싶다.

갑자기 사라져서 그를 상처 입히고 싶지 않다…….

'아니 될 생각.'

운소는 고개를 획획 흔들었다.

또! 또다.

잠깐 비질을 멈추었다고, 그새를 못 참고 왕에 대한 생각이 머릿속을 점령해 버렸다.

"우소야."

"에구머니나!"

갑자기 뒤에서 들려온 목소리에 운소가 화들짝 놀랐다.

"네 꼭 계집처럼 놀라는구나?"

뒤돌아보니 지가 서 있었다.

"계집이라니요!"

팩 소리치는 운소의 얼굴이 달아올랐다.

두근두근. 심장이 대책 없이 뛰었다.

"홍문관 교리 놈들은 하나같이 독종이야. 과인이 곧 죽겠다고 하는 데도 꿋꿋하게 붙잡아 경연을 하지 무어냐? 공부 못해 죽은 귀신이라도 붙었나? 공자가 어쩌고, 맹자가 어쩌고 하는데 과인은 정말이지……."

지가 문득 말을 멈추었다.

"전하?"

이상한 느낌이 들어 운소가 그를 올려다보았다. 그녀와 눈이 마주친 지가 걱정스러운 표정을 했다.

"추워 보이는구나."

"아, 아니옵니다! 괜찮사옵니다!"

그 순수한 염려에 운소가 얼른 고개를 내저었다.

"또 고뿔이라도 걸리려고?"

"뉘를 찾으려고 한경을 샅샅이 뒤지는 일만 없다면 그럴 일 없사옵니다."

운소의 대꾸에 지가 피식 웃었다.

"과인을 탓하는 것이야?"

"설마요?"

"설마가 사람 잡는 법이다."

"절대 아니옵니다."

휭, 바람이 불었다. 나뭇가지에 쌓인 눈이 후드득 떨어졌다. 운소의 외관에 그대로 눈이 쌓였다.

"절대 아니긴. 이리 눈을 뒤집어쓰고 있으면 고뿔에 걸릴 것이야."

지가 운소의 머리를 툭툭 털어주었다.

운소는 기묘한 표정이 되었다. 마음이, 이상했다.

왈칵 울고 싶었다. 가고 싶지 않다고, 이곳에 있고 싶다고 소리치고 싶었다. 너무도 다정한 그가 제 죄마저 용서해줄 것 같아서, 그 온화함에 기대어 주저앉고 싶었다.

그러나 아니 될 일이다.

"전하께서 털어주셨으니 이제 괜찮사옵니다."

운소가 가만히 고개를 들었다.

그때였다.

둥, 둥, 두웅…….

드넓은 궐 너머에서 희미한 북소리가 흘러들고 있었다.

"북소리?"

"신문고다."

지가 용안을 찌푸렸다.

신문고가 설치된 것은 상왕의 시대였다. 설치 초기에는 하루가 멀다고 북이 울렸다. 신문고를 치기 위해 줄을 서 있을 정도였다. 많은 이들이 억울함을 풀어달라며 왕만 찾았다. 육부는 유명무실해졌고, 조정이 거의 마비될 지경에 이르렀다. 이에 결국 사안이 중하지 않음에도 신문고를 울린 자는 중형에 처한다고 국법이 개정되었다. 중하지 않은 사안의 범위가 모호했기에 제 목숨을 걸고 모험하는 자는 급격히 줄어들었고, 지가 왕위를 이은 후로는 그 누구도 신문고를 찾지 않았다.

그런 신문고가 지금 울고 있었다.

"누군가 과인에게 억울함을 알리고 있어."

북소리에 홀린 듯 지가 발걸음을 옮기기 시작했다. 운소가 황급히 배종하였다.

둥, 둥, 두웅…….

북은 계속 울렸다. 금군에 둘러싸인 채 한 아이가 온몸의 힘을 쥐어짜내 신문고를 두드리고 있었다.

"주상전하 납시오!"

오는 길에 만난 만중이 소리쳤다.

"주상전하 납시오!"

북을 두드리던 아이가 그제야 북채를 놓고 바닥에 엎드렸다.

아이는 거지나 다름없었다. 넝마가 된 천 조각을 겨우 걸친 채 바들바들 떨고 있었다. 겨울에 맞지 않는 옷차림이었고, 찢어진 옷 사이로 앙상한 살가죽이 보였다. 아이는 몸을 움직이고 있는 것이 신기할 정도로 말라 있었고, 바스스 부서질 듯 불안했다.

지는 백성을 돌보지 않는 왕이 아니었다. 그는 국고가 허락하는 한 언제나 구휼에 힘썼다. 그러나 국고는 화수분이 아니었고, 모두를 가난에서 구제할 순 없었다. 아무리 평화로워도 괴로움은 있었고, 동방의 곳곳을 비추는 해가 되고자 하여도 닿지 못하는 곳이 있었다. 그늘지고 얼어붙어 조금의 온기도 찾을 수 없는 그런 곳이, 있다.

아이는 그런 곳에서 왔을까?

"고개를 들어라."

아이가 고개를 들었다. 손은 동상에 걸려 엉망이었고, 옷은 누덕누덕하였으며, 비쩍 곯아서 나이를 가늠할 수 없을 만큼 작았다. 그런데도 두 눈만은 냉정하고 침착하게 빛나고 있었다.

"네가 울린 그 북이 무슨 의미인지 아느냐?"

"나라님께 억울함을 고하는 북이라 들었습니다."

앳된 목소리였다. 지는 아이의 나이를 가늠해 보았다.

'열두 살이나 되었나? 아니, 아니다. 제대로 먹지 못하였을 테니 그것보다는 많겠지. 하면 열넷? 아니면 열다섯?'

신문고는 목숨을 걸고 울리는 것이다. 사안의 경중에 따라 아이는 살 수도 있고, 죽을 수도 있다. 생사의 무게를 알기에 아이의 나이는 충분한 것일까?

　"그렇다. 저 북은 억울함을 알리기 위한 것이다. 그러나 네 억울함이 충분하지 않다면 너는 죽음으로 그 죄를 사해야 한다. 그것 또한 알고 있느냐?"

　"알고 있습니다."

　아이는 망설임 없이 답하였다.

　"쇤네는 남강도에서 향리의 아들로 태어났습니다. 덕분에 다른 아이들보다 그나마 배운 것이 있어 모두를 대신하여 이곳에 왔습니다."

　향리의 아들이라면 양반은 아니라도 중인은 되는 셈이었다.

　"쇤네는 임금께서 만백성의 아버지라 들었습니다. 아니옵니까?"

　담담한 말투였으나 그것은 목숨을 건 읍소였다.

　"네 말대로 임금은 만백성의 아버지이다."

　"하오면 어찌 저희를 버리시옵니까?"

　용안이 살짝 찌푸려졌다.

　"버려?"

　한 박자 뒤에 내뱉어진 용음이 갈라졌다.

　"과인이, 너희를?"

　이해가 안 된다는 듯 지가 고개를 살짝 기울였다.

　"그럴 리가. 과인은 더는 과인의 백성을 버리지 않는다."

　지가 고개를 내저었다.

　그는 백성의 피를 밟고 이 자리에 섰다. 전쟁은 승리했지만 많은 이들을 잃었다. 때론 어쩔 수 없이 잃었고, 때론 전략적으로 버렸다. 마음을 거세하고 오직 승리만을 생각하며 짐승처럼 싸웠다.

뒤에 두고 온 수많은 백성들. 이름도, 얼굴도 기억되지 못한 가엾은 이들······.

전쟁을 끝내고 귀국하던 그때 구천의 혼령들에게 사죄하며 결심하였다. 다시는 그 누구도 버리지 않겠다고. 모두를 구하진 못해도, 결코 버리진 않겠다고.

항상 바른 정치를 고민하였다. 현명한 재상을 세우고, 정1품부터 종9품에 이르기까지 모든 신료가 그 재상을 도와 조정을 꾸려나갈 수 있도록 물심양면으로 도왔다. 고루하고 재미없는 선현의 말씀을 귀에 박히도록 들었고, 경전의 내용은 달달 외울 정도로 보고 또 보았다. 근래에 질풍노도의 시기를 맞아 반항하기도 했지만, 지는 기본적으로 성실한 군주였다.

"하오면 어찌 저희를 돌봐주지 않으십니까?"

"과인이 아무리 노력하여도 모든 백성을 구할 수는 없었다. 관군을 아무리 늘려도 화적떼에게서 외딴 마을을 전부 지킬 수 없었고, 국법을 아무리 바로 세워도 부당한 것을 모두 막을 수도 없었다. 과인은 동방의 주인이되 하늘의 주인은 아니라서, 모두를 지키고자 하였으나 지키지 못했다. 그러나 그 누구도 버리지는 않았다."

지는 제 능력의 한계는 인정하지만, 마음의 부재는 인정할 수 없었다.

"전하께서 저희를 버리지 않으셨다면 어째서 저희를 쫓아내려 하십니까?"

"무슨 뜻인지 모르겠구나. 자초지종을 자세히 고하여라."

아이는 천천히 설명하기 시작했다.

재작년 아이가 살던 마을에 역병이 돌았다. 윗마을 아랫마을 할 것 없이 수많은 이들이 죽었다. 바로 전날까지만 해도 함께 웃고 울던 이웃들이 하루아침에 주검이 되었다. 눈을 뜨지 않는 자식을 붙잡고 어미는 통한의 눈물을 쏟아내고, 부모 잃은 아이들은 먹을 것이 없어 아사했다. 네댓 개의 마을이 풍비박산 났고, 겨우 살아남은 아이들은 여기저기 떠돌다가 한경으로 올라왔다. 가엾은 백성을 구휼해주는 제도가 있다는 소문 때문이었다.

그러나 아이들을 도와주는 이는 아무도 없었다. 오갈 곳 없는 아이들은 방도를 찾지 못한 채 녹개천 근처에 모여 지내게 됐다. 그 숫자가 대략 서른이었다.

"……그것이 석 달 전의 일입니다."

"계속하여라."

"사달이 난 것은 얼마 전입니다. 관군들이 갑자기 저희를 내쫓기 시작했습니다. 녹개천에서 빨래를 하는 아낙들이 겁을 낸다는 것이 그 이유였습니다."

아이는 착잡한 표정으로 잠시 말을 멈추었다.

"오갈 데 없는 어린아이일 뿐입니다. 누군가를 해칠 힘도 없고, 그럴 까닭도 없습니다. 그저 머물게만 해달라고 사정하였지만 아무도 들어주지 않았습니다."

아이의 목소리가 바르르 떨렸다. 억눌린 분노와 원망이 흘러나왔다.

역병으로 부모를 잃고, 나고 자란 마을을 떠나, 실낱같은 희망을 가지고 한경에 왔으나 그 어떤 도움도 얻지 못한 채 버려졌다.

"가지 않으려고 버티니 활을 쏘고 칼을 휘두르고……."

내내 담담하게 말을 잇던 아이의 두 눈에서 굵은 눈물이 뚝뚝 떨어지기 시작했다.

지는 어두운 표정으로 아이를 응시했다. 이상한 일이다. 그는 녹개천에 자리 잡은 부랑자 아이들을 쫓아내라는 명을 한 적이 없다. 역병으로 부모를 잃은 아이들이 한경에 들어왔다는 소식도 들은 바 없다.

"계속하여라."

잠시 감정을 추스른 아이가 다시 고하기 시작했다.

"결국 저희는 운두산雲頭山의 자락으로 거처를 옮길 수밖에 없었는데, 어디서 또 고발이 들어간 것인지 관군들이 쫓아와서⋯⋯."

"잠깐."

지가 불쑥 아이의 말을 끊었다.

"어디라 하였느냐?"

"예?"

"새로 자리를 잡은 곳이 어디라 하였느냐고 물었다."

"아⋯⋯. 운두산의 어느 자락으로⋯⋯."

"운두산? 그곳은 아니 된다."

다짜고짜 안 된다는 말에 아이가 울컥했다.

"어찌 아니 된다고만 하십니까? 만백성의 아버지라 하시면서 어찌 저희를 쫓아내기만 하십니까? 저희가 궐의 곳간을 열어 곡식을 달라 하였습니까? 아니면 살 집을 지어 달라 하였습니까? 그것도 아니라면 농사지을 땅을 달라 하였습니까? 바라는 것은 그저 어디든 발붙이고 사는 것뿐입니다. 단지 살아갈 수 있도록 해달라는 것인데, 그것이 그리도 어렵습니까?"

"그런 뜻이 아니다."

"그런 뜻이 아니라니요?"

"네 고향이 남강도라 하였더냐?"

지의 목소리엔 다급함이 묻어났다. 까닭 모를 불안함이 아이에게 엄습했다.

"남쪽은 눈이 별로 오지 않지. 그래서 모르는 모양이구나. 운두산이 왜 운두산인 줄 아느냐? 꼭대기에 늘 구름이 걸려 있어서이니라. 그 구름에서 겨울엔 시도 때도 없이 눈이 내리고, 산세가 험해서 매해 눈사태가 나지. 운두산에 들어간 심마니들이 올겨울에만 벌써 열 명 넘게 돌아오지 못했다. 그들이 어찌 되었을 것 같으냐? 산이라면 누구보다 잘 아는 이들인데?"

아이의 안색이 서서히 새파랗게 질렸다.

아이의 고향인 남강도는 눈이 거의 내리지 않는다. 겨울에도 눈 대신 비가 내렸다. 눈사태라는 것은 상상도 해본 적이 없다. 눈이란 그저 잠시 내렸다가 금방 녹아 버리는 것. 온 세상을 새하얗게 뒤덮어 잠시나마 고통을 가려주는 것. 딱 그 정도로만 생각하고 있었다.

"보아라. 이곳 왕궁에도 계속 눈이 내렸다. 운두산은 더하면 더했지, 덜하진 않을 터. 그곳에 머물다간 큰일이 날 것이다."

"그럼 이제 어찌하여야……."

"일단 너는 서둘러 돌아가서 동무들을 이끌고 남문 쪽으로 오너라. 너희가 지낼 거처는 과인이 마련해 보마."

아이가 두 눈을 크게 떴다. 잠시 얼어 있던 아이가 겨우 정신을 차리고는 황급히 굽실거렸다.

"고맙습니다! 참으로 고맙습니다!"

"이럴 때는 성은이 망극하다고 해야지. 인사는 그만 되었다. 어서 가거라."

"예!"

아이가 황급히 달려갔다.

아이가 보이지 않게 되자 지가 혼잣말로 중얼거렸다.

"한데 이상한 일이다. 부랑자를 구휼하기 위한 관청이 있을 터인데, 그곳에선 어찌 아이들을 돌보지 않았을까? 서른이나 되는 고아가 한경에 왔는데 어찌 과인의 귀에는 그 이야기가 전혀 들리지 아니했을까?"

전국 각지에서 하루에도 수백 건의 사건이 일어나고 수십 건의 상소가 올라온다. 그 많은 일들을 왕이 혼자서 다 처리할 수는 없는 법. 대부분의 사소한 안건은 삼상三相이 처리하고, 지극히 중요한 사항만 왕의 확인을 받는다.

"허구한 날 국혼 이야기나 할 줄 알지, 정작 중요한 이야기는 하나도 하지 않았구나."

역병으로 천애고아가 된 아이들이 부랑자가 되어 한경으로 몰려온 것은 삼상에게 있어 왕께 올릴 만한 안건이 아니었을지도 모른다. 언제 다른 이에게 해를 끼칠지 모르는 그깟 부랑자 아이들을 쫓아내는 것 또한 왕께 고할 필요가 없는 일로 치부되었을 수도 있다. 악의로 행한 결정은 아니겠지만 지의 마음은 무너졌다. 훌륭한 재상을 세웠다 믿었는데, 아니었던 것인가.

아이를 보내고 서글픈 웃음을 짓고 있는 지를 운소가 가만히 바라보고 있었다. 굳건하며 위태로운 그 어깨를 다독여주고 싶었다. 감히 다가갈 수 없기에 운소는 눈을 감았다.

삼상이 소집되었다. 의정부에 모여 국책을 논하고 있던 세 사람은 갑작스런 왕의 부름에 적잖게 놀란 듯하였다. 왕좌에 앉은 왕의 표정이 심상치 않았다.

"어찌 그 아이들을 내쳤느냐?"

지가 영의정을 다그쳤다.

"예에?"

업무에 지친 영의정은 왕의 노기를 곧장 이해할 수 없었다.

"녹개천 근처에 부모 잃은 아이 서른 명이 자리 잡고 있었다고 들었다."

"아!"

지가 설명을 덧붙이자 탄성은 엉뚱한 곳에서 나왔다. 좌의정이었다.

"좌상은 과인이 말하는 아이들을 알고 있는가?"

"예, 전하. 하오나 전하, 그 아이들은 전하께서 신경 쓰실 바가 못 되옵니다. 도성의 치안을 어지럽히고 두려워하는 자가 있어 일찍이 한경부 관군들이 처리한 것으로 아옵니다."

좌의정이 공손히 고하였다. 그것이 역린을 건드렸다.

"처리? 처어리?"

용음이 높아졌다. 미간에 힘을 주고 기가 막혀 하는 왕의 모습에 좌의정은 당황스러워하며 고개를 조아렸다.

무엇이 잘못된 것인가?

알 수 없었다. 잘못된 것은 아무것도 없었다.

"누구 마음대로 처리한단 말이냐?"

……아마.

"이 겨울에 그 아이들을 '처리' 하면, 그 아이들은 대체 어디로 간단 말이냐?"

"그것은……."

"가호가 있는 백성만 백성이고, 부모 잃은 고아는 백성도 아니더냐!"

지의 호통에 좌의정이 고개를 조아리며 겨우 답하였다.

"송구하옵니다, 전하. 소신의 생각이 짧았사옵니다. 부디 노여움을 거두어 주시옵소서."

"좌상마저 생각이 짧으면 도대체 생각이 긴 자는 이 나라의 어디에 숨어버렸단 말이냐?"

좌의정은 냉정하고 이성적이었지만, 때로는 그것이 지나쳤다. 가난하고 힘없는 자에 대한 측은지심이 부족했다. 생명조차 흔히 도구로 보고 손익을 따졌다. 그 냉철함이 조정에 도움이 될 때도 있었지만, 해가 될 때도 있었다. 이 세상에 완벽한 재상은 없는 법이니까.

"좌상! 좌상께서는 그리 중요한 일을 어찌 혼자 처리하셨소? 그 가없은 아이들을 어찌!"

우의정이 언성을 높였다. 그는 좌의정과 성향이 정반대라서 사사건건 부딪히곤 했다.

서로 잡아먹을 듯 노려보는 두 재상을 보며 지는 한숨을 내쉬었다. 저 싸움에 그마저 낄 수는 없었다. 지금 중요한 것은 탁상에 마주 앉아 시시비비를 따지는 것이 아니었다.

"지금이 우리끼리 싸울 때요? 필요한 것은 해결책 아니오?"

영의정이 끼어들었다. 분한 듯 그를 노려보던 좌의정과 우의정은 입을 다물었다.

잠시 생각에 잠겨 있던 지가 좌의정을 물끄러미 응시했다.

"좌상의 집이 구십구 칸이었던가?"

"예? 아, 예, 전하. 구십구 칸이옵니다."

혼잣말 같은 지의 말에 좌의정이 얼른 대답했다.

"꽤 넓겠군."

지가 입술을 늘여 웃었다. 용심을 파악할 길 없는 좌의정이 불안한 듯 눈동자를 굴렸다.

"넓긴 하오나 감히 대궐에 비할 바는 못 되옵니다."

"빈방도 많으냐?"

"예?"

설마. 불길함이 좌의정의 뇌리를 스쳤다.

"아니다. 빈방이 꼭 많을 필요도 없지. 넓은 행랑채 하나면 되는 것을."

그리고 설마는 늘 역시로 다가오는 법이다.

"덩치가 작은 아이들이니 올겨울 정도는 머물게 할 수 있을 것이야? 그러하지?"

"전하, 그것은……."

좌의정이 말끝을 흐렸다.

오갈 데 없는 아이가 서른. 머릿속에서 주판을 튕겼다. 서른의 아이를 먹이고 재우는 데 드는 비용이 바로 가늠되었다. 못할 것은 없지만, 왜 도움도 안 될 일을 굳이…….

"곤란하다? 과인의 명인데 곤란하다? 과인의 청인데 곤란하다?"

좌의정의 셈을 간파한 지가 용안을 구겼다.

"전하, 그런 것이 아니오라!"

"좌상이 정 곤란하다면, 무어 할 수 없지. 과인이 그 아이들에게 동궁을 내어주면 되겠지."

놀란 삼상이 거의 동시에 소리쳤다.

"아니 되옵니다, 전하!"

"말씀을 물려 주시옵소서!"

"어찌 그런 망측한 말씀을 하시옵니까!"

서로 못 잡아먹어 안달이면서 이런 순간만큼은 그렇게 손발이 잘 맞을 수가 없었다. 충직한 세 노신을 앞에 두고 지가 몰래 비죽 웃었다.

"하나 어찌하겠는가? 과인의 어린 백성이 얼어 죽는 꼴을 볼 수는 없지 않으냐? 좌상은 싫다 하고, 마침 동궁은 비어 있으니……."

영의정과 우의정이 동시에 좌의정에게 눈치를 줬다. 그 비렁뱅이들을 동궁에 들이지 않으려면 좌의정이 희생해야 했다. 어려운 이를 쉬이 지나치지 못하는 우의정은 마음 같아서는 제 집에 아이들을 들이고 싶었지만 안타깝게도 그의 집은 무척 좁았다. 어려운 일이 있을 때마다 곳간을 열어 어려운 이들을 개인적으로 구휼한 까닭에 재산이 거의 남지 않은 것이다. 영의정은 우의정보다는 사정이 나았지만, 가솔의 수가 많아 살림이 넉넉지 못하였다.

결국 좌의정이 두 손 두 발 들었다.

"그 가엾은 아이들을 도울 수 있다면 그것 또한 소신의 복이옵니다! 기쁘게 전하의 뜻을 받들 것이옵니다!"

"과연! 삼상이 동방에 있음은 과인의 복이니라."

지가 말갛게 웃었다.

완벽한 재상을 세우진 못했지만, 셋을 함께 두면 그럭저럭 쓸 만하였다. 혹여 좌의정이 끝끝내 제 셈만 챙긴다면 파직도 고려해볼 참이었는데, 다행히 그렇게까지 할 필요는 없을 듯했다.

운소는 편전 근처를 서성거리고 있었다.

남강도 아이들이 걱정되었다. 부모를 잃고 고향을 떠나야만 했던 그 막막한 마음을 그녀는 너무도 잘 알고 있었다. 괄시하는 눈초리는 그녀가 어딜 가든 따라다녔다. 울타리 하나 없이 세상에 내던져진 오누이에겐 모든 것이 두렵고 끔찍했다. 목숨을 걸고 살려 달라 청하던 아이의 모습이 곧 운소의 모습이었다. 높으신 분의 자비에 기대지 않고서는 살아갈 수 없는 것이 부모 잃은 아이들의 운명이었다.

'전하께 무릇 백성이란 어떤 존재이옵니까?'

양반은 평민을 깔보고 평민은 천민을 업신여긴다. 저보다 신분 낮은 자는 흔히 같은 인간으로 취급조차 하지 않으니, 그 정도가 가장 심한 이들은 왕족이었다. 태생부터 귀하고 일평생 극진히 대접받으니 아랫것들의 비참함은 그네들 관심사가 아니었다.

'미천한 것들까지 정녕 아껴주실 것이옵니까?'

지금이야 그녀를 어여삐 여기지만, 언제까지고 그럴 리 없다. 당장 하룻밤만 지나도 변할 수 있는 것이 사람 마음이다. 운소는 그것이 두려웠다. 그에게 괄시받고 미움 받는 미래는 생각만 해도 서글펐다.

그러나 미천한 것들조차 하나 같이 아끼는 그의 모습을 본다면 이 두려움이 조금은 누그러지리라. 그녀가 정우소가 아니라 죄인 정운소라는 것을 알게 되어도 그저 미워하기보다는 조금은 가엾게 여겨줄지도 모르니까.

"갑니다, 전하. 지금 가고 있사옵니다. 그만 좀 쫓아오십시오!"

멀리서 인기척이 들려왔다. 운소는 상념에서 벗어나 고개를 들었다.

좌의정이 누군가에게 떠밀려오고 있었다.

"말만 하지 말고 서둘러라!"

좌의정을 떠밀며 신신당부를 하는 이는 왕이었다. 만족스레 웃으며 고개를 돌리던 지가 운소를 발견했다.

"우소야, 네 어찌 여기 있느냐? 날이 추운데 내반원에 가 있지 않고? 이런, 얼굴 좀 보아라. 볼이 온통 빨갛구나. 세상에! 손도 다 얼었지 않느냐?"

지가 운소의 얼굴과 손을 보고 수선을 떨었다.

"소신은 괜찮사옵니다. 그보다 남강도에서 온 아이들은……."

운소가 슬그머니 손을 뒤로 했다.

"그 아이들이 걱정되어 예서 이러고 있었던 것이냐?"

그가 불어오는 찬바람을 막아서며 물었다. 용포가 펄럭였다.

"예, 전하."

"네 마음이 곱다. 하나 우소야, 그것은 네가 걱정할 일이 아니야. 그것은 과인이 시름할 일이지."

"송구하옵니다."

운소가 고개를 조아렸다.

"그렇다고 송구할 건 또 무어냐? 날이 풀릴 때까지 일단은 좌상이 맡아주기로 하였다. 그다음은 날이 풀리면 고민하면 되겠지. 이리 추워서야 원, 아무것도 할 수가 없구나."

지가 과장스럽게 어깨를 편 후 눈웃음 지었다. 햇살 같은 웃음이다.

"추운데 안으로 들자꾸나. 화로를 피워주마."

운소는 그를 빤히 바라보았다.

정녕 다정한 분. 한결같이 따뜻한 분. 극존의 자리에 앉아, 모두를 굽어살피며 손 내밀어 주시는 분. 어떻게 그럴 수가 있을까.

"우소야?"

운소는 땅에 엎드렸다.

"다행이옵니다. 정녕 다행이옵니다, 전하."

왈칵 터지는 마음을 억눌렀다.

"참으로, 참으로 다행이옵니다……."

운소의 목소리가 잦아들었다.

"어찌 우느냐?"

당황한 지가 운소의 어깨를 잡아 일으켜 세웠다.

"우는 것이 아니옵니다."

운소는 고개를 저었다. 눈물이 툭툭, 떨어졌다.

"우는 것이 맞는데?"

어수가 운소의 뺨에 닿았다. 뺨을 타고 흐르는 눈물이 그의 손끝에서 번져나갔다.

"아이들은 무사할 것인데, 과인의 무엇이 우리 우소를 울게 하였을까?"

"보지 마시옵소서. 추하옵니다."

운소가 고개를 숙였다. 못난 표정을 그에게 보이고 싶지 않았다. 이상하게 눈물이 났다. 자꾸만 눈물이 났다. 마음은 제 것인데 제 것 같지 않아서, 내처 그에게 흘러가 버린다. 그의 행동 하나하나에 촉각을 곤두세우고, 그의 반응 하나하나에 제 입장을 대입해 본다. 신문고를 울린 아이의 모습에 자신이 겹쳐 보이고, 나날이 체감되는 신분의 차이에 스스로 초라해진다.

애초에 그를 기만하기만 하는 관계였다. 그를 버리고 떠날 것도 그녀였고, 그를 상처 입힐 자 역시 그녀였다. 죄인 주제에 무엇을 바라느냐고 수없이 마음을 다잡아도 그의 다정은 지나쳐 결국 방심하고 만다. 그는 빈틈 많은 그녀의 마음속으로 참으로 쉽게 들어와 버린다.

아이를 대하는 그의 태도에 그가 제 죄를 알게 되어도 아주 차갑게 외면치는 않겠구나 싶었다. 만인에게 다정하니 죄인에게도 너그럽겠구나 싶었다. 하여 안도하였다. 눈물이 났다. 그것이 운소는 서글펐다. 어찌하면 그에게 조금이라도 덜 미움 받을까 전전긍긍하는 저가 가엽고, 그럼에도 결국 얻지 못할 것이기에 아팠다. 이 미련한 계집을 어찌해야 할지 운소는 알 수 없었다.

소매로 뺨을 닦고서 운소는 두 눈을 느리게 감았다 떴다. 시야가 흐려져 오직 눈앞의 지만 선명했다.

"추워 우웁니다."

젖은 목소리가 흘러나왔다.

"추워서?"

"예, 전하. 바람이 매서워 눈물이 나옵니다."

여린 울먹임이 하얀 입김이 되어 흩어졌다.

커다란 손이 운소의 뒷머리를 감싸 그대로 당겼다. 지의 가슴에 이마를 댄 채 운소는 굳었다. 심장이 터질 듯 뛰었다.

지는 한참이나 운소의 머리를 쓰다듬어 주었다.

울지 마라. 울지 마라, 운소야. 그가 그녀를 다독이고 있었다.

멈추어야 하는 울음이 점점 거세졌다. 영문 모를 울음이 잦아들 때까지 지는 기다려주었다.

"이제 멈추었구나."

지가 다정히 웃었다.

"망극하옵니다."

운소는 고개를 떨구었다. 그를 볼 자신이 없었다. 마음이 왜 이리도 아플까.

"이젠 춥지 않은 것이지?"

"예, 전하."

그는 따뜻하다. 너무 따뜻하여 무섭다.

"어의가 그러는데, 과인이 손발에 열이 많대."

마음을 단단히 여며도 자꾸만 풀려 버린다.

"한데 우소야, 과인은 정말 성군이지 않으냐? 금일은 특히나 훌륭하지 않았느냐?"

운소의 기분을 바꿔주려는 듯 지가 농담 삼아 우쭐거렸다.

"전하께서 허리춤에도 아니 오는 못에 빠져 허우적거리시던 때에도, 계집들이나 좋아할 꽃신을 신고 저잣거리를 활보하시던 때에도, 울적하다며 발가벗은 남녀가 가득한 춘화를 보고 계시던 때에도 전하께서는 늘 성군이셨사옵니다."

"그런 이야기를 어찌 지금 하는 것이야?"

새빨개진 얼굴로 팩 소리친 지가 황급히 고개를 돌렸다. 그 모습에 운소가 작게 웃어 버렸다.

그 웃음소리에 지가 커다래진 눈으로 운소를 쳐다보았다.

"우소야."

"예, 전하."

"네가 웃는구나."

이 평온은 아마도 모두 허상.

이내 깨어져 버릴 춘몽.

전부 알고 있지만, 찰나라도 이 곁에 머물고 싶다.

"예, 전하."

두 사람이 마주 웃었다.

2

제 앞에서 보여주는 운소의 표정이 다양해진 것이 기뻐, 지는 콧노래를 흥얼대며 대금을 손질하고 있었다. 이제 운두산 아이들이 좌상의 집에 무사히 도착했다는 소식만 들리면 만사형통이었다.

그러나 들려온 소식은 그가 바라던 것이 아니었다.

"무어라?"

대금을 내려놓으며 지가 미간을 찌푸렸다.

급보를 가져온 남자는 바닥에 납작 엎드린 채 몸을 떨었다.

"과인이 제대로 듣지 못하였다. 다시 고하여라."

"망극하옵니다, 전하……."

"다시 고하라 하였다."

남자가 울음을 참으며 아뢰었다.

"운두산에서 전하께서 염려하셨던 눈사태가 일어났사옵니다."

지가 이마를 짚었다. 머리가 지끈거렸다.

"아이들은?"

"생존자를 찾을 수가 없었사옵니다."

생존자를 찾을 수가 없었사옵니다.

생존자를 찾을 수가 없었사옵니다…….

남자의 말이 귓가에서 메아리쳤다.

"생존자가 없어?"

"송구하옵니다, 전하……."

지의 표정이 굳었다. 어수가 덜덜 떨렸다. 눈물을 쏟던 운소의 모습이 생각났다. 이 소식을 들으면 그녀가 슬퍼할 것이다. 또 울게 될 것이다.

'성군은 무슨.'

지가 조소했다.

주검조차 찾을 수 없다는 서른의 아이들보다 운소가 더 염려되었다. 죽었다 깨어나도 성군은 못될 모양이었다.

"모두 죽었다?"

아니 되는데. 그것은 정녕 아니 되는데.

"송구……."

"찾아보기는 하였느냐? 뒤져보기는 하였어? 서른! 자그마치 서른이다! 과인의 백성이 서른이란 말이다! 안전한 곳으로 옮기게 하라고 하지 않았느냐? 그 아이들에게 머물 수 있는 장소를 주라고 명하지 않았느냐? 한데 어찌! 감히 어찌 과인에게 그 아이들이 모두 죽었다고 고한단 말이냐?"

"송구하옵……."

"그 입 다물라! 그놈의 송구, 송구, 송구! 송구하다는 말밖에 못 하느냐?"

아이들이 죽어선 아니 된다. 운소가 슬퍼한다.

울게 하고 싶지 않은데. 웃는 모습만 보고 싶은데.

"전하! 어딜 가시옵니까?"

뛰쳐나갈 듯 일어선 왕의 앞에 만중이 엎드렸다.

"당장 비켜라! 운두산으로 갈 것이다."

"아니 되옵니다, 전하! 날이 곧 저무옵니다! 부디 고정하여 주시옵소서!"

"고정? 고정이라 하였느냐? 만중아, 네 눈에는 과인이 지금 화가 난 것으로 보이느냐? 과인이 물불 못 가리고, 똥오줌 못 가리는 그런 상태로 보이느냐?"

"전하!"

그러하다고 차마 답하지 못한 만중이 땅에 이마를 박았다.

"다시 말하마. 과인은 운두산으로 갈 것이다. 과인의 백성이 서른이다. 그 아이들이 모두 죽었다고 하는구나. 바로 오늘! 저 신문고를 울려 과인에게 살려 달라 읍소한 그 아이들이 전부 죽었다고 해. 어찌 믿을 수 있을까? 어찌 믿어야 할까? 가서 이 두 눈으로 직접 볼 것이다."

"아니 되옵니다! 위험하옵니다, 전하!"

"그만하라 하였다. 과인이 네 혀를 뽑아야 그 입을 다물 것이냐!"

지가 소리쳤다. 용음이 슬픔인지 분노인지, 그 모든 것인지 모를 것으로 흉포해져 있었다.

만중은 입을 다물었다. 저가 말릴 수 있는 일이 아니라는 걸 느꼈다.

"하오면 운두산으로 향할 채비를 하겠사옵니다."

입술을 잘게 깨문 만중이 결국 물러섰다.

채비는 금방 끝났다. 만중은 노련했다.

지가 궐문을 빠져나가기 직전 누군가 급히 달려왔다.

"전하!"

천천히 뒤돌아선 지가 운소를 보았다. 새빨간 그녀의 두 눈에 마음이 무너진다.

"소신이 따를 수 있도록 윤허하여 주시옵소서."

엎드린 채 운소가 청하였다.

데려가는 게 나을까. 두고 가는 게 나을까. 지는 잠시 고민했다. 이

읃고 허락했다.

"그리하여라."

그녀는 슬퍼할 것이다. 어쩌면 또 울 것이다. 그렇다면, 위로해줘야
하는 순간에 이 작고 소중한 이의 곁에 있어주고 싶다.

운두산 아래.

눈에 보이는 것은 하얗고 차가운 것이 덮치고 간 흔적뿐이었다. 흰
눈 사이사이에 임시로 집을 엮는 데 썼을 자재들이 어지럽게 흩어져
있었다.

목숨이란 이토록 연약한 것. 참으로 허망한 것.

지가 눈이 휩쓸고 간 흔적을 향해 걸어 나갔다.

"전하, 가시면 아니 되옵니다."

만중이 말렸지만 지는 점점 더 앞으로 갔다.

"전하! 아니 되옵······."

"무슨 소리가 들렸다."

아무도 없다. 차디찬 빙설뿐이다.

아니다. 누군가 있다. 살려달라고, 버리지 말라 달라며 애원하며 울
부짖고 있다.

예쁜 옷 한 번 입지 못하고, 부드러운 신 한 번 신지 못하고, 따뜻한
쌀밥 한 끼 먹지 못한 채, 이렇게 허무하게 떠나버릴 수는 없다.

지는 눈 더미를 파헤치기 시작했다. 찾아야 한다. 구해야 한다.

"전하!"

경악한 만중이 달려가 지에게 매달렸다.

"고정하시옵소서! 어찌 이러시옵니까?"

"놓아라!"

"못 놓사옵니다! 차라리 소신을 죽이시옵소서!"

"놓으라 하였다! 과인의 귀에는 들린단 말이다! 살려달라는 울음소리가, 비명소리가 분명 들린단 말이다! 정녕 아니 들리느냐? 만중아, 네 귀에는 아니 들려? 이 아래 있다. 분명 이 아래에 있어!"

지가 발작적으로 소리치며 만중을 밀쳤다. 만중이 나가떨어졌다.

"헉!"

"감히 과인의 몸에 손대지 말라! 누구라도 죽일 것이다!"

지를 말리려고 다가서던 궁인들이 그 자리에 붙박았다. 용음은 서슬 퍼런 살의를 품고 있으니 분명 진담이었다. 지는 정신없이 눈을 파헤쳤다. 아무리 파도 아이들은 보이지 않았다. 머리카락 한 올조차 보이지 않았다.

이상한 일이다. 들렸는데. 분명 들렸는데.

"윽!"

지가 순간 움찔거리며 한 손으로 다른 손을 잡았다. 그의 검지에서 핏방울이 뚝뚝 떨어졌다. 눈과 뒤섞인 날카로운 무언가에 베인 것이다.

넋 놓고 있던 운소가 퍼뜩 정신을 차리고 그에게 달려들었다.

"전하!"

"과인의 몸에 손대지 말라! 윤허치 않았다!"

운소의 손마저 뿌리치며 지가 사납게 소리쳤다. 자신의 무능함과 무력함에 진저리가 쳐졌다. 서른의 목숨을 잃고도, 운소의 마음이 다칠 걸 더 걱정했던 제 무심함에 소름이 끼쳤다.

운소는 건들지 말라는 지의 명에도 고집스럽게 그의 손을 다시 붙잡았다. 지가 운소를 쳐다보았다. 그녀는 그의 죄악이었다. 왕으로서 지켜온 모든 것들을 무너뜨리는 천재지변이었다.

"소신이 전하께 허락받지 않은 일을 저질렀사옵니다. 속히 환궁하시어 소신의 죄를 물으시옵소서."

운소가 애달프게 청했다.

그녀는 안다. 동방의 왕은 누구보다 다정하고 상냥한 이. 거부당하고 부정당해도 언제나 웃어주며, 작은 것 하나에도 한없이 기뻐하는, 세상에 둘도 없이 온화한 이.

지의 기세가 이내 누그러졌다. 그가 한숨처럼 읊조렸다.

"과인이 어찌 네게 죄를 물을까."

"전하……."

"이럴 수는 없다, 우소야."

이우는 햇살이 그를 비췄다. 늘 당당하던 어깨가 축 늘어져 가늘게 떨렸다. 언제나 반달처럼 웃던 두 눈이 웃지 않는다. 참고 참았던 용루가 툭툭 흘러내린다. 터트리지 못한 오열이 가만가만 부서진다.

그 모습을 운소는 고요히 눈에 담았다.

운소가 무리를 해서라도 이곳에 따라온 것은, 첫째로는 혹시라도 무사할 아이들을 보기 위해서였다. 아주 혹시라도 아이들이 무사할지도 모르니까.

하지만 만약 아이들이 무사하지 못한다면 필시 상처받을 그녀의 왕을 알아서이기도 했다.

그는 너무도 다정하여 쉽게 상처받고, 왕이기에 그 상처를 드러내보이지도 못하니, 운소는 그가 애틋하였다. 피우지도 못하고 져버린 아이들이 애통한만큼, 슬퍼하는 그가 애틋했다. 할 수만 있다면 그의 눈물을 닦아주고, 위태로운 등을 다독여 위로해주고 싶었다.

"전하, 용루를 거두시옵소서."

그가 필부였다면, 이 손을 뻗어 저 눈물을 닦아주었으련만.

"참아도, 참아도 결국 흐르는 걸 과인더러 어찌하라고?"

"사내는 쉬이 우는 것이 아니옵니다. 군주는 더더욱 우는 것이 아니옵니다."

"과인을 꾸짖는 것이냐?"

이리 마음이 약하시면 가야만 하는 이는 어찌하나? 이 눈물 떨치고서, 정녕 어찌 가나?

"눈밭이 차옵니다. 옥체가 상하실까 저어되옵니다. 궁으로 돌아가시옵소서."

운소가 어수를 잡은 손에 힘을 주었다. 한 번 일어난 눈사태가 두 번은 없으리란 법이 없다. 이 위험한 곳에 그가 더 머물기를 원하지 않는다.

"어찌 오늘일까? 어찌, 오늘 딱 그래? 눈사태가 조금만 늦었어도 되지 않으냐? 그것이 안 된다면, 모두 살릴 수 없는 것이었다면, 그 아이……. 신문고를 울렸던 그 아이 하나라도 살려줬어야 하는 것 아니더냐? 어찌 모두 휩쓸어 갔을까? 어찌 이리 과인에게 잔인할까?"

하늘이 잔인하다. 존재를 아예 몰랐으면 모를까, 아이들이 여기 있음을 알아 버렸다. 그런데 그 사실을 알자마자 모두를 데려가 버렸다. 손 쓸 틈도 없이 잃어 버렸다. 아무도 지키지 못하였다.

그것을 비통해하는 왕이 운소는 세상 그 누구보다 소중했다.

"과인에게 이러면 아니 되지. 천신께서 과인에게 이럴 수는 없지."

백성은 숱하게 많다. 그러나 모두 다른 백성이다. 왕에겐 누구 하나 귀하지 않은 이가 없다.

그 사실이 절절히 운소의 가슴에 와 닿았다.

그가 그녀의 왕이었다. 누구보다 올곧은 그녀의 왕. 그를 경애한다.

"전하, 소신이 재차 청하옵니다. 이제 그만 환궁하시옵소서."

"환궁? 백성은 사지로 내몰고서 나 하나 살겠다고 도망치란 말이냐?"

눈 말고는 남은 것이 없는 주변을 둘러보며 지가 고소했다.

"과인의 죄는 이토록 무거웠구나. 자격 없는 이가 왕위에 올라 천신께서 노하신 것이야."

"그렇지 않사옵니다."

"이 손으로 버린 이가 몇인 줄 아느냐? 누군가의 아비를, 지아비를, 자식을……. 몇이나 사지로 내몰았는지 아느냐? 이제 와 과인의 백성을 데려가지 말라 한들 누가 들어주겠느냐?"

"전하……."

태천에 파병한 것은 동방을 위해서였다. 태천이 무너지면 다음은 동방이었다. 자국의 힘만으로 오랑캐를 몰아내는 것은 불가할 것이기에 군을 이끌고 참전하였다. 마침내 승리하였으나, 다 함께 돌아오지는 못하였다. 누군가를 때론 잃었고, 때론 버렸다. 저 먼 태천 땅에 두고 온 이들이 지의 죄였다. 죄는 씻어도 씻기지 않으니, 제 백성을 사지로 내몰았다는 죄악감이 지를 갉아먹었다.

"전하의 잘못이 아니옵니다."

"아니, 과인의 탓이 맞다. 과인의 탓이 아니라면 한 아이라도 살아 있었겠지. 과인이 미워도 천신께서 한 녀석 정도는 살려주었겠지. 하나 그게 아니지 않으냐? 과인이 죄가 커 가엾은 백성들이 대신 벌을 받는 것이다."

"전하께서 항시 최선을 다하고 계심을 소신이 아옵니다."

"아니, 네가 모르는 것이다."

지가 자조적으로 웃었다. 운소는 이처럼 시종일관 비관적인 지는 본 적이 없다. 이 순간 그녀는 다만, 이 위험한 곳에서 지가 떠나기를 원했다.

"소신이 전하의 벗으로서 청하옵니다. 부디 환궁하시어 옥체를 보전하시옵소서."

운소가 간절히 읍하였다.

"벗으로서?"

지의 두 눈이 커졌다. 그가 번뜩 정신을 차렸다.

"내 못난 모습을 보였구나. 네게 걱정을 끼쳤어."

"당치 않사옵니다. 전하를 심려하는 것은 소신의 기쁨이옵니다."

"방금은 벗이라며?"

"벗을 염려하는 것 또한 기쁨이옵니다."

지가 열없이 웃으며 잠시 운소에게 머리를 기댔다. 운소의 심장이 거칠게 뛰었다.

"어째서 네 앞에선 항상 흉한 모습만 보일까? 잘하고 싶은데. 잘할 수 있는데. 야속하게도 네 앞에서는 늘 엉망진창이야."

"전하께선 완벽하시옵니다."

"과인이 무능하여 모두를 잃었는데도?"

"전하께선 동방을 구한 영웅이시옵니다. 동방의 만백성이 전하의 용기를 칭송하옵니다. 전하를 섬기는 것은 동방의 축복이옵니다."

"너는 항상 과인이 최고라 하는구나."

"전하께서 최고시오니 최고라 하는 것뿐이옵니다."

"참으로?"

"소신이 언제 한 번이라도 거짓을 고한 적이 있었사옵니까?"

고개를 가로저은 지가 운소에게 기댔던 머리를 들었다. 한차례 감정의 폭풍이 휩쓸고 간 용안은 어느새 수척해져 있었다.

먼저 일어선 그가 운소에게 손을 내밀었다.

"혼자 일어날 수 있사옵니다."

"과인만 도움을 받으라고?"

지가 미간을 찌푸렸다.

"과인에게도 네게 도움을 줄 기회를 달란 말이다."

잠시 말없이 어수를 바라보던 운소가 머뭇거리며 그의 손을 잡았다. 세상 어느 신하가 주군의 뜻을 꺾을 것이며, 세상 어느 여인이 은애하는 이를 이길 것인가?

"성은이 망극하옵니다."

"정녕?"

"예?"

"정녕 망극해?"

부러 가벼운 말투로 지가 장난치듯 물었다.

"예, 전하. 정녕 망극하고 감읍하옵니다."

"하면 보답이라도 하는 게 어떠하냐?"

"예?"

"신료들은 말이야. 항상 과인에게 감읍하다고 해. 성은이 망극하대. 몸 둘 바를 모르겠대. 그런데 늘 말뿐이야. 입으로만 고맙다, 고맙다 하지 나서서 무언가를 주는 놈이 없어."

지가 웃으며 투덜거렸다. 그 웃음이 운소는 되레 서글펐다.

"전하께선 무엇을 원하시옵니까?"

"무언가 원한다면, 네가 줄 것이냐?"

"소신이 드릴 수 있는 것이라면 무엇이든 드릴 것이옵니다."

지는 웃음기를 거둔 두 눈으로 운소를 응시했다.

"그것참 겁 없는 말이로구나. 과인에 네게 네 목숨을 달라 하면 어찌하려고?"

운소가 그를 똑바로 올려다보았다.

그깟 목숨? 줄 수 있다면 줄 것이다.

"전하께서 원하시오면 소신의 목숨, 열 번이고 백 번이고 기꺼이 내어드릴 것이옵니다."

지가 잠시 입을 다물었다. 잠시 후, 그가 아주 작은 목소리로 웅얼거렸다.

"……도 그래."

"예?"

과인도 그래.

운소는 알아듣지 못했다.

그때였다.

"피하십시오! 당장 피하세요!"

어디선가 다급히 외치는 앳된 목소리가 들려 왔다.

오싹한 전율이 운소의 등골을 타고 지나갔다.

머리보다 마음이 빨랐고, 마음보다 몸이 빨랐다.

그녀는 있는 힘껏 지를 밀쳐냈다.

와르르르!

무언가 무너지는 굉음에 온몸이 휩쓸렸다.

3

지는 운소에게 밀려 넘어져 몇 바퀴를 구른 후에야 겨우 일어났다. 잔악한 흰색 물결이 코앞에서 넘실대고 있었다. 머릿속이 아득해졌다. 모든 것은 찰나였다. 세상이 고요해졌다. 언제 눈사태가 일어났나 싶을 정도로.

지는 조금 전까지 자신이 서 있던 곳을 멍하니 바라보았다. 그곳에 마땅히 있어야 할 우소가 보이지 않았다.

"우소야."

뒤늦게 청각이 깨어나며 눈사태에 휘말린 이들의 신음소리가 여기 저기서 들려왔다.

지는 비틀거리며 움직였다.

「전하께서 원하시오면 소신의 목숨, 열 번이고 백 번이고 기꺼이 내어드릴 것이옵니다.」

열 번이고 백 번이고 내어줘?
그 목숨을?
바란 적 없는데?
정녕?
잠시 멈추었던 눈물이 후드득 떨어졌다. 지는 얼른 고개를 내저었다. 정신을 바짝 차려야 한다. 이렇게 잃을 수는 없다. 이리는 아니 된다.
"정우소! 어디 있느냐?"
목숨을 주면 주었지 결코 받고 싶지 않다.
불행 중 다행이라면 눈사태의 규모가 그리 크지 않다는 점이다. 앞선 눈사태 때 대부분의 눈이 이미 쏟아져 내린 덕분이었다. 눈에 얕게 파묻힌 이들 몇이 끙끙거리며 눈 밖으로 기어 나오는 것이 보였다. 휘말리지 않았던 이들도 이내 정신을 차리고 부상자를 찾아 눈밭을 파헤치기 시작했다. 다행히 피해는 크지 않은 듯했다.
"전하, 무탈하시옵니까?"
허둥지둥 달려온 만중이 그를 살폈다.
"만중아, 우소가, 우리 우소가……."
"아아……. 정녕 십년감수하였사옵니다. 이곳은 위험하오니 일단 몸을 피하시옵소서."
만중이 안도했다.
"피하라니?"
"위험하니 당연히 피하셔야지요."
"우소가 이곳에 있다. 우소를 찾기 전에 가긴 어딜 가란 말이냐?"

"전하!"

"시끄럽다!"

지가 소리쳤다.

"저쪽……. 저쪽으로……."

그때 앳된 목소리가 다시 들려왔다. 위험을 알렸던 그 목소리였다. 지가 고개를 돌렸다. 누더기를 입고 있는 남자아이였다. 지는 그 아이를 알고 있다.

"너는……."

남강도에서 온 아이. 향리의 아들이라던, 영특하고 용기 있던 아이. 죽었다던 아이를 하도 애타게 불러댔더니 망령이라도 되어 잠시 와준 것일까?

지는 얼빠진 표정으로 아이를 쳐다보았다.

"전하와 같이 있던 분은 저쪽으로 휩쓸려갔습니다."

아이가 보다 명료해진 목소리로 말했다.

"너는 귀신이냐, 사람이냐?"

"예?"

"귀신이냐 사람이냐 물었다."

"사람입니다."

"어떻게?"

살아 있느냐?

지는 입을 벌렸다가 고개를 흔들었다. 지금은 그게 중요한 것이 아니다. 그는 아이가 가리킨 방향으로 정신없이 걸어갔다.

"전하!"

안 된다고 외치는 만중을 뿌리치고 눈밭을 헤집기 시작했다.

"우소가 이곳에 있다. 우리 우소가."

눈은 차가웠다. 손이 얼얼했다. 이 차가운 곳에 운소가 묻혀 있다니. 지는 멈출 수 없었다.

"전하, 괜찮으십니까?"

뒤늦게 달려온 비찬이 급히 지의 상태를 확인했다. 비찬은 눈에 약하게 휩쓸렸던 것인지 얼굴에 생채기가 나 있었다.

"과인은 괜찮다. 과인은 괜찮은데, 우소가, 우리 우소가……."

지는 비찬을 쳐다보지도 않고 대답했다. 비찬은 눈치를 살피더니 곧 지와 함께 눈을 파헤치기 시작했다. 상원내시를 찾지 못한다면 왕은 이곳에서 한 발짝도 움직이지 않으리.

"아."

지가 작게 탄성을 내뱉었다. 그리고는 한곳을 집중적으로 파기 시작했다. 비찬도 그를 따라 눈을 파냈다.

작은 손이 보였다. 파묻힌 위치를 파악한 뒤에는 쉬웠다. 지는 온몸을 던져 운소를 끌어올렸다. 눈에 묻혀 있던 작은 몸이 드러났다.

"우소야."

충격에 정신을 잃었는지 운소는 눈뜨지 못했다. 그녀의 코에 귀를 대고 미약한 호흡을 확인하던 지의 표정이 순간 일그러졌다.

무언가가 손가락 사이로 흐르는 게 느껴졌다. 그것은 끈적거렸고, 비릿한 냄새를 풍겼다. 지의 손이 덜덜 떨리기 시작했다.

"전하?"

지는 운소를 한 손으로 받친 채, 다른 한 손을 들어 보았다. 검붉은 액체에 젖어 있었다.

"비찬아, 우소가……."

눈물이 후드득 떨어졌다.

"우리 우소가……."

하늘이 무심하다.

주었다가 빼앗고, 망가뜨리고, 잃게 만들고.

왜 이리도 잔인하신가?

"이 아이를 살려다오, 제발……."

지가 운소를 끌어안았다. 소리 죽인 울음이 터져 나왔다.

자신이 의원이 아니라는 게 애통하였다. 너무도 무력하여 비통하였다.

막 일과를 정리하고 있던 의원이 갑작스럽게 소란스러워졌다. 한 사내가 환자를 품에 안고 쳐들어온 까닭이다. 사내와 함께 온 나머지 이들은 의원 밖에 대기한 채 오들오들 떨고 있었는데, 그 꼴이 하나같이 말이 아니었다. 해마다 수십의 목숨을 앗아가는 인근의 운두산을 떠올리며 의원은 혀를 끌끌 찼다. 거기서 봉변을 당한 것이 분명했다.

"당장 살려내라, 당장!"

"전하, 고정하소서! 의원을 겁먹게 하여서는 살릴 수 있는 이도 살릴 수 없게 될 것입니다!"

환자를 데려온 사내가 의원의 멱살을 잡고 흔들었고, 그 사내를 따라 들어온 다른 사내가 둘을 떼어놓으려고 애썼다.

"살릴 수 있느냐, 없느냐? 당장 답하여라!"

다그치는 물음에 입을 벙긋거리던 의원이 잠시 미간을 찌푸렸다.

가만…….

전……하……?

"일단 환자의 상처를 살펴야……."

전하라고 불린 남자의 두 눈에서 불이 났다.

"살피고 말고 할 것이 무어 있느냐? 당장 답하여라. 과인은 너를 당장 죽일 수도 있지만, 그 누구도 넘보지 못할 부귀를 줄 수도 있다. 전부 네 대답에 달렸다. 신중히 답하여라."

당장 답하라고 하였다가, 신중히 답하라고 한다. 그러나 살기 가득한 저 두 눈이 바라는 답은 단 하나였다.

의원은 하얗게 질린 채로 목소리를 쥐어짜냈다.

"살릴 수 있사옵니다. 살려보겠나이다."

저것은 계집을 무조건 살리라는 명이었다. 살리지 못한다면 너 또한 무사치 못하리란 엄포였다.

그제야 의원의 멱살을 잡고 있던 사내의 손이 풀렸다. 바닥에 풀썩 쓰러진 의원이 컥컥거렸다. 호흡이 겨우 진정된 그가 애써 정신을 가다듬고 바닥에 깊게 엎드렸다.

"일단 환자를 방으로 옮겨주시옵소서. 쇤네는 의녀를 불러오겠나이다."

스스로 '과인'이라 칭하며 '전하'라고 불리는 자. 십 수 명의 궁인을 이끌고 나타난 그는 필시 동방의 지존이었다. 그렇다면 그의 품에 안겨있는 계집은 지존께서 특별히 아끼는 여인일 수밖에 없다.

"한시가 바쁘거늘 의녀라니? 네 솜씨가 이 근방에서 가장 좋다고 들었다. 외상엔 어의보다도 능하다면서?"

소문이 그렇게 났던가? 하긴, 제 실력이 좀 출중하기는 하다. 의원이 저도 모르게 으쓱거렸다.

"하오나 쇤네가 어찌 왕의 여인의 몸을 살피오리까?"

고개를 든 의원이 조심스럽게 물었다.

"무어?"

"이 의원엔 쇤네만큼 솜씨가 좋은 의녀가 있사옵니다. 그녀에게 환자를 살피게 하겠사옵니다."

왕을 달래듯 고하던 의원이 멈칫했다. 소름끼치게 무거운 적막이 내려앉아 있었다. 등골이 오싹했다. 왕도, 왕을 따라온 이들도 하나같이 표정이 굳었다.

"무슨 소리요? 계집이라니! 이 아이는 사내요!"

뒤늦게 누군가가 소리쳤다. 옷차림새가 괴이하긴 했지만 명백한 계집을 보고 사내라 하다니. 의원은 황당해져서 고개를 돌렸다. 소리친 자를 보니 나이든 내시였다.

"저 구중궁궐의 성별은 쇤네가 사는 이 세상과 다르기라도 합니까?"

내시는 무언가 반박하고 싶은 듯 입을 벙긋거렸다. 의원에겐 그 말을 들어줄 시간이 없었다.

"하여간 쇤네는 의녀를 불러올 테니 이 여인을 어서 안으로 옮겨주십시오."

더 이상의 시간낭비는 안 된다. 의원이 후다닥 달려 나갔다.

"여인?"

운소를 방에 눕힌 채 지가 멍하니 중얼거렸다. 지난 일들이 빠르게 두서없이 떠올라 뒤엉킨다.

"계집?"

처음 본 순간 계집인 줄로만 알았던 일. 계집처럼 가늘던 발목, 가볍던 체중. 아니라고 줄곧 부정해도 자꾸 계집의 향기가 났던 것.

모든 본능이 그녀가 여인이라고 아우성쳤는데, 내시라는 신분이 그의 판단을 흐려놓았다. 본능이 계집이라고 소리쳤으나 그 본능을 믿지 못하였다. 제 오감을 불신하여 숱하게 고민하고 번뇌하고 괴로워하였다.

그런데, 계집이라고?

"함구하여라."

어떤 사정인지는 알 수 없다. 그러나 알려져서는 안 된다. 성별을 속인 것은 대죄였다.

"이 사실을 결코 입 밖으로 내지 말라. 혹여 밖으로 새어나간다면,

과인이 아끼는 너희라 하여도 삼족을 멸할 것이다."

다행히도 의원 안까지 따라온 이는 만중과 비찬 둘뿐이었다.

지가 허탈한 듯 웃었다.

저가 혹여 남색가일까 별짓을 다 해보았다. 남색가가 아닌데, 아닌 것 같은데, 아무리 생각해도 여인이 좋은 것이 맞는데. 그런데도 마음의 향방이 수상해 몇 번이고 의심했다.

틀린 것은 마음이 아니었다. 하루에도 수백 번씩 그녀를 계집으로 보는 제 마음을 믿었어야 했다.

만감이 교차한다.

"계집이라니……."

차오른 용루가 또다시 툭툭 흘러내렸다.

귀한 용루 흘리지 말라고 하였는데…….

"과인이 계집이라 했잖으냐? 과인이 계집이라고……."

"전하, 그것이 참이라면 이는 덮어둘 수 없는 중죄이옵니다!"

뒤늦게 당혹감에서 빠져나온 만중이 고하였다. 지가 홱 고개를 돌려 만중을 노려보았다.

"무어라? 덮어둘 수 없다?"

"내시부 전체를 우롱한 일이옵니다! 전하를 능멸하고 왕실을 조롱한 일이옵니다! 계집이 사내인 척 관복을 입고 모두를 속였으니 그 죄가 어찌 가벼우리까?"

"신의 생각도 다르지 않습니다. 계집이 사내인 척 궐에 숨어들었습니다. 이 어찌 별일 아니라 할 수 있겠습니까? 보통의 계집이 내시 행세를 할 리 없으니, 그 속내를 어찌 짐작하오리까? 적국의 자객일지도 모를 일입니다. 통촉하여 주시옵소서!"

마찬가지로 정신을 차린 비찬이 거들었다. 그는 왕을 호위하는 내금위장으로서 왕의 곁에 이토록 불안정한 요소가 있는 것을 용납할 수 없었다.

"자객?"

지가 황당하다는 듯 코웃음 쳤다.

"네가 아느냐? 네가 우소를 아느냐? 상궁이 기미하지 않은 음식은 저가 맛보기 전엔 과인에게 입도 못 대게 하는 저 아이를 아느냐? 과인의 관심을 뻔히 알면서도 작은 패물 하나 요구할 줄 모르는 저 아이의 심성을 아느냐? 과인의 백성을 위해 더없이 서럽게 울어주는 저 아이를, 정녕 네가 아느냐?"

"전하, 신은……."

"모르지! 너는 모르지. 비찬이 너도, 만중이 너도 모르지. 너흰 모르지 않느냐? 그러니 그 입 함부로 놀리지 말라. 아무리 너희라 하여도 과인이 용서하지 못할지도 모르니."

반박할 말을 찾지 못한 비찬이 입을 다물었다.

"감히 과인의 앞에서 우소의 죄를 논하지 말라."

왕은 위태롭다. 때론 철없고, 때론 짓궂고, 때론 위험하다. 겨우 찾은 소중한 이를 잃는다면, 어떤 바람이 불 것인가?

"상선은 가서 어의를 불러오라."

"예, 전하."

만중이 머뭇거리며 일어섰다.

잠시 후, 의원이 의녀와 함께 돌아왔다.

의녀는 바닥에 엎드려 예를 표했다. 모두 나가고, 방 안에는 그녀를 포함해서 셋뿐이었다. 식은땀이 등 뒤로 흘렀다.

"오늘 여기에서 있었던 일은 죽을 때까지 함구하여라. 과인이 여기 있었다는 것도, 이 아이가 여기 있었다는 것도 절대 입 밖으로 내뱉지 말라. 이 일에 대한 소문이 단 한 마디라도 저자에 흘러 다닌다면 네 목숨 하나로 끝나지 않을 것이다."

"명심, 또 명심하겠사옵니다."

"또한 무조건 살려라. 살려내기만 한다면, 네가 평생 누릴 수 있는 모든 것을 주겠다."

의녀가 고개를 들었다. 그녀의 눈빛이 흔들렸다.

"예, 전하."

살리면 모든 것을 얻는다. 살리지 못한다면, 전부 잃는다.

의녀는 두 눈을 굳게 감았다 떴다. 떨리던 눈빛이 명료해졌다.

"등을 돌려주시옵소서."

지가 등을 돌렸다. 의녀는 곧장 운소를 살피기 시작했다.

"흐윽……."

"괜찮은 것이냐?"

운소의 신음에 지가 안절부절못하며 물었다.

"상처를 꿰매는 중이옵니다. 다행히 장기를 비껴갔습니다. 출혈만 잡는다면 괜찮아질 것이옵니다. 하늘이 도왔습니다."

"하늘이 도왔다?"

의녀의 말을 따라 읊조리던 지가 비식 웃었다.

천신께서 그를 아주 미워하는 것은 아닌 모양이었다. 아주 조금 가엽게 여기는 마음도 있는 모양이었다.

더 이상의 대화는 없었다. 이따금 신음소리만 들렸다.

"다 되었습니다."

한참 뒤 의녀가 말했다. 지가 당장 운소에게 다가갔다. 운소의 창백한 얼굴에 식은땀이 가득했다.

"우소야……."

그녀는 고뿔로 정신이 혼미한 와중에도 어의는 절대로 안 된다고 하였다. 언제나 어의만큼은 거부하였다. 왜 단 한 번도 이상하다는 생각을 하지 못했을까?

"만약 출혈이 잡히지 않는다면 어찌 되느냐?"

"알고 싶지 않으실 것이옵니다."

의녀의 답에 지가 입을 다물었다. 그것만으로 충분한 답이 되었다.

"나가보아라."

"조금이라도 이상한 점이 있으면 바로 부르시옵소서."

"그리하마."

의녀가 나갔다. 지는 하염없이 운소를 바라보다 손을 뻗었다. 이마의 식은땀을 닦아주는 그 손길은 언제나 그랬듯 다정하였다.

"계집이구나……."

대보름날, 물레방앗간에서 사내의 양물을 느끼고 기겁하던 모습이 새삼 떠올랐다. 순진해도 너무 순진한 반응이었는데, 왜 계집일 거라는 생각은 못하였을까? 그리도 수없이 계집이길 바랐으면서, 왜 사내가 아닐 수 있다는 가능성은 염두에 두지 않았을까?

돌이켜 보면 수상한 구석뿐이었다.

"우소야. 과인은 정말로 못됐어."

그녀가 다쳤는데, 다행이라는 생각이 들었다. 영영 모를 수 있었던 사실을 알게 되어서 안도해 버렸다.

"아주 못돼 처먹었어."

천신을 욕할 게 아니었다.

"너를 돌려받을 수만 있다면, 동방의 백성 전부를 주어도 괜찮다고 생각하였다."

백성은 그의 소유가 아니다. 주고 말고 할 것도 아니다. 그런데도 그런 생각이 들었다. 세상 모두를 잃어도 그녀만 얻을 수 있다면 상관없다는, 그런 어리석은 바람이 들었다.

"과인은 참 글러 먹었어."

공허한 웃음이 애처롭게 흩어졌다.

어의가 왔다. 헐레벌떡 도착한 그는 다친 이가 왕이 아니라는 점에서 일단 안도했다.

"살펴보아라."

어의의 미간에 주름이 잡혔다.

"웬 여인이옵니까?"

어의는 운소를 몰랐다. 이화궁은 넓고 사람은 많다. 종9품 내시의 얼굴은 모르는 게 당연했다. 더욱이 지금은 내시복을 입고 있는 것도 아니니 눈치로 알아보려야 알아볼 수도 없었다.

"과인의 은인이다."

"은인이라 하심은……."

"이 목숨을 살려주었다."

어의는 묘한 얼굴로 고개를 끄덕이고는 운소를 살피기 시작했다. 상처에 덧대어 놓은 천을 들추고서 환부를 꼼꼼히 살피던 어의가 작게 탄복했다. 옆구리 출혈이 말끔히 멎어 있었다.

"솜씨가 훌륭하옵니다."

"출혈은 멎었느냐?"

"예, 전하. 하온데 어쩌다 얻은 상처이옵니까?"

"눈사태에 휘말렸다."

어의가 고개를 끄덕였다. 알만했다. 눈에 휩쓸려온 뾰족한 돌 따위에 옆구리를 베인 것일 터다. 다행히 내장은 다치지 않았다.

"염려치 않으셔도 될 것이옵니다."

"참이냐?"

"이대로만 가면 무탈하게 회복할 것이옵니다."

지는 확인을 거듭했다. 초조하고 조급하게 몇 번이고 되묻는 그에게 어의는 몇 번이고 괜찮다고 대답해 주었다. 불안 가득하던 용안에 비로소 안도의 웃음이 피었다.

어의는 남몰래 고개를 살래살래 저었다. 그는 원자 시절부터 왕을 보아왔다. 동방을 사랑하나 자유분방하고, 부모를 공경하나 제멋대로인 그들의 왕. 동방을 아끼고 부모께 극진한 마음보다 오직 한 여인을 위하는 마음이 더 커진다면, 그 누구도 왕에게서 그 여인을 떨어뜨릴 수 없으리라.

"날이 밝으면 그녀를 궐로 옮길 것이다. 어의가 맡아 돌보도록 하여라."

"예, 전하."

어의는 고개를 조아렸다.

은인이라 소개받은 이 여인은 어디에서 온 누구인가? 상왕께 인정받을 수 있는 신분의 여인인가? 만약 그렇지 않다면 왕실의 앞날은 어찌 될 것인가?

걱정이 두서없이 몰아쳤다.

그러나 그 모든 걱정에 앞서, 언제나 왕조를 위하여 살아온 왕께서도 진정 바라는 바 하나 정도는 얻어도 되지 않을까, 생각하였다.

"소신은 언제나 전하의 편이옵니다."

어의가 진정을 담아 고하였다.

왕은 묘하게 일그러진 얼굴로 웃었다.

4

운두산 아이들은 죽지 않았다. 산사태가 있기 직전 지나가던 나그네의 도움으로 화를 피했다. 신문고 아이는 운두산 근처에 모여 있던 친구들을 데리고 일단 안전한 곳으로 옮겼다. 그리고는 일순 몰려든 피로감에 기절하듯 잠들어 버렸다. 그 사이 운두산에 아이들을 찾으러 갔던 좌의정이 산사태가 난 것을 보았고, 아이들이 모두 죽었다는 비보가 왕궁에 전해진 것이다.

잠에서 깬 신문고 아이는 어쩌면 왕이 갑자기 사라져버린 자신들을 걱정하고 있을지도 모른다는 생각을 했다. 하여 걱정스러운 마음에 홀로 운두산으로 와보았는데, 멀리서 눈이 일어나는 것을 보았다. 위험을 직감하고 피하라고 소리쳤으나 이미 너무 늦은 때였다.

자초지종을 들은 후, 지는 안도하며 아이들을 좌의정의 집으로 옮기게 했다.

운두산 아이들의 신문고 건은 그렇게 일단락됐다.

운소는 이화궁으로 옮겨졌다. 지는 침전에 그녀의 처소를 마련하고, 극비에 부쳤다. 소수의 사람만이 출입이 허가되었고, 그들조차 대부분은 왕의 처소에 누워있는 여인이 누구인지 알지 못했다. 상왕이 숨긴 공주라는 둥, 나이상으로 맞지도 않지만 왕의 쌍둥이 누이라는 둥 갖은 뜬소문이 암암리에 퍼져 나갔다. 그러나 함구령이 내려졌기에 누구도 그 정체를 쉬이 묻지 못했고, 설령 물어오는 자가 있어도 지는 침묵으로 일관했다.

"우소야, 아이들이 살아 있어. 다들 무사하더구나. 이제 너만 깨어나면 되느니."

아이들이 무사하다는 것을 알면 얼마나 기뻐할까? 이 고운 얼굴로 웃어준다면 얼마나 행복할까?

운소의 이마를 어루만지는 손길이 애처롭다.

운소가 쓰러진 지 꼬박 이틀이 지났다. 아직도 그녀는 이따금 신음만

흘릴 뿐 정신을 차리지 못했다.

체온도, 맥박도 정상이었다. 어의는 슬슬 깨어날 테니 마음 편히 기다리라 하였지만 지는 초조해하며 운소의 곁을 떠날 줄을 몰랐다. 수라도 제대로 하지 않는 그 때문에 만중은 걱정이 이만저만이 아니었다.

만중을 생각하자 지는 괜히 울컥했다.

"이게 다 상선 때문이다. 과인이 네가 정녕 계집이 아니냐고 몇 번이나 물었는데, 그때마다 상선이 너는 내시라고 했지. 상선만 아니었어도……."

말끝을 흐리며 지가 한숨을 삼켰다. 어처구니없는 화풀이라는 것을 안다. 만중은 저가 아는 사실을 고했을 뿐이다.

"네가 어서 깨었으면 좋겠구나."

지가 조심스레 운소의 옆에 머리를 기댔다. 모로 누워 운소의 옆모습을 보는 그의 눈꺼풀이 느리게 감겼다.

어느새 밤이었다. 피로가 그를 짓눌렀다. 자지 말아야지. 자면 안 되는데. 의지와는 반대로 정신은 자꾸만 희미해졌다.

"어서……."

중얼대는 목소리가 잦아들었다.

무언가 묵직한 것이 가슴을 눌렀다. 숨쉬기가 거북했다. 운소는 힘겹게 뒤채다가 옆구리에서 느껴지는 통증에 정신을 차렸다.

사위가 흐릿했다. 희미한 등불이 방을 밝혀주고 있었다. 숨을 힘겹게 들이마시며 운소는 고개를 돌렸다.

가슴을 누르고 있는 것은 누군가의 팔이었다. 그리고 그 누군가는…….

"전하?"

머릿속이 까매졌다. 들켰구나. 절망감이 깨어났다.

웅얼거림 비슷한 작은 목소리에 지가 눈을 떴다. 벌떡 몸을 일으킨 그가 운소를 보며 입술을 벙긋댔다. 할 말을 못 찾겠다는 듯 표정을 일그러뜨리던 그가 이내 웃었다.

"우소야."

운소의 뺨을 어루만지는 그의 두 눈에서 눈물이 툭툭 떨어졌다.

"살았구나. 아아⋯⋯."

운소는 두 눈을 질끈 감았다 떴다. 벌떡 일어나려는 그녀를 지가 다시 눕혔다.

"누워있어라."

운소의 두 눈에 두려운 기색이 떠올랐다. 죄가 만천하에 드러났다. 자초지종은 중요치 않다. 왕실과 조정을 우롱하였다는 사실만이 중요하다. 그 큰 죄를 어찌 씻을까?

"소신이⋯⋯ 죄를 지었나이다."

언제고 떠나야 했다. 그녀는 왕의 곁에 있어선 안 되는 존재였다. 떠나지 않으면 죽게 될 터였다. 하지만 떠나는 날까지는 그의 곁에 있고 싶었다. 한 번 떠나면 다신 만나지 못할 테니, 그의 웃음, 그의 슬픔, 그의 즐거움, 그의 아픔⋯⋯. 그렇게 그의 모든 것을 기억 속에 꼭꼭 새겨두고 싶었다.

그마저도 욕심이었구나.

"전하를 기만하였나이다."

그가 화를 낼까? 배신감에 치를 떨까? 아니면, 꼴도 보기 싫다며 나가 버릴까?

어느 쪽이든 마음이 아픈 것은 똑같으리. 육신이 갈가리 찢기는 편이 차라리 나으련만. 그러나 그녀의 뺨을 어루만지는 손길은 여전히 다정하였다.

운소는 미간을 찡그리며 용안을 살폈다. 울음 가득한 용안에 노기는 없었다. 그녀를 향한 애정은 여전히 선명하였다.

운소는 고개를 내저었다.

"화를 내셔야지요."

"무엇을?"

정말 모르겠다는 듯이 그가 물었다.

당신은 어떻게 이토록 변함없이 다정할 수 있을까?

"전하를 능멸하였나이다."

"틀렸다. 너는 내게 천운이 무엇인지 알려주었다."

"전하를 우롱하였나이다."

"그 또한 틀렸다."

그가 단호히 고개를 내저었다.

운소는 울음을 삼키며 그를 바라보았다.

웃음 어린 용안이 좋았다. 짓궂은 눈웃음도 좋았다. 퉁명한 척 고개를 돌리는 것도 좋았고, 화난 척 미간에 주름을 잡는 것도 좋았다. 그의 다양한 표정 하나하나 사랑스러워 한시도 눈을 뗄 수가 없었다.

내밀어주는 손이 따뜻하여 아니 된다 생각하면서도 잡아 버렸고, 뒷모습이라도 하염없이 보고자 자꾸만 그를 좇았다. 하여 새빨간 토끼 눈을 하고서 웃고 있는 그가 그녀는 너무도 애틋하였다.

"부디 울지 마소서."

운소가 그의 얼굴을 향해 손을 뻗었다.

어차피 죽을 목숨. 한 번이라도 그에게 닿을 수 있으면 족하다. 다친 것이 그가 아니라 자신이라서 다행이었다.

이토록 귀한 분을 처음엔 왜 그리도 막대했던가? 보고 있어도 보고 싶고, 곁에 있어도 이토록 그리운데…….

손끝에 그의 얼굴이 닿는다. 마음으로 수백 번 수천 번도 더 어루만졌으나 결코 닿지 못했던 얼굴이었다.

아, 곱고 또 고우신 분.

운소가 열없이 웃었다.

"죽을 목숨이란 것이 좋은 점도 있나이다. 이리 만질 수도 있고……."

가랑비에 젖듯 저도 모르는 사이 그에게 젖어들었다. 감히 탐할 수 없는 귀한 분을 바라보게 되었다. 겁도 없이 그를 마음에 담았다. 아니 됨을 알면서도 바랐고, 어리석다 자책하면서도 원했다. 어차피 끝낼 연이라고 수없이 되뇌던 그 와중에도 곁에 있고 싶다 했던 말은 모두 진심이었다. 무사히 쫓겨나기를 바라면서도 한편으로는 그날이 오지 않기를 바랐다. 바람은 그토록 모순적이고 이중적이었다.

그릇된 마음이라는 것을 알고 있었다. 그럼에도 언제나 저를 똑바로 바라봐주는 왕의 눈길에 슬며시 웃고 말았다.

그는 왜 그토록 높고, 저는 왜 이토록 낮아서.

운소는 제 신분을 원망했다.

"참으로 미안이시옵니다."

"알고 있느니."

지의 눈매가 살짝 휘었다.

"남녀노소 막론하고 어느 누가 전하께 반하지 않을 수 있겠나이까?"

정녕 품으려고 했던 것은 아니었다.

그러나 서슴없이 내밀어주는 그의 손이 좋았고, 말갛게 웃는 얼굴이 좋았고, 철없다 싶을 정도로 맹목적인 진정이 좋았다. 백성을 위하여 눈물 흘릴 줄 아는 왕이기에 오직 그를 경애하였다.

"반하였느냐?"

운소가 설핏 웃었다. 그녀의 눈가에 물기가 어렸다.

"예, 전하."

"동하였느냐?"

"예, 전하."

고인 눈물이 이내 떨어졌다. 어수가 조심스럽게 그녀의 뺨을 문지른다.

"과인도 반하였다."

운소는 입을 다물었다.

"과인도 동하였다."

언제부터였을까? 언제부터 제 안의 그가 이토록 커져버렸을까?

모르겠다. 혹 처음 만난 그 순간부터 아무도 모르게 이 삶이 송두리째 뒤흔들리고 있었던 것은 아닐까.

"알고 있었느냐?"

"무엇을요?"

"과인의 마음을."

운소가 피식 웃었다.

"어찌 몰랐겠습니까?"

"허, 알면서 모른 체하였다?"

"전하께서 직접 말씀하시지 아니하였기에 듣지 않은 것뿐입니다."

"못된 것."

그리 훤히 보이는 마음을 어찌 모를까. 작은 것 하나에 발을 동동 굴리며 심술을 부리고, 시도 때도 없이 찾아와 나 좀 보아달라고 억지를 부리는데.

벗이란 관계를 무기로 내세워 곁에 붙들어두려는 그 관심의 정체를 누가 모를 수 있겠는가?

"네 계집이라고 언질이라도 좀 주지 그랬느냐? 과인의 머리털이 얼마나 빠졌는지 아느냐?"

"전하께서 사내인 저를 좋아하시는데, 그런 언질이 가당키나 하겠습니까?"

"어허! 사내를 좋아한다니? 과인은 계집이 좋다고 누누이 말하지 않았느냐?"

지가 억울하다는 듯이 항변했다. 운소가 열없이 웃었다.

"한데, 평생 이리 살 작정이었느냐?"

"그럴 리가요. 두 달 뒤 파직당해 나갈 생각이었습니다."

"무어? 파직?"

"내시들이 매달 받는 평가가 있지 않습니까? 거기서 연달아 세 번 불통을 받으면 누구라도 파직이라 들었습니다."

"누가 파직해준다 하더냐? 평생 과인 곁에 있어주겠다고 하였잖으냐?"

"무능하여 쫓겨나는 것인데 전하라고 별수 있겠나이까?"

한방 맞은 표정으로 운소를 바라보던 지의 눈빛이 이내 단호해졌다.

그가 나직이 운소를 불렀다.

"우소야."

"예, 전하."

"네 무엇이든 주겠다 하였지."

확실히 그런 말을 하였다.

"예."

운소가 긍정했다.

"너를 다오."

"예?"

"과인은 너를 원해. 파직? 과인을 떠날 생각이었다는 뜻이지 않으냐? 어찌 네가 과인을 버리고 간다는 말이냐? 야속한 것. 못된 것."

그가 원망을 쏟아냈다.

가지 마라. 나를 두고 가지 말거라.

그것은 청이었고, 애원이었다.

운소는 할 말을 잃고 그를 응시하였다. 심장이 저릿했다. 그녀는 왕을 속였다. 왕조를 능멸하고 우롱했다. 계집인 주제에 오라비를 위한다는 미명하에 사내 행색을 하고 내시가 되었다.

잠깐이면 될 것이라 생각했다. 오라비가 따라간 이가 정말 은인이라면 다행인 일이었고, 만약 아니라면 돌아온 그가 다시 왕을 보필할 수 있도록 그 자리를 보전해주고자 하였다. 그 얼마나 안일하며 이기적인 생각이었던가?

잠깐은 한 달이 되고 두 달이 되더니 눈 깜짝할 사이에 지금이 되어버렸다.

시작은 간단했다. 끝도 간단할 줄 알았다. 그런데 아니었다. 욕심에 눈이 멀어 조금이라도 더 그의 곁에 있고 싶어졌다. 그의 곁에 머물고 싶었다.

"너를 다오."

드릴 수만 있다면, 백 번이고 천 번이고 드릴 텐데. 살점 하나하나, 머리털 하나하나, 전부 내어드릴 텐데.

용안이 더 가까워졌다.

뺨을 감싸고 있던 어수가 조금 더 따뜻해졌다.

운소의 두 눈이 커졌다. 격동하던 심장이 내달리듯 더욱 빨라졌다.

부드럽게 왕의 입술이 그녀의 것을 빨았다. 계집과 사내가 입을 맞추었다. 다만 그것뿐이었는데, 시간이 이대로 멈춰버렸으면 하고 바라게 되었다. 그의 옷깃을 붙잡고서 영원히 놓고 싶지 않아진다. 그러나 시간은 멈추지 않았다. 영원히 옷깃을 붙잡아둘 수도 없었다.

"우소야."

이마를 거의 맞댄 채 그가 속삭이듯 그녀를 불렀다.

"과인은 너만 원해."

왕은 돌려 말하는 법이 없다. 그녀가 계집이니 더 이상 마음을 감출 필요조차 없다.

다시 또 한 번, 그의 입술이 그녀의 것에 닿았다. 운소의 여린 입술이 그의 입속으로 부드럽게 빨려 들어갔다. 그녀의 입술을 살짝 깨문 후 지가 다시 입술을 떼었다.

"오직 너만 원해."

운소가 말없이 그를 바라보았다. 바로 앞에 그녀가 은애하는 이가 있다. 그가 그녀를 간절히 원하고 있다.

운소는 그에게 매달리고 싶었다. 그 다정에 기대 잔뜩 어리광부리고 싶었다. 자격만 된다면 그랬을 것이다.

운소는 가까스로 이성을 붙잡았다. 감정을 억눌렀다.

왕이라 하여도 아니 되는 것이 있다. 이것은 사내가 계집을 좋아하는 걸로 끝나는 단순한 일이 결코 아니다. 왕실의 사정이란 것은 그리 녹록지가 않다. 가짜 종9품 상원내시라 하여도 그 정도는 안다.

죄인의 신분으로 감히 왕의 곁을 바랄 수는 없다.

운소는 천천히 고개를 저었다.

"어, 찌?"

쥐어짜낸 용음이 가늘게 떨렸다.

"귀한 분을 국모로 모셔야지요."

"누구?"

용안이 찌푸려진다.

"태천의 공주마마……."

"거절하였다."

운소가 말을 끝내기도 전에 지가 말했다.

"예?"

거절? 다른 이도 아닌 태천 공주와의 혼담을 거절?

운소의 머릿속이 빙빙 어지럽게 돌았다.

태천과의 국혼은 어느새 기정사실화 되어 있었다. 동방의 모두가 이 국혼이 성사되리라 여겼다. 태천도 다르지 않았을 것이다.

"아마 화가 머리끝까지 났겠지. 어째 조용한 것이 불안하긴 하다. 그래도 무어, 별거 아니다."

그런데 다짜고짜 거절하였다고 한다.

"어찌 그러셨습니까?"

뒤늦게 상황이 파악된 운소가 경악하며 벌떡 몸을 일으켰다. 환부에서 아찔한 고통이 엄습했다. 그녀가 신음을 흘리자 지의 안색이 하얗게 변했다.

"누워있으라 하지 않았느냐?"

지가 운소를 억지로 다시 눕혔다.

"전하!"

"그래, 과인이 전하지. 과인이 너의 왕이야."

"어찌 그러셨습니까? 그 국혼이 어떤 것인지는 소신도 아옵니다! 태천의 귀하디귀한 공주마마께서 자그마치 두 해나 기다려온 국혼이 아니옵니까? 백성들이 한결같이 염원해온 경사 아니옵니까?"

"과인은 그때도, 지금도 공주와 혼인하겠다고 답한 적이 없어."

"하지 않겠다고 한 적도 없으시지요!"

"어쨌든 한다고 한 적도 없다. 그러니 문제 될 것 없다."

억지다. 운소는 편두통을 느꼈다.

"상왕 전하께서는 아시옵니까?"

지는 입을 다물었다.

"다른 분들은요?"

삼공이나, 상선이나, 아무튼 높으신 분들. 그들 중 한 명이라도 이 일을 알고 있는 사람이……

"흐음, 아마 모르지 않을까? 과인이 답신은 아무에게도 아니 보여 줬거든."

지가 운소의 눈치를 살피며 어깨를 으쓱했다.

"대체……. 대체 무슨 사고를……. 어찌 그런 사고를……."

운소가 말을 잇지 못했다. 안색이 심히 나빴다.

"우소야, 네 너무 흥분하면 몸에 무리가……."

"지금 소신의 흥분이 문제이옵니까?"

운소가 차갑게 쏘아붙였다. 그녀는 그냥 이대로 혼절해 버리고 싶었다. 한 석 달쯤 기절했다가 깨어나면 이 모든 상황이 마무리되어 있을지도 모른다.

그녀를 걱정스럽게 보고 있던 지가 입술을 비죽였다.

"못된 것."

"예?"

"정녕 그리하길 원하느냐?"

운소는 순간 말문이 막혔다.

"정녕 과인이 태천의 공주와 혼인하길 원해?"

태천의 공주. 그에게 어울리는 아름답고 고귀한 여인. 두 사람이 함께 있는 모습을 상상하는 것만으로도 가슴이 욱신거렸다.

"야속한 것."

"……"

"마음이 둘이 아닌데, 어찌 그리하라고 해?"

은애를 줄 수 없을 게 분명한데 가장 친한 벗의 누이를 중전으로 맞을 수는 없었다. 그 귀한 여인을 평생 뒷방에서 썩게 만들어, 슬프고 괴로운 나날을 보내게 할 수도 없었다. 하여 거절하였다. 당장은 틀려

보여도, 그것이 옳다고 믿었다.

"과인이 좋다면서, 어찌 다른 여인과 혼인을 치르라고 해?"

"좋다 하지는 않았사옵니다."

운소가 변명하듯 중얼거렸다.

"반하였다면서?"

"반하였을 뿐이옵니다."

"동하였다면서?"

"동하였을 뿐이옵니다."

"그게 그거 아니냐?"

지의 두 눈에 서운함이 뚝뚝 묻어났다. 차마 더 반박하지 못한 운소가 고개를 돌려버렸다.

"우소야. 과인 좀 봐 다오."

"……."

"우소야."

그가 애절히 그녀를 불렀다. 운소가 결국 고개를 돌려 그를 보았다.

그녀는 단 한 번도 그를 이긴 적이 없다.

그는 그녀의 왕. 그녀는 그의 신하. 어찌 신하가 왕을 이길까?

"그런 표정 하지 마옵소서."

"과인이 지금 어떤 표정인데?"

"금방이라도 용루가 떨어질 것 같사옵니다."

"네가 잘하면 되지 않으냐? 그러하면 과인이 울 일 없을 터이니."

그가 뚱하게 대꾸했다.

"소신은 지금도 잘하려고 노력하고 있사옵니다."

"노력으로는 부족하다. 더 잘해다오."

어수가 조심스럽게 그녀의 뺨을 어루만졌다.

국혼을 거절한 것은 너무 걱정 말라는 듯이, 모든 어려움은 그가 맡을 터이니 그저 있어주기만 하라는 듯이……

"우소야."

근심 많은 그녀의 이마에 왕의 입술이 내려앉았다. 반듯한 콧등을 따라 내려온 입술이 운소의 입술을 집어삼켰다. 운소는 멍하니 제 입술이 그의 입술 사이로 빨려 들어가는 감각을 느꼈다. 그것은 지독히 달콤하여 잃고 싶지 않았다.

슬며시 벌어진 그녀의 입술 사이로 부드럽고 말캉한 것이 쑥 들어왔다. 흠칫 놀란 운소가 도망가지 못하도록 그녀의 양쪽 뺨을 감싸 쥔 채 지는 깊게 입맞춤했다.

하아, 하고 흘러나온 신음이 운소의 얼굴을 뜨겁게 만들었다. 흥분하지 말라면서 그녀를 흥분하게 하는 것은 항상 그였고, 무리하지 말라면서 무리하게 만드는 것도 그였다.

느리고 다정한 입맞춤을 끝낸 지가 애타는 시선으로 그녀를 내려다보았다. 눈 둘 곳이 없이 방향 잃은 운소의 시선이 거칠게 흔들렸다.

"네가 참 달다."

이 왕은 알고 있는 것이다. 그녀가 그에게 지독히 약하다는 것을.

"전하……."

한숨 섞인 목소리에 지는 그저 웃었다.

"우소야, 과인을 한 번만 믿어봐."

그는 하나를 보면 둘은 보지 않는다. 그런 왕의 성정을 운소 또한 잘 알고 있다. 그가 어떤 마음으로 국혼을 거절했는지 짐작 못하는바 아니지만, 지금부터 일어날 일들이 두려웠다.

태천의 황제와 동방의 왕이 각별한 사이라고 해도 기껏 청한 국혼이 거절당한 이 일을 태천 쪽에서 그냥 넘어갈 리 없다. 대국의 자긍심에 상처 입은 것은 둘째 치고, 동방왕이 기고만장하다며 그 콧대를 꺾어야 한다고 태천의 대신들이 난리를 피울 게 분명했다.

329

보잘 것 없는 천한 계집 때문에 왕이 공주를 마다했다는 사실이 알려지면, 어느 누가 왕의 편을 들어줄까? 대신들이 그의 편이 되어줄까? 상왕은 어떠한가?

행여 저 때문에 그가 곤란에 처할까, 운소는 그것이 가장 두려웠다.

"하루만이라도 좀 기뻐해 보아. 응?"

"무엇을 말이옵니까?"

"무엇보다 네가 계집이라지 않으냐? 과인은 그것만으로 세상을 다 가진 듯 기쁘다. 다음으로 과인이 좀 기특하지 않으냐? 네 그리 시치미를 뚝 떼고 있었어도 과인이 네 심중을 알고 딱 국혼을 거절하였으니. 또……"

지가 하나하나 나열했다. 가만히 그의 말을 듣고 있던 운소가 졌다는 듯 고개를 흔들었다.

그녀는 한낱 계집이었다. 그것도 은애에 빠진 어리석은 계집이었다.

풍랑 치듯 위태로운 내일이 두려우나, 다정한 그의 언에 넘어가고 만다.

이것은 추한 욕심일 것이다. 바라선 안 되는 것을 바라게 되는 어리석음일 것이다.

그래도 잠깐, 아주 잠깐은 괜찮지 않을까?

"기쁘옵니다."

"정녕?"

지가 두 눈을 휘둥그레 뜨며 되묻는다.

"예."

이내 용안에 말간 웃음이 번졌다. 그 웃음을 향해 운소는 손을 뻗었다.

단 하루라도 용루를 멈추게 할 수 있다면 그 어떤 것도 견딜 수 있다.

그러니 설령 오늘 하루 그를 욕심내어 억겁의 시간 동안 벌 받는다 하여도 그를 향해 뻗은 이 손을 거두지 못하리라.

"정녕이옵니다."

운소는 왕의 웃음을 눈으로 보고, 귀로 듣고, 손으로 새겨 기억하였다.

7장. 불청객

GOOD WORLD ROMANCE NOVEL

1

우소는 텅 빈 초가 앞에 한동안 서 있었다. 당연히 있어야 할 누이가 없었다.

무언가 잘못되었다. 불길한 예감에 등골이 오싹했다.

획 등 돌린 그가 어디론가 뛰어갔다.

운소가 도움을 청했다면, 이곳밖에 없다.

"의원님! 의원님!"

밤이라서 문은 잠겨 있었다. 우소는 거칠게 문을 두드려댔다.

오누이는 고향을 잃고 떠돌다가 행화리로 흘러왔다. 헐벗고 굶주린 그들을 보살펴준 이가 의원 허순이었다. 그는 정이 깊고 덕이 많아 행화리 안팎으로 칭송이 자자했다.

이윽고 문이 열렸다.

"아니, 이게 누구냐? 우소 아니냐? 안으로, 어서 안으로 들어오너라."

허순이 깜짝 놀라며 누가 볼세라 우소를 안쪽으로 끌어당겼다.

"정녕 우소 맞느냐?"

332 간신의 처

"절 먼저 받으시지요."

"되었다, 절은 무슨."

"오랜만에 뵙는 것이니 절을 올리는 것이 마땅한 도리입니다."

우소는 고지식하게 기어이 큰절을 올렸다. 그 성격은 여전하다며 허순이 혀를 찼다.

"여쭙고 싶은 것이 있어 예의가 아닌 줄 알면서도 이 밤에 찾아왔습니다. 우리 운소, 어디 있는지 혹 아십니까?"

"알다마다. 그에 대해 묻고 싶은 쪽은 나다. 대체 어찌 된 게냐? 운소가 왜 궐 안에 있는 게야?"

"예?"

우소가 두 눈을 크게 떴다. 곧 그의 표정이 일그러졌다.

"궐이라니……."

왜 그랬는지 알 것 같았다. 그가 누이에게 남긴 것은 짧은 서신 한 장이 전부였다.

운소는 그가 상왕을 모시기를 얼마나 간절히 갈망했는지 알고 있었다. 상왕을 모실 수 없다면 그의 적장자인 왕의 충신이라도 되기 원한 그를 알고 있었다. 혹시나 은인인 줄 알고 따라간 이가 은인이 아닐까 봐, 어렵게 내시가 되었는데 그 자리마저 잃게 될까 봐, 하여 오라비가 평생 꿈꿔온 것을 행여 이루지 못하게 될까 봐 그 착한 누이는 모든 것이 확실해질 때까지 그의 자리를 지켜주려고 했을 것이다.

하지만 그래도 의문은 있다.

"사정이 조금 있었습니다. 하지만 그 사정은 전부 해결되었는데, 어찌 운소가 아직도 궐에 있단 말입니까?"

보부상을 통해 재차 서신을 보냈다. 따라간 이가 상왕이 맞으니 걱정 말라는 내용이었다. 그의 꿈은 이미 이루어졌으니, 운소가 위험을 무릅쓰고 궐에 있을 이유가 없다.

"낸들 알겠느냐?"

허순이 답답한 표정을 지었다. 답답한 것은 우소도 마찬가지였다.

"운소가 궐에 있을 이유가 이젠 없습니다. 나와도 진작 나왔어야 했는데……."

혹시 제 서찰이 전해지지 않은 것일까? 그래서 운소가 그만두지 못하고, 여전히 그의 자리를 미련하게 지키고 있는 것일까? 가능성은 그런 것밖에 떠오르지 않는다.

하지만 더는 아니 된다. 발육이 늦되 지금까지는 그럭저럭 버텼다고 해도 그것도 조만간 끝일 것이다. 아무리 숨기려 해도 계집이란 것을 숨길 수 없게 되는 날이 올 것이다. 큰일을 당하기 전에 운소를 되찾아야 한다.

"뭐라도 좋습니다. 아시는 것 없으십니까?"

"내가 아는 게 어디 있느냐? 전하께서 두 눈을 시퍼렇게 뜨고 운소만 찾아다니시는 것? 툭하면 우소야, 우소야 하면서 그 아이를 놓지 않으려고 하시는 것? 혹여 전하께서 남색가는 아닐까 상선내관이 허옇게 뜬 얼굴로 사색이 되어 가는 것?"

우소의 표정이 점점 굳어갔다.

"상황이 이러한데 그 아이가 어찌 빠져나오겠느냐? 들어가는 건 마음대로였어도 나오는 건 아니겠지. 어떻게든 잘릴 기회만 노리고 있던데, 그게 가능하겠느냐?"

"당장 데려와야 합니다."

"그럴 수 있다면 진작 그러했다!"

"다 제 불찰입니다. 상황을 더 자세히 설명했어야 하는데."

후회 가득한 말을 읊조린 우소가 입술을 꾹 깨물었다.

그는 누이를 사랑한다. 누이 또한 그를 사랑한다.

그가 누이를 위해 무엇이든 할 수 있듯 누이 또한 그럴 수 있음을 간과하였다.

"운소를 찾아야 합니다. 방법이 있을 겁니다."

우소가 단호히 주먹을 쥐었다.

사고가 있고 여러 날이 지났다. 지는 줄곧 운소의 곁에 있었다. 조정을 좀 돌보라며 만중이 성화를 부려댔지만 그녀의 곁을 떠날 수가 없었다.

그녀는 손에 잡히지 않는 바람. 잠깐 자리를 비운 사이 훌쩍 떠나가버릴 것만 같다.

약기운 때문인지 그녀는 긴 시간 잠들어 있었고, 그나마 깨어 있는 때에도 정신이 몽롱해 보였다.

"우소야."

지가 그녀를 가만히 들여다보았다.

반듯한 콧날, 동그랗고 귀여운 콧방울, 결연히 다물어진 입술, 처마처럼 휘어진 속눈썹……. 어느 하나 예쁘지 않은 곳이 없다.

"웃고, 울고, 화내는 네가 그립구나."

정우소, 그것은 그녀의 진짜 이름이 아닐 것이다.

"과인은 진짜 너에 대해 알고 싶어."

정우소에게는 누이가 하나 있었다. 정우소가 어느 순간 다른 누군가로 바뀌치기 되었다면 그 누이일 가능성이 가장 컸다. 오가며 안면을 익힌 사람 정도는 속일 수 있을 정도로 닮아야 할 테니까.

어떤 사정으로 두 사람이 바뀌었는지는 궁금하지 않다. 그것이 중죄라는 것 또한 중요치 않다.

지는 그저 알고 싶었다.

그녀의 진짜 이름을. 진짜 모습을. 그렇게 그 모든 것들을.

다정한 손길이 운소의 이마를 어루만졌다. 이마를 어르던 손길은 콧등을 따라 아래로 내려갔다. 보드라운 입술에 손끝이 닿았다. 심장이 저릿했다.

그는 조심스럽게 손을 떼고 입술을 맞췄다.

그녀는 참 달았다. 그녀를 달다 느끼는 스스로가 끔찍할 정도로 그녀는 달았다. 단지 가벼운 입맞춤이었는데도 온몸이 뜨거워졌다.

지가 오만상을 썼다. 배 아래쪽이 묵직했다.

"이게, 또……."

그녀가 계집이란 것을 알게 되자 그의 분신은 시도 때도 없이 고개를 쳐들었다. 더 이상 욕망을 감출 필요가 없다고 시위라도 하는 듯했다. 운소가 보면 기함을 할 거란 걱정에 지는 욕정을 가라앉히려고 애썼다.

"아니 된다니까, 정녕."

"무엇이 아니 되옵니까?"

불현듯 작은 목소리가 들려왔다.

깜짝 놀란 지가 두 눈을 휘둥그레 떴다.

"언제 깼었느냐?"

졸음 가득한 눈으로 운소가 그를 바라보았다.

"기억이 나지 않습니다."

"기억이 나지 않아?"

지가 울상을 지었다. 그가 조심스럽게 운소의 이마를 매만졌다.

"이때 깼었느냐?"

운소는 대답하지 않았다.

"그럼 이때?"

지가 그녀의 콧등을 쓸었다.

그녀는 여전히 대답하지 않았다.

"그럼 이때였느냐?"

두 사람의 입술이 겹쳐졌다.

지가 운소의 입술을 부드럽게 빨고는 천천히 입술을 떼었다. 용안이 붉어졌다. 쑥스러운 듯 그가 얼굴을 문질렀다.

"아프지는 않으냐?"

뭐가 아니 되냐며 더 캐묻지 않기를 바라며 지가 화제를 돌렸다.

"괜찮사옵니다."

그를 빤히 올려다보던 운소가 잠깐의 침묵 후 대답했다.

성공적으로 화제를 돌린 지가 속으로 안도의 한숨을 내쉬었다.

"우소야."

"예, 전하."

지가 조심스레 운소의 뺨을 어루만졌다.

운소는 가만히 그 손길을 느꼈다. 어수는 다정하다. 너무도 다정하여 놓고 싶지가 않다. 그의 손에 뺨을 비비며 운소는 잠시 눈을 감았다.

"과인은 네가 참 예쁘다."

달콤한 말들. 귀로 듣고 마음에 새길, 다정한 언들.

운소가 눈을 떠 그를 올려보았다.

"전하께서 참으로 미안이시옵니다."

그녀가 그를 추켜세웠다. 오롯한 진심이기도 하였다.

"네 이리 어여쁜데, 아니 반할 도리가 있었을까?"

"전하께서 이토록 늠름하시니, 어찌 만백성이 전하를 경애하지 않겠나이까?"

"저런, 과인은 오직 너만 은애할 것인데."

"아니 되옵니다. 만인을 공평히 아끼셔야지요."

"싫구나."

지가 투정 부리듯 고개를 내저었다. 여태 마음을 고백할 수 없었던 날들을 보상받으려는 듯 그는 끝없이 은애를 속삭였다.

운소는 열없이 웃었다. 내뱉을 수 없는 말들을 흐린 웃음 아래 숨겼다.

"네가 어서 나았으면 좋겠구나."

"내일쯤이면 움직여도 무리 없을 듯하옵니다."

"정녕?"

용안에 화색이 돌았다.

"예, 전하."

"무리하는 것은 아니고?"

"절대 아니옵니다."

지가 말갛게 웃었다. 기뻐하는 그를 물끄러미 보던 운소가 무뜩 미간을 찌푸렸다. 그녀의 손이 용안에 닿았다. 지가 놀란 표정을 하며 두 눈을 크게 떴다.

"용안이 어찌 이러십니까?"

아닌 게 아니라 지의 눈 밑이 시꺼멨다.

"침수, 아니 드셨지요?"

"네가 예 이러고 있거늘 과인이 어찌 잠들겠느냐?"

운소의 눈치를 살피며 지가 쭈뼛쭈뼛 대꾸했다.

"그러다 쓰러지시옵니다."

"이 정도로는 아니 쓰러져."

"전하께서 아프시면 소신의 마음이 무너지옵니다."

휙휙 고개를 내젓던 지가 아미를 찡그렸다. 좁아진 그의 미간에 번뇌가 고인다. 이내 그의 입매가 짓궂게 호를 그렸다.

"참으로?"

"예?"

"한 번 쓰러지는 것도 좋을 것 같다. 그럼 네가 돌봐줄 것 아니냐?"

"농이 아닙니다."

그녀의 엄한 목소리에 지가 웃음을 거뒀다.

"아프지 마옵소서."

"알겠다."

"소신을 위해서라도 절대 아프지 마옵소서."

"알겠다. 너를 위해서라도 절대 아프지 않으마."

신신당부를 한 후에야 운소는 굳었던 표정을 풀었다.

"아프지 않으려면 잠을 좀 자야 할 텐데, 과인은 네 곁을 떠나고 싶지 않구나."

한시라도 운소가 보이지 않으면 불안했다.

"예서 잠들면 아니 될까?"

운소의 옆에 머리를 누이며 지가 청했다.

"예?"

"꼭 안기만 하겠다. 아니, 아니지. 과인이 꼭 안으면 네가 아플 테니 그냥 이리 보기만 하겠다."

왕은 다정하며 솔직하다. 운소는 차마 그를 밀어내지 못했다.

"이리 살짝, 입만 맞추겠다."

그의 입술은 부드럽다. 속삭이는 말들은 달콤하다.

운소가 체념하듯 눈을 감았다.

그는 왕, 그녀는 내시. 그는 왕, 그녀는…… 죄인.

그녀의 앞날은 끝없는 어둠, 바닥없는 진창. 감히 그의 곁을 탐낼 자격조차 없다. 중궁전 주인은 대국의 공주쯤 되는 귀한 분이어야만 한다. 아주 오래전부터 그리 정하여졌다. 분수 모르고 그의 곁을 탐한다면, 그녀의 왕은 너무도 많은 것을 잃어야 한다.

알고 있다. 알고 있지만, 며칠쯤은 괜찮지 않을까?

부질없는 욕심을 부리며, 운소는 그의 입술에 제 것을 묻었다. 슬쩍 벌어진 그의 입속으로 제 혀를 밀어 넣었다. 서툰 그녀의 유혹에 놀라 주춤대던 지가 이내 그녀의 혀를 휘감았다.

그를 놓는 것은 각오한 것보다 훨씬 아플지도 모른다. 마음이 이미 온통 그의 것이 되어버렸으니까.

또다시 며칠의 시간이 흘렀다.

운소는 제법 거동할 수 있게 되었다. 그녀가 조금씩 움직이자 지도 조정으로 돌아갔다.

그가 제일 먼저 한 일은 보릿고개를 대비하여 빈민 구휼 제도를 재정비한 것이었다. 중간 중간 반대에 부딪히기도 하였으나 서른 명의 아이들을 순식간에 잃을 뻔한 일을 언급하면 다들 입을 다물었다. 빈약한 제도를 손보지 않으면 서른은 금세 삼백이 될 것이고, 삼백은 다시 삼천이 될 터였다.

"종잡을 수가 없으시다."

이제는 제법 맑아진 정신으로 운소가 고개를 갸웃거렸다.

그녀의 왕, 이지.

그는 정말로 종잡을 수가 없다.

그녀는 분명 그를 능멸하였다. 그런데 그는 화조차 내지 않는다. 어찌 계집이 내시 행세를 하였느냐고 그 사정을 추궁하지도 않는다. 변함없이 다정한 눈으로 그녀를 보며 햇살처럼 웃는다.

"남색가가 아니시었나?"

제정신이 들자 문득 그런 의문이 들었다. 사내로 착각하였을 때나, 계집인 것을 알았을 때나 그는 한결같다. 사내를 좋아하는 취향은 그리 쉽게 변하는 것이 아닐 텐데.

"하면 대체 무어지……."

운소가 골똘히 생각에 잠기려는 찰나, 그리운 목소리가 들렸다.

"우소야!"

그녀의 왕이었다.

뜰을 서성대던 운소가 급히 예를 갖추었다.

"일어나 있어도 괜찮은 것이냐?"

"예, 전하. 이제 아무렇지도 않사옵니다. 하오니 전하께서 소신의 죄를 물어 벌하셔도 거뜬⋯⋯."

"벌하다니? 누가? 과인이?"

지가 어처구니없어하며 되물었다.

운소는 두 눈을 끔뻑거렸다.

벌할 생각이 없는 것일까? 그럴 거 같긴 하였다. 그러면 어떻게든 그녀의 비밀을 숨겨 상황을 무마해줄 것이다.

그럼 일단 내시부로 돌아가서 아무 일 없었던 것처럼 행동하면 될까?

"하오면 당장 내일부터 내시부로 복귀하여⋯⋯."

"어허! 무슨 그런 큰일 날 소릴 하느냐?"

지가 정색을 했다.

운소가 미간을 모았다. 죄를 숨겨줄 생각은 또 아닌 듯했다. 어쩌면 당연한 일이다. 그녀는 대죄를 저질렀다. 총애를 방패삼아 무죄방면 받을 일이 아니었다.

"내시부로 돌아가면 그 사내놈들과 이 말 저 말 섞어야 하지 않으냐? 싫다."

지가 속상한 말투로 말했다.

"예?"

"네 참 야박하다. 몸이 괜찮아지자마자 사내들 틈으로 돌아가려고 하다니. 과인 하나로는 부족한 것이야?"

그가 투덜거렸다. 듣자하니 점점 더 가관이었다. 당황해서 입을 벙긋대던 운소가 겨우 물음을 내뱉었다.

"하오면 소신이 어찌하오리까?"

"흐음."

지가 생각에 잠긴 척, 턱을 긁적였다.

"평생 이리 침전에 숨어 사오리까?"

"역시 그건 좀 곤란할까?"

바로 그것이 바라던 바라는 듯, 쑥스럽게 웃는 그를 운소가 가만히 응시했다.

그녀는 그가 신기했다. 처음부터 변함없이, 오롯이 그녀만 향하는 그 마음이 기이했다.

혼란할 것도, 의심할 것도 없이 그는 그녀에게 똑바로 온다.

이토록 넘치는 애정이라니, 과분한 일이다.

"어찌 소신이옵니까?"

참지 못한 물음이 튀어나갔다.

"무엇이?"

"소신을 사내라 알고 계셨지 않사옵니까?"

"그러했지."

"어찌 사내인 줄 알면서도 그리 아끼셨사옵니까?"

지가 고요히 웃었다.

"계집인 것을 알고 어찌 그대로이옵니까?"

"우소야."

그가 운소를 당겨 품에 가뒀다. 속삭이듯 간지러운 그의 목소리가 귓가에 닿는다.

"과인은……."

두근두근.

"너만 좋구나."

심장이 날뛴다. 눈가가 시큰거린다.

"우소 너만 좋구나."

계집이든 사내든 상관없이, 귀인이든 천인이든 그 또한 무관하게. 그 한량없는 애정을 어찌하리?

운소는 혹 숨을 멈추었다. 무너지는 마음을 부여잡고, 힘 있게 그의 가슴을 밀어냈다. 이내 그의 품에서 떨어져 나왔다.

"너는 어떠하냐?"

동방의 왕, 이지.

그가 저에게 어떤 존재인가?

"소신은……."

그가 왕이든 노비이든, 그녀 역시 그만 좋아할 것이다. 그가 계집인 경우는 생각해 본 적 없지만, 설령 계집이라 하여도 상관없이 그가 좋을 것이다. 하나뿐인 이 목숨, 누군가를 위해 바친다면 그를 위해 바칠 것이고, 억겁의 윤회를 거듭하여도 오직 그를 찾아 헤매고 싶다.

할 수만 있다면, 그 마음에 기대어 애원하고 싶었다.

그 곁을 오직 제게 주소서.

하지만 그는 왕이었다. 그녀가 그를 원한다면, 그는 모든 것을 잃게 될 것이다. 자신은 그를 위하여 아파도 되고 괴로워도 되지만, 저로 인하여 그가 아프고 괴롭기를 운소는 바라지 않았다.

운소는 허물어지듯 웃었다.

무너지듯 엎드려 신하의 예를 갖추었다. 이마를 땅에 맞대었다.

"전하를……."

그는 사모하는 것은 대죄고, 그 마음을 바라는 것은 가히 역심이다. 오직 둘만 생각하기엔 태생이 너무도 다르다. 살아온 곳도, 살아갈 곳도 다르다. 오직 저를 위하여 이 하찮은 곳으로 와 달라 청할 수 없다.

그는 누구보다 존귀한 길을 걸어야 한다.

당장 애달파 죽을 것 같아도 시간이 흐르면 무뎌지는 법이다. 평생 어미를 그리워하며 울고 있을 줄 알았는데 어느새 다 잊고 이따금만 떠올리게 되었다. 그 또한 그녀가 눈 밖으로 사라지면 금세 잊을 것이다.

"경애하옵니다."

떨림이 잦아들었다. 운소는 무심해진 눈으로 고개를 들었다.

인연이란 찰나의 바람 같은 것.

당신의 자리는 그곳. 나의 자리는 이곳. 명백한 선을 긋는다.

"경애? 은애와 다르더냐?"

"다르옵니다."

"다르다?"

지는 잠시 입을 다물었다. 어둡게 가라앉은 눈동자가 무수한 감정을 담고서 운소를 응시했다.

그가 불현듯 고개를 돌렸다.

"우소야, 눈이 내렸다."

생뚱맞은 말이었다.

"올겨울은 눈이 아주 많이 내렸다."

무덤덤한 말투였으나, 떨리고 있었다. 그는 운소가 내보인 거부의 몸짓을 이해하였다. 그러나 그에 대한 답을 거부하고 있었다.

"이화궁에서 맞는 겨울은 이번이 처음이지?"

"예, 전하."

운소가 머뭇머뭇 답했다.

"바닥이 차다. 일어나거라."

그가 손을 내밀었다. 얼떨결에 그 손을 잡고 일어난 운소가 제 실수를 깨닫고서 얼굴을 붉혔다. 그에게 붙잡힌 손을 빼내려고 했지만 그가 놓아주지 않았다.

"곧 봄이 올 것이다."

그의 손은 크고 따뜻했다. 그녀의 흠을 다 덮을 듯이 컸고, 마음을 다 녹일 듯이 따뜻했다.

운소는 속으로 고개를 저었다. 크고 따뜻해도 아닌 것은 아닌 것이다. 이 손은 그녀의 것이 아니다.

"눈도 모두 녹아버리겠지."

"전하, 부디 손을⋯⋯."

"그전에 보여줄 것이 있다."

지는 운소의 말은 듣는 척도 하지 않고, 그녀의 손을 꽉 잡은 채 어디론가 가기 시작했다.

"전하? 전하!"

넘어질 듯 비틀대며 운소는 끌려갔다.

2

설화림雪華林. 눈이 꽃처럼 핀다 하여 붙은 이름이다. 그곳은 왕에게 허락 받은 자가 아니라면 발길 할 수 없는 은밀한 후원이었다. 연화정이 있는 쪽이야 상원내시인 운소도 자유롭게 들락날락할 수 있었지만 이곳은 달랐다.

빠른 걸음으로 따라오느라 진이 빠진 운소가 숨을 헐떡거렸다. 흰 입김이 허공에서 부서진다.

"여긴⋯⋯."

처음이었다. 운소는 아름다운 광경에 할 말을 잃었다. 나뭇잎과 꽃잎의 빈자리를 새하얀 눈이 채워주고 있었다. 빈 나뭇가지에도, 뾰족한 솔잎에도 눈꽃이 화사하게 피었다.

"봄이 오면 볼 수 없는 절경이라 네게 꼭 보여주고 싶었다."

"아름답습니다."

"일 년 내내 아름답지 않은 때가 없지."

"그럴 것 같사옵니다."

"네게 그 풍경들 또한 보여주고 싶구나."

운소는 마땅한 대답을 찾지 못해 작게 탄식했다. 다음 봄에, 여름에, 가을에 그의 곁에 있을 수 있을까? 감히 그럴 수 있을까?

아니, 그럴 수 없을 것이다.

"우소야."

지가 불안한 듯 운소를 바라보았다.

운소가 힘없이 웃었다. 그녀는 몇 번이나 아니 된다고 행동으로 거절했다. 그 거부를 알면서도 지는 처음처럼 은애를 말한다. 미래를 약조한다. 받을 수 없는 그 애정이 너무도 크다. 마음이 먹먹하다.

"전하."

그러나 아니 된다.

"듣지 않으마."

그가 고개를 내저었다.

"예?"

"지금은 듣지 않으마. 잠시만 예서 기다려라."

운소의 말을 잘라낸 지가 어디론가 가버렸다. 운소는 복잡한 표정으로 그의 뒷모습을 바라보았다.

곁에 있고 싶다 말하여도 된다면 그리하였을 것이다. 은애를 달라 청하여도 된다면, 그 또한 그리하였을 것이다.

그러나 감히 그의 곁을 바라고 원해도 되는 신분이 아니었다. 그런데도 그와 있는 이 순간이 행복하고, 부디 끝나지 않길 갈망하게 된다.

"전하, 이 미련한 계집을 어찌하오리까?"

혼잣말을 중얼대며 운소가 서글프게 웃었다.

운소는 이 순간이 그를 볼 수 있는 마지막 순간이라도 된 듯 그에게서 시선을 떼지 못했다. 보고 있어도 그리운 이의 모습을 하염없이 눈으로 좇았다.

지는 누각 앞에서 멈추었다. 허리를 숙여 누각 아래로 팔을 뻗었다. 그의 손에 무언가가 딸려 나왔다.

"지……."

그의 이름을 부르고 싶었다. 마음껏 목청 높여 그를 불러 보고 싶었다.

하지만 입에 담을 수 없는 고귀한 이름이라, 그에게 배운 어설픈 꼼수를 부려본다.

"……인짜 제멋대로이시옵니다."

진짜. 지인짜, 제멋대로.

그토록 제멋대로인 그를 연모한다.

여기저기 종횡무진 누비는 지를 따라 운소는 눈을 움직였다.

그가 별안간 눈 쌓인 못 위로 내려갔다. 놀란 운소가 얼른 그에게로 달려갔다.

"전하, 위험하시옵니다."

"깨지지 않으니 괜찮다."

폴짝 뛰어 보인 지가 말갛게 웃었다.

"하오나!"

얼음이 두껍게 얼어붙었다고 해도 위험한 것은 변함없다.

"예서 기다려라."

그를 따라 내려가려는 운소를 지가 저지했다. 어정쩡한 자세로 멈춰 선 운소가 불안한 표정으로 지를 바라보았다. 그는 의기양양하게 웃으며 손에 들고 있던 것을 얼음 위에 내려놓았다.

썰매였다.

"우소야, 잘 보아라."

그는 썰매를 타고서 이리저리 움직였다. 넘어질 듯 비틀거리며 용케 얼음 위를 휘젓고 다녔다. 많이 타지도 않고 잠깐씩 멈추기를 반복했다. 썰매가 지나간 자리는 눈이 옆으로 밀려 얼음이 드러났다.

"우소야."

마침내 멈춰선 그가 운소를 불렀다. 좌불안석 불안해하며 그를 보고 있던 운소의 표정이 일그러졌다.

그는 연못 위에 글씨를 쓰고 있었다.

가슴이 탁 막힌다.

'연戀……'

이제 눈만 오면 그녀는 그를 떠올릴 것이다. 하얀 눈 위에 연모의 마음을 그리던 그녀의 왕을 그리워하게 될 것이다. 이미 충분히 그리운데, 이보다 더 그리워질 것이다. 참지 못할 만큼 그리워서, 그리움이 흘러넘쳐, 매양 울음 울게 될 것이다.

참으로 다정한 분.

그래서 더 모진 분.

운소의 붉어진 눈에서 눈물이 툭툭 떨어졌다.

"은애한다."

굳이 다시 말해주지 않아도 그 마음은 알고 있다. 일찍이 확실히 전해졌다.

"오직 너만을 깊이 은애한다."

운소는 고개를 거칠게 내저었다.

"아니 되옵니다."

"네가 무슨 걱정을 하는지 알고 있다. 과인이 비록 연심에 눈이 멀었으나 사리분별 하나 못할 정도로 아둔해지진 않았다. 과인도 막막한 내일을 안다. 어느 것 하나 쉬운 것이 없겠지. 전국에서 상소가 빗발치겠지. 어느 누구 우리 편이 되어주지 않을 수도 있겠지. 하나 우소야, 그래도 과인이 왕이지 않으냐? 한 번만 믿어보아."

"믿지 않을 것입니다."

울음 머금은 목소리가 갈라졌다.

"우소야."

"당장은 그리 말씀하셔도 평생을 무수한 꽃에 둘러싸여 유혹당하실 것이옵니다. 그 꽃들 중 전하의 마음에 들 한 송이가 없다고 뉘 장담하오리까? 가진 것 없고, 지켜줄 이 없는 소신이 어찌 전하의 형체 없는 약조를 믿겠사옵니까?"

마음에도 없는 말을 내뱉었다. 믿지 못하여 그 곁을 받들 수 없는 것이 아니다. 그런 이유가 아니다. 그러나 그의 순수를 난도질하는 것 외엔 그를 체념시킬 방도가 떠오르지 않는다.

"더욱이 전하께선 동방의 주인이십니다. 국모는 누구보다 귀한 이를 맞으셔야 하옵니다."

못 위로 뛰어 내려가 그에게 안기고 싶다. 그의 품에 얼굴을 묻고 사모의 마음을 고백하고 싶다.

운소는 미련한 욕심을 잘근잘근 뭉갰다.

"과인에겐 네가 가장 귀하다."

"만백성을 실망시키지 마시옵소서."

"그들의 실망은 과인에게 중요치 않다."

그녀의 왕은 정녕 하나밖에 보지 않는다.

그 마음이 슬펐다. 제 미천한 신분이, 운소는 정녕 서러워졌다.

지금 끝내야 한다. 여기서 모든 것을 매듭지어야 한다. 안 될 연이라면, 그릇된 연이라면 더 머뭇거려서는 안 된다. 떠나야만 한다. 그것이 힘없는 그녀가 그를 지킬 수 있는 유일한 방법이었다.

"소신은……."

천천히 바닥에 읍하며 운소는 생각을 정리했다.

그의 마음이 변할까 봐 은애할 수 없다는 말로는 그를 포기시킬 수 없다. 결국 그를 은애한다는 말과 같으니까. 귀한 이를 중전으로 맞이하란 말 또한 그를 설득시키지 못했다. 애초에 그런 것은 개의치 않는 사람이니까.

그렇다면…….

"소녀는……."

운소는 호칭을 바꾸었다. 지금 그의 앞에 선 그녀는 신하가 아니라 여인이었다.

그는 다정한 사람이다. 그녀가 싫다면, 다른 이유 때문이 아니라 오롯이 그녀의 뜻으로 싫다 한다면, 그는 결코 제 마음을 그녀에게 강요하지 못할 것이다.

"필부匹夫를 원하옵니다. 왕도, 재상도 원하지 않습니다. 다만 평범하게 서로를 아낄 배필을 원하옵니다."

"과인이, 싫다 하면?"

겨우 내뱉어진 용음이 울음을 삼키며 흔들렸다.

그는 어떤 표정을 짓고 있을까. 그렁그렁한 눈물을 눈가에 달고서 원망하듯 쏘아보고 있을까.

"윤허할 수 없다고 하면?"

엎드려 있어 그의 표정 볼 수 없으니 차라리 다행이다.

운소는 안도하였다.

"우소야."

심장이 아릿하다. 운소는 제 고통을 외면했다.

"차라리 죽여주소서."

운소가 죽음을 청하였다. 당신의 곁에 있으니 차라리 죽음을 택하겠다는 말로 그의 다정을 갈기갈기 찢어발겼다.

반하였지만, 동하였지만 계집 아닌 신하 되어 그의 발밑에 조아린다. 그 입술을 탐하고, 그 가슴을 뒤흔들고서 신하 아닌 죄인 되어 죽음을 청한다.

그의 마음이 무너지는 소리가 들린 것 같다. 착각이다.

"과인을 보고 말해."

그의 엄지가 턱을 들어올린다. 운소는 속절없이 그를 보았다.

별안간 그의 표정이 크게 일그러졌다. 동시에 운소의 두 눈도 한껏 커졌다.

목덜미에 닿는 서늘한 감촉.

"이게 무어냐?"

그리고 노기 가득한 음성.

운소가 상황을 파악하기도 전에 지는 그녀에게서 손을 떼고서 침입자를 향해 칼을 겨누고 있었다.

"너야말로 무슨 짓이냐?"

이곳은 설화림. 윤허 없이 들어올 수 없는 금단의 장소. 그런데 누군가가 침입해 왔다. 그리고는 칼을 겨눴다.

이게 대체 무슨 상황인 것일까?

잘 모르겠지만, 지가 위험하다. 운소의 피가 차갑게 식었다.

동방의 왕은 제멋대로다. 벗의 청은 통할지 몰라도 황제의 명은 통하지 않을 놈이었다. 그 사실은 차류도 익히 알고 있었다.

그러나 어쨌든 대국과의 국혼은 소국의 영광이었다. 비록 태천이 예전과 같이 강성하지 못 해도 딱 잘라 거절할 종류의 일은 결코 아니

었다. 그런데도 지는 자예를 맞이할 수 없다는 짤막한 답신으로 혼약을 거부했다. 필시 이유가 있을 터였다.

"이게 무어냐?"

이상한 복장을 한 계집을 본 순간, 차류는 그 이유가 이 계집이라는 것을 알았다. 차류의 손에서 뻗어나간 잘 벼려진 칼날이 계집의 목덜미에 닿았다.

"너야말로 무슨 짓이냐?"

그와 동시에 차가운 금속성의 감촉이 차류의 목젖에 닿았다.

차류는 헛웃음을 삼켰다. 고작 계집 하나 때문에 황제의 목에 칼을 겨누다니.

원래 정상은 아니었지만 못 본 사이에 더 미친 것 같다.

차류가 계집의 목덜미에서 슬쩍 칼을 뗐다. 지도 곧 그의 목젖에서 칼을 떨어뜨렸다.

그러나 긴장감은 여전히 팽팽하게 흘렀다.

"이 계집 때문이냐?"

"계, 계집이라니! 그 아이는 동방의 내시다!"

당황이나 하지 말지.

차류가 표정을 일그러뜨렸다. 칼을 거두어들일 듯 움직이던 그가 칼끝을 그대로 내뻗었다.

창! 날카로운 소리를 내며 칼과 칼이 맞부딪쳤다. 불꽃이 튀었다. 변방의 왕궁에 처박혀 있다고 실력이 녹슨 것은 아닌 모양이었다.

"내시? 위아래도 모르고 날뛰더니, 네 정녕 돌았느냐?"

"뚫린 입이라고 그리 마구 지껄여도 되는 것이냐?"

"동방을 능멸하는 것은 태천을 능멸하는 것과 같다. 저 계집이 스스로 내시라 칭하며 너를 속였다면, 그것은 나를 속이는 것과 같다. 내 직접 저 계집을 능지처참할 것이다!"

지의 눈빛이 사나워졌다.

"저 아이는 내 것이다. 네가 어찌할 수 있는 것이 아니란 말이다. 내가 내 것을 빼앗는 자를 좌시하지 않음은 너 역시 잘 알고 있을 터!"

"하여 감히 지금 내게 칼을 휘두르는 것이냐? 그것이 반역과 다르지 않다는 것을 잘 알고 있을 터인데?"

"내 집에 쳐들어온 괴한을 처치하는 게 어찌 모반일까?"

"이판사판이라는 게냐?"

지는 물러서지 않았다. 고작 계집 하나에 눈이 멀어 황제와 칼부림을 할 정도로 막 나가고 있었다. 원체 막 나가는 놈이기는 했지만 이 정도는 아니었는데.

이쯤 되면 확실하다. 자예가 거절당한 것은 저 계집 때문이다.

"짐은 너를 폐위하고 새로운 왕을 등극시킬 수 있다."

"웃기지 마라. 내가 아니었다면 너의 그 잘난 태천은 진즉 지도에서 사라졌다. 내가 오랑캐만 베다 돌아온 줄 아느냐? 원한다면 네가 날 폐위하는 게 빠를지, 그 반대일지 겨뤄보도록 하지."

차류의 도발에 지는 더한 도발로 맞섰다.

하긴, 멍청하게 오랑캐만 베다 왔을 리가 없다. 태천의 심장 깊숙이 들어와서, 아닌 척 간자를 심기는 얼마나 쉬웠을까. 황성 곳곳에 동방의 간자가 깔려 있다는 것은 차류 역시 잘 알고 있었다. 오랜 동맹이라고는 해도 태천과 동방은 다른 나라였다. 흥망성쇠가 뒤엉켜 대국이 쇠락하고 소국이 강성해진다면, 지금의 이 사대관계 또한 끝장이리라. 절친한 벗이라 해도 각자의 책임이 있는 한 그들은 속내 속에 또 다른 속내를 감추며 살아야만 했다.

두 사람은 한 치도 물러서지 않은 채 칼을 겨뤘다. 칼끝엔 인정사정이 없었다.

차류의 칼끝이 아슬아슬하게 지의 옷깃을 스쳤다. 지가 뒤로 한 발 물러서며 간격을 벌렸다. 호흡을 재정비해 공격해 올 것이었다. 차류는 틈을 주지 않고 칼을 내뻗었다.

"그만 하십시오!"

그 순간이었다. 넋 나간 듯 앉아 있던 계집이 바락 소리쳤다. 울음 가득한 음성이 애절했다.

예상외의 방해에 차류가 움찔한 순간 계집은 겁도 없이 지의 앞을 막아섰다.

"우소야!"

지의 외침이 단말마처럼 퍼졌다.

'이런!'

지를 향해 내찌르던 칼의 방향을 차류가 서둘러 바꿨다. 죽이네 살리네 했지만 정말 누구를 다치게 할 생각은 없었다. 지와 사정없이 칼을 주고받은 것은 그라면 받아칠 실력이 충분하다는 것을 알고 있었기 때문이다.

급하게 자세를 바꾼 탓에 옆구리가 완전히 드러났다.

전장이라면 필시 죽게 될 실책이다.

"저, 멍청이가?"

차류가 신음을 내뱉었다.

지는 그의 옆구리를 노리는 대신 칼을 아예 내던지고는 계집을 제 품속에 끌어안고 있었다.

이곳이 전장이라면, 지와 저 계집은 필시 죽었다. 차류, 그는 구사일생으로 회생하고.

"하."

짧은 한숨이 터졌다.

짙은 허탈감이 몰려든다.

위대한 군주君主.

전장의 사자使者.

그 지략과 용맹을 두려워하는 칭송이 나라 안팎으로 들끓었다. 시간이 흘렀으나 왕을 향한 경외는 나날이 드높아갔다.

운소가 매일 보던 헐렁한 모습과는 격이 달랐다. 움직임은 나비처럼 가벼웠고, 벌처럼 날카로웠다.

감히 저와 같은 범인이 끼어들 자리가 아니라는 것을 알면서도 운소는 저도 모르게 지의 앞을 막아서고 말았다.

복면조차 하지 않은 저 괴한이 그녀의 왕을 위협하고 있었다. 괴한은 호락호락한 상대가 아니었지만, 그녀가 끼어든 순간 잠깐이나마 틈을 보였다. 그의 칼이 제 몸을 꿰뚫어도 지만 무사하다면 상관없다고 운소는 생각했다. 잠깐의 틈이라면 승리하기에 충분할 것이었다.

그러나 지는 괴한을 없애는 대신 칼을 내던지고 그녀를 끌어안아 보호했다.

이게 무슨 짓이냐고, 천금 같은 기회를 날려버리면 어떡하시냐고 화를 내야 하는데, 순간 말문이 턱 막혀 운소는 아무 말도 할 수 없었다.

다행히도 괴한은 더 이상 칼을 휘두르지 않았다.

"둘 다 바보로구나."

괴한이 중얼거렸다.

제 하나뿐인 목숨을 이용해 시간을 벌어 주려고 한 그녀를 비웃고, 그 천것의 목숨을 제 것보다 우위에 둔 지를 비웃는 말투였다. 괴한의 말투는 퍽 오만하였으나, 기이하게도 위엄이 풍겼다.

"정녕 저 계집 때문이냐?"

"신경 꺼라."

운소가 고개를 돌렸다. 지는 그녀를 더욱 꼭 끌어안았다.

괴한은 젊은 남자였다. 희귀한 비단옷을 입은 귀공자였다. 새하얀 얼굴은 백옥 같았다. 짜증 가득한 표정이 다 묻힐 정도의 미남이었다.

남자는 운소를 관찰하듯 뜯어보았다.

"뭘 그리 자세히 보는 것이냐?"

그 시선이 불쾌한 듯 지가 운소의 얼굴을 한 손으로 가렸다.

남자가 코웃음 쳤다.

"난 천것에겐 관심 없어."

운소가 두 눈을 또록또록 굴렸다. 상황이 이상했다. 조금 전까지만 해도 서로 잡아먹을 듯하던 두 사람이 꼭 아는 사이 같다. 그것도 오래전부터 알아온 사이.

"누구더러 천것이라는 것이야?"

"그걸 꼭 말로 해줘야 아느냐? 계집이 내시복을 걸치고 있잖으냐? 성별을 속였다는 것이지. 자초지종은 필요 없다. 궁금하지도 않고. 여하간 왕을 기만하였으니 아무리 잘난 집 규수라 해도 죄인이 된 게지. 죄인이 다 무어냐? 바로 천것이지. 즉 네 품의 그 계집이 천것이란 것 아니겠느냐?"

남자는 짜증 섞인 말투로 대꾸하고는 바짝 다가왔다.

"그보다……."

그가 지의 손을 탁 쳐냈다. 얼결에 손을 치운 지가 당황해서 다시 운소의 얼굴을 가리려고 했지만, 남자의 행동이 더 빨랐다.

"역시 닮았단 말이지."

남자가 중얼거렸다.

"무어?"

"내가 잘못 봤을 리가 없지. 그렇게 된 것인가?"

"혼잣말을 뭘 그리 구시렁대는 것이냐? 기분 나쁘게."

"됐다, 피곤하다. 처소로 안내나 해다오. 길을 모르겠다."

"예까진 어찌 왔는데?"

"상선이 안내해 주었다."

더 이상 싸울 생각은 없다는 듯 남자가 등을 돌렸다.

"전하, 이것이 어찌 된 일인지……."

그제야 운소가 겨우 입을 열었다. 설명을 요하는 눈빛이 불안감으로 떨리고 있었다.

"별거 아니다."

"별거 아니라니요? 이곳은 전하의 허락이 없으면 들어올 수 없는……."

"윤허가 없어도 들어올 수 있는 이가 몇 있기는 하지."

지가 씁쓸히 웃었다.

순간, 운소의 뇌리에 스치는 무언가가 있었다.

"설마……."

지금은 별개의 국가로 인정받고 있으나 동방의 시작은 태천의 속국이었다. 그런 까닭에 태천황제가 동방왕보다 격이 높았다. 황제는 왕의 허락을 필요로 하지 않는다. 설화림 또한 마음대로 드나들 수 있다. 다만 태천을 떠나 동방까지 올 일이 거의 없는 황제이기에 지금까지 아무도 신경 쓰지 않았을 뿐이다.

"차류는 성격이 더러워."

지가 은밀한 목소리로 속닥거렸다.

"하지만 그래도 복수는 해야지. 감히 우리 우소를 위협하다니."

운소의 미간이 좁아졌다.

차류? 그것이 태천황제의 존함이던가?

그런데 복수? 설마, 저 황제를 상대로?

운소의 얼굴에서 핏기가 가셨다. 굳어 있는 그녀를 보며 지는 태연하게 웃었다.

차류는 별궁으로 안내받았다.

"……."

차류의 표정이 굳었다.

오랜만의 재회가 그다지 달갑지 않다는 것은 안다. 하지만…….

"대체 이건……."

그는 반쯤 넋 나간 얼굴로 처소 안으로 들어섰다. 방의 크기를 가늠해볼 심산으로 몸을 눕힌 그가 미간을 구겼다.

이화궁 안에 그가 황제라는 것을 아는 이가 거의 없다고 해도, 대부분이 그가 태천에서 비공식적으로 보내온 사신 정도로 알고 있다고 해도 이건 좀 너무하지 않은가?

"이 미친놈이, 진짜."

결국 벌떡 일어난 차류가 욕설을 지껄였다.

팔다리를 쭉 펴고 자기에도 좁은 방이었다. 어처구니가 없었다. 아무리 공식방문이 아니라고 해도 태천의 황제를 이리 좁은 방에 처박아둘 수는 없는 법이다. 국빈이지 않은가!

"옹졸한 화풀이는 여전하군."

이는 필시 화풀이였다. 그 내시 계집을 위협한 것에 대한 화풀이를 하는 중인 것이다. 비록 사랑에 눈멀었지만 앞뒤 분간을 조금은 할 수 있기에 위력으로 항의하지는 못하고, 소심하게 그의 신장보다 작은 방을 주어서 괴롭히려는 것이다. 아주 유치하고, 이지답다.

"하여간 위험한 짓만 골라 하는 것도 그대로군."

차류의 표정이 굳었다.

계집은 내시복을 입고 있었다. 어찌된 사정인지는 관심 없다. 관심 있는 것은 지가 그 계집에게 반했다는 것이다. 그 계집에게 완전히 빠져서 감히 태천과의 국혼을 거절했다. 그런데 그토록 멍청하고 엄청난 짓을 저지른 것치곤 동방이 조용하다.

"제멋대로인 것도 똑같고."

즉, 아무도 모르는 것이다. 지가 무슨 짓을 했는지! 물론 태천에서도 아직 모르고 있다. 답신은 차류 혼자 읽고 찢어버렸다. 국혼이 망했다는 사실을 아는 자는 그와 지뿐인 것이다.

차류는 가만히 생각에 잠겼다.

이미 망한 국혼을 어떻게 잘 풀어볼 수 없을까? 내시 계집 때문에 거절당했다는 사실이 퍼지면 태천의 체면이 말이 아니다. 대국은 체면과 체통으로 사는 법인데.

"그 계집을 빼돌리면……."

차류의 눈매가 가늘어졌다.

궐 밖에 사람들의 눈을 피해 서성대는 누군가가 있었다. 아이와 어른의 경계쯤에 서 있던 그 남자는, 내시 계집과 꼭 닮은 얼굴을 하고 있었다.

비식, 웃음이 나온다. 답은 눈앞에 있다.

궁궐의 담은 드높아서 하늘과 맞닿아 있었다. 초대받지 못한 객이 그 앞을 서성대고 있었다.

우소였다.

'어찌해야…….'

운소를 빼돌려야 하는데 장번으로 끌려간 그녀를 불러낼 방법이 요원했다. 출입패가 없으니 궐 안으로 들어갈 수도 없다.

잠시나마 소환小宦 생활을 함께 했던 동기들을 떠올려 보았다. 속을 터 넣고 이야기 할 사람은 당연히 없었다. 애초에 사람들과 깊이 어울리는 성격도 아니었고, 그 덕분에 운소가 들키지 않고 발령까지 받은 것이다.

'이게 가장 무난한 방법인가.'

반듯하게 접힌 서찰을 만지작거리며 우소가 한숨을 내쉬었다.

그의 누이는 그를 위하여 이 위험한 생활을 자처했다. 그가 청한 것은 아니었지만 그의 책임이었다. 누이가 저를 얼마나 애틋하게 생각하는지 알고 있었다면, 그녀가 그를 위하여 지옥불 속이라도 뛰어들 것을 알아야 했다. 평생을 왕과 상왕을 모시기 위해 살아온 그를 위하여 잠깐 자리만 보전해주자는 생각을 할 수도 있다는 것을 진작 알았어야 했다. 만약 입장이 바뀌었다면 그 또한 그리했을 테니까.

만약 이 죄를 들켜 누군가 죽어야 한다면, 그가 죽어야 했다. 누이는 아니 된다.

'운소야…….'

상왕을 경외한다. 그를 보필하는 것은 그의 기쁨이다.

그러나 그 모든 것보다 운소가 소중하다. 만약 운소가 왕의 눈에 띄어 비밀이 위태롭다면, 그가 그 자리로 가야 했다. 운소를 안전한 곳으로 피신시킨 후, 왕과 상왕의 분노를 받아야 했다. 이 모든 난국에서 운소는 무사해야 한다.

문제는 운소와 만나는 방법이다. 그가 들어가는 것보다 그녀가 나오는 것이 백배는 안전하다. 글월비자처럼 신분은 낮지만 궐에 자유롭게 드나드는 이를 찾아서 엽전 몇 푼 쥐어주며 운소에게 서찰을 전달해야 한다. 운소가 나오기만 하면 그다음은 쉽다. 옷을 바꿔 입고, 그가 입궐하면 된다. 상왕께 다시 돌아갈 수 없겠지만, 괜찮다. 운소가 잘못되는 것보다 나으니까.

문제는 시간이다. 상왕은 절친한 벗을 만나러 갔다. 며칠은 그곳에 머물 것이라 했다. 그전까지 운소를 빼돌려야만 한다. 상왕께서 혹여 궁에 들어가기라도 하면 큰일이다. 운소와 마주치면 아주 망할 일이고.

'할 수 있을까.'

우소는 혼자 천천히 고개를 저었다. 할 수 있고 없고의 문제가 아니었다. 운소는 그의 하나뿐인 핏줄이며 우애하는 누이였다. 그녀가 제 모든 것을 바쳐 그를 위했듯 그 또한 제 모든 것을 바쳐 그녀를 위할 것이다. 따지고 보면 이 사달도 그가 전후 설명 없이 운소를 남겨두고 떠났기에 벌어진 일이다. 전부 그의 탓이다.

우소는 책임을 통감하며 주먹을 움켜쥐었다.

"여기 웬 수상한 놈이 있네. 문지기라도 불러와야 하나?"

느닷없이 들려오는 목소리에 우소가 확 고개를 돌렸다. 그보다 머리 하나는 더 큰 남자가 그를 내려다보고 있었다. 풍기는 위압감이 엄청났다. 평범한 사람은 아니다.

"뉘십니까?"

"호오?"

저를 똑바로 마주 보고도 기죽지 않는 우소가 신기한 듯 남자가 입 귀를 비틀어 올렸다.

"누구냐고 묻기 전에 제 정체를 밝히는 것이 도리 아니더냐? 하여 간 요즘 동방 놈들은 예의범절이 없어."

그 왕에 그 백성이군, 하고 남자가 퉁명하게 중얼거렸다.

그를 노려보던 우소가 미간을 찌푸렸다. 엄연히 따지면 수상한 놈이라고 시비를 걸며 예의를 먼저 버린 쪽은 저쪽이었다. 하지만 남자에겐 잘잘못을 따질 수 없게 하는 무언가가 있었다.

"무어, 기분이다. 네놈의 무례를 한 번만 용서해주마. 때때로 자비를 베푸는 것도 군자의 덕목이지."

그가 의기양양하게 말했다.

우소는 잠시 고민하다가 뒤돌아섰다. 아무래도 잘잘못을 따지기 싫은 건 남자가 미친놈이기 때문인 것 같다. 미친놈은 피하는 게 상책이다.

저벅저벅, 남자에게서 자연스럽게 멀어져가는 우소의 어깨를 그가 휙 붙잡았다.

"궐에 들어가고 싶지 않느냐?"

은밀하게 속삭여 오는 말투에 우소가 저도 모르게 움찔했다.

"만나야 할 이가 있지 않느냐?"

미친놈이 아니라 박수무당이었나.

그를 노려보는 우소의 두 눈에 경계심이 일었다.

"내 도와주마."

"싫습니다."

우소가 즉답했다.

"무어? 왜?"

남자는 황당해했다.

"함자도 모르는 나리의 도움을 의심 없이 받을 만큼 소인이 순진하진 않습니다. 그 도움의 대가로 나리께서 무엇을 요구할 줄 알고 덥석 받아들이겠습니까?"

"오호."

재미있다는 듯 입술을 말아 올리는 남자의 눈빛이 예리했다.

"흥미롭군."

우소는 남자에 대한 자신의 평가를 정정했다.

이 남자는 미친놈이 아니라 위험한 놈이다.

"좋다. 내 누군지 궁금하겠지만, 일단은 그냥 공☆으로 불러라."

우소는 미덥지 않은 표정으로 그를 쳐다보았다. 어서 이 괴이한 남자로부터 벗어나야겠다.

"예, 공. 하오면 소인은 이만 갈 길이 바빠서……."

"네 연치가 몇이나 되느냐? 열여섯? 열일곱?"

달아나려는 우소의 어깨를 꽉 붙잡으며 남자가 물었다. 우소는 반항하듯 입을 다물었다.

"설마 제 나이도 모르는 젖먹이는 아닐 테고……."

젖, 젖먹이?

또래보다 체구가 작고 곱상한 얼굴 탓에 어려보이기는 해도 젖먹이라니?

"열여덟입니다!"

우소가 소리쳤다. 얼굴이 시뻘겠다.

"어리구나."

남자가 조소했다.

도발에 넘어갔구나.

우소의 얼굴에 낭패감이 스쳤다.

"어린 것은 재미있지."

"어리지 않습니다."

남자가 후후 웃었다.

"네 누이를 만나게 해주랴?"

이어진 남자의 말에 뒷골이 오싹했다.

이자는 무언가 알고 있다.

"도대체 공께서 무슨 말씀을 하시는 것인지……."

우소는 오리발을 내밀었다. 궐 안에 있는 것은 정운소가 아니라 정우소여야 한다. 추후에 다 드러날 거짓말이라 해도, 지금 당장은 그래야만 한다. 모든 것이 드러나고 벌 받는 것은 그 하나로 충분하다.

"너와 네 누이가 어찌하다 바뀐 것인지는 관심 없다."

"그러니까 도대체 그게 무슨……."

"내시복을 입은 것이 계집인지 사내인지 알 게 무어냐?"

"소인은 당최 공의 말씀을……."

"그래, 아닌 척하여야겠지. 정체불명 수상한 자를 앞에 두고 '그 내시 계집이 제 누이가 맞습니다!' 할 수는 없겠지. 따지고 보면 왕을 능멸한 대역죄가 아니냐? 잘만하면 능지처참도 당하겠지."

우소의 얼굴이 창백하게 변했다.

'잘만……하면 능지처참……?'

능지처참의 어디가 잘된 결과인지 우소는 도통 알 수 없었다.

남자가 대체 어찌 운소를 아는 것인지, 우소는 바쁘게 머리를 굴렸다.

'궐을 자유롭게 드나들 수 있으니 신분은 높을 것이다. 말투에 교양이 없으니 문관은 아닐 것이고……. 혹 장수인가?'

남자는 우소의 어깨를 놓아주며 여유롭게 팔짱을 꼈다. 이만큼 이야기했으면 도망가지 못할 거라는 확신이 보였다.

우소는 날뛰는 심장을 다잡았다.

남자가 다 알고 물어오는 것이라 해도 인정해서는 안 된다. 끝까지 아니라고 잡아떼야 한다.

"공께서 무언가 오해하신 듯하옵니다. 소인에게는 누이도 없고, 그저 으리으리한 대궐이 신기해서 서성댄 것뿐입니다. 이만 가보겠습니다."

꾸벅 인사한 우소가 얼른 뒤돌아서 잰걸음을 놀렸다.

"우소야."

서둘러 도망가던 우소가 움찔했다.

"그리 불리더구나, 그 내시 계집이."

아차, 싶었지만 이미 늦었다.

"한데 왜, 네가 반응했을까? 그 이름이 기실 네 것은 아닐까?"

우소는 침착하게 뒤돌아서서 남자를 쳐다보았다.

"소인은 정우소가 아닙니다. 갑자기 부르시기에 저도 모르게 반응한 것뿐입니다."

"정우소라고는 부르지 않았다만."

"……예?"

남자가 입술을 한껏 늘여 웃었다. 승자의 미소였다.

"그리 두려워 말고 이리 와보아라. 누이 좋고 매부 좋은 일이 될 테니."

남자가 손짓했다. 두 눈을 질끈 감았다 뜬 우소가 머뭇머뭇 그에게 돌아갔다.

"그래, 그래. 옳지. 잘 생각했다."

남자는 손뼉까지 치며 좋아했다. 꼭 똥강아지가 된 것 같은 기분에 우소가 떨떠름한 표정을 했다.

"소인에게 어찌 이러십니까?"

"누이 좋고 매부 좋은 일이래도. 다른 말로는……. 그래, 꿩 먹고 알 먹고, 도랑 치고 가재 잡고."

"……."

"너도 좋고 나도 좋자는 이야기다. 너는 네 누이를 구하고, 나는 원하는 것을 얻고."

"소인은 누이가 없습니다."

다 들통 난 마당에 우소는 고집스레 부정했다. 남자는 딱히 개의치 않았다.

"내가 원하는 것은 네 누이가 있으면 얻을 수가 없다. 하지만 없애버렸다간 후환이 따르지."

"……."

"하여 내가 친히 도와주겠다는 것이다. 네가 네 누이를 데리고 사라질 수 있도록."

그는 곧 우소의 품속으로 손을 쑥 집어넣더니 무언가를 꺼냈다. 우소가 운소에게 쓴 편지였다.

"싫다고 제 발로 떠난 계집을 어찌하겠어? 타국으로 사라져 버리면, 쫓아가려야 쫓아갈 수도 없겠지."

남자가 입꼬리를 올려 히죽 웃었다. 속을 알 수 없는 표정이었다.

우소의 두 눈에 힘이 들어갔다. 그를 꿰뚫어보고 싶다. 저 속에 무엇이 들어 있는지.

"그리 경계할 것 없다. 네 누이를 해하려는 게 아니야. 너를 곤란하게 하려는 것도 아니고. 그러려면 진즉 그랬지. 그저 나는 너와 나의 이해가 맞아 너를 도우려는 것뿐이다. 궐 안으로 당당히 들어설 수 없는 너를 대신하여 이 서찰을 네 누이에게 전하고, 너와 네 누이가 떠나도록 돕는 것이지."

"계속 누이, 누이 그러시는데 궐 안에는 소인의 누이가 없습니다. 또한, 자꾸 이해가 맞네 어쩌네 하시는데 그 말을 이해할 수 없으니 경계를 거둘 수도 없습니다."

"네 이해 따윈 중요한 문제가 아니다. 중요한 것은 짐이 득이 되지 않는 일은 하지 않는다는 것이지. 그러나 적절한 협조를 받으려면, 역시 네가 이해하는 쪽이 낫겠지."

남자가 의미심장하게 웃었다.

"한 나라의 왕이 남색가라면 누가 가장 곤란할까? 기껏 생각해서 국혼을 청했는데 소국인 주제에 대국의 청을 거절하였다면, 대국의 자긍심은 어찌 될까? 아무렴, 그 내시가 실은 계집이라면? 능멸당한 것은 동방뿐이 아니니, 태천은 어찌 나올까?"

우소의 머리가 빙글빙글 돌았다.

대국? 소국? 동방? 태천? 그게 다 무슨 소리야.

운소의 일에 당최 왜 두 나라가 꼬여 있는지 모르겠다.

"동방왕은 계집의 죄를 알면서도 눈 감았다. 계집에게 눈이 멀어 국혼을 마다하고, 왕실과 조정을 속였다. 그 사실을 알게 된 이들이 가만히 있을까? 왕과 계집을 지탄하는 상소가 빗발치고, 왕위는 필연적으로 위태로워질 터. 이 작은 나라의 운명이 풍전등화니, 짐은 정녕 안타깝구나."

남자가 고저 없이 읊조렸다.

"짐은 동방왕의 멍청한 짓 때문에 망신을 당하고 싶지 않다. 하여 친히 나설 수밖에."

사내는 어느 순간부터 자꾸 저를 짐이라 칭했다. 스스로 짐이라 칭할 자, 대륙에 뉘 있는가?

"이해가 되느냐?"

우소의 안색이 점점 창백해졌다.

"어려울 것 없다. 쉬운 길을 가자는 것이야. 너와 네 누이가 사라지면 모든 것이 해결되는데, 대체 무얼 망설이느냐?"

우소의 동공이 어지럽게 흔들렸다. 과연 왕께서 엄청난 짓을 저지른 모양이었다. 허순의 말이 과장이 아니었다. 태천의 주인까지 행차했다니, 이를 어찌한단 말인가?

어설픈 거짓은 통하지 않는다. 황제는 이미 모든 것을 알고 있다. 그가 이만큼이나 설명해주었는데 계속 거짓으로 우롱하려 든다면 제 목숨은 물론 운소의 목숨도 무사할 수 없다.

상황파악은 끝났다. 우소는 바닥에 납작 엎드려 머리를 조아렸다.

"소인의 오라비는 상원내시 정우소이옵니다. 감히 청하옵건대, 부디 제 오라비께 그 서찰을 전해 주시옵소서."

"오라비가 상원내시 정우소라……. 그래, 네 이름은 무엇이냐?"

"소인은 그의 누이 정운소이옵니다."

"그래, 운소야. 네 오라비는 이 서찰을 무사히 받을 것이다. 너희 오누이가 조만간 만날 수 있도록 해주마."

두 불청객의 협상이 타결되었다.

3

처소로 되돌아간 차류는 우소가 건네준 서찰을 요리조리 살펴보았다. 짓궂은 호기심이 서찰 내용을 갈구했다. 그러나 정운소라 주장하는 정우소는 참으로 치밀해서 서찰을 아교로 단단히 밀봉해 놓았다. 잘못 뜯었다간 그의 누이에게 서찰을 전할 수 없게 될 것이었다.

그 계집을 저 멀리 떠나보내야 하는 차류는 위험을 부담하지 않기로 했다.

「그의 누이 정운소이옵니다.」

정우소는 고집스러웠다. 끝끝내 스스로 정우소라 말하지 않았다. 영특한 판단이다. 혹시라도 죄를 자백하는 꼴은 되지 않겠다는 의지였다.

"운소……. 운雲이라……."

부모가 뉘인지 몰라도 참 적절한 이름이었다. 왕의 현안을 흐려도 아주 제대로 흐리고 있지 않은가.

"일단 만나볼까."

서찰을 품에 넣은 차류가 몸을 일으켰다. 정우소에게는 큰소리 뻥

뻥 쳐놨지만 지가 침전 깊은 곳에 숨겨둔 그 내시 계집을 어찌 찾아야 할지는 좀 난감했다. 하지만 그래봤자 궐 안에 있다. 적절한 조력자만 있다면 못 찾을 것도 없다.

차류는 내반원으로 발길을 돌렸다.

때아닌 귀객이 찾아왔다.

내반원 안팎에서 제 일을 보느라 바쁘던 내시들의 시선이 잠시 그에게 쏠렸다.

"상선내관은 어디에 있느냐?"

내시들의 얼굴에 순간 불쾌감이 떠올랐다. 태천이 대국이라고 하나 상황이 변하였다. 동방이 없었다면 태천이 어찌 되었을지 누가 알겠는가? 그런데도 여전히 동방을 아랫것 부리듯 대하는 태천의 사신 나부랭이가 몹시 짜증스러웠다.

그러나 사신을 함부로 대할 수는 없다. 더욱이 저 사신은 왕의 귀객이다. 불청객 주제에 주인인 양 거만하게 구는 것이 아니꼬워도 공손히 대해야만 한다.

"상선 어르신은 어찌 찾으십니까?"

"볼 일이 있으니 찾지 않겠느냐? 내가 그것까지 일일이 너희에게 설명해야 하느냐?"

차류가 짜증스럽게 대꾸했다. 자신이 황제인 줄 모르고 하는 행동인지 알지만서도 불쾌하였다. 마음 같아선 모가지를 잡고 거칠게 흔들고 싶었다. 물론 그랬다간 지에게 당장 쫓겨날 터였다. 아직은 쫓겨날 수 없다는 의지로 차류는 어렵게 성미를 억눌렀다.

"누가 안내할 것이냐?"

오만하고 건방진데다 위압감까지 풍기는 그를 나서서 만중에게 안내해주려는 이는 없었다.

연차가 가장 어려보이는 내시 하나가 다른 내시들에게 떠밀려 앞으로 튀어나왔다.

"소, 소인이 안내해드리지요."

내시가 입술을 덜덜 떨었다.

그 모습에 차류의 노기가 조금 누그러졌다.

누구든 그의 앞에서는 기가 죽고 겁에 질렸다. 그게 보통이었다.

"나리?"

차류가 문득 멈추었다. 왜인지 찜찜했다.

곧 그 찜찜함의 이유를 떠올려낼 수 있었다.

정우소. 그는 자신을 두려워했지만 뭔가 달랐다. 스스로 몸을 낮추면서도 한 발짝도 물러서지 않는 가상함이 있었다.

"나리, 어디 불편하신 곳이라도 있으시옵니까?"

차류는 곰곰 생각에 잠겼다.

정우소의 그 기개는 높은 이를 모시는 자가 갖게 되는 품격과 비슷했다.

정우소가 지의 밑에서 일했었을까? 아니다. 그럴 리 없다. 정우소의 얼굴이 알려졌다면 누이와 바꿔치기 될 수 있었을 리 없다.

그렇다면…….

"나리?"

연신 채근하는 목소리에 산통이 깨졌다.

"아무것도 아니다."

차류가 짜증스럽게 표정을 구겼다.

'설마.'

가능성이 희박한 가설 하나가 떠올랐다. 그럴 리 없다고 단정 짓기엔 무언가 꺼림칙했다.

"다 왔습니다, 나리."

어느새 만중의 처소 앞이었다.

"수고했다. 가 보아라."

손을 휙휙 저어 안내해준 어린 내시를 물린 차류가 목청 높였다.

"상선 있는가!"

우당탕! 쿵! 탕!

소란이 들리더니 문이 열렸다. 하얗게 질린 늙은 내시가 숨을 헐떡이며 서 있었다.

"폐……. 아니, 나리, 이 누추한 곳엔 어인 일로……. 아니, 이럴 게 아니라 일단 안으로……. 어서 안으로 드시지요."

만중이 허둥댔다.

차류는 느긋하게 안으로 들어섰다.

"앉으라."

먼저 앉은 차류가 권했다. 쭈뼛쭈뼛 앉은 만중이 시선을 내리깔았다.

"네 주군과는 달리 취향이 고상한 모양이구나."

서궤 위에 펼쳐진 서책을 잠시 살펴본 차류가 비식 웃으며 말했다. 남녀가 발가벗은 그림 대신 정상적인 글자들이 자리 잡고 있었다.

"그게 무슨 말씀이신지……."

만중의 얼굴이 벌게졌다. 주군의 은밀한 취미를 차류가 알고 있어서 당황한 듯했다.

"넓구나."

차류는 딴소리를 했다.

"예?"

"짐이 처소보다 넓어. 그놈은 늘 짐을 이리 홀대하지."

불만 가득한 목소리로 구시렁거리던 차류가 곧장 본론을 꺼냈다.

"그것보다 짐이 왜 찾아왔는지 궁금할 테지."

만중은 잠자코 이어질 말을 기다렸다.

"짐이 예까지 온 것은 그 아이, 정우소의 행방을 알고 싶기 때문이다."

"예? 그 아이는……."

"설마 모른다고 하지는 않을 터?"

말끝이 슬쩍 올라갔다.

만중의 등 뒤로 식은땀이 흘렀다. 태천차류가 정우소를 찾는 까닭은 짐작도 하고 싶지 않았다.

"어찌 찾으시는지……."

"짐이 누굴 찾든, 왜 찾든 네가 무슨 자격으로 묻느냐?"

"송구하옵니다, 폐하. 소인이 노망이 들었나 보옵니다. 부디 용서하여 주시옵소서."

"그래, 때론 자비를 베푸는 것도 황제의 덕목이지. 그래서 그 아이는 어디에 있다고?"

차류가 재차 물었다.

"아뢰옵기 송구하오나, 정우소가 어디에 있는지는 소인도 정확히는 모르옵니다."

"대충 짐작은 할 것 아니냐?"

만중의 입이 다물어졌다. 차류의 미간이 구겨졌다.

"감히 짐을 무시하고 입을 다무는 것이냐?"

"그런 것이 아니오라!"

만중이 입에서 번뇌의 한숨이 흘러나왔다.

"폐하, 소인은 동방의 신하이옵니다. 주군께서 숨겨두고 있는 아이의 행적을 폐하께 고할 수는 없사옵니다. 그것이 폐하께 불손한 일이 될지라도 어쩔 수가 없사옵니다."

"고지식하긴."

차류가 혀를 찼다.

"하나 이 일을 짐이 그냥 넘어가야 할까?"

분위기를 바꾼 차류가 표정을 지우며 은밀히 묻는다.

"짐은 국혼을 청하였다. 지는 거절했지. 그 연유가 내시 계집 때문임이 알려진다면 어찌 될까?"

만중이 헉 숨을 들이켰다.

"태천을 우습게 보는 것에도 정도가 있지. 짐의 신료들이 알게 된다면 당장 동방에 쳐들어가자고 성화를 부릴 것이다."

차류는 심각한 표정으로 말을 이었다.

"태천만 난리일까? 귀한 공주를 거부하고 중궁에 앉힌 것이 평민 계집인 걸로도 모자라서 조정을 능멸하고 왕실을 우롱한 죄인이라면, 동방의 백성들은 가만히 있을까?"

"……."

"상선, 짐은 그대가 그대의 주군보다 이성적이길 바라. 내시 계집이야. 그 죄는 지가 아무리 덮으려 해도 사라지지 않아. 이미 짐이 알아버렸으니까. 사지를 갈가리 찢어 죽여도 모자랄 대죄야. 그래, 백번 양보해서 그 죄를 용케 숨긴다고 치자. 하나 타고난 신분은 어찌할 것이지? 공주를 거부하고 들인 신부가 고작 평민이라면 누가 납득할 수 있을까?"

만중은 아무 말도 할 수 없었다.

"물론, 아직은 아무도 모르는 일이지. 지의 답신은 짐만 보고 찢어버렸거든. 짐의 대신들이 벌떼처럼 일어나 동방의 오만무도를 성토하기 전에 이 어처구니없는 일을 없던 일로 만들고 싶어. 벗으로서 지가 바른길로 돌아오길 바랄 뿐이란 말이야. 혈맹끼리 무의미하고 쓸모없는 싸움을 할 필요는 없지 않으냐?"

차류의 설득에 만중은 넘어가고 있었다. 늙은 신하는 걱정 가득한 얼굴로 어렵사리 입술을 달싹였다.

"소인……은……."

"지는 눈이 멀었어. 계집에게 눈이 멀었지. 그래서 짐의 눈에는 보이는 이 피바람이 보이지 않는 모양이야. 상선, 우리가 서로 돕는다면 파국을 막고 모든 것을 제자리로 돌려놓을 수 있어."

만중이 두 눈을 질끈 감았다 떴다.

"소인이 무얼 하면 되겠사옵니까?"

차류가 소리 없이 웃었다.

"정우소가 있을 만한 곳을 추려서 알려다오. 뒷일은 전부 짐이 처리하지."

"혹 그 아이를 해하실 것이옵니까?"

"무어?"

차류가 순간 이해 못했다는 듯 표정을 찌푸렸다.

"피바람을 막기 위하여 정우소를 해하실 수도 있으시옵니까?"

"짐을 천하의 천치로 보는구나. 피바람을 막고자 하는 짓인데, 만약 그 아이가 다치기라도 하면 지가 퍽이나 가만히 있겠구나. 짐은 그저 스스로 떠날 수 있도록 다리를 놓아줄 뿐이다."

운소를 해칠 생각은 없다는 말을 듣고 나서야 만중은 안도의 한숨을 내쉬었다.

"왕을 위해 제 모든 것을 바쳐도 그 계집은 참으로 보잘 것 없어. 왕의 총애 말곤 기댈 것 없는 그 계집은 지금 세상 누구보다 불안하고 두렵겠지. 지도 그걸 잘 알고 있을 거야. 차마 왕의 곁을 감당할 수 없어 도망간 계집을 제 욕심으로 붙들어둘 만큼 지는 이기적이지 못해."

차류는 지를 오래 알았고, 깊이 겪었다. 지는 왕으로서 짊어져야 하는 책임을 잘 이해하고 있다. 제 마음과 어긋나도 군주로서 해야 한다면 능히 해왔다. 필요에 의해 타인을 이용하고, 버리고, 상처주기도 했다. 그러나 벗으로서, 연인으로서는 이야기가 다르다. 자신이 이용당하고 버려지고 상처받을지언정 제 벗과 연인에게 그러지 못한다.

"저가 싫어 떠난 계집을 어찌할까? 구중궁궐이 두려워 도망간 계집을 정녕 어찌할 것이야? 암투에서 버틸 재간이 없는 계집이야. 왕실의 핍박과 조정의 압박을 왕이 막아줄 것이라고 믿는 것조차 하지 못한 가련한 계집이야."

다정하고 상냥한 사내는 스스로 떠난 여인을 차마 잡지 못할 것이다.

만중이 고개를 끄덕였다. 지는 지나치게 올곧다. 옥새의 무게를 잘 알고 있다. 지금 당장은 계집에게 눈이 멀어 현명한 판단을 못 하고 있지만, 그 계집이 두려워 도망친다면 곧 제정신을 차릴 것이다. 제 무모함이 계집을 얼마나 버겁게 하였는지 절절히 이해하고 상실을 받아들일 것이다.

"하오나 폐하, 사소한 문제가 하나 있사옵니다."

만중이 심각한 목소리로 말했다.

"문제?"

"전하께서 정우소의 곁에서 떨어지지 않으시옵니다. 겨우 떨어뜨려 놓아도 오만 핑계를 대며 돌아가시곤 하옵니다."

"확실히 딱 붙어 있다면 곤란하긴 하겠구나. 하지만 방법이 없는 것도 아니지. 잠시."

차류가 손짓했다. 만중이 의아해하며 바짝 다가가 귀를 댔다.

"……해서 ……하면 ……하지 않겠느냐?"

차류가 속삭였다.

만중은 걱정스러운 표정으로 잠시 머뭇댔다. 그러나 곧 결연히 고개를 주억거렸다.

"소인이 혼신의 힘을 다해보겠사옵니다."

차류가 흡족하게 웃었다.

만중의 처소에서 나온 차류는 곧장 연무장으로 향했다. 비찬이 그곳에 있다고 들었다.

"주비찬."

그와는 전장에서 생사고락을 함께하며 막역한 사이가 되었다. 우직한 비찬의 성정이 차류는 마음에 들었다. 혀에는 꿀을 바르고 속에는 칼을 숨긴 자들만 상대하다 보면 앞뒤가 똑같은 족속들에게 끌리게 마련이다.

"폐하?"

땀 흘리며 훈련 중이던 비찬이 화들짝 놀라며 바닥에 엎드렸다.

"송구하옵니다, 폐하. 오신 것을 미처 알지 못했습니다."

"되었다. 지금은 일개 사신이니 남들이 수상히 여길 정도로 예를 갖추지 마라."

"예, 그럼."

비찬이 몸을 일으켰다. 왜 왔는지 궁금해 하는 눈빛이다.

"네가 청이 있어 왔다."

"무슨 청입니까?"

"짐을 위한 일이나, 네 주군을 위한 일이기도 하다."

비찬이 고개를 기울였다.

"사람 하나를 궐 밖으로 빼돌려다오."

"예?"

차류가 단호하게 비찬을 응시했다. 시선이 부딪쳤다.

말은 전부 준비되었다. 판이 시작된다.

내 정녕 잘할 수 있을까?

자문하던 만중이 두 눈을 질끈 감고는 검은 액체를 쭉 들이켰다. 온갖 약재를 푹 달인 탕제였다.

곧 머리가 찌찔하니 어지러워졌다. 시간이 조금 더 흐르자 온몸에 열이 오르고 식은땀이 났다. 약발이 제대로 들었다.

"허어, 허⋯⋯."

만중은 자리에 드러누워 끙끙 앓았다.

"전하⋯⋯. 전하⋯⋯."

의식적, 혹은 무의식적으로 전하를 찾으며 만중이 흐려지는 정신을 놓았다.

새파래져서 부리나케 내반원으로 달려오는 지를 보고 차류는 뒤돌아섰다.

"계획대로군."

제 사람은 끔찍하게 아끼는 지였다. 나이도 적지 않은 만중이 아프면 열 일 제쳐두고 올 것이라 생각했고, 역시 그러했다.

내부자의 도움으로 무사히 침전에 숨어든 차류는 운소를 찾아 움직였다.

계집의 처소를 찾는 것은 어렵지 않을 터였다. 어디까지나 그녀는 존재해서는 안 되는 계집이었다. 누가 그녀를 본다면 소문은 일파만파 퍼질 것이고, 그리되면 지가 손 쓸 도리도 없이 그녀의 죄가 드러나게 될 것이다. 지가 그 죄를 덮어주고자 하여도 그럴 수 없게 된다. 그런 불상사가 일어나지 않도록 계집의 처소 근처엔 아무도 얼씬대지 못하게 지가 조치해 두었을 것이다.

즉, 지나치게 궁인의 왕래가 없는 곳에 정운소가 있으리라.

정운소와 이야기를 나눌 수 없게 하는 최대의 방해꾼은 이지. 운소의 곁에 딱 달라붙어 있으려는 지를 떼어내기 위해 차류는 잔꾀를 부렸다. 지를 묶어둘 사건이 필요했다. 만중이 제격이었다. 열에 시달리며 전하를 찾는 만중을 버리고 올 만큼 지는 매정한 주군이 아니다.

방해꾼을 치웠으니 이제 정운소를 찾아 정우소의 편지를 전해주기만 하면 된다. 그녀가 제 발로 떠나게끔 종용해야 한다.

"여기는 아니군."

차류는 방을 지나쳤다.

"여기도 아니고."

빈방을 지나치기를 반복했다.

이제 남은 곳은 단 하나.

"이곳인가?"

차류가 문을 열어젖혔다.

안에서 바람이 산들산들 불어왔다. 놀라서 고개를 돌리는 내시 계집과 시선이 허공에서 마주쳤다.

"보아라."

방 안으로 들어와 문을 닫은 차류가 품에서 서찰을 꺼내 툭 던졌다.

"네게 온 서찰이다."

"예?"

운소는 머뭇거리며 서찰을 집었다. 경계의 기색이 역력하다.

차류는 물끄러미 그녀를 관찰했다.

올해 열여덟이 되었다고 들었다. 여인의 태가 많이 나지는 않았다. 본인이 박박 우긴다면 예쁘장한 사내라고 할 수 있을 것도 같았다. 발육이 이 모양이니 애초에 그녀를 내시라 알고 있던 이들은 그녀의 성별을 의심조차 하지 않았던 것이다. 기껏해야 사내치곤 별스럽게 예쁘다는 생각 정도 하였을까? 하여간 눈썰미 하나는 하나같이 없는 놈들이다.

운소가 떨리는 손으로 동봉을 뜯었다.

짧고 명료한 내용이었다. 너무도 익숙한 필체에 그녀의 두 눈에 눈물이 차올랐다.

어찌 비와 구름이 바뀌었을까.

이는 옳지 않구나.

"이것은……."

운소가 눈에 힘을 주었다. 까닥 방심하면 주책없는 눈물이 후드득 떨어질 것만 같았다.

"너도 알고 있겠지만, 지가 언제까지 네 비밀을 지켜줄 수는 없다."

차류가 돌려 말하는 것 없이 곧장 말했다.

"너는 계집이되 내시이니, 동방 모두를 기만하고 우롱하였다. 너를 총애하여 지는 네게 죄를 묻지 않을 것이나, 이 일이 알려지면 네게 죄를 묻고자 할 자들은 무수히 많다. 법도대로라면 참형 당하여도 이상할 것 없는 네 죄를 감싸주려는 지에게도 해가 미치겠지. 그것을 알고 있느냐?"

우雨와 운雲이 바뀌었다. 상왕을 만나 떠났던 그녀의 오라비가 그녀의 맹랑한 행적을 알게 되었다. 그녀는 그를 위하여 한 선택인데, 그 선택이 되레 그를 옭아맸다. 일생의 주군을 배반하고 오직 누이를 구하기 위해 돌아온 오라비를 무슨 면목으로 보나?

"알고 있나이다."

운소가 턱 막힌 목소리를 겨우 쥐어짰다.

"정녕 알고 있느냐?"

"예, 폐하."

"하면 어찌 아직도 이곳에 있느냐?"

운소는 입을 다물었다.

왜 아직도 이곳에 있느냐고?

순간 헛웃음이 나왔다. 그야 떠나고 싶지 않으니까. 그분 곁에서 잠시나마 머물고 싶으니까.

참으로 이기적인 연심이다. 그릇된 탐욕이다.

"네 죄가 밝혀질 때 가장 곤란한 이, 누구이겠느냐? 설마 너라고 생각하느냐? 아니다. 너를 옆에 끼고 있는 지가 가장 곤란하다. 그놈은 미련하게도 계집에게 눈이 멀어 태천과의 국혼마저 거절하려고 하였다. 그것이 알려진다면 조정 안팎으로 큰 논란이 일 터. 비단 네 목 하나 잘리는 일로 끝나지 않을 것이다."

제 죄로 인해 가장 곤란할 이. 그게 지라는 걸 운소도 알고 있다. 전부 알고 있는 사실이다.

편지를 쥔 손이 가늘게 떨렸다.

"아둔한 판단으로 오라비의 자리를 보전하고자 하였겠지. 그것은 남매간의 각별한 우애라고 이해할 수 있다. 그러나 왕의 총애 하나만 믿고 모두를 위태롭게 만드는 탐욕은 어찌 용납해야 하느냐? 정녕 지가 공주와의 국혼을 거절하고 천한 너를 중궁으로 들이기를 바라느냐?"

"그렇지 않사옵니다."

운소는 간절히 고개를 내저었다.

"그렇지 않다? 그렇다면 대체 무엇을 바라 아직도 지의 곁에 있느냐?"

"소인은 그저……."

"너로 인해 무고한 이들이 피 흘리게 되는 길로 정녕 지를 이끌어야겠느냐?"

모두 알고 있는 것들. 곁에 있어선 안 된다는 자명한 사실. 욕심내선 안 된다는 차가운 진실.

운소가 두 눈을 느리게 감았다 떴다. 그녀의 떨림이 멈추었다.

모든 것은 헛된 꿈. 한순간 깨어질 가여운 춘몽.

"사내의 은애는 바람과도 같지. 그 바람 때문에 정녕 파국을 맞아서야 되겠느냐?"

정신이 맑아진다. 운소는 허물어지듯 웃었다.

「은애한다.」

그 마음이 바람이 아니기를 바랐다. 아니 될 연이라 끝없이 되뇌면서도 그의 곁에 있고 싶었다. 저가 떠나면 더없이 아파할 그를 알아서 조금 더, 조금만 더 하며 감히 욕심을 부렸다.

「오직 너만을 깊이 은애한다.」

이리 큰 은애는 지금껏 받은 적 없고 앞으로도 받지 못할 것이다. 그를 연모하였던 이 마음으로 다른 이를 연모하게 될 일 또한 없을 것이다. 울컥 눈가가 뜨거워진다.

운소가 천천히 숨을 내쉬고 들이마셨다. 침착해진 호흡 아래로 울음을 감췄다.

"소인이 어찌하오리까?"

담담해진 목소리가 흘러나왔다.

"바란 적 없는 용심이 소인에게 왔습니다. 받다보니 탐이 나 욕심 부렸습니다. 옳지 않음을 알았으나 그 욕심 거두지 못하였고, 하루만 더, 딱 하루만 더를 되뇌며 오늘까지 왔습니다. 소인도 알고 있습니다. 천박한 년이 어찌 그 마음을 바라오리까? 죄인 되어 어찌 감히 그 곁을 원하오리까?"

스스로 택한 길이었다. 오라비를 위한다는 미명으로 내시복을 입었다. 그 어린 마음을 후회하진 않는다.

어려서 부모를 잃었으나 오라비가 있어 괜찮았고, 쌍둥이란 이유로 온갖 멸시를 받았으나 그 또한 오라비가 있어서 괜찮았다. 가난하여 배곯는 날이 하염없이 많아도, 땔감이 없어 냉방에 몸을 누여도 오라비가 있어 견딜 수 있었다.

그러나 지의 곁에 있으면서, 마음으로 섬기게 되었다. 오라비 대신이 아니라 진짜 그의 신하이고 싶었다. 차라리 사내였다면 얼마나 좋았을까? 처음으로 저가 계집인 것이 한스러웠다.

"네 처지는 안쓰럽다. 그러나 아닌 것은 아닌 것이다."

그러다 그 마음을 받게 되었을 땐, 저가 천한 계집인 것이 원망스러웠다. 왜 명문가의 여식이 아닌 것일까? 왜 그는 저같이 천한 것을 은애한다 말해주어 감히 그의 곁을 갈망하게 만들었을까?

그리 모든 것이 원통하고 비통하였다.

"그렇습니다. 아닌 것은 아닌 것이지요."

금일의 이 괴로움은 모두 자초한 것. 죄를 지었으니 고통스러워 마땅하다.

"아닌 것을 안다면 네 발로 떠나거라. 짐이 너희를 태천으로 보내주마. 그곳은 짐의 땅이니 누구도 너희를 찾지도, 해하지도 못할 터. 조용히 여생을 보내어라."

뜻밖의 제안에 운소의 눈빛이 흔들렸다.

"소인을 도와 폐하께 득 될 것이 무엇이옵니까?"

"좋게 좋게 해결하자는 것이지. 짐은 하나뿐인 누이를 비천한 계집 때문에 박대당한 못난 여인으로 만들고 싶지 않다. 그렇다고 지가 처음으로 은애한 계집을 죽일 수도 없지. 지랄 맞긴 해도 그놈은 짐의 소중한 벗이거든. 여하튼 너희만 사라지면 모든 것이 해결된다."

떠나라. 떠날 수 있도록 도와주마.

만약 저 제안을 거절하면 어찌 될까?

운소는 쓴웃음을 삼켰다. 거절이란 선택지는 태천차류에게 없을 것이다. 그녀는 천천히, 깊게 엎드렸다.

"소인이 떠날 수 있도록 도와주신다면 그 은혜를 평생 잊지 않을 것이옵니다."

운소는 차류의 제안을 받아들였다.

아무도 피 흘리지 않고 끝날 수 있는 데다 지를 위한 일이니 마다할 이유가 없다. 차류의 제안은 머뭇대던 운소를 채찍질해준 것에 불과했다. 응당 섰어야 할 결심이 뒤늦게 섰다.

운소는 지에게 편지를 썼다. 영원히 떠난다고, 제발 저를 찾지 말라고 청하였다.

제 그릇된 생각으로 그를 만났고, 상처 주게 되었다. 또한 주군을 만나 떠났던 오라비 또한 다시 돌아오게 되었다. 전부 제 탓이었다.

운소는 자책하며 마음을 다잡았다. 이미 저질러진 일이다. 최대한 수습해야 한다.

「은애하느니.」

고백의 언이 귓가를 맴돈다. 말갛게 웃는 용안이 눈에 선하다.

이제 다시는 만날 수 없다.

참고 참았던 눈물이, 종이 위로 툭 떨어졌다.

"다 되었느냐?"

차류가 채근했다. 운소는 황급히 눈가를 훔쳤다.

"예, 폐하."

사실은 떠나고 싶지 않다. 그의 신하이며 여인이고 싶다.

그러나 방법이 없다. 미천한 신분이 원망스럽다.

운소의 두 눈이 굳게 감겼다 열렸다.

정돈된 눈엔 감정이 없다.

이제 끝이다.

8장. 구름연못

GOOD WORLD ROMANCE NOVEL

1

비찬은 무표정한 운소를 보고 흠칫 놀랐다.

그녀는 금방이라도 스러질 듯 걸었다. 꼭 다문 입술은 되레 많은 말을 하고 있었다.

가고 싶지 않습니다. 전하의 곁에 있고 싶습니다. 저는 정녕 아니 됩니까?

"서두르시오."

비찬이 연민을 외면하며 손짓했다.

이것이 최선이다. 동방의 평온과, 나아가서는 대륙의 평화를 위한 선택이다. 그의 왕이 슬퍼하며 원망할지라도 어찌할 수 없다. 미천한 계집 하나 때문에 잘못된 길로 들어서려는 주군을 막아야 한다.

"고맙습니다, 나리."

"어서 가시오."

"이 은혜 잊지 않겠습니다."

운소가 말했다. 그녀의 눈길은 잠시 저 멀리 이화궁에 머물렀다.

그녀는 느리게, 그러나 흔들림 없이 사배를 올렸다. 작별이다.

"조심히 가시오."

"예, 나리."

꾸벅 인사를 한 운소가 돌아섰다. 목적지도 모른 채 멀어지는 그녀를 응시하던 비찬이 한숨을 토해냈다.

이성은 말한다. 이게 옳다고. 이게 정답이라고.

그러나 이것이 정말 옳은가?

모르겠다. 비찬의 표정이 일그러졌다.

은애하는 여인을 허망하게 놓쳐버리고 절망하는 지가 앞에 있듯 생생했다. 존재만으로도 위협인 저 내시 계집을 쫓아버리는 것이 분명 최선일진대 잘했다는 확신이 들지 않는다. 외교가 파국으로 치닫기 전 그 원흉이 제 발로 사라져 주었는데 가슴이 너무도 답답하다.

'눈앞에서 없앤다고 다 끝나는 것일까? 정녕 이것으로 충분할까?'

지의 원망이 귓가에 들리는 듯하다. 왜 그 아이를 그리 보낸 것이냐고 머릿속 용음이 통곡한다.

운소를 귀히 여기는 것은 비찬의 눈에도 훤히 보여서, 좋아 어쩔 줄 모르는 것이 너무나도 잘 보여서, 비찬은 한 계집을 연모하는 사내의 마음으로 지를 연민하였다.

'전하, 부디 이해하소서. 동방을 위해 이리할 수밖에 없는 불충한 신하를 용서하소서. 그 간절한 마음을 기어이 갈기갈기 찢어놓은 이 벗의 마음을 헤아리소서.'

비찬은 제 주군이 가여웠다. 다른 왕자가 없었기에 왕이 될 수밖에 없었던 그는, 나라를 짊어진 왕이 아니었다면 차라리 더 행복했으리. 한량이나 농부였다면, 정말 행복했으리.

세상은 그에게 항상 가혹하여 이젠 은애하는 여인조차 빼앗아 간다.

'왕이기에 원할 수 없는 것들을 부디 그리워 마소서.'

옥새는 너무 무겁다. 궐은 혹독하고, 전장은 잔혹하다. 소박한 초가에서 지어미와 백년해로 하는 삶은 지의 것이 아니다. 그것은 평범한 백성의 것.

흔하디흔한 필부필부일 수 없는 주군이 애달프다.

'시간과 함께 필히 스쳐갈 것입니다.'

다만 왕의 심중에 깃든 연모의 바람이 어서 지나가기를.

저 멀리 사라질 수밖에 없는 가엾은 계집처럼 그의 열망 또한 사라지기를.

운소가 보이지 않게 되자 비찬이 뒤돌아섰다.

우소는 골목에 몸을 숨기고 있었다.

혹 일이 잘못된 것이 아닐까 노심초사할 무렵, 누이가 보였다.

"운소야!"

"오라버니?"

"이리 오너라."

두 눈을 동그랗게 뜨는 운소를 우소가 급히 끌어당겼다. 사람들 눈에 띄지 않는 곳으로 자리를 옮긴 뒤에야 우소는 안도의 한숨을 내쉬었다.

"이 오라비가 너 때문에 얼마나 마음 졸였는지 아느냐? 도대체 거기가 어디라고 들어갈 생각을 한 게야?"

운소가 입을 꾹 다물었다. 그녀의 두 눈에 눈물이 그렁그렁했다.

걱정스러운 마음에 역정을 내던 우소의 마음이 미어졌다.

"미안하다. 추궁하려던 게 아니야. 그래, 어디 아픈 곳은 없고?"

운소가 그의 시선을 피한 채 고개를 저었다.

"오라비 좀 봐 보아."

"……."

"운소야. 오라비 좀 보래두."

우소가 한참을 어르고 달랜 후에야 운소가 겨우 고개를 들었다. 그녀가 울먹이고 있었다.

우소는 할 말을 잃었다. 그의 하나뿐인 누이가 소리 내어 우는 것조차 못하고 있었다. 모든 것이 그의 죄였다. 그녀를 두고 가서 생긴 일이었다.

"이리 와. 울어도 돼. 오라비가 전부 잘못하였어."

우소가 운소를 끌어안았다. 그의 품에 안긴 운소의 작은 어깨가 가늘게 떨리었다.

"흑, 흐윽……."

그 눈물 없는 누이가 숨죽인 울음을 터트렸다. 허물어지는 운소를 부둥켜안고서 우소가 그녀의 등을 다독였다.

"오라비가 미안해. 잘못했어. 다신 너를 두고 가지 않으마."

우소는 하염없이 우는 운소를 달래며, 수많은 물음을 삼켰다.

궐에서 무슨 일이 있었느냐?

무슨 연이 있어 네 이리도 서러워하느냐?

네 괜찮은 것이냐…….

차류가 정해준 숙소에 운소를 남겨두고서 우소는 잠시 어디론가 향했다.

처음 운소를 만나러 집에 갈 때는 일이 이렇게 될 줄 미처 몰랐다. 상왕께는 잠시 누이를 만나러 다녀오겠다고만 고하였다. 이젠 상황이 변했다. 운소가 궐 안에 있다는 것을 알게 될 때 마음은 이미 정해졌다.

저 먼 태천에 운소를 혼자 보낼 수는 없다.

애초에 그가 마음대로 상왕을 따라다니며 막무가내로 모실 수 있게 해달라고 청한 것이었다. 소탈한 상왕은 우소의 방식이 마음에 들었는지 제 수하로 받아주었다.

제멋대로 쫓아온 놈이 갑자기 떠난다 하면 황당해하시겠지만, 원체 오는 사람 안 막고 가는 사람 안 잡는 분이니 곧 그러려니 할 것이다.

하지만 아랫것들을 자유롭게 풀어준다 하여 무심하신 것은 아니었다. 만나기로 한 날에 연락도 없이 오지 않으면 분명 심려하실 것이다. 가면 간다고 이별의 서찰을 남기는 것이 도리였다.

"잘 전해주십시오. 부탁드립니다."

연락책에게 엽전 몇 냥과 서찰을 건넸다.

"에헴. 맡겨만 주쇼. 내 이런 일에 아주 도가 텄지."

우소는 그에게 거듭 부탁한 후 운소가 있는 곳으로 되돌아갔다.

"운소야, 들어가도 되겠느냐?"

굳게 닫힌 문 앞에서 우소가 조심스럽게 물었다.

들어오란 대답은 들리지 않았지만, 들어오지 말란 말도 없었다. 침묵이 불안해서 우소는 문을 열고 안으로 들어갔다.

"운소야?"

운소는 죽은 듯이 누워 있었다. 혹 크게 아픈 것은 아닐까? 어려서부터 잔병치레가 잦던 운소라서 덜컥 심장이 내려앉았다.

"어디 아픈 게야? 열은 없는데."

그녀의 이마에 손을 대어본 우소가 걱정스럽게 중얼거렸다.

"오라버니?"

운소가 뒤늦게 눈을 떴다.

"운소야."

"괜찮아."

겨우 일어난 운소가 힘없이 말했다. 표정 없는 얼굴이 자기로 빚은 인형 같았다.

"괜찮다는 목소리가 왜 그리 힘이 없어?"

"오라버니, 미안해……."

차마 우소를 똑바로 보지도 못하며 운소가 중얼거렸다. 눈물이 말라 뻑뻑해진 눈가에 다시 물기가 차올랐다.

"미안할 게 무에 있어?"

"내가 전부 망쳤어."

"무어?"

"오라버니 앞길도, 내 마음도……. 내가 전부 망친 거야."

무표정한 얼굴을 타고 눈물이 툭툭 떨어졌다. 안에 쌓인 슬픔을 어쩌지 못해 그대로 사그라질 듯, 그녀는 그렇게 위태로웠다.

우소가 누이를 꽉 끌어안았다.

"내 앞길을 망치길 무얼 망쳐? 넌 아무 잘못 아니 했다. 이 오라비가 잘못한 거지."

"오라버니……."

"다 내가 널 두고 가서 일어난 사달이잖으냐? 그러니 내 잘못이다. 알겠느냐? 오라비 말 이해하지?"

"아니야, 오라버니. 내가 다 망쳤어. 내가 전부……."

"넌 아무 잘못 없다 하지 않느냐?"

"아니, 내 잘못이야. 난 그저 혹시라도 그분이 아닐까 봐……. 그래서 오라버니가 다시 돌아올까 봐……. 그냥 그래서 그랬던 건데……. 너무 어렸어. 어리석고, 무모했어. 결국 모두 망쳤어."

운소가 흐느꼈다.

"오라버니는 여기 있으면 안 되는 거잖아. 그분 곁에 있어야 하잖아. 나 때문에……. 전부 나 때문에……."

그 깊은 자책에 우소의 마음이 조여 왔다.

착한 누이였다. 언제나 그를 생각하고, 위해 주었다. 그 다정함을 알고 있는데, 저를 위해 무엇이든 해줄 누이를 알고 있는데, 대체 뭐가 그리 급해 제대로 된 이야기도 없이 발길을 서둘렀을까?

"네 탓이 아니다, 운소야. 내 이리 말해도 네 탓이라 자책하고 싶다면, 그래, 그리하여라. 하지만 이건 알아다오. 이 오라비도 똑같다. 내가 너였어도 똑같은 선택을 했을 것이다. 그러니 네 잘못만도 아니고, 네가 틀린 것도 아니다. 우리는 그저 우리뿐이면 되지 않으냐? 잠깐이나마 평생의 은인을 모셨다. 그분을 따라다니며 웃고 이야기하며 즐거웠다. 이기적이겠지만 내 꿈은 이미 이루어졌다. 그러니 앞으로는 다시 우리 둘뿐이면 되느니. 이 오라비에겐 네가 가장 소중하다."

옷깃을 적셔가는 누이의 눈물이 뜨거웠다. 우소는 야윈 누이의 등을 가만가만 다독였다.

"울고 싶지 않은데, 자꾸 눈물이 나. 오라버니, 어떡하지? 뭘 잘했다고 눈물이 나는지 정말 모르겠어……."

"괜찮다. 울어도 괜찮아, 운소야. 이 오라비 품에 안겨 울어. 네 울음을 들으면 안 되는 이가 있다면, 오라비가 듣지 못하게 해주마. 네 울음을 보이고 싶지 않은 이가 있다면, 그 또한 오라비가 보지 못하게 해주마."

애초에 이 세상에 둘뿐이었다. 소중한 이들의 곁을 지키지 못한 채 끝내 둘만 남게 되었다 한들 처음부터 그러했으니 괜찮다.

"흐윽……."

운소는 소리 죽여 울었다. 오라비의 품은 넉넉하고 포근했다. 하여, 어리석게도 다시 또 왕이 그리워졌다. 그의 넓은 등, 포근한 품, 따스한 손길. 그 애틋한 감각이 아득히 멀다.

정운소란 계집은 왜 이리 어리석을까?

용안이 지워지지 않아서 운소는 울었다. 제 손으로 버리고 떠나온 선택이 그를 깊이 상처 낼 것을 알아서 몇 배로 아팠다.

햇살보다 따뜻한 웃음이 용안에서 걷히지 않기를 바랐다. 다만 그의 웃음을 욕심내었다.

그 결과 그를 슬프게 만들었다. 기쁨만 주고 싶었는데 상처만 주었다. 꽃신은 아직 신을 만한데, 벗으로 곁에 서는 것조차 허락받을 수 없게 되었다. 참으로 잔인한 일이다. 벌써 이토록 그립다니. 어이하여 곁에 있어도 괴롭고, 곁에 없어도 괴로운가.

"오라버니, 나는…… 흐윽, 나는……."

그가 평범한 사내였으면 참으로 좋았겠다. 한경의 한량이나 삼강도의 농부였으면 정녕 좋았겠다. 산속에서 평생 둘이서 배곯아도 그의 곁이면 행복할 텐데. 어부의 아내로 손에 물마를 틈 없어도 그와 함께라면 행복할 텐데.

"오라버니…… 흐윽."

"그래, 운소야. 오라비 여기 있다. 여기 계속 있으마."

귀찮은 선비라고 알던 때가 좋았다. 한심한 왕이라고 여기던 때가 나았다.

그는 도대체 언제 이렇게 커져버린 것일까. 그의 다정함은 너무도 달콤하여 이리도 지워내기 힘든 것을.

"이것이 정녕 옳을까? 오라버니, 이 누이는 모르겠어. 이리 떠나는 것이 맞는데, 맞을 텐데, 그런데 이 마음은 왜 이리도 무너지는지……."

분명 왕의 곁은 그녀의 자리가 아니었다. 오직 왕 하나만 믿고 구중궁궐로 뛰어들기엔 저가 가진 것이 없어도 너무 없다는 것을 운소도 알고 있었다.

아무것도 없는 평민 계집이 궐에서 왕의 여자로 살아가는 것은 불구덩이에 뛰어드는 것과도 같다. 연모의 마음은 바람과도 같아서 언제든 떠나갈 수 있을지니, 그 얕은 사내의 정에 제 미래를 내걸어선 안 되는 일이었다.

"분명 이게 맞는데. 이게 옳은 텐데……."

왕이 그녀를 놓아주지 않는다면 그녀의 발로 달아나야 했다. 그것이 모두가 사는 길이었다. 그러니 이게 옳은 선택이었다. 그런데도 마음이 무너져 내렸다. 꼭 죽을 것만 같았다.

"한데도 가고 싶지가 않아. 그냥, 그냥 하염없이 전하 곁에 있고 싶은 걸 어찌해야 해?"

우소의 안색이 불현듯 굳었다. 운소를 끌어안고 있는 그의 손끝이 바르르 떨렸다.

그릇된 연정은 용심에만 움튼 것이 아니었다. 이 여리고 착한 마음속에도 피어나, 그녀를 아프고 괴롭게 만들고 있었다.

"오라버니, 나는 왜 이리도 미천해? 어찌 사대부의 여식이 아니고, 어찌 궁녀가 아니고……."

"운소야."

우소가 운소의 어깨를 단단히 붙잡고서 그녀와 시선을 마주했다. 눈물범벅이 된 운소의 모습이 아프게 박혀왔다. 어지간해선 울지 않던 누이가 이토록 많은 눈물을 쏟아내는 이유가 비로소 똑바로 보였다.

바랄 수 없는 자를 바란 원통함.

가질 수 없는 자를 원한 비통함.

"아니 된다."

운소를 똑바로 보며 우소는 고개를 내저었다. 애써 울먹임을 참으며 그를 바라보고 있던 운소의 표정이 한순간 무너졌다. 그녀에게 우소가 해줄 수 있는 것이 없었다.

"너무 높고, 너무 멀다."

그는 그들이 닿을 수 없는 곳에 있다.

그는 다른 세상의 존재다.

만중은 거의 사흘을 앓았다. 탕제를 마셔도 열이 가라앉지 않았다. 어의는 이해할 수 없다며 고개를 내저었다. 이러다 정말 만중에게 큰일이 날까 봐 지는 그의 곁을 떠나지 못했다. 당연히 운소가 사라졌다는 것도 알지 못했다.

"만중아!"

마침내 만중이 눈을 떴을 때, 지는 기뻐서 거의 눈물을 흘릴 지경이었다. 주름진 손을 꼭 붙잡고서 그는 안도한 표정을 지었다.

"정신이 드느냐? 과인이 누군지 알아보겠느냐?"

"전하, 소신이 어찌 전하를 못 알아보오리까?"

운소를 성공적으로 빼돌린 차류가 간밤에 귀띔을 해주었다. 바로 탕제를 끊었더니 체온은 정상범위를 회복했다. 무시무시한 약효였다. 아무것도 모르는 지는 그저 기뻐했다.

"과인은 정녕 네게 큰일이라도 나는 줄 알고……. 아니, 아니다. 이런 불길한 말을 해 무엇 하겠느냐? 다시 건강해졌으니 되었다. 갈증은 아니 나느냐? 물이라도 좀 주랴?"

"아니옵니다, 전하. 소신은 괜찮사옵니다."

왕을 앞에 두고 누워있는 것이 민망하여 만중이 끙끙거리며 몸을 일으켰다.

"콜록, 콜록."

밭은기침을 내뱉는 그를 보고 지가 화들짝 놀랐다.

"만중아! 괜찮은 것이야?"

"소신, 괜찮……. 콜록, 콜록!"

"괜찮긴 무어가! 네 전혀 괜찮지 않다. 절대로 괜찮을 리가 없다.

괜찮은데 이리 기침을 해댄단 말이야? 어의! 당장 어의를 불러오너라! 밖에 아무도 없느냐? 어서 어의를 불러오란 말이다!"

"전하, 콜록! 소신, 괜찮사옵니다. 콜록, 콜록! 정녕 괜찮사옵니다."

궐에서 무슨 일이 일어나고 있는지 왕은 하나도 모른다. 걱정 가득한 눈으로 늙은 신하를 보고 있다. 부질없는 죄책감이 만중을 뒤덮었다.

이제 침전으로 돌아가면 운소가 사라진 것을 알게 될 것이다. 절망하며 슬퍼할 왕의 모습이 눈에 선하였다. 전부 동방을 위한 것이고 왕을 위한 것이었지만 만중은 마음이 심히 불편하였다. 따지고 보면 주군을 속인 셈이었다.

태천황제의 계획에 자신과 비찬이 연루된 것을 알면, 지는 배신감에 크게 분노하리라.

그것만은 되도록 철저히, 영원히 모르게 하여야 할 것이다.

"미안하다, 만중아."

만중의 손을 꼭 잡고 지가 말했다. 한참 속으로 죄책감에 시달리고 있던 만중은 몇 번을 더 콜록거린 후에야 숨을 고르고 미간을 모았다. 연신 왕께 미안하다는 말을 듣고 있자니 불편하게 짝이 없었다.

"과인이 그간 네 속을 너무 썩였지. 아마도 그 탓에 네가 병 든 것 같아 과인의 마음이 무겁구나. 과인이 앞으로 잘하마. 그러니 부디 오래도록 이 곁에 있어다오. 제발 아프지 말아다오."

"전하……."

애절한 청 앞에서 만중은 더더욱 죄인이 되었다.

"명이다."

"전하, 소신은 전하의 곁을 떠나지 않을 것이옵니다."

"참이냐?"

"소신이 언제 전하께 거짓을 아뢴 적이 있사옵니까?"

"없지. 암, 없고말고."

지가 고개를 힘껏 끄덕였다. 만중은 속으로 쓴맛을 삼켰다. 그래, 거짓을 아뢴 적은 없다. 진실을 조금 은폐한 적이 있을 뿐.

"소신이 늘 전하의 곁에 있겠사옵니다."

"앞으로 한 스무 해는 이 곁에 있어다오."

"스무 해가 다 무엇이옵니까? 영원히 전하의 곁에 들러붙어 있을 것이니 심려 마시옵소서."

"영원히는 좀 그렇구나."

이제 조금 안심이 되는지 지가 너스레를 떨었다.

"하오면 영원의 반만큼 전하의 곁에 있겠사옵니다."

"그래, 그리하여라. 그 정도라면 과인이 봐주도록 하지."

"성은이 망극하옵니다."

"성은이 망극하면 다신 아프지 말라. 과인은 정말이지, 누군가 아픈 것이 끔찍하게 싫다."

만중은 지가 얼마 전 운소가 크게 다쳤던 때를 떠올리고 있음을 알았다. 길지 않은 기간 동안 아끼는 이가 둘이나 생사의 기로를 오갔으니 두려울 만도 했다.

"예, 전하."

문득 지의 두 눈이 커졌다.

"우소……."

지가 벌떡 일어났다.

"전하?"

"우소를 보러 가야겠다!"

만중이 말릴 새도 없이 지가 뛰쳐나갔다.

"전하!"

주군을 붙잡는 만중의 목소리만 애처롭게 울려 퍼졌다.

지는 바삐 침전을 향해 걸었다.

'과인은 우인이로다! 어찌 이리 무심할까!'

지가 탄식하였다. 자그마치 사흘이나 운소를 챙기지 못했다. 아무리 만중이 위급해도 그렇지, 어떻게 그녀를 잊었을까! 지는 제 무심함에 기가 막혔다.

'하늘이 푸르구나. 날이 좋으니, 함께 비원이라도 가자고 할까?'

구름 한 점 없이 맑게 갠 하늘을 보며 지가 빙긋 웃었다. 운소와 함께 하는 상상만으로도 날듯이 기뻤다.

'그래, 그게 좋겠구나.'

지는 운소와 하고 싶은 게 많았다. 알고 싶은 것도 많았고, 알려주고 싶은 것도 많았다. 듣고 싶은 것도 많았고, 들려주고 싶은 것도 많았다.

비록 거절의 말을 듣긴 했지만, 한 번에 나가떨어질 그가 아니었다. 갑자기 차류가 등장하는 바람에 재고해 달라는 청도 하지 못했으니, 함께 후원을 거닐며 다시 이야기해 보는 게 좋을 것 같았다.

아참, 이름!

그러고 보니 이름도 들어야 했다. 그녀가 진짜 정우소가 아니란 것은 알게 되었지만, 경황도 없고 그녀가 먼저 말해주길 기다리는 사이 시간이 어영부영 흘러 버렸다. 언제까지 잘못된 이름으로 부를 수는 없으니 오늘은 은근슬쩍 진짜 이름을 말하도록 유도해봐야겠다.

싱글벙글 웃으며 지는 질문 목록을 정리했다. 어떻게 사흘이나 그녀를 잊고 있었을까 싶을 정도로 한 번 그녀에게 생각이 닿자 얼른 만나고 싶어 안달이 났다. 그리운 마음이 들불처럼 커진다. 혹 자신이 찾지 않아 운소가 서운해 하진 않았을까, 내심 기대도 되었다.

"우소야! 과인이 왔도다."

벌컥 문을 열고 들어서는 지의 표정이 삽시간에 굳다.

"과인이 일이 있어 조금 늦었는데……. 혹 기다리다가 심통이 나 숨은 것이야?"

텅 빈 처소에선 그 어떤 대답이 없었다.

"정우소……."

여기저기 쉴 새 없이 두리번거리던 지의 시선이 어느 순간 한곳에 고정되었다. 잘 정리된 금침 위에, 서찰 한 장이 얌전히 놓여 있었다. 생각도 하고 싶지 않은 가설이 순식간에 머릿속에 떠올랐다.

위태로운 걸음으로 지가 서찰을 향해 다가섰다.

"과인은 이런 거 안 좋아하는데……."

서찰을 집어 드는 어수가 덜덜 떨렸다. 반듯하게 접혀 있는 서찰을 겨우 폈다.

흰 것인 종이요, 검은 것은 글자인데…….

"누누이 말했잖으냐? 과인은 숨바꼭질 같은 거, 정말 안 좋아한다고."

이 도대체 무슨 소리일까?

이화궁은 소녀가 있을 곳이 아니옵니다.
부디 청하옵건대 소녀를 찾지 마소서.

더없이 간결한 내용인데, 지의 세상은 산산이 부서졌다.
물기 묻어 번져 있는 먹물이 그의 이성을 잡아먹었다.

2

고요, 적막, 정적.

소리가 사라진 세상에 지는 덩그마니 놓여 있었다. 심장이 아프게 뛰는 감각만이 선명했다.

멍하니 가슴 위에 손을 얹었다. 아프고 또 아팠다.

"우소야⋯⋯."

쉽지 않을 거라 생각은 했었다. 처음부터 지금까지 단 한 번도 그녀와의 관계가 척척 풀릴 거란 기대는 하지 않았다.

사내인 줄 알아서 불가할 줄 알았고, 뒤늦게 계집임을 알았으나 그녀의 신분이 그들을 가로막았다. 신분의 벽은 대궐의 담보다도 높았다. 저가 왕이어서 슬펐다.

그녀와 같이 평범한 백성이었다면 얼마나 좋았을까? 필부필부로 만나 서로 아껴주며 백년해로할 수 있었다면, 정녕 얼마나 행복했을까?

운소가 마지막으로 남기고 간 서찰을 지는 보고 또 보았다.

고작 이리 몇 글자로 정리되어도 되는 마음이 아니었다. 이리 허망하게 놓쳐도 되는 인연이 아니었다. 세상 전부를 잃어도 얻고 싶었다. 그녀만 얻을 수 있다면 다른 모든 것을 버려도 좋았다.

한데 왜, 그녀는 그 마음을 몰라주는가?

참지 못한 눈물이 툭툭 떨어져 내렸다.

운소가 보고 싶었다. 고작 사흘을 보지 못한 것뿐인데, 벌써 몇 해가 지난 듯 그녀의 얼굴이 가물거렸다. 기억 속 그녀는 흐려지고 연해져 그대로 사라져버릴 것 같았다. 두려움에 몸서리쳐졌다.

늘 이런 식이었다. 세상 만물의 주인이 그인데, 정작 그가 가장 원하는 것은 얻을 수가 없었다. 언제나 가장 바라는 것은 그의 손을 빠져나갔다. 그 서럽고 원통한 마음을 알아줄 이조차 없다.

그녀의 존재를 안다면 모두가 말하겠지. 그 계집은 전하께 어울리지 않나이다. 어찌 그 하찮은 계집에게 용심을 주려고 하시옵니까? 기억할 가치도 없는 계집이옵니다.

"정우소……."

그 귀천은 누가 정한단 말인가? 그에게는 세상에서 가장 귀한 이인데!

"이리 와주면 아니 되겠느냐?"

바닥에 주저앉은 채 지가 애원했다. 뺨을 타고 흐르는 용루를 닦아냈다.

「전하께서 부르시면 소신은 언제나 가옵니다.」

그 약조가 거짓일 리 없다.

「전하께서 부르시면 삼강도 땅 끝이라도 가옵니다. 죽음의 땅 흑주라도 갈 것이고, 설령 태천이라도 갈 것이며, 오랑캐의 땅이라도 갈 것이옵니다.」

그 맹세가 거짓일 리 없다.

"이리 오너라, 우소야."

그런데 오질 않는다. 언제나 오겠다고 하여놓고서, 결코 떠나지 않겠다고 약조하고서.

"오지 않을 테냐?"

지가 벌떡 일어났다. 화가 난 듯 주변을 노려보았다.

"감히 과인에게 거짓을 고한 것이냐?"

겁도 없이 왕을 속였다. 그 죄가 실로 크다. 그 죄를 묻기 위해서라도 그녀를 찾아야겠다.

지가 뿌예진 시선으로 운소의 서찰 마지막 부분을 다시 읽었다.

단 두 줄뿐인 짤막한 안녕의 말.

부디 청하옵건대 소녀를 찾지 마소서.

'소녀'를 찾지 마소서…….

"어째서 소신이 아닌 것이냐? 어째서 소녀인 것이야? 한 번 과인의 신하면 영원히 과인의 신하거늘, 네 더 이상 과인의 신하 따위 하고 싶지 않은 것이야? 과인의 신하 정우소는 과인이 부르면 어디든지 와 주겠지만, 정우소가 아닌 너는 더 이상 과인의 부름에 응하지 않겠다는 뜻이야? 그런 것이냐?"

「소신은 전하를 경애하옵니다.」

그녀는 끝내 은애를 말하지 않았다.

그때의 그녀는 왕을 경애하는 신하였는데, 더 이상 왕의 신하가 아니게 된 그녀는 그를 어찌 생각하는 것일까. 경애조차 하지 않는 것일까. 이 편지는 은애도, 경애도 하지 않는 그를 위해 그녀가 온갖 위험을 무릅쓰고 구중궁궐에 남을 필요가 없다는 일종의 통보인 것일까. 믿을 구석 하나 없는 왕에게 여생을 거느니, 차라리 도망쳐 숨어 사는 쪽을 택한 것일까. 그게 그녀가 바라는 것일까.

지는 고개를 내저었다.

"버리고 갈 것이라면 어찌 울며 갔느냐?"

번진 먹물 자국. 가없이 떨린 필체.

싫어 떠난다면, 울지 말았어야지.

서찰이 그의 손끝에서 갈기갈기 찢어졌다. 종잇조각은 낙엽이 떨어지듯 허공을 맴돌며 바닥 위로 어지럽게 흩어졌다.

"내금위장을 불러오너라!"

그녀 혼자 힘으로 도망쳤을 리가 없다. 내부에 조력자가 있다.

운소가 정녕 원해서 떠났다면 그는 그녀를 찾지 않을 것이다. 한데 보였다. 울며 떠나는 그녀의 모습이 눈에 선했다. 차마 떨어지지 않는 발길을 옮기면 몇 번이나 뒤돌아보는 그녀의 모습이, 그를 부르고 있었다.

그렇다면 찾아야지. 찾아내야지.

"만중, 비찬, 차류……."

비찬이 들기를 기다리며 지는 초조하게 손가락을 까닥거렸다. 이화궁 안에 운소의 존재를 아는 이는 많지 않다. 차류, 만중, 비찬 세 사람과 운소를 치료했던 어의, 의녀 정도가 전부다. 누군가 그녀를 도망치도록 종용했다면 필시 그들 중에 있다.

지는 일단 어의와 의녀를 제외했다. 그들은 운소가 가짜 내시라는 것을 알지 못한다. 운소가 내시복을 입고 돌아다니는 것을 본 사람 중 외부인은 차류뿐이다. 어의나 의녀는 운소를 기껏해야 어디선가 굴러와서 왕의 총애를 받는 계집 정도로 알고 있을 것이다. 그런 그들이 굳이 운소를 빼돌리는 데 협조했을 리 없다.

그러니 범인은 차류, 만중, 비찬, 셋 중에 있다.

"하나인가, 둘인가, 셋 모두인가?"

적어도 셋 중 하나는 운소가 도망가도록 도왔고, 어쩌면 셋이서 작당하고서 가기 싫어하는 운소의 등을 떠밀었을 수도 있다. 그녀가 제 발로 떠난 것이든, 그들이 떠밀어 갈 수밖에 없었던 것이든 그녀는 울면서 갔다. 지에게는 그것만이 중요하였다.

'차류는 성격이 더럽고 다혈질이지. 다짜고짜 여기까지 쳐들어온 것만 봐도 그래. 우소를 그냥 둘 리 없다. 주범을 그놈으로 두면 내 조자는…….'

오래된 벗과 신하의 얼굴을 차례로 떠올리며 지가 입술을 잘근거렸다. 성질 같아서는 당장 차류를 찾아가 운소를 내놓으라고 윽박지르고 싶었지만 그런다고 해결될 일이 아니었다. 차류가 자신은 모르는 일이라고 발뺌하기라도 하면 다음 기회는 없다. 그는 태천의 황제. 아무리 막나간다 한들 황제에게 무턱대고 화를 낼 수는 없다. 이럴 때일수록 냉정해져야 한다. 증좌가 필요하다.

지가 신중히 미간을 모았다.

그의 오랜 신하, 내금위장 비찬에게는 아주 중요한 버릇이 하나 있다. 비찬은 전혀 깨닫지 못하고 있는 것 같지만, 지는 비찬의 버릇을 잘 알고 있었다.

"전하, 내금위장 들었사옵니다!"

때마침 내관이 고해왔다.

턱을 괸 채 손가락으로 뺨을 톡톡 두드리고 있던 지가 고개를 들었다.

"들라하라."

평소와 다르게 다소 긴장한 모습으로 안에 든 비찬이 엎드려 예를 표했다. 지가 비찬을 세심히 뜯어보았다.

"내금위장."

"예, 전하."

일상적이지 않은 팽팽한 긴장감이 흘렀다. 지는 본능적으로 느꼈다.

주비찬이 나를 속이려 한다.

"과인은 바보가 아니야."

"예, 전하께선 동방의 그 누구보다 현명하십니다."

"누구보다 현명하다? 하면 그 현명한 군주를 속이려 드는 너는 어떤 생각인 것일까?"

"예?"

비찬이 당황했다.

"우소는 어디에 있느냐?"

지가 단도직입적으로 물었다. 돌려 말할 필요는 없다. 본인은 모르는 버릇을 알고 있으니까.

"그것을 어찌 소신에게 물으십니까?"

"고개를 들라."

비찬이 머뭇거리며 고개를 들었다. 그를 물끄러미 내려다보는 지의 시선이 예리했다.

"과인에게 감히 거짓을 고하겠다?"

"전하! 어찌 신이 전하께 거짓을 아뢰오리까?"

화들짝 놀라며 비찬이 두 눈을 크게 떴다.

지가 입술을 비틀었다.

'너는 결코 모르겠지. 거짓말을 할 때 제 콧잔등이 어찌 되는지!'

지는 정우소 실종사건의 가장 유력한 용의자 태천차류의 공범이 주비찬이라고 지금 완전히 확신했다.

"하면 우소는 어디 있느냐?"

"소신은 모릅니다. 그녀가 사라진 것도 지금 알았습니다."

태천차류. 이 영리하고 영악한 놈. 어지간한 일엔 직접 나서는 법이 없고, 일을 도모할 땐 항상 도망갈 구멍을 파놓는 그놈.

이번에도 마찬가지였을 것이다. 일이 발각될 경우를 대비해서 저대신 움직여줄 누군가를 꼬드겼겠지. 조국에 대한 걱정으로 가득한 이 충신을 미혹하는 것은 정녕 얼마나 쉬웠을까?

"또 거짓을 고하는구나."

"전하! 소신은 거짓……."

"감히 거짓이 아니라고 할 셈이냐?"

항변하려는 비찬의 말허리를 자르며 지가 울컥해서 소리쳤다. 비찬을 노려보는 지의 눈동자가 배신감으로 얼룩졌다. 비찬이 어깨를 움츠리며 소심하게 반박했다.

"전하, 어찌 신을 의심하십니까? 그렇게나 소신이 미덥지 못합니까?"

"너는 모르지."

"예?"

"너는 거짓을 고할 때 콧잔등이 움찔거려."

비찬의 두 눈이 한껏 커졌다. 지는 헛웃음 지었다.

비찬과 함께 한 세월이 얼마인가? 매일같이 얼굴을 마주하다 보니 자연스럽게 파악해 버린 그의 버릇들. 비찬이 지를 아는 만큼 지 또한 비찬을 알고 있었다.

비찬의 입이 서서히 벌어졌다. 그의 안색이 창백해진다. 거짓을 고할 때마다 아비가 귀신같이 알아내던 까닭을 이제야 알았다.

"아, 아닙니다. 신은 저, 정녕 모릅……."

"또 그러잖느냐?"

어느새 비찬의 앞으로 바짝 다가온 지가 그의 콧잔등을 톡 건드렸다.

"전하……."

"그래서 우소는 어디 있느냐?"

"신은 정녕 모릅니다. 그것까지는 알지 못합니다."

낭패한 표정으로 비찬이 대답했다. 콧잔등에 신경을 쓰다 보니 정신이 하나도 없었다.

"네가 모르면 누가 아느냐?"

"말씀드릴 수가 없습니다."

"어째서?"

이미 다 드러난 잘못이다. 돌파구는 정면뿐이다.

바닥에 엎드린 비찬이 충정을 담아 읍소하였다.

"전하, 충정으로 아룁니다. 이것이 최선입니다. 소신의 충심을 헤아려 주소서."

"최선?"

"예, 전하. 전하께도 최선이고, 그녀에게도 최선이고, 동방에도 최선입니다. 그녀가 떠나길 원했습니다. 전하의 곁이 버거워 있을 수 없다고 눈물로 애원하더이다. 신이 어찌하오리까? 소신은 동방의 내금위장. 전하와 동방을 지켜야 하는 사명이 있습니다. 눈앞에 빤히 보이는 풍파를 그냥 두오리까? 그럴 수 없어 그녀가 뜻을 행할 수 있도록 도왔습니다. 그것이 최선이었기에 그리하였습니다. 그것이 죄가 된다면, 신을 벌하소서."

최선이라 말하는 비찬을 노려보는 용안이 무섭게 굳었다.

비찬의 말은, 지가 왕이라서 안 된다는 것이었다. 동방의 왕이라서 감히 태천의 공주를 거부하고 평민 계집을 지어미로 들일 수 없다는 뜻이었다.

"그 최선은 누가 정했느냐?"

지가 이를 악물었다.

"전하……."

"그 최선을 누가 정했느냐고 묻지 않으냐? 과인은 그런 최선을 정한 적이 없다! 그럼 태천차류가 정했느냐? 허! 너는 과인의 신하가 아닌 것이로구나. 주비찬, 너는 차류의 신하였던 모양이야. 차류가 아니라면 네가 정했느냐? 네가 동방의 왕인 것이냐? 하여 네가 직접 동방을 위한 최선의 법도를 정한 것이냐?"

지가 윽박질렀다. 비찬의 안색이 창백해졌다.

"어찌 그리 망측한 말씀을 하십니까? 소신의 전하의 신하입니다! 이 세상 그 누구도 아닌, 오직 전하만을 주군으로 모시기로 맹세했습니다! 그것은 전하께서도 잘 알고 계시지 않습니까? 어찌 소신의 충심을 그리 매도하십니까?"

"듣기 싫다! 그 입 다물라!"

"소신을 내칠 땐 내치시더라도 다 들으시옵소서! 그 계집이 좋은 선택이 아님을 전하께서도 알고 계시지 않습니까? 계집인 주제에 내시인 척 법도를 어지럽힌 죄, 그 대죄를 어찌 영원히 숨기오리까? 상왕 전하께서 그 아이를 인정하시겠습니까? 태천은 또 가만히 있겠습니까? 이미 황제가 격노하여 이곳에 와 있지 않습니까? 그들이 오랜 동맹을 깨고 쳐들어올 수도 있는 문제입니다. 명분이 이미 저들에게 있으니, 동방이 어느 뉘에게 구병을 청하오리까?"

비찬이 빠르게 쏘아붙였다. 아직 끝이 아니었다.

"전하의 신하들은 또 어떠합니까? 전하께 그들을 다스릴 묘수가 있습니까? 왕궁 안팎의 문제들, 더 나아가 나라 안팎의 어려움으로부터 정녕 눈 돌리고 귀 막으실 참이십니까?"

"과인은!"

"이 동방이 어찌 지킨 나라입니까? 이 나라를 지키기 위해 뿌린 수만 백성의 피를 잊으셨습니까? 그들을 기억한다면 이리 계집에 눈먼 폭군 행세를 하실 수는 없습니다! 정녕 암군으로 기록되어야 그 속이 시원하시겠습니까?"

상처 입은 지의 눈동자가 바이없이 흔들렸다. 진심어린 충언이 지의 가슴을 난도질했다. 저가 왕이라서 안 된다는 비찬의 말이 전부 진실이라서, 지는 무너지듯 비찬의 앞에 무릎을 꿇었다.

"어찌 너는 되고, 과인은 아니 되느냐?"

용음이 젖어 있었다.

"참 이상한 일이다. 과인이 왕인데, 늘 모두가 아니 된다는 말만 해. 과인이 무얼 하든 아니 된다는 말만 들려. 과인은 이해할 수 없다. 이해하고 싶지 않다. 어찌 너는 되고 과인은 아니 된다는 것이야? 그 것 참 싫구나. 과인이 아니 된다면, 너도 아니 되어야지."

처연히 중얼거리던 지가 불현듯 웃었다. 그 웃음이 처량하였다.

"세상 모두가 과인더러 아니 된다 해도 너만은 과인의 편이 되어 주리라 믿었다."

지가 붉어진 눈으로 비찬을 쏘아보았다. 원망이 가득했다.

"네가 기녀를 만나는 것은 괜찮고, 과인이 평민 계집을 만나는 것은 아니 되느냐? 왕실이 뒤집어질 일이라서? 그 뒤 불어 닥칠 일들이 두려워서? 하면 너는? 너는 어떠하냐? 네가 그깟 기녀를 은애하여 끼고 돌고 있음을 좌찬성이 안다면 너희 가문은 어찌 되는 것이냐?"

"저, 전하!"

비찬의 안색이 새하얘졌다.

"필시 뒤집어지겠지! 참 이상한 일이야. 과인의 마음을 알고 왕실에 풍파가 몰아치는 것은 아니 될 일이고, 좌찬성이 네 속을 알고 격노하는 것은 괜찮은 것이냐? 피차 같은 일일진대, 왜 하나는 되고 하나는 아니 되느냔 말이다!"

그깟 기녀로 운운되는 여인의 정체가 홍월이라는 것을 비찬은 직감했다.

"웃음과 재주를 파는 계집도 은애하는 네가, 어찌 과인에게만 아니 된다 하느냐? 다른 사람 모두가 과인더러 그 길은 정도가 아니라 고 하여도, 너만큼은 과인을 이해해주어야 하지 않으냐? 가진 것 없는 이를 은애하여 괴로운 마음을 너는 알아줘야 하는 것 아니냐? 힘들 것을 알면서도 멈출 수 없고, 방법이 없을까 고민하며 뜬 눈으로 밤을 지새우는 이 애타는 심정을…… 네가 몰라서는 아니 되잖아.”

대체 언제부터 알았을까? 비찬의 손끝이 파르르 떨렸다.

아니 된다 생각하면서도 자꾸 가고 마는 눈길. 오늘은 답신이 오지 않을까 기다리던 설렘. 마주 웃는 눈길이 좋아서, 나긋한 목소리가 좋아서, 기생의 치마폭에 빠지는 것이라 해도 상관없다고 생각하였다.

어찌하면 부모께 불효를 짓지 않고도 그녀를 부인으로 들일 수 있을까. 과연 그런 방법이 있기는 한 것일까. 혹 불가하다면 그 누구도 부인으로 들이지 않고, 그녀와 영원히 지우로 지내리라. 그런 결정을 하였다.

“어찌…….”

“어찌 알았느냐고? 반대로 묻겠다. 어찌 모르겠느냐? 그 아이가 과인의 가얏고 스승으로 왔을 때, 너는 늘 그 아이만 보고 있었지. 그 아이도 과인을 보면서, 사실은 너를 보고 있었지. 그런데 모를 수가 있겠느냐? 마음이 저절로 흘러, 눈이 저절로 머무는 것을 과인이 몰랐겠느냐?”

잘 숨겼다고 생각했던 마음이 이리도 낱낱이 드러나 있었구나. 비찬은 탄식했다.

사내의 마음은 똑같다. 은애하는 여인은 그 신분의 귀천을 떠나 더없이 귀하다. 세상 전부와도 바꿀 수 없이 애틋하다.

지가 한 나라의 왕이기 이전에, 다만 한 계집을 귀애한 사내일 뿐이라는 것을 비찬은 뒤늦게 절감하였다. 그와 동시에 지가 단순한 필부일 수 없음이 비통해졌다.

“이해합니다, 전하. 전하의 상심. 절감합니다.”

"하면 어찌 과인에게 이래? 다른 이도 아니고 네가 어찌 이래?"

"그것은 전하께서 지존이신 까닭입니다."

비찬이 목소리를 쥐어짰다.

"과인이 지존이기 때문에 아니 된다?"

한 가문의 사내가 기녀를 마음에 품는 것과 동방의 주인이 천한 계집을 은애하는 것은 결코 같을 수 없다. 일개 문중의 안주인을 들이는 것과 한 나라의 국모를 들이는 일은 같을 수가 없다. 제 여인을 아끼는 마음은 하나일지라도 그들이 짊어진 책임의 무게는 명백히 다르다.

"전하께 수천만 백성의 내일이 달려 있습니다. 하오니 국모가 될 여인은 마땅히 누가 보아도 세상에서 가장 귀한 여인이어야 합니다. 소신의 경우와 같게 생각해서는 아니 됩니다."

"다를 것은 대체 무엇인데?"

비찬은 가만히 고개만 저었다. 지는 점점 더 서러워졌다.

"과인에겐 그 아이가 가장 귀해. 그럼 된 것 아니냐?"

"전하께서 귀히 여긴다고 되는 문제가 아닙니다. 알고 계시지 않습니까?"

지가 원망스러운 눈초리로 비찬을 쏘아보았다.

홍월이란 패까지 꺼내 들었는데 비찬이 넘어오지 않는다. 정말로 운소가 있는 곳을 모르는 모양이다. 어떻게 해야 그녀를 찾을 수 있을까? 시간이 지체될수록 그녀는 더 멀리 달아날 텐데. 흘린 눈물도 더 많아질 텐데.

"네가 밉다."

"소신을 미워하셔도 어찌할 수 없는 일입니다."

"하면 과인이 어찌할까? 그냥 이리 보내주어야 하느냐? 이리 허무하게 잃어? 비찬아, 너라면 그럴 수 있느냐? 그 기녀가 제 신분이 천하다는 이유로 네 곁을 떠난다면 너는 아무것도 하지 않은 채 보내줄 것이냐?"

"부디 통촉하여 주시옵소서."

"무얼? 무얼 통촉하라는 것이야? 대체 무엇을!"

결국 지가 역정을 내며 벌떡 일어났다.

그가 운소에게 얼마나 지극정성이었는지 잘 아는 비찬은 그저 고개를 조아렸다. 신하이기에 그가 할 수 있는 것은 그녀는 아니 된다고 끝없이 각인시켜 주는 것뿐이었다.

오만상을 쓴 채 비찬의 앞을 왔다 갔다 하던 지가 돌연 멈추어 섰다. 비찬을 내려다보는 용안에 온갖 울분이 뒤엉켜 있었다.

"그러니까, 내금위장."

용안을 살펴볼 용기가 차마 없는 비찬은 더더욱 고개를 떨구었다.

"과인이 왕이라서 아니 되는 거구나? 하면 과인이 왕이 아니게 되면 되는 것이냐? 그래! 그러면 되겠어."

지가 별안간 활짝 웃었다. 뒤늦게 그의 말을 이해한 비찬이 경악한 얼굴로 벌떡 일어났다.

"전하! 그 무슨 말도 안 되는……."

차마 말을 잇지 못한 비찬이 놀란 눈으로 지를 쳐다보았다. 붉어진 눈에서 용루가 뚝뚝 떨어지고 있었다.

"과인이 왕이라서 아니 되는 거라며? 그럼 과인이 왕이 아니면 되는 것이잖아. 종친 중에 쓸 만한 놈이 필시 있을 것이야. 적당한 놈을 찾아 양위한 후 과인은 물러나는 거야. 그럼 되지 않겠느냐?"

"전하, 동방이 그토록 전하께는 무의미합니까? 그리 쉽게 버려도 되는 것입니까?"

"네 눈에는 이것이 쉬워 보이느냐?"

지는 상왕의 유일한 적장자였다. 태어나면서 원자가 되었고, 나이가 차자 세자가 되었다. 날 때부터 소지존이라는 지엄 아래 수많은 책임을 강요당한 그였다. 그럼에도 그가 단 한 번도 그 책임들로부터 달아난 적 없다는 것을 비찬이 가장 잘 알고 있었다.

그런 지가, 왕위가 싫다고 한다. 왕위를 놓을 수만 있다면 놓겠다고 한다. 왕으로 태어난 책임을 알기에 많은 것을 포기해왔으면서, 단 하나를 잃고 싶지 않아서 지금까지 살아온 삶의 전부를 부정하고 있다.

"과인도 괜찮을 줄 알았다. 동방을 지킨다는 긍지만 있으면 어떤 것도 이겨낼 수 있을 줄 알았지. 한데 아니야. 우소를 잃는 건 견딜 수가 없어."

"전하……."

"과인은 우소가 아니면 싫은데, 그깟 신분이 대체 무어라고……. 정녕 무엇이라고……."

소중히 지켜온 모든 것들이 이제는 무의미했다. 동방의 만백성이 행복해져도, 운소가 행복할 수 없다면 전부 무가치하다. 세상 모두가 불행해져도 단 한 사람을 지킬 수 있다면, 지는 무슨 짓이든 할 수 있었다.

"네가 무어라 하든 과인은 우소를 찾을 것이다. 차류가 무어라 하든 그 아이를 포기하지 않을 것이다. 왕실이 과인을 힐책하고, 신료들이 과인을 비난하고, 만백성이 과인에게 실망한다 한들…… 전부 상관없구나."

계집에게 눈이 멀어 정신이 나갔다고 손가락질 당해도 상관없다. 소중한 이들을 무수히 실망시키게 되어도, 그 또한 무의미하다. 왕으로서 해야 할 일은 그저 인재를 찾아내는 것. 그들을 믿고 의지하는 것.

지는 이미 그것을 해냈다. 그가 왕이 아니더라도 훌륭한 인재는 사라지지 않는다. 그들의 도움을 받는다면 누구라도 능히 동방을 이끌 수 있을 것이다.

그러나 운소는 다르다. 그녀에겐 그밖에 없다. 그 또한 그녀밖에 없다. 운소 외의 것은 전부 무의미하다.

3

홍와루 후문.

비찬은 몇 번을 망설인 후에야 안으로 들어설 수 있었다. 한밤의 뒤뜰은 인적 없이 고요했다. 덜 녹은 눈들이 나뭇가지에서 떨어져 내렸다. 자박자박 걷는 비찬의 발끝에 홍월의 처소가 있었다.

등 뒤로 쫓아오는 바람이 서늘하여 비찬은 서글퍼졌다.

「어찌 너는 되고, 과인은 아니 되느냐?」

엄밀히는 그도 안 되고, 그의 주군도 안 되는 일이었다. 가문에서 홍월과 그의 관계를 안다면 한바탕 뒤집어지는 걸로 끝나지 않을 것이 분명했다. 명망 높은 좌찬성댁 장자가 기생 치마폭에 빠져 정신 못차린다는 이야기는 남 험담하기 좋아하는 이들의 입맛에 딱 맞는 먹잇감이 될 터. 가문에 먹칠을 하고, 부모 얼굴에 똥칠을 하고…… 그러나 어찌할까? 이미 흘러 버린 마음은 되돌릴 수 없는걸.

「과인에겐 그 아이가 가장 귀해. 그럼 된 것 아니냐?」

그 마음을 절절히 안다. 깊이 공감한다.

"나리?"

"홍월."

버선발로 내려와 저를 반기는 여인을 보며 비찬이 애써 웃었다. 아무것도 모른 채 그의 옷깃을 조심스레 끌어당기는 그녀가 다만 애틋하였다.

"날이 춥습니다, 나리. 안으로 드시지 않고 어이 이리 서 계시어요?"

그녀의 투명한 두 눈에 의아함이 떠올랐다. 비찬을 가만히 응시하던 그녀가 곧 걱정스러운 표정을 지었다.

"궐에 무슨 일이라도 있으시어요?"

비찬이 고개를 저었다.

"하면 혹 집안에……."

이번에도 비찬은 고개를 저었다.

"흐음……."

홍월의 옥안에 근심이 깊어졌다. 집과 궐밖에 모르는 비찬이 둘 다 문제가 아니라 하니, 홍월로서는 뭐가 문제인지 짐작도 할 수 없었다. 안색이 어두운 것을 보면 걱정스러운 일이 있는 것이 분명한데.

"나리."

그녀는 무서웠다. 비찬에게 닿기까지 얼마나 긴 시간이 걸렸던가? 언제까지 동기童妓로 남아 있을 수는 없는데, 만약 지금 그의 마음을 잡지 못한다면 앞날은 어찌 되는 것일까?

벗이란, 허울 좋은 거짓.

남녀가 서로를 담는 애틋한 진정은 숨겨지지 않는 것.

그는 지고한 좌찬성의 장자. 주씨 문중의 후계.

그녀는, 천한 기생.

더는 아니 된다며 선을 긋고, 그가 지금 여기서 안녕을 고하여도 이상할 것이 없다. 홍월의 눈시울이 차츰 붉어졌다.

"소녀가 알아야 할 것이 있는지요?"

담담한 척하려는 노력이 무색하도록 홍월의 목소리는 떨리고 있었다. 그제야 그녀의 불안을 읽은 비찬의 동공이 커졌다.

"어떤 것이든 괜찮습니다. 소녀는 괜찮으니……."

홍월의 검은 눈동자가 바이없이 흔들렸다. 다만 그것뿐인데 비찬의 마음은 무너져 내렸다.

"그런 것이 아니오."

그녀와의 만남은 어쩌면, 아주 짧은 꿈. 그렇다 하여도 깨고 싶지 않다. 날 때부터 정해지는 신분 따위에 가로막혀 떨쳐내고 싶지 않다. 계집에게 마음을 준 사내는 그토록 무모하다.

당신이 버겁다며 떠나는 계집을 붙잡지 못한 왕의 마음은 얼마나 더 많이 무너졌을까.

"들어보시오. 나는……. 나는 말이오."

운명이 얄궂어, 쉽게 이루어질 수 없는 이를 인연으로 주셨다. 그런데도 그저 고맙다. 천신께 감사하고, 월하노인께 감사한다. 이 귀한 인연, 모자란 놈에게 허락해주어 고맙고 또 고마웠다.

"어리석고, 아둔하고, 한심하고, 우매하고, 멍청하고, 고지식하고……."

자조하듯 비찬이 웃었다.

저도 이토록 포기할 수 없는데, 왕이라고 다르겠는가. 사람의 마음은 모두 같을진대, 왕이라서 무조건 괜찮을 수 있겠는가.

"그래도 그대요."

비찬이 충동적으로 홍월을 향해 손을 뻗었다. 잠시 허공에 멈추었던 손이 이내 그녀의 뺨에 닿았다.

"잊으란다고 잊어지겠소? 지우란다고 지워지겠소?"

"나리?"

"가슴에 새겨진 인연이 이토록 애틋할진대, 그저 시간이 흐른다고 쉬이 떨쳐지겠소?"

무슨 소리인지 잘 모르겠다는 듯 고개를 기울이던 홍월의 얼굴이 붉어졌다. 새빨개지는 그녀의 얼굴이 너무도 소중하다.

저와 같이 애틋한 마음으로 한 계집만 바라본 왕을 떠올렸다. 그런 왕에게 절대로 아니 된다고 매정히 고개만 저어댄 자신을 떠올렸다.

몇 달을 사내일까, 끙끙 앓아온 그의 마음. 계집이 확실하다는 말에 이제 겨우 숨 돌리려는 찰나, 불충한 신하들이 동방을 위해서라는 허울 좋은 핑계로 그녀를 빼앗아 버렸다.

「과인은 우소가 아니면 싫은데, 그깟 신분이 대체 무어라고……. 정녕 무엇이라고…….」

그러게 말이다. 신분, 그깟 게 대체 무어라고…….

여린 마음이 그 얼마나 갈기갈기 찢기었을까. 시간이 지난다고 그 슬픔이 무뎌질까. 해가 바뀐다 한들 억지로 끊어진 그 연정이 과연 흐려질까.

이미 왕이란 이유로 많은 것을 포기하며 살았다. 굶은 적 없고 추위에 떤 적 없다고 하나 그 삶이 평탄했을 리 없다. 선택한 적 없는 왕좌는 그에게서 몸의 자유도, 마음의 자유도 빼앗아갔다.

그런 그가 딱 하나, 계집 하나를 철없이 욕심내 보겠다고 한다.

정녕 아니 되는가? 물론 쉽지는 않겠지만 그 간절한 뜻을 이리 강제로 꺾을 자격이 누구에게 있는 것인가?

「과인이 왕이라서 아니 되는 거구나? 하면 과인이 왕이 아니게 되면 되는 것이냐?」

지의 마음이 곧 비찬의 마음이었다. 이제 그도 홍월이 아니면 싫었다. 그깟 신분이 무어라고 이토록 귀한 여인을 비난하고 헐뜯고 괄시한단 말인가?

가문에서 정 그녀를 받아들이지 않는다면, 비찬은 능히 주씨 성을 포기할 것이다. 내금위장 자리를 내려놓아야 한다면 그 또한 그리할 것이다.

"만약에, 내게 주비찬과 그대 중 하나만 택해야 하는 상황이 온다면……"

충심도, 효심도 연심 앞에서는 무용지물.

"나는 항상 그대요."

비찬이 힘껏 홍월을 끌어안았다.

당황한 홍월이 겨우 정신을 차렸을 땐, 비찬은 이미 저만치 멀어져 있었다. 그는 언제 그녀를 끌어안았느냐는 듯이 태연해 보였다.

"나리……."

"되든 안 되든 한 번은 부딪혀 봐야지. 아니 그러오?"

"……"

"그러니 도망가지 마시오."

그가 내금위장이고 그녀는 기생이라서, 그것이 홍월을 버겁게 하여 그녀가 도망간다면 무척 슬프리라. 세상을 다 잃은 듯 서글퍼지리라.

"곧 다시 오겠소."

비찬이 뒤돌아섰다.

지의 말이 맞았다. 세상 모두가 그의 편이 아니더라도 비찬은 그의 편이 되어주어야 했다. 모든 신하가 그에게 옳지 않다 고하여도, 비찬은 그를 이해해주어야 했다.

상왕이 막아서고, 신료들이 반대하고, 태천이 분노해도 왕께서 제계집을 위해 싸워볼 기회는 드려야 했다. 대관절 저가 무엇이라고 그를 방해했단 말인가? 어차피 사내의 마음은 다 똑같은 것을. 왕이라는 이유로 평생을 책무 속에서 살아온 그에게, 끝까지 그 책무만 생각하라고 할 수는 없었다.

그것은 너무 잔인하다.

"못된 놈."

비찬이 운소가 있는 곳을 모를 거라 생각하면서도 지는 그를 미행했다. 혹시나 비찬이 운소가 있는 곳으로 갈지도 모른다는 미련을 떨칠 수 없었다. 그러나 비찬은 지의 기대에 부응해주지 않았다. 소심하게 홍와루 앞을 한참을 서성이다 겨우 그 안으로 들어서는 비찬을 지가 원망스러운 눈초리로 노려보았다.

"저만 좋으면 그만이야? 과인의 속은 이리 타들어 가는데?"

홍월과 비찬의 관계는 일찍이 눈치 채고 있었다. 홍월이 그의 가얏고 스승으로 입궐했던 때, 두 사람이 서로를 응시하는 시선 속에서 감추지 못한 애정을 보았다. 둘이 좋다는데 훼방 놓을 생각은 없었다. 하지만 저는 운소를 찾아 이리 애타게 헤매는데, 비찬 놈이 홀랑 홍월을 만나러 온 이 상황은 무척 괘씸했다.

비찬을 더 미행해 봐야 제 속만 상할 거라 판단한 지는 미련 없이 뒤돌아섰다. 정분난 두 남녀를 가만히 지켜보고 있을 만큼 지의 속이 온화하지 않았다.

'차류를 직접 건드는 건 조금 꺼림칙하거늘.'

불행히도 다른 수가 없다. 운소가 더 멀어지기 전에, 더 달아나기 전에 잡아야 했다. 그녀가 떨구고 간 눈물이 가슴에 남아, 심장이 지져지듯 아팠다.

차류는 가장 유력한 용의자다. 물증만 없을 뿐 사실 거의 확실하다. 운소를 성공적으로 치워 버린 지금, 차류는 언제든 태천으로 돌아가 버릴 수 있다. 오가는 데만 말을 타고 보름 가까이 걸리는 거리였다. 무슨 핑계를 대고 황궁을 비운 것이든 오래 비워둘 리는 없다. 곧 돌아갈 것이다. 그 전에 운소의 행적을 잡아야 했다. 심술궂은 차류의 얼굴을 떠올리던 지가 주먹을 꽉 움켜쥐었다.

'어쩔 수 없지.'

차류는 분명 태천으로 돌아간 후에 다시 사절단을 통해 국혼을 청해올 것이다. 마치 거절받은 적이 없는 것처럼. 그럼 동방의 신료들은 역시 전하께서 자예 공주와 국혼을 치르시는구나 하며 소란을 떨어댈 것이다. 그렇게 동방과 태천의 국혼이 진행되는 것이다. 그것만은 절대 아니 될 일이다.

"내가 그냥 포기할 것 같으냐?"

순순히 당해줄 거라고 생각했다면 큰 오산이다.

"후회하게 해주지, 태천차류."

지금의 차류는 이 땅에 황제로서 온 것이 아니다. 그가 태천의 국경을 넘어 동방에 있다는 것을 아는 놈은 얼마 없다. 은밀히 온 길이니만큼 수행인원도 간소하다. 이화궁 안까지 따라오는 호위는 두 명뿐이다. 그 정도라면 해볼 만하다.

지가 불현듯 냉소하였다.

대전내시들은 후원에 구덩이를 파고 있었다. 아주 어릴 적, 상왕 몰래 무언가 묻어둔 것이 떠올랐다며 다짜고짜 땅을 파라며 지가 닦달한 까닭이다.

"전하, 아무래도 이곳도 아닌 모양이옵니다."

한때 운소의 짝내시였던 유 내관이 죽상을 지으며 고하였다. 그가 운소와 같은 방을 썼다는 사실을 기억하고 있는 지는 이 와중에도 괜히 그가 시샘 나서 계속 파라는 명을 반복했다. 손가락이 통통 붓도록 유 내관은 추위에 떨며 삽질과 맞서야했다.

"유 내관의 말이 맞다. 이곳이 아닌 모양이로다."

하도 깊게 판 탓에 유 내관은 사다리를 밟고서야 위로 올라올 수 있었다.

"다시 메우오리까?"

"되었다. 금일은 다들 지쳤을 테니 다음에 메우도록 하지. 이만 돌아가 보아라. 과인은 연화정에 잠시 앉아 있다 갈 터이니."

내관들이 고개를 갸웃거리며 돌아갔다.

멀쩡한 대장부라 해도 쉬이 빠져나올 수 없을 깊이의 구덩이를 보며 지가 흡족하게 입귀를 늘렸다. 벌써 일이 성공한 듯 뿌듯했다.

"메우긴 이걸 왜 메우느냐? 다 쓸 곳이 있어 파라고 한 것이거늘."

경비가 어찌나 삼엄한지 겨우 하나 빼돌려 손에 놓은 삽을 쥔 지의 표정이 제법 단호했다. 주변에 사람이 없는 것을 확인한 그가 구덩이 주변에 높다랗게 쌓여 있는 흙을 연못 속에 던져 넣기 시작했다. 땅을 파낸 내관들은 힘들었겠지만, 이미 흐트러진 흙을 옮겨 버리는 일은 그리 힘들지 않았다. 필요한 건 체력이었다.

흙을 퍼 나르는 일은 밤새 계속되었다. 마침내 흙을 전부 치우고 위장까지 마무리한 지가 만족스레 웃었다. 마침맞게 소복소복 내려준 눈이 구덩이를 감쪽같이 가려주었다. 당장 차류를 불러와 구덩이 속에 밀어 넣고 싶었지만, 서둘러선 될 일도 망하는 법이다. 일단은 침착하게 거사를 미뤘다. 차류의 호위를 먼저 처리해야 했다.

"과인이 바로 인내왕이지."

인내왕이지. 인내왕, 이지!

자신의 기막힌 언어유희를 들어줄 이 없음에 지는 잠깐 슬퍼하였다. 거사의 성공을 기원하며 두 손을 꼭 맞잡았다. 운소를 찾을 것이다.

만약 그녀가 정말 싫어 떠난 것이라면 고이 보내줄 것이다. 아무리 생각해도 이 인연은 아니란 생각에 도망간 것이라면, 그때 역시 말없이 놓아줄 것이다. 귀하고 또 귀해, 품에 꼭꼭 숨겨두지 못함이 안타까운 여인을 제 욕심만으로 구중궁궐에 가둬두고 싶진 않았다.

왕이라서 안 되는 일도 있다는 것, 이해하고 있다. 그가 왕이라서 그녀가 버겁다는 것 또한 알고 있다. 어쩌면 모든 것이 욕심일 것이다. 욕심에 눈이 멀어 그녀를 괴롭게 만들고 있는지도 모른다.

그가 원하는 길은 결코 쉽지 않을 가시밭길이다. 모두를 힘들게 하고, 옳지도 않은 길이다. 그 길을 굳이 가겠다고 고집부리지 말라는 청들은 틀리지 않았다. 백성과 나라의 안녕을 위해, 헛된 연심은 바람에 실어 날려 보내란 뜻은 지당한 것이었다.

그러나 이것은 아니다. 눈물 젖은 편지 한 장 덜렁 남겨두고 가는 이별은 올바른 이별이 아니다. 정녕 그를 버리고 가고 싶은 것이라면, 그 뜻은 글이 아니라 말로써 전달되어야 한다. 얼굴을 마주하고, 또렷한 목소리로 전해져야만 한다.

지가 우뚝 멈추었다. 가슴을 크게 열고서 숨을 들이켰다.

찬 공기가 폐부 깊숙한 곳까지 빨려 들어간다. 피가 차가워지며 이성이 또렷해진다. 현군이라면 이쯤에서 그만둘 것이다. 성군이라면 만백성을 위한 길로 되돌아갈 것이다.

"과인이……."

지가 불현듯 웃었다.

"미친 모양이야."

수백 번 수천 번을 다시 생각해도 운소를 놓는 것은 불가하다. 그의 옆자리가 너무 높아 운소가 올라올 수 없다면 차라리 그가 저 아래로 내려가리라. 왕자로 태어나 왕으로 길러진 지난 삶을 모조리 부정하고, 모두의 믿음을 저버려도, 그리하여 운소의 곁에 있을 수만 있다면 백 번이고 천 번이고 그리하리라.

"정녕 미친 모양이야."

운소의 모습이 눈앞에 어른거렸다.

말갛게 웃던 그 얼굴이 참으로 좋았다. 새치름하게 쏘아보는 것도 좋았고, 무심하게 고개를 돌려버리는 것도 좋았다. 처음부터 그녀라면 좋았다. 우연으로 만나 운명처럼 빠져들었다.

"과인은 네게 미쳤어."

언제나 동방이 최우선일 줄 알았다. 그 무엇보다 만백성이 먼저일 줄 알았다. 수백 군사의 목숨을 무수히 버리며 지켜온 나라. 이 애틋한 나라의 부국강병을 위해서라면 타국의 장수 앞에서도 얼마든지 고개 숙일 수 있었다. 자존심도, 자긍심도 전부 버릴 수 있었다.

바로 그 동방을 위해서라고 해도, 이 마음이 포기가 아니 된다. 오로지 그녀만의 의지로 떠난 것이 아니라면, 죽어 지옥에 떨어진다 해도 이 마음을 멈출 수가 없다.

"우소야."

아프게 펄떡이는 심장을 꾹 눌렀다.

"과인이 왕이라서 아니 된다면, 왕이 아니면 되는 것일까? 과인이 왕이라서 버거워 떠나가 버린 것이라면, 과인이 왕이 아니게 되면 네다시 돌아올까?"

하얀 한숨이 허공 속으로 흩어졌다.

차류는 슬슬 태천으로 돌아갈 채비를 하고 있었다. 애초에 단출하게 일행을 꾸려서 온 길이라 짐은 많지 않았다. 동방의 솜씨 좋은 장인이 만든 노리개 몇 개와 떨잠 몇 개가 더 늘었을 뿐이다.

'자예가 좋아하려나?'

반짝이는 떨잠을 보는 차류의 눈빛이 다정해졌다. 대국의 황제라 하나 그 역시 누이에게는 늘 약한 오라비일 뿐이었다.

드륵. 문 열리는 소리가 들렸다. 짐을 챙기던 손길을 멈추고 차류가 고개를 들었다. 문 앞에 지가 서 있었다. 차류는 그를 보지 못한 척 다시 고개를 돌렸다.

"차류."

"……."

"차류우우."

징글맞은 애교를 부리며 지가 차류의 팔에 달라붙었다. 기겁을 한 차류가 팔을 빼냈다.

"사내놈이 이 무슨 해괴망측한 짓이냐?"

"가는 것이냐?"

못 볼 꼴을 당했다. 질린 표정을 하는 차류를 보면서도 지는 방싯방싯 잘도 웃었다. 하여간 이상한 놈.

"당연한 것 아니냐? 이 좁은 방구석에 있으면 얼마나 더 있겠느냐? 온몸이 쑤셔 죽겠다."

"더 좋은 방으로 옮겨주면 며칠 더 머물다 갈 테냐?"

"미쳤느냐? 또 무슨 수작질을 하려고?"

"수작질이라니? 지금 좀 서운해지려고 한다, 차류."

지가 침울해했다. 차류는 찰나 죄책감을 느꼈다.

"찾아온 용건이나 말해."

"야멸찬 놈."

입술을 비죽거린 지가 차류의 옆에 얌전히 앉아 그를 빤히 쳐다보았다. 시위라도 하듯 입을 꾹 다문 그의 시선이 짜증나서 차류의 눈썹이 꿈틀거렸다.

"이지."

"……."

"용건을 말하래도?"

"왜 그리 급히 가려는 것인데? 돌아가서 무얼 하려고?"

지가 뚱하게 물었다.

한숨을 폭 내쉰 차류가 고개를 살래살래 흔들었다.

"급히는 무슨 급히야? 궐에만 있어서 거리감이 무뎌진 모양인데, 오가는 것만 보름은 걸리는 곳이다. 당장 출발해도 황궁에 도착하는 것은 이레에서 여드레 뒤. 언제까지 황궁을 비워둘 수는 없잖으냐?"

"하여도 서운하다. 몇 년 만에 만난 것인데."

"그리도 애틋한 분을 이리도 푸대접했느냐?"

"……."

"국혼에 대해 잘 생각해 봐라. 자예와 혼인을 하면, 그래도 가끔은 만날 수 있겠지."

"그건 이미 끝난……."

"시끄럽다. 억지 부려 될 일이더냐?"

"……."

"네 방황은 이해해. 하나 그것은 방황으로 끝내야지. 네가 왕이라는 걸 잊어선 곤란해. 네가 거절한 이가 태천의 공주라는 것을 잊어서도 아니 되고. 네 답신은 나만 보았다. 아직은 되돌릴 여지가 있어. 머리를 차갑게 식히고, 차분히 중궁을 맞이할 준비를 해."

"그 국혼, 정녕 강행하고 싶더냐?"

차류를 쏘아보던 지가 퉁명하게 물었다.

"나도 내 소중한 누이를 마음이 딴 데 있는 놈에게 주고 싶지는 않다. 그러나 네가 왕이듯 나는 황제지. 내겐 지켜야 할 것들이 있어. 너의 그 불같은 마음은 시간 지나면 꺼질 것이다."

"예를 들자면, 명예 같은 것 말이냐? 이미 혼인을 청하였는데, 소국 따위에게 거절당할 수 없다는 같잖은 체면 같은 것?"

"그 말도 틀린 말은 아니지. 거절을 해도 내가 해. 태천은 거절하는 쪽이지, 거절당하는 쪽이 되어선 안 돼. 설령 내가 이해한다 해도 다른 이들은 용납하지 않을 테니."

차류가 한숨을 쉬며 덧붙였다.

"너 싫다며 달아나버린 천것 때문에 모든 것을 망치지 마라. 너는 그 계집을 얻을 수가 없어. 그런데도 태천과의 우호를 버리려고 하느냐? 북쪽의 오랑캐가 날로 강성해지는데, 태천마저 적으로 돌리려고 하느냐? 네 나라의 안위가 그토록 하찮더냐? 모두가 네 무례를 성토한다면, 내가 어찌 하염없이 네 편만 들까?"

구구절절 옳다. 그러나 다 틀렸다. 운소가 그를 버리고 갔다고 해도 이렇게 이별할 생각이 지에겐 없었고, 그녀를 갖겠다고 억지 부리다가 전부 잃게 되어도 괜찮았다. 그는 이미 그녀에게 눈멀었다.

"차라리 내가 불능자라고 하는 건 어떨까? 서지도 않는 놈에게 공주를 보낼 수는 없지 않으냐?"

지가 진지하게 말했다.

"무어?"

황당하다는 듯 차류의 목소리가 커졌다.

"평생 비妃도 들이지 않고 궁상맞게 혼자 늙어 죽으마."

"너, 너, 그걸 지금 말이라고……."

차류는 두통이 일었다.

"왕이라는 놈이 대는 이어야 할 것 아니냐?"

"양자라는 좋은 제도가 있다."

"정녕 미친 게냐?"

"내가 미친 것이 하루 이틀은 아니지."

"돌아도 단단히 돌았구나."

"새삼스레."

"허, 말을 말자. 지금은 말이 통하지 않는구나. 한 달 뒤에, 아니면 두 달 뒤에…… 여하튼 네 머리가 식은 뒤 다시 이야기하는 게 낫겠다."

"차류야."

"풀 죽은 목소리로 부르지도 마라. 네 목을 조르고 싶어지니까."

"……"

"전부 한순간 바람이다. 모두 지나갈 바람이란 말이야. 가는 바람을 붙잡으려 하니 네 정녕 어리석구나."

"나는 잘 모르겠다. 하지만……"

지의 표정이 미묘해졌다. 입술을 잘근 깨문 그가 체념하듯 웃었다.

"네가 내게 틀린 말을 한 적은 없지. 그래, 한 번 믿어보마. 한 달이 지나고 이 바람이 정녕 지나간다면, 그때 다시 이야기해보자."

지가 갑자기 순순해지자 차류는 의심스럽다는 듯 미간을 찡그렸다.

내가 지에게 틀린 말을 한 적이 없던가?

차류는 문득 자문했다. 그의 안색이 미미하게 굳었다.

지만 보면 골려대는 재미에 살던 때도 있었다. 메주는 팥으로 쑤는 거라는 태연한 그의 말에 속아 넘어간 지가 다른 이들에게 그리 말했다가 비웃음을 당한 적도 있다. 그런 일이 한두 번이 아니었다.

그 일들을 모두 잊고 순진무구한 믿음으로 가득 차서 저를 보는 지를 보니 양심이 쿡쿡 찔렸다.

차류는 과거의 일은 황급히 묻어두기로 했다.

"드디어 그럴 생각이 들었다니, 잘 판단했다."

"하지만 지금의 이 마음은 어찌하느냐? 실연당해 찢겨진 이 가슴은 어찌해?"

세상을 다 잃은 어린애 같은 표정을 짓고 있는 지의 모습에 차류는 잠시 말문이 막혔다. 여인을 은애하여 혼자 가슴앓이 해본 적도 없고, 누군가를 진정으로 귀애해본 적도 없는 차류는 실연의 아픔과 그리움을 떨쳐낼 방법을 알지 못했다.

"그것은……."

"술이 고프구나."

지가 혼잣말처럼 중얼거리자 차류가 격하게 고개를 끄덕였다.

"술? 그래, 술이 실연에 좋다고는 하더구나."

"한데 넌 곧 가버릴 것이라며? 혼자 무슨 맛으로 술을 마시느냐?"

"금일 밤이 있지 않으냐?"

"흐음."

지가 미적지근한 반응을 보였다.

차류는 싸던 짐을 옆으로 치우고서 지에게 바투 다가가 앉았다. 이 옹고집 같은 놈이 겨우 그 내시 계집을 포기할 마음을 먹을락 말락 하는데, 짐 싸는 게 뭐 중한가?

"그래, 오늘 밤 한잔하자! 풀리지 않던 문제도 술을 마시면 술술 풀리지 않더냐? 그래서 이름도 술이라고……."

"……."

"농이다. 그리 정색하고 볼 것은 또 무어냐? 어쨌든 우리 사이의 서운함도 술이 채워줄 수 있을 것이야."

"흐음……."

"글쎄, 미적대지 말고 술 한잔하재도?"

차류가 채근했다. 지가 마지못해 고개를 끄덕였다.

"무어, 좋다. 그럼 연화정에서 한잔하자꾸나."

"연화정? 날이 찬데 밖에서 마시자는 것이냐?"

"술은 운치와 함께해야 하는 법. 그깟 추위가 무슨 대수라고 풍류를 포기하자는 것이야? 연화정이 싫다면 술 따위 아니 마실 것이다. 서운함도 그대로 남겨두고, 앙금도 남겨두고……."

"누가 싫다더냐? 나는 다만 네가 고뿔에라도 걸릴까 염려한 것이지."

"아, 그런 것이야? 나는 또 그 용맹한 태천차류가 설마 추위에 겁을 집어먹은 줄 알았지. 고뿔은 무슨. 나는 괜찮으이."

"그럼 연화정에서 보지."

"준비가 끝나면 사람을 보내마."

지가 속으로 빙그레 웃었다.

이 엄동설한에 밖에서 술은 무슨.

이게 다 덫으로 네놈을 잡으려는 내 잔망스러운 계략이지.

4

동방에서의 마지막 밤이었다.

먼저 대서강을 건넌 후 기다리고 있으면 태천의 황제가 사람을 보내주기로 하였다. 이렇게 떠나면 다시는 그녀의 왕을 만날 수 없다. 그 잔인한 사실에 운소는 아팠다.

"운소야, 괜찮으냐?"

이불을 뒤집어쓰고 누워있는 누이를 우소가 걱정스럽게 불렀다. 누이의 이마를 짚어보던 우소의 표정이 허물어졌다. 흐느낌도 없이 흘러나온 눈물이 누이의 관자놀이를 적시고 있었다. 베개는 축축해진 지 오래였다.

"운소야······."

말간 그의 웃음은 햇살과도 같았는데. 그 웃음이 세상 모든 시름을 잊게 할 만큼 따뜻하였는데. 웃는 것이 가장 멋진 그녀의 왕이 저로 인해 혹여 귀한 용루를 흘리고 계시면 어쩌나?

젖은 제 이마를 다독여주는 오라비의 손길이 다정하여 운소는 두 눈을 질끈 감았다.

운소야, 하고 불러주는 오라비의 목소리 위에 용음이 겹쳐진다. 그는 단 한 번도 그녀를 '운소야 하고 불러준 적이 없다. 그녀의 진짜 이름을 몰랐으니까.

진작 말씀드릴걸. 그래서 운소야, 하고 다정히 불러주는 용음을 한 번이라도 듣고 올걸.

"아파도 일어나야 한다. 곧 떠나야 하느니."

아픈 누이를 재촉하는 우소의 마음도 불편했다. 차마 떨어지지 않는 발걸음을 옮겨야 하는 누이가 한없이 가여웠다.

모든 것이 제 탓처럼 느껴졌다. 그가 운소만 두고 떠나지 않았다면 그녀가 궐에 들어갈 일은 없었을 것이다. 그녀가 궐에 들어가지 않았다면 왕과 만나게 되었을 리도 없다. 그랬다면 아픈 심장을 그러쥐고 타국으로 도망쳐야 할 일도 없었겠지.

"알아. 일어날 수 있어."

운소가 웅얼거리듯 대답했다.

"미안하구나."

"오라버니가 미안할 일이 아닌걸."

운소가 힘없이 몸을 일으켰다. 눈가를 쓱쓱 닦는 그녀를 우소가 가만히 끌어안았다. 넝마가 된 마음이 안쓰러웠다.

"다 괜찮아질 것이다."

"오라버니······."

"괜찮다. 전부."

운소는 소리 죽여 흐느꼈다.

"이 누이는 잊는 법을 모르는데, 혹 전하께서도 모르면 어떡해? 그
것이 마음 쓰여서……."

"전하께선 강한 분이시니, 필시 잘 견뎌내실 것이야. 그리고 지금
까지 그랬듯 앞으로도 동방을 굳건히 지켜주시겠지."

"정녕?"

우소의 말처럼 그가 강한 분이면 얼마나 좋을까? 피도 눈물도 없다
는 소문 속 모습이 그의 참모습이라면 또 얼마나 좋을까?

「네가 잘하면 되지 않으냐? 그러하면 과인이 울 일 없을 터이니.」

세상의 누가 알겠는가?

동방의 왕께서 그토록 눈물 많은 분인 것을. 툭하면 굵은 용루를 뚝
뚝 떨어뜨려 그녀를 참 많이 난처하게 하셨음을.

용루 흘리지 않도록 잘 좀 해 달라던 용음이 귓가를 맴돈다.

「우소야, 과인을 한 번만 믿어봐.」

그녀가 저를 능멸한 것을 알고서도 그는 화 한 번 내지 않았다. 그
저 믿어 달라 하였다.

짧다면 짧은, 일 년도 채 되지 않는 시간. 그러나 소중한 기억들은
너무도 많다. 잊고 싶지 않은 추억이 마음에 가득하다.

처음 만난 날. 겁 없이 그에게 화를 낸 날. 웃던 그. 말갛게 웃던 얼
굴. 헤엄을 못 친다고 허우적거리던 모습. 천상의 대금가락. 벗이라면
신어 달라, 억지로 건네던 비단꽃신. 꽃신을 신고서 너와 신 모양이

꼭 같으니 기쁘다며 또다시 웃던 왕. 손이 다 뜯겨지도록 연습했던 가얏고. 힘없는 백성을 위해 흘린 눈물. 은애하느니, 진정어린 마음⋯⋯.

닿지 못할 임이라 이 마음속으로 들어오지 않았으면 하였다. 아니될 연이라 감히 바라지도 않으려고 하였다. 그러나 이미 그리되어버렸다. 이젠 이 마음을 어찌 잘라내면 좋을지조차 알 수가 없다.

그럼에도 끝내 그를 믿지 못하고 도망가는 이 나약한 계집을 그가 얼른 잊어버리기를.

"그래, 정녕. 이것이 옳아."

우소가 운소를 토닥였다.

운소는 말없이 고개를 끄덕였다.

마음이 지독이 아팠다. 열병이다. 그가 따뜻해서 걸린 병이다. 그가 다정하고 또 상냥하여, 기어이 걸려버린 불치병이다.

한 번이라도 미워해 주시지. 한 번이라도 외면하여 주시지.

그 티끌의 거짓조차 없던 진정. 온 마음 다 바쳐 그녀를 담던 눈동자.

밀어내고 몰아내도 슬금슬금 들어와 버린 왕은 그렇게 운소의 마음을 빼곡히 채워버렸다. 그의 따뜻함에 흔들리지 않을 방도가 없었다.

만약 시간을 되돌릴 수만 있다면, 그래서 그를 만나기 전으로 되돌아갈 수만 있다면 꽁꽁 숨어버리리라. 만나면 필시 은애하게 될 것을 알기에, 영원히 그를 만날 수 없는 곳에 스스로를 가두리라.

"네, 괜찮아질 것이지?"

운소가 힘겹게 고개를 위아래로 움직였다.

그녀의 머리를 쓰다듬으며 우소는 잠시 두 눈을 감았다.

괜찮을 리가. 괜찮아질 리가. 다시는 왕을 만날 수 없고 닿을 수도 없다. 전하지도 못하고 접어야 하는 마음이 멀쩡할 리가 없다.

"이 오라비가 네 곁에 있을게."

그저 함께해줄 수밖에.

꽃은 피고 지고, 달은 차고 기울고……

모든 것은 비워지게 마련인데, 어이하여 이 마음은 흘러넘치기만 하는가?

늦겨울. 창백한 달빛이 수면 위로 떨어진다. 뻗으면 닿을 듯, 물속에 달이 잠긴다.

그 달 위에 지는 운소를 겹쳐 보았다. 웃고, 울고, 기뻐하고, 슬퍼하고, 화내고, 고민하는 그녀의 얼굴.

알면 알수록 더 알고 싶은 그 자그마한 얼굴.

그립고, 또 그리워라……

그런데 참 이상한 일이다. 그토록 다양한 표정을 보았는데 막상 떠올리려고 하면 아무것도 떠오르지 않는다. 그녀의 눈코입이 아득히 멀어져서 어떻게 웃었는지, 어떻게 울었는지 전혀 기억나지 않는다. 이대로 영영 잊어버릴까 두렵다.

뽀드득뽀드득.

눈 밟히는 소리가 들렸다. 지가 고개를 들었다. 빈 술잔을 손에 쥔 지의 눈빛은 거나하게 취한 듯 흔들리고 있었다. 등불을 들고 걸어오던 차류를 보고는 그가 활짝 웃었다.

"이게 뉘신가! 대륙의 주인, 태천차류 님 아니신가!"

"그래, 이 몸이 대륙의 주인, 차류 님이시다."

차류가 너스레를 떨며 대꾸했다.

"무얼 그리 꾸물거리며 걷는 것이야? 얼른, 얼른, 얼른 오란 말이다!"

저놈이 내 숙명적 경쟁자이자, 운명의 동반자라니. 차류가 고개를 내저었다. 한숨이 폭 새어나왔다.

"벌써 한 잔 했느냐?"

"당연한 것 아니냐? 이리 추운 날, 술이라도 미리 마시고 있어야지!"

지가 헤벌쭉 웃었다. 그 웃음이 어쩐지 서글퍼 차류는 지가 안타까웠다. 하지만 국혼은 포기할 수 없다. 내시 계집에 대한 마음을 완전히 단념시킨 후 다시 진행시켜야 한다. 불안한 앞날을 보장해주는 것은 피로 맺는 혈맹뿐이다. 그마저도 완벽하진 않겠지만.

"네 호위들은?"

"어딘가 있겠지."

차류가 시큰둥하게 대답했다. 호위들에겐 멀리 떨어져 있으라고 명했다. 지가 그를 위험에 처하게 할 리 없으니, 딱히 호위가 필요한 순간도 아니었다. 지금은 둘만의 이야기장이 절실했다.

"우리 둘뿐인가?"

"그렇다."

만족스러운 듯 입술을 늘린 지가 홱 뒤돌아서더니 이내 비틀거렸다.

"이지!"

그가 넘어질까 봐 놀란 차류를 비웃듯이 지는 못가를 따라 휘청휘청 걸었다.

"거, 목청은……."

혀꼬부랑 말투로 지가 중얼거렸다.

도대체 혼자 얼마나 퍼마신 것이지? 무심코 연화정에 시선을 던진 차류가 눈썹을 찡그렸다. 네댓 병의 술병이 나뒹굴고 있었다. 가볍게 한 잔 한 정도가 아니었다.

"한두 잔도 아니고, 도대체 뭘 얼마나 마셨느냐?"

연못 주변을 위태롭게 걷고 있던 지가 크게 기우뚱거렸다. 그대로 연못에 처박혀도 이상할 것이 없는 상황이었다.

결국 보다 못한 차류가 그를 향해 뛰었다.

"위험하게 대체 뭐하는 짓…… 헉!"

땅이 푹 꺼진 것은 딱 다섯 발자국 만이었다. 우지끈, 나무 부러지는 소리가 나더니 몸이 아래로 쑥 빨려 들어갔다.

"윽!"

흙구덩이였다. 바닥엔 뭔가 푹신한 것이 깔려 있었다.

왜 왕궁의 후원에, 이 따위 함정이 있는 것이지? 어이없고 황당한 마음은 일단 제쳐두고 밖으로 빠져나가기 위해 차류가 주변을 살폈다.

잡을 곳이 마땅치 않았다. 손으로 잡거나 발로 디딘 부분은 허물어져버리기 일쑤였다. 뛰어서 오르기엔 높이가 있었다.

문득 머리 위에서 쏟아지던 달빛이 사라졌다. 고개를 꺾어든 차류의 표정이 찌푸려졌다.

"이지!"

"드디어 잡았구나!"

지가 손뼉을 짝 쳤다. 표정은 보이지 않았다.

"이 미친놈! 이게 무슨 짓이냐?"

"그야 지금부터 알아 가면 되지 않겠느냐?"

혀꼬부랑 소리가 완전히 사라졌다. 불현듯 머리털이 쭈뼛 섰다. 저 계집에 미친놈이, 작정하고 그를 낚았다. 미친놈, 미친놈 했더니 진짜 미친 게 분명하다.

"상대를 잘 알면 속이기도 쉽지. 차류, 너는 나를 너무 쉽게 보았다."

"무어?"

"호위도 없이 와주어서 고맙다. 그럴 것 같아서 저지른 짓이지만."

차류의 입매가 비틀렸다. 인정한다. 지를 너무 쉽게 봤다. 이쯤 되면 체념시킬 수 있을 줄 알았다. 그가 함정을 파놓고 기다릴 줄은 미처 몰랐다. 넘어질 듯 비틀거리는 지를 보고 뛸 때에도 이런 상황은 예상하지 않았다.

"내게 이런 짓까지 하고서 아무 일 없을 줄 아느냐?"

차류가 으름장을 놓았다.

"그리 화내지 마이, 차류."

발 닿는 거리였다면 저 엉덩이를 흠씬 걷어차 버렸을 텐데.

차류의 표정이 구겨졌다.

"지금의 너는 태천의 황제가 아니라 일개 사신이지 않으냐? 누가 내게 책임을 물을까?"

"그래, 내 지금 일개 사신이라 치자. 하지만 타국의 사신은 황제를 대신하여 온 것. 즉 태천의 사신을 대하는 것은 태천의 황제를 대하는 것과 같을진대, 네 어찌 이리 태천의 사신을 막 대하느냐?"

"막 대하다니? 그런 적 없다. 음해하지 마라."

지의 뻔뻔한 태도에 어이가 없어 차류가 탄식을 흘렸다.

"허?"

"네가 간과한 것이 하나 있지. 사실 지금의 넌 비공식적인 사신조차 되지 않는다. 너의 신하들이 네가 지금 동방에 있다는 것을 아느냐? 내 허물을 덮어주고자 네 행선지를 알리지 않고 몰래 온 것이 아니냐? 갑자기 겨울 사냥이라도 가겠다고 둘러댔을 테지."

정확하다. 이럴 때만 약아빠진 놈.

"오지도 않은 사신을 내가 어찌 막 대할 수 있을까?"

"정녕 돌았구나."

435

"그래, 돌았다."

"계집에게 눈이 멀어 힘들게 지킨 나라를 망칠 셈이냐? 네 백성들은 보이지 않는 것이냐?"

쓸쓸한 웃음소리가 나직하게 흩어졌다.

돈 것이 맞다. 돌아도 아주 제대로 돌았다. 그런 게 아니라면 애초에 내시라고 알고도 그리 푹 빠져버렸을 리 없다. 처음에야 계집인 줄 착각하였다지만, 만중에게 내시라는 말을 듣고도 포기할 수가 없었다. 그리 오래전부터 지는 오로지 운소만 생각하였다. 현군도, 성군도 바라지 않게 되었다. 그토록 그녀만 바라는데, 세상 모두가 안 된다고만 한다. 그런데 어떻게 제정신일 수 있겠는가?

"만백성이 행복해진들 그 속에 우소가 없다면 무슨 의미일까?"

차류가 두 눈을 굳게 감았다 떴다. 뜨거워졌던 머릿속이 차게 식는다.

"지야."

"그래, 아마도 정녕 돌아버린 것이겠지. 이 정신이 어떻게 되어버린 것이겠지. 하지만, 차류야. 가장 아끼는 이를 가장 소중한 벗이 빼앗아간다면 누구나 그렇지 않겠느냐?"

차류가 입술을 깨물었다. 저 한심하고, 미련하고…… 애틋한 벗을 어찌해야 하나?

"정녕 모든 것을 그르칠 것이냐? 우리의 맹세를 깨뜨리고, 약조를 내던지고, 수만 백성의 피를 밟고선 군주의 책임마저 망각한 채, 그저 날뛸 것이냐? 그러지 마라. 너를 위해 죽어간 네 백성들을 생각하고, 네가 융숭한 동방으로 이끌기를 바라며 물러난 상왕을 생각하여라. 모두를 실망시키고 배반할 만큼의 가치가 그 계집에겐 없다. 옥새의 무게를 그리 가볍게 여겨선 아니 되잖아."

"모르겠다. 네가 백 번 옳고 내가 천 번 틀렸다 해도, 나는 잘 모르겠다. 우소가 정녕 가겠다면, 기어이 가고 말겠다면……. 그래, 그때는 보내줄 것이다. 하지만 이런 식은 싫다. 적어도 마주 보고 이별해야 하지 않겠느냐? 그것이 옳지 않으냐? 이리 가버리면 내 마음은 끝맺어지지 않고, 영원히 이 지옥 속에서 헤매지 않겠느냐?"

담담하던 지의 목소리가 가늘게 떨렸다. 꺾고 꺾어도 꺾이지 않는 그의 마음이 차류는 막막하였다.

"마주 보고 이별? 그게 무어 중요하느냐? 어차피 결과는 변하지 않을 것을. 그 비천한 계집을 떨쳐내라. 시간 지나면 잊힐 것이다. 왕이니 왕답게 왕의 격에 걸맞은 이를 비로 맞을 준비를 하여라."

공허한 한숨이 흩어졌다.

"너도 비찬과 같구나."

고작 계집 하나. 국모의 자리에 어울리지 않는 천것.

그러나 무릇 마음이란 기묘한 것. 눈 먼 마음은 그 어떤 것도 보지 못한다.

"결국 모두가 같은 말을 해."

차류가 눈썹을 찡그렸다.

툭, 툭.

축축한 무언가가 위에서 떨어져 내린다.

"내가 너무 높고 그녀가 너무 낮아 아니 된다면, 날 때부터 정해진 존귀가 그리도 달라 아니 되는 것이라면, 그렇다면 내가 내려가면 되는 것이냐?"

"무슨 소리냐?"

"내 나라를 사랑하였다. 아끼고 소중히 여겼다. 부강한 나라를 원하였고, 누구 하나 주린 배로 고통 받지 않기를 바랐다. 부왕의 기대에 어긋나지 않도록 번뇌하고, 감내하였다. 그것이 내 행복이라 믿었다."

"……."

"이젠 그 모든 것이 부질없구나."

차류가 미간을 닦았다. 손끝에 물기가 묻어났다. 위에서 떨어지는 벗의 목소리가 속절없이 떨리고 있었다.

"이지, 너……."

"약조하마, 차류. 옥새를 내려놓겠다. 상왕이 되어 물러나겠다. 종친 중 훌륭한 이를 뽑아 왕세제로 삼고, 그에게 왕좌를 주겠다. 네가 원하는 것은 자예와 동방왕의 국혼일 테지. 굳이 내가 아니어도 되는 것 아니냐? 조금만 기다려다오. 자예에게 더욱 어울리는 지아비를 찾아주겠다. 그저 너는……."

차류의 표정이 일그러졌다. 편두통이 일었다.

"우소만 내게서 빼앗지 말아다오."

저 쇠고집을 어찌 꺾으랴? 아비도, 어미도 하지 못한 것을 한낱 지우에 불과한 자가 할 수 있으랴?

모두가 평화로워도 그 속에 정운소가 없으면 싫은 것이다. 모두가 행복하여도 그 속에 정운소가 없으면 견딜 수 없는 것이다. 성군도, 현군도 지금 지의 목표는 아니다. 그 모든 것이 지금의 지에겐 무의미하다.

차류는 체념하듯 한숨을 내쉬었다.

"대서강 여우나루로 가라."

이젠 그도 모르겠다.

"차류!"

환호성 가까운 부름이 들려왔다.

"역시 넌 내 최고의 벗이다!"

"됐고, 이제 꺼내주기나 해다오."

"글쎄, 그건 아직……."

"뭐, 아직?"

"내가 너를 모르느냐? 당장은 내게 져주는 것 같아도, 거기서 나오면 또 마음이 변할 것이잖아. 우소가 달아날 때까지 나를 꽁꽁 묶어두고 체념시키려 할 게 뻔하지 않으냐?"

"허?"

"한 시진쯤 뒤에 사람을 보낼 테니 너무 걱정 말거라."

그 말을 끝으로 지가 사라졌다.

혼자 남겨진 차류는 어이가 없어서 한동안 굳어 있었다. 떨어뜨려 놓고 온 호위들은 지의 수족에게 발이 묶여 있을 것이다. 이대로 누군가 발견해주기만을 기다려야 하는가?

"이지!"

대답은 돌아오지 않았다.

마구간에서 말을 챙겼다. 갈색 갈기가 윤기 나는 준마였다.

마침 내반원으로 돌아가고 있는 상책내시가 보였다.

"상책!"

상책이 화들짝 놀라며 얼른 읍하였다.

"아이고, 전하. 밤눈이 어두워 미처 알아 뵙지 못했사옵니다."

"괜찮다. 그럴 수도 있지. 이걸 만중에게 좀 전해다오."

"예? 아……. 그리하겠사옵니다."

갑작스러운 명에 어리둥절해하던 상책이 곧 얌전히 고개를 숙였다. 만족한 지는 상책에게 돌돌 말린 서신 한 장을 쥐어주고는 말에 올라 탔다.

그때였다.

"전하!"

누군가 그를 불렀다. 비찬이었다.

"여우나루로 가옵소서!"

저놈이 모른다고 딱 잡아떼더니, 알고 있었구나. 나쁜 놈.

"벌써 알고 가시려던 참이십니까?"

지의 굳은 얼굴을 보고 비찬이 조심스럽게 물었다. 그의 고개가 비뚜름하게 기울었다.

"어찌 알아내셨습니까?"

"다 아는 수가 있다."

지가 퉁명스레 대꾸했다.

"전하, 설마!"

"그래! 과인이 사고 좀 쳤다!"

지가 버럭 목청 높였다.

"사고라니요?"

"놀랄 것 없다. 아주……. 그래, 아주 사소한 사고야. 정말 사소하지."

지가 엄지와 검지를 거의 붙일 듯이 들어 보였다.

"여하튼 그게 중요한 게 아니지 않으냐? 당장 여우나루로 가야겠다."

"그 차림으로 말씀이십니까?"

지는 그제야 제 펄럭대는 곤룡포를 보았다. 그는 잠시 난처해하더니 곧 곤룡포를 벗어 던졌다. 그리고는 하얀 무명내의를 흡족하게 바라보는 것이다.

"전하, 설마 그 차림……."

"이러다 늦겠다, 비찬아. 어서 가자."

지가 뛰어나가자 비찬이 아연해서 뒤따랐다.

그 뒤로 충실한 호위 몇이 따라붙었다.

만중은 상책이 전해준 서신을 멍한 눈으로 바라보았다.

노안이 더 심해졌나? 그는 꼼꼼히 서신을 살폈다. 필체는 분명 전하의 것이 맞는데…….

연화정 근처의 귀객을 찾아라.
대서강 북부 삼성을 주겠다고 달래라.

눈을 벅벅 비빈 만중의 입이 떡 벌어졌다.
대서강 북부 삼성을 주겠다고 적힌 것이 분명하다. 눈이 이상한 것이 아니다.
서신에는 반시진 뒤에 가보라고 적혀 있었지만, 안절부절못하고 엉덩이를 들썩대던 만중은 일각 만에 비원으로 향했다.
어둡게 푹 꺼진 곳이 보였다. 등불을 들고 다가가 보았다. 그 깊이가 무척 깊어 어지간해서는 혼자 나올 수 없을 듯했다.
"누구냐?"
불빛이 일렁대자 사내가 비딱하게 고개를 들었다.
"폐하?"
"상선이냐?"
"예, 소인 만중이옵니다. 어, 어쩌다가 그런 곳에…….”
대형 사고도 이런 대형 사고가 있나?
"어쩌다 이 꼴이 되었는지는 네 주군이 더 잘 알겠지."
차류가 신경질적으로 쏘아붙였다.
딸꾹. 만중은 갑자기 터진 딸꾹질을 참았다.
"저어, 폐하, 대서강 북부 삼성 중 하나를 받으시고 노여움을 푸시는 게 어떠실지…….”
그 중요한 곳을 주며 달래라는 이유가 이것이었나?
"허? 영토로 나를 꼬셔보겠다?"
차류가 실소했다. 만중은 식은땀을 흘리며 주군을 향한 분노의 속말을 쏟아냈다.

"썩 나쁘지 않은 조건이라고 감히 생각하온데……."

"짐에게 이런 수모를 주고서 고작 성 하나가 좋은 조건이라니, 농이 지나치구나."

차류가 손가락 세 개를 쫙 폈다.

"삼성."

"폐하, 삼성은 조금……."

"애초에 셋 모두 주라고 했을 터인데? 설마 그 정도 각오도 없이 짐을 이리 박대했을까?"

만중이 마른침을 삼켰다. 삼성 모두 공으로 내어줄 수는 없으니 그중 하나로 막아보려고 했는데, 역시 통하지 않는다. 누가 죽마고우 아니랄까봐 이럴 때만 서로의 속을 척척 잘도 알아낸다.

"그것으로 전부 잊어주실 것이옵니까?"

"어디 가서 떠들 만한 것도 못 된다."

"그럼 역시 하나로……."

"물론 수틀리면 못할 것도 없지."

어떻게든 성 하나로 협상을 마무리 지으려는 만중의 애잔한 노력을 차류는 단호히 쳐냈다.

"어차피 삼성 모두 태천의 것이었다. 이제 와 잃는다고 하여 아까울 것도 없지 않으냐? 고작 성 세 개가 아까워 전쟁이라도 할 테냐?"

만중이 길고 무거운 한숨을 내쉬었다.

"폐하의 뜻대로 될 것이옵니다."

"구덩이에 처박힌 대가로 나쁘지 않구나."

차류가 뒤끝 없는 유쾌한 웃음을 지었다.

대서강을 넘어 북쪽으로 이틀쯤 올라가면 태천의 땅이다. 여우나루
는 그 대서강을 건너는 주요 길목 중 하나로 겨울에도 얼지 않았다.

막 동이 트는 동녘 하늘을 운소가 멍하니 응시했다.

'만수무강하시옵소서.'

이화궁이 있는 방향을 향해 사배를 올렸다. 눈동자가 소리 없이 흔
들렸다. 이젠 정말 이별이다.

차디찬 바닥에 무릎과 손바닥이 닿을 때마다 운소는 이별을 절감하
였다.

제 발로 떠나온 길, 돌이킬 수 없다.

"어서 타시오."

두 객을 사공이 재촉했다. 사연 많아 보이는 오누이를 사공이 힐끔
거렸다. 아무것도 묻지 않는 대가로 삯을 두둑이 받았지만 호기심마
저 떨칠 수는 없었다.

"출발할 테니 자리에들 앉으시오."

"예, 어르신."

사공이 천천히 노를 젓기 시작했다. 나룻배가 대서강을 가로지르며
움직였다.

떠나온 곳을 물끄러미 바라보고 있던 우소가 미간을 찌푸렸다. 멀
리서 말 몇 마리가 흙먼지를 일으키며 달려오고 있었다.

이윽고 목청 터져라 외치는 목소리가 들려왔다.

"우소야!"

우소가 깜짝 놀랐다. 운소를 쳐다보니 그녀 역시 놀란 듯 두 눈을
동그랗게 뜨고 강변을 보고 있었다.

"우소야! 가지 말거라! 가지 말란 말이다!"

목이 쉬도록 외쳐 대던 그가 말에서 뛰어내려 강으로 달려들었다. 무릎까지 잠기는 곳에 서서 그는 지치지도 않고 운소를 불렀다.

"우소야! 정우소! 게 서라고 과인이 명하고 있지 않으냐!"

우소는 황당해서 그를 쳐다보았다.

어떻게? 도대체 어떻게 알고 왔지? 아니, 그것보다 아직 운소의 이름도 제대로 모르시는 것인가?

"정우소! 우소야! 가지 말거라! 제발, 돌아오란 말이다!"

우소는 다시 운소를 곁눈질했다. 그녀는 하얗게 질려서는 바들바들 떨고 있었다. 더 이상 못 참겠다는 듯 운소가 며칠 새 부쩍 마른 손으로 귀를 틀어막았다.

"모든 것이 꿈이라고 말해줘, 오라버니."

애원하는 누이를 우소가 말없이 끌어안았다.

그녀의 슬픔, 고통은 그녀의 왕에게 보이지 않을 터였다. 애초에 안될 연이라 생각했기에 제 이름조차 알려주지 못했던 그 애틋함이, 왕에게는 닿지 못할 것이다.

겨우 참아내던 눈물이 끝내 운소의 눈에서 다시 흘러내렸다.

"그래, 꿈이다. 모든 것은 찰나의 허무한 꿈. 한숨 자고 일어나려무나. 꿈에서 깼을 땐 모두 끝나있을 테니."

우소가 속삭였다.

이 상황이 난처한 듯 노 젓기를 멈추고 있던 사공이 조심스레 묻는다.

"어찌하겠소?"

"건너가 주십시오."

우소가 단호히 답하며 누이 대신 왕의 마지막 모습을 눈에 새겨 넣는 순간이었다.

왕은 자신을 가로막는 강물이 야속한 듯 발을 동동거리더니 물속으로 뛰어들려고 했다.

이 추위에?

얼음장 같은 물에서 사람이 얼마나 버틸 수 있을지 가늠해보던 우소의 안색에서 핏기가 가셨다.

"전하, 위험하시옵니다!"

"위험! 위허엄? 위험해서 무어? 뭐 어쩌라는 것이야?"

"아니 되옵니다, 전하! 그만 멈추시옵소서!"

"되고 아니 되고는 글쎄, 과인이 결정한대도? 어서 놓아라!"

옥신각신 다투는 소리가 흐르는 물소리에 묻혀 희미해졌다.

우소가 미간을 찡그렸다.

"운소야, 너의 왕께선 꽤 난폭하시구나."

그는 저를 붙잡는 금군이 미워죽겠다는 듯 주먹을 휘둘러댔다. 얼굴을 가격 당한 몇이 나가떨어졌다. 주먹에 맞지 않은 이들은 왕의 바지자락을 붙들고 늘어지고 있었다. 그나저나 차림새는 또 왜 저럴까? 멀리서 보기엔 꼭 무명내의만 입고 있는 것 같다.

왕은 이제 허리춤에 매달려 있던 칼집을 통째로 들고, 그것으로 금군의 머리를 내려쳐댔다.

"악!"

"아악!"

단말마 비명과 함께 장정들이 픽픽 쓰러졌다. 우소의 입이 떡 벌어졌다. 장난으로 내려친 게 아니라 진짜 기절시킬 작정으로 내려친 것이다.

왕은 친절하게도 기절한 이들을 안전한 뭍으로 옮겨주었다. 더 이상의 방해자는 없다. 왕이 물속으로 온몸을 내던졌다.

혹시 따라잡힐까 걱정스럽게 왕을 지켜보던 우소의 표정이 미묘하게 굳어갔다.

"운소야."

"아니 들려, 오라버니. 이 누이의 귀에는 아무것도 안 들려."

"그것이 아니고……."

"듣지 않을래."

운소는 어리광을 피우듯 우소의 품 깊이 더욱 파고들었다.

우소는 심각한 표정으로 운소를 떼어냈다.

"혹 전하께서 헤엄을 못 치느냐?"

"응?"

그제야 운소도 고개를 들었다. 그녀가 뻣뻣한 고개를 돌려 뒤를 보았다.

왕은 분명 허우적거리고 있었다. 얼어 죽기 전에 빠져 죽을 것 같았다.

"내 눈에 전하께서 물에 빠지신 것처럼 보이는데, 혹 네 눈에도 그러느냐?"

운소의 입이 벌어졌다.

「어푸, 어푸, 우소야! 과인은 헤엄을 모, 못 쳐! 우소, 우소야! 어푸!」

헤엄을 못 치는 정도가 아니었다. 깊이가 허리춤밖에 되지 않는 연못에서 빠져 죽을 뻔한 분이셨다.

"그, 금군은 어디 있어? 전하를 말려야 할 분들이 대체 어디에……."

말을 더듬던 운소가 모래사장 위에 얌전히 쓰러져 있는 형체들을 발견했다. 그러잖아도 핏기 없는 얼굴이 더욱 창백해졌다.

서둘러 강가를 살폈다. 지나가는 행인 하나 없다.

맙소사.

"배를 돌리세요. 돌려야 합니다. 저대로라면 필시 빠져 죽으십니다. 어서, 어서요. 사공 어르신, 당장이요!"

운소가 소리쳤다. 어리둥절해하던 사공이 노의 방향을 돌렸다.

"전하께선 어찌 끝까지……."

운소가 울듯이 웃었다. 이곳은 수심이 얕은 연못이 아니었다. 강이다. 강물은 그 깊이를 가늠할 수 없을 만큼 깊다. 이러다가 정말 빠져 죽거나, 얼어 죽고 말 것이다.

대관절 익사든 동사든 무슨 상관이랴? 죽는 건 매한가지인데. 헤엄도 못 치는 분께서 무슨 생각으로 강물에 뛰어든 것인지 운소는 이해할 수 없었다.

"생각이 없으신 겁니까?"

소매로 눈물을 닦고서 운소는 초조하게 지와의 거리를 가늠해 보았다. 너울 치는 강물이 그를 집어삼켰다 뱉기를 반복했다.

"진짜 못 살겠습니다. 전하 때문에 제 명에 못 살 것 같단 말입니다."

나룻배는 너무 느렸다. 초조함을 이기지 못한 운소가 강물로 뛰어들었다. 자맥질은 누구보다 자신 있었다.

"운소야!"

오라비의 외침은 튀어 오르는 물방울 소리에 묻혀 사라졌다.

겨우 마음을 다잡고 떠나는 길. 하염없이 눈물 흘리며 어찌할 바 없이 받아들인 이별의 길. 그 길을 어찌 이리 막으시는가? 어찌 이리도 무모하여, 차마 떠날 수 없게 하시는가?

연신 허우적거리며 수면 위로 솟았다가 가라앉기를 반복하는 그를 향해 운소는 전력으로 헤엄쳤다. 차가운 물도, 물살도 그녀를 막지 못했다.

목이 터져라 운소를 부르던 목소리가 어느 순간 들리지 않았다. 운소는 필사적으로 헤엄쳐 물에 빠지기 직전의 지를 찾아냈다.

"잡았습니다!"

뒤에서 목을 감싸 잡은 운소는 그를 어렵게 강변까지 끌고 갔다. 온몸이 사시나무처럼 떨렸다.

나룻배는 한발 늦게 도착했다.

"운소야!"

운소는 서둘러 지의 상태부터 확인했다.

"숨을 쉬지 않으십니다. 허 의원님께서 이럴 땐 어찌하라고 분명 알려주셨는데……."

온몸을 달달 떨며, 보랏빛으로 질린 입술을 움직여 운소가 말했다. 제 상태는 안중에도 없는 듯했다.

"분명 무어라고 알려주셨는데……."

운소의 눈에서 눈물이 툭툭 떨어져 내렸다. 오래된 기억을 더듬었다.

"하나도 기억이 안 납니다. 이리 입술을 맞대라 했던 것 같은데……."

운소가 흐느끼며 지의 입술을 찾아 제 것을 포갰다. 그 순간이었다. 말캉한 것이 운소의 벌어진 입속으로 파고들어 왔다.

운소의 동공이 한껏 커졌다. 그녀가 굳은 사이 단단한 팔이 그녀를 옭아맸다.

'전하…….'

피할 수도 없었고 피해야 한다는 생각도 들지 않았다. 안도의 눈물이 운소의 뺨을 타고 주르륵 흘러내렸다. 그가 무사하다는 사실에 눈앞이 아득해지도록 행복했다.

그의 혀가 끝없이 그녀를 갈구했다. 휘감고 어루만지며, 그녀를 원하고 또 원하였다. 여린 입술이 불어터지도록 강하게 빨아 먹었다.

그는 한참이 지나서야 그녀를 놓아주었다. 애틋한 눈동자가 그녀를 담았다.

"야속한 것."

"괜찮으시옵니까?"

그가 드러내는 원망마저 고마워서, 운소가 젖은 눈으로 웃었다.

"아니 괜찮다. 얼어 죽겠다."

근거 없는 투정은 아니었다. 확실히 이대로라면 둘 다 얼어 죽을 것 이다.

우소는 나룻배에 실었던 보따리 하나를 꺼내 풀었다. 짐은 최소화 했지만 당장 가는 동안 갈아입을 옷 몇 가지는 챙긴 터였다.

"잠시 그대로 계십시오."

운소와 지를 움직이지 못하게 하고서 우소는 옷이란 옷은 모두 꺼 내 두 사람을 덮어주었다. 보따리로 두 사람을 돌돌 말기까지 했다.

젖은 옷 때문에 여전히 몸은 떨렸지만, 두 사람 다 안색이 한결 나 아졌다.

"이제 좀 낫구나. 어찌 온다 간다 말도 없이 가느냐?"

지가 만족스럽게 웃고는 다시 운소에게 두 눈을 고정했다.

"전하께서 아니 보내줄 것을 알아서 말없이 갔나이다."

운소가 작게 대답했다.

"아니 보내줄 것을 알면 가질 말아야지."

짐짓 꾸지라는 지를 운소가 노려보았다.

"전하가 밉습니다. 어찌 소신을 이리 안달 나게 하십니까?"

"과인도 네가 밉다."

지가 투정을 부리듯 운소의 가슴에 이마를 기댔다.

"왜 그리도 무모하십니까? 정말 큰일 날 뻔하셨습니다."

"네가 구해주었으니 되었다."

"헤엄도 못 치는 분께서 대체 무얼 믿고 저 깊은 강에 뛰어드신단 말입니까?"

"네가 왔으니 되었다."

"같이 죽자는 것이지요? 소신과 함께 그냥 콱 죽어버릴까요?"

지가 소리 없이 웃었다.

소신小臣이라…….

"그래, 우소야. 너는 과인의 신하지. 과인의 신하이기에, 과인이 물에 빠지면 구하러 올 수밖에 없다. 자맥질을 잘하든 못하든 너는 과인을 구할 수밖에 없다. 네가 왔고 과인이 무사하니 그 이외의 일은 생각하지 않겠다."

다신 놓지 않겠다는 듯 지는 그녀를 끌어안은 손을 단단히 깍지 끼었다.

그리고는 고개를 들어 그녀를 똑바로 응시하며, 간청한다.

"가지 말아다오."

운소가 결국 울음을 터트렸다.

"끝까지 어찌 이러십니까?"

그 울음이 운소의 진정이었다.

"가고 싶어서 가는 것이 아니지 않으냐?"

"가고 싶지 않아도 가야 할 때가 있지 않겠습니까?"

"그래도 가지 마라. 과인의 부름이 닿지 않는 곳까지 가지 마라. 과인이 부르면 언제든 온다 하여놓고 어찌 오질 않는 것이야? 그간 과인이 얼마나 불렀는데. 이 발칙한 거짓말쟁이 같으니라고."

누구보다 그의 곁에 남고 싶은 그녀였다. 그 누구에게도 그를 주고 싶지 않았다. 그가 지금과 같이 오직 저만 바라봐주길 바라고 또 바랐다. 원하는 마음은 하염없이 커지기만 해서 몹시 두려웠다.

"전하, 소신은……."

"너는 늘 그랬듯 전하가 최고입니다, 전하의 말이 무조건 맞습니다, 전하의 뜻을 받들겠나이다. 이 말들만 하면 돼. 그냥 그러기만 하면 된단 말이야. 그게 무어 어렵다고 이리 줄행랑을 놓아? 과인이 전부 알아서 하마. 너를 고민하게 하는 것들, 전부 과인이 처리해 주마."

"전하……."

"우소야, 네가 또 도망가 버리면……. 과인은 모르겠어. 과인이 살 수 있을까? 너 없이, 정녕 살 수 있을까? 미치지 않고서 너 없는 삶을 견딜 수 있을까?"

운소를 품에 꽉 안고서 지가 혼잣말처럼 읊조렸다.

"과인은 자신이 없어. 너는, 그리 살 수 있느냐? 과인이 이리 너를 찾는 것을 알면서도 과인을 버리고 멀쩡히 살아갈 수 있어?"

운소는 대답하지 않았다.

지가 다정히 웃었다.

"한 번 떠나는 것도 힘이 들었지?"

운소는 여전히 대답하지 않았다.

"한데 과인을 또 떠나려고? 그러지 마라, 우소야."

"전하는 모르십니다."

운소가 천천히 지의 가슴을 손으로 밀어냈다. 손바닥을 통해 아프게 뛰는 그의 심장 소리가 들려왔다. 힘없는 웃음이 그녀의 얼굴에 어렸다.

한 번 떠나는 것도 힘이 들었다. 온 마음 가득 차지한 그를 외면하는 건, 너무도 고통스러웠다.

또다시 떠날 자신이 없다. 떠나는 것이 옳다고 해도, 더 이상 그 슬픔을 감당할 자신이 없다. 그럴 바엔 차라리 그의 손에 죽고 싶다.

"소신이 얼마나 욕심 많은지 전하께서는 모르십니다."

"그거 잘 되었구나. 과인은 가진 것이 아주 많아. 과인은 너 말고 필요 없으니 전부 너에게 주마."

전부 주겠다는 말이 얼마나 위험한 말인지, 당신은 알고 계실까?

운소가 손을 뻗었다. 그녀의 작은 손이 지의 뺨을 감쌌다.

더 이상 떠나고 싶지 않다. 도망가고 싶지도 않다. 그의 곁에 있고 싶다. 저로 인해 어떤 풍랑이 오든, 이젠 모르겠다.

"소신이 얼마나 이기적인지도 모르십니다."

"그거 잘 되었다. 과인은 이기적인 계집을 아주 좋아한다. 네 생각만 하여라. 주변 그 무엇도 생각하지 마라. 이기심으로 무장하여 네 신분도, 네 처지도 생각하지 마라."

다정하신 분.

너무도 다정하여, 기어이 병이 되어 이 마음에 깃드신 분.

이 병은 영원히 낫지 않으리.

"소신이 얼마나 못났는지 아시옵니까?"

"알다마다. 모두 하나같이 과인에겐 너는 아니 된다고만 해. 그것만 보아도 네가 얼마나 못났는지 알 수 있지. 그래도 상관없다. 과인에겐 네가 제일 귀하다."

조금 짓궂게 웃는 그의 옷깃을 운소가 꽉 붙잡았다.

"소신은 전하의 마음 한 조각 다른 이에게 주고 싶지 않습니다. 오직 소신만 바라봐주는 모습을 이미 알고 있는데, 그 마음을 어찌 남들과 나누오리까? 다른 이를 품는 전하를 상상하는 것은 영원히 전하를 뵙지 못하는 고통보다 크오니……."

옷깃을 당기자 두 사람의 얼굴이 가까워졌다. 지의 동공이 한껏 커졌다.

"중궁전 주인이 아니라면 전하의 곁에 남지 않을 것입니다."

운소가 도발하듯 말했다. 그게 무어 어렵냐는 듯 지가 미간을 찡그렸다.

"네가 원한다면 중궁전뿐 아니라 대비전도 주마."

운소가 열없이 웃었다.

이리 단단히 약조 하여도 언젠가 변할지도 모른다. 뜨거웠던 마음은 냉정히 식고, 어리고 예쁜 계집에게 그의 시선이 절로 옮겨가, 이화궁 가득 화려한 꽃들로 채워지게 될지도 모른다.

하지만 괜찮다. 이 약조로 인해 운소는 그 험한 풍랑을 헤쳐 나갈 용기를 얻었다.

"대비전은 아직 필요치 않습니다."

"그래? 그럼, 과인의 침전을 주마. 매일 얌전히 침전의 주인인 너를 기다리마."

"후궁을 들이실 거라면 소신을 버리셔야 할 것입니다."

"어허, 그럴 일 없다. 너 아닌 여인은 원하지 않는다."

그의 마음은 참으로 확고하다. 처음부터 끝까지 그녀만 원한다. 그래서 자꾸 되바라지게도 그를 갖고 싶어지는 것이다.

"전하의 뜻만으로 아니 되는 일이잖습니까?"

"과인은 용상을 버려서라도 너만은 지킬 것이야."

"맹세하셨습니다."

그는 그녀의 왕. 오직 그녀만의 왕.

"두말하면 잔소리지."

운소가 그의 목에 팔을 둘렀다. 불현듯 다가온 그녀의 체온에 지가 붙박였다.

그녀의 입술이 스치듯 닿았다가 떨어졌다.

"너무 감질나."

쥐어짜듯 중얼거린 지가 그녀의 입술을 삼켰다.

그녀는 참으로 달고 달아서, 강가의 추위 따위는 아무래도 좋았다.

"정운소이옵니다."

그의 입술이 떨어지자 운소가 속삭였다.

"소녀는 정운소입니다. 부르는 이름이 틀렸으니, 전하께 가지 않은 것이옵니다."

멍하니 있던 지가 이내 말갛게 웃었다.

"운소야."

그가 불러주는 이름은 특별하다. 지독히 달콤해서 황홀하다.

"정운소."

그녀는 운소沼雲.

"구름연못이옵니다."

왕의 눈을 가리는 구름연못.

그를 떠나고자 하여도 떠날 수 없고, 잊고자 하여도 잊을 수 없으니 차라리 간신 되어 그의 곁에 머물리.

영원히 구름 되어 그의 눈을 가리리.

"운치 있어 마음에 드는구나."

세상 가장 깊은 나락으로 떨어진들 왕은 구름을 놓지 못하고, 구름은 왕을 떠나지 못하리.

그들을 조용히 보고 있던 우소가 체념과 함께 고개를 돌렸다.

무명내의만 입고 대서강까지 달려온 주군이 걱정되어 근처 민가에 솜옷을 얻으러 갔던 비찬은 뒤늦게 도착했다가 크게 당황했다. 긴 시간 자리를 비운 것도 아닌데 부하들은 만신창이가 되어 널려 있고, 주군은 웬 보따리에 돌돌 말린 채 덜덜 떨고 있었다.

지는 혼절한 부하들 뺨을 찰싹찰싹 때려 깨우는 비찬에게 별궁으로 향할 것을 명했다. 이대로 환궁하면 평소엔 내가 옳니 네가 틀리니 싸워대는 대신들이 웬일로 이심전심이 되어 구박할 것이 뻔했기 때문이다.

왕이 느닷없이 별궁에 머물게 되었다는 소식은 이화궁으로도 전해졌다.

"무어? 만중이 사신 놈과 함께 왔어?"

끙끙 앓던 지가 벌떡 일어났다. 사신이라면 차류다.

"그놈이 또 우리 운소를 빼돌리려 들지도 모르는데, 예 이러고 있을 순 없지."

지는 당장 운소의 처소로 달려갔다.

벌컥 문이 열리자 놀란 눈동자 두 쌍이 지에게 향했다. 눈동자의 주인들은 너무도 닮아서 순간 운소가 두 사람인 줄 알고 흠칫거린 지는 곧 진짜 운소를 구분해내고는 그녀를 끌어안았다.

"저, 전하?"

"과인 뒤에 꽁꽁 숨어 있어라."

"예?"

당황한 운소를 놓아준 지가 돌아앉았다.

열려 있던 문으로 누군가 또 들어왔다.

"꼴좋다."

차류였다. 저놈이 기어이 왔다.

지가 눈썹을 치켜 올렸다.

"넌 대체 온 것이야?"

"내가 미쳤지. 너 같은 놈에게 귀한 공주를 보내려고 했다니."

"왜 시비냐? 빨리 네 나라로 가버리란 말이다."

뒤에서 작은 손이 옷을 잡아당긴다.

"전하, 진정하시옵소서. 흥분하시면 아니 되옵니다."

성질 같아서는 차류 저놈을 꽉 물어뜯고 싶지만, 그래선 운소가 싫어

하겠지.

지는 애써 흥분을 가라앉혔다.

후. 하. 후. 하.

크게 심호흡을 하자 이내 평온이 찾아들었다.

평온이…… 찾아든 줄 알았다. 그때까지만 해도.

이젠 헛것이 보이나?

만중은 눈을 비볐다.

"잘 지냈느냐?"

하다못해 환청까지?

만중은 귀를 파보았다.

"뭐하는 게냐?"

그가 다시 물었다.

저 못마땅해 하는 표정. 업신여기는 듯한 눈초리.

아주 익숙한 기분이다. 저분은 진짜다.

"전하!"

"귀 안 먹었느니."

"언제 오셨사옵니까? 어찌 오셨사옵니까? 기별이라도 주시지요!"

"온 지는 좀 되었다. 주상은 어디에 있느냐?"

"아, 전하께선……."

만중이 머뭇거렸다.

지금 왕은 운소와 함께 있다. 태천차류도 그곳으로 갔다. 상왕까지 합세해도 되는 것일까?

"그동안 얼마나 자랐는지 궁금하구나."

만중은 복잡한 표정으로 한숨지었다.

부자의 상봉을 막을 권리가 그에겐 없다.

"이쪽으로 오시지요."

운소의 처소 앞에서 만중은 멈춰 섰다.

"아바마마?"

믿을 수 없다는 듯 놀란 목소리가 튀어나왔다.

상왕은 안으로 들어섰다.

"태천의 황상폐하를 뵙습니다."

차류는 무표정한 얼굴로 그를 맞았다. 본국에 있지 않고 타국에 나와 있는 저를 보고도 놀라지 않는 게 미심쩍었다.

"아바마마, 여태 어딜 유람하셨던 것이옵니까? 소자가 얼마나 심려했는지 아시옵니까?"

"주상은 속 좀 썩어도 되지 않으냐?"

"예?"

"어려서 이 아비의 속을 썩였으니 그 정도는 심려해야지."

상왕이 작게 소리 내어 웃었다.

반박할 말을 고민하던 지가 결국 입을 다물었다. 마땅한 반박거리가 없었다.

"주상이 뒤에 숨긴 그 아이는 누구더냐?"

"예? 아, 이 아이는 소자가……."

지의 대답이 끝나기도 전에 상왕은 고개를 돌려 차류를 보았다.

"제가 태천에 함께 가지요."

"예?"

차류가 놀라 되물었다.

"폐하께서도 제 아들의 성정을 잘 아시겠지요. 한 번 마음을 주면 끝입니다. 마음을 정하면 뒤돌아보지도 않지요. 이미 한 계집에게 눈이 멀어 버렸는데, 자예 공주를 중전으로 맞이할 수 있겠습니까?

힘으로 압박하여 국혼을 성사시켜도, 공주께는 지난한 시간이 될 것입니다. 그러니 이렇게 하지요."

상왕이 줄줄 말했다.

지가 미간을 접었다. 차류도 마찬가지였다.

어디까지 알고 있는 것일까?

양위하고 물러났다 해도 허수아비는 아니었다. 이화궁은 물론이고 세상 곳곳에 제 눈과 귀를 숨겨두고 소식을 접해왔을 것이다. 저 태연함을 보아하면 이 상황이 그의 계략인 것처럼 보이기까지 했다.

상왕의 시선이 운소에게 향했다.

"저 아이를 데려가 공주로 만드십시오."

"아바마마, 그 무슨!"

지가 놀라 소리쳤다.

"주상, 왕실은 공주가 아닌 중전을 받아들일 생각이 없으니. 다행히도 황상폐하께는 저 아이를 공주로 만들어줄 힘이 있다. 하나 공으로 그런 호의를 얻을 순 없을 터. 하여 내가 태천으로 가겠다는 것이다."

"볼모가 되겠다는 말씀입니까?"

차류가 물었다.

목 뒤의 털의 곤두선다. 이자는 전부 알고 있다. 지가 자예를 거절한 일도, 그 일로 인해 저가 이곳에 왔다는 것도, 몸소 이곳까지 왔음에도 결국 국혼이 성사되지 못했다는 것도……. 게다가 그 이유가 정운소 때문이라는 것까지도.

"애초에 국혼을 청하신 것은 동방의 손발을 묶기 위해서였겠지요. 제가 태천으로 가면 폐하께선 원하신 바를 이루시는 셈입니다."

차류가 상왕을 노려보았다.

"그래도 못 미더우시다면 정우소도 데려가지요."

한구석에 숨어 없는 척 고개 숙이고 있던 우소가 움찔했다. 슬쩍 고개를 들자 상왕이 다 안다는 듯 흐리게 웃었다.

상왕이 다시 차류를 보며 덧붙였다.

"제 여인의 오라비가 태천에 있는데, 감히 주상이 태천과 싸우자 들겠습니까?"

차류의 두 눈이 맹렬하게 빛났다.

대서강 북부 삼성도 받고, 상왕과 정운소의 오라비를 볼모로 받는다? 나쁘지 않다. 오히려 너무 좋은 조건이다. 태천 쪽에선 잃을 것이 없고, 얻는 것만 있다. 동방이 얻는 것은 가짜 공주 신분을 얻은 정운소뿐이다.

태천은 동맹을 깨고 언제든 동방을 칠 수 있는 입장이 된다면, 동방은 상왕과 정우소가 죽기 전까지는 절대 먼저 태천을 칠 수 없는 입장이 되는 것이다. 선제공격을 할 수 없다는 것은 치명적인 약점이다. 그것을 상왕이 모를 리 없다. 그런데도 저런 손해만 보는 제안을 하는 이유가 무엇인가?

"정운소를 공주로 만드세요. 무슨 핑계를 대든 그것은 황상폐하의 재량입니다. 소문을 듣자하니 동방왕이 남색가에다 편력도 심해 도저히 공주를 보내고 싶지 않아졌다 둘러대셔도 괜찮습니다. 진짜가 아닌 가짜를 보내야만 하는 이유를 납득시키십시오. 대신 대서강 삼성은 공주를 보내준 것에 대한 답례로 공납한 걸로 하지요. 영토를 얻는 것이니 태천에서 반대할 리 없고, 보답으로 바치는 거니 동방에서도 이해할 것입니다."

차류는 놀랐다. 상왕은 지가 대서강 북부를 주기로 했다는 것까지 알고 있었다. 모든 것을 꿰뚫고 있으면서 태천을 속이고, 동방을 속이는 대사기극을 꾸미자고 제안하고 있다.

"땅도 얻고, 볼모도 얻는 겁니다. 나쁘지 않지 않습니까?"

차류는 잠시 상왕을 뜯어봤다. 노련한 얼굴 뒤에 숨은 꿍꿍이를 알고 싶었다. 아무것도 보이지 않았다. 한숨을 내쉰 차류가 느릿하게 입술을 열었다.

"나쁘지 않군요."

상왕이 무슨 생각인지 알 수 없다. 하지만 그의 제안을 수용해 나쁠 것이 없다는 것은 확실하다. 체면도 살리고, 실리도 챙길 수 있다. 상왕의 속내를 고민하다가 차 버릴 이유가 없다.

대사기극이 합의되었다. 복잡하게 꼬여있던 상황이 단번에 정리되었다.

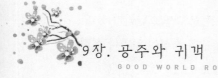

9장. 공주와 귀객

GOOD WORLD ROMANCE NOVEL

1

거대한 분지에 자리 잡은 태천의 황성은 크기가 어마어마했다. 격자형으로 구획된 완벽한 도성이었다. 모두 다 어마어마했지만 특히 엄청난 곳은 황궁이었다.

"보이느냐? 저곳이 태천의 황궁이다."

며칠을 쉬지 않고 말을 몰아 비로소 당도한 곳에서, 운소는 넋 놓고 태천황궁을 바라보았다.

"어떠하냐?"

규모 면에서 황궁은 정녕 으리으리했다. 입이 절로 쩍 벌어졌다.

"과연 말문이 막힐 정도인 모양이로구나."

차류가 뿌듯하게 웃었다.

"잊지 마라. 너는 지금부터 태천의 공주다. 모든 순간 완벽하게, 너는 태천의 공주여야만 한다."

언제 웃었느냐는 듯이 근엄한 목소리로 차류가 운소에게 일렀다.

"예, 폐하. 명심하겠사옵니다."

운소가 결연히 대답했다.

왕의 곁을 바란다면, 이 정도는 해낼 수 있다. 해낼 것이다.

느닷없이 사냥을 하러 간다며 출타했던 황제가 돌아왔다. 스무하룻 날만의 환궁이었다.

사색이 되어 황제를 찾아다녔던 이들은 울고불고 난리가 났다.

"폐하! 갑자기 사냥이라니요? 날도 추운데 소신이 얼마나 심려했는 지 아시옵니까?"

스무하룻날 만에 거의 십 년은 폭삭 늙어버린 태사가 울분을 토 했다.

"별 탈 없으니 된 것 아니냐?"

"별 탈 없으니 되다니요? 아니 됩니다! 아니 되옵니다! 별 탈 없다 고 되는 일이 아니란 말이옵니다!"

"그나저나 태사."

말을 돌리며 차류가 돌연 태사에게 바짝 붙어 섰다. 그가 바짝 다가 올 때면 으레 좋지 않은 일을 겪었던지라 태사는 잔뜩 긴장했다.

"궐 밖에 아주 해괴한 소문이 돌더구나."

"해괴한 소문이라니요?"

"그놈이 남색가래."

"예?"

그놈이 누구인지 알 수 없는 태사가 눈썹을 모았다.

"이지, 그놈 말이야."

"그, 그 무슨 망측한 말씀이시옵니까, 폐하?"

태사의 안면에서 핏기가 사라졌다.

"짐도 하도 망측하여 처음엔 믿지 않았지. 하나 자예의 부마로 낙 점해 놓았던 놈 아니냐? 하여 짐이 직접 확인해 보았다. 호란 때에도 이따금 예쁘장한 사내를 보면 천막으로 몰래 끌고 가는가 싶더니……. 쯧."

혀를 차며 차류가 고개를 절레절레 흔들었다.

"하여간 놈이 남색가인 건 분명하다. 게다가 편력도 심하다더군. 하루가 멀다고 침전에 불려가는 사내놈이 뒤바뀐다는 소문이 자자하다."

"허!"

태사의 입이 떡 벌어졌다.

절친한 벗을 남색가로 몰아가려니 차류의 마음도 조금 불편했다. 그러나 동방의 상왕이 제안한 꾀였다. 이로 인해 떨어진 동방왕의 명예는, 무어 스스로 자초한 게다.

"그럴 수가!"

"그것이 참이옵니까?"

태사와 황제의 대화를 가만히 듣고 있던 태부가 걱정스럽게 끼어들었다.

"태부께는 짐이 허언이나 할 작자로 보이느냐?"

"그럴 리가 있겠사옵니까? 신은 그저 망측하여……."

"그래, 망측하지! 이보다 망측할 노릇이 어디 있느냐? 허, 정녕 망측하도다! 어찌 그런 놈에게 짐의 하나뿐인 누이를 보낸단 말이야? 아니 될 일이지."

상상만으로도 끔찍하다는 듯 질색을 하며 차류가 몸을 떨었다.

"암요! 절대 아니 되옵니다, 폐하! 귀하신 공주마마를 그런 자에게 보낼 수는 없사옵니다!"

상황을 살피고 있던 태보가 목청 높여 맞장구를 쳤다.

속으로 웃음을 삼킨 차류가 진중하게 삼공三公을 번갈아 바라보았다.

"태사, 태부, 태보."

"예, 폐하!"

세 사람이 동시에 답하였다.

"그런 까닭에 짐이 지난 며칠간 고민도 많이 하였다. 이미 청혼을 해버렸는데, 이제 와 무를 수도 없고……. 그렇다고 그놈에게 자예를 내어줄 수도 없지 않으냐?"

"그러하옵니다!"

"폐하의 말씀이 천번 만번 옳사옵니다!"

"지당한 말씀이옵니다!"

누가 먼저랄 것도 없이 삼공이 힘차게 동의했다.

차류가 그들을 위한 폭탄을 마음속에서 가다듬었다.

"하여 짐은 동방에 보낼 새로운 공주를 만들기로 하였다."

내내 목청 높여 동조하던 삼공이 동시에 말을 잃었다.

"무얼 그리들 놀라느냐? 양녀를 들여 타국과 국혼을 맺는 일은 전부터 있었던 일이거늘."

차류가 태연하게 삼공을 쳐다보았다.

서서히 동공이 커지던 삼공이 이내 목청 높여 동의하였다.

"참으로 현명하시옵니다, 폐하!"

"그것이 아니더라도 소신은 동방왕 따위에게 공주마마를 보내는 것이 가당치 않다고 생각했사옵니다. 정녕 잘 된 일이옵니다."

"맞습니다, 폐하! 어디 동방왕의 격이 우리 공주마마와 맞기나 합니까? 공주마마께는 더 훌륭한 혼처가 필요하옵니다!"

사실 자예를 동방에 보내기 싫어하는 이들은 꽤 많았다. 손이 귀한 황실에서 공주는 더더욱 귀했다. 왜인지 태천황실엔 공주가 잘 태어나지 않았던 까닭이다. 하여 자예를 보내지 않겠다는 차류의 선언에 대신들은 너나 할 것 없이 환호하였다.

새로운 공주에 대한 소문은 빠르게 퍼졌다. 공주궁에 기거하고 있던 자예에게도 소문은 흘러갔다. 오라비인 황제가 느닷없이 사라졌다는 소식을 들었을 때도 그런가 보다, 하고 무심히 넘기던 자예도 이번만큼은 그럴 수가 없었다.

"뭐, 뭐, 뭐야?"

어울리지 않게 말까지 더듬은 자예가 벌떡 일어났다.

"공주마마, 어디 가시옵니까?"

"어디 가긴? 오라버니를 당장 뵈어야겠어! 새 공주라니? 대체 무슨 말도 안 되는 소리야?"

치맛자락 휘날리며 황제궁으로 걸어간 자예는 무례를 무릅쓰고 안으로 들어섰다.

"오라버니!"

스무하룻날 동안 잔뜩 쌓인 안건을 지루하게 내려다보고 있던 차류가 고개를 들었다.

"오, 짐의 누이, 자예로구나."

"폐하께 인사 올리옵니다."

살짝 허리를 숙여 예를 표한 자예가 주변을 물려줄 것을 청했다. 차류는 흔쾌히 사람들을 내보냈다. 주변에 아무도 남지 않은 것을 확인한 자예가 후다닥 걸어 차류에게 다가갔다.

"오라버니! 그 무슨 말도 안 되는 소리여요?"

"무엇이?"

"어디서 굴러먹다 온 뼈다귀인지 알 수 없는 계집이 느닷없이 태천의 공주라니요? 누이는 받아들일 수 없사와요!"

자예가 소리쳤다.

"아."

"아, 라니요? 오라버니! 대체 그 무슨 얼토당토않은 일이란 말이어요? 이 누이가 납득할 수 있게끔 이야기 좀 해주셔요!"

"너를 동방에 보내고 싶지 않아졌다."

"뭐라고요?"

"이미 청혼해 버렸으니 다른 계집이 필요해졌다. 그것뿐이야. 그리 방방 뛸 것 없어."

느긋하게 결재 안건에 옥새를 찍으며 차류가 대답했다. 대꾸할 말을 잊고 어버버거리던 자예가 입을 딱 벌렸다.

"그러니까 오라버니 말씀은, 지금 누이를 처녀귀로 만들겠다는 것이어요?"

"처녀귀라니? 무슨 그리 무서운 말을 하는 게냐? 네게 어울리는 사내를 곧 찾아주마. 조금만 기다려 보아. 네 오라비가 이래 보여도 태천에서 둘째가라면 서러워할 화조사로다."

"오라버니, 이 누이는!"

"그놈은 잊어!"

차류가 돌연 언성을 높였다. 저에게는 좀처럼 큰소리 내는 법이 없는 오라비라서 깜짝 놀란 자예가 몸을 움츠렸다.

놀란 그녀를 달래듯 차류의 음성이 부드러워졌다.

"자예야. 네 정녕 이 오라비를 두고 그 먼 곳으로 가고 싶은 게냐? 그 정도로 이 오라비가 싫은 게야?"

"싫다니요? 그런 것이 아니오라……."

"그럼 그놈은 아니라는 오라비의 안목을 믿지 못하겠느냐? 그렇게나 이 오라비를 못 믿겠어?"

"못 믿는다거나 그런 것이 아니어요, 오라버니. 누이는 그저……."

자예는 잠시 말을 멈추었다. 그녀의 고운 아미가 살짝 찡그려졌다.

그녀는 오라버니를 무척 사랑한다. 하지만 그렇다고 하여 평생을 오라버니 곁에서 살 수는 없다. 그녀는 성숙한 여인이었고, 이제는 한 사내의 지어미가 되고 싶었다. 이왕이면 어려서 첫눈에 반했던 이와 연이 이어진다면 행복하겠다고 여기었다. 그 사내가 지였다. 그와 혼인하게 되면 태천과 동방의 가교 역할을 할 수 있을 테니 더할 나위 없이 좋을 것 같았다. 그 바람을 차류도 적극적으로 응원해 주었다.

그런데 이제 와서 안 된다니? 다 때려치우라니? 이해가 되지 않는다.

"누이는 지금까지 쭉 그분과 혼인하게 될 거라고 생각하며 살았어요. 또래의 계집들이 전부 낭군을 만나 행복해하는 것을 보면서도, 그분께서 국혼을 치를 수 있다는 해가 되기만을 손꼽아 기다렸어요. 오라버니도 알고 계시잖아요. 그런데 갑자기 전부 아니 된다니요? 그런 법이 어디 있어요?"

그런 법은 없다. 세상천지 어디에도 없다.

"처음부터 그분이 누이의 짝으로 눈에 차지 않으셨다면 그리 말씀하셨겠지요. 사절단을 보내지도 않으셨겠지요. 한데 이제 와 마음을 바꾸셨으니, 누이는 진짜 이유를 알고 싶어요. 말해주셔요, 오라버니."

자예가 투명한 눈으로 차류를 응시했다. 골치 아프다는 듯 이마를 꾹 누른 차류가 한숨을 내쉬었다.

"자예야, 네 정녕 진실을 알고 싶으냐?"

자예가 고개를 끄덕였다.

"하면 말해주마. 놈은……."

자예가 숨을 죽였다.

"남색가야."

"예?"

자예의 동공이 거칠게 좌우로 흔들렸다.

이건 또 무슨 소리야.

자예는 며칠을 공주궁에 틀어박혀 나오질 않았다.
그가 남색가라니? 정말 말도 안 되는 소리다.
"차라리 다른 계집이 있다고 믿는 쪽이 낫겠어."
작게 중얼거린 자예가 벌떡 일어났다. 섬광 같은 깨달음이 번뜩 지나갔다.
"해야! 해야! 게 있느냐?"
자예의 부름에 상궁 하나가 급히 뛰어 들어왔다.
"예, 공주마마. 부르셨나이까?"
"나갈 채비를 하여라."
"예?"
"밖에 다녀와야겠다."
"예? 하, 하오나!"
"내 나이가 이미 스물이다. 출궁을 해도 네댓 번을 했을 나이란 말이야. 이 나이 먹도록 황궁에 갇혀 사는 게 더 우습지 않으냐?"
안 된다고 하려는 해의 말을 잘라내며 자예가 닦달했다. 그녀의 기세에 밀린 해가 머뭇머뭇 앞장섰다.
자예가 해를 앞세워 향한 곳은 어느 저택이었다.
대문은 무방비하게도 활짝 열려 있어, 자예는 아무 방해 없이 안으로 들어설 수 있었다. 그녀보다도 어려보이는 소년 하나가 마당을 쓸고 있었다.
"여기가 맞는 것이야?"
이곳에 동방에서 온 귀객이 머물고 있다고 들었다. 동방의 상왕이자 현 동방왕의 아비인 자. 성군이라 칭송 자자한 분이 머무는 곳인데 어찌 이리 한산할까?

"잘못 찾아온 겐가?"

고개를 갸웃하며 중얼거리던 자예가 움찔했다. 마당을 쓸고 있던 소년과 눈이 딱 마주친 것이다.

'저 아이……'

자예의 아미가 살짝 찌푸려졌다.

'너무 닮았잖아?'

우연히 본 가짜 공주 계집과 몹시 닮은 얼굴이었다.

묘한 짜릿함에 자예의 온몸이 전율했다.

"무엇하느냐? 태천의 공주께서 왔다고 네 주인께 어서 고하지 않고!"

자예는 일단 소년을 꾸짖었다.

"송구하옵니다, 공주마마. 미처 몰라 뵈었습니다. 잠시만 기다려 주시옵소서."

소년은 예를 갖추더니 급히 사라졌다.

자예는 얌전히 그가 돌아오기를 기다렸다.

사건의 윤곽이 보일 듯 말 듯하여 감질났다. 무언가 손에 확 잡힐 듯하다가 모래처럼 빠져나가 버렸다.

'남색가? 아니야. 그런 게 아냐. 분명 뭔가 있어.'

"공주마마, 안으로 드시지요."

초조하게 입술을 깨물던 자예가 번쩍 정신을 차렸다. 중성적인 목소리였다.

자예는 저를 부른 소년을 빤히 응시했다. 퍽 예쁘장한 얼굴이었다.

"소인의 얼굴에 뭐가 묻었습니까?"

그가 걱정스러운 표정으로 얼굴을 문질렀다.

"이제 되었다. 안내하여라."

애초에 묻은 것은 없었지만 자예는 도도하게 고개를 치켜들며 뭔가 묻어 있었던 것처럼 대답했다.

"아, 고맙습니다. 이쪽으로 오시지요."

그가 겸연쩍게 웃었다.

'나중에 계집 꽤나 울리겠어.'

자예는 소년을 뒤따르며 혀를 찼다.

사랑채 마당 안쪽으로 들어선 자예의 눈에 키 큰 사내가 보였다. 동방의 상왕이었다.

"공주마마께서 이 누추한 곳까지 어인 일이십니까?"

그녀를 알아본 상왕이 아는 체했다.

"소녀, 동방의 옛 주인께 여쭐 것이 있어 이리 찾아왔습니다."

"향긋한 차 한 잔 대접하며 들어도 되겠습니까?"

"영광이옵지요."

자예가 나긋이 대답했다.

상왕이 부드럽게 웃었다. 그 웃음이 이제는 기억 속에서도 흐려진 지의 웃음과 꼭 닮아 있었다.

잠시 후, 자예는 상왕과 찻상을 사이에 두고 마주 앉았다.

"향이 좋습니다."

"맛은 더 좋을 것입니다."

"그렇습니까?"

차를 한 모금 머금은 자예의 두 눈이 동그래졌다.

과연 향도, 맛도 일품이다.

"우소가 차를 아주 잘 우리지요?"

그 소년 이름이 우소였나 보다.

긍정도 부정도 하지 않은 채 자예는 향을 음미했다.

상왕은 그런 자예가 마음에 들었다. 도도한 척하지만 실은 순진하고,

솔직하지 못하지만 숨기지도 못한다. 분명 하나뿐인 공주라고 사랑을 듬뿍 받으며 자랐을 것이다. 오라비의 비호 아래 궁중의 암투 따위 모르고 지내왔을 터. 잠깐 본 것만으로도 자예는 충분히 밝고 사랑스러워서, 상왕은 이런 며느리도 나쁘지 않겠다고 생각했다.

하지만 욕심을 부려서는 될 일도 아니 되는 법이다. 안타깝게도 그녀의 인연은 그의 아들이 아니었다.

"공주께서 이 늙은이에게 묻고 싶은 것이 무엇입니까?"

"늙은이라니요? 어찌 존귀한 분이 스스로를 그리 칭하십니까?"

토끼처럼 깜짝 놀라며 말하는 것이 퍽 귀여워, 상왕은 소리 내어 웃고 말았다.

"하하, 말이 그렇다는 것입니다."

당했다는 듯 뾰로통하게 입술을 내밀던 자예가 곧 진중한 눈빛을 했다. 투명한 눈동자가 올곧게 상왕을 응시한다.

"소녀의 오라버니께선 지금 동방에 가짜 공주를 시집보낼 궁리를 하고 있습니다. 상왕 전하께서 그런 짓을 묵인하시는 까닭이 궁금합니다."

상왕이 빙긋 입술을 말아 올렸다.

"아들놈을 남색가로 낳아둔 죄 때문이 아니고 또 다른 까닭이 있겠습니까?"

자예가 인상을 썼다.

"동방의 주인께서 남색가라서 가짜 공주를 시집보내는 것도 묵인하고, 대서강 북부 삼성마저 내어주시겠다는 뜻입니까? 그것도 모자라서 상왕 전하께선 볼모처럼 태천에 와계시기까지 하고요?"

"그 정도로 끝나는 것이 어디입니까? 태천의 하나뿐인 공주마마를 중궁에 앉혀놓고 소박 맞혔다가 파국을 맞는 것보다 백배 나은 상황이지요."

상왕이 여유로운 눈웃음을 지었다.

오라비와 상왕의 말이 지나치게 딱딱 맞아떨어진다. 그것이 오히려 자예는 불쾌했다. 아주 다들 작당하고서 저를 속이려 드는 것만 같다.

"소녀는 바보가 아닙니다."

"누구도 공주마마를 바보라 여기지 않습니다."

"오라버니도 상왕 전하도 소녀를 속이려고만 합니다. 왜 소녀에게 진실을 말해주지 않으려는 것입니까?"

"모르는 게 약일 때도 있습니다."

"소녀는 알고자 하는 것을 알지 못하면 병이 나는 체질입니다."

자예는 조금도 물러서지 않았다.

"공주마마께선 태천의 황제께서 결정하신 바를 믿지 않으십니까? 황제께서 설마 하나뿐인 누이에게 해가 될 결정을 하시었겠습니까?"

그녀를 응시하는 상왕의 휘어진 두 눈매는 다정하여서, 그녀가 원하는 말은 무엇이든 해줄 양 보였다. 그러나 상왕은 결코 자예가 원하는 말을 해주지 않았다. 강제로라도 그에게서 사실을 듣고 싶었으나 안타깝게도 방법이 없었다.

"차는 잘 마셨습니다. 소녀는 이만 돌아가 보겠습니다."

자예가 미련 없이 일어났다.

오라비도, 상왕도 아무 말도 해주지 않는다면 다음으로 찾아갈 이는 정해져 있다.

자예는 자신이 오랫동안 기다려온 국혼을 가로챈 가짜 공주의 존재 이유를 알고 싶었다. 그래야 물러설 수 있다.

별궁은 비어 있었다.

그럴듯한 봉작조차 받지 못한 가짜 공주 따위가 어딜 싸돌아다니는 건지.

불쾌한 표정으로 주변을 노려보던 자예의 눈에 문득 무언가가 보였다. 허리를 굽힌 그녀가 바닥에 널브러져 있던 종이를 집어 들었다.

정갈한 글자 몇 자가 쓰여 있었다.

평온하신지요?

소녀는 아주 잘 지내고 있습니다. 황제폐하도, 공주마마도 모두 상냥하십니다.

한 자 한 자 정성 들여 쓴 것이 눈에 훤했다.

"상냥? 날 언제 봤다고 상냥?"

괜히 고까워서, 자예는 종이를 다시 구겨 내던졌다.

표정을 잔뜩 찌푸린 그녀가 이번엔 다른 종이를 집어 들었다. 역시나 한 자 한 자 정갈하게 쓰여 있었다.

평온하신지요?

소녀가 없다고 혹여 수라를 거르고 계시지는 않을는지 염려가 되옵니다.

자예의 표정이 더 구겨졌다. 그녀는 널브러진 종이 중 몇 장을 더 들춰 보았다. 대체로 '평온하신지요?'라는 문구로 시작되는 그것은 필시 편지였고, 깊은 사모의 정이 묻어 있었다.

"뭐야, 이게."

자예의 목소리가 바르르 떨렸다. 오라비도, 상왕도 말해주지 않은 진실이 비로소 손끝에 닿는다.

"정말 싫어."

작게 중얼거린 자예가 팩 뛰쳐나가 버렸다.

한참 뒤, 혹시나 안부편지에 대해 참고할 책이 있나 서고에 다녀온 운소는 자신이 떠날 때보다 더 어지러워진 방 안을 보며 고개만 갸웃거렸다.

2

자예는 다시 공주궁에 틀어박혔다. 그녀는 보고 들은 것을 종합해서 하나의 그림을 완성하기 직전이었다.

동방왕이 국혼을 치러도 된다는 해가 되었다.

오라버니가 사신을 보냈다.

'어떠한' 답신이 왔다.

오라버니가 어디론가 사라졌다. 사냥을 하고 왔다고 했지만, 돌아온 그는 혼자가 아니었다. 홍부도 아니고 객식구가 주렁주렁 매달려 있었다. 가짜 공주에, 옆 나라 상왕까지.

"흠……."

톡톡.

손가락으로 서궤를 두드리던 자예가 문득 동작을 멈췄다.

여기서 그녀가 고민해야 할 것은 단 두 가지였다. 동방왕이 무어라고 답신을 보냈기에 그녀의 오라비가 사라졌던 것이며, 그곳에서 무슨 일이 있었기에 듣도 보도 못한 계집을 공주로 삼겠다며 데려온 것인가.

이쯤에서 자예는 오라비가 갔던 곳이 사냥터가 아니라 동방이라고 거의 확신했다.

"썩 불쾌하구나."

입술을 잘근거리며 자예가 몸을 일으켰다. 태생부터 몸에 밴 기품이 우아하게 흘렀다.

"그 계집……."

편지를 쓰고 있었다. 조심스레 묻는 안부는 동방왕을 향한 것이라고, 까막눈이 아니라면 누구라도 똑같이 짐작했을 것이다.

신중하게 써내려간 한 획 한 획에 깃든 것은, 더할 수 없는 애정과 존중이었다.

'어떠한' 답신이 왔던 것인가?

황제 외에는 보지 못한 동방왕의 답을 자예는 알아차렸다.

계집은 갑작스럽게 찾아온 자예 앞에서 넙죽 엎드렸다. 머리를 조아리고 공주가 왜 저를 찾아왔는지 열심히 고민하는 듯했다.

"네 이름이 무어라고?"

적의가 뚝뚝 떨어지는 자예의 목소리에 계집이 흠칫 어깨를 떨었다.

"정운소라고 하옵니다."

목소리가 낭랑했다.

자예는 운소를 물끄러미 바라보다 힐끗 주변을 살폈다. 정운소가 없을 때 찾아왔던 며칠 전과 달라 보이는 것은 별로 없었다. 쓰다 만 편지들이 한구석에 대충 정리되어 있었다. 그녀가 왔다는 소식에 허둥지둥 옆으로 치워둔 것일 터이다.

"왜 너일까?"

"예?"

"참 이상한 일이다. 그분께서 무어라고 했기에 오라버니가 앞뒤 가리지 않고 동방으로 달려갔을까? 그곳에서 또 무슨 일이 있었기에,

그분을 남색가라 하시는 것일까?"

혼잣말처럼 자예가 중얼거렸다. 딱히 답변을 요하는 물음들은 아니었다.

"남색가인 네게는 내 누이를 줄 수 없다. 하나 대국의 체면이 있는데 이미 해버린 청혼을 무를 수도 없지. 공주 하나를 입양하여 네게 보내마. 천륜을 거스르는 네 은밀한 취향을 숨겨주는 것이니, 대서강 삼성을 바쳐 그에 보답하라. 또한, 상왕을 태천으로 보내라."

운소의 안색이 창백해졌다.

"이랬을 리는 없고."

자예는 알고 싶었다.

그녀의 짐작대로라면, 이 모든 사달의 원인은 정운소다. 정운소를 위해 동방의 왕도, 상왕도 많은 것을 포기하였다. 오직 그녀를 공주로 꾸며 맞이하기 위해서 잔뜩 손해를 보았다. 대서강 삼성을 얻고 동방의 상왕까지 귀객이란 이름으로 붙잡아 두게 되었으니, 태천의 입장에서는 손해 볼 것이 없다. 동방의 미친 짓에 가담할 가치가 있다.

자예는 이 근본 모를 계집의 어디가 그렇게 대단해서 자신이 밀려나야 했던 것인지 알아야 했다. 그것을 알지 못하고 넘어가는 것은 그녀의 고고한 자존심이 용납하지 않는다.

"운소야."

얼핏 다정한 부름에 운소가 저도 모르게 고개를 들었다. 다정을 가장했으나, 찌를 듯 날카로운 눈빛이 운소를 꿰뚫었다.

"나는 바보가 아니다."

"……."

"네 어디가 그렇게 특별해서 그분의 마음에 들었을까? 네 어디가 그렇게 잘나서, 그분이 국혼을 거절하려 했을까? 그분이 어디까지 감수했기에, 오라버니가 이 얼토당토않은 마당극에 참여하셨을까?"

아주 어려서, 친교를 목적으로 방문했던 동방의 세자를 만났다. 그후 대륙으로 몰려들던 오랑캐의 대군을 막아서는 그의 뒷모습에 반했다. 적군 앞에선 한없이 차갑던 그가 꺼져간 생명 앞에서는 숨죽여 울었다. 햇살보다 더 밝은 미소를 보았고, 그 미소가 걷히는 순간도 보았다. 괴로워하며 번뇌하는 그가 사람다워서 좋았다. 그런 그라면 평생을 함께해도 행복할 것 같아서, 자예는 전쟁이 끝나고도 긴 시간을 기다려왔다.

그런데 이제 와서 다른 계집에게 그의 옆자리를 내주어야 한단다.

"네가 어울린다고 생각하느냐? 너 따위 천것이 그분께 과연 어울릴까, 운소야? 뱁새가 황새를 따라가려면 가랑이가 찢어지는 법이야. 어찌 그걸 몰라?"

자예가 상냥한 미소와 함께 운소의 마음을 부러 난도질했다.

너는 보잘 것 없는 천한 계집, 나는 태천의 공주.

누가 그분께 더 잘 어울리는지는 길게 생각하지 않아도 알 수 있지 않으냐?

자예가 입매를 끌어 올려 웃었다. 제 웃음 앞에서 정운소가 아주 처참한 표정이 될 거라고 짐작하였다.

운소는 잠시 눈을 내리깔았다가 고개를 들었다.

"소인이 비천하여 아니 된다면⋯⋯."

자예가 흠칫했다.

정운소는 무표정한 얼굴이었다. 태천의 공주 앞에서 겁먹은 얼굴은 명백히 아니었다.

"전하께서 이 곁으로 와주시기로 하셨나이다."

자예의 표정이 일그러졌다.

"그게 무슨 망발이냐?"

"그리 약조해주셨습니다."

운소가 똑바로 자예를 응시했다.

"하여 소인은 분에 맞지 않다는 것을 알아도 전하께 갈 것이옵니다. 공주마마께서 소녀를 경멸하고, 힐난하셔도 상관없습니다. 공주마마는 소인의 소중한 사람이 아니옵니다. 마마께 미움 받는 것은 아무런 상처가 되지 않습니다."

자예는 기가 막혔다. 아무 대꾸도 할 수가 없었다.

"뱁새가 황새를 따라갈 수 없다면, 황새께 뱁새에게 맞춰달라 청할 것이옵니다."

"어이가 없구나. 그분이 있는 곳까지 갈 수 없다면, 그분을 네가 있는 시궁창으로 끌고 들어오기라도 하겠다는 것이냐? 그 무슨 돼먹지 못한 소리냐? 그런 것은 은애가 아니다!"

겨우 목소리를 쥐어짜낸 자예가 운소를 몰아세웠다.

"하오면 공주마마께서 생각하시는 은애는 무엇입니까?"

운소가 물었다.

"뭐? 그것은……. 그러니까, 그래! 그분만 행복할 수 있다면 무엇이든 하겠다는 마음이다. 맞아, 그런 것이 은애지. 너처럼 억지 부리는 건 절대 은애가 아니다."

갑자기 질문을 받은 자예는 머릿속에 떠오르는 답을 마구 지껄였다.

그녀는 운소의 이기심을 탓했다. 명문가 여식도 못 되는 주제에 왕의 곁을 원하는 탐욕을 비난했다.

운소의 안색이 얼핏 흐려졌다.

"전하께서 소인 없이 행복할 수가 없다고 하셨습니다."

"무어라?"

"소인이 곁에 없으면 그 무엇도 무가치하다 하셨습니다. 동방의 만백성이 행복하여도 소인이 행복하지 않으면 그 행복은 바라지 않고, 동방의 만백성을 지킬 수 있어도 그 속에 소인이 없다면 필요 없다 하셨습니다."

"그 무슨 방자한……."

"소인이 없으면 웃으실 수 없고, 소인이 아니라면 그 누구도 원치 않는다 하셨습니다. 하여, 소인이 감히 그 곁을 탐하옵니다. 소인이 억지를 부린다 하셨습니까? 예, 공주마마. 소인, 억지 부리고 있습니다. 그것도 아주 많이 부리고 있습니다. 전하께서 소인이 없으면 행복하실 수 없다고 하셨기에, 소인은 전하를 행복하게 해드리기 위해서 무엇이든 할 것이옵니다. 그것이 패륜이든 역천이든 상관없을진대, 하물며 고작 탐욕이 무슨 대수이오리까?"

자예는 말문이 막혔다.

지를 위해서라면 패륜이든 역천이든 마다하지 않겠다는 이 작은 계집을 어떤 식으로 봐야 하는 것일까? 그 누구보다 단호한 얼굴로 절실하게 제 마음을 고하는 이 방자한 계집을, 어찌해야 하는 것일까?

"공주마마께서 은애하는 이의 행복을 위해 무엇이든 하는 것이 은애라고 하시었지요? 하오니 감히 청하옵니다. 마마께서 전하를 조금이라도 은애하셨다면, 전하께서 행복하실 수 있도록 소인을 전하께 보내 주시옵소서."

"뭐라? 시끄럽다!"

붉어진 얼굴로 벌떡 일어난 자예는 그대로 별궁을 뛰쳐나가 버렸다.

자예는 한참을 달렸다.

"공주마마! 마마!"

놀란 해가 저를 부르며 따라오는 소리가 들렸지만 멈출 수가 없었다.

부끄럽고 창피한 마음이 얼굴을 새빨갛게 물들였다.

'미쳤어, 미쳤어!'

인적이 드문 후원에 도달해서야 자예는 멈춰 서서 뺨을 찰싹찰싹 때렸다. 뺨이 화끈거렸다.

"헉헉. 공주마마, 멈추……. 헉!"

온힘을 다해 쫓아오던 해는 자예가 멈춘 것을 보지 못하고 그녀에게 거의 부딪힐 뻔했다. 갑자기 방향을 트느라 바닥에 나동그라진 해를 자예가 가만히 바라보았다.

"갑자기 멈추시면 위험……."

"해야."

넘어진 채 잔소리를 하려던 해가 진지한 자예의 목소리에 두 눈을 동그랗게 떴다.

"내가 대체 무슨 생각을 하고 있었던 것일까?"

"예?"

"그 아이를 겁줘 쫓아내 버리면 내가 그분과 행복할 수 있을 것이라 여겼을까? 이미 마음이 통해 버린 이들을 억지로 갈라놓고, 그것이 맞는 일이라고 우기고 싶었을까?"

"무슨 말씀이온지 도통 모르겠사옵니다."

해가 미간을 찡그렸다.

자예가 힘없이 웃었다.

「하오니 감히 청하옵니다. 마마께서 전하를 조금이라도 은애하셨다면, 전하께서 행복하실 수 있도록 소인을 전하께 보내주세요.」

지금까지 살아온 자신의 모든 것을 부정하고, 앞으로 닥쳐올 그 어떤 시련에도 물러나지 않고, 다만 그분만을 간절히 원할 만큼 이 마음은 진실했던가?

찰나의 흔들림도 없던 운소의 눈빛을 떠올리며 자예는 입술을 깨물었다.

정운소는 담담해 보였으나, 그 까만 눈동자 아래 숨어 있는 것은 깊은 두려움이었다. 혹시 동방으로 돌아가지 못하게 될까 봐, 그래서 그를 잃게 될까 봐 떨고 있었다.

그 마음이 가없이 크다.

"내 것이 아닐진대, 아닌 것을 알아버렸을진대……."

구차하게 굴지 말자 마음먹으면서도, 구차하게 굴어서라도 그에게 갈 것이라는 정운소가 질투 난다. 은애하는 이를 위해서 무슨 짓이든 감수하겠다는 그녀가 부러워서, 자꾸 심술이 난다.

자예가 두 눈을 질끈 감았다.

마음이란 왜 이리도 치졸한 건지.

"그 아일 불러와."

"예, 공주마마."

공주가 말하는 '그 아이'가 누구인지 익히 아는 해가 얼른 별궁으로 향했다. 무슨 생각인지 자예는 틈만 나면 운소를 불러 사람이라면 결코 하루 안에 할 수 없는 일들을 시키고 있었다.

별궁에 도착하자 두 눈이 새빨갛게 충혈된 운소가 해를 맞았다. 밤을 지새운 듯했다.

"어서 오세요, 항아님. 기다리고 있었습니다."

한품 가득 무언가를 챙긴 운소가 해를 따라나섰다. 해는 피곤해 보이는 그녀가 신경 쓰여 연신 뒤를 힐끔거렸다. 그녀는 걸으면서 꾸벅꾸벅 졸 수 있을 정도로 지쳐 있었다.

"아가씨, 괜찮으셔요?"

"……."

"아가씨!"

"예? 아……."

해가 저를 부르는 소리에 뒤늦게 반응한 운소가 두 눈을 크게 떴다. 운소는 정녕 바닥에 머리만 대면 잠들 수 있을 것처럼 보였다.

"한숨도 못 주무셨지요?"

"예, 무어……. 소인이 부족하니 어쩔 수 없는 일이지요."

"공주마마께서 원래 그리 심술궂은 분이 아니신데……."

"알고 있습니다. 실은 아주 상냥하고 다정하신 분이시지요."

"맞아요."

그러나 그 상냥하고 다정한 공주도 결국은 사람인지라, 갑자기 나타난 가짜 공주를 이해하고 받아들이기까지는 시간이 필요하리라.

당장이라도 운소가 태천까지 오게 된 자초지종을 터트려 나라를 뒤집어버릴 것 같던 공주가 그러지 않는 것만으로도 충분히 다행이었고, 공주께서 무어라 하시든 그분께 갈 것이라 되바라지게 대들던 계집을 매질하지 않은 것만으로도 큰 자비를 베푼 것이었다.

"정말 자애로운 분이시지요."

운소와 해는 마주 웃으며 서둘러 공주궁으로 향했다.

자예는 저가 심술을 부리고 있다는 것을 알고 있었다. 참으로 지질하고 구차한 짓들이었다. 그럼에도 멈출 수 없으니, 이 어이할까.

"다시 해오너라."

자예는 척 보기에도 정성 가득한 자수를 힘껏 내던졌다.

그녀는 운소에게 벌써 몇 번째 같은 것을 시키고 있었다. 태천의 공주가 이 정도도 못 해선 체면이 서질 않는다며 국혼에 쓰일 혼례복에 운소가 직접 자수를 놓도록 명했다.

운소의 자수 실력은 흠 잡을 데 없이 깔끔했다. 도저히 기한 내 해
낼 수 없을 것 같던 주문조차 완성해 왔다. 눈 밑이 퀭하고 심히 창백
해 보이는 것으로 보아 무리를 하고 있는 게 분명했다. 그러잖아도 작
은 체구가 더욱 말라 갔다. 자예는 그녀가 안쓰러웠지만, 불편해하는
제 마음을 무시했다.

"이 조잡한 걸 대체 누가 입는단 말이냐? 이래서 어디 가서 대국의
공주라고 하겠느냐? 네 진짜 신분이 무엇이든 너는 태천의 공주로서
동방에 가는 것이란 말이다! 네 허물이 곧 태천의 허물이니, 내 정녕
참담하구나."

"송구하옵니다, 공주마마. 다시 해오겠습니다."

괜한 트집에도 운소는 불평 한 마디 없었다. 절대 자신이 자예를 만
족시킬 수 없으리란 걸 알면서도 순종적으로 고개를 조아렸다.

"다시 한다고 되겠느냐? 하긴 그 천한 근본이 어찌 하루아침에 바
뀌겠느냐? 공주의 덕목을 그럴듯하게라도 갖추기 전에는 동방으로
돌아가는 꿈도 꾸지 말거라."

몇 년이고, 몇 십 년이고 공주 수업만 받게 할 수 있다는 소리에 운
소가 살짝 동요했다. 바닥을 짚은 운소의 손이 하얗게 질렸다.

이내 운소가 고개를 들고서 공주를 응시했다.

"어느 안전이라고 맹랑하게 고개를 드느냐?"

지를 위해서라면 운소는 그 어떤 수모도 참을 수 있었다. 그는 그녀
를 위해 더한 것도 감수하겠다는데, 고작 이 정도를 못 견뎌서는 안
된다.

하지만 작정을 하고서 평생 그와 만나지 못하게 하겠다는 자예의
엄포는 버거웠다. 곧 그의 곁으로 갈 수 있다는 믿음 하나로 태천으로
떠나온 운소였다.

"약한 자를 괴롭히는 것도 공주의 덕목이옵니까?"

그 믿음을 부수는 것만큼은 참을 수 없다.

"무어라?"

"상대를 존중하지 않는 것도 공주의 덕목이옵니까?"

"네가 지금 감히……."

"사람의 마음을 들여다보지 않는 것, 참지 않고 마구 내뱉는 것, 출신이 천하다 하여 경멸하고 무시하는 것. 그것들 전부 공주의 덕목이옵니까? 하오면 소인도 그리하겠나이다. 무시하고, 경멸하고, 제멋대로 하겠나이다. 소인에게 자질이 없어 보내지 아니하시겠다면, 소인 꼭 공주마마처럼 행동하겠나이다. 그리하면 되옵니까?"

운소가 자예를 똑바로 바라보며 서럽게 쏘아붙였다. 자예의 얼굴이 새빨개졌다.

"네, 네 지금 나를 가르치려 드는 것이냐?"

"소인이 무어라고 공주마마를 가르치려 들겠습니까? 다만 소인이 아둔하여 마마께서 말씀하시는 공주의 덕목이 무엇인지 알 수 없어 다시 여쭌 것뿐이옵니다."

운소는 갈 것이다. 지의 곁으로 갈 것이다. 맹랑하고 건방진 계집이 되어도 그의 곁으로 갈 수 있으면 그만이고, 천하의 이기적인 계집년이 되어도 그의 곁으로 갈 수 있으면 그만이다. 자예가 작정하고 보내주지 않으려고 한다면, 맞서 싸워서라도 갈 것이다.

'무섭지 않아.'

운소는 두려워하는 마음을 다독였다.

사람 목숨 한둘쯤, 파리 목숨처럼 쉬이 여길 수 있는 족속이 황족임을 안다. 자예가 이성을 잃고 저에게 해코지할 수 있다는 것도 안다.

가짜 공주의 탈을 뒤집어썼어도 그녀는 여전히 비천하고 나약하여, 비정한 세상으로부터 완전히 보호될 수 없다.

"네 정녕 맹랑하구나."

"송구하옵니다."

운소는 깊고 길게 엎드렸다.

머리를 바닥에 조아린 채 한참을 일어나지 않는 그녀를 바라보며 자예가 조소했다.

"되었다. 고개를 들어라."

운소가 고개를 들었다.

너는 참 신기하다, 들릴락 말락 작게 중얼거린 자예의 표정이 풀어졌다.

운소는 의아한 낯빛을 했다.

"잘 들어라. 공주의 덕목이란 그런 것이 아니다. 언제나 타인을 존중하고, 제 사람을 아끼며, 능력 있는 자는 신분의 귀천에 무관하게 중히 여길 것. 잘못이 있다면 고치고, 세상 모든 이를 스승으로 여기며 항상 배우려고 할 것. 제 것이 아니라면 탐하지 말 것. 인정을 베풀 것. 측은히 여기는 마음을 잃지 말 것……."

자예의 입에서 수많은 덕목들이 조곤조곤 쏟아져 나왔다.

"이 모든 것이 공주의 덕목이다."

"……."

"나도 내가 지금 얼마나 공주답지 못하게 굴었는지 알고 있다. 네가 깨우쳐 주었으니, 다시 대국의 공주답게 행동하도록 하마."

운소의 눈동자가 놀란 듯 흔들렸다.

"사람은 모두 같다. 그것만 기억하면 되느니. 알겠느냐?"

"명심하겠습니다."

운소가 대답했다.

자예가 그녀에게 손을 내밀었다.

"일어나거라."

경계심을 거두지 않고 저를 쳐다보는 운소에게 자예는 졌다는 듯 웃어 보였다.

"내가 너를 괴롭힌 것은 내가 공주라서가 아니라 사람인 까닭이었다. 상황이 이미 그리 되어버린 것은 진즉 이해했으나, 내 마음이 너를 받아들이지를 못하였다. 네가 질투 나고 시샘 나 견딜 수가 없었다. 무엇이든 꼬투리를 잡아 괴롭히고 싶었다."

자예가 홀가분한 표정을 지었다.

"네가 화를 내주니, 정신이 번쩍 드는구나. 나는 공주라서, 내 잘못을 깊이 부끄러워하며 뉘우치고자 한다. 네가 날 용서한다면, 너와 좋은 자매로 지내고 싶구나."

"용서라니요? 당치 않습니다!"

운소가 당황해서 고개를 내저었다. 자예는 소리 내어 웃었다.

"너를 괴롭히는 것이 공주의 덕목이냐는 맹랑한 물음에 비로소 머릿속이 맑아졌다. 계집의 질투 앞에서 공주의 기품은 그 얼마나 무력했느냐? 이젠 더 이상 너를 괴롭히지 않을 것이다. 충분히 괴롭히기도 했고. 하지만 너를 태천의 공주라 소개하여도 부끄럽지 않도록 교육시키는 것은 계속할 것이다."

운소는 놀란 눈으로 자예를 쳐다보았다.

"네 자수는 훌륭하였다. 예복을 마저 완성하도록 하라. 또한 해를 통해 행실서를 보낼 테니, 내일까지 완독하도록 하여라. 알겠느냐?"

사실은 다정하고 상냥한 분이라는 해의 말이 머릿속을 맴돈다.

운소는 저도 모르게 고개를 끄덕였다.

본디 선한 분이라서 그랬을까? 그간 그녀가 아무리 괴롭혀도 힘들지 않았다. 쾡한 저를 보며 움찔움찔 놀라는 모습을 보면 어쩐지 웃음이 나오기도 했다. 이젠 정말로 좋은 사이가 될 수 있을 것 같다.

"예, 공주마마."

운소가 울듯이 웃었다.

"이만 나가보아. 피곤하구나."

자예가 뒤돌아 앉았다. 운소는 조심조심 밖으로 빠져나갔다.

방에 혼자 남은 자예는 한참을 우두커니 앉아 있었다.

'오라버니, 소녀는 대체 무얼 하고 있었던 것일까요? 무얼 하고 싶었던 것일까요? 소녀는 모르겠어요. 아무것도 모르겠어요.'

머리가 멍했다.

자예는 소리 죽여 울었다. 가슴에 쌓인 감정의 찌꺼기를 토해내듯 그렇게 울었다.

닿지 못한 인연, 갖지 못한 연모.

그것들이 서러웠다.

그러나 이젠 전부 끝이다. 애초에 그녀의 것이 아니었다.

자예는 눈물을 쓱쓱 닦고서 씩씩하게 주먹을 불끈 쥐었다.

"뭐하는 것이야? 구질구질하구나. 세상에 남자가 그놈 하나뿐이더냐? 다른 계집에게 홀랑 빠져버린 사내의 어디가 좋다고 눈물이 나는 것이냐? 차라리 잘 되었다. 혼인도 하기 전에 다른 계집 좋다고 저 모양인데, 혼인이라도 했어보아라. 그 먼 땅까지 가서 그 수많은 후궁들을 보고 내가 어찌 사느냐? 내 속만 다 문드러졌을 터!"

애써 눈물을 닦아낸 눈가엔 금세 물기가 또 차올랐지만, 자예는 괜찮다는 듯이 배시시 웃었다.

마음이 정말 홀가분했다.

3

운소가 태천에 온 지 석 달이 지났다. 늦봄이었다.

487

자예는 더 이상 운소를 괴롭히지 않았다. 잘못을 인정하고 고치는 것에 부끄러움이 없어야 한다던 자예는 정녕 그러했다. 그녀는 스스로 한 말을 지키는 긍지 높은 공주였다.

밤하늘 아래 서서 물끄러미 달을 올려다보며 운소가 부드럽게 웃었다. 한쪽 귀퉁이가 조금 일그러진 달이 귀여웠다.

'석 달, 남았나?'

국혼의 날이 정해졌다. 동방과 태천의 국무가 머리를 맞대고 뽑은 길일이었다.

어서 그날이 오면 좋겠다. 그가 그립다. 염려된다.

'전하께선 어찌, 잘 지내고 계시려나……'

그녀를 며칠만 보지 못해도 비쩍비쩍 말라 가던 그였다. 툭하면 찾아오고 불러대고, 뜻대로 되지 않으면 오만 억지를 쓰다가 신경질이나 부리고…….

그런 그가 눈물 나게 보고 싶었다.

운소가 픽 웃었다.

"전하, 소녀가 이제 살 만한가 봅니다. 이리 전하 생각을 할 시간도 있고……."

마음이 사무치게 힘든 것을 보니 정말로 몸이 편하긴 편한 모양이었다. 얼마 전까지만 해도 휘몰아치는 자예의 교육을 감당하느라 파김치가 되곤 하였는데.

"운소야! 내 운소야!"

"이젠 헛소리를 들을 시간도 있고……."

"어허, 어딜 보느냐? 과인이 여기 있는데!"

운소가 미간을 찡그렸다. 헛소리로 치부하기엔 너무 생생했다. 설마, 하는 생각으로 고개를 돌렸다. 돌아가는 목이 무척 뻑뻑하게 느껴졌다.

"전하?"

헛소리가 들리는 것으로도 모자라 이제 헛것까지 보이나? 아무리 마음이 힘들어도 그렇지, 이건 좀 심하지 않나? 내일이라도 태의를 만나보아야 할까?

"그래, 과인이 왔도다."

담벼락 위로 나타났다 사라지길 반복하는 지의 얼굴이, 너무 진짜 같았다.

"전하, 소녀가 미쳤나 봅니다."

활짝 웃는 용안을 쳐다보던 운소가 그대로 혼절해 버렸다.

아마도 그리움이 지나쳐 미친 것 같다고, 이리 미쳐서는 전하께 돌아갈 수 없다고, 까무룩 꺼지는 의식 너머로 생각했다.

"운소야!"

운소가 두 눈을 끔뻑거렸다. 베고 있는 것이 무엇인지 무척 따뜻했다. 그녀가 표정을 찡그렸다.

"찡그린 얼굴도 어여쁘구나."

지가 활짝 웃었다. 예쁜 웃음이다.

"전하, 소녀가 미쳤나 보옵니다."

"흠, 어찌 그리 생각하느냐?"

환한 웃음이 걷히고 짐짓 진지해진 얼굴로 지가 물었다.

"막 헛것이 보이고, 헛소리도 들리고, 꿈속의 전하가 마치 현실처럼 생생하옵니다."

"그런 것이라면 제정신인 것 같구나."

"하오나 소녀가 정녕 제정신이라면……. 흡!"

불현듯 그의 얼굴이 가까워졌다. 입술을 누르는 부드러운 감촉에 운소의 움직임이 그대로 멈췄다.

따뜻한 숨결, 말랑한 혀.

꿈이 아니라 현실이라는 것이 각인되기 전, 그녀의 심장이 먼저 터질 듯 뛰었다. 모든 피가 얼굴로 몰리며 확 뜨거워졌다.

"꿈이 아니라고 했잖으냐."

짧은 입맞춤을 끝내며 지가 다정히 속삭였다.

"전하! 악."

벌떡 일어난 운소가 그와 이마를 부딪치고 비명을 내질렀다.

"과인은 머리가 보통보다 조금 더 단단한데……. 운소야, 괜찮으냐?"

깜짝 놀란 지가 운소의 이마를 살폈다. 이마가 살짝 부어오른 것을 확인한 지가 울 것 같은 표정이 되었다.

"전하?"

"이, 이걸 어찌하느냐? 태의! 그래, 차류에게 말해서 당장 태의를 불러와야겠다!"

바로 태의를 부르러 뛰어갈 것 같은 지의 팔을 운소가 덥석 잡았다.

"정말로 전하이시옵니까?"

혼란스러워하는 운소를 보며 지가 다정히 웃었다. 태의에게 달려가려던 발길을 되돌려 운소의 곁에 앉은 지가 그녀를 가만히 응시했다.

"정말로 과인이다."

꿈인지 생시인지 여전히 모르겠다는 듯 운소가 그를 요모조모 뜯어보았다. 뺨을 쭉 늘려보기도 하고, 귓불을 잡아당겨 보기도 하고, 팔다리가 제대로 붙어 있나 만지작거리기도 하던 그녀가 이내 입을 딱 벌리고는 망부석이 되었다.

세상에.

"과인이 온 게 그리도 반가우냐? 무어라고 말이라도 해보아."

귀신은 아닌 듯한데.

운소가 입만 벙긋거렸다.

"왜, 그 많이 있잖으냐? 전하, 정말로 보고 싶었나이다, 어찌 이리 먼 길을 오셨나이까, 소녀를 위해 이 먼 길을 한걸음에 달려와 주시어 참으로 기쁘옵니다. 뭐 이런 말들 말이다."

"……."

운소가 아무 말도 없자 머쓱해진 지가 뒷목을 긁적였다.

운소는 뒤늦게 정신을 차렸다. 그녀가 다다다 걱정을 쏟아내기 시작했다.

"어찌 예까지 오셨습니까? 이화궁은 어찌 하시고요? 아니, 그런 것보다 예까지 오시다 변고라도 당하셨으면 어쩔 뻔했습니까?"

"음."

따지고 보면 전부 질책성 말이었다.

보고 싶은 마음을 견딜 수 없어, 아흐레를 꼬박 단식하여 겨우 이뤄낸 태천행이었다. 현명하고 후덕한 재상을 셋씩이나 둔 이유가 무엇이냐며 드러눕기가 수차례였다. 사신으로 위장한 후 잠깐 다녀오겠다며 겨우 대신들을 설득시켰다.

그리 어렵게 왔는데, 반갑다는 말 한 마디 없다니.

"너무하다."

지가 입술을 비죽였다.

"무엇이요? 무엇이 너무하단 말이옵니까? 전하, 대체 어쩌자고 이런 무모한……."

"보고 싶어 왔다! 석 달이나 널 보지 못해 밥을 먹어도 먹는 것 같지 않고, 술을 마셔도 마시는 것 같지 않았단 말이다! 과인의 매들이 나날이 날렵해져 가는데 매사냥도 전혀 즐겁지 않고, 화살을 쏠 때마다

'관중, 관중, 관중!' 이라 하는데 전혀 기쁘지가 않았다. 네가 그리워 이 마음이 바짝바짝 말라가는데, 이러다가 혼인을 하기도 전에 말라 죽을 것 같은데! 그런데 과인더러 어찌하라는 것이야?"

지가 울컥해서 쏘아붙였다.

"보고 싶다고 이웃동네 드나들 듯 올 수 있는 곳이 아니지 않사옵 니까?"

운소가 그제야 미안한 표정을 지으며 작아진 목소리로 반문했다.

"몰라, 모른다. 과인은 그런 것 모른다. 아무것도 모른다."

"전하……."

"그냥 네가 너무 보고파 견딜 수 없었다. 과인은 오직 그것만 알아. 야속한 것. 너는 아니 그랬느냐?"

서운함이 후드득 떨어질 것 같은 그의 눈빛에 운소가 한숨을 폭 내 쉬었다.

그래, 이미 저질러진 일이다. 되돌릴 수 없다면 즐기기라도 하자.

체념한 운소가 그의 가슴에 얼굴을 묻었다.

"그리웠습니다."

언제나 솔직하게 그녀를 원하는 그의 마음이 그곳에 있었다. 맹렬 히 뛰는 심장이 그녀의 것과 다르지 않아서, 운소는 조금 더 용기 내 어 그를 껴안았다.

"꿈에도 그리우니 잠들면 뵈올 수 있을까. 눈 떠도 그리우니 허 공에 전하의 용안을 그려보기를 수백 번, 수천 번. 이리 앞에 계시 오니 꿈인가 싶어 깨고 싶지 않고, 자꾸 꿈에서 뵈면 더욱 그리워질 까 차라리 잠을 자지 말까 싶고. 그리 매일 그리워, 매일 생각하였 나이다."

뽀로통하게 토라져 있던 지의 눈빛이 거칠게 흔들렸다. 그는 감격 스러워하며 운소를 꼬옥 끌어안았다.

"정녕?"

"전하께서 소녀에게 거짓말을 하지 않는 한, 소녀 또한 전하께만큼은 거짓을 고하지 않을 것이옵니다."

"진즉 그리 말해주면 오죽 좋으냐? 왜 왔느냐고 타박이나 하고. 네가 아주 조금 미워질 뻔했다."

"염려가 되어 그랬습니다. 동방과 태천이 조금 머옵니까? 그 먼 길 오시는 동안 전하께 작은 생채기라도 났을까, 또 돌아가는 길에 혹여 다치시면 어찌하나. 생각하는 것만으로도 소녀의 마음이 그만 무너져 내려 그랬사옵니다. 하오니 전하께서 소녀를 용서하세요."

"흐음, 네 하는 걸 봐서."

지가 짐짓 엄한 척했다. 그의 품에 안긴 채 운소가 작게 속삭였다.

"……하옵니다."

고백은 바람처럼, 스쳐갔다.

"무어?"

깜짝 놀란 지가 그녀의 어깨를 잡아떼며 그녀와 얼굴을 마주했다.

"못 들었다. 다시 말해다오."

"별말 아니었습니다."

"아니, 아니다. 분명 중요한 말이었다. 과인이 귀가 멀어 잘 듣지 못하였다. 다시 한 번만 크게, 아주 크게 말해다오."

"이미 흘린 말은 되돌릴 수 없습니다."

애가 탄다는 듯 지가 미간을 힘껏 모았다. 다시 한 번만 말해달라며 칭얼대는 그를 보며 운소가 웃었다.

"치사하다! 갑자기 그런 말을 하는 법이 어디 있느냐? 마음의 준비도 못했는데!"

심통을 부리며 지가 부서져라 운소를 끌어안았다.

"전하. 숨, 숨 막히옵니다. 놓아 주시어요."

"싫다. 숨? 까짓것 막히라지."

"전하, 정말 숨 막히옵니다."

"말을 잘하는 것 보니 숨이 막힐 것 같지는 않구나."

그녀가 버둥거릴수록 지는 더욱 강하게 그녀를 끌어안았다. 몇 번 힘으로 그를 밀어보던 운소는 결국 포기하고는 얌전해졌다.

"사모합니다."

그녀의 머리에 입을 맞추며 지가 작게 속삭였다.

"하늘만큼 땅만큼 사모합니다. 사모하옵니다. 이리 말해주면 되잖으냐? 입에 풀이라도 발랐느냐? 그리 어려운 말도 아닌데 왜 아니 해준다는 것이야?"

지가 툴툴거렸다.

역시 들어놓고 못 들은 체한 모양이었다.

운소는 가볍게 눈을 감았다. 그의 온기, 그의 체취, 그의 목소리. 그 모든 것이 그녀의 품 안에 있었다. 꿈일 수 없는 생생함. 그가 정말로 태천에 와 있다는 것이 서서히 현실로 인식되었다.

"가볍게 내뱉으면 가볍게 사라질까 두려워 그러합니다. 사모합니다, 어렵게 고백 드렸는데, 과인 또한 너를 은애하노라, 답이 돌아오지 않을까 무서워 그러합니다."

잠시 할 말을 잃었던 지의 얼굴에 햇살보다 밝은 웃음이 핀다.

"그런 것이야?"

그는 왕, 그녀는 가짜 공주. 지체 높은 신분을 꾸며내도, 마음속에 어린 불안함을 어찌하랴.

"그런 것이라면 과인에게 좋은 방법이 있지."

운소를 꽉 안고 있던 지의 팔이 슬쩍 느슨해졌다. 그 틈을 타 고개를 든 운소가 그를 보았다. 언제 봐도 반듯하여 사랑스러운 그녀의 정인이, 다정히 그녀를 내려다보고 있었다.

"하면 과인이 은애한다, 말할 때마다 네가 사모합니다, 하고 답하는 게 어떠하냐?"

"예?"

"두려워 먼저 말할 수 없다면, 항시 과인의 말에 귀를 쫑긋 세우고 있으란 말이야."

"아······."

"물론 사소한 문제가 있긴 하지. 과인이 시도 때도 없이 네게 은애를 말할 테니까."

지가 부드럽게 운소의 이마에 입을 맞추었다.

"한 번 해보자. 은애한다."

"······."

"어서? 은애한다."

운소의 뺨이 붉어졌다. 그녀가 작은 목소리를 내뱉었다.

"사모하옵니다."

"잘하는구나."

지가 웃었다.

"또 해보자. 은애하다, 운소야."

"사모하옵니다, 전하."

"은애한다. 많이, 아주 많이 은애한다."

"많이, 아주 많이 사모하옵니다."

지는 몇 번이고 그녀를 달래듯 마음을 고백했다. 이젠 아무렴 모르겠다는 듯, 운소도 쉬지 않고 그에게 응답했다.

"하늘보다 땅보다, 은애한다."

"소녀도······."

막 운소가 대답하려는 순간, 무례한 불청객이 끼어들었다.

"흠흠, 대체 언제까지 그러고 있을 것이냐?"

달콤한 연애에 취해 있던 지의 표정이 순식간에 굳었다.

"무어야? 감히 누가 끼어드는 것이야?"

"누구긴."

차류가 모습을 드러냈다.

"예의 없기로는 대륙에서 둘째가라면 서러워할 태천차류로군!"

"예의 없다는 건 갑자기 들이닥치는 네놈 같은 놈을 일컫는 말이고."

"……."

"둘이 깨를 볶든 좋아 죽든 상관하고 싶지 않았다. 한데 눈꼴시어 차마 두고 볼 수가 없구나. 짐의 황궁에서 밤늦게 이런 해괴망측한 대화가 오가는데, 어찌 그냥 넘어갈까? 성질 같아서는 확 쫓아내 버리고 싶은데, 그러기엔 내 누이가 널 너무 반기니 특별히 한 번 봐 주는 것이야. 은혜로 알고 금일은 이만 처소로 가서 잠이나 자라."

차류는 당장이라도 지의 엉덩이를 걷어찰 기세였다. 불퉁한 표정으로 차류를 노려보던 지가 미적미적 몸을 일으켰다. 운소는 뒤늦게 얼굴을 붉히며 바닥에 깊게 엎드렸다.

"송구하옵니다, 폐하."

"이지가 팔불출처럼 구는 게 하루 이틀 일은 아니지. 네가 송구할 일이 아니다."

"망극하옵니다."

"지아비가 저런 놈이라 벌써부터 대신 망극해하는 것이냐?"

다소 쌀쌀맞은, 그러나 농일 게 분명한 차류의 말에 운소가 민망한 듯 웃었다.

"공주도 그만 쉬어라. 이놈은 내가 데려가서 처리하마."

"처리라니? 내가 무슨 짐짝이더냐? 허어, 벗이라는 놈이 이리 무례한 놈이어서야."

"하늘같은 황제폐하 앞에서 감히 이놈 저놈이냐?"

두 사람이 아웅다웅하며 멀어졌다. 그 모습을 물끄러미 바라보고 있던 운소가 작게 중얼거렸다.

"살살 처리하셔야 하옵니다."

두 사람이 사라지고, 별궁에는 적막만 남았다.

"전하……."

혹 지가 찾아온 게 꿈일까 싶어 운소는 가만히 가슴에 손을 올려 보았다. 그를 만난 것이 꿈이 아니라는 듯, 그녀의 작은 심장이 맹렬히 팔딱이고 있었다.

차류가 이날만 기다려왔음을 지는 알지 못한다.

처소에 내동댕이쳐진 그는 다만 경악했다.

"차류!"

문은 밖에서부터 잠긴 듯했다.

쾅쾅!

힘껏 두드렸지만 열리지 않았다.

"차류야! 야, 태천차류!"

"불렀으면 말을 해야지."

퉁명한 대꾸가 돌아왔다. 문에 바짝 달라붙어 지가 아부했다.

"세상에서 제일 귀한 벗이시여, 방이 너무 좁구나."

"허허, 좁다니. 태천에서 가장 좋은 객방이다."

"거짓말 마라!"

지가 버럭 소리쳤다.

"이건 두 다리도 못 뻗을 정도 아니냐?"

문 밖의 차류는 잠시 침묵했다. 지는 마른침을 삼키며 대답을 기다렸다.

정말로 이건 좁아도 너무 좁다. 새우도 아니고, 이런 데서 잠을 잘 수는…….

"새우처럼 웅크리고 자거라."

움찔. 지가 두 눈을 크게 떴다.

독심술이라도 하는 것인가? 하여간 무서운 놈.

"내 요즘 나이가 들어 허리가 썩 좋지 않단 말이다."

"어허, 불세출의 영웅께서 웬 약한 소리이실까? 하늘을 이불 삼고, 땅을 베개 삼아 잠들던 기세는 어디 가고 멀쩡한 처소에서도 못 자겠다고 하는 것이냐?"

철컥, 철컥.

무언가 연달아 잠기는 소리가 들렸다. 지의 안색이 창백해졌다.

"차류! 이러지 마라! 내게 이러지 말란 말이다!"

"차류가 어디 개 이름이더냐?"

지는 차류가 이화궁으로 찾아왔던 때를 떠올렸다. 그때 차류에게 내어준 처소는 아주 비좁았다. 차류는 지금 그때의 복수를 하는 게 틀림없다.

이 옹졸한 놈!

"위대하신 태천의 황상폐하, 귀객에게 이러시면 곤란하옵니다."

지가 간청했다.

"귀객은 무슨."

차류는 바로 무시했다.

피식 비웃음 소리가 들리더니 곧 인기척이 사라졌다.

새우처럼 몸을 구부려야만 누울 수 있는 좁은 방에 갇혀 지는 절규했다. 방이 좁은 게 문제가 아니라, 좁은 방에서 잤다가는 다음 날 온몸이 쑤실 게 문제였다. 몸이 쑤시면 운소와 제대로 놀 수 없다는 게 특히 중요한 문제였다.

차라리 자지 말자. 안 자는 게 낫겠다.

지가 주먹을 불끈 쥐었다.

지를 좁은 처소에 가두고 돌아온 후, 차류는 통쾌한 웃음을 터트렸다.

"하하하!"

옛정이 있어 지가 왔다는 소식을 듣고 찾아온 자예가 의아한 표정을 지었다.

"오라버니, 무엇이 그리 즐거우시어요?"

"백년 묵은 체증이 내려가는 기분이다."

"오라버니가 기분이 좋다니 누이도 좋긴 하온데, 어째 좀 불안하옵니다."

"자예야, 네가 불안할 게 무어냐?"

차류가 여유롭게 턱을 괴었다. 오늘따라 봄바람이 푸근하다.

"그나저나 웬일이더냐? 이지 때문이냐?"

"예, 오라버니. 그래도 옛정이 있사온데 인사나 나눌까 하고……."

"그 망할 놈을 이 늦은 밤에 무어하러 봐? 날이 밝은 뒤에 만나라."

차류의 표정이 험악해졌다.

자예가 고개를 갸우뚱했다. 어쩐지 오라버니의 반응이 심상치 않았다.

"오라버니."

"왜."

"혹 소녀가 거절당한 것에 아직 앙금이 있으신 것은 아니시지요?"

"무슨 헛소리냐? 그놈에겐 네가 백 번 천 번 아깝다. 그 모자란 놈에게 너를 보낼 뻔한 것만 생각하면 자려고 누웠다가도 벌떡 일어나져. 너를 보내지 않아 이 얼마나 다행이냐? 내 진심이 그러할진대 앙금은 무슨 얼어 죽을 앙금."

"하온데 어째 수상하시옵니다."

"어허! 수상하다니? 지금 공주가 황제에게 의심의 눈초리를 날리는 것이냐?"

차류가 짐짓 근엄한 표정을 했다. 격 없이 살갑게 굴다가도 저가 좀 불리해지면 금방 황제의 위엄을 내세우는 그였다.

"어머, 오라버니도 참. 소녀가 어찌 오라버니를 의심하겠사와요? 오라버니의 말씀이 옳나이다. 금일은 밤이 깊었으니 내일 만나 인사를 드리는 게 나을 듯싶사와요."

자예가 과장해서 긍정을 표했다. 차류가 흡족하게 입술을 말았다.

"알았으면 되었다. 돌아가 쉬려무나."

"예, 오라버니. 그럼."

"살펴 가거라."

차류가 다정히 웃었다. 자예도 생긋 눈웃음으로 화답했다. 천하의 주인이라 해도 그녀에게는 다정한 오라비일 뿐이었다. 그녀를 꾸짖는 일이 없는 그가 예민하게 반응하는 데는 필시 이유가 있을 것이다.

별궁으로 발을 옮기며, 자예는 몇 달 전 일을 상기했다. 차류가 동방에 다녀온 직후였다. 황궁 귀퉁이에 아주 작은 전각 하나가 지어졌다. 그것은 전각이라도 불러도 될까 싶을 만큼 작았다. 차류는 친히 '동방각'이라는 이름을 새겨 현판을 붙였다.

'그곳이 내처 비어 있었지, 아마?'

용도는 불분명했다. 서고로 쓰는 것도 아니었고, 창고로 쓰는 것은 더더욱 아니었다. 어느 날 슬쩍 문을 열어봤더니 베개와 이불만 덩그러니 놓여 있었다. 하지만 잠을 자라고 만든 곳이라고 보기도 어려웠다. 동방각은 너무 비좁아서 어린아이들이나 겨우 누울 크기였다.

설마, 하고 생각하면서도 자예는 동방각으로 방향을 틀었다.

동방에서 무슨 일을 당한 것인지, 한동안 혼자 남기만 하면 이를 득 득 갈던 오라버니의 모습이 마음에 걸린 까닭이다.

동방각에 가까워질수록 이상한 소리가 들렸다.

차류, 차류 이놈, 하는 소리 같았다. 태천황제의 존명을 저리 겁 없 이 부르는 자, 대체 누구인가? 아연실색하던 자예가 이내 황당한 웃 음을 흘렸다.

"이지 오라버니?"

어지간한 충격으로는 부술 수 없을 듯 단단히 닫힌 문이 보였다. 지 는 그 문 너머에 있는 게 분명했다.

"누구냐?"

"자예입니다."

"자예?"

"예, 오라버니."

"과연, 자예로구나! 나의 구원!"

문에 누군가 부딪히는 소리가 들렸다.

"이곳에서 좀 꺼내다오. 차류 그놈이 나를……."

"호위는 다 어디 두고 오라버니 혼자 여기 계신 것이어요?"

상황을 파악한 자예가 의문했다.

"호위들? 운소를 만나러 가는데 방해될 것 같아서 술 좀 먹여서 재 워버렸다."

"이곳에 비록 오라버니의 목숨을 노릴 자가 없다 한들 왕이라는 자 각을 가지세요, 좀! 이분이나 저분이나 정말."

"꾸지람은 나중에 하고 일단 좀 꺼내주면 아니 될까? 자예야, 이곳 은 너무 좁구나. 당최 눕지도 못하는 곳에서 어찌 자라는 것인지! 내 가 차류에게 준 방은 작긴 해도 누울 수는 있었다!"

"그건 또 무슨 소리여요?"

자예가 아미를 찡그렸다.

"어, 그것이……."

"그러니까, 지 오라버니가 먼저 우리 오라버니에게 작은 방을 주었고, 그에 앙심을 품은 우리 오라버니가 지 오라버니에게 더 작은 방을 주었다는 거예요?"

어처구니가 없었다. 실소가 절로 나왔다. 자예는 고개를 흔들며 한숨을 내쉬었다. 두 사람은 대체 사이가 좋은 것인지, 나쁜 것인지…….

"모르겠다! 나도 내가 무슨 소릴 하는 것인지."

"일단 그만 좀 부딪히셔요. 그러다 몸 상하시겠습니다. 가만 열쇠가……."

"열쇠가?"

지가 기대에 차서 물었다.

"없네요."

"무어?"

"오라버니께서 가져갔나 봅니다."

"허어! 그놈은 왜 이런 쪽에서만 그리 철저해?"

"되로 주고 말로 받으신 거죠."

자예는 몇 번 더 자물쇠를 열어보려고 시도하다가 포기했다.

"내일 오라버니가 와서 열어주셔야 나올 수 있으시겠어요."

"싫다! 잠도 못 자고, 예서 혼자 무얼 하라고? 금쪽같은 시간을 왜 혼자 괴로워해야 한단 말이야? 허, 그런 잔인한 짓을 하다니!"

지가 방방 뛰었다. 기억과 조금 달라진 것도 같은 모습에 자예가 작게 웃음을 터트렸다.

"모르겠어요. 소녀는 어차피 인사나 드릴까 하고 찾아온 거예요.

용무를 마쳤으니 이만 가봐야겠어요."

"자예!"

"요령껏 시간을 보내시어요. 타국에 와서 호위까지 따돌린 채 돌아다닌 응보라고 생각하시면 되겠네요."

애타는 부름을 뒤로한 채 자예는 공주궁으로 발길을 돌렸다. 혼자 남겨두고 온 지가 마음에 걸렸지만 차인 앙금이 약간은 남아 있어 쌤통이란 생각도 들었다.

"흐음."

하지만 차마 처소로 곧장 들어가지 못하고 머뭇거렸다. 쌤통이다 하고 가 버리기에는 자예가 너무 착했다.

자예는 운소에게 마음이 쓰였다. 먼 타국에서 오직 지의 곁으로 가기 위해 온갖 교육을 감당하고 있는 그녀였다. 요즘은 부쩍 살이 빠져서 안쓰럽기까지 했다. 그런 운소가 그리운 임과 조금이라도 시간을 더 보내게 해주고 싶었다.

"어휴."

자예는 결국 별궁으로 발길을 돌렸다.

"운소야."

"공주마마?"

후다닥 문을 연 운소가 얼른 엎드렸다.

"예는 되었대도."

"하오나 어찌 소인이……."

"누가 듣겠다. 더는 말하지 말거라."

"송구하옵니다."

처음엔 운소를 받아들일 수 없어 심하게 대했지만, 그것이 미안하기도 해서 자예는 이젠 그 누구보다 운소를 아끼고 있었다.

가끔은 차라리 잘 됐다는 생각마저 들었다. 지를 사모하긴 했지만,

고국을 떠나 타국에서 살 정도로 그를 깊이 은애하였는지는 의문이
든다. 그와의 국혼만 기다리다 먹어버린 나이가 서럽긴 했으나, 그렇
다고 해서 근사한 지아비를 만나지 못할 만큼 늙어버린 것도 아니었
다.

"네 낭군께서 오셨더구나."

"예? 아, 예, 공주마마."

운소의 목소리가 들떴다. 자예가 가볍게 눈웃음 지었다.

목소리에서도 감출 수 없는 그리움, 애틋함……. 운소의 그런 것들
이 좋았다. 참으로 풋풋하다.

"동방각에 가보아라."

"예? 동방각엔 갑자기 어찌?"

"오라버니께서 조금 짓궂은 장난을 쳐두신 모양이야."

"예?"

의아해 하는 운소에게 의미심장한 미소로 답해준 후 자예는 자신의
처소로 돌아갔다.

좁아서 못 살겠다고 투정을 부리는 지도 운소와 함께라면 얌전해지
겠지. 밤새 도란도란 이야기를 나누면서.

4

이런 게 바로 자업자득일까.

"전하?"

문을 살짝 두드리자 안에서 격한 반응이 들려왔다.

"운소야!"

"어찌 된 일이옵니까?"

지가 자초지종을 설명했다. 이따금 울분이 섞이는 그의 항변에 운소는 어이가 없어서 웃었다.

"정녕 밴댕이 같은 놈이지 않으냐?"

하여간 여전히 사이가 지나치게 좋으시구나.

"어찌 대답이 없어?"

"전하의 탓도 있지 않사옵니까?"

웃음을 참으며 운소가 타박했다.

"지금 과인더러 잘못했다는 것이야? 설마, 이름뿐인 오라비도 오라비라고 그놈 편을 드는 것이야? 응?"

문 너머 그의 표정이 눈에 훤했다. 반듯한 이마를 잔뜩 찡그리고서 억울해하는 눈빛을 쏘고 있을 그가 그립다.

"소녀는 언제나 전하의 편이옵니다."

"되바라지게 과인을 속이려 드는구나?"

운소가 문에 기대어 앉았다.

밤하늘이 청명했다. 바람도 포근했다. 문을 사이에 두고 등을 맞대고 앉아 두런두런 이야기를 나누다 보면, 이 밤은 분명 짧을 것이다.

"추운데 어찌 게 앉는 것이야? 들어가 쉬지 않고."

그 역시 자리에 앉았는지 목소리가 들려오는 위치가 낮아졌다. 살짝 몸을 튼 운소가 그의 얼굴이 있을 만한 높이를 향해 손을 뻗었다.

"전하, 내일 밤 보름달이 뜨면 함께 궐 밖에 다녀오지 않으시렵니까?"

이젠 막 말을 무시하네, 하고 지가 구시렁거렸다.

"싫으시옵니까?"

"싫다니? 그럴 리가 있겠느냐? 좋다. 아주 좋다. 다만 운소야."

"예?"

"과인이 태천의 지리는 모르는데 괜찮을까?"

걱정스러워하는 말투였다.

"전하께서 길을 잃으시면 소녀가 찾으러 가겠습니다."

"정녕? 네가 찾으러 와준다니 마음이 놓이는구나."

웃음기 섞인 목소리로 지가 대답했다. 운소는 조금은 짓궂게, 그러나 다정하게 웃고 있을 그의 얼굴을 눈앞에 그려보았다. 심장이 간질거렸다.

그가 참 좋다. 그의 웃음이, 말투가, 온기가……. 어느 것 하나 빠짐없이 모두 좋기만 하다.

"전하가 참 좋습니다."

두런두런 이야기하는 밤은 너무도 짧았다.

다음날 아침이 되어서야 차류는 어슬렁거리며 나타났다. 밤새 문짝 하나를 사이에 두고 서로 기대어 앉아 있었을 연인을 바라보는 그의 눈빛에 체념이 묻어났다.

"공주는 날도 추운데 예 있었던 것이냐?"

"송구하옵니다, 폐하."

다소곳이 눈을 내리깔고 고개를 숙였으나, 결코 송구한 말투는 아니었다. 오랜만에 함께 보낸 시간이 즐거웠는지 그녀는 들떠 있었다. 지를 골탕 먹이려다 괜한 운소만 고생하게 한 것 같았다.

"짐이 죄인이지."

"알면 되었다."

겨우 동방각에서 탈출한 지가 의기양양하게 끼어들었다.

"하여간 기죽을 줄 모르는 놈."

"당당함이 내 매력이지."

"말을 말자."

"할 말 없는 자들이 꼭 말을 말자고 하더구나. 비겁한 놈들."

"일이 많으니 이만 가보겠다."

차류는 지의 도발을 무시하고는 손을 흔들며 사라졌다.

못마땅한 듯 눈썹을 찡그린 지가 곧 단호히 운소에게 시선을 돌렸다. 가뜩이나 모자란 시간을 차류 따위에게 쓸 필요는 없었다.

"운소야, 괜찮으냐? 많이 피곤해 보이는구나."

"소녀는 괜찮사옵니다."

"아니야. 괜찮지 않아 보인다."

앉아서 밤을 새운 것이 많이 힘들었나 보다. 그도 그럴 것이 동방각 안은 따뜻하기라도 했는데, 운소는 밤바람을 내처 맞고 있었다.

"고뿔이라도 걸리면 큰일이건만."

밤새 그녀와 이야기하는 것이 행복해서 다른 것은 생각하지 못했다. 화를 내서라도 별궁으로 돌려보냈어야 한다고 뒤늦게 후회하며 지는 운소의 이마를 짚었다. 다행히 열은 없었다.

지는 안도의 한숨을 내쉬며 운소의 앞에서 무릎 꿇고 등을 보였다. 운소가 그의 등을 얼떨떨해서 바라보았다.

"전하, 어찌 이러시옵니까? 어서 일어나세요."

"업어주마."

"예?"

"네 처소까지 과인이 업어주마."

"괜찮습니다. 민망하니 어서 일어나세요."

"싫다. 네가 업힐 때까지 이러고 있을 것이야."

막무가내로 고집을 부리는 지를 운소가 이길 수 있을 리 만무하다. 머뭇거리다가 지의 등에 업혔다. 그의 등은 넓고 따스했다.

지가 가볍게 몸을 일으켰다.

"운소야."

"예, 전하."

"네가 너무 가볍다."

"송구하옵니다."

"차류가 굶기는 것은 아니지?"

"그럴 리가 있겠습니까?"

운소가 작게 웃었다.

"먹을 거 가지고 치사하게 구는 놈은 아니지. 그래도 네가 너무 가벼우니 과인은 의심스럽다."

"폐하께선 소녀를 친누이처럼 아껴 주시옵니다."

"정녕?"

"예, 전하."

"네 말을 믿으마."

"예, 믿으시옵소서."

배시시 웃으며 운소가 그의 등에 얼굴을 묻었다. 참으로 듬직하니, 다시 또 반하게 된다. 매일, 매순간, 그렇게 그에게 빠져들고 만다.

어서 이 곁으로 온전히 갈 수 있기를.

운소는 간절히 소망했다.

지는 낮에는 상왕과 시간을 보낸 후 황궁으로 돌아왔다. 상왕은 태천 생활이 만족스러운 듯하였다. 태천 안에서만 생활하게끔 제한되어 있었지만, 워낙 넓은 나라라 타국으로 가지 못해도 불편한 것은 없다고 했다. 애초에 다음 유람의 목적지는 태천이었다.

정우소는 태천에 온 뒤 부쩍 컸다. 떠날 때만 해도 운소와 큰 차이가 나지는 않았는데, 이젠 운소보다 한 뼘은 커보였다. 얼굴선도 부쩍 날카로워져서, 이제는 한눈에 구분이 되었다.

그들이 잘 지내고 있는 것을 확인한 지는 만족하며 황궁으로 돌아왔다.

어느덧 밤이었다.

미복을 입고서 운소와 황궁을 나섰다. 돌아다니기 편하게 남장을 한 운소를 지가 새삼스럽게 응시했다. 아무리 뜯어보아도 계집인데, 그땐 왜 몰랐을까? 귀신이 곡할 노릇이다.

"전하, 어찌 그리 보시옵니까?"

"나리라고 해야지."

"아! 예, 나리."

"흐음, 아니다. 금일은 과인이 몸종 역을 할까? 그것이 더 재미날까?"

"별로 좋지 않은 생각이옵니다."

그가 저를 나리나 도련님 따위로 부르는 상상을 잠깐 해본 운소가 단호히 고개를 저었다. 단박에 거절당하자 조금 아쉬운지 지가 시무룩해졌다.

"이쪽으로 오세요, 나리. 야시장이 열릴 것이옵니다."

"그래, 태천의 야시장은 동방에서도 유명하지."

운소가 손을 잡아끌자 지는 마지못해 끌려가는 척 그녀를 따라갔다. 제 손을 잡고 있는 그녀의 작은 손이 참으로 사랑스러웠다.

"운소야."

"예, 나리."

"……."

"나리?"

불러놓고 가만히 웃기만 하자 운소가 고개를 갸웃거렸다.

"네가 너무도 애틋하여 나는 너를 잃고서는 단 하루도 살아갈 자신이 없다. 너를 다만 은애하여 나는 너만 원하는 우인愚人이 되었구나."

느닷없는 고백에 운소의 얼굴이 화악 달아올랐다.

그때, 하늘에서 빗방울이 툭 떨어졌다.

"비가 옵니다."

운소가 허공을 향해 손을 뻗었다. 손바닥에 차가운 물방울이 떨어졌다.

하필 비라니.

"곧 쏟아질 것 같사옵니다. 어디 들어가 있을 곳이……."

운소가 다급히 주변을 두리번거렸다. 저가 젖는 건 상관없지만 지가 비 맞는 건 싫었다. 괜히 나오자고 했다. 할 수만 있다면 세상에 내리는 모든 비가 저에게 떨어지게 하겠으나, 그것은 불가한 일이다.

"어디 헛간에라도 들어가 비를 피해야 할 것인데……."

주변을 두리번거리던 운소가 적당한 곳을 찾아 움직였다.

"나리, 이쪽으로."

초조하게 제 손을 잡아끄는 운소를 보며 지는 다만 웃었다. 그녀의 당황한 모습도 좋았고, 저를 걱정하는 눈빛도 좋았다. 그저 함께 있는 것만으로도 이토록 행복한데, 어찌 석 달이나 더 헤어져 있을까?

"나리, 어서요."

운소가 발을 동동 굴렸다. 한 방울씩 떨어지던 빗방울이 어느새 더 굵어져 있었다.

"저 집이 빈집이다."

지가 어딘가를 가리켰다. 그의 손끝이 가리키는 곳을 찾아보던 운소가 미간을 살짝 찡그렸다.

"그걸 어찌 아시옵니까?"

오랑캐와의 전쟁으로 온 대륙이 피폐하던 시절. 혼란의 시기를 틈타 보다 큰 권력을 탐하는 자들이 넘쳐났다. 태천에서도 몇 번의 반란이 있었다. 지가 가리킨 집은 그 반역자들의 집 중 하나로 원칙대로라면 일찍이 허물어졌어야 했다. 하지만 그간 차류는 태천을 재건

하느라 바빴고, 그 때문에 미처 반역자의 집을 철거하는 것까지는 신경 쓰지 못했을 것이다. 기분이 좀 나쁘지만 비 피하기에는 제격이었다.

"아직 남아 있는 게 신기하다. 어쨌든 잘 되었다. 들어가서 비 정도는 피해도 되겠지."

의아해하는 운소를 이끌고서 지가 빈집으로 들어섰다. 경첩이 낡아 삐걱거리는 문을 열고서 안으로 들어가기 무섭게 소낙비가 쏟아져 내렸다.

봄비가 참 거하게도 내린다. 운소가 난처한 표정을 지었다.

"송구하옵니다, 전하. 괜히 소녀가 밖에 나오자 하여……."

"운소야."

그녀의 뒤에 앉아 그녀를 꼭 껴안으며 지가 다정히 그녀를 불렀다.

"네가 과인에게 송구할 것은 하나도 없다."

"하오나……."

"네가 자꾸 그리 송구하다고 하면 과인이 더 민망해져."

지가 운소의 머리를 만지작거렸다. 잘 땋아진 머릿결이 부드러웠다. 지는 품에서 꺼낸 무언가를 땋은 머리끝에 묶어 주었다.

"네가 과인에게 거리를 두려는 것 같아 슬퍼지기도 하지."

"그런 것이 아니옵니다!"

화들짝 놀란 운소가 고개를 저었다.

"안다, 알아. 아는데도 때론 그런 생각이 든다는 것이야."

낯선 느낌에 운소가 머리를 매만졌다. 그녀가 고개를 갸웃거렸다.

"언제고 주려고 했다. 과인이 네 댕기를 버려버렸지."

"그런 일이 있었사옵니까?"

운소가 기억을 더듬었다. 언젠가 그에게 묻은 오물을 댕기로 닦아준 적이 있었다. 그 댕기를 돌려받지 못했던 것 같다.

"과인은 그것이 네 정인의 것인 줄 알았어. 시샘이 나 돌려주기 싫었지."

그답다. 운소가 픽 웃었다.

"이것은 과인이 주는 정표다. 조금 늦었지만……."

"돌아갈 때 꼭 하고 가겠사옵니다."

"약조하였다."

"예, 전하."

빗소리가 거세졌다.

"이런 음침한 곳도 제법 괜찮구나."

지가 다소 짓궂게 속삭이며 운소의 목에 입을 맞췄다. 파고드는 그의 숨결에 운소가 숨을 멈추었다. 그가 그녀의 목을 살짝 깨물었다가 핥았다.

"저, 전하……."

언젠가 이런 상황이 있었던가? 왜인지 기시감이 느껴져 운소가 고개를 갸웃했다.

어두운 곳. 뒤에서 끌어안아준 그.

그러다 문득 떠올렸다. 순간 그녀의 얼굴이 새빨갛게 달아올랐다. 머릿속이 하얗게 비면서 정월대보름의 기억만 선명해졌다.

「아이, 도련님. 조금 더, 거기, 아앗. 앗흥!」
「하악, 하악! 낭자! 낭자! 낭자아!」

그 물레방앗간. 그곳에서 서로를 물고 빨던 두 남녀. 격정적으로 흐트러지던 신음들. 그리고…….

"운소야?"

등 뒤에서 느껴지던 딱딱한 그것.

"어디 아픈 것이야?"

그녀가 완전히 굳어버린 것을 알아챈 지가 걱정스럽게 물었다. 운소는 무어라고 해야 할지 알 수 없었다.

이제는 물레방앗간 그 두 남녀의 행위가 무엇인지 안다. 그것이 위험하거나 천박한 행위가 아니라는 것 또한 안다.

알긴 아는데…….

"전하, 소녀는 아직 준비가…….."

"준비?"

"공주마마께 열심히 교육을 받긴 하였사온데 아직은 차마 자신이…….."

"자신?"

무슨 소린지 모르겠다는 듯 골똘히 생각에 잠겼던 지가 문득 웃었다.

"설마 과인이 여기서 널 덮치기라도 할까 봐?"

"저, 전하!"

"아니 그래, 운소야."

그가 다정히 운소를 끌어안았다.

"네가 싫다면 과인도 싫어. 네가 참으라면 얼마든지 참을 수 있어. 무엇보다 이런 곳은 과인이 내키지가 않아."

굳어 있던 그녀의 어깨가 스르륵 풀렸다. 조심스럽게 그에게 기대어 앉은 운소가 살짝 몸을 틀어 그의 얼굴을 찾았다.

어두워서 잘 보이지 않는 것은 그도 마찬가지일 텐데, 그는 용케도 그녀의 이마를 찾아 입을 맞추었다.

"아니 덮치신다면서요?"

기어들어 가는 목소리로 운소가 투덜거렸다.

"이 정도는 덮치는 것도 아니야."

"그런 게 어디 있습니까?"

"여기 있지."

그의 목소리가 한층 더 가까워졌다. 다정한 숨결이 느껴지는가 싶더니, 그의 입술이 운소의 입술에 닿았다. 해갈하듯 그녀의 입술을 빨던 지가 입술을 떼었다. 달뜬 숨소리가 운소의 귓가에 닿았다.

"그냥 이렇게만 있자. 비가 그칠 때까지."

살짝 고개를 끄덕인 운소가 그에게 기댔다. 가슴에 귀를 대고서 가만히 심장 소리를 들었다. 두근두근, 빠르게 뛰는 그 소리가 운소를 안도하게 했다.

다정한 당신. 언제나 따스한 당신.

"전하."

그에게라면 모든 것을 내어줘도 괜찮다. 그이기에, 그의 모든 것을 갖고 싶었다. 자신을 완전히 내어주고 오롯이 그를 소유하기 위함이라면 그 어떤 짓도 할 수 있었다.

아주 만약 그가 지금 당장 그녀를 원한다면 운소는 없는 용기라도 긁어모아 그에게 자신을 내어줄 터였다. 하지만 그는 결코 그녀에게 무리한 것을 요구하지 않는다. 준비가 될 때까지 언제까지고 기다려 주겠다고 말하는 그를 사모한다.

운소는 심호흡을 하며 용기를 모았다.

"존함 한 번만 불러 보아도 되옵니까?"

"싫다."

즉시 거절당할 경우는 고려하지 못했던 듯 운소는 크게 당황했다.

"소녀가 주제넘은 청을……."

"그것이 아니라 한 번이 싫다는 것이야. 계속 불러다오. 몇 번이고, 몇 번이고 불러도 괜찮다."

지가 부드럽게 말했다.

"아……."

당황했던 운소의 표정이 녹았다.

"지."

몇 번이고 마음으로만 불러온 이름이었다. 혹시나 꿈일까 두려워 차마 부르지 못했던 이름이었다.

"이지……."

"그래, 네 정인이 여기에 있다."

몸이 둘이라서 안타깝다는 듯 운소를 품에 가두는 지의 두 팔이 단단하였다.

"기다려주시렵니까?"

"무엇을?"

"소녀가 전하의 곁으로 가는 날을요."

"네가 올 것을 믿기에 얼마든지 기다려주마."

석 달이면 그의 곁으로 갈 수 있다. 당당히 그의 곁을 주장할 수 있다.

그때가 되면 그를 간절히 원하는 마음으로 그와 하나가 되어도 될까?

"그래도 너무 많이 기다리게는 하지 말아다오."

"예, 전하."

어느 순간부터 빗소리가 더 이상 들려오지 않았지만 두 사람은 밖으로 나가지 않았다. 잠행을 나온 목적은 이미 잊었다.

그들은 말없이 서로의 품에 안겨 밤을 지새웠다.

그 어떤 것도 바라지 않는다. 함께일 수 있다면 그것만으로 충분하다.

지는 하루를 더 머물고는 동방으로 돌아갔다.

운소는 더욱 열심히 공주의 덕목을 익혔다. 매일 지를 향한 그리움과 애틋함이 자라났다.

그리고 마침내 더 참지 않아도 되게 된 날, 자예가 물었다.

"운소야."

"예, 공주마마."

"그분의 어디가 그렇게 좋으냐?"

운소는 골똘히 생각에 잠겼다.

어디가 그렇게 좋았을까? 왜 그렇게 좋았을까?

한참 아미를 찡그리고 있던 운소가 문득 웃었다.

"그냥……."

사내라 생각하면서도 어찌할 줄 몰라 하던 모습. 매일 불러 앉혀놓고 되지도 않는 구박을 늘어놓던 모습. 숨기지 못하던 고뇌, 애정. 조금이라도 더 다가오려고 전전긍긍. 혹 미움 받을까, 주저하며 멈춰선 모습. 거짓조차 문제 삼지 않는 다정.

그 모든 것들이 마음에 남아 있다. 그 모습들이 쌓이고 쌓여, 어느덧 그만 보는 자신을 알았다. 고요히 흐르는 줄 알았던 마음이 정신 차려 보니 범람하고 있었다.

"그냥 그리되었습니다."

운소가 가마에 올라탔다.

가마행렬이 성대한 환송歡送을 받으며 움직이기 시작했다.

그의 것과 같은 꽃신을 신고, 정표로 받은 댕기를 품고, 그의 벗이 되고 정인이 되어 그에게 간다.

때는 바야흐로 초가을.

내처 기다려온 순간이다.

「행복하여라.」

자예의 마지막 당부가 귓가에 흩어졌다.
흔들리는 가마에 몸을 맡기며, 운소가 흐리게 웃었다.

終

닫는 장.

GOOD WORLD ROMANCE NOVEL

태천에서 오는 공주를 환영하는 인파로 한경 거리가 복작거렸다.

오랫동안 비어 있던 이화궁의 중궁전.

그곳의 주인을 만백성이 진심으로 환영하였다.

"무녀님, 저기 오시나 봐요? 우와! 저렇게 큰 가마는 처음 봐요!"

혹 자신을 놓칠세라 치맛자락을 꼭 붙잡고 있는 신딸을 무녀가 다정히 바라보았다.

"나라님께서 진짜 국혼을 올리긴 하시나 봐요. 드디어 왕자마마가 태어날 수 있게 된 것이지요?"

금년, 왕의 춘추 스물넷. 비를 들여 적통을 이어도 진작 이었어야 할 나이. 그런 그가 여태 국혼을 미루어온 것은 오래전 있었던 한 무녀의 예언 탓이다.

"무녀님! 가마가 멈췄어요! 으앙, 어떡해! 나오시려나 봐요!"

웅성거림이 커졌다.

가마에서 한 여인이 내리고 있었다. 얼굴은 가리개로 덮고 있어 보이지 않았다.

간신의 자세

그녀는 주변을 천천히 돌아보더니, 성대한 환대에 보답이라도 하듯 살짝 고개를 숙였다. 놀란 백성들이 일제히 무릎을 꿇고 읍하였다.

무녀는 오래전 기억을 되살렸다.

세자에겐 분명 성군의 자질이 보였는데, 그 끝은 폭군이었다.

그의 인연은 엉켜 있었다.

세자의 짝은 비천한 평민 계집. 정실을 들인 후 만난다면, 왕실은 암투로 얼룩지고 동방은 흔들리게 될 터였다. 은애에 눈먼 미래의 왕은 백성을 돌보지 않았다.

무녀는 현명한 어느 아비를 떠올렸다.

「그 아이를 만나는 것이 스물셋 이전이라 하였느냐? 그렇다면 세자가 스물셋 이전에 국혼을 치르면 단명한다는 신탁을 받았다고 고하여라.」

「운명을 뒤틀기엔 그것만으로는 충분하지 않나이다.」

「그것으로 충분하다. 과인이 상왕이 되어, 세자를 이끌 것이다.」

아비는 아들에게 왕좌를 넘겨주었다. 자신의 감시 아래, 아들이 임금의 책임을 익히도록 이끌었다. 손수 신하를 뽑고 고르며, 제 백성에게 애정을 쏟도록 가르쳤다.

또한 숨길 줄 모르고, 포기할 줄 모르는 아들의 성정을 알아서 그 아들이 가장 원하게 될 것을 얻게 해주기로 하였다.

다행히도 아들이 한눈에 반한 이는 비천하나 선량한 계집. 힘없는 백성의 처지를 누구보다 잘 알며, 그들을 진정으로 아끼는 이.

다른 어떤 것보다 제 여인의 작은 상처에 더 슬퍼하는 동방의 젊은 왕은 제 여인을 위해서라도 성군이 될 터였다.

"무녀님, 무녀님! 이제 가시려나 봐요!"

호들갑을 떠는 신딸의 머리를 무녀가 다정히 쓰다듬었다. 무녀와 신딸은 오래도록 멀어지는 가마를 지켜보았다.

　"부디 행복하셨으면 좋겠어요."

　신딸이 두 손을 모아 간절히 기도하였다.

　"네가 바라는 대로 될 것이다."

　무녀가 가만히 눈을 감았다. 가을햇살이 따스했다.

　부디 동방의 앞날이 평안하기를. 은애하는 연인의 앞날이 행복하기를.

　그 바람 위로 그 옛날 자신의 예언이 흩어졌다.

　'성군成君의 상이었나이다. 하오나 그릇되면 나라를 기울게 할 상이기도 하옵니다.'